KB263594

하

미

Hà

하

미

My

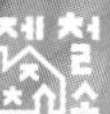

서문

극단 신세계는 2015년에 창단하여 올해로 10주년을 맞았다. 새로운 세계, 믿을 수 있는 세계를 만나고 싶은 젊은 예술가들의 모임으로 시작해, 지금 이 시대가 불편해하는 진실들을 공연을 통해 마주하는 작업을 주로 해왔다.

희곡집 『하미』는 극단 신세계가 지난 10여 년간 동료, 관객 들과 함께한 시간의 기록이다. 2023년에 출간한 첫 희곡집 『생활풍경』을 읽은 많은 분이 극단 신세계의 작업에 관심을 보여주셨고, 그 덕분에 이렇게 두 번째 희곡집을 펴낼 수 있었다. 열과 성을 다한 우리의 작업들이 단순히 기억되는 것을 넘어 꼼꼼히 기록되고, 더 많은 이와 나눌 수 있어 참 좋았다. 극단 신세계의 희곡으로 또 다른 공연들을 만들어주신 분들에게 이 지면을 빌려 감사의 마음을 전한다.

『하미』 출간을 준비하며 그간의 작업들을 찬찬히 돌아보았다. 그때 우리는 참으로 뜨거웠고 죽도록 아팠다. 이제는 사라진 남산예술센터에서 100여 명의 시민 배우와 함께 집단의 모순에 대해 목소리를 높였던 〈파란나라〉(2016-2018), 미투 이후 우리가 외면해온 성·위계폭력에 온몸으로 부딪쳤던 〈공주(孔主)들〉(2018-2020), '척하며' 살아온 나의 진짜 모습을 무대 위에서 맞닥뜨리며 진저리 나게 깨지고 반성했던 〈김수정입니다〉(2021), 전세사기 피해 당사자가 되어 전 재산을 다 날릴 뻔한 상황에서 대한민국 부동산 제도에 대해 울분을 토해냈던 〈부동산 오브 슈퍼맨〉(2023-2024), 동시대 전쟁이 결코 남의 일이 아니라는 것을 뼈아프게 직면했던 〈하미〉(2024-2025)까지. 이제 와 살펴보니 부족하고 아쉬운 것투성이지만, 그때 그 순간만큼은 우리가 직면한 현실을 최대한 신랄하게 드러내려 애썼다. 물론 그 과정에서 여러 어려움도 겪었다. 성과가 항상 만족스러웠던 것도 아니다. 하지만 늘 그랬듯 지금도 연극 작업을 지속하기 위해 치열하게 노력하고 있다. 무대 위로 옮겨진 우리의 뜨겁고 아팠던 그 시간을 통해 누군가는 미약하게나마 힘을 얻기를, 반복된 아픔을 겪지 않기를 바라기 때문이다.

사실 그 시간을 통과하며 가장 크게 달라진 것은 바로 우리일지 모른다. 우리는 연극을 통해 삶과 일상의 모순을 발견하고 질문하고 변화시키고 있다. 비록 아주 작을지라도 한 사람 한 사람의 유의미한 변화들이 모여 지금의 우리를 만들어냈다고 생각한다. 그것이 우리가 계속 연극을 하는 이유가 아닐까? 연극을 하면서 이전과는 아주 다른 내가 된 나는, 앞으로도 끊임없이 변화할 나와 우리를 기대하고 있다.

지난 10여 년의 시간을 함께해준 동료들이 없었다면 이 책에 담긴 작업들은 절대 존재할 수 없었을 것이다. 진심으로 감사의 마음을 전한다. 마지막으로 극단 신세계에 변함없는 응원을 보내주시는 관객들, 우리의 친구와 가족 들 그리고 이 책을 곧 만나게 될 독자들께 깊은 감사를 전한다. 앞으로도 좋은 동료들과 함께 재밌는 연극 작업을 이어나가고 싶다. 가능한 한 오래오래!

2025년 여름
극단 신세계 대표 김수정

차 례

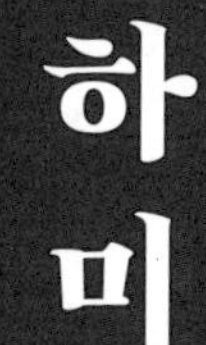

시간	2025년 2월

장소	베트남 중부 지역

등장인물	한소리	이하 '써니', 여, 30대 후반, 한국평화연대 10년 차 활동가
	김이인자	이하 '뭉치', 남, 40대 초반, 한국평화연대 6개월 차 활동가
	성풍기	남, 70대 후반, 전직 중국집 사장
	강민주	남, 60대 초반, 국회의원
	이정무	남, 30대 중반, 보좌관
	박사라	여, 40대 중반, 다큐 감독 겸 교수
	김진경	여, 40대 초반, 연극 연출가
	장수호	남, 20대 후반, 연극배우
	김애심	여, 50대 초반, 수연의 엄마
	김수연	여, 20대 초반, 애심의 딸
	하두리	남, 40대 후반, 중학교 체육 교사, 미선의 남편
	고미선	여, 30대 후반, 회사원, 두리의 아내
	팜티리엔	여, 20대 중반, 주부

팜탄꽁, 승무원, 버스 기사1, 버스 기사2, 호텔 직원1, 호텔 직원2, 공안, 교장, 출근 주민, 마을 주민1, 마을 주민2, 사공

* 이 희곡에서는 '위안부'라는 단어를 사용하는데, '위안'은
  위로와 안식을 준다는 의미로 '성적 위안'을 받은 가해 당
  사자 일본군 입장에서 피해 당사자들이 자발적으로 참여
  했다는 의미를 가진다. 정신대의 '정신'도 '솔선하여 앞장
  선다'는 의미로, 마찬가지다. 피해 당사자 입장에서 본다
  면 이를 '성노예' 혹은 '성폭력 피해자' 등으로 써야 이 문제
  의 본질에 더 가까워질 수 있지만, 강한 어감 때문에 대부
  분의 피해 당사자는 해당 명칭에 부정적인 입장을 갖는다.
  따라서 '위안부'는 전쟁 당시 일본 측에서 실제로 사용하
  던 역사적 용어로써 그대로 사용하되 작은따옴표를 붙여
  본래의 의미를 인정하지 않으며, 강제성과 부정적 의미를
  환기한다는 논쟁적인 의미를 담고 있다. '위안부'에 작은
  따옴표를 붙여 사용하기 시작한 것은 1995년 일본군 '위
  안' 문제 아시아 연대 회의부터였으며, 역사적 범죄성을
  드러내기 위해 이 용어를 쓴다면 '일본군 위안부 피해자'
  로 표기하는 것이 맞다. 희곡 「하미」에서는 작품의 흐름상
  '위안부'라는 표기를 사용한다.

* 팜탄꽁 역을 맡은 배우는 1인 다역을 연기한다.

* 팜탄꽁을 제외한 학살 피해 생존자는 실제로 등장하지 않
  고, 객석에 앉아 있다는 설정하에 진행된다.

* 극중 등장인물이 베트남어로 발화하는 대사는 이탤릭체
  로 구분하였다.

* 등장인물 간의 대화 사이에는 리액션 대사를 자유롭게 추
  가할 수 있다.

프롤로그

이륙 전 비행기 소리. 극장 입구에 서 있는 승무원은 관객을 승객으로 맞아 한국어, 영어, 베트남어로 탑승 안내를 한다. 탑승이 마무리되면 승무원은 무대 가운데로 이동해 객석을 바라보고 안내 방송을 시작한다. 안내 방송이 끝나면 비행기가 이륙하는 소리와 함께 '연극 〈하미〉는 실화를 기반으로 창작되었으며, 이 작품에 등장하는 피해 당사자의 이름 및 지명은 모두 실제임을 밝힙니다'라는 문구가 나온다.

암전.

1일 차

1장

<u>여행의 시작 : 다낭 공항 / 오후</u>

이국적인 음악과 함께 조명의 변화.

등장인물들이 저마다 캐리어를 끌고 멋있게 걸어 나와 모델처럼 선다. 마치 '공항 패션'을 뽐내는 것 같다. 다낭 공항의 낯선 공기를 마시며 낭만적인 평화로움을 만끽하는 사람들.

써니　　자, 저희 평화여행단, 이쪽으로 모이실게요!

뭉치　　(큰 소리로) 모이실게요!

조명의 변화.

써니는 서류를 들고 있고, 뭉치는 '베트남 평화여행단'이라고 쓰인 깃발을 들고 있다.

써니　　(사람들이 한데 모이면) 뭉치, 인원 체크 해주세요.

뭉치　　옛썰! (사람들의 수를 세고 나서) 다 오셨습니다.

써니　　자, 드디어 저희가 베트남 다낭에 도착했습니다!

(사람들이 환호하면) 다들 긴 시간 비행기 타고 오시느라 고생하셨습니다. 인사들 나누시겠어요?

사람들, 서로 어색하게 인사를 나눈다.

써니	자, 그럼 저희 일정이 좀 늦어져서 서둘러 이동하실게요!
뭉치	이동하실게요!
사람들	(이동하며) 네!
수호	(주변을 바라보며) 습하다.
진경	덥네.
애심	(무리에서 빠져 나오며) 딸! 우리 저기서 사진 한 장 찍자.
수연	무슨 벌써부터 사진을 찍어.
애심	이야, 이 야자수들 봐라. 남는 건 사진밖에 없다. (뭉치에게) 거기, 총각! 우리 사진 하나만 찍어줄래요?
뭉치	(달려가서) 네, 알겠습니다. (휴대폰을 받고) 자, 찍겠습니다. 하나, 둘, 셋! 김치!
애심/수연	(웃으며) 김치!
애심	(휴대폰을 받으며) 감사합니다. 너무 감사해.
써니	(달려오며) 뭉치! 여기서 이러고 있으면 어떡해요!
뭉치	(웃으며) 죄송합니다. (애심과 수연에게) 얼른 이동하실게요. 조금 빨리 이동하실게요.

뭉치, 애심, 수연이 황급히 나간다. 그때 써니의 휴대폰 벨이 울린다.

| 써니 | (전화를 받으며) 네, 박사님. 잘 도착했습니다. 아, 걱정하지 마세요. 저 써니잖아요. 네, 저녁에 또 연락드리겠습니다. (전화를 끊고 잠시 고개를 숙였다가 들며) 할 수 있다. 써니, 써니, 파이팅! 자, 다들 타셨나요? |

자기소개 : 버스 / 오후

조명의 변화.

사람들이 서둘러 버스에 탄다. 버스 기사1이 가장 나중에 탄다. 진경과 수호는 노트북을 펼친다.

두리	아, 버스 타니까 살 것 같다.
미선	그러게. 엄청 시원하네.
애심	동남아가 버스 맛집이네요.
써니	자, 뭉치. 인원 체크 해주세요.
뭉치	(빠르게 확인한 후) 네, 다 오셨습니다.
써니	여러분, 5박 6일 동안 우리의 버스를 책임져주실 기사님께 인사드려볼까요? 베트남어로 '안녕하세요'는 '씬 짜오', '고맙습니다'는 '씬 깜언'인데요. 자, 다 같이 *씬 짜오!*
사람들	*씬 짜오!*
버스 기사1	*씬 짜오!*
써니	*씬 깜언!*
사람들	*씬 깜언!*

써니   우리 기사님께서 쑥스러워하시네요. (버스 기사1에
          게) 쭘 따 쑤엇 팟 녜.(출발할게요.)

버스가 출발하자마자 시동이 꺼진다. 써니와 뭉치를 비롯해 당황하는 사
람들.

풍기   역시 베트남 버스라 그런가?

버스 기사1이 다시 시동을 걸자 웃어넘기는 사람들. 써니, 버스가 출발하
자 마이크를 든다.

써니   아, 아. 네, 이제 진짜 호텔로 출발해볼 건데요. 정
          식으로 소개합니다. 전 '한국평화연대'의 활동가
          한소리라고 합니다. '써니'라고 불러주시면 되고
          요.

뭉치가 박수를 유도하자 사람들이 박수를 친다.

써니   올해 2025년은 베트남전쟁이 끝난 지 50주년이
          되는 해입니다. 그래서 이번 '한국평화연대'의 '베
          트남 평화여행'은 굉장히 특별한데요. 무엇보다
          20년 넘게 이 여행을 이끌어오시던 전설의 구 박
          사님께서 은퇴를 하시고, 제가 처음으로 이 여행
          의 리더를 맡게 됐습니다. (뭉치가 환호하자 부끄러워
          하며) 늘 옆에서 서브만 해오다 감히 제가 망치지
          는 않을까 걱정이 됩니다. 사실 그래서 어제 잠도

못 잤어요. (사람들이 웃고) 어지러운 한국의 시국에도 이 여행에 함께해주신 여러분께 감사드리고요, 이번 여행을 통해 평화란 무엇인가 생각해보실 수 있는 기회가 되면 좋겠습니다. 감사합니다.

뭉치 (써니에게 마이크를 넘겨받고 자리에서 일어나) 저는 '한평연'의 활동가 김이인자라고 합니다. '뭉치'라고 불러주십쇼. 사고뭉치 할 때 뭉치! 열심히 서포트하겠습니다. 반갑습니다.

써니 (뭉치에게 마이크를 넘겨받고) 그럼 우리 이제 돌아가면서 자기소개를 해볼 건데요. 다 하신 분이 다음 분을 지목해주세요.

진경 (손을 들고) 저기요, 버스에서 이렇게 서서 자기소개를 하나요?

써니 네, 시간 관계상 양해 부탁드립니다. 첫 번째로 우리 여행단의 단장님이신 성풍기 쌤! 저희가 이번 참여자분들 중 가장 연장자이신 풍기 쌤께 단장을 부탁드렸습니다.

풍기 (써니에게 마이크를 넘겨받고 자리에서 일어나) 아, 아. 안녕하세요. 저는 단장 성풍기입니다. 경기도 광주에서 왔고요. 얼마 전에 40년 운영하던 중국집을 접었습니다. 집사람은 예전에 하늘 갔고, 자식 새끼들도 다 키워놨는데……. 친구 놈이 이 여행이 신바람 난다고 추천해줘서 왔습니다. 제주도 갈 돈이면 동남아 가라고. (사람들이 웃고) 저한테 단장이라는 영광스러운 직책을 맡겨주셔서 감사합니다.

사라   (풍기에게 마이크를 넘겨받고 자리에서 일어나) 안녕하
　　　세요. 다큐 찍는 감독 박사라입니다. 대학에서 가
　　　르치는 일도 하고 있어요.

풍기   오, 감독?

애심   교수님?

사라   아, 네. 전 두 번째 평화여행인데요, 이번엔 카메
　　　라로 이 이야기들을 잘 담아서 더 많은 사람에게
　　　전하고 싶어서 왔습니다. 감사합니다.

두리   (사라에게 마이크를 넘겨받고 자리에서 일어나) 네, 패키
　　　지여행에서 자기소개도 하네요, 신기하게. 전 하두
　　　리라고 합니다. 차두리 아니고 하두리입니다. 중
　　　학교 체육 선생입니다. 저희는 부부인데요. 와이
　　　프는 매달 베트남 결식아동 후원을 하고 있어요.

미선   아, 여기서 그걸 왜 말해.

두리   겸사겸사 저는 방학이고, 와이프도 마침 회사에
　　　서 바쁜 프로젝트가 끝나서 베트남 여행이나 할
　　　까 했는데, 이게 '평화여행'이더라고요. 마음의 평
　　　화를 얻을 수 있을까 해서 신청했습니다.

미선   (일어나서 두리가 잡고 있는 마이크에 대고) 아, 저는
　　　고미선입니다. 저흰 대전에서 왔습니다. 반갑습
　　　니다.

애심   성심당!

미선   네, 맞습니다.

리엔   (두리에게 마이크를 넘겨받고 자리에서 일어나) 네, 안
　　　녕하세요. 전 팜티리엔입니다. 비엣남 사람이고
　　　요. (사람들이 놀라서 돌아보자) '리엔'이라고 불러주

세요.

수연 뭐야, 왜 왔대?

애심 야! (리엔에게) 하나도 베트남 사람 안 같아요!

리엔 (사람들이 웃고) 네, 전 국제결혼 해서 한국에 살고 있습니다.

풍기 (안쓰러워하며) 아이고…….

리엔 우리 시아버님이 제가 비엣남 역사에 대해 잘 모르는 걸 아시고 자기 나라 역사는 제대로 알아야 한다고, 그래서 남편이랑 상의해서 왔어요. 저희 세대가 모르는 비엣남 역사를 배우고 싶습니다. 감사합니다.

풍기 참 기특하네! 기특해!

진경 (리엔에게 마이크를 넘겨받고) 아, 네. 전 위험해서 앉아서 하겠습니다. 시간 관계상 제가 대표로 소개할 건데요, 저희는 '극단 동시대'라는 팀이고요. 전 연극 연출 하는 김진경, 옆에 있는 분은 장수호 배우님이십니다.

수호 안녕하세요.

애심 (놀라서 수호를 보며) 배우?

미선 (두리에게) 어머, 배우래.

진경 저희는 베트남전쟁과 관련된 연극을 만들고 있는데요, 리서치차 현장을 감각하고 싶어서 왔습니다. 잘 부탁드립니다.

풍기 이야, 예술가 선생님들이 많으시네요.

두리 TV에서 봤던 것 같기도 하고.

애심 (차창을 바라보다가 갑자기 놀라며) 어머, 써니! 저거,

	저거가 뭡니까? 왜 다리에 용이 있어요?

써니   아, 저건 다낭의 랜드마크, 용다리인데요.

풍기   (휴대폰으로 찍으며) 용다리?

써니   낮보다 밤에 더 멋있습니다. 용이 물도 뿜고 불도
뿜는 것을 볼 수 있습니다.

미선   (휴대폰으로 찍으며) 우와! 보고 싶다, 자기야.

써니   반대편 창으로 보시면 강이 더 잘 보이시죠? 저
강 이름이 한강이에요.

뭉치   (휴대폰으로 찍으며) 한강이요?

써니   네, 우리 서울에 있는 한강이랑 이름이 똑같아요.

풍기   (휴대폰으로 찍으며) 이야, 이거 운명이구먼, 운명.

애심   단장님, 조금만 비켜주세요. 안 보이네요.

써니   (자리를 이동하며) 자, 이번엔 이쪽으로 모여보실게
요.

자유 시간 : 다낭 호텔 / 오후

조명의 변화.

다들 각자의 캐리어를 끌고 써니 쪽으로 모인다. 사람들의 표정에서 여행
의 설렘이 느껴진다.

써니   자, 여기가 오늘 우리가 머물 호텔인데요.

뭉치   방 호수는 단체 톡방에 보내드렸습니다. 로비에
서 키 받아 가시면 됩니다.

사람들   네!

써니   지금부터 저녁 식사 전까진 자유 시간인데요. (사
         람들이 좋아하자) 다낭이 베트남에서 한국인들이
         제일 많이 찾는 휴양지잖아요. 우리 일정에 자유
         시간이 많이 없어서 오늘 잘 즐기시면 좋겠어요.
         (사람들의 대답을 듣고) 베트남은 오토바이가 엄청
         많은 나라인데요. 길 건널 때 급하게 뛰지 않고
         천천히 걸어가면 차나 오토바이가 알아서 피해
         갈 겁니다. 꼭 기억하세요. (사람들의 대답을 듣고)
         그럼 이따 여기서 저녁 7시에 뵐 건데요. 미리 공
         지 나갔던 작은 선물도 꼭 챙겨 오세요. 이따 뵙
         겠습니다.

사람들   (흩어지며) 네.

뭉치   아, 여러분! 요즘은 베트남에서 한국 돈 안 받는
         곳 많습니다. 달러 쓰시는 게 좋아요.

풍기   아니, 왜요?

애심   왜긴 왜예요? 계엄 때문에 환율이 엄청 올랐잖아
         요.

풍기   아이고, 나 참…….

두리   (나가며) 마사지나 받으러 갈까?

미선   (나가며) 좋지. 자기야, 나 콩다방도 갈래.

애심   수연아, 우리 얼른 짐 올려놓고 한시장 가자. 가
         서 G7도 사고, 망고 젤리도 사고, 크록스도 사자.
         유명하대.

수연   엄마, 여기 크록스 다 짭이다.

애심   (나가며) 한국에선 비싼데 여기선 만 원도 안 한다
         잖아. 오늘은 엄마가 가이드야, 따라와.

수연	(나가며) 우리 그냥 숙소에서 쉬면 안 돼?
애심	안 돼!
진경	(호텔 밖으로 나가며) 수호야.
수호	(따라가며) 네.

사라가 호텔 밖에서 담배를 피우려고 한다. 사라에게 눈인사하고 옆에 서서 담배를 피우려는 진경과 수호.

풍기	(다가오며) 이야, 여자들이 담배도 피워? 신여성들이네, 신여성! 역시 예술가들은 달라.
진경	저기요…….
수호	(진경의 말을 막으며) 어디 가시게요?
풍기	아니, 벨보이를 찾는데 안 보이네. 역시 베트남 호텔이라서 그런가……. (호텔 직원1을 발견하고 갑자기 큰 소리로) 헤이!
호텔 직원1	(풍기에게 달려오며) Yes!
풍기	(자신의 캐리어를 넘기며) 이거, 이거! 인 마이 룸! 고고!
호텔 직원1	Yes, what's your room number?
풍기	이거, 이거! 인 마이 룸!
호텔 직원1	(손을 내밀며) OK, please show me the room number.
풍기	아, 오케이, 오케이! (돈을 꺼내며) 자, 팁! 팁!
호텔 직원1	(돈을 밀어내고 손을 내밀며) Um……. Show me your room number!
풍기	아니, 이거 대체 얼마를 더 달라는 거야? (돈을 꺼

내며) 오케이! 더블 팁!

호텔 직원1 (한숨, 돈을 받은 다음 캐리어를 끌고 나가며) OK, follow me!

풍기 (따라가며) 아이고, 돈 벌 줄 아네. 이 양반.

전환.

2장

첫 식사 후 : 다낭 호텔 식당 / 저녁

호텔 식당 겸 콘퍼런스 홀. 뭉치, 진경, 수호, 리엔이 한 테이블에 애심, 수연, 두리, 미선이 한 테이블에 써니, 풍기, 사라가 한 테이블에 앉아 있다.

써니 어떻게, 식사는 맛있게 하셨나요?

사람들 네.

애심 베트남 음식이 간이 너무 세더라.

풍기 향신료가 많아서 그래요.

애심 아, 맞다. 어르신 셰프라고 하셨죠?

풍기 셰프는 무슨. 그냥 조그마한 중국집이었는데.

애심 아, 아까 한시장에 중국인 관광객이 너무 많은 거예요. 왜 그렇게 소리를 질러? 상스럽게!

수연 엄마, 엄마가 더 시끄럽다.

뭉치 자유 시간에 뭐 하셨어요?

리엔 산책이요.

수호	저희는 그냥 숙소에.
진경	일할 게 많아서요.
써니	뭉치! 음료 시켰어요?
뭉치	(놀라며) 아니요.
써니	베트남은 안 그래도 늦게 나와서 빨리 시켜야 한 다니까요!
뭉치	(주문하러 달려가며) 죄송합니다.
풍기	근데 우리 감독님은 카메라 감독도 없이 여자 혼자 왔네요. 멋져! 우리 손님 중에 유명한 영화감독님이 계셨는데 영화 쪽은 완전 남탕이라고…… .
사라	아, 저는 영화가 아니고 다큐를 찍습니다. 판이 좀 다를 거예요.
풍기	다큐? 꼬꼬무 같은 거?
써니	단장님, 우리 감독님은 다큐 쪽에서 엄청 유명한 분이세요. 해외에서 상도 여러 번 받으셨고.
풍기	내가 처음 볼 때부터 그럴 줄 알았다니까. 멋지십니다, 감독님!
애심	(소리를 높이며) 아니, 글쎄 우리 수연이가요…… .
수연	아, 엄마! 하지 말라고.
애심	이번에 한국대를 떡하니 붙었잖아요.
두리	아, 한국대를요?
애심	(소리를 더 높이며) 네, 남들은 그렇게 들어가기 힘들다는 한국대를 한번에 붙어가지고!
미선	축하해요.
사람들	축하합니다.

수연	(쑥스러워하면서) 아, 감사합니다…….
애심	저희 집이 창원이거든요. 서울 가서 학기 시작하면 자주 못 보니까, 오붓하게 여행이나 하자. 근데 우리 엄마들 밴드 모임에 이 여행이 교육적으로 좋다고 해서 겸사겸사!
미선	좋으시겠어요, 어머니.
애심	너무 좋죠. 근데 두 사람 애는?
두리	아, 저희는 딩크입니다.
미선	애 없이 저희끼리만 행복하게 살고 싶어서요.
애심	(소리를 높이며) 안 돼! 그래도 애가 있어야 사는 이유가 생겨.
써니	(휴대폰으로 통화를 하고 일어나서) 여러분! 탄 님이 거의 다 오셨다고 하네요. (객석을 가리키며) 저쪽을 바라보고 앉아주시겠어요?
사람들	(분주하게 자리를 정리하며 산발적으로) 왔다. / 왔대. / 긴장된다. / 빨리, 빨리.

하미 마을 탄과의 만남 : 다낭 호텔 식당 / 저녁

조명의 변화.

사람들은 객석을 바라보고 앉는다. 써니는 객석 응우옌티탄에게 인사하고 그 옆에 자리를 잡고 앉는다. 사람들 사이에서 긴장감이 느껴진다. 진경과 수호가 노트북을 열고 기록을 시작하려 하는데, 사라가 카메라 위치를 찾다가 두 사람의 앞을 가린다.

진경   감독님, 앞이 잘 안 보여요.

사라   (살짝 옆으로 비키며) 아, 미안해요. 촬영하느라.

써니   (마이크를 들고) 아, 아. 네, 이제 시작하겠습니다. 우리의 평화여행은 베트남전쟁 시 한국군 민간인 학살 지역을 찾아 우리를, 역사를 마주하는 평화 여행이죠?

사람들   네.

두리   (당황하며) 네?

미선   (두리를 보며) 이게 뭐야……. (사람들이 쳐다보자) 아니에요, 죄송합니다.

써니   1964년부터 9년간 대한민국의 젊은 군인 34만여 명이 베트남전쟁에 파병됐습니다. 그곳은 지금 우리가 있는 베트남 중부 지역인데요. 지금까지 조사된 바로 한국군은 이 지역에서 베트남 민간인 학살을 저질렀고, 그 수는 총 90여 건에 9천여 명으로 추정되고 있습니다. 훨씬 더 많은 학살이 있었음에도 베트남과 한국은 그 어떤 조치와 절차도 진행하고 있지 않습니다. 오늘 우리가 만날 분은 하미 마을 학살 피해 생존자 응우옌티탄 님이십니다. (객석 응우옌티탄의 자리를 가리키며) 자, 다 같이, *씬 짜오*.

사람들   (휴대폰으로 사진과 영상을 찍으며) *씬 짜오*.

지금부터 객석 응우옌티탄의 자리에 앉아 있는 관객은 응우옌티탄이 된다. 관객 응우옌티탄은 베트남어를 할 수 없지만, 써니와 배우들은 그가 베트남어를 하고 있다는 가정하에 움직인다.

| 써니 | (관객 응우옌티탄의 말을 듣고) "만나서 반갑다"라고 하십니다. |

긴장했던 사람들의 표정이 한결 누그러진다. 따뜻한 미소를 지으며 관객 응우옌티탄을 바라보는 사람들.

써니	탄 님이 경험한 하미 마을 학살은 1968년 2월 22일, 한국군 해병 청룡부대가 마을에 들어가 두 시간 만에 주민 135명을 학살한 사건인데요. 다음 날 한국군은 불도저까지 끌고 들어가 가매장된 무덤과 시신들까지 밀어버렸다고 합니다.
두리	(놀라며) 청룡부대가요?
애심	(놀라며) 아니, 왜 그런 거예요?
풍기	(안쓰러워하며) 아무것도 모르고…….
써니	(관객 응우옌티탄에게) *꼬 꺼 테 께 쮜옌 쪼 모이 응 어이 덴 더이, 끼 으억 꾸아 꼬 베 부 탐 삿 드억 컴 아?*(여기 오신 분들께 학살 당시 기억을 말씀해주시겠어요?)

사람들, 관객 응우옌티탄을 바라본다. 마치 그가 무언가를 말하고 있고, 그것을 열심히 듣는 듯한 반응을 보인다.

| 써니 | (통역을 하듯) "그때 전 열한 살이었는데, 아침이었어요. 멀리서 한국군 두 명이 저한테 오라고 손짓하는데, 전 뭔가 이상해서 집으로 도망 왔어요. 뒤따라온 한국군이 엄마랑 저, 동생들, 숙모랑 이 |

웃까지 방공호로 몰아넣었어요. 갑자기 수류탄 하나가 날아왔어요. 엄마가 저랑 동생을 당신 배 밑에 감싸줬던 게 생각나요. 정신을 차려보니 피랑 살점이 사방에…… 처음에 학살이 없었다고 말하는 사람들한테 우리 가족이 죽은 걸 어떻게 설명해야 할지 몰랐어요. 억울하게 죽은 사람들은 있는데, 죽인 사람들은 없다고 하니까.”

사람들 사이에 침묵이 흐른다. 누군가는 눈물을 흘리고, 누군가는 한숨을 쉬고, 누군가는 화가 난 표정을 짓고 있다..

써니	(관객 응우옌티탄을 보며) 네, 제가 탄 님이 떨면서 말씀하시는 것까진 통역을 못 하고 있었는데, 결국 감정이 좀 복받치신 것 같아요. (사람들에게) 또 다른 학살 마을인 퐁니·퐁넛 마을에 대해서는 많이 알고 계실 거예요. 대한민국을 상대로 국가 배상 소송을 진행했고, 재작년 1심에 이어 지난달 1월에 2심인 항소심에서도 승소했습니다. 대한민국이 잘못했다!
애심	그렇지!
수연	이긴 거예요?
써니	대한민국이 또다시 대법원 상고에 들어갔죠.
미선	아니, 왜 그런 거예요?
써니	잘못을 인정하지 않겠다는 거죠.
두리	이해가 안 되네.
써니	하지만 하미 학살은 퐁니·퐁넛 학살과 다르게

증거가 많이 없습니다. 그래도 탄 님과 하미 마을 주민들은 끝까지 싸워보겠다고 하십니다. 공감과 연대의 말씀, 부탁드립니다.

풍기가 박수를 친다. 다른 사람들도 관객 응우옌티탄에게 박수를 보낸다. 그때 호텔 직원1이 음료를 가지고 들어온다.

호텔 직원1   (큰 소리로) *홈 나이 컴 드억 신 또 아. 부이 롬 거이 도 우옹 칵 아.*(오늘 스무디 안 돼요. 다른 거 시키세요.)

뭉치   (놀라며) 왓?

호텔 직원1   No, smoothie!

뭉치   노 스무디?

호텔 직원1   No, smoothie!

뭉치   체인지!

호텔 직원1   What, change?

뭉치   아이스커피!

호텔 직원1   Ice coffee? *비엣 로이.*(알겠습니다.)

뭉치   땡큐! (나가는 호텔 직원1을 바라보며) 영어 발음이 신기해.

써니   (애써 웃으며) 네, 편하게 음료 드시면서 얘기해주세요.

뭉치   (큰 소리로) 여러분, 지금 요거트 스무디가 안 된다고 하네요. 시원한 아메리카노로 바꿔도 될까요? (사람들의 대답을 듣고) 감사합니다! 먼저 아메리카노 시키신 분?

써니   (뭉치가 손을 든 사람들에게 음료를 배달하자) 네, 얘기

하실 분 없으신가요?

뭉치 (큰 소리로) 망고주스?

써니 (큰 소리로) 얘기하실 분 없으세요? (풍기가 손을 들면) 말씀하세요.

풍기 (일어나며) 전 평화여행단 단장 성풍기입니다. 막상 베트남에 와서 못사는 피해자분을 만나니까 마음이 아파서……. (울먹이며) 아이, 사내새끼가, 주책맞게…….

뭉치 괜찮으세요?

써니 (애심이 손을 들면) 네, 말씀해주세요.

애심 (울먹거리며) 마음이 너무 아파. 불쌍해. 우리나라 6·25 때도 생각나고……. (눈물을 닦으며) 열한 살 때 일이라고 했잖아요. 그게 진짜 다 기억이 납니까? 너무 어릴 때니까…….

써니 *꼬 꺼 녀 러 랑 호이 더 컴 아?*(그때 당시 기억이 잘 나시는지?) (대답을 듣고) "엄마의 살과 피를 덮어써 본 적이 있으세요? 그 기억을 다 잊으실 수 있겠습니까?"

풍기 (사이, 소리를 높여) 젊은 사람들도 얘기 좀 해봐요.

두리 (손을 들고) 여기 에어컨 고장 났나요? 너무 덥네.

뭉치 (에어컨 쪽으로 가며) 제가 확인해보겠습니다.

미선 저희는 이게 이런 여행인 줄 몰랐어서……. 좀 당황스러운데요…….

두리 전 직업군인이었거든요? 군대에선 월남전 얘기하면서 이런 얘기 하나도 없었는데 좀 충격이네. 방금 인터넷 찾아보니까 한국군은 계속 마을 주

민들이 아닌 베트콩을 사살한 작전이라고 하는
데…….

써니　응어이 더 빗 랑 라, 뀐 도이 한 꿕 짓 비엣꽁 토
이 컴 파이 라 응어이 연…….(저분은 한국군이 마
을 주민이 아니라 베트콩을 사살한 거라고 알고 계시는
데…….) (대답을 듣고) "베트남전쟁은 미국으로부
터 베트남을 지키기 위한 민족 투쟁이었습니다.
한국군은 미국 편이었고요. 일본이 한국에 쳐들
어왔을 때 일본군이 일본에 맞서 싸운 한국 독립
군과 가족들을 다 죽여도 된다는 걸까요?"

두리　아, 네. 감사합니다. 베트남이 낫네요. 조선은 싸
워보지도 못하고 나라를 빼앗겼는데.

미선　그럼 참전용사들이 찾아와서 사과하면 용서하시
겠어요?

써니　네우 꾸우 찌엔 빈 씬 로이 티, 꼬 꺼 테 타 트 드
억 컴 아?(참전군인이 사과하면 용서하시겠어요?) (대답
을 듣고) "학살을 했다는 군인들이 나타나지 않는
데 어떻게 용서를 합니까?"

사라　(사이, 손을 들고) 전 한국에서 온 다큐멘터리 감독
이고요, 페미니스트입니다.

풍기　페미, 뭐?

사라　작년에 왔을 때도 뵀었는데, 반갑습니다. 전 탄
님에게 연대의 힘을 보내고 싶고요, 전쟁 피해자
외에 어떤 다른 정체성이 있으신지 궁금합니다.

써니　(사람들이 사라를 바라보면 관객 응우옌티탄에게) 꼬 나
이 응 호 꼬 탄 바 씬 호이 베 이에우 또 꾸아 꼬

	탄 마 응오아이 라 난 년 찌엔 짠 아.(저분이 응원하

    탄 마 응오아이 라 난 년 찌엔 짠 아.(저분이 응원하
면서 전쟁 피해자 외에 탄 님의 다른 정체성이 있는지 물어
보시네요.) (대답을 듣고) "전 다낭에서 아들과 둘이
살고 있고요. 여성으로, 노동자로 살고 있습니다."

애심   아이고, 참 안쓰럽네요. 남편도 없이 아들하고 둘
이 얼마나 힘들까…….

수연   왜? 우리 집도 아빠 없잖아.

애심   (소리를 높이며) 야!

호텔 직원1   (커피를 가지고 들어오며 큰 소리로) *하이 리 까 페 더
이 아.*(커피 두 잔 나왔습니다.)

뭉치   (직원에게 커피를 받고) 땡큐! (사람들을 보며) 커피 어
디죠? (수연과 미선이 손을 들자 가져다주며) 아, 네.

써니   (호텔 직원1이 나가자) 자, 이제 마무리하겠습니다.
준비해주신 선물을 탄 님께 전달드리면서 짧게
마무리 인사를 해주시면 되겠습니다.

사람들이 각자가 준비한 홍삼 캔디, 파스 등의 선물을 들고 자리에서 일어
나 관객 응우옌티탄 앞에 한 줄로 선다. 풍기는 휴대폰에서 '정말 미안합니
다'라는 말을 베트남어로 틀며 관객 응우옌티탄에게 들이댄다.

풍기   미안합니다. 정말 미안합니다. 내가 뭐라도 해드
리고 싶은데…….

써니   (풍기를 떼어놓으며) 단장님, 다음 분이 기다리셔서요.

애심   (관객 응우옌티탄에게 선물을 주며) 홍삼 캔디예요. 파
이팅하세요!

수연   힘내세요.

수호	(관객 응우옌티탄에게 선물을 주며) 한국에서 사 온 파스입니다. 응원하겠습니다.
진경	한국에 널리 알리겠습니다.
리엔	(관객 응우옌티탄에게 선물을 주며) *꼬 렌 녜!*(힘내세요!)
미선	(관객 응우옌티탄에게) 죄송해요. 저희는 준비를 못 했어요.
두리	힘내세요.
써니	내일은 호텔을 옮겨야 하니까 짐 많이 풀지 말고 주무세요. 우산 꼭 챙기시고요. 내일부턴 일정이 많아지니까 일찍 주무시고 오시면 좋겠습니다. 마지막으로 탄 님과 함께 단체 사진 찍겠습니다. 이쪽으로 모이실게요!
뭉치	모이실게요!
풍기	얼른 모입시다!

사람들이 한쪽으로 모여 선다. 써니가 관객 응우옌티탄에게 다가가 앞으로 나오길 청한 뒤 무대로 데리고 나온다. 뭉치는 현수막을 꺼내어 사람들에게 들게 하고 휴대폰 카메라를 켠다. 관객 응우옌티탄 옆에 서고 싶은 사람들이 자리싸움을 한다.

애심	(풍기를 옆으로 밀며) 단장님, 잠시만요. (소리를 높여) 수연아, 일로 와. 여기 서야지.
풍기	(옆으로 밀며) 아휴, 내 자리야. (관객 응우옌티탄에게) 고생 많았어요. 대단해!
뭉치	자! 찍겠습니다. 하나, 둘…….
풍기	아, 잠깐만요! 전 단장으로서 오늘 탄 님과 만난

시간이 너무 소중했습니다. (써니가 재촉하는 신호
를 보내자) 우리 다 같이 손하트 할까요?

뭉치　　　(사람들이 대답하면) 네, 좋습니다. 하나, 둘, 셋! 김치!

사람들　　김치!

뭉치　　　(사진을 찍고) 고생하셨습니다.

사람들　　고생하셨습니다.

써니와 뭉치, 관객 응우옌티탄에게 고마운 마음을 전한 다음 자리로 데려
가 앉힌다.

연극 vs 다큐 1 : 다낭 호텔 식당 / 밤

조명의 변화.

사람들이 퇴장하고, 전과 동일한 공간 한쪽에서 노트북을 펼치며 자리를
잡는 진경과 수호.

뭉치　　　안 들어가세요?

진경　　　아, 저희는 일할 게 좀 있어서요.

수호　　　(뭉치가 나가는 것을 보고 일을 시작하며) 학살을 당했
　　　　　　다는 사람들은 많은데, 학살을 했다는 사람들은
　　　　　　왜 없는 걸까요?

진경　　　(일을 하며) 나는 내가 여기까지 와서 단체 사진을
　　　　　　찍을 줄은 몰랐다.

수호　　　사람들이 피해자 옆에 서려고 난리던데.

진경　　　아니, 왜 한 줄로 서서 선물을 바치는 거야?

수호   그럼 두 줄로 서요?

진경   파스나 홍삼 캔디 같은 걸 왜 주라는 거지? 못살
        아서?

수호   누군가는 그걸 살 돈이 없을 수도 있죠.

진경   우리처럼? (서로 눈을 마주치고) 그래, 여기까지 와서
        돈 받고 공연해보겠다고 지원서 쓰는 우리도 불
        쌍하다. (버럭 하며) "저는 페미니스트인데요?" 페미
        는 그렇게 드러내는 게 아니야. 자기 삶에 녹아 있
        는……. (그때 갑자기 들어오는 사라를 보고 놀라며) 왜요!

사라   (놀라서) 네?

진경   왜 다시 들어오셨어요?

사라   아, 아까 저기에 마이크를 두고 가서요.

사라, 마이크를 놓아둔 곳으로 가서 정리를 시작한다. 진경과 수호는 당황
한 표정으로 서로 눈치를 본다.

사라   엄청 반갑다. 저도 대학 때 연극영화 전공했거든
        요. 극단 이름이 뭐라고 했죠?

수호   '동시대'요.

사라   아, 네. '동시대'……. 여긴 왜 오신 거예요?

진경   공연 때문에 왔죠. (사이) 여긴 왜 오신 거예요?

사라   촬영 때문에 왔죠. (사이) 마이크가 수음이 잘 돼
        서 다 들렸어요.

수호   죄송합니다.

진경   아니, 뭐가 죄송해?

사라   베트남엔 선물 문화가 있어서 작은 선물이라도

기쁜 마음으로 받는다고 하더라고요.

진경　(버럭 하며) 아니, 너무 대놓고 촬영을 하시니까 불편하더라고요. 계속 찍으실 거예요?

사라　촬영한다는 거 못 들으셨어요?

진경　네, 못 들었어요.

사라　한평연이랑 합의가 된 거라서, 다 아시는 줄 알았는데…….

진경　저흰 공연하는 사람들이라서 현장을 감각하는 게 중요하거든요.

풍기　(들어오며) 아니, 왜 싸워?

진경　싸우는 거 아니에요.

사라　토론하는 거예요, 토론!

풍기　아주 행위적으로 토론을 하네? 역시 예술 하는 사람들이야.

수호　단장님은 안 주무세요?

풍기　난 맥주 한잔하고 싶어서. 우리 예술가들이 술친구 해줄라나.

써니　(뭉치와 함께 들어오며) 아니, 뭐 하고들 계세요? 얼른 주무셔야죠.

풍기　안 그래도 써니! 내가 그 마지막 날, 위령제에서 하는 추도사에 대해 고민을 해봤는데…….

진경　근데 써니, 저 감독님 촬영하는 거요, 미리 안내를 해주셨나요? 촬영을 하려면…….

써니　그거 안내문에 있었는데, 못 보셨어요?

진경　네?

써니　혹시 모자이크 필요하면 말씀해달라고 했잖아요.

사라   그러니까요.

진경   아, 그래요?

두리   (미선과 함께 들어오며) 아, 가이드님! 마침 계셨네요.

써니   (소리를 높이며) 가이드가 아니라 써니입니다. 써니!

두리   아, 맞다. 써니! 이건 저희가 생각했던 평화여행이
           아닌 것 같아서요. 비싼 돈 내고 신청했는데, 계
           속 피해자들 만나는 패키지라면서요?

미선   혹시 지금이라도 환불이 될까요?

써니   안내문 못 받으셨어요?

두리   (사이) 받았죠.

써니   안내문에 세부 일정 다 나와 있었잖아요. 이거 그
           냥 여행이 아니라 다크 투어라고!

두리   다크 투어요?

써니   거기 여행 시작하면 환불 불가라고 나와 있습니다.

미선   죄송해요. (두리에게) 오빠만 믿고 따라오라며. 오
           빠 방학이지만 난 연차까지 내고 왔어. 이게 한두
           푼짜리도 아니고…….

두리   저기, 가이드님!

써니   (발끈하며) 왜 다들 안내문을 똑바로 안 보시는 거
           예요? 그래 놓고 이제 와서 이게 문제다, 환불해
           달라…….

풍기   (책자를 꺼내 보이며) 나는 봤는데?

써니   네?

풍기, 써니를 보며 웃는다.

전환.

2일 차

3장

위령비 : 하미 마을 위령비 / 오전

매미 소리와 소 울음소리가 들린다. 여기저기 구경하면서 사진을 찍는 사람들. 사라는 촬영 중이다. 무대 한쪽에는 제복을 입은 공안이 그런 사람들을 지켜보며 서 있다.

두리   와, 여기 진짜 개시골인데?

미선   시골 투어인가?

풍기   한국도 옛날엔 다 이랬어요. 근데 둘은 계속 있기로 했나 보네?

미선   네, 저희도 끝까지…….

애심   한국인들이 왔다고 해님이 화가 나셨나? (수연에게) 선크림 제대로 발랐지?

두리   (땀을 닦으며) 와, 진짜 더워 죽을 것 같네요.

사라   그래도 여기서 죽을 것 같다는 말은 아니지 않나요?

미선   죄송해요. (두리에게) 아, 왜 그래…….

써니	자, 우리 평화여행단! 이쪽으로 모이실게요.
뭉치	모이실게요.
풍기	모입시다!
진경	(사라가 앞을 가리자) 감독님, 잘 안 보여요.
사라	(살짝 옆으로 비키며) 아, 미안해요.

진경과 수호가 뒤로 이동한다.

써니	(야외용 마이크를 끼고 하미 위령비를 가리키며) 여기가 어제 만난 응우옌티탄 님이 사셨던 하미 마을의 하미 위령비입니다. 주민분들이 계속 저희를 지켜보실 거라, 괜찮으시다면 관광객처럼 보이지 않게 모자나 선글라스 같은 것들은 벗어주실 수 있을까요?
애심	(모자와 선글라스를 벗으며) 해가 너무 뜨거운데……. (공안을 보며) 써니, 근데 저분은 왜 자꾸 우릴 따라다니는 거예요?
써니	아, 저분은 공안이라고, 이 지역이 원래 외국인이 들어올 수 없는 곳이라 저희도 허가를 받고 들어왔는데요. 그럼 저런 공안분들이 저희를 따라다니게 됩니다.
두리	(사람들이 웅성거리자 불만스럽게) 감시하는 건가요?
써니	일종의 감시가 맞죠. 베트남이 사회주의국가잖아요. 2000년도에 한국의 참전군인 단체가 위령비를 짓고 싶다고 구 박사님께 후원금을 전달했고, 그래서 이 하미 위령비가 세워지게 됐습니다.

뭉치	당시 돈으로 3,000만 원 정도였다고 합니다.

뭉치　　당시 돈으로 3,000만 원 정도였다고 합니다.

애심　　(놀라며) 그럼 꽤 큰돈이었겠네요?

써니　　그렇죠. 좀 더 앞으로 오실게요. 뒤에 계시면 제가 더 큰 소리를 내야 해서요.

풍기　　(진경과 수호를 보며) 앞으로 좀 옵시다.

써니　　(진경과 수호가 앞으로 오자) 여기 위령비 앞면엔 한국군에게 학살당한 분들의 성함과 나이, 성별이 적혀 있는데요. 대부분 여성과 아이들이었습니다. (사람들이 웅성거리자) 만 10세 이하의 아이들이 쉰아홉 명이었고, 만으로 한 살이 채 안 된 영아도 여섯 명이었습니다. 심지어 태어난 지 두 달도 되지 않은, 기어다니지도 못하는 아기들까지 살해했습니다.

수연　　미친 거 아니야?

애심　　왜 갓난아기들까지 죽인 거예요?

그때 뭉치의 휴대폰 벨이 울린다. 사람들이 짜증스럽게 뭉치를 쳐다본다.

뭉치　　아, 잠시만요. (전화를 받으며) 네, 오셨어요? 어디요? 아, 네. 저 보이세요? (손을 흔들며) 아, 여기요!

잠시 뒤 민주가 캐리어를 끌고 등장한다. 정무가 그 뒤를 따라 들어온다.

민주　　(정무에게 캐리어를 넘기며) 아, 안녕하십니까! 안녕하십니까, 반갑습니다.

풍기　　(놀라며) 어? 나랏일 하시는 분 아닌가?

| 두리 | 뉴스에서 본 것 같은데……. 김민주? |

| 써니 | 여러분, 소개해드릴게요. 오늘부터 저희 여행에 합류하시는 강민주 의원님이십니다. |

| 민주 | 안녕하십니까, 국회의원 강민주입니다. 요즘 시국이 시국인지라 처리할 일이 많아서 하루 늦었습니다. 정무, 뭐 해? 인사해야지. |

| 정무 | 안녕하십니까. 의원님 보좌하는 이정무라고 합니다. |

| 민주 | 제가 최근에 의지하는 똑똑한 친구인데요. 요령이 없어요, 요령이. 일벌레야. 베트남을 한 번도 안 와봤다고 해서 콧바람 쐬어주려고 데리고 왔습니다. |

| 풍기 | 자, 박수! (사람들이 박수를 치자 민주에게 악수를 청하며) 아이고, 반갑습니다, 의원님! 전 이번 여행단의 단장, 성풍기라고 합니다. TV로만 보다가 직접 뵈니까 더 잘생기셨습니다. |

| 민주 | (풍기와 악수하며) 아, 네. 성풍기 선생님, 반갑습니다. |

| 써니 | 의원님은 예전부터 구 박사님과 함께 베트남 평화운동을 해오셨는데요. 이번엔 '한국군의 민간인 학살 진상규명을 위한 특별법' 제정을 위해 이 자리에 함께하게 되셨습니다. |

| 정무 | (다급하게) 죄송한데, 혹시 화장실이……. |

| 뭉치 | 아, 네. 저쪽으로 돌아가시면 됩니다. |

| 정무 | (달려가며) 감사합니다. |

| 민주 | 저희가 흐름을 끊은 것 같네요. 진행하시죠. |

써니   네. (소리를 높이며) 여러분! 이제 여기, 위령비 뒤쪽
        으로 와보실게요.

민주   (연꽃 비석을 보며) 이야, 오랜만에 보네.

애심   (사진을 찍으며) 어머, 연꽃이 너무 예쁘다.

써니   근데 여러분! 이 연꽃이 마냥 예쁘기만 한 걸까
        요? (사이) 처음 이 위령비가 세워졌을 때 여기엔
        한국군 청룡부대 군인들이 하미 마을 사람들을
        학살했다는 내용의 비문이 적혀 있었는데요. 나
        중에 이걸 알게 된 한국대사관과 참전군인 단체
        에서 항의를 하면서 비문 내용을 수정하라고 요
        구했습니다.

민주   (책자를 보면서 끼어들며) "한국군 학살 묘사 지워라,
        그러라고 돈 대준 게 아니다!" 써니, 여기 23페이
        지에 비문이 덮인 것은 2000년이 아니라 2001년
        이죠?

써니   (황급히 책자를 보며) 아, 그래요?

민주   제가 좀 더 설명을 해드려도 될까요?

써니   아, 그럼요.

민주   마을 주민들은 비문 내용을 수정하지 않겠다고
        버텼지만, 당시 한국 정부는 비문 내용을 수정하
        지 않으면 베트남에 초등학교들을 지어주기로
        한 사업을 중지하겠다고 협박했고, 결국 베트남
        정부는 주민들에게 비문을 수정하라고 지시했습
        니다.

수호   베트남 정부가요?

민주   네, 그래서 마을 주민들은 너무 분하고 고통스러

웠지만, 절대로 잘못된 내용으로 비문을 수정할
순 없다면서 자기들끼리 회의에 회의를 거쳐, 우
선 지금의 이 연꽃 비석으로 그 비문을 덮어버렸
습니다.

두리 (버럭 하며) 아니, 왜 군인들이 치사하게 그랬대요?
돈 주고 쪽팔리게.

민주 주민들은 당시 소식을 듣고 급하게 비행기 타고
날아온 구 박사를 이 위령비 앞으로 데려와서 이
렇게 말했다고 합니다. (재현하며) "구 박사, 네가
증인이다! 한국군이 주민들을 모조리 죽인 게 첫
번째 학살이라면, 그다음 날 불도저를 끌고 들어
와 무덤까지 밀어버린 건 두 번째 학살, 수십 년
이 지나 이 비문까지 수정하라고 한 건 우리의 정
신까지 말살시키려는 세 번째 학살이다." 그리
고 이렇게 말했다고 합니다. "네가 한국 사람이니
까, 네 눈으로 똑똑히 봐라! (큰 소리로) 여기 비문
있습니까?" 그러니까 구 박사가 "(큰 소리로) 네!"
"우리가 이 비문을 한 글자라도 고쳤습니까?"
"아니요!" "우린 이 비문을 절대로 한 글자도 고
치지 않을 것이고, 이 연꽃 비석 안에는 지워지지
않은 진실이 봉인될 것이다!"

어디선가 소 울음소리가 들린다. 사람들이 박수를 치는 사이 정무가 민주
에게 인사하며 들어와 한쪽에 선다. 휴대폰을 꺼내어 계속 업무를 체크하
는 정무.

애심　하루빨리 한국이 잘못을 인정하고, 사과하고, 덮인 비문이 열렸으면 좋겠네요.

써니　네, 맞습니다. 내일모레 있을 하미 위령제가 벌써 57주기입니다. 이번 평화여행에서 가장 중요한 행사인데요.

풍기　그럼 그냥 우리가 확 깨부수면 안 되나?

수연　맞아요. CCTV도 없는 것 같은데?

애심　그래, 우리가 그냥 확 깨부수면 되겠네.

두리　그래도 돈 낸 군인들이 주인인데, 나중에 알면 열받지 않을까요?

미선　아, 이게 한국 군인들이 주인이에요? 마을 사람들이 주인이 아니라?

써니　베트남은 사회주의국가라서 기본적으로 모든 땅과 유적지가 다 정부 소유예요.

진경　아니, 그럼 돈을 모아서 옆에 똑같이 새로 지으면 되잖아요. 연꽃 비석 없이.

수호　맞습니다!

민주　그게, 한국과 베트남의 정치적 관계도 있어서 쉽지가 않습니다.

써니　맞습니다. 저희 한평연에서도 지금의 위령비 자체를 부정하기보다 우리의 역사라 여기며 마주하자고 생각하고 있습니다.

두리　참 나, 돈 주고 쪽팔리게…….

사라　그래도 여기 위령비 지으라고 돈 주고 투자하는 사람들이 관광만 하고 있는 우리보다 낫지 않나요?

사람들, 사라를 쳐다본다.

사이

그때 갑자기 비가 쏟아진다. 급하게 우산을 꺼내어 쓰는 사람들. 정무도
우산을 꺼내어 민주에게 씌워준다.

애심　　아이고, 하늘도 눈물을 흘리는 것 같네요.

풍기　　(소 울음소리를 듣고) 소도 슬퍼서 같이 우네.

써니　　(위령비를 바라보며) 여러분, 이곳은 학살이 일어났
던 장소입니다. (사람들이 위령비를 바라보면 객석을
바라보며) 그리고 집단 무덤이기도 했는데요. (사람
들이 객석 쪽으로 다가가면) 잠시 각자 주변을 둘러
보는 시간을 갖고 참배하도록 하겠습니다.

사람들, 객석에 앉은 관객들을 보며 학살 당시의 상황을 상상하는 듯하다.
빗소리가 점점 커진다.

긴 사이

장학금 수여식 : 하미 반탄뚱초등학교 / 오전

조명의 변화.

사람들이 교장, 민주, 써니를 중심으로 행사 대형으로 서 있다. 뭉치와 정
무는 사진을 찍고, 사라는 촬영을 한다. 지금부터 관객들은 하미 반탄뚱초
등학교의 학생들이 된다. 사람들은 더위에 지친 표정으로 서 있거나, 휴대
폰 카메라로 학생들을 찍거나, 인사를 건네기도 한다.

| 써니 | (마이크를 들고) 네, 여러분! 반탄뚱초등학교 교장 선생님의 말씀, 이어나가겠습니다. |

써니　(마이크를 들고) 네, 여러분! 반탄뚱초등학교 교장 선생님의 말씀, 이어나가겠습니다.

교장　*야 벙 아. 못 런 느어, 쭘 또이 씬 그이 러이 깜 언 쩐 탄 뎬 리엔 민 호아 빈 한 꿕 다아 뎬 탐 쯔엉 쭘 또이 데 짜오 땀 쑤엇 홉 봉 꾸이 지아. 떰 롬 바 쓰 우 웅 호 꾸아 꾸이 비 쎄 띱 템 쓱 마잉 쩌 뜨엉 라이 꾸어 깍 엠.*(네, 이번에도 소중한 장학금을 전달하기 위해 우리 학교를 찾아주신 한국평화연대에 감사의 마음을 전합니다. 여러분의 응원은 우리 아이들의 미래에 큰 힘이 될 것입니다.)

써니　"여러분의 장학금은 우리 아이들의 미래에 큰 힘이 될 것입니다. 이곳을 찾아주신 한국분들에게 깊은 감사를 드립니다."

교장　*씬 보 따이!*(박수!)

써니　"박수!"

교장　(사람들이 박수를 치면) *씬 깜언, 씬 깜언!*

사람들　*씬 깜언!*

애심　(교장을 보고) 멋있으셔!

풍기　이야, 학교가 우리 못살던 때 같네요.

민주　그러니까요.

미선　(사진을 찍으며) 어머, 애들 좀 봐! 교복을 다려 입고 왔네.

수연　애들 땀 흘리는 것 좀 봐요. 계속 세워놨나 봐.

두리　남의 돈 받는 게 쉬운 일은 아니죠.

써니　네, 다음으로 이번에 장학금을 후원해주신 강민주 의원님의 축사를 들어보겠습니다.

풍기와 정무가 박수를 유도한다. 사람들, 박수를 보낸다.

민주　　네, 여러분. 우선 오늘 장학금을 받는 반탄뚱초등학교 학생분들, 축하드립니다. 저는 이번이 세 번째 평화여행이고, 두 번째 장학금 후원인데요. 처음 이곳에 왔을 때 아이들이 낡고 위험한 환경에서 지내는 걸 보며 내가 뭔가 할 수 있는 일이 없을까 고민을 했고, 이렇게 적은 금액이나마 보탬이 되어드릴 수 있어 다행이라고 생각합니다. 이곳에 있는 우리는 한국과 베트남의 미래입니다. 양국의 평화를 위해 다 함께 걸어가볼까요? 감사합니다.

풍기　　(격하게 박수를 치며) 이야, 말씀도 잘하시네.

써니　　(학생들에게) *깍 반 라 뜨엉 라이 꾸어 한 꾸억 바 비엣 남. 꼬 꺼 텐 줍 더 과 홉 봉 넨 꿍 부이 베 아.*(여러분은 한국과 베트남의 미래입니다. 조금이라도 도움이 될 수 있어 다행이라고 하십니다.) (민주에게) 네, 감사합니다.

민주　　써니, 통역이 좀 짧은 것 같은데?

풍기　　(써니에게) 아, 저는 한마디 안 해도 되나요?

써니　　죄송합니다, 단장님. 시간이 없어서요. (사람들에게) 지금부터 장학금 수여식을 시작하겠습니다. 장학금은 135명의 학생에게 수여됩니다. 큰돈은 아니지만 어려운 가정엔 따뜻한 희망이 된다고 합니다. 여기 학생 중 3분의 1 이상이 한국군 학살 피해 손자녀들인데요. 아이들에게 평화의 마음을 전하는 일, 함께해주시겠습니까?

사람들   (학생들을 바라보며 큰 소리로) 네.

써니   뭉치, 봉투 나눠주세요.

뭉치   (당황하며) 어? 어디 있지?

써니   아까 백팩에 넣었잖아요.

뭉치   아, 맞다. 감사해요. (백팩에서 봉투를 꺼내며) 자, 봉투 받으신 분들은 학생들 앞으로 이동해주시겠어요?

뭉치에게 봉투를 받은 사람들은 학생들 앞에 서서 그들과 짧은 대화를 나눈다.

교장   (학생들 앞으로 가서) *깍 반 등 여이 디!*(자, 자리에서 일어나야지!)

써니   *깍 반 등 여이 디!* 여러분, 학생분들 자리에서 일어나라고 해주세요. (학생들이 모두 일어서면) 장학금, 전달!

행사 음악이 나오면 사람들은 객석으로 들어가 학생들 한 명, 한 명과 인사하며 봉투를 전달한다.

사람들   아휴, 귀여워. / 공부 열심히 해서 훌륭한 사람이 되거라. / 하이! / *씬 깜언!* / 먹고 싶은 거 마음껏 사 먹어! / 따라해 봐, 감사합니다. 사랑해요. 그렇지!

써니   (봉투 전달이 끝난 것을 확인하고) 자, 바로 단체 사진

촬영하겠습니다. 한국분들은 가운데나 양쪽 끝
에 서주시면 되겠습니다.

사람들, 객석에 있는 학생들과 함께 사진을 찍기 위해 자신들이 잘 보이는
위치에 선다.

정무   의원님, 조금 더 가운데로 서주셔야 할 것 같습니
              다.

민주   (자리를 살짝 옮기며) 여기?

정무   네, 좋습니다.

뭉치   자, 다들 붙어주시고요. 아이들과 눈 한번 마주치
              고 웃어주실까요?

풍기   (사람들이 아이들과 눈을 마주치고 웃자 큰 소리로) 우
              리 또 손하트 할까요?

민주   (끼어들며) 에이, 단장님! 그게 아니죠. 여러분! 우
              리 아이들이 힘을 낼 수 있게 파이팅을 함께 외쳐
              볼까요? 제가 '하나, 둘, 셋!' 하면 '평화, 평화, 평
              화, 파이팅!' 어떻습니까?

사람들   좋습니다.

민주   자, 하나, 둘, 셋!

사람들   평화, 평화, 평화, 파이팅!

써니   자, 여러분! (매미 소리 들리면) 이쪽으로 오실게요.

전환.

하미

4장

조명의 변화.

더위에 지친 사람들이 도안응이아의 집 앞에 서서 부채질을 하고 있다. 사라는 촬영 중이다.

애심 어르신, 덥지 않으세요? 난 너무 덥네.

풍기 동남아니까…….

써니 (야외용 마이크를 끼고) 네, 여러분. 오랫동안 차 타고 오시느라 고생 많으셨습니다. 베트남엔 아직도 한국인들이 들어갈 수 없는 한국군 학살 지역이 많습니다. 이곳 빈호아도 그런 곳이 많았는데요. 그동안 저희 한평연에서 마을 주민분들과 많은 소통을 하면서 결국 이렇게 들어올 수 있게 됐습니다. (민주와 풍기가 박수를 유도하면) 이제 방문할 집은 빈호아 꺼우 마을의 학살 피해 생존자 도안응이아 님의 집인데요. (사람들을 데리고 가며) 도안응이아 님은 앞을 못 보시는 분이세요. 그래서 집으로 초대해주셨는데 집이 아주 좁습니다. 그래도 저희가 어렵게 마련한 자리여서…….

그때 오토바이 급브레이크 소리와 비명이 들린다. 뭉치와 출근하던 주민이 부딪혀 쓰러져 있다.

미선   (놀라서 큰 소리로) 어머, 어떻게 해!

두리   (거의 동시에) 오토바이에 치였나 봐요.

수연   헐, 어떻게 해.

애심   (거의 동시에) 괜찮은가?

출근 주민   *쩌이 어이. 당 디 마 융 라이 티 비엣 람 싸오. 쩌이 어이. 쩌이 어이, 다우 꾸아.*(아, 가다가 갑자기 멈추면 어떻게 합니까. 아이고, 아파라.)

뭉치   죄송합니다.

써니   (사람들 사이를 비집고 들어가며) 잠깐만요, 비키실게요. (뭉치에게) 괜찮아요?

뭉치   (힘들어하며) 괜찮아요. 근데 저분은 괜찮으신지…….

써니   *엠 꺼 싸오 컴?*(괜찮아요?)

출근 주민   *컴 다우 꽈.*(아뇨, 아픕니다.)

수호   병원 가서야 하는 거 아니에요?

애심   베트남 병원을 어떻게 믿어요?

정무   제가 응급처치를 좀 배워서……. 잠깐 보겠습니다.

풍기   여기도 119 있나?

민주   119 없는 나라가 어디 있습니까?

정무   타박상인 거 같은데, 혹시 모르니까 택시 불러서 병원 가시는 거 어때요?

뭉치   아녜요, 괜찮아요. 저분이 괜찮아야 할 텐데……. (갑자기) 어, 내 가방!

써니   (놀라며) 무슨 가방이요?

뭉치   공금 가방이요.

써니   거기 우리 돈 다 들어가 있잖아요.

뭉치   아까 버스에서 분명히 챙겼는데, 제가 앞으로 메
           고 다니는…….

정무   (큰 소리로) 자, 다 같이 찾아보시죠!

흩어져서 가방을 찾는 사람들. 그때 두리가 출근 주민을 보고 동작을 멈춘
다.

두리   누가 훔쳐 간 거 아니야?

미선   (출근 주민을 보며) 에이, 설마!

애심   (큰 소리로) 어머, 내 정신 좀 봐. (뒤로 멘 가방을 앞
           으로 돌리며) 혹시 이거 아니에요?

뭉치   (놀라며) 어, 맞아요!

애심   (가방을 주며) 아까 버스에서 잠깐 들어달라며.

뭉치   (가방을 받으며) 아, 다행이다.

사람들   (한숨을 쉬며) 다행이네. / 다행이다.

써니   (소리를 높여) 뭉치, 이 마을에서 소란스럽게 굴면
           안 되는 거 알잖아요! (사이) 병원 안 가도 돼요?

뭉치   (기가 죽어서) 괜찮습니다.

써니   우선 지금 마을 주민분들부터 공안까지 다 저희
           를 보고 계시니까……. 리엔, 여기 정리 좀 부탁
           드려도 될까요?

리엔   네.

써니   고마워요. 저희 먼저 안으로 들어갈게요. 안에서
           기다리고 계셔서, 우선 빠르게 이동할게요.

써니, 사람들을 데리고 이동한다. 정무는 민주를 보좌한다. 진경과 수호는
뭉치, 리엔, 출근 주민과 함께 있다.

민주   (들어가며) 이게 뭔 일이냐.

정무   그러게 말입니다.

풍기   병원비라도 줘야 하는 거 아닌가?

애심   해외에서 아프면 서러운데…….

두리   (들어가며) 저거 돈 뜯어내려고 하는 거 아니야?

미선   교통사고 후유증이 얼마나 무서운데…….

리엔   *파이 디 루온 벤 비엔 쯔억 싸오?*(병원부터 가셔야
           하는 거 아니에요?)

출근 주민   *엠 컴 싸오 아잉 더 티 꺼 싸오 컴? 버이 저 엠 파이
           디 람.*(나는 괜찮은데, 저 사람은 괜찮아요? 난 빨리 일하
           러 가봐야 해서…….)

리엔   *네우 껀 티 덴 벤 비엔 아 커 비엑 지 티 씬 리엔 헤
           쪼 또이 줌 네.*(혹시 병원 가보시고, 무슨 일 있으면 연
           락해주세요.)

출근 주민   *야 벙. 꺼 번 데 지 티 쎄 리엔 락 라이 아.*(네, 문제
           있으면 연락드릴게요.)

리엔   우선 일하러 가셔야 한다고 해서, 써니 휴대폰 번
           호 드렸어요. 문제 있으면 연락한대요.

뭉치   쏘리, 쏘리. 아, 씬 깜언.

리엔   (단호하게) *씬 로이.*(미안합니다.)

뭉치   *씬 로이.*

출근 주민   (나가며) *아잉 꿍 버이, 씬 로이.*(저도 미안합니다.)

출근 주민이 퇴장하면, 조명의 변화.

사람들이 객석을 바라보며 어수선하게 앉아 있다. 지금부터 객석 도안응이아
자리에 앉은 관객은 도안응이아가 된다. 사라가 촬영을 한다. 뭉치, 리엔, 진경, 수호는 무리와 조금 떨어진 곳에서 관객 도안응이아를 바라본다.

써니	(관객 도안응이아를 가리키며) 네, 도안응이아 님은 태어난 지 6개월 됐을 때 빈호아 학살 현장에 계셨는데요. 주민분들이 한국군의 학살이 끝나고 시신을 수습하다가 돌아가신 어머니 품에 안겨 있는 걸 발견했다고 합니다. 그때 탄약이 빗물에 흘러 눈으로 들어가 앞을 보지 못하게 되셨습니다.
애심	(울먹이며) 아이고, 불쌍해라.
풍기	(안쓰럽게 쳐다보며) 그럼 평생을 그렇게 산 것 아닙니까?
써니	(관객 도안응이아에게) 야오 나이 쭈 응이어 쾌에 컴 아?(그동안 어떻게 지내셨나요?) (대답을 듣고) "먼 길 와주셔서 감사하다"라고 하십니다. "아까 사고 난 분은 괜찮으신지"라고도 물어봐주시네요.
미선	너무 착하시다. (두리에게) 그치, 자기야?
써니	도안응이아 님은 보이진 않으셔도 여기 계신 분들을 다 느끼시는 것 같습니다.
민주	존경스럽습니다. 요즘 뭐 힘든 건 없으신가요?
써니	야오 나이 쭈 꺼 지 커 칸 컴 아?(요즘 힘든 건 없으신가요?) (대답을 듣고) "힘든 건 없고, 요즘 너무 기쁜 일이 있어요. 딸이 공부를 잘해서 큰일입니다.

대학에 합격했는데 전액 장학금까지 받아요”라고 하십니다.

애심 아이고, 축하드려요. 딸은 잘 보여서 다행이네. 우리 딸도 이번에 한국에서 유명한 한국대에 떡하니 붙었는데…….

민주 어? 저도 한국대인데. (수연에게) 나랑 동문이네!

애심 어머, 진짜요?

풍기 엘리트네, 엘리트!

수연 아, 엄마. 쫌!

애심 (수연을 밀며) 너도 한마디 해!

수연 전 한국은 늘 피해자라고, 남의 나라 침략해본 적 없다고 배웠거든요? 근데 이거 뭐, 완전 속은 것 같습니다.

애심 (사이, 무마하듯) 혹시 동네 어디까지 돌아다니시는지 궁금하네요. 실례인가?

써니 네, 실례고요. 넘어갈게요. (대답을 듣고) “난 전쟁이 참 무서워요. 누구도 더는 전쟁을 겪지 않고 서로 협력하며 살아가면 좋겠어요.” 이렇게 자신을 찾아와준 여러분께 고마운 마음에 노래 선물을 준비하셨다고 하는데요. ‘자그마한 봄’이라는 곡입니다.

사람들, 격하게 환호하며 박수를 친다.

정무 (갑자기 자리에서 일어나 큰 소리로) 저 죄송한데 혹시 화장실이…….

| 써니 | (화장실 있는 쪽을 가리키며) 저쪽이요. |

써니	(화장실 있는 쪽을 가리키며) 저쪽이요.
민주	에헤이, 이정무!
정무	(급히 나가며 큰 소리로) 죄송합니다! 정말 죄송합니다!
민주	쟤가 왜 저럴까?

실제 도안응이아가 기타를 연주하며 노래하는 음향이 나온다. 사람들은 신기한 듯 관객 도안응이아를 바라본다. 애심과 민주는 휴대폰으로 그 모습을 촬영한다. 안쓰러운 표정을 짓거나 온화한 미소를 머금은 사람들.

진경	(뭉치에게) 괜찮아요?
뭉치	(울먹이며) 괜찮은데, 그냥 좀 놀라서…….
수호	당연히 놀라죠.
진경	아프면 참지 말고 얘기해주세요.
써니	(노래가 끝나고 사람들이 박수를 치자) 감사합니다.
애심	(손을 들고) 저기요, 제가 답가를 꼭 하고 싶은데. 괜찮을까요?
수연	아, 엄마! 쫌!
써니	아, 그럼요.
민주	자, 박수!

박수 소리와 함께 애심이 노래를 부른다. 흥에 겨운 사람들. 그때 갑자기 마을 주민1이 삽을 휘두르며 들어온다. 놀라서 비명을 지르는 사람들. 정무도 들어온다.

| 마을 주민1 | (소리를 지르며) 쫌 마이 껀 얌 박 까이 맛 야이 덴 |

더이 느어 하아?(너희가 누슨 낯짝으로 여길 와!)

써니 (사람들이 놀라자) 안 꺼 쭈엔 지 아? 안 빈 띤.(무슨
일이세요? 진정하세요.)

마을 주민1 쭘 마이 컴 비엣 응으어이 한 꾸옥 거이 라 다 쭈
엔 지 하아?(너희 한국 사람들이 이 마을에서 무슨 짓을
저질렀는지 몰라?)

써니 쭘 또이 덴 더이, 데에 그이 러이 씬 로이 쪼 안 바
응어이 연 칵 아.(저희는 선생님한테도, 다른 분들한테
도 사과를 드리려고 온 거예요.)

마을 주민1 씬 로이 지 마 씬 로이. 등 꺼 노이 요이!(사과는 무
슨! 거짓말하지 마!) (두리와 정무에게 끌려 나가며) 꿋
디! 꿋 루온 디! 라 응오아이 랑 쭘 또이 디. 쭝 마
이 떠이 더이 데 람 지, 데 람 지!(꺼져! 당장 꺼지라
고! 우리 마을에서 꺼져! 감히 여기가 어디라고, 감히!)

마을 주민1이 흥분한 상태로 끌려 나간다. 써니도 따라 나간다.

사이

숨을 돌리며 안심하는 사람들.

애심 (리엔에게) 무슨 일이에요?

리엔 여기가 어딘 줄 알고 감히 한국 사람들이 오냐
고…….

애심 엄마야!

리엔 꺼지라고. 당장 이 마을에서 꺼지라고…….

애심 아이고, 무서워라. 큰일 날 뻔했네. (수연에게) 괜찮
아?

수연	어, 엄마도 괜찮아?
민주	(놀란 풍기에게) 어르신, 괜찮으세요?
풍기	(울먹이며) 죄송합니다. 우리가 죄송합니다.
민주	아이고, 또 뭐 그렇게까지……. 다들 괜찮으세요? (사이) 뭉치! (분위기를 풀어보려 하며) 자, 우리 준비해 온 선물을 드릴까요?
뭉치	(사이, 다리를 절뚝이며) 한 줄로 서실게요.
민주	(사람들이 관객 도안웅이아 앞에 한 줄로 서자) 리엔, 통역 좀 해줘요.
리엔	네. (대답을 듣고) "놀랐을 텐데 괜찮냐?"라고 물어보시네요.
풍기	(울면서 관객 도안웅이아의 손을 잡고) 아이고, 죄송합니다. 저는 제가 한국 사람인 게 많이 부끄럽습니다.
리엔	(관객 도안웅이아에게) 옴 노이 라 씬 로이 아.(죄송하다고 하시네요.)
민주	(풍기를 달래주며) 우리 어르신께서 가슴이 많이 아프신가 봅니다.
애심	(관객 도안웅이아에게 선물을 주고 악수하며) 홍삼 캔디예요. 맛있게 드시면 좋겠네요.

그때 써니, 두리, 정무가 급하게 달려 들어온다.

| 써니 | (곤란해하며) 여러분, 많이 놀라셨죠. 괜찮으세요? 괜찮아요? |
| 정무 | 의원님, 괜찮으세요? |

써니	(사이) 죄송합니다. 아무래도 오해가 있었던 것 같습니다.
애심	아니, 오해는 무슨 오해요!
미선	우리가 베트남 사람한테 왜 이런 취급을 받아야 하는 거죠?
두리	여기 애랑 여자들도 있고, 어르신도 계시는데 최소한의 안전장치는 마련해줘야 하는 것 아닙니까?
민주	써니, 여기 마을 대표랑 인민위원회에 연락 안 했어?
써니	다 했습니다.
민주	아니, 근데 뭘 어떻게 소통했길래 이런 일이 일어나?
써니	죄송합니다. 정말 죄송합니다. 저희가 자주 오는 마을이 아니다 보니까, 가끔 이렇게 상처가 덜 아문 분들이 계세요.
사라	(사이) 그래도 이 정도니까 다행인 거죠. 써니가 어떻게 할 수도 없었던 거잖아요.
써니	(사이) 우선 여기 도안응이아 님도 계시니까, 이 자리는 마무리하겠습니다. 바로 단체 사진 촬영할게요. 뭉치, 촬영 부탁해요. 이번엔 이쪽으로 모이실게요.
진경	(화를 내며) 저기요, 지금 다친 사람한테 사진 촬영을 하라고요?
수호	(뭉치에게 다가가 휴대폰을 받으며) 그냥 계십시오. 제가 하겠습니다.

정무	(사람들이 대형을 잡자) 의원님, 조금 더 가운데로 서주셔야 할 것 같습니다.
민주	여기?
정무	네, 좋습니다.
민주	자, 여러분. 분위기가 너무 가라앉았네요. 그래도 우리 도안응이아를 위해 다 함께 외쳐볼까요? '평화, 평화, 평화, 파이팅!' 기억하시죠? 하나, 둘, 셋!
사람들	(마지못해) 평화, 평화, 평화, 파이팅!

연극 vs 다큐 2 : 꽝응아이시 호텔 세미나실 / 밤

조명의 변화.

사람들이 써니를 중심으로 모여 있다.

써니	자, 여러분! 오늘도 고생하셨습니다.
사람들	고생하셨습니다.
써니	내일 아침에 호텔 체크아웃 하시고, 오전 8시까지 호텔 로비에서 다시 만나겠습니다.
두리	(소리를 높이며) 아니, 짐을 또 싸요? 무슨 패키지가 숙소를 맨날 바꿔요?
미선	아, 됐어. 그만해.
두리	아니, 돈을 이만큼이나 냈는데 말도 못 해?
애심	써니! 어제 우리 방, 뷰가 너무 안 좋던데. 어떻게 안 될까?

수연	도마뱀까지 돌아다녔잖아.
써니	네, 뭉치에게 체크해보라고 할게요. 그럼 오늘은 여기서 마치겠습니다. 고생하셨습니다.
사람들	(나가며) 고생하셨습니다.
풍기	써니! 나는 오늘 많은 걸 느꼈어요. 그래서 그 마지막 날, 위령제에서 하는 추도사에 대해 고민을 해봤는데…….
민주	써니! 혹시 저녁에 시간 좀 되나? 여행 진행 방식에 대해 조언을 좀 해주고 싶은데.
써니	(들어가며) 아, 네. 마무리하고 이따 잠깐 찾아뵐게요.

진경과 수호는 들어가지 않고 한쪽에 앉아 노트북을 꺼낸다.

민주	(진경과 수호에게) 방에 안 들어가나?
진경	여기가 와이파이 잘 터져서요.
수호	쉬세요.

민주와 정무가 들어간다.

조명의 변화.

진경과 수호, 노트북으로 일을 하기 시작한다.

| 수호 | 이렇게 많은 피해자가 있는데, 왜 학살을 한 사람들은 인정하고 사과하지 않는 걸까요? |
| 진경 | 그러게. 난 아까 연꽃 비석 보는데 얼굴이 후끈거리더라. 어떻게 정부에서까지 그럴 수가 있지? |

	(사이) 아니, 근데 우리 돈도 아닌데 왜 장학금을 우리한테 나눠주라고 하냐고.
수호	입장 바꿔서 일본이 우리나라에 와서 장학금 주면 받을 거예요?
진경	돈이 무슨 잘못이 있어. 받아야지! 왜 툭하면 파이팅을 할까? 싸우자고? "평화, 평화, 평화, 파이팅!" 말이 돼? (갑자기) 근데 뭉치 일은 진짜 너무하지 않았냐? 한국에서 교통사고 나면 병원 가는 건 상식이잖아. (다시 일하려다 말고) 그리고 어제부터 피해자 찾아가서 한다는 소리가 "증언해달라!" "힘들었겠다!" 아니, 인터넷 좀만 찾으면 나오는 얘기를 대체 왜……
수호	피해자 관광 온 것 같던데.

뭉치와 사라가 들어오면서 두 사람의 이야기를 듣는다.

진경	그러니까. 동물원이야. 투어버스 타고, 사육사 설명 듣고. "살아 있는 피해자를 볼 수 있습니다!"
수호	사람 죽은 얘기 하는데 카메라 들고 자꾸 왔다 갔다 하는 거, 진짜 꼴 보기 싫지 않아요?
진경	피해자 얼굴, 줌인까지 하더라고. 자꾸 방해돼서 기록을 제대로 못 했다니까!
수호	미친. 왜 그렇게 찍어? 개짜증 나게.

진경과 수호가 뭉치와 사라를 발견하고 놀라서 소리 지른다.

뭉치	드릴 말씀이 있는데, 전화를 안 받으시더라고요.
진경	(휴대폰을 확인하며) 죄송해요.
사라	근데 사람들이 사진이나 영상 찍는 게 그렇게 이상해 보여요?
진경	이상하죠.
사라	사진이나 영상 찍는 건 나쁘고, 글로 적는 건 괜찮으신가 봐요.
진경	적어도 글은 제 생각을 적는 거니까요.
사라	여기서 적어 간 걸로 공연 만드는 거 아니세요?
진경	만든다 하더라도 있는 그대로 드러내진 않죠.
사라	아, 피해자를 공연 소스로 사용하는구나.
진경	왜곡하지 않고 제대로 전달하려고 참고만 하는 겁니다. 그러는 감독님은 피해자가 증언할 때만 유독 더 찍잖아요.
사라	그럼 증언하는 거 말고 뭘 찍어요? TV 보는 거 찍어요, 자는 거 찍어요?
진경	피해자처럼 보일 때만 찍어대면, 그걸 보는 사람들도 피해자를 불쌍한 사람으로만 보겠죠. 무슨 유니세프 광고야?
사라	그러는 연출님은 배우들한테 피해자 흉내 내게 하고, 불쌍하게 질질 짜는 연기 시킬 거 아니세요?
진경	뭐라고요? 어쨌든 감독님 촬영하시는 거 정말 불편하네요.
사라	대체 어제부터 뭐가 그렇게 불편해요? 다른 사람들은 편해서 가만히 있어요? 아니, 성인이 자기

불편한 거 하나를 스스로 해결 못 해요? 씨발, 진
짜.

진경 (버럭 하며) 뭐, 씨발? 나는 욕 못 해서 가만 있는
줄 아세요? 씨발!

수호 그만하시죠.

사라 (소리를 높이며) 그러니까 연극이나 하고 사시죠.
앞뒤 다르고 꽉 막혀서.

진경 (소리를 높이며) 그러니까 다큐나 찍고 사시죠. 앞
뒤 다르고 꽉 막혀서.

수호/뭉치 (소리를 높이며) 그만하세요!

사라 그리고요, 영상에 얼굴 나오는 거 걱정하지 마세
요. 어차피 두 사람 표정, 맨날 썩어 있어서 못 쓰
거든요? 저도 매번 카메라 끄고 듣고만 싶어요.
근데 한국에서도 베트남에서도 잊으라고 하는
사람들의 진실이 여기 있잖아요. 그걸 어떻게 안
찍어요?

사이

뭉치 (눈치 보며) 어…… 일단 앉으실까요?

수호 (들어가며) 전 관광하랴, 싸움 말리랴, 피곤해서 들
어가 자렵니다.

뭉치 (나가는 수호를 보며) 어? 수호 씨……. (진경과 사라
에게) 뭐 마실 거 필요하세요?

사라 시원한 거요.

진경 한잔 마시고 싶네요.

뭉치	제가 그럴 줄 알고 알아봤는데, 여긴 맥주 대신 베트남 보드카만 있어서 그거 시켜놨어요.
사라	좋네요.
진경	그걸로 마실게요.
호텔 직원2	(보드카를 가져다주며) 보드카, 보드카, 보드카, 보드카 비엣 남 더이 아. 쫍 부이 베.(보드카, 보드카, 보드카, 주문하신 보드카 나왔습니다. 좋은 시간 되십시오.)
뭉치	*씬 깜언.*
사라	(진경과 뭉치의 잔에 술을 따라주며 뭉치에게) 맞다. 좀 어떠세요?
진경	(사라의 잔에 술을 따라주며 뭉치에게) 아프면 언제라도 말씀하셔야 해요, 저한테.
뭉치	괜찮습니다. 완전 멀쩡해요. 짠!

세 사람, 잔을 부딪치고 한 번에 마신다.

뭉치	내일 정식 일정 끝나고, 하미 마을 위령비 비문을 쓰신 작가분과 인터뷰가 잡혔어요. 저희도 처음 뵙는 분인데, 낯을 많이 가려서 많은 인원을 만나는 건 힘들다고 하신대요. 그래서 써니와 저, 그리고 딱 한 분만 더 가실 수 있을 것 같거든요.
사라/진경	(서로 눈을 마주치고) 아…….
사라	(술을 따라주며) 이번이 처음인 거잖아요?
진경	(술을 따라주며) 와, 그거 되게 감사하네요.
뭉치	그죠. 아무래도 두 분이 기록을 하시다 보니

까…….

세 사람, 잔을 부딪치고 한 번에 마신다.

사라   (술을 따라주며) 그럼, 제가 가서 촬영하고 그 영상
             을 드리면 어떨까요?

진경   (술을 따라주며) 전 현장 감각이 중요해서요. 제가
             영상을 찍어다 드리면 어떨까요?

뭉치   두 분 다 술이 세신가 봐요. 이거 도수 되게 높은
             데. 주량이…….

세 사람, 잔을 부딪치고 한 번에 마신다.

사라   (술을 따라주며) 컨디션 좋으면 소주 서너 병?

진경   (술을 따라주며) 기분 좋으면 한 병 더?

뭉치   와, 두 분 다 술을 엄청 잘…….

세 사람, 잔을 부딪치고 한 번에 마신다.

조명의 변화.

뭉치는 술에 취해 테이블 위에 엎드려 있고, 진경과 사라는 연거푸 술을

마신다. 점점 취해가는 두 사람.

진경   내 말 들어봐!

사라   내 말 들어봐!

진경   (취했지만 버티며) 전 여기에 감각을 하러 왔어요!

사라   (취했지만 버티며) 아, 씨발. 그 감각이 대체 뭔데?

진경	보고 듣고 느끼고, 사유하고, 질문하고!
사라	잘났다. 내가 영상으로 현장의 감각 잘 담아다 줄게!
진경	영상이랑 실제랑 얼마나 차이가 나는지 아세요?
사라	(소리를 지르며) 내가 그걸 어떻게 알아!
뭉치	(놀라서 깨며) 아, 그냥 둘이 가. 둘이 가! 내가 안 갈게.
진경	(뭉치가 다시 엎드리자) 언니! 우리 가위바위보로 끝내자, 깔끔하게.
사라	진짜지? 딴말하기 없기다.
진경/사라	가위, 바위, 보!
진경	앗싸, 이겼다!
뭉치	(놀라서 깨며) 정해지면 알려주세요, 독한 년들아…….
사라	(진경을 붙잡으며) 잠깐만! 언니 이거 진짜 찍어야 돼. 한 번만 살려주라.
진경	아, 딴말하기 없기로 했잖아요!
사라	(진경을 붙잡으며) 야, 너희 연극보다 내 다큐를 더 많은 사람이 볼 거잖아.
진경	(사이) 나 진짜 많이 참았다.
사라	나도 많이 참았다!

몸싸움을 하는 진경과 사라. 뭉치가 깨서 둘을 말리려고 하지만 역부족이다. 결국 취한 세 사람은 바닥에 엉켜 쓰러져 잠이 든다. 그때 써니가 휴대폰을 보며 세미나실로 들어온다.

써니   뭉치, 내일 위령비 비문 작가분과 일정이 취소돼
서……. (바닥에 쓰러진 세 사람을 발견하고) 뭐야, 이
거? 뭉치! 뭉치! 진짜 너무하네. (휴대폰 벨이 울리
자 전화를 받으며) 네, 박사님. 네, 잘 진행되고 있죠.
네? 그게 저도 예상치도 못한 상황이라, 다친 분
은 없고요. 근데 어떻게……. 아, 의원님이요? 네,
의원님이 많이 도와주고 계세요. 네, 네. 알겠습니
다. 걱정하지 마세요. 네, 들어가세요.

수연   (써니를 발견하지 못한 채 통화를 하며 들어와) 아니, 여
기 좆나 이상하다니까. 사람들 갑자기 막 쳐울고,
만나는 사람마다 사과하고. 지들이 잘못한 것도
아니면서 유난 개심함. 아니, 연기 아니라니까. 이
게 연기면 이 사람들 다 칸영화제 가야 됨. 우리
엄마가 제일 심하다. 야, 돈을 그렇게 냈는데 땡
볕에 세워두질 않나, 사고가 나지 않나, 이거 소
비자보호원에 신고해야 함. (써니를 발견하고) 아,
대박. 설명충이다. 내가 이따가 다시 전화할게.
(전화를 끊고 웃으며) 아, 죄송해요. 내일 뵐게요.

수연, 나간다. 써니는 바닥에 누워 있는 세 사람을 보며 한숨을 쉰다.
전환.

3일 차

5장

팜탄꽁과의 만남 : 밀라이박물관 / 오전

팜탄꽁 전 밀라이박물관 관장과 써니를 중심으로 사람들이 앉아 있다. 더위와 피로에 지친 사람들. 사라도 힘들게 촬영 중이다. 정무는 휴대폰을 꺼내어 계속 업무를 체크하고 있다.

두리　　(부채질하며) 아, 진짜. 박물관은 시원할 줄 알았는데 버스랑 똑같네요.

미선　　(부채질하며) 버스 에어컨은 언제까지 고쳐주신대요?

뭉치　　네, 죄송합니다. 기사님이 최대한 빨리 해결해보신다고 합니다.

써니　　(야외용 마이크를 끼고) 여러분, 다들 아시다시피 베트남전쟁은 미국이 일으킨 전쟁이었습니다. 이 밀라이 지역에서는 미군에 의한 학살이 있었는데요. 여기 밀라이박물관은 그 학살 기록들을 담은 박물관으로 매년 8천여 명이 방문하고 있습니다. (팜탄꽁을 가리키며) 여기 계신 팜탄꽁 전 밀라이박물관 관장님은 1968년 밀라이 학살 당시 열한 살이셨고, 가족 다섯 명의 시신 더미에서 혼자 살아남으셨습니다. 본인은 가족을 대신해서 살고 있다고 생각하시고, 앞으로도 계속 증언을 해나갈 거라고 하십니다.

민주   자, 박수!

정무   (사람들이 박수를 치는 동안 갑자기 자리에서 일어나며 큰 소리로) 죄송합니다. (급하게 화장실을 가며) 잠깐만 다녀오겠습니다.

민주   (소리를 높이며) 야, 이정무! 쟤가 진짜…….

애심   아휴, 어떡해요. 더운 나라에선 물갈이를 조심해야 되는데. 석회수가 진짜…….

민주   아, 저게 물갈이인가요?

사라   (손을 들고) 박물관에는 성폭력 피해 여성들을 비롯한 피해자들의 참혹한 사진들이 전시돼 있는 걸로 아는데, 이런 사진들이 다수의 사람에게 노출되는 게 괜찮다고 생각하시나요?

써니   (사이) *쫌 바오 땅 당 쫑 바이 니우 힌 안 긴 호앙 꾸아 난 년 마 도이 버이 바오 땅 티 느 테 나오?*(박물관에 피해자들의 참혹한 사진들이 걸려 있는데 괜찮다고 생각하시나요?)

팜탄꽁   (갑자기 사라에게 악수를 청하며) *더우 띠엔, 네우 찌깜 터이 벗 띠엔 티 통 깜.*(우선, 불편하셨다면 양해를 부탁드립니다.)

사라   (악수를 하고 당황하며) 뭐라고 하시는 거죠?

써니	"우선 불편하셨다면 양해를 부탁드린다"라고 하 십니다.
팜탄꽁	(사람들이 놀라자) 꺼 테 수이 응이 라 도이 뜨엉 호 아 난 넌, 능 더 라 꺼 묵 딧 야오 윱 데 찌아 쎄 쓰 텃. 또이 응이 랑 응아이 까 쫌 바오 땀, 능 꺼 우 쭈엔 느 테 나이 파이 드억 께 라 티 찌엔 짠 마이 컴 랍 라이.(희생자들을 대상화시킨다고 생각할 수도 있지만 진실을 전달하기 위한 교육적 목적입니다. 박물관에서라도 이런 얘기들이 다뤄져야 전쟁이 반복되 지 않는다고 생각합니다.)
써니	"희생자들을 대상화시킨다고 생각할 수도 있지 만 진실을 전달하기 위한 교육적 목적입니다. 박 물관에서라도 이런 얘기들이 다뤄져야 끔찍한 전 쟁을 기억하고 다시는 같은 일이 반복되지 않는 다고 생각합니다. 이젠 시간이 흘러 베트남에서 도 미군의 밀라이 학살에 대해 모르는 사람들이 많습니다."
애심	(리엔에게) 정말 몰랐어요?
리엔	네, 몰랐어요.
두리	(손을 들며) 그럼 한국군에 대해서는 어떻게 생각 합니까?
써니	아인 꺼 수이 응이 테 나오 베 꿘 도이 한 꾸옥 아?(한국군에 대해선 어떻게 생각하시나요?)
팜탄꽁	또이 깜 터이 호 또이 응이엡 꾸아.(불쌍하다고 생 각합니다.)
써니	"불쌍하다고 생각합니다."

두리	(짜증을 내며) 불쌍하다고요?
팜탄꽁	*호 라 능 응어이 린 다 비 반 삼 람 린 다인 투에 쪼 미 비 응에오 더이, 데 로이 파이 특 히엔 니에 우 부 탐 쌋 긴 호앙 테오 멘 렌, 쫌 못 꾸옥 찌엔 콤 파이 꾸어 덧 느억 호. 부 탐 삿 라 못 쓰 끼인 낀 호앙 도이 버이 까 응어이 비 하이 런 께 거이 라, 버이 마 짬 비엣 노이 버이 아이 쩌 터우 다오, 리에우 꺼 테 온 드억 컴 아?*(남의 나라 전쟁에 가난 하다는 이유로 미국에게 돈 받고 용병으로 팔려 왔는데, 명령받고 어쩔 수 없이 그 수많은 학살을 저지른 병사들 입니다. 학살은 당하는 사람에게도 저지른 사람에게도 끔 찍한 사건인데, 어디에 제대로 말도 못 하고, 괜찮을까요?)
써니	"남의 나라 전쟁에 가난하다는 이유로 미국한테 돈 받고 용병으로 팔려 왔는데, 명령에 어쩔 수 없이 그 수많은 학살을 저지른 병사들입니다. 학 살은 당하는 사람한테도 저지른 사람한테도 끔 찍한 사건인데, 어디에 제대로 말도 못 하고, 괜 찮을까요?"
팜탄꽁	(사이, 시계를 보며) *헨 갑 라이.*(다음에 또 봅시다.)
써니	네, 관장님께서 다음 일정 때문에 먼저 가보신다 고 하시네요.
애심	*씬 깜언.*
사람들	*씬 깜언.*

민주와 뭉치가 팜탄꽁과 인사를 나눈다. 화장실에 다녀오던 정무가 그 모 습을 보고 달려와 민주의 사진을 찍어준다. 두리도 자리에서 일어나서 팜

탄꽁에게 정중한 인사를 건넨다. 다른 사람들은 써니 주변으로 모인다.

써니   이제 박물관을 둘러보실 건데요. 사진이 많이 적나라해서 보기 힘든 분이 있을 수 있습니다. 양해 부탁드립니다. 밀라이 학살은 1968년 3월 16일, 미군이 네 시간 동안 504명의 민간인을 학살한 사건입니다. (희생자 명단을 가리키며) 이 앞에 있는 게 당시 희생자들의 명단인데요. 자세히 보면 너무나 많은 아이가 희생당했다는 것을 알 수 있습니다. (사이) 한국군이 저지른 학살들보다 밀라이 학살이 세계적으로 더 유명해질 수 있었던 이유는 미군 종군기자 하벌이 찍은 사진 때문입니다. (한 사진을 가리키며) 이 사진은 여성과 아이 들이 단체로 길거리에서 학살을 당한 사진입니다. (또 다른 사진을 가리키며) 이 사진은 미군이 쏜 총알에 머리를 관통당한 여성분의 사진입니다. (또 다른 사진을 가리키며) 이 사진은 아버지와 아들이 학살을 당한 사진입니다. (또 다른 사진을 가리키며) 이 사진의 오른쪽, 아기를 안고 블라우스 단추를 잠그는 여성이 보이시죠. 미군에게 성폭행을 당한 직후의 사진이고, 앞에 울부짖는 분은 여성의 어머니입니다. 많이 힘드시죠? 이제 거의 다 왔습니다. (마지막 사진을 가리키며) 이쪽에는 당시 참전했던 미군들 중 밀라이 학살 가해자들의 얼굴과 실명, 증언들이 공개되어 있습니다. 미국은 한국과 다르게 학살을 공식 인정하고 사과도 했습니다. 네, 이제부턴 천천히 둘러보실게요.

사람들, 흩어져서 각자의 방식으로 사진들을 관람한다. 사라는 박물관의 전경과 관람하는 사람들을 촬영한다.

두리 에이, 미국 놈들이 더하네요, 더해.

애심 아휴, 난 눈 뜨고는 못 보겠더라.

사라 전 부럽던데요? 한국이라면 이런 박물관이 지어질 수 있었을까요?

미선 (웃으며) 그런가. (두리에게) 근데 박물관 관장님, 너무 멋지지 않아?

두리 그러게. 하나도 안 불쌍해 보이고, 우리보다 훨씬 부자 같던데?

미선 그러니까.

써니 단장님! 괜찮으세요? 안색이 많이 안 좋으신 것 같은데…….

뭉치 어디 편찮으세요?

풍기 (땀을 닦으며) 아니요, 괜찮습니다. 그냥 더워서 그런 것 같아요.

수호 (진경에게) 어제 너무 무리하신 거 아니에요?

진경 아, 몰라. 나 술이 안 깬다. 저 감독은 어떻게 저렇게 멀쩡해, 짜증 나게.

민주 정무는 어땠나?

정무 (갑자기 큰 소리로) 한국군 사진이 많이 없어서 다행이라고 생각했습니다.

사라 저기요!

74

| 정무 | (큰 소리로) 죄송합니다, 의원님! 저 한 번만 더 다 |
녀와야 할 것 같습니다.

| 민주 | 어, 어. 그래, 괜찮아. 갔다 와. |
| 정무 | (울먹이며) 정말 죄송합니다. 제가 원래 이런 사람 |
이 아닌데, 진짜 어떻게 해야 할지 모르겠습니다.
제 마음대로 조절이 안 됩니다.

민주	어, 어. 그거 물갈이래. 이제 곧 괜찮아질 거야.
정무	(울면서 달려 나가며) 정말 죄송합니다. 죄송합니다.
애심	아이고, 안쓰러워라.
수연	어떡해…….

사람들, 정무가 나간 쪽을 걱정스럽게 바라본다.

스미마센 : 꽝응아이시 야외 식당 / 오전

조명의 변화.

진경, 수호, 리엔이 한 테이블에 애심, 수연, 두리, 미선이 한 테이블에 민주, 정무, 사라가 한 테이블에 앉아 있다. 저마다 휴대폰을 보거나 이야기를 나누는 중이다.

| 사라 | (민주를 인터뷰하며) 어쩌다 장학금까지 후원할 생 |
각을 하신 거예요?

| 민주 | (웃으며) 아, 제가 한국인으로서 베트남에 제대로 |
보상하고 사과하지 않으면 나중에 일본에 사과
를 받더라도 떳떳하지가 않겠더라고요.

사라   의원님, 사과에 목적이나 대가가 있으면 안 되죠.
          일본군이 저지른 만행이 없었으면 우리가 베트남
          에 사과하지 않아도 된다는 건가요?

사이

정무   여기까지 하시죠.
민주   (자리에서 일어나며) 단장님, 단장님! 정무야, 단장
          님이 왜 이렇게 안 오시지?
써니   (들어오며) 어떻게, 음식은 입에 좀 맞으셨나요?
사람들   네.
애심   우리 보좌관님은 아무것도 못 먹고 얼굴이 핼쑥
          해지셨네.
정무   아닙니다. 이제 좀 나아졌습니다.
써니   계산은 다 끝나서요, 그럼 저희 이동해보겠습니
          다.
뭉치   (사람들이 일어서는데 달려오며) 저, 죄송한데요. 지금
          버스 시동이 안 걸려서 조금만 기다려달라고 하
          시네요.
미선   이제 하다 하다 버스까지 고장이 나네요.
써니   (소리를 높이며) 뭉치! 다른 건 몰라도 버스 하나만
          이라도 책임져달라고 했잖아요!
뭉치   (소리를 높이며) 저도 열심히 하고 있어요, 열심히
          하고 있는데! 베트남도 처음이고, 이 여행도 처음
          이라 쉽지가 않다고요!
애심   (사이) 아휴, 나는 시원한 냉커피 한잔하고 싶네.

리엔	아, 여기서 좀만 걸어가면 커피숍 있던데 모셔다 드릴까요?
써니	다른 분들은…….
수연	더워서 걷기 싫어요.
미선	저흰 여기 있을게요.
수호	저희도요.
사라	저도요.
민주	자, 그럼 갑시다. 써니, 내가 시원한 냉커피 한잔 쏠게. 정무는 좀 쉬어.
정무	괜찮으시겠습니까?
민주	어, 괜찮아. 좀 쉬어!

써니, 민주, 애심, 리엔이 나간다.

사이

정무는 한쪽에서 휴대폰으로 업무를 보고 있고, 진경은 술이 깨지 않아 엎드려 있다. 매미 소리와 새소리.

수연	덥다. 그래도 여기 와서 지금이 제일 평화로운 것 같아요.
뭉치	그러게요.
미선	근데 전 아까 그 사진들 보면서 좀 충격이었던 것 같아요. 학살이라는 게 진짜 끔찍하구나…….
두리	사실 전 여기 와서 한국군이 민간인 학살을 저질렀다는 걸 처음 알았어요. 충격!
수연	근데 왜 한국군은 미군처럼 학살을 인정하고 사과하지 못하는 거예요?

수호 쉽지가 않겠죠.

수연 명령이든 아니든 사람 죽인 건 잘못한 거 아니에
요?

두리 글쎄요. 까라면 까야 하는 게 군대라는 곳이니까.
근데 다들 어디 나오셨어요?

수호 전 7사단 나왔습니다. 수색이요.

두리 빡셌겠다.

수호 두리 쌤은요?

두리 아, 전 해병대 나왔습니다. 필승!

수호 오, 해병대! 우리 보좌관님은?

정무 전 3사단 나왔습니다. 백골!

두리 오, 메이커 부대. 뭉치 님은요?

뭉치 전 양심적 병역거부자예요.

사이

두리 와, 죄송해요. 제가 병역거부를 처음 봐서. 신기하
네. 그럼 징역도…….

뭉치 네, 살고 나왔죠. 전 평화운동 합니다. 한평연 오
기 전부터…….

미선 평화운동이라는 게 뭔데요?

뭉치 쉽게 말해 전쟁 자체를 반대하는 건데요. 병역거
부 운동도 있고, 불꽃놀이 축제 가서 시위도 하
고…….

수연 불꽃놀이 축제는 왜요?

뭉치 여의도에서 불꽃축제 하잖아요. 그게 한화에서

자기들 방위산업 기술 자랑하고, 무기 팔려고 하
는 건데. 불꽃놀이가 화약으로 만드는 거잖아요.
한화의 예전 이름이 한국화약이었어요. 그래서
한화.

사라 병역거부는 국가의 폭력으로부터 멀어지겠다는
의미예요. 여러분도 병역거부자일 수 있어. 입영
거부만 병역거부가 아니거든.

수호 네?

두리 뭔 소리야.

사라 전 군대 관련 다큐 찍으면서 명령 때문에 힘들어
하다 죽은 군인들 많이 봤어요. 명령받았다고 갑
자기 죽으라면 죽고, 여기 있는 사람들 다 죽이라
면 죽일 거예요? 학살 저지른 군인들처럼?

두리/수호 (흥분하며) 에이, 그건 아니죠!

사라 봐요, 넓게 보면 다 병역거부자예요. 국민들이 적
극적으로 전쟁에 동조하지 말자는 거지. 군인이
없어지면 전쟁도 없어질 수 있지 않을까요?

정무 그럼 경찰 없애면 범죄도 없어지고, 소방관 없애
면 불도 안 나고, 의사 없애면 병도 없어지겠네
요?

사라 뭐라고요?

수호 그리고 군인들은 다 전쟁에 동조한다는 거예요?

뭉치 그렇죠! 원하든 원치 않든 전쟁은 군인이 하는 거
니까, 입대한 거 자체가 전쟁에 동의한다는 거죠.

두리/수호 에이, 아니죠.

사라 솔직히 군인은 국가 소속 용역이잖아요. 사설업

체보다 돈 못 버는 강제징용된 용역들. 군대는 안 보라는 이름으로 사람 죽이는 법을 반복해서 훈련하는 곳?

두리　에이, 말씀 심하게 하시네. 군인들이 그쪽한테 뭐 잘못한 거 있습니까?

수호　저희는 전쟁을 원해서 군대에 갔다 온 게 아닙니다. 대한민국은 전쟁 가능성 다섯 손가락 안에 드는 나라예요. 우리 가족과 나라를 지키기 위해 군대를 갔다 온 거라고요.

수연　미국이 지켜주는 거 아닌가?

두리　(답답해하며) 옛날부터 전쟁에서 승리한 나라만 지금까지 살아 있는 거예요.

수호　한국도 한국전쟁, 베트남전쟁에서 미국한테 배워서 지금도 북한과 중국 위협에서 이렇게 잘살고 있는 거라고요.

수연　그러니까 미국이 지켜주는 거 아니냐고요.

뭉치　반성하지 않고 그런 것만 배워서 계속 파병했던 거잖아요, 이라크나 아프간 같은 데.

사라　혹시 한국전쟁, 제주 4·3, 베트남전쟁, 광주 5·18 군부가 다 연결된 건 아세요? 이것도 반성 안 하고 자꾸 넘어가니까 그 많은 사람이 죽은 거예요.

수호　저기요, 군대 때문에 비행기, 자동차, 배가 개발됐고, GPS가 생겼어요. 그것 때문에 우리 삶의 질이 이렇게 올라간 건 아세요?

사라　그러니까 전쟁이 정당하다? 미국이 9·11테러 이후 복수한다고 몇 명을 죽였는지 아세요? 90만

80

명 이상을 죽였어요.

미선 사라 감독님은 가르치는 걸 참 좋아하시는 것 같아요.

사라 네?

미선 전 약한 나라에서 살고 싶진 않거든요. 죽고 싶지 않아요. 만약에 강도가 칼 들고 쳐들어와서 날 건드리려고 해요. 근데 내 손에 총이 있어. 안 쏠 거예요?

사라 강간범 막자고 전쟁하자는 거예요?

미선 우리나라 국방력이 빵빵했으면 일본군 '위안부'가 있었겠어요?

사라 한국전쟁 때도 한국군 '위안부' 피해자들이 있었고요. 위안소는 나치도, 미국도, 영국도 다 있었습니다.

뭉치 '위안부'는 국방력 문제가 아니라, 국가가 통제하지 않고 방치해서 생기는 문제죠.

정무 우리가 살기 위해, 다른 나라에서 우릴 못 죽이게 강한 군대를 가지고 있자는 거죠. 마동석, 때릴 수 있어요? 추성훈, 때릴 수 있어요?

사라 전 사람 안 때려요.

정무 강해 보이면 아무도 안 때립니다. 군대가 강하면 아무도 우릴 공격하지 않는다는 거죠.

사라 사람을 때리는 것부터가 잘못된 것 아닐까요?

정무 너무 이상적인 말씀 아닌가요?

사라 이상을 꿈꾸면 안 되는 건가요?

정무 꿈만 꾸다가 영원히 꿈만 꾸실 수도 있어요.

수호 저희는 총을 들고 실제로 나라를 지켜본 경험이 있어서, 말로만 하는 평화는 아무도 지킬 수 없다고 생각합니다.

두리 나라를 지키기 위해 어떤 행동을 하셨죠?

사라 군대 안 갔다 온 사람은 말할 자격도 없나요?

정무 감독님은 현실 감각이 너무 없으신 것 같습니다.

사라 뭐라고요?

정무 전 세계 모든 국가가 동시에 군대를 없애지 않는 이상 그게 가능할까요? 평화를 유지하겠다고 한 나라들은 어떻게 됐을까요? 티베트는 군사력이 약해지자마자 중국한테 먹혔고요. 핵무기를 포기했던 우크라이나는 러시아가 침공했습니다. 전쟁을 반대하는 것과 군대의 필요성에 대해서는 분리해서 좀 생각하셔야 할 거 같은데요? 동시대에 많은 전쟁이 일어나고 있는데, 평화로운 한국을 보면 다행이라는 생각은 들지 않으세요?

뭉치 정말 한국이 평화로워 보이세요?

사라 사실 우린 휴전국이기 때문에 언제 전쟁이 날지 몰라, 간신히 미국한테 빌붙어 나라 지키고 있는 것 아닌가요? 그놈의 평화 때문에 휴전국인 것도 망각하고, 우리가 과거에 한 잘못도 망각하고, 그래서 베트남 학살 피해자들을 보고 아무런 인정도, 사과도 하고 있지 않은 우리는, 정말 평화로운가요?

정무 (나가며) 저는 잠시 화장실 좀 다녀오겠습니다.

미선 근데 사라 님은 사라 님 대신에 나라를 지키고 있

	는 군인들에게는 안 고마우세요?
진경	(갑자기 큰 소리로) 아, 진짜 듣자 듣자 하니까……. 대체 언제까지 할 거예요, 군대 얘기? 날 샐 거야? 군 입대를 평화를 위해서 했다고요? 뭔 소리야, 입영통지서 날아와서 간 거잖아. 미필이면 취직하기 힘들고 무시당하니까 간 거잖아.
수호	연출님!
진경	아니, 요즘 군대가 옛날처럼 때리기를 해, 빡세기를 해. 군캉스 아닌가? 월급도 존나 올랐더만. K 워킹 홀리데이지. 미친놈의 군무새들이 무슨 베트남까지 날아온 줄 알겠어요.
두리	(흥분하며) 지금 싸우자는 거예요? 난 월급 90만 원 받고 좆나게 맞으면서 군 생활 했어요.
수호	(화를 내며) 군대에 군 자도 모르면서 왜 군인 비하를 하세요?

그때 써니, 민주, 애심, 리엔이 돌아온다.

진경	그러는 당신들은 전쟁에 전도 모르면서 왜 아까부터 그렇게 전쟁 얘기를 씨불여대요?
수호	(소리를 높이며) 분단국가에서 전쟁 날까 봐 2년 내내 긴장하면서 살아본 적 있어요?
두리	(소리를 높이며) 난 직업군인이었어요!
진경	저기요, 군대에 목숨 바쳐도 뭐 안 해줘요, 다들 총알받이지. 군대에서 군복은 수의라면서요? 군대에서 찍은 사진은 영정 사진이라면서요? 안 이

상해요? 뭘 그렇게 침 튀기면서 군대 편들을 드세요? 그냥 전쟁 나면 전쟁 일으킨 사람들이나 전쟁 나가서 싸우라고 하세요. 가기 싫은 군대 끌려갔다 온 것 분풀이하지 마시고!

두리　(화를 내며) 뭐요? 분풀이?

수호　연출님!

민주　(큰 소리로) 뭐야, 이거 무슨 분위기죠?

써니　(큰 소리로) 뭉치!

사라　(소리를 높이며) 저기요! 지구 한쪽에선 계속 전쟁이 벌어지고 있는데 또 다른 쪽에선 이렇게 여행이나 하는 거, 이상하지 않아요?

뭉치　(사이, 나가며) 전 가서 버스 고치려면 얼마나 걸리는지 알아보고 올게요.

정무　(목소리) 단장님, 단장님! 괜찮으세요? 여기 좀 도와주세요.

써니　아니, 또 왜…….

정무가 풍기를 데리고 들어와 의자에 앉힌다. 그 주위로 사람들이 모여든다.

민주　정신 차려보세요, 단장님.

정무　나오는데, 옆 칸에 쓰러져 계셔서…….

풍기　(갑자기) 스미마센!

사람들　(사이) 네?

풍기　(큰 소리로 절규하듯) 스미마센! 스미마센!

써니　(당황하며) 왜 이러세요, 단장님.

민주	단장님, 진정 좀 하시고…….
수연	왜 저래?
애심	얘, 어른한테 그러는 거 아니야!
풍기	(고백하듯) 내 부끄러워서 그럽니다. (사이) 내가 한국인이라는 게 부끄러워서. 스미마센!

풍기, 울먹인다. 어떻게 해야 할지 몰라 당황하는 사람들.

민주	아이고, 우리 어르신. (풍기를 달래며) 아까부터 속상하다고 계속 약주를 하셨거든요.
사라	(짜증을 내며) 저기요, 사람들 다 보는 데서 이러는 건 안 부끄러우세요?
풍기	(사라에게 다가가며 울먹이는 목소리로) 와따시가 혼또니 스미마센!

풍기가 휘청이며 사라 쪽으로 넘어지려고 하자 진경이 사라를 도와준다.
사람들은 놀라서 소리를 지른다.

전환.

6장

바구니 배 : 호이안 껌탄 마을 바구니 배 선착장 / 오후

더위에 지친 사람들. 누군가는 물을 마시고, 누군가는 앉아 있고, 누군가는 서 있다. 풍기는 한쪽에서 쉬고 있다.

써니	(야외용 마이크를 끼고) 자, 이제 오늘의 마지막 일정입니다. 이번엔 그동안과 좀 다른 프로그램인데요, 베트남 사람들의 삶을 조금 더 가까이서 지켜볼 수 있는 프로그램입니다.
민주	(끼어들며) 아, 바구니 배?
써니	네, 맞습니다. 베트남의 명물, 주민분들이 대나무로 직접 만든 바구니 배를 타고 투본강을 따라가는 코스를 경험해보시겠습니다. 타고 오시면 새로 교체될 버스에 짐 옮기고, 저녁 식사 장소로 이동할게요. 자, 두 명씩 짝지어 서보실게요!

민주와 애심, 두리와 미선, 사라와 진경, 수호와 정무, 수연과 리엔, 써니와 뭉치가 짝이 된다.

애심	근데 이거 팁 주고 그래야 하는 거 아닌가?
써니	팁은 안 주셔도 됩니다. 이용료에 포함됐어요. 해를 가리고 싶은 분들은 우산 펼치셔도 됩니다. 자, 그럼 배에 타실게요.
애심	와, 여기 한국 사람들 왜 이렇게 많아요?
두리	이야, 이거 간만에 재밌겠는데?
미선	자기야, 나 무서워.
사라	말 편하게 해요.
진경	아, 네. 언니.
수호	화장실 안 가서도 돼요?
정무	아, 네. 지금은 괜찮습니다.
수연	언니는 이런 거 많이 타봤죠?

리엔	아뇨, 저도 처음이에요.
뭉치	여러분, 사진은 제가 찍어요. 저 많이 봐주세요.
애심	(사람들이 각자의 배를 타면) 강물이 똥물이네.
민주	우와, 여기 나무들 좀 봐라.
진경	늪이다, 늪!

베트남 사공들이 노를 젓자 움직이기 시작하는 바구니 배들. 그때 싸이의 '강남스타일'이 들려온다.

| 미선 | 어? '강남스타일' 아니에요? |
| 진경 | (어이없어하며) 아, 진짜 대박이다. |

그때 바구니 배에 서서 배를 돌리며 춤을 추는 베트남 사공이 보인다. 그 근처를 둘러싸고 구경하는 사람들. 신기해하는 사람도 있고, 어이없어하는 사람도 있다.

| 사공 | (소리를 높이며) Welcome. Welcome! Welcome Korean! (어설픈 한국말로) 소리 질러! (사람들이 환호하자) I love Korea! I love Korea! 대한민국! (사람들이 박수를 치면) 대한민국! (사람들이 박수를 치면 YB의 '오 필승 코리아'가 나오고) 다 일어나! (사람들이 환호하며 따라 부르자 노래가 박군의 '한잔해'로 바뀌고) 일어나! 일어나! |

누군가는 신나게 즐기며 춤을 추고, 누군가는 지금 이 상황이 마음에 들지 않는다.

하미

애심   (돈을 꺼내어 사공에게 건네며) 기분이다! 팁, 팁!

민주   여기도 팁, 팁!

써니   (큰 소리로) 여러분, 위험해요. 물에 빠집니다! 조심
        하세요, 일어나지 마세요!

누군가는 더욱 신나게 즐기며 춤을 추고, 누군가는 지금 이 상황이 더욱
마음에 들지 않는다.

절 : 버스, 다낭 한식당 / 저녁

조명의 변화.

사람들, 어느새 새 버스에 타고 있다.

써니   네, 여러분! 이제 출발하겠습니다.

두리   어우, 시원해.

미선   이제야 좀 살 것 같네.

써니   새로운 기사님께 인사 한번 드릴게요. *씬 짜오!*

사람들   *씬 짜오!*

버스 기사2   *씬 짜오!*

뭉치   (버스 기사2가 노래를 틀자) 어, 로제! '아파트'!

애심   (사람들이 노래를 따라 부르자) 신나니까 좋네요.

풍기   기사님, 서비스 베리 굿!

진경   (불만스럽게) 여기가 무슨 관광버스예요?

사라   난리 났네.

써니   *안 어이, 씬 로이 딱 엄 냑.*(기사님, 죄송하지만 노래

88

좀 꺼주세요!)

두리 (노래가 꺼지자) 아, 흥이 깨졌다.

미선 왜요? 분위기 좋았는데.

써니 (마이크를 들고) 아, 아. 여러분, 도착하기 전에 공지가 있는데요. 아시다시피 어제 갔던 하미 위령비에서 내일, 한국군 학살로 목숨을 잃은 하미 마을 주민 135명의 넋을 기리는 위령제가 열립니다. 이번 평화여행에서 가장 중요한 행사죠. 그래서 우리 여행단을 대표하는 추도사는 의원님께서 해주시면 어떨까요?

민주 에이, 그래도 우리 단장님께서 계속 준비를 해오셨는데…….

정무 그래도 우리 의원님께선 법안 발의 때문에 실질적으로 움직여주고 계시니까…….

두리 그래요. 의원님이 말씀해주시는 게 우리 면도 좀 서고 좋지 않을까요?

미선 내일 기자분들도 많이 오신다고 하지 않았나요?

민주 저 말고, 원래대로 우리 여행단의 대표이신 성풍기 단장님이 해주시는 게 도의적으로 맞지 않을까요? 단장님! 단장님이 하세요!

풍기 (놀라며) 아니, 의원님. 의원님이 계시는데 제가 감히 추도사를 해도 되겠습니까?

민주 그럼요! 요 며칠 보니까, 우리 단장님께서 준비많이 하시던데. 잘 부탁드립니다.

두리 오, 멋있다!

애심 멋있어요, 의원님!

민주   아이고, 아닙니다.

풍기   (감격하며) 감사합니다. 감사합니다, 의원님.

써니   네, 알겠습니다. 그럼 단장님! 추도사 잘 좀 부탁
             드릴게요.

사람들, 박수를 친다. 그때 지나가는 버스 옆으로 불꽃놀이가 보인다. 넋을
놓고 구경하는 사람들.

사람들   예쁘다. / 그러게. / 나 살면서 이렇게 가까이서
             불꽃놀이 보는 거 처음이야. / 우와.

써니   이번 위령제엔 저희 평화여행단과 하미 학살 피
             해 생존자, 유가족, 마을 주민 들까지 함께한다고
             하네요. 이런 뜻깊은 위령제에 초대를 받았는데
             구경만 하고 있을 순 없겠죠? 저희가 한국을 대
             표해서 사과의 절을 올렸으면 하는데, 어떠세요?

민주   (사이) 좋습니다! 어떻습니까, 여러분!

사람들   (박수를 치며) 좋아요. / 좋습니다.

진경   (손을 들며) 저기요, 왜 우리가 한국을 대표해서 절
             을 해야 하는 거죠?

수호   모든 사람이 절을 해야 하는 건 아니죠? 저희는
             좀 더 고민을 해보고 싶어서요.

써니   아, 그럼요. 생각해보시고 내일 오전까지 저한테
             말씀해주시면 됩니다.

진경/수호   네, 알겠습니다.

애심   그래도 우리가 한국인인 거 다 알 텐데 누구는
             하고, 누구는 안 하면 그림이 좀…….

두리	그냥 절하고 빨리 끝내면 되지, 뭔 생각을⋯⋯.
미선	절 한번 하는 게 그렇게 힘든가?
민주	우리가 다 함께 사과하는 모습은 평화를 위해 대단히 아름다울 것 같습니다.
풍기	좋습니다. 그런 의미에서 우리 다 같이 '파이팅'을 한번 외쳐볼까요?
민주	에이, 단장님, 그게 아니죠.
풍기	(기분 나빠하며) 이것도 아니야?
민주	자, 여러분! 이번엔 제가 '평화!' 하면 '함께 이뤄내자!' 어떻습니까? (사람들이 동의하면) 자, 평화!
사람들	함께 이뤄내자!
민주	(사람들이 박수를 치면) 네, 감사합니다. 다 같이 파이팅 합시다!
써니	이제 곧 식당에 도착합니다. 한식 그리우셨죠? (대답을 듣고) 여기가 베트남에서 가장 맛있는 한식집이라고 합니다. 맛있게 드시고 에너지 채워볼게요!
뭉치	(써니의 휴대폰 벨이 울리자) 써니, 전화!
써니	(휴대폰을 확인하고 거절 버튼을 누르며) 아, 네! 괜찮아요. 가시죠!

조명의 변화.

사람들, 식당 안으로 들어간다. 두리가 미선을 한쪽으로 데리고 간다.

| 미선 | 뭐야, 배고프다며? (두리의 표정을 보고) 근데 기분 좋아 보인다. |

두리	여기 오길 잘한 것 같아. 나 많이 느끼고 배우고 있어.
미선	뭐야, 패키지 엉망이라고 난리 칠 땐 언제고.
두리	우리 청룡부대가 여기 와서 학살을 저질렀다는데, 피해자들 만나면서 어떻게든 돕고 싶다는 생각이 들더라고. 그래서 나 한평연 정기후원하려고!
미선	후원?
두리	어, 아까 써니한테 얘기도 해뒀어. 잘했지?
미선	잘했네. 근데 얼마?
두리	월 30만 원.
미선	(소리를 지르며) 오빠!
두리	깜짝이야.
미선	나랑 상의도 안 하고 결정하면 어떻게 해.
두리	왜, 좋은 일 하는 거잖아. 너도 베트남 애들 계속 후원하고 있으니까 당연히 좋아할…….
미선	그거랑 이거는 다르지. 땅을 파봐. 30만 원이 나올 거 같아? 월 2만 원 후원이랑 월 30만 원 후원이 같냐고! 왜 그 큰돈을 상의도 안 하고…….
두리	왜 화를 내는데!
미선	우리 월급 합쳐서 얼만지 오빠도 잘 알잖아. 우리 빚 안 갚아?
두리	그럼 내 월급에서 깔게. 내 돈으로 하면 되잖아.
미선	지금 내 돈, 네 돈이 어딨어?
두리	그럼 네가 가서 말해. 우리 돈 없어서 후원 취소한다고!
미선	오빠가 벌인 일이면 오빠가 수습해야지, 그걸

왜…….

두리　벌인 일? 벌인 일?

미선　말꼬투리 잡지 마라.

식당에서 나온 수연이 화장실 문을 노크한다. 안에서 노크 소리가 들리자 문 앞에서 기다리는 수연.

미선　남들 봐. 여기까지 와서 얼굴 붉힐 일 만들지 말자.

두리　(미선이 식당으로 들어가자 따라 들어가며) 야, 고미선!

미선과 두리가 식당으로 들어간다. 리엔이 식당에서 나와 수연 뒤에 줄을 선다.

리엔　안에 사람 있어요?

수연　네. 아까 바구니 배, 재밌지 않았어요?

리엔　네! 솔직히 여기 와서 제일 재밌었던 것 같아요.

그때 진경과 수호가 식당에서 나온다.

진경　(소리를 높이며) 아니, 지가 국회의원이면 다야? 왜 사람들 앞에서 절을 강요하는 건데?

수호　성질 좀 죽여요.

진경　아니, 내가! 우리가 왜 절을 해야 하는 건데?

수호　(수연에게) 화장실 줄이에요?

수연　네, 공용이네요.

진경   아, 진짜 이해가 안 된다, 정말!

사라   (식당에서 나오며) 뭐야, 또 왜 그러는데? 이거 화장
        실 줄이야?

진경   네, 그렇대요. 아니, 언니. 우리가 무슨 자격으로
        피해자들한테 절을 해요? 우리가 한국 대표야?
        우리가 국가나 가해자들을 대변할 수 있냐고요.

사라   그래, 그럴 수도 있지. 수호 씨도?

수호   아, 전 기독교라서.

진경   아니, 좀 이상하잖아요. 그동안 관심도 없던 사
        람들이 여행 와서 피해자 몇 명 만나고 갑자기 우
        리가 한국 대표다, 사과하자. 본인들이 가해자가
        아니니까 대신 사과해서 편하게 도덕적 우월감
        을 느끼고 싶은 거잖아요.

사라   그냥 내일 만날 피해자들을 위로하자는 걸 수도
        있잖아.

진경   그럼 피해자들의 마음은 어떨까요? 사과할 사람
        들은 정작 오지도 않았는데, 왜 너희가 사과를 하
        냐, 생쇼 하냐. 우린 이 여행에서 알게 된 걸 더 많
        은 사람한테 전해서, 진짜 학살을 한 가해자들과
        한국이 학살을 인정하고 사과를 하게 만들어야죠.

사라   근데 언제 한국이 "아, 우리 잘못입니다. 인정합
        니다. 사과합니다" 그런 적 있어? 우리가 먼저 뭐
        라도 해봐야지 바뀌지 않을까? (수연에게) 노크 한
        번만 해봐줄 수 있어요?

수연   했어요. 안에 누구 있어요.

진경   전 솔직히 4·16도 10·29도 어느 정도 우리 잘

못이 있다고 생각해요. 근데 내가, 우리가 태어나
기도 전에 일어난 일을 왜 잘못했다고 해야 하는
거죠? 우리가 죽였어요?

사라 한국 사람들은 일본군 '위안부'는 우리 일이라고
생각하면서, 베트남 민간인 학살은 왜 우리 일이
라고 생각하지 않을까? 혹시 우린 우리가 피해자
입장이어야만 우리 일이라고 받아들이고 싶은 건
아닐까?

수호 그럴 수도 있겠네요.

진경 글쎄요.

사라 한국이 이만큼 살 수 있게 된 데에는 베트남 학살
피해자들의 죽음과 고통이 최소한 얼마쯤은 영
향이 있어. 내가 진짜 누군가를 죽이지 않았더라
도 덕분에 덕을 보고 있으면 공동의 책임이 있는
거 아닐까?

진경 글쎄요, 전 그게 폭력적으로 평화를 강요하고, 우
릴 미화시키려는 것 같은데요.

사라 (답답해하며) 지금 절 안 하겠다고 하는 사람 너희
둘밖에 없어. 왜 이렇게 깨어 있는 척을 해? 너희
보면 무슨 감수성도 권력이 되는 거 같아. 너희
맨날 뒤에서 팔짱 끼고 비판적인 척하는 거, 웃겨.
재수 없어.

진경 (소리를 높이며) 뭐라고요?

사라 솔직히 지금 이것도 자의식 과잉 같아. 보통 사람
들은 미안하면 미안하다 하고, 슬프면 슬프다고
우는데, 너흰 뭔데? 그렇게 해서 원하는 게 뭔데?

그때 술을 마시고 기분이 좋아진 민주, 애심, 풍기가 식당에서 나온다.

풍기   아이고, 우리 아가씨들이 여기 다 모여 있었네.

수호   (통명스럽게) 전 아가씨 아닌데요?

애심   수연아, 이리로 와 봐. 의원님이 너희 과 교수님이
           랑 친하다고, 전화로 인사시켜주신다고…….

민주   (전화를 걸며) 우리 후배님을 이렇게 만난 것도 인
           연인데, 내가 가만히 있을 수가 있나.

애심   우리 수연이도 공부 열심히 해서 의원님처럼 불
           쌍한 사람 돕는 훌륭한 사람이 되면…….

민주   (호기롭게) 어, 김 교수. 난데, 아까 말했던 그 학생
           이…….

수연   (소리를 지르며) 엄마, 제발 그만 좀 해라!

애심   (놀라며) 뭐?

민주   (전화를 내리며) 잠깐만…….

수연   나 한국대 떨어졌다.

애심   뭐?

수연   나 한국대 못 들어갔다고! 뻥친 거다, 엄마 충격
           받을까봐!

애심   뭐라고?

수연   엄만 죽어도 쪽팔리게 살기 싫다며! 근데 어떻게
           하냐? 나 재수해서 쪽팔리게 생겼는데!

수연, 뛰어나간다.

리엔   (수연을 따라가며) 수연 씨!

| 민주 | (사이, 애심에게 위로를 건네며) 괜찮아요. |
| 풍기 | 학교 같은 거 안 다녀도 돼! |

잠시 뒤 정무가 화장실에서 나온다. 애심, 아무 말 없이 나간다.

정무	죄송해요. 배가 또 아파서…….
민주	근데 우리 예술가 선생들은 내일 절을 할 거야, 말 거야?
풍기	절할 거지?

갑자기 포효하는 진경.

전환.

4일 차

7장

호텔 앞에 정차된 버스 안. 진경과 수호를 제외한 사람들이 앉아 있다. 다들 어딘가 조급해 보인다. 뭉치, 누군가에게 전화를 걸고 있다.

써니　　(뭉치에게) 아직도 안 받아요?

뭉치　　어떻게 할까요?

미선　　누가 가봐야 하는 거 아니에요?

애심　　(심각하게) 이러다 늦으면 어떻게 해요!

수연　　(눈치를 보며) 엄마…….

뭉치　　시간 없으니까 제가 빨리 가서 보고 올게요.

사람들　　(달려 나가는 뭉치를 보며) 그래요, 얼른! / 빨리, 빨리. / 얼른 가봐요! / 뛰어!

써니　　(시계를 보며) 자, 다들 체크아웃 잘 하셨죠?

사람들　　네.

써니　　오늘은 드디어 저희가 하미 마을에서 민박을 합니다. 원칙적으로 베트남에서 외국인은 호텔같이 허가된 숙소에서만 잘 수 있는데요, 한평연에서 오랫동안 소통해서 특별히 얻어낸 기회니까, 마을 주민들한테 피해가 가지 않도록…….

풍기　(끼어들며) 서둘러야 할 것 같은데.

민주　위령제 시작이 몇 시라고 했죠?

써니　8시 시작이긴 한데요.

정무　지금 찍어보니까 31분 나오는데요.

애심　(심각하게) 늦으면 못 들어가는 거 아니에요?

수연　엄마…….

써니　우리 기사님이 베스트 드라이버라고 하시네요. 늦더라도 못 들어가진 않으니까…….

풍기　그래도 그게 예의는 아니지!

두리　맞아요! 그러면 안 되는 거야!

미선　일어나기는 한 거죠?

써니　(휴대폰으로 전화를 걸며) 잠시만요. 제가 뭉치한테…….

민주　(뭉치의 휴대폰 벨이 울리자) 어! 뭉치, 전화 놓고 갔는데?

두리　(창문 쪽을 바라보다 큰 소리로) 어! 왔어요! 왔어!

진경　(황급히 버스에 오르며) 죄송합니다.

수호　(허리 숙여 인사하며) 너무 죄송합니다.

써니　(화를 참으며) 앉으실게요.

진경과 수호, 거듭 고개를 숙이며 자신들의 자리로 가 앉는다. 사람들은 진경과 수호가 옆을 지나가면 눈치를 주며 한마디씩 한다.

민주   예술인들은 늦잠 좀 잘 수 있지.

두리   절하기 싫어서 어제 많이 달리셨나 보네.

미선   아휴, 술 냄새…….

써니   뭉치는 못 보셨어요?

진경/수호   네?

써니   호텔에서 나오신 거 아니에요? 지금 두 분 데리
            러…….

수호   못 봤는데…….

풍기   아이고, 꼬였네, 꼬였어.

애심   (심각하게) 아, 어떻게 해요! 우리 빨리 가야 하는
            데!

수연   엄마…….

애심   (신경질적으로) 아, 왜!

써니   (사이, 시계를 보다가 소리를 높여) 저희 일단 출발하
            겠습니다.

사라   뭉치는요?

정무   (창문 쪽을 바라보다 큰 소리로) 어! 왔습니다! 왔어
            요!

사람들   빨리 와, 빨리. / 뭉치, 뛰어!

뭉치   (버스에 타며) 왔어요?

수호   (큰 소리로) 죄송합니다!

써니   *버이 저 쫌 또이 다 쩨 로이. 언 줍 더 윰 아.*(기사
            님, 시간이 생각보다 많이 지체돼서요. 잘 좀 부탁드리겠
            습니다.)

버스 기사2   (선글라스를 쓰며) 오케이! 빨리, 빨리!

광란의 질주가 시작된다. 버스 기사2의 과감한 운전에 놀라 버스 곳곳을 부여잡는 사람들.

풍기	(몸이 뒤로 젖혀지자) 와일드하네, 기사 양반.
뭉치	이 정도까지 빨리 갈 필요가 있나?
버스 기사2	(갑자기 브레이크를 밟고 앞 차에다) *짠 자! 짠 자 난 렌!*(비켜! 빨리 비키라고!)
민주	싸우는 거 아니야?
두리	뭔가 좀 불안한데요.
써니	(몸이 양옆으로 젖혀지자) *컴 껀 덴 둠 져.*(기사님, 시간 안 맞춰 주셔도 될 것 같아요. 그러니까…….)

갑자기 쿵 소리와 함께 사람들의 몸이 뜬다. 슬로모션처럼 움직이는 사람들. 마치 '살려주세요'라고 외치는 것 같다. 잠시 후 버스 기사2가 브레이크를 밟는다. 사람들의 몸이 앞으로 갔다 제자리로 돌아온다.

진경	(브레이크를 밟자) 죄송합니다.
수호	정말 죄송합니다.

다시 광란의 질주를 시작하는 버스 기사2. 목적지에 도착하자 급브레이크를 밟으며 버스를 세운다.

써니	(넋이 빠진 채) 다 같이 기사님께, *깜언.*
사람들	(내리며) *깜언.*
버스 기사2	Okay! Mission success!
써니	(다급하게) 여러분, 달리실게요.

하미

| 사람들 | 네? |
| 써니 | 빨리 달리실게요! |

써니가 먼저 달려가자 당황하며 쫓아 달리는 사람들. 달리고, 달리고, 또 달린다.

하미 위령제 : 하미 마을 위령비 / 오전

조명의 변화.

위령비 앞에 도착한 사람들이 거친 숨을 고른다. 진경과 수호를 원망스러운 눈빛으로 바라보는 사람들.

진경	(허리를 숙여가며) 죄송합니다.
수호	정말 죄송합니다.
써니	여러분, 그래도 무사히 잘 도착했습니다.
뭉치	다들 괜찮으시죠?

그때 멀리서 베트남 제례 음악이 들린다. 사라, 황급히 촬영을 시작한다.

| 써니 | 위령제가 방금 시작된 것 같습니다. (사람들이 긴장하자) 오늘은 한국군 때문에 죽은 분들을 기리는 큰 따이한 제사라 기자분들도 굉장히 많이 오셨다고 하네요. 우리는 여기서 잠시 대기하라고 하더라고요. (안쪽으로 들어가며) 잠깐 상황 좀 보고 올게요. |

풍기   어떻게, 절은 같이 할 거죠?

수호   (사이) 아, 죄송해요.

진경   아직 생각이 좀 복잡해서…….

민주   그래요, 사실 참 복잡한 문제죠.

진경   조금만 더 고민해봐도 될까요?

미선   예술가들은 참 고민이 많은 것 같아.

두리   고민이 많으니까 예술을 하지.

풍기   혹시라도 이따 마음 바뀌면 말해주고.

진경/수호   네, 죄송합니다.

민주   저렇게 사과는 잘하면서…….

써니   (밖으로 나오며) 네, 여러분. 지금은 초혼식 중입니다. 이 음악에 나오는 통절한 제사장님의 목소리는 하미 마을 학살 희생자 135명의 이름을 한 명씩 부르고 있는 겁니다. 자, 안쪽으로 들어가실게요.

사람들, 다 같이 하미 위령제 장소로 들어간다. 지금부터 관객들은 하미 마을 학살 피해자와 유가족 들이 된다. 들어가자마자 보이는 하미 마을 학살 피해자와 유가족 들을 보고 숙연해지는 사람들. 누군가는 시선을 피하고, 누군가는 고개 숙여 인사한다.

써니   여러분, 저희 이제 희생자분들에게 향과 꽃을 바치는 참배를 드리도록 하겠습니다. (사람들이 위령비 앞에 서면 향을 나눠주고) 향 들고 세 번 인사! (인사가 끝나고) 이제 향을 꽂고 돌아와서 묵념하시겠습니다. (사람들이 향을 꽂고 와서 묵념하면) 바로! (고개를 들면) 네, 다음으로 단장님의 추도사가 있

겠습니다. 추도사 후에 바로 절을 올릴 거니까요,
제가 신호를 드리면 앞으로 나오셔서 여기 계신
주민분들을 향해 서주시면 됩니다. 단장님, 이쪽
으로 오셔서 준비하실게요.

뭉치의 안내에 따라 한쪽 구석으로 이동하는 사람들.

민주　　　　(앞으로 나서는 풍기에게 조용히) 단장님, 파이팅!

사람들　　　(조용히) 파이팅!

진경　　　　(자리에 앉는 다른 사람들을 바라보며) 진짜 우리가
　　　　　　　유난인 건가?

수호　　　　글쎄요.

풍기가 단상에 선다. 뭉치는 사진을 찍고, 사라는 촬영을 한다.

풍기　　　　(준비해 온 종이를 꺼내 읽으며) 존경하는 하미 유가
　　　　　　　족과 주민 여러분! 올해 2025년은 베트남전쟁이
　　　　　　　끝난 지 50주년이 되는 해입니다. 우리는 1968년
　　　　　　　그날의 학살에 희생된, 위령비에 새겨진 135명의
　　　　　　　이름 앞에 고개를 숙입니다. 저는 봉인된 비문의
　　　　　　　사연을 듣고 차오르는 감정을 정리할 수 없었습
　　　　　　　니다. 할 수만 있다면 당장이라도 저 뒤편의 연꽃
　　　　　　　대리석을 부숴버리고 싶었지만! 부끄럽게도 오
　　　　　　　늘 이 자리에서 드릴 수 있는 말은 이것뿐입니다.
　　　　　　　미안합니다. (울먹이며) 매년 봄이 올 때마다 아파
　　　　　　　야 하는 당신들께 내가 미안합니다. 아침마다 가

족에게 향불을 바치는 당신들께 내 미안합니다.
2025년 2월, 한국평화연대 평화여행단 일동.

써니　　도안 유 릿 호아 빈 쭝 또이, 씬 그이 러이 씬 로
이 덴 모이 응어이.(평화여행단은 여러분께 죄송한 마
음을 전합니다.) (사람들에게) 나오실게요.

진경과 수호, 리엔을 제외한 사람들이 나와서 가운데에 선다.

써니　　(진경과 수호에게) 어떻게 하실 거예요?

진경/수호　　죄송합니다.

애심　　(웃는 얼굴로 진경을 끌어내며) 그러지들 말고 우리
같이 해요.

진경　　(애심의 팔을 뿌리치며) 뭐 하시는 거예요?

애심　　(웃는 얼굴로 다시 진경을 끌어내려고 하며) 좋은 일 하
는 셈 치고, 딱 한 번만.

진경/수호　　(애심의 팔을 뿌리치며) 그만하세요!

애심　　(신경질적으로 소리를 높이며) 절 한번 해주는 게 그
렇게 힘들어?

수연　　(애심을 말리며) 엄마, 왜 그래…….

애심　　(수연을 뿌리치며) 넌 시끄러워!

애심, 자리로 돌아온다. 수연도 돌아온다. 사람들, 하미 마을 학살 피해자
와 유가족 들을 바라본다.

써니　　네, 여러분! 우리 유가족분들과 하미 마을 주민분
들께 한국을 대표해서 절을 올리겠습니다. 절은

한 번만 올리도록 하겠습니다. (먼저 절을 하며) 죄
송합니다. 씬 로이.

사람들　(따라 절을 하며) 죄송합니다. 씬 로이.

써니　(엎드려서) 사죄드립니다. 탄 텃 씬 로이.

사람들　(엎드려서) 사죄드립니다. 탄 텃 씬 로이.

곳곳에서 플래시 소리가 들린다. 진경과 수호는 복잡한 얼굴이다. 절을 마
치고 일어나는 사람들. 풍기는 일어나지 않고 바닥에 엎드려서 울기 시작
한다. 사람들, 당황한다.

써니　(사람들에게) 잠시 기다리실게요. (풍기에게) 괜찮으
세요?

풍기　(소리를 높여) 저는 베트남 참전용사입니다!

미선　어머, 웬일이야!

두리　대박!

풍기　미리 말하지 못해 미안합니다. '영창 갈래, 베트
남 갈래' 그래서 베트남 왔습니다. 난 여기서 무
슨 일이 벌어지고 있는지도 몰랐어요.

애심　(의심의 눈초리를 보내며 신경질적으로) 의원님, 알고
계셨어요?

민주　(당황해하며) 아뇨, 저는 전혀 몰랐는데요.

풍기　우리 소대는 1번국도 근처 마을에서 작전을 많이
했습니다. 근데 작전을 나갈 때마다 피신하지 못
한 아이들, 부녀자들, 노인들까지……. 너무 끔찍
했습니다. 그래서 전 명령을 따르지 않으려고 총
구를 제대로 들이대지 않았어요. 그래서 정말 많이

맞았고, 내가 할 수 있는 건 아무것도 없었습니다.

써니 단장님, 여기서 이러지 말고 저랑 따로…….

풍기 정말입니다. 난 정말 이건 아닌 것 같아서 아무
도 죽이지 않았습니다. 하루는 도로 정찰을 나갔
는데! 전날 우리 중대가 작전을 했던 곳이었습니
다. 사람들이 도로를 막고 벌떼같이 몰려 있었어
요. 우리가 다가가니까 그 사람들이 고래고래 소
리를 지르는데! 눈이 뒤집혀서 삿대질을 하고, 낫
을 들고 죽창을 들고 고성을 질러댔습니다. 당
장이라도 우릴 죽일 것 같았어요. 어떻게든 뚫
고 나가야 하니까 난 개머리판으로 사람들을 밀
쳐내면서 뚫고 나왔습니다. 나와서 보니까 양쪽
길 거적때기 위에 수십 구의 시체가 깔려 있었는
데……. 와, 우리가 어제 이 많은 사람을 다 죽인
거구나……. 그때 전 죽어 있던 한 아이와 눈이
마주쳤습니다. 그 아이의 핏발 선 눈은 절 노려보
고 있었습니다. 한 예닐곱 살쯤 돼 보였을까? 그
눈, 그 아이의 눈이 저를 노려보고 있었는데, '왜
우리를 죽였냐!' 그러는 것 같았어요. 왜 우리를
죽였냐! 불도저로 그 시체들을 밀어버린다길래
지랄발광을 하면서 '이건 정말 아니지 않냐!'라고
따져 물었다가 죽도록 맞았습니다. 내 평생 그렇
게 맞아본 적은 처음이었습니다. 아직도 그때의
흉터가 여기에 남아 있어요!

써니 (풍기를 말리며) 단장님! 여긴 피해자분들을 위한
자리인데, 상의도 없이 갑자기 이런 식으로 나오

시면…….

사라　(풍기에게 다가가 손을 잡아주며) 그래도 지금이라도 용기를 내서 이 자리에 오셨잖아요.

풍기　(사라를 보며) 아무한테도 말할 수 없었습니다. 말하면 죽인다길래! 마누라 죽고, 자식들 다 떠나보내고, 이제 내가 죽을 날도 얼마 남지 않아서 뭐라도 해보자! 그래서 참전자회도 찾아가서 우리 학살을 인정하고 사과를 하자! 그럼 전우들이 날 배신자 새끼라고 쌍욕을 퍼붓고! (사이) 더 이상 가만히 있을 수 없어서 찾아왔습니다. 근데 막상 와보니까……. (울먹이며) 아이고야, 아직도 이렇게 힘들고 불쌍한 사람들을 어떻게 하나……. 저 위령비까지 덮어버렸단 말에 정말, 내 정말 부끄러웠습니다. 내가요, 우리 부끄러운 대한민국과 참전용사들을 대표해서 사과하겠습니다. 미안합니다. 내가 정말로 미안합니다.

써니　(학살 피해자와 유가족 들에게) 옴 더 라 *끄우 찌엔 빈 옴 노이 라 반 턴 옴 씬 로이.*(저분은 참전군인인데, 본인이 미안하다고…….)

지금부터 객석의 응우옌티탄 자리에 앉아 있는 관객은 응우옌티탄이 된다.

써니　(관객 응우옌티탄의 말을 듣고) 여기 탄 님께서 "이렇게 와줘서, 사과해줘서 고맙다"라고 하십니다.

풍기　아이고야, 미안합니다. 이제 와서 미안합니다.

써니	(듣고) 야.(네.) 탄 님이 "더 많은 참전군인이 단장 님처럼 말해주면 좋겠다"라고 하시네요. 탄 님은 "이제 더 큰 힘을 얻어 대한민국 정부에 계속해서 사과를 요구하고, 진상 규명을……".
풍기	잠깐만요! (품 안에서 돈뭉치를 꺼내며) 내 평생 모은 전 재산입니다. 가지세요! (사람들이 놀라면) 가게 정리하고, 이렇게라도 하고 싶었어요. 이래야 내 마음의 빚을 갚고 편히 눈을 감을 수 있을 것 같 았습니다.
사라	(당황해서) 단장님!
풍기	섭섭지 않을 돈입니다. 이제 재판 같은 거 하지 마세요. 잃어버린 세월에 대한 보상이다 생각하 고, 여러분 마음대로 쓰세요. 위령비를 하나 더 짓든, 어떻게 쓰든 이제라도 다들 편하게 살았으 면 좋겠습니다.

사이

써니	단장님, 이분들은 돈 받으려고 재판하시는 게 아 닙니다!
풍기	뭔 소리야! 다들 보상받고 싶어서 재판하는 거잖 아. 괜히 소송하면서 힘들게 살지 말고, 그냥 이 돈으로 남은 인생 편히 사시라니까.
민주	단장님, 이러시면 안 됩니다.
정무	그만하시죠, 어르신. 저분들 표정 안 보이세요?
풍기	(주민들의 표정을 확인하고) 이 돈 갖고는 모자라?

더 달라는 거야? (사이) 다들 못 배워서 그런가, 예의가 없네, 예의가. 한국 사람들이 지금까지 베트남에 해준 게 얼마나 많은데 이쯤 하면 됐다, 그래야지. 한두 번도 아니고 계속 그러는 거, 거지 근성이에요, 뼛속까지 거지 근성!

민주   (소리를 높여) 단장님!

풍기   왜, 이 새끼야! 너 같은 국회의원 새끼가 주는 장학금만 돈이고, 나 같은 사람이 주는 돈은 돈도 아니라는 거야?

정무   (화를 내며) 어르신! 의원님한테 그런 식으로 말씀하시면 안 됩니다! 노망나셨습니까?

민주   (화를 내며) 이정무, 너 지금 뭐 하는 거야! 어르신한테 그런 식으로 말하는 거 아니야!

풍기   (사이) 꼴값들을 떨고 있네. 아니, 이 사람들 피해자가 맞습니까? 참전용사가 와서 사과하고 돈까지 주는데 그냥 멀뚱멀뚱 쳐다만 보고…….

진경   그런 식으로 말씀하지 마세요!

풍기   너흰 절도 안 하면서 뭐가 잘났다고 지랄이야, 지랄이!

수호   저기요, 말조심하세요!

사라   (소리를 높이며) 주민분들 힘들게 하지 마시고 그만하세요!

풍기   나도 힘들게 살았어! 나라에서 나한테 해준 거 하나 없어도 입 닥치고 힘들게 살았어!

두리   단장님, 그만하시죠.

미선   그만하세요!

수연	미쳤나 봐.
풍기	(화를 내며) 내가 여기까지 오는 게 쉬웠을 것 같아? 사과받고 싶다고 해서, 내가 한국을 대표해서 사과해주고 돈까지 줬잖아! 빨리 용서를 한다, 대답을 하라고!
애심	(갑자기 풍기에게 달려가서 소리를 지르며) 입 닥쳐! 당신이 지금 그 주둥이로 할 수 있는 말은 미안하다는 말뿐이야!
풍기	(사이, 화가 나서 애심에게 손찌검을 하려고 다가가며) 아니, 이게 돌았나.
수연	(달려가 애심을 보호하며) 엄마! (풍기에게) 하지 마세요!

사람들, 풍기를 막기 위해 몸싸움을 벌인다.

| 써니 | (큰 소리로) 제발, 그만들 좀 하세요! |

몇몇 사람에게 잡혀 바닥에 누워 있는 풍기. 다른 사람들은 그 주변을 둘러싸고 있다.

| 리엔 | 아니에요, 미안하단 말은 우리가 해야죠. (사람들이 놀라자) 비엣남과 미국이라는 남의 나라 전쟁에 불쌍하게 용병으로 이용당하고, 평생을 고통받아온 참전용사분들께, 비엣남 사람을 대표해서 제가 죄송하다는 마음을 전하고 싶어요. 죄송합니다. 사실 우리 시아버님도 비엣남 참전용사여 |

서 저도 그 마음 잘 압니다. 고생하셨습니다.

풍기, 울기 시작한다.

리엔 비엣남은 옛날에 전쟁 끝났지만, 한국은 아직 전쟁이 안 끝났잖아요. 휴전 중인데도, 우리나라를 위해 이런 여행까지 와주셔서 다들 정말 감사드려요.

써니 (사이, 여전히 흥분한 채로) 여기서 나가실게요. 전쟁이고 나발이고, 안 쪽팔리세요? 여긴 지금 한국군 민간인 학살 희생자들의 위령제를 하는 곳입니다. 나가실게요. (사람들이 어기적거리자) 아, 제발! 사람이 여기로 와달라, 저리로 가달라 그러면 좀 빨리빨리 움직여주시면 안 돼요? 아니, 얼마나 더 챙겨드려야 해요? 저 이거 돈도 얼마 못 받아요. 한평연에 남는 돈도 거의 없어요. 뭐 좋다고 제가 이래야 하는 건데요. (써니의 휴대폰 벨이 울리자 울먹이며) 다들 저한테 왜 이러세요. 제발 저 좀 도와주세요.

전환.

8장

<u>쯔엉티투와의 만남 : 하미 마을 쯔엉티투의 집 / 오후</u>

조명의 변화.

쯔엉티투의 집 마당에 옹기종기 모여 앉은 사람들. 풍기는 저만치 떨어져서 서 있다. 사라는 촬영 중이다.

써니　　부탁 좀 드릴게요. 여기서는 제발 큰 문제 일으키지 않으시면 좋겠어요.

지금부터 객석 쯔엉티투의 자리에 앉아 있는 관객은 쯔엉티투가 된다. 사람들은 써니의 눈치를 보며 관객 쯔엉티투를 더 따뜻하게 바라보고, 열심히 반응한다.

써니　　여기 계신 학살 피해 생존자 쯔엉티투 할머니는 원래 위령제 때 뵙기로 했는데 몸이 안 좋으셔서 못 오셨어요. 이제 나이가 많이 들어 내년이면 여기 없을 수도 있으니 꼭 인사들 하고 가라고 하셔서 왔습니다. (관객 쯔엉티투를 가리키며) 이 옷은 할머니가 아끼는 아오바바인데요. 저희가 온다고 입고 기다리셨어요.

미선　　색깔이 참 고와요.

써니　　*아오 뎁 꽈.*(옷이 예쁘대요.) (관객 쯔엉티투의 말을 듣고) "고맙다"라고 하시네요. 할머님은 학살 당시 열두 명의 가족을 잃고, 3개월 된 딸을 안고 겨우 도망쳐 나와 사셨어요. 근데 총에 맞아 오른쪽 발을 잘라내셔야 했고, 수류탄 파편에 맞아 오른쪽 몸이 불편하세요. (관객 쯔엉티투의 말을 듣고) "올해도 찾아와줘서 고맙다. 난 너희가 올 때마

다 참 좋더라. 내가 10년만 젊었어도 같이 춤을
출 텐데……." (사람들이 웃자) 할머님은 늘 유머가
있으세요.

민주 저희가 더 고맙습니다. 몸 좀 나으셔서 빨리 같이
춤춰요.

써니 *반 나이 노이 라 꼬 마우 쾌에 벤 쭝 따 꿍 냐이
버이 냐우.*(얼른 나아서 같이 춤추자고 하시네요.) (관객
쯔엉티투의 말을 듣고) "위령제는 어땠냐?"라고 물
어보시는데…….

두리 (풍기를 쳐다보며) 아주 흥미진진했습니다.

사람들, 다 같이 불편한 기운으로 풍기를 봤다가 할머니를 보며 억지로 웃
는다.

써니 (쯔엉티투의 말을 듣고) "사실 내 속에 있는 원한은
다 사라졌다. 우리가 이렇게 친구처럼 잘 지내고
있잖아. 난 남은 인생도 평화롭게 살다 가고 싶
다."

뭉치 저희 내년에도 올게요. 위령제 꼭 같이 지내요.

써니 *반 나이 세 베 라이 남 사우 세 꿍 탐 즈 레 뜨엉
니엠 아.*(내년에 온다고 같이 위령제 지내자고 하네요.)
(관객 쯔엉티투의 말을 듣고) "난 그때 없을 것 같은
데?"

애심 아이고, 할머니. 지금도 건강하시잖아요.

써니 *꼬 버이 져 번 쾌 마.*(지금도 건강하시잖아요.) (관객
쯔엉티투의 말을 듣고) "나 삭신이 다 아파. 너희 그

파스 좀 많이 주고 가." (사람들이 웃으면) "내가 죽기 전에 비문 열리는 거라도 보고 싶은데……."

미선   아니요! 그리고 그때까지 살아 계시면 되잖아요?

써니   *꼬 파이 솜 덴 응아이 더 쯔 아.*(그때까지 살아 계셔야죠.) (관객 쯔엉티투의 말을 듣고) "저승사자가 안 데려가길 빌어야겠다!"

사람들, 다 함께 웃는다.

수연   죄송해요, 할머니.

써니   *꼬 나이 노이 라 씬 로이.*(저분이 죄송하다고 하네요.) (관객 쯔엉티투의 말을 듣고) "누가 그 일들을 책임질 수 있겠어. 애비가 한 일을 애들이 책임져야 하냐? 너희 잘못이 아니야."

긴 사이

사람들은 저마다 알 수 없는 감정에 복받친다. 누군가는 당황해하고, 누군가는 눈물을 흘린다.

써니   (눈물이 나오려는 걸 꾹 참고) 이제 베트남 학살 피해 생존자분들도 얼마 남지 않으셨습니다. 그전에 얼른 이 문제들이 해결돼서…….

민주   여러분! 우리 이러고 있지 말고 분위기도 바꿔볼 겸, 할머니를 위해서 '아리랑' 한번 불러드릴까요?

사람들   좋습니다.

민주	우리 극단 동시대 분들이 불러드리면 어떨까?
진경/수호	(황당해하며) 저희가요?
애심	할머니! 저희가 노래 부르고 재롱도 부릴게요.
두리	한 박자 쉬고, 두 박자 쉬고!
사람들	세 박자 마저 쉬고, 하나, 둘, 셋, 넷!

사이

두리	노래를 못하면 장가를 못 가요.
사람들	아, 미운 사람.
수호	죄송한데요. 저흰 노래 부르고 춤추는 집단이 아니라서요.
진경	(소리를 높이며) 그리고 한국군이 여기 와서 학살하고 고향 그립다며 맨날 부르던 노래를, 피해자 앞에서 부르라고요?
사라	아이고, 참. 이제 제발 적당히 좀 합시다!

사라가 '아리랑'을 부르기 시작한다. 두리도 따라 부른다. 어느새 다른 사람들도 함께 부른다. 진경과 수호는 알 수 없는 감정에 휩싸여 눈물을 흘리다가 결국 따라 부른다. 사람들이 진경과 수호를 달래준다. 한쪽에 서 있던 풍기가 운다. 통곡한다. 사람들은 결국 풍기도 달래준다. 다 같이 하나가 되어 춤까지 추며 '아리랑'을 부르는 사람들. 그때 갑자기 마을 주민2가 다급하게 달려 들어온다.

| 마을 주민2 | (큰 소리로) *찌 써니 어이 쩌이 어이.(써니 씨! 세상에나!)* |

노래를 멈추고 마을 주민2를 바라보는 사람들.

써니   *꺼 쭈옌 지 컴 아?*(무슨 일이시죠?)

마을 주민2   *반 비아 호아 센 비 버 로이!*(연꽃 비석이 깨졌대요!)

써니   (격하게 놀라며) 네?

마을 주민2   *반 비아 호아 센 비 버 로이!*(연꽃 비석이 깨졌다고
             요!)

마을 주민2와 써니가 한쪽 구석에서 대화를 나눈다. 사람들의 시선이 리
엔에게 쏠린다.

리엔   연꽃 비석이 깨졌대요!

사람들   (격하게 놀라며) 네?

리엔   (큰 소리로) 하미 위령비 연꽃 비석이 깨졌다고요!

사람들, 관객 쯔엉티투와 함께 환호하며 좋아한다. 마을 주민2가 달려 나
간다.

써니   (큰 소리로) 여러분! 여러분! 잠깐만요! 잠깐 조용
             히 좀 해주세요! (사람들이 조용해지자) 지금 이게
             좋아할 일이 아니라…… 공안이 여기로 오고 있
             대요!

민주   공안이 여기를 왜 옵니까?

애심   우리가 뭐 잘못했습니까?

써니   (사람들이 술렁이자) 주민대표분이 우리 평화여행
             단은 절대 하미 마을을 빠져나가면 안 되고…….

(울먹이며) 저희 여권도 다 반납해야 하고, 조사받기 전까지 출국 금지래요!

민주   (사이) 구 박사!

써니   네?

민주   얼른 구 박사한테 전화 넣어봐!

써니, 황급히 휴대폰을 꺼내 구 박사에게 전화를 건다. 사람들, 써니의 통화를 숨죽이고 지켜본다.

써니   (전화를 받지 않자 울먹이며) 왜 또 이럴 땐 전화를 안 받아! (패닉이 온 듯 사람들에게) 어떻게 하죠? 우리 이제 어떻게 해야 하죠?

써니, 울면서 주저앉는다. 그 모습을 보며 당황해하는 사람들.

뭉치   (황급히) 여러분, 잠시만요! 다들 진정하시고요.

정무   의원님, 대사관에 전화 넣어보겠습니다.

민주   (소리를 높이며) 어, 어. 좋아. 빨리!

그때 천둥번개가 치고 비가 쏟아지기 시작한다. 사람들, 놀라서 웅성거린다.

뭉치   (소리를 높이며) 여러분! 우선 저쪽 남자 숙소로 가시겠습니다. 얼른 이동하실게요.

사람들, 급하게 남자 숙소로 달려간다. 혼자 남겨진 관객 쯔엉티투.
전환.

5일 차 이후

9장

조명의 변화.

거센 빗소리. 사람들이 비좁은 남자 숙소 안에 모여 앉아 있다. 제복을 입은 공안이 문앞에 서서 사람들을 감시하고 있다.

애심	아이고, 하늘에 구멍이 뚫렸나.
수연	(힘들어하며) 창문 살짝만 열면 안 돼요?
진경	아, 이게 대체 몇 시간째예요!
정무	우선 현장 조사가 끝날 때까지 기다리는 수밖에…….
민주	(공안에게 다가가) 통화 하나만 합시다, 네? 아, 잠깐만 합시다. (반응이 없자 소리를 높이며) 이 사람이 진짜! 당신 내가 누군지 알아?

공안, 큰 소리로 민주를 위협한다. 움찔하는 민주와 놀라는 사람들.

진경　　　그만하시죠.

정무　　　(민주를 앉히며) 저 사람은 의원님이 누군지 모릅니다.

사라　　　대사관에서도 지켜보자고 했다면서요.

민주　　　그거는 이렇게 갇히기 전이니까!

미선　　　(갑자기 겁을 먹고) 저희 내일 한국 갈 수 있는 거겠죠?

두리　　　무슨 말을 그렇게 해.

미선　　　혹시 감옥 같은 데 잡혀가고 그러는 건 아닌가 해서…….

애심　　　에이, 재수 없게.

수호　　　뭐 그거 하나 깨졌다고 감옥을 가요.

미선　　　근데 진짜 혹시나 감옥 가면…….

두리　　　나 학교에서 잘리는데.

사라　　　그만하세요. 뭔 감옥을 가요!

민주　　　갈 수도 있어요.

사람들　　(놀라며) 네?

민주　　　이 위령비라는 게, 베트남에서는 국가 재산이기 때문에…….

풍기　　　그래, 숭례문에 불 지른 사람도 감옥 갔잖아.

미선　　　(괜히 두리를 탓하며) 거봐. 내가 이 여행 진짜 마음에 안 든다고 했지?

수호　　　그래서 대사관도 발 뺐던 거네.

풍기　　　베트남 감옥이 그렇게 끔찍하다던데. 한번 끌려가면 아예 그 사람이 사라진다는…….

진경　　　그렇다고 해도 외국인을 이렇게 잡아두는 게 말이 돼요?

풍기 사회주의국가에서 뭘 못 하겠어? 중국 공안도 그렇게 무섭다던데, 저 공안도…….

정무 우선 좀 기다려보시죠.

뭉치 그래요, 이래 봤자…….

진경 (답답한 나머지 소리를 높이며) 시간이 남아도시나 본데, 저흰 내일 한국 못 가면…….

공안 (소리를 높여) *임 랑 디!*(조용히 해!)

사람들, 깜짝 놀라 입을 다문다. 그때 써니가 소리 내어 운다. 그런 써니를 달래는 사람들.

애심 괜찮아요, 괜찮아.

수연 별일 없을 거예요.

두리 아, 제발! 그만 좀 징징대면 안 됩니까?

사라 저기요!

민주 (갑자기 정리를 하며) 자, 정무야!

정무 네, 의원님!

민주 여러분! 정신 차립시다. 지금 우린 위령비를 깬 용의자로 지목을 받고 있는 상황입니다.

진경 그걸 누가 몰라요?

사라 여기서도 정치를 하세요?

민주 전 국회의원으로서 자국의 국민을 보호할 의무가 있습니다. 그러니까 제 말은 범인이 잡혀야 우리가 나갈 수 있다는 겁니다.

풍기 (소리를 높이며) 이런 융통성 없는 놈들!

민주　　이런 상황에서 저 공안 새끼를 믿어도 되는 거 맞
　　　　습니까?

수호　　그래요. 팔은 안으로 굽는다고, 이러다가 우리가
　　　　다 뒤집어쓰는 거 아니에요?

풍기　　그래서 조사도 안 하고 냅다 가둬만 놓고 있구
　　　　먼!

두리　　혹시 마을 사람들 중에 있는 거 아니에요?

뭉치　　(소리를 높이며) 이 사람이 진짜!

두리　　아니, 그럴 가능성도 있다는 거죠.

정무　　근데 만약에 누가 깰 타이밍을 보고 있었다면, 오
　　　　늘이 딱 아닐까요?

민주　　그래. 위령제도 있었고, 마침 한국 사람들이 민박
　　　　을 한다네?

써니　　그래도 의원님이 그렇게 말씀하시면 안 되죠. 오
　　　　랫동안 평화운동 하셨다는 분이!

민주　　지금 그게 중요합니까? 근데 왜 우리만 의심을
　　　　받을까요?

애심　　그러게요. 베트남 사람일 수도 있는 거잖아요.

수연　　에이, 그 사람들이 깨려면 진작 깼겠지.

정무　　아닙니다. 국가 재산이고, 공안이 무서워서 쉽게
　　　　깰 수는 없었을 겁니다.

사라　　그렇게 매도하지 마세요!

민주　　생각해보세요. 우리도 일본한테 아직 감정이 많
　　　　이 남아 있지 않습니까? 그게 그렇게 쉽게 없어질
　　　　수 있을까요?

미선　　(조심스럽게) 사실 위령제에서 말 못 한 게 있었는

데…….

사람들   네? / 그게 뭔데요?

미선   그, 삽 들고 우리 해치려고 했던 아저씨가 왔었어요.

사람들   진짜? / 어머, 어떡해. / 무섭다.

두리   왜 말을 안 했어, 위험하게!

미선   아니, 괜히 다들 무서워할까 봐.

뭉치   그분은 하미 마을 사람이 아니잖아요!

민주   한국 사람들이 지역 따져가면서 일본 싫어합니까?

풍기   그래, 베트남 사람들이 한국 사람을 좋아할 이유가 없잖아.

진경   맞아요. 어디서 읽었는데, 관광으로 돈 벌려고 우리한테 겉으로만 잘해주는 거라고…….

정무   이거 진짜 우리가 아니라 그 삽 든 주민이나 마을 사람들을 집중 조사해야…….

써니   (소리를 높이며) 그건 공안들이 할 일이고요!

뭉치   (소리를 높이며) 네, 지금 열심히 조사하고 있다니까…….

풍기   (버럭 하며) 조사는 무슨. 냅다 가둬만 놓고 있구먼!

사람들   (말리며) 단장님!

공안이 위협하자 다시 조용해지는 사람들.

민주   근데 참 이상하네. 한평연은 왜 가만히 있습니까?

써니/뭉치   네?

민주   여행단 발이 묶였는데 구 박사한테 전화를 하든,
자기들이 잡히고 우릴 보내주든, 뭔가 더 적극적
인 조치를 취해야 하는 거 아닙니까?

뭉치   의원님이 그렇게 말씀하시면 안 되죠.

써니   혹시 의원님이세요? (사이) 아니, 아까 전화받더니
한참 자리 비우셨잖아요.

애심   어, 맞아요. 나도 봤어!

미선   뭐 하고 오셨어요?

민주   이 사람들이 진짜……. 나 대한민국 국회의원입
니다.

두리   에이, 너무 흥분하시는데…….

민주   아까는 사무실에서 전화가 와서……. 정무야! 말
좀 해봐.

정무   (사이) 기억이 안 납니다.

민주   뭐?

정무   기억이 안 납니다.

민주   (소리를 높이며) 이정무!

정무   의원님께서 있는 그대로의 사실만 진실되게 말해
야 한다고…….

민주   너 아까 화장실 간다고 하고 어디 갔다 온 거야?
왜 그렇게 늦게 왔어?

정무   또 배가 아파서…….

민주   (버럭 하며) 야, 이정무! (벌떡 일어나 써니와 뭉치에게)
당신들이 제일 수상해. 갑자기 하미 마을에서 잘
수 있게 힘을 썼다, 이런 상황에서 우선 기다리

	자. 당신들, 베트남 사람 편이잖아.
써니/뭉치	(소리를 높이며) 저기요!
사라	영화 찍으세요?
민주	당신이야말로 그 다큐인지 뭔지 찍겠다고 쇼하다가 건질 게 없으니까 직접 일 터뜨린 거 아니야?
사라	뭔 소리예요. 나도 피해자예요. 지금 찍지도 못하고 있는데! 그리고 의원님이야말로 여기 와서 맨날 사진만 찍으면서 정치 쇼 했잖아요.
진경	그러니까.
민주	정치 쇼? 내 사진 한 장이 너희가 만드는 다큐나 연극보다 더 많은 사람한테 진실과 사실을 알릴 수 있어! 뭘 알지도 못하면서 헛소리들을 하고 있어. 여러분! 이거 이 사람들 대한민국 헌법도 어기고 병역을 거부하는 사람들이라고 합디다. 위령비 하나 깨는 게 일이겠습니까?
풍기	그러네!
수연	대한민국 참담하다, 진짜. 그러니까 나라가 이 모양 이 꼴이지.
민주	(수연에게) 그럼 너야?
애심	(민주에게) 저기요!
민주	요즘 애들은 홧김에 불도 지르고 그러지 않습니까?
정무	그만하시죠.
민주	(화를 내며) 당신들이 시작했잖아. 말도 안 되는 이유로 사람 의심해놓고…….

정무   (단호하게) 그만하셔야 합니다, 의원님!

민주, 털썩 자리에 앉는다.

애심   (갑자기 리엔에게) 근데 아까 없었잖아?

사람들, 모두 리엔을 쳐다본다.

수연   에이, 아니에요, 언니는.

써니   아니죠, 리엔?

두리   돌아다녀도 제일 의심 안 받을 사람이긴 한데.

미선   그렇긴 하지.

진경   그래도 리엔이 무슨 원한이 있는 게 아니면…….

뭉치   혹시 참전군인 시아버지랑 무슨 일 있었어요?

수호   아, 전쟁 트라우마로 인한 가정폭력…….

사라   혹시 시아버지가 고엽제 피해자세요? 근데 나라
             에서 해주는 게 없어서 복수를 하려고…….

애심   아이고, 그래, 어린 나이에 남의 나라로 푼돈에
             팔려 와서…….

사라   가난한 집에서 얼마나 힘들고 외로웠겠어요.

진경   (리엔에게 다가가며) 리엔, 솔직히 말해도 돼요.

써니   (리엔에게 다가가며) 그래야 우리가 도와줄 수 있으
             니까…….

리엔   (소리를 높여) 저, 말 좀 할게요!

사람들   (고개를 끄덕이며) 네. / 말해요.

리엔   (사이, 자리에서 일어나) 뭔가 오해하고 계시는 것 같

은데요. 저 한국으로 팔려 온 게 아니고 연애해서 결혼했고요. 제 남편 삼성 다녀요. 우리 시아버님 너무 좋은 분이세요. 아, 그리고 저 반포 자이 살고, 지금 한국대 대학원 다니고 있어요. 전 제가 위령비를 깰 이유가 없는 것 같은데. 혹시 더 물어볼 거 있으세요?

애심 (사이) 무슨, 말을 해야 알지…….

리엔 (화를 내며) 아무것도 안 물어보셨잖아요! (공안에게 다가가서) 민 라 응어이 비엣 남. 컴 비엣 꺼 줍 드억 지 컴, 넨 민 꿍 어 더이 능 버이 져 꺼 테 베 드억. 네우 껀 스 디에우 짜 티 신 리엔 락 라이 윰 녜.(전 베트남 사람인데요. 도울 게 있을까 해서 같이 있었는데, 이제 가도 될 것 같네요. 조사가 더 필요하면 연락주세요.)

공안 야 벙.(알겠습니다.) (리엔을 내보내주며) 찌 베 디.(가 십시오.)

민주 (황당해하며) 뭐야? 쟤는 왜 저렇게 쉽게 나가? (소리를 높여) 저거 풀어주면 안 돼!

미선 그러니까요.

수연 언니…….

사라 당황스럽네요.

진경 그러니까.

두리 (갑자기) 아! 베트남 사람들, 그냥 돈 찔러주면 안 되나?

써니 (답답한 듯) 아니, 우리가 잘못한 게 아닌데 왜 돈을 찔러줘요!

공안   임 랑 디!(조용히 해!)

공안, 시간을 확인하더니 진경에게 나오라는 손짓을 한다.

진경   (놀라서 일어나며) 저요? 왜요? (공안이 다시 손짓을 하
            자) 써니, 저 어떻게 해요?
써니   *따이 싸오 찌 응어이 나이 라 토이?*(왜 이 사람만 나
            오라는 거예요?)
공안   (화를 내며) *싸오 컴 라 난 버이!*(빨리 안 나와!)
사라   (사람들이 놀라서 아무 말도 못 하자) 아마 그냥 대화
            하자고 그러는 거 아닐까?
수호   그래요. 설마 무슨 일 있겠어요?
진경   싫어요. 저 베트남어 하나도 몰라요. 싫어요, 안
            갈래요!

공안이 몽둥이를 손에 쥐고 들어오자 사람들이 소리를 지르며 피한다.

진경   수호야! 언니! 저 좀 살려주세요. (공안이 끌고 나가
            자 소리를 지르며) 의원님! 저 좀 살려주세요. 살려
            주세요!

진경이 공안에게 끌려 나간다. 적막해진 방 안.

민주   아마 아무 일도 없을 겁니다.

암전.

거센 빗소리가 더욱 커진다.

신문 : 하미 인민위원회 사무실 / 오전, 오후, 저녁

빗소리가 점점 작아지면서 진경이 홀로 있는 방에 조명이 들어온다.

진경   진짜 솔직히, 그냥 연극 만들어야 해서 왔습니다.
올해 7월에 공연 올려야 되거든요.

진경, 착하게 웃는다. 잠시 뒤 사람들이 각자 혼자 있는 방에 조명이 하나씩 들어왔다가 꺼진다.

수호   네, 솔직히 저는 연출님이 같이 오자고 해서…….

사라   베트남전쟁 시 한국군의 민간인 학살 피해자분들을 위해서 촬영하러 왔습니다.

써니   저는 더 많은 한국 사람이 하미 마을에 관심을 갖길 바라는 마음에 무리해서 하룻밤 머무르자고 한 겁니다.

뭉치   전 해외 근무 나온 건 처음이라, 다른 사람들이랑 거의 다를 바가 없다고 보셔도 되고요. (눈치를 보며) 근데 지금 통역 잘 되고는 있는 거죠?

풍기   사과하러 왔습니다. 내 살날도 얼마 남지 않은 것 같아서 사과하려고…….

두리   전 평화로운 동남아 패키지여행인 줄 알고 속아서 왔다니까요.

미선   전 매달 베트남 결식아동 후원도 하는 사람이에
       요.

애심   교육 여행인 줄 알았죠. 사실 우리 딸이랑 요즘
       서먹해서 좀 풀어볼라고…….

수연   엄마한테 끌려온 거예요. 안 오면 아이패드 안 사
       준다고 해서.

민주   전 오랫동안 일본군 '위안부' 할머님들을 위해서
       평화운동을 했습니다. 베트남 문제도 그 연장선
       상에 있다고 생각해서 특별법을 발의하려고 온
       거고요.

정무   저 화장실 좀 갔다 와도 될까요?

조명의 변화.

사람들의 태도가 변한다.

써니   아시다시피 이건 저희가 매년 진행하고 있는 프
       로그램이고요. 이게 제 밥줄입니다! 제가 왜…….

뭉치   단장님! 추도사 읽을 때 당장이라도 위령비 깨고
       싶다고 하셨잖아요!

풍기   이 나이 먹고 무슨 힘이 있다고! 그냥 말로만 깨
       겠다고 허풍 떤 겁니다. 분명 그 정치하는 새끼가
       비례대표인데 지역구 되려고 쇼하는…….

정무   아니, 깰 거면 당당하게 카메라 앞에서 깨야 의원
       님이랑 저한테 도움이 되죠.

민주   전 불쌍한 베트남 애들한테 두 번이나 장학금을
       준 사람입니다. 그, 예술 하는 사람들은요?

사라	저 진짜 유명한 다큐 감독이에요. 이거 제작비가 몇천이라고요, 몇천! 잘못되면 당신들이 책임질 거야?
진경	저희는 운동하는 사람들이 아니라 그냥 대학로에서 연극하는 사람들이에요, 연극!
수호	당장 내년에 어떻게 먹고살지 막막해서 여기까지 와서도 지원서 쓰고 있는데, 저희가 왜 그걸…….
두리/미선	저 아닙니다!
애심/수연	저 아니에요.
애심	제가 감정적으로 좀 욱하는 성격이긴 해요. 근데 원체 감정이 풍부해서 그런 거고…….
수연	아, 대학 떨어진 것도 말 못 했는데 제가 무슨 깡이 있다고…….
두리	누가 저래요? 누군데요? 그 사람이 범인입니다.
미선	제 남편이 학교 선생입니다, 선생! 제가 왜……. 근데 혹시…….
애심/두리/수연	(동시에) 한국 사람이었던 거 확실합니까?

조명의 변화.

사람들의 태도가 변한다.

정무	아니, 밤이다 보니까 어두워서 잘못 보셨을 수도 있잖아요.
진경	한국인 싫어하는 사람들이 그런 거 아니에요?
수호	(마치 한국 군인처럼 사무적인 태도로 자리에서 일어났다가 앉으며) 한국군 복장이었다고 해도, 한국군 군

복을 입은 베트콩인 경우가 굉장히 많았다.

써니 저희는요, 예전부터 여기 봉사도 많이 오고, 마을 주민분들이 늘 고맙다고……. 엄청 친해요.

애심 얼마나 분위기가 좋았는데요. '아리랑'도 같이 부르고.

사라 저는 지난번에 왔을 때부터 인터뷰했던 분들과 돈독한 라포를 쌓았어요.

민주 (한국 군인처럼) 한국군은 베트남 민병대원들과 함께 작전을 했고 오락대회도 함께했다.

미선 (한국 군인처럼) 민간인에 대한 대민 지원에도 힘을 썼다.

뭉치 저희가 여행단 사람들한테 제일 강조한 게 마을 주민들하고의 관계가 있으니까 제발 사건 사고 만들지 마라…….

수연 (한국 군인처럼) 채명신 주월한국군 사령관은 민간인 학살은 절대 하지 말라고 첫 번째로 강조했다.

정무 (한국 군인처럼) 백 명의 베트콩을 놓치는 한이 있더라도 한 명의 양민을 보호하라.

민주 이거 잘못되면 외교 문제 생길 겁니다. 확실한 증거 있습니까?

수호 아니, 대체 왜 자꾸 베트남 사람들 말만 듣습니까? 양쪽 얘기 다 들어보고 판단해야…….

써니 (한국 군인처럼) 증거 없이 증언만으로는 학살이라고 단정할 수 없다.

사라 저희는 진짜 아니에요. 제 영상들 확인해보면 알 거 아니에요?

뭉치 (한국 군인처럼) 여러 가지 자료를 살펴봤지만 우
리 장병들에 의한 민간인 학살은 전혀 없었다.

두리 그럼 알리바이 확실한 사람만이라도 좀 풀어주
면 안 됩니까?

미선 지금 저희 다 싸잡아놓고 이러시는 거, 진짜 잘못
하시는 거예요.

써니 설사 우리 중에 범인이 있다 해도 그건 한 개인의
일탈이지, 여행단의 문제가 아닙니다.

사라 (한국 군인처럼 서서) 만일 한국군의 소행이라 하더
라도 그것은 병사 개인의 일탈이었다.

정무 (한국 군인처럼 서서) 한 명의 우발적인 범행을 모든
한국군의 잘못으로 몰아가지 마라.

두리 (한국 군인처럼 서서) 여러 가지 자료를 살펴봤지만
우리 장병들에 의한 민간인 학살은 전혀 없었다.

풍기 위령제 때 소란 피운 것 사과드립니다. 위령비를
깬 건 제가 아니지만 우리 여행단 사람 중에 그랬
다면 그것도 제가 사과드립니다.

진경 절을 안 하겠다고 한 건 사과를 안 하겠다는 게
아니라 제대로 인정을…….

애심 (한국 군인처럼 서서) 수많은 한국군이 베트남 정글
에서 조국과 가족을 위해 싸웠다.

풍기 (한국 군인처럼 서서) 어떤 전쟁이든 민간인의 희생
은 불가피하다.

진경 (한국 군인처럼 서서) 한국은 베트남에 마음의 빛을
지고 있다.

수호 (한국 군인처럼 서서) 우리는 가해자이자 피해자이다.

모든 사람이 자리에서 일어난다. 마치 그 모습이 자신들의 억울함과 정당함을 강하게 호소하는 한국 군인 같다.

사람들　　　　（다 같이 단호한 목소리로） 그럼에도 불행한 역사에 유감이다.

긴 사이
전환.

10장

최후의 만찬 : 다낭 고급 식당 / 저녁

조명의 변화.
식당 안에 우아한 음악이 흐른다. 무대 전면에 놓인 긴 테이블 앞에 사람들이 한 줄로 나란히 앉아 있다. 행복하고 여유로운 모습이다. 그때 팜탄꽁이 들어온다.

써니　　　　（팜탄꽁에게） 감사합니다.

사람들　　　　정말 감사합니다.

써니　　　　여러분, 팜탄꽁 관장님께서 할 말이 있으시다고……．

팜탄꽁　　　　응에 띤 뜩 뜨 차우 리엔, 또이 다 럿 냡 니엔.（리엔한테 연락받고 많이 놀랐습니다.）

써니　　　　（팜탄꽁의 말을 듣고） "리엔한테 연락받고 많이 놀랐다"라고 하시네요.

팜탄꽁 모이 응어이 당 꼬 강 쪼 호아 빈 꾸어 비엣 남, 또이 꿍 줍 더 못 쭙 쪼 호아 빈 꾸아 모이 응어이.(여러분이 베트남의 평화를 위해 힘쓰고 계시니, 저도 여러분의 평화를 위해 힘을 좀 썼습니다.)

써니 (팜탄꽁의 말을 듣고) "우리가 베트남의 평화를 위해 힘을 쓰고 있으니, 관장님도 우리의 평화를 위해 힘을 좀 썼다"라고…….

팜탄꽁 또이 몸 랑 비엣 남 쭘 또이 켑 라이 콰 크 바 협 딱 흐엉 덴 뜨엉 라이. 모이 응어이 베 냐 껀 턴 아.(우리 베트남은 앞으로도 과거를 덮고 미래를 향해 협력하길 바랍니다. 조심히 돌아가십시오.)

써니 "베트남은 과거를 덮고 미래를 향해 협력하길 바란다"라고, "조심히 돌아가라" 하십니다.

사람들 감사합니다. / 정말 감사합니다.

뭉치 여러분! 관장님께서 식사도 예약해주시고, 항공편도 다시 알아봐주셨다고 합니다. 우리 저녁 비행기로 돌아갈 수 있게 됐습니다. (사람들이 환호하자) 씬 깜언!

사람들 씬 깜언!

써니와 리엔, 식당을 나가는 팜탄꽁을 배웅한다.

두리 그래서 위령비 깬 사람은 찾았답니까?

수호 모르겠는데요.

미선 지금 그게 중요해?

애심   우리가 풀려난 게 중요한 거지.

사람들, 다 같이 기분 좋게 웃는다.

수연   아, 갑자기 너무 배고프다.
써니   (다시 돌아와서) 여러분, 이제 작별이네요. 리더로
           참여한 첫 여행이라 여러모로 부족한 게 많았습
           니다. 평화를 지키는 게 정말 쉽지 않더라고요.

조명의 변화.
사람들이 갑자기 사과를 꺼내 게걸스럽게 먹기 시작한다. 호텔 직원1이 들
어와 선다. 지금부터 사람들의 모습은 굉장히 미화되어 보인다. 과장된 환
상처럼 보이기도 한다.

애심   수연아, 이렇게 힘들게 사는 사람들이 많은데, 우
           리 딸 대학 하나 떨어진 게 뭐라고 엄마가 그렇게
           화를 냈나 몰라! 엄마가 너무 사랑해!
수연   나도 미안해, 엄마. 사랑해!

사람들이 박수와 환호를 보낸다.

정무   의원님! 아직 요령이 부족한 저이지만 앞으로도
           열심히 의원님 모시는 정무가 되겠습니다. 믿어
           주십쇼!
민주   그래. 믿는다, 정무!

사람들이 박수와 환호를 보낸다.

두리   저는 이 여행을 통해 얻은 게 정말 많습니다. 그
            런 의미로 한평연 정기후원 30만 원 묶고 더블로
            가겠습니다!
미선   아, 오빠!

사람들이 박수와 환호를 보낸다. 그러고는 각자의 아름다운 여행 후기를
큰 목소리로 동시에 말하기 시작한다. 계속해서 게걸스럽게 사과를 먹으
면서. 그 소리가 극장 전체를 가득 채운다.

수호   (손을 들고 일어나) 저 마지막으로 제대로 노래 한
            곡 하고 싶은데요.

수호, 015B의 노래 '이젠 안녕'을 부른다. 처음에는 혼자 부르지만, 점차
사람들이 따라 부르며 즐거워한다. 사진을 찍는 뭉치와 정무.

민주   (사람들이 웃으면) 여러분, 우리 다 함께 외쳐볼까
            요? 하나, 둘, 셋!
사람들   평화, 평화, 평화, 파이팅! 고생하셨습니다. 고생
            하셨습니다. (객석을 향해 손을 흔들며) 안녕! 안녕,
            베트남!

사람들이 식당을, 베트남을 떠난다. 비행기가 이륙하는 소리.
암전.

비행기가 착륙하는 소리와 함께 조명의 변화.

음악은 계속 흘러나오고 있다. 캐리어를 끌고 공항을 빠져나오는 사람들.

하나같이 두꺼운 겉옷을 걸치고 있다.

써니	(휴대폰으로 통화를 하며) 네, 박사님! 저희 지금 무사히 도착했습니다. 네, 박사님 생각이 너무 많이 나더라고요.
뭉치	(써니의 휴대폰에 얼굴을 가까이 대고) 박사님! 곧 봬요!
써니	네, 알겠습니다. 곧 찾아뵐게요!

써니, 전화를 끊는다.

민주	구 박사야? 나 좀 바꿔주지.
미선	어머, 한국 너무 춥다!
풍기	이야, 오랜만에 한국인들이 바글바글하니까 좋네.
두리	그러게요.
정무	어? 저 이제 배가 안 아픕니다!

폭죽 터지는 소리와 함께 저 멀리 화려한 불꽃놀이가 보인다.

수연	우와!
애심	우릴 반겨주네요.

수호   그래도 한국 불꽃놀이가 낫네요.
진경   그러니까.

사람들이 다 같이 웃는다. 작별 인사를 나누는 사람들. 그때 어디선가 사이렌이 울린다. 처음에는 무슨 소리인지 몰라 당황하다가 이내 휴대폰을 꺼내 혹시 또 계엄 같은 사건이 일어난 건 아닐까 뉴스를 확인한다. 잠시 뒤 폭죽 소리가 포탄과 총소리로 변하기 시작한다. 놀란 사람들이 몸을 숨긴다. 요란한 헬리콥터 소리와 점점 더 커지는 포탄과 총소리. 사람들 중 한 명이 조심스럽게 고개를 들어 정면을 바라본다. 다른 사람들도 천천히 고개를 들어 정면을 바라본다. 한국에서는 상상도 할 수 없었던 끔찍한 일이 눈앞에서 벌어지고 있다. 어떤 말도, 행동도 할 수 없는 사람들. 포탄과 총소리가 점점 더 가까워지자, 공포에 떠는 사람들 가운데 누군가 총을 든다. 하나둘 따라서 총을 드는 사람들. 서로에게 총구를 겨눈다. 서로를 경계하며 뒷걸음질하다가 다시 정면을 바라보고 총을 겨눈다. 천천히, 아주 천천히, 총을 겨눈 채 객석 쪽으로 걸어가는 사람들. 포탄 소리, 총소리, 헬리콥터 소리가 점점 더 커진다.

암전.

암전 속에서도 길게 이어지는 전쟁의 소리.

전환.

에필로그

조명의 변화.

극장 벽에 하미 마을 위령비 비문이 보인다. 객석 등이 켜진다. 관객들은 극장을 빠져나가도 되고, 비문을 바라보아도 된다.

"역사책은 기록하기를, 예로부터 디엔즈엉의 백성들은 평화롭게 아이를 낳아 키우며 땅을 일구고 물고기를 잡으며 살아갔다. (그런데) 누가 알았으랴. 1968년 이른 봄, 정월 24일에 청룡부대 병사들이 몰려와 주민들을 모아놓고 잔인하게 학살을 저질렀다. 하미 마을 30가구, 135명의 시체가 산산조각이 나 흩어지고 마을은 붉은 피로 물들었다. 모래와 뼈가 뒤섞이고 불타는 집 기둥에 시신이 엉겨 붙고 개미들이 불에 탄 살점에 몰려들고 피비린내가 진동하니 가슴 아프게도 집 문턱에는 늙은 어머니와 병든 아버지들이 떼로 쓰러져 있었다. 시체에는 여전히 마른 피가 고여 있고 아기들은 어머니의 배에 기어올라 차갑게 시든 젖을 찾았다. 입과 턱이 날아간 아이는 목이 타는 듯 말라도 물을 마실 수가 없었다. 이 일이 있은 후에 또 하나의 참극이 더해졌으니 청룡부대 탱크의 강철 바퀴가 무덤들을 짓뭉갠 것이다. 하늘은 어두울 때도 있으나 밝을 때도 있어 고향에 평온이 찾아왔다. 그 옛날의 전장은 이제 고통이 수그러들고 과거 우리에게 원한을 불러일으키고 슬픔을 안긴 한국 사람들이 찾아와 사과를 하였다. 그리하여 용서를 바탕으로 비석을 세우니 2000년 8월 경진년 가을, 디엔즈엉 사의 당과 정부 그리고 인민들이 바칩니다."

잠시 후 비문이 연꽃 그림에 가려진다.

막

부동산 오브 슈퍼맨

| 시간 | 2024년 전후 |

| 공간 | 대한민국 서울 |

등장인물

슈퍼맨
봉준우, 봉성우(목소리, 이하 '목'), 봉의원, 봉배우, 봉임차

김명희, 김시민, 김배우, 새 집주인 부인(목, 이하 '부인'), 할리퀸
이종수, 이시민, 이배우, 전 집주인(목), 스파이더맨

배트맨, 장조연출, 장전문가, 장대리(목), 장공익법무관, 홍길
동, 장누수, 장변호사, 장임차, 장임대, 장배우
원더우먼, 한연출, 한전문가, 한법무사, 한변호사, 한임차, 한
장관, 한배우
고란희, 고의원, 캣우먼, 고변호사, 고임차, 고배우

이웃 주민(목) / 세무서 직원(목) / 악마(목)
무대감독

* 슈퍼맨을 제외한 모든 인물은 한 배우가 여러 역을 맡아
  연기한다.
* 1인 다역을 연기하는 배우들은 하나의 메인 캐릭터를 맡
  으며, 그 외의 역할은 위와 같이 배정될 경우 무대 전환 시
  중복되지 않고 진행을 할 수 있다.
* 이 희곡은 영상과 무대가 융합된 공연의 형태이기 때문에
  통상적인 희곡 표기법을 따르지 않는다.

프롤로그

무대에는 다양한 층을 보여주는 구조물들이 서 있고, 그것은 마치 콘크리트 건물을 연상케 한다. 구조물 뒤편으로는 큰 스크린이 있다. 이 극의 무대는 굉장히 빠른 템포로 다양한 시공간 전환이 가능해야 한다.

1

영상 오프닝 (영상) : 극장 / 시간 무관

영상) 극단 신세계 로고가 보이고, 슈퍼맨 테마 음악과 함께 누군가 우주에서 지구로 내려온다. '대한민국 경제 성장사, 그들이 있었다'라는 자막이 뜬다. 대한민국 해방 이후 슈퍼맨, 원더우먼, 배트맨이 국가와 함께한 역사가 차례대로 지나간다. 작품 타이틀 '부동산 오브 슈퍼맨 2024'가 화면 중앙에 자리한다.

봉성우(목) 　　(웅장하게) 부동산 오브 슈퍼맨 2024.

영상) 검은 배경에 흰 글씨로 '보고도 아무것도 변하지 않는다면 결국 대규모 구경이 되어버릴 뿐이다'라는 문구가 뜬다.

봉준우(목) 　　보고도 아무것도 변하지 않는다면 결국 대규모 구경이 되어버릴 뿐이다.

무대 오프닝 (무대+영상) : 극장 / 시간 무관

사람들(목)　　　(무대 곳곳에서) 도와줘요, 슈퍼맨! 도와줘요, 슈퍼
　　　　　　　　　맨!

음악) '질풍가도' 전주.

영상) 음악 비트에 맞춰 화려한 콘서트 조명 영상.

슈퍼맨이 등장해 노래 '질풍가도'를 부른다. 그에 맞춰 모든 배우가 멋있게 등장해 군무를 춘다.

슈퍼맨　　　　(노래를 마치고 한쪽 팔을 하늘로 뻗으며) 나는 슈퍼맨
　　　　　　　　　이다!

영상) '질풍가도' 음악이 깔린 상태에서 암전이 되면, 검은 배경에 흰 글자로 '연극 〈부동산 오브 슈퍼맨 2024〉는 실제 사건을 바탕으로 창작된 픽션임을 밝힙니다'라는 문구가 흐른다.

전환.

1부
슈퍼맨의 일상

1장
슈퍼맨은 왜 소리를 질렀나?

1

슈퍼맨의 밈 영상 (영상+무대) : 길거리 / 시간 무관

영상) 누군가가 길거리에서 찍은 슈퍼맨의 모습. 짜증스러운 목소리로 "조용히 좀 해주세요!"라고 말한다. 밈(meme)처럼 두세 번 더 반복되는 영상.

봉준우　　(Na, 무대로 나오며) 저는 어릴 때 슈퍼맨의 팬이었습니다. 빰빠밤, 빠바바밤! 근데 최근 SNS와 온라인 커뮤니티에 슈퍼맨의 영상이 공개됐습니다. 영상에서 슈퍼맨은 어딘가를 향해 "조용히 좀 해주세요"라고 소리쳤고, 이 모습이 태도 논란으로 이어졌는데요. 온라인에서는 '저렇게 정색할 필요가 있냐?'라는 반응과 '정확한 상황도 모르는

데 비난하는 건 옳지 않다'라는 의견으로 갈렸습
니다. 슈퍼맨은 왜 소리를 질렀을까요?

2
영웅 청문회 (무대) : 대회의실＋극장 / 오후

선글라스를 낀 슈퍼맨과 배트맨, 마스크를 쓴 원더우먼이 뛰쳐나오고, 그 주
변에 김시민, 이시민, 봉의원, 고의원이 나와 선다. 시끄러운 대회의실.

봉의원   자, 자, 진정하시고요. 그러니까 영웅들은 서울을
향해 날아오던 운석을 처리하는 과정에서 수많
은 희생자와 재산 피해를 발생시켰고, 이순신, 세
종대왕 동상도 파괴했으며, 광화문을 비롯한 유
서 깊은 문화재까지 파괴했습니다.

고의원   저번엔 48시간 전기가 중단돼서 서울 전체에 난
리가 났었고, 심지어 밤섬을 너무 세게 내리치는
바람에 한강이 범람해 서울 시내가 막대한 침수
피해를 입은 적도 있지 않습니까?

슈퍼맨   네, 저희도 피해 입으신 분들의 심정을 짐작하기
어려울 정도로 참담합니다.

이시민   저는 영웅들 때문에 건물이 무너지면서 전 재산
을 다 날렸습니다. 뭐, 이런 사람이 한둘입니까?

김시민   나라에서 영웅들 믿으라고 판 깔아줬잖아요. 이
제 누굴 믿고 살아야 하죠?

봉의원   지금 이 사태의 컨트롤타워가 누굽니까? 이건 사

148

회적 참사입니다.

고의원　영웅들의 초능력이 사회 전체의 안전에 영향을 미치지 않도록 영웅능력규제 특별법을 제정해야 합니다.

시민들　맞습니다! 맞아요!

배트맨　저기요, 지금 자꾸 모든 걸 저희 영웅들 탓으로 돌리는데, 저희는 피해자들뿐만 아니라 더 많은 시민들을 위험으로부터 구했습니다. 이게 팩트 아닙니까!

원더우먼　저희는 몇십 년 동안 여러분이 도와달라고 할 때마다 가장 먼저 출동했습니다. 근데 이제 와서 우리보고 가해자다, 진상규명 해라, 책임자 처벌해라?

이시민　그럼 우릴 지켜야지, 왜 다 뺏어 가냐고!

원더우먼　(버럭 하며) 얻다 대고 반말이야, 내가 당신보다 얼마나 더 오래 산 줄 알아?

슈/배　(원더우먼을 말리며) 누나! 누나!

원더우먼　(분을 삭이며) 아오, 씨!

김시민　지금 사회적 참사를 해결하는 과정에서 우리 피해자들 의견 들어갔나요?

슈퍼맨　이게 어떻게 사회적 참사입니까? 사고입니다!

이시민　저기요!

김시민　뭐라고요? 이럴 거면 영웅 때려치우세요!

시민들　(중구난방으로) 사과하세요! 사과하세요! 사과하세요!

슈퍼맨　그럼 저희보고 어떻게 하라는 겁니까? 까놓고 저희 없었으면 대한민국이 이만큼 클 수 있었을까요? 저희도 최대한 피해가 덜 갈 만한 광장을 고른 거예요. 안 막아내면 안 막아냈다고 사과하고, 막아내서 살려냈는데도 사과하고. 왜 맨날 당신들 도우면서 사과하라는 거야?

이시민　　웃기지 마라!

슈퍼맨　　이거 뭐, 살려줘도 지랄, 안 살려줘도 지랄. 저희 보고 뭘 어쩌라는 거예요?

봉의원　　아무리 그래도 영웅이 지랄이 뭡니까, 지랄이.

고의원　　그게 피해자분들 앞에서 할 말입니까?

원더우먼　　(슈퍼맨을 말리며) 흥분하지 마.

슈퍼맨　　아니, 흥분을 안 하게 생겼냐고!

배트맨　　(말리며) 슈퍼맨!

슈퍼맨　　(화를 내며) 영웅은 욕도 못 합니까! (다들 슈퍼맨을 말리자) 씨발! 지랄!

아수라장으로 변하는 대회의실. 모든 사람이 동작을 멈춘다.

봉준우　　(Na) 제가 슈퍼맨을 마지막으로 본 건 10여 년 전 TV로 중계된 이 청문회였습니다. 결국 정부는 영웅능력규제 특별법을 시행했고, 그 뒤로 영웅들은 자숙 기간을 가지며 은퇴! 우리의 기억 속에서 사라져갔습니다.

영웅들, 퇴장한다.

봉준우　　(Na) 제 어릴 적 영웅은 슈퍼맨이었는데, 지금 저의 영웅은 누구인지 잘 모르겠네요. 확실한 건 슈퍼맨은 아닙니다. 지금 여러분의 영웅은 누구인가요?

김시민   (사이) 삼성! 삼성이 한국 먹여 살리잖아요.

이시민   BTS? 손흥민?

고의원   119, 112? 114도 껴줘야 되나요?

퇴장하는 김시민, 이시민, 고의원.

봉준우   (Na, 슈퍼맨의 밈 영상이 다시 나오면) 과연 눈부신 대한민국 경제성장 대서사시의 주역으로, 국가권력을 통한 민주주의 후퇴에 훌륭히 기여한 저의 어릴 적 영웅 슈퍼맨. 그에겐 무슨 일이 있었던 걸까요? (사이) 실은, 전 다큐멘터리 감독입니다.

무대감독   (무대 밖에서 카메라를 들고 나오며) 갑니다!

봉준우   (무대감독이 건넨 카메라를 받으며) 감사합니다.

무대감독이 나간다.

봉준우   (Na) 슈퍼맨의 영상을 봤던 순간, 대박, 이 작품 되겠구나. 전 뭔가 새롭고 독특한 다큐를 만들어 보고 싶었습니다. 지금부터 여러분이 만나게 될 이야기는, 제가 직접 다큐를 찍기 위해 슈퍼맨을 만났던 '기억의 조각들'입니다.

전환.

2장
슈퍼맨은 어떻게 살고 있는가?

1

촬영 요청 (무대+영상) : 감독의 집 / 오후

음향) 통화 연결음.

고란희(목)	여보세요.
봉준우	여보세요. 저 혹시 슈퍼맨과…….
고란희(목)	네네, 저한테 말씀하시면 돼요. 무슨 일이세요?

영상) 네이버 포털사이트에 등록된 슈퍼맨의 배우 프로필 캡처본과 배우 활동 사진들.

봉준우	(Na) 수소문 끝에 저는 슈퍼맨이 배우로 활동하고 있다는 걸 알게 됐고, 한 공연 관계자를 통해 영웅 시절부터 함께했다는 매니저와 연락이 닿았습니다.
고란희(목)	저기, 무슨 일이시냐고요.
봉준우	네, 안녕하세요. 전 '나는 영웅이다'라는 독립 다큐를 준비하고 있는 감독 봉준우라고 합니다.
고란희(목)	(격하게 놀라며) 어머, 봉준호요?
봉준우	아뇨, 봉준우요.

고란희(목)	(실망하며) 아, 네. 독립 다큐라고 하셨나요?
봉준우	네, 과거 대한민국을 위해 힘썼던 영웅이 지금 이 시대엔 어떻게 살고 있는지…….
고란희(목)	죄송한데 저희가 지금 촬영 중이라서요.
봉준우	(휴대폰 너머의 지하철 안내 방송을 듣고) 촬영 중이시 라고요?
고란희(목)	제가 배우님하고 얘기해보고 연락드릴게요. 요즘 배우님 스케줄이 꽉 차서…….
봉준우	(다급하게) 저기, 페이는 최대한 맞춰드리겠습니 다.
고란희(목)	(사이) 혹시 얼마 정도…….
봉준우	아시다시피 이게 독립 다큐라 제작비가 충분하 진 않은데요…….
고란희(목)	또 누구누구 나와요?
봉준우	네?
고란희(목)	저희 배우님 말고 또 어떤 영웅들이 나오냐고요.
봉준우	아, 슈퍼맨밖에 없습니다. 주인공!

2
———

배우 슈퍼맨 (무대) : 극장 / 오후
——————————————

슈퍼맨, 갑자기 소리를 지르며 달려 나온다.

| 슈퍼맨 | (연극적으로) 으아아아! 사느냐 죽느냐, 이것이 문 제로다. 어느 쪽이 더 슈퍼맨다울까. |

봉준우   (슈퍼맨에게 카메라를 돌리며) 배우님, 여기 좀 봐주
            세요.

슈퍼맨   (카메라를 보며 연극적으로) 가혹한 운명의 화살을
            받아도 참고 있어야만 하는가, 밀려드는 재앙을
            막아 싸워 물리칠 것인가? (노래를 부르며) "그래,
            이런 내 모습. 게을러 보이고 우습게도……."

한연출(목)   잠깐만 끊었다 갈게요.

단원들(목)   네, 알겠습니다.

한연출, 고란희, 장조연출, 김배우, 이배우가 나온다. 고란희, 슈퍼맨에게
달려가 퍼프로 땀을 닦아준다.

한연출   슈퍼맨, 왜 자꾸 약속 안 된 걸 하지? 공연 중인데
            계속 추가로 연습하게? 다른 사람들한테 안 미안
            해?

슈퍼맨   (거들먹거리며) 연출님, 그게요. 오늘 촬영이라
            서…….

한연출   촬영이고 나발이고, '그래, 이런 내 모습' 여기부
            터는 소리를 낮춰달라고 내가 몇 번을…….

슈퍼맨   연출님! 근데 아무리 생각해도 슈퍼맨은 '도와줘
            요, 슈퍼맨!' 소리가 계속되는 와중에 자기 아이
            덴티티에 혼란이 온 거잖아요…….

한연출   알겠어요, 알겠는데! 계속 소리만 지르지 말고,
            말로 전달해달라고요.

슈퍼맨   저는 도저히 인물로서 정당성이 안 생겨서…….

한연출   (소리를 높이며) 그놈의 정당성, 정당성! 슈퍼맨, 우

154

리 관객층이 누구죠? 어제 공연 때 애들이 슈퍼맨
무섭다고 우는 거 못 봤어요?

슈퍼맨　　연출님은 자꾸 애들, 애들 하시는데 우리 어린이
들도 엄연히 사유할 수 있는 사람입니다. 거짓으
로 포장된 환상이 아닌 진짜 현실을 보여줘야 작
품의 메시지가…….

고란희　　(부탁하는 어조로) 연출님, 오늘 촬영 중이라, 하루
만 좀 봐주시면…….

한연출　　와, 나 어이가 없네? 우린 가치관이 참 달라. 잠깐
쉬었다 갈게요.

장조연출　　잠깐 쉬었다 가겠습니다.

단원들　　네, 알겠습니다.

한연출과 장조연출은 대화를 나누고, 배우들은 몸을 푼다. 슈퍼맨, 고란
희, 봉준우는 인터뷰 준비를 한다.

봉준우　　(카메라를 켜며) 이야, 진짜 살벌하네요. 공연하기
전에 늘 이렇게 연습을 하세요?

슈퍼맨　　(의자에 앉아 옷매무새를 만지며) 관객분들한테 작품
의 메시지를 날카롭게 잘 전달해야죠.

고란희　　(슈퍼맨의 분장을 고쳐주며) 그러다 보면 작업자들끼
리 의견이 충돌할 때도 있는 거죠.

봉준우　　(웃으며) 어쨌든 흔쾌히 촬영에 동의해주셔서 감
사합니다.

슈퍼맨　　저야말로 땡큐죠. 제 팬분들과 더 가까워질 수 있
는 기회라고 생각해요.

봉준우　제가 거의 24시간 밀착해서 촬영할 텐데 괜찮으
　　　　시겠어요?

고란희　(웃으며) 화장실까지 같이 가실 건 아니죠?

봉준우　(같이 웃으며) 영웅을 이렇게 가까이서 보다니 영광
　　　　입니다. 제가 최대한 많이 찍고 나중에 편집할 거
　　　　니까 편하게 있는 그대로를 보여주시면 됩니다.

슈퍼맨　네, 알겠습니다.

봉준우　자, 레디. 액션!

영상) 봉준우가 슈퍼맨의 얼굴을 실시간으로 크게 잡는다.

봉준우　자, 긴장 푸시고요. 이야, 슈퍼맨이 배우라니! 상
　　　　상도 못 했습니다. 대체 왜 배우를…….

슈퍼맨　영웅 할 땐 아무래도 이미지 관리를 해야 했으니
　　　　까 많이 답답했거든요. (노래 ‘마법의 성’을 부르며)
　　　　“자유롭게 저 하늘을!” 제 속에 있는 걸 다 꺼내
　　　　보고 싶었어요.

고란희　우리 오빠가 또 넘치는 끼를 주체할 수가 없었어
　　　　요.

슈퍼맨　괴물들하고 소리 지르면서 싸우다 목청도 자연
　　　　스럽게 뚫렸던 거 같고, 옛날에 카메라 앞에서 인
　　　　터뷰 자주 했잖아요. 그게 연기랑 비슷하던데요.

고란희　그렇지!

봉준우　아, 그때 보여줬던 모습들은 다 연기였다?

고란희　아니, 감독님! 그건 아니고…….

봉준우　농담입니다, 농담. 주로 어린이 뮤지컬을 하시나

봐요?

슈퍼맨 아, 이번 작품이 어린이 뮤지컬이고. 바로 전 작품
은 연극이었어요. 전 관객분들과 함께 숨 쉴 수 있
다면 연극이든 뮤지컬이든 장르 가리지 않습니다.

봉준우 실례가 안 된다면 페이는 얼마나…….

슈퍼맨 (난처하다는 듯 웃으며) 아, 전 돈에는 관심 없어요.
예술 하는 데 돈은 중요하지 않다고 생각해요. 먹
고살 만큼만? 에이, 감독님도 다 아시면서. 독립
다큐도 솔직히 돈 되는 일은 아니잖아요.

봉준우 (멋쩍게 웃으며) 아, 네. 그렇죠, 뭐…….

슈퍼맨 은퇴하고 영웅이 아닌 평범하고 소소한 서민의
삶을 살아보고 싶었어요.

고란희 아! 오빠, 좋은 작품 만나면 배우랑 영웅이랑 비
슷한 게 있다며?

슈퍼맨 아, 맞다! 우리 사회에서 소외된 약자와 소수자
들을 들여다볼 수 있고, 사회적 정의에 대해 사유
해볼 수 있다는 거? 전 그 정의에 대한 고민의 끈
을 놓고 싶지 않아요. 아무래도 전직 영웅이었으
니까.

봉준우 이제 초능력은 아예 안 쓰시는 거죠?

슈퍼맨 안 쓰는 게 아니라 못 쓰죠. 쓰면 바로 지구에서
추방당하니까.

봉준우 솔직히 몰래 쓴 적 있죠?

슈퍼맨 아니요.

봉준우 에이, 잠깐 날거나…….

슈퍼맨 (발끈하며) 아니라니까요! 저도 부산 가려면 KTX

타고 가야 돼요!

고란희	(난처하게 웃으며) 왜 흥분을 하고 그래.
봉준우	다른 영웅들하고는 계속 연락하세요?
슈퍼맨	가끔? 다들 먹고살기 바쁘니까.
봉준우	조금 예민한 질문일 수 있는데요. 요즘 슈퍼맨 짤 영상이 돌고 있잖아요.
슈퍼맨	아, 네. 전 그것도 다 대중의 관심이라고 생각합니다. 변명할 생각 없어요. 제 영상이 여러분의 녹록지 않은 삶에 활력이 된다면 얼마든지 가져다 쓰십쇼!
봉준우	혹시 본인이 직접 올린 거 아니에요?
고란희	(사이) 감독님, 재밌는 분이시네.
봉준우	아, 왜요? 관심 받고 싶어서 올린 거 아니에요?
고란희	(자리를 급하게 정리하며) 이제 우리 배우님 연습하셔야 돼요. 인터뷰 여기까지 할게요. (슈퍼맨에게) 오빠, 오늘 공연도 파이팅! 전 다음에 뵐게요, 알바가 있어서.

고란희가 나가면 슈퍼맨 영상이 꺼진다. 슈퍼맨을 가운데 두고 인터뷰하기 시작하는 단원들.

장조연출	솔직히 짜증 나죠. 힘 조절을 못 해서 소품이랑 세트 다 망가지고, 수습은 우리 스태프들이 다 하고. 아니 무슨, 지 혼자 배우야.
한연출	슈퍼맨 캐스팅할 때 다들 기본기가 없다고 반대했어요. 근데 예전에!

영상, 음악) 행복하게 들리는 음악과 함께 나오는 하트 영상.

한연출　　(과장되게) 슈퍼맨이 대연각호텔에 불났을 때 저희 아빠를 구해준 영웅이어서, 고마워서! (음악과 영상이 꺼지면 다시 평소처럼) 믿고 캐스팅해봤죠. 누구 잘못이겠어요? 제가 책임져야죠. 공연 경험도 별로 없으면서 진짜 고집불통이에요.

이배우　　전 슈퍼맨이랑 더블 캐스트라서 비교될까 봐 걱정 많았는데, 직접 만나보니까 다행이다 싶었죠. 근데 이렇게 솔직하게 말해도 돼요?

김배우　　아니, 지가 나이가 많으면 많았지, 연극은 내가 선배인데 맨날 반말 찍찍 하고. 재수 없어, 진짜. 막말로 지가 무슨 배우예요, 철 지난 영웅이지. 안 그래요?

슈퍼맨　　(거들먹거리며) 선한 영향력을 끼치는 배우로 성장하고 싶습니다.

봉준우　　(Na) 평범한 서민으로 살고 싶다면서 배우를 선택한 이유는 뭘까요? 조용히 살면 되지, 왜 다른 사람들한테 영향을 끼치고 싶었던 걸까요? (슈퍼맨의 느끼한 표정을 보고) 어우, 커트!

조명의 변화.

한연출, 장조연출, 김배우, 이배우가 나간다.

봉준우　　(Na) 서민 중에 꿈이 서민인 사람은 없습니다. 평범한 사람도 더 잘 살기를 원하지 않나요? 전 슈퍼맨이 흥미로워졌습니다.

슈퍼맨   (의자를 들고 나가며) 렛츠 고!

3
—
슈퍼맨의 생계 (영상+무대) : 길거리+연습실 / 늦은 밤

영상) 생계를 위해 오토바이 음식 배달과 대리운전을 하는 슈퍼맨의 모습이다. 영상은 봉준우의 시점으로 찍혀 있고 영상에는 주로 슈퍼맨이 나온다.

봉준우   (Na) 돈은 먹고살 만큼만 벌면 된다던 슈퍼맨! 그러나 영웅이었던 그에게 먹고산다는 것의 기준은 꽤 높아 보였습니다.

슈퍼맨   (차에서 내리며) 조심히 들어가세요! (놀라며) 어, 감독님. 여기까지 오셨네요.

봉준우   (다가가며) 대리운전까지 하시네요.

슈퍼맨   아, 이게 잘만 벌면 한 달에 200, 300까지 땡길 수 있거든요. 감독님, 근데 이런 것도 찍어야 돼요?

봉준우   슈퍼맨, 돈 좋아하죠?

슈퍼맨   (인터뷰 모드로) 다양한 사람을 만나고 다양한 경험을 해보는 게 배우한테 좋죠. 제 본업은 배우니까, 시간을 유동적으로 쓸 수 있는 일들을 주로 하고 있어요. 또 운동도 되고.

봉준우   대단하시네요. (달려가는 슈퍼맨을 따라가며) 또 어디 가세요!

영상이 꺼지면 노트북을 들고 연습실로 들어오는 고란희와 슈퍼맨. 봉준
우는 그들을 촬영하며 들어온다.

고란희   와, 감독님! 진짜 24시간 촬영하시나 봐요. 오빠,
          내일 밤에도 이 연습실 빌려놓을게요.

슈퍼맨   (피곤한 기색으로) 어, 고마워.

봉준우   (Na) 자정이 한참 넘은 시간, 슈퍼맨의 하루는 쉽
          게 끝나지 않았습니다.

고란희   (노트북 화면을 보며) 아니, 오빠. 진짜 나 없으면 어
          쩌려고 그래. "나는 이 세상의 정의와 평화를 위
          해"? 대통령 출마해요? 누가 자기소개서를 이렇
          게 써?

슈퍼맨   별로야?

고란희   이렇게 쓰면 바로 서류 탈락이지. 이건 내가 새벽
          에 수정해서 보내줄게요.

봉준우   무슨 면접이라도 있나 봐요?

슈퍼맨   모레 급하게 넷플릭스 드라마 오디션 하나가 떴
          거든요. 작은 역할이긴 한데…….

고란희   잘 안 돼도 우선 해봐야죠. 공연만으로는 먹고살
          수 없으니까. 우리 배우님이 잘 풀려야 저도 편하
          게 먹고살죠. (소리를 높이며) 오빠! 경력을 이렇게
          쓰면 어떻게 해요.

슈퍼맨   왜, 다 썼는데?

고란희   있는 거 없는 거 다 갖다 붙여야지. 자, 일단 오빠
          처음으로 뉴스 인터뷰한 게 언제였죠?

슈퍼맨   88올림픽 서울에 유치했을 때? 79년이었나.

고란희	그럼 방송 경력 40년 이상. 그다음엔?
슈퍼맨	음, 한강종합개발 때 수로 막고 있는 사진 이슈 됐던 거?
고란희	괜찮네. 그리고?
슈퍼맨	IMF 금 모으기 홍보대사?
고란희	오케이. 그리고?
슈퍼맨	더 옛날도 되나? (거들먹거리며) 베트남전쟁 때 말이야!
봉준우	(Na) 슈퍼맨에게 대한민국 경제성장사는 '여전히 위대한' 업적으로 남아 있는 것 같았습니다.
고란희	오케이. 이제 이거 내가 마무리할 테니까 얼른 가서 연습해요. 아, 빨리! 나 이따 아침에 알바하러 가야 돼.
봉준우	무슨 알바를…….
고란희	아, 편의점이요. 하나 더 시작했어요. 아무래도 오빠한테 맞춰서 시간을 쪼개 써야 하니까…….

슈퍼맨, 한쪽에서 좀비 움직임을 연습하는데 마음처럼 잘 되지 않는다.

봉준우	뭐 하시는 거예요?
슈퍼맨	이번에 오디션 보는 게 좀비 드라마거든요.
고란희	(슈퍼맨에게 다가오며) 그냥 일반 좀비가 아니고, 좀비 대장! 자, 다시! (슈퍼맨이 움직이자) 오빠, 진짜 그게 뭐예요! (시범을 보이며) 이렇게! 이게 어려워요? (슈퍼맨이 따라 하자) 아니, 이렇게! (시범을 보이며) 다시! (슈퍼맨이 따라 하자) 다시! (슈퍼맨이 따라

하자) 오빠!

슈퍼맨   (신경질적으로) 아, 왜! 나도 지금 최선을 다하고 있
잖아. 맨날 아침부터 밤까지 일하고 피곤해서 몸
이 잘 안 움직여지는데 나보고 어떻게 하라고!
(울먹거리며 감독에게) 죄송합니다.

연습실을 뛰쳐나가는 슈퍼맨.

고란희   아, 오빠!

봉준우   괜찮으세요?

고란희   한두 번도 아닌데요, 뭘. 자기 화를 자기가 못 이
겨서 저래요. 쪽팔리기 싫어서.

봉준우   네?

고란희   오빠, 영웅 그만두고 죽도록 열심히 살았어요. 정
부에서 특별법에다가 피해자들 배상금까지 청구
해서 그나마 있던 돈 다 날리고. 이제부터라도 자
기 해보고 싶었던 거 해보겠다는 건데, 쉽지가 않
네요.

봉준우   매니저님은 괜찮으세요?

고란희   (애써 웃으며) 저희 집 3대째 가업이에요, 슈퍼맨
돌보는 거. 감사해요, 다큐 찍어주셔서. 오빠가
많이 좋아하더라고요. 잘 좀 찍어주세요. (나가며)
저, 오빠한테 가볼게요.

봉준우   (Na) 아마도 슈퍼맨은 영웅이 아니기를 원한 적
이 없었던 것 같습니다. 오히려 더 괜찮은 영웅이
되고 싶었던 건 아닐까요? (사이) 저는 과연 우리

의 영웅 슈퍼맨이 '얼마나 더 대단하게 살고 있을
지' 궁금해졌습니다.

전환.

3장
슈퍼맨은 어쩌다가 전셋집에 살고 있는가?

1

전세 사는 슈퍼맨 (영상+무대) : 슈퍼맨의 집 안과 밖 / 오후

영상) 슈퍼맨의 집 외관을 보여주고 슈퍼맨 집을 소개한다. 영상은 봉준우의 시점으로 찍혀 있고, 주로 슈퍼맨과 슈퍼맨의 집이 나온다.

봉준우　　　이야, 좋네요! 완전 깨끗한데요? 초대해주셔서 감사합니다.

슈퍼맨　　　(소파에 앉으며) 평소엔 혼자 있어서 잘 안 치워요. 이 소파가 제가 집에서 제일 오래 머무는 곳입니다. 뭐, 웰컴 드링크?

봉준우　　　아, 아니요. 괜찮습니다. 잘 해놓고 사시네요.

슈퍼맨　　　바로 전에 살던 집이 반지하였어요. 거실 천장에서 물이 새길래 집주인한테 말했는데 안 고쳐주고 그냥 살라는 거예요. 비 오면 맨날 세숫대야나 바가지 같은 거 놓고, 축축하고, 곰팡이에⋯⋯. 그래서 다음 집은 반드시 제대로 된 곳으로 가야겠다!

봉준우　　　성공하셨네요.

슈퍼맨　　　(뿌듯하게 웃으며) 아직도 이 집에 이사 온 날을 잊

을 수가 없어요. 제가 처음으로 저한테 소중한 선물을 준 느낌? 아! 지구인들한테 집은 진짜 중요하다면서요? 그래서 저도 안 먹고 안 쓰면서 진짜 독하게 돈 좀 모았거든요.

봉준우 그리고 확실히 신축이 좋네요.

슈퍼맨 이 집을 마지막으로 보여줬는데, 건축주가 직접 내놓은 신축 빌라라고. 완전 데스티니! 아, 그리고! 감사하게 집주인분이 이 드럼 세탁기도 공짜로 놔주셨어요. 전 집주인에 비하면 완전 엔젤.

봉준우 네. 실례가 안 된다면, 여기 전세 보증금은 얼마 정도…….

슈퍼맨 아, 그게…… 3억 5천. 좀 비싸죠? 아, 근데 집이 너무 마음에 들어서요. 모아놓은 돈에, 지인한테 도움 좀 받고, 좀 무리해서 전세대출 받아 들어왔어요. 아, 그래도 생각보다 저처럼 신용 없는 사람한테 대출을 많이 해주던데요? 은행, 땡큐. 감독님은 전세? 월세?

봉준우 아뇨. 저는 아직 부모님이랑 같이 살아요.

슈퍼맨 에이, 얼른 독립하세요. 이 서울 하늘 아래 내 한 몸 편히 누일 내 집이 있다는 거, 이거 진짜 든든해요. (사이) 뷰도 엄청 좋아요. 보여드릴까요?

봉준우 (같이 베란다로 나가서) 이야, 진짜 좋네요!

슈퍼맨 날 좋으면 저쪽에 남산타워, 저쪽에 롯데타워, 그리고 저쪽에 한리버.

봉준우 아파트보다 주택이 좋으세요?

슈퍼맨 사람 사는 동네 같잖아요, 한적하고. 아파트는

좀 닭장 같은 느낌이랄까? 아직은 제가 살고 싶
은 곳에서 편하게 살고 싶어요.

봉준우   꿈을 이루신 것 같네요? 평범하게 서민답게 사는
거!

슈퍼맨   전 지치고 힘들 때마다 이곳에 와서 이렇게 힘을
받아요. (멀리 바라보며) 나는 슈퍼맨이다! (한쪽 팔
을 하늘로 뻗으며) 빰빠밤 빠바바밤! 감독님도 해
보세요. (카메라를 빼앗아 봉준우를 찍으며) 빨리빨
리!

봉준우   난 봉준우다! (어설프지만 더 크게) 난 봉준우다!

슈퍼맨   빰빠밤 빠바바밤!

봉준우   (한쪽 팔을 하늘로 뻗으며) 빰빠밤 빠바바밤!

음향) 초인종 소리.

무대. 김명희와 이종수(옆집 부부)가 슈퍼맨의 집 앞 복도로 나온다.

슈퍼맨   어? 누구지? (봉준우와 함께 집 앞 복도로 나오며) 누
구세요?

김명희   옆집인데요.

슈퍼맨   (문을 열며) 아, 네. 무슨 일로…….

김명희   내가 몇 번을 말해요? 이 시간대는 우리 큰애가
학교 갔다 와서 공부하는 시간이라고, 제발 소리
좀 지르지 마라, 노래 좀 부르지 마라, 부탁했잖
아요!

슈퍼맨   아, 네. 죄송합니다. 제가 손님이 와서 깜빡하

고…….

봉준우　안녕하세요. 죄송합니다. 저희가 촬영 중이라서
요.

김명희　어마마! 지금 카메라로 뭐 하는 거예요?

이종수　이거 뭐 TV 나가는 거예요? 혹시 성함이…….

봉준우　감독 봉준우라고 합니다.

김명희　(격하게 놀라며) 어마, 봉준호요?

봉준우　아뇨, 봉준우요. 다큐멘터리 감독입니다.

이종수　(실망하며) 아, 네. 우리 슈퍼맨 또 언제 TV 나오나
했는데, 멋지게 좀 부탁드립니다.

김명희　아무튼 난 이런 거 싫어해요. 조용히 좀 해주세
요.

이종수　슈퍼맨, 언제 시간 되면 감독님하고 우리 가게 와
서도 한번……. 고기 맛있게 구워드릴게. 서비스
팍팍!

김명희　뭐라는 거야.

이종수　왜, 가게 홍보도 되고 좋잖아.

김명희　아무튼 촬영이고 자시고, 주의 좀 부탁드립니다.

슈/봉　네, 죄송합니다. 들어가세요.

김명희　(이종수와 나가며) 서비스 준단 소리 뭐 하러 하는
데?

이종수　알았다고.

봉준우　(Na) 저는 영웅이라면 뭔가 삐까번쩍하게 살지
않을까 했는데, 슈퍼맨은 생각보다 평범하게 살
고 있었습니다.

슈퍼맨, 퇴장한다.

영상) 부동산 경기 상승세, 투자에 열을 올리고 있는 사람들 소식이 컷 편집된 뉴스 영상. 전국 집값이 14년 만에 최고로 뛴 것으로…… / 전문가들도 이건 말이 안 되는 상승세라며…… / 2007년 이후 상승폭이 가장 컸습니다. / '영끌'해서라도 이제라도 집을 사자라는…… / 주담대는 받을 수 있는 만큼…… / 집값이 치솟은 탓에 주택담보대출만으로는 부족해 신용대출까지 최대한 끌어 쓴 것으로 해석됩니다.

봉준우　　(Na) 지금 여러분에게 집은 어떤 의미를 갖고 있나요? 자신의 전셋집을 너무나 자랑스러워하는 슈퍼맨을 보면서, 저도 집이란 것에 어떤 의미를 가져야 하나, 잠시 고민하기도 했습니다.

2

생일 파티에서의 전세 강의 (영상+무대) : 고깃집+극장 / 오후

영상) 구워지는 고기 혹은 고깃집 외관 인서트. 고깃집에서 식사하는 모습이 나온다. 영상은 봉준우의 시점으로 찍혀 있고, 주로 슈퍼맨과 주변 사람들이 나온다. 봉준우가 카메라를 고정시켜놓아 주변 사람들과 함께 영상에 나오기도 한다. 슈퍼맨은 생일 파티용 머리띠를 하고 있고 봉준우, 고란희, 김명희, 이종수가 함께 생일 축하 노래를 부른다.

모두　　(노래를 부르며) "사랑하는 슈퍼맨, 생일 축하합니다."

슈퍼맨　　(촛불을 불어 _끄고_) 땡큐, 땡큐! 땡큐!

이종수　　이야, 슈퍼맨 생일 파티를 우리 가게에서 하다니.

영광이네, 영광!

슈퍼맨　　아, 오늘 기분이 진짜 너무 좋네요. 많이 먹어. 내
　　　　　　가 살게.

고란희　　웬일이래. 촬영한다고 생색내는 거야?

슈퍼맨　　그럼 네가 낼래?

고란희　　잘 먹겠습니다. (봉준우에게) 감독님도 와서 드세요.

봉준우　　먼저 드세요!

김명희　　여자친구?

이종수　　맞네, 여자친구 맞네.

슈퍼맨　　(버럭 하며) 아니에요, 여자친구는 무슨!

고란희　　(버럭 하며) 그게 그렇게 버럭 할 일이에요?

김명희　　(웃으며) 필요한 거 있으면 부르세요.

이종수　　(웃으며) 서비스 드릴게. 팍팍!

슈/고/봉　　감사합니다.

슈퍼맨　　(고란희가 큰 쌈을 입에 넣자) 그러니까 기껏 열심히
　　　　　　일해서 왜 남 좋을 일을 하냐고.

고란희　　그 얘기를 꼭 지금 해야 돼요? 고기 앞에서?

슈퍼맨　　봐봐. 너 월세가 얼마라고 했지?

고란희　　(체념한 듯한 말투로) 천에 50이요.

슈퍼맨　　생각해봐. 그럼 매달 50만 원이 집주인 통장으로
　　　　　　꼬박꼬박 들어가는 거잖아.

고란희　　전세는 너무 비싸니까. 저 보증금 천만 원 모으는
　　　　　　데도 한참 걸렸단 말이에요.

슈퍼맨　　그 돈을 왜 네가 다 모아? 요즘 전세대출 잘 나오
　　　　　　는 데가 얼마나 많은데.

고란희　　언제는 대출 함부로 끌어다 쓰지 말라면서요!

슈퍼맨   무리해서 대출 받으라는 게 아니잖아.

영상이 꺼지고 무대에 조명이 켜지면 한전문가가 등장한다. 봉준우는 한
전문가와 함께 있다.

한전문가   대한민국의 주거 형태는 크게 월세, 전세, 매매가
           있죠.

봉준우   (Na) 전 슈퍼맨이 하도 전세, 전세 해서 이 전세에
           대해 좀 제대로 알고 싶어 부동산 전문가를 찾았
           습니다.

한전문가   전세는 우리나라에만 있는 제도예요. 볼리비아나
           인도에도 있기는 한데 반전세 형태라서. 전세는
           영어로도 'Jeonse', 번역이 불가능해요.

봉준우   그렇다면 전세 제도는 어떻게 생긴 건가요?

한전문가   전당포 아시죠?

봉준우   물건을 맡기고 돈을 빌리는 곳, 맞죠?

한전문가   네. 1876년 강화도조약 때 사람들이 인천이나 서
           울로 많이 몰리면서 집이 부족하니까, 전당포처
           럼 돈을 주고 집을 빌리는 개념으로 시작된 거죠.

봉준우   아…….

영상) 다시 고깃집의 모습. 슈퍼맨이 아까보다 조금 더 취해 있다.

슈퍼맨   봐봐! 전세대출 받아서 그 50만 원이라는 돈을
           은행에 넣으면, 이자 빼고 나머지 돈은 네 돈이
           되는 거잖아.

고란희   그게 얼마나 된다고.

슈퍼맨	나도 처음에는 500에 30짜리 월세 살다가 돈이 너무 아까워서 전세대출 시작했고, 그걸 갚으면서 이렇게 돈을 모은 거야. 다른 건 몰라도 돈이 좀 모이면 나 스스로가 떳떳해져!

슈퍼맨 나도 처음에는 500에 30짜리 월세 살다가 돈이 너무 아까워서 전세대출 시작했고, 그걸 갚으면서 이렇게 돈을 모은 거야. 다른 건 몰라도 돈이 좀 모이면 나 스스로가 떳떳해져!

고란희 난 지금도 떳떳해요!

슈퍼맨 (가르치듯) 자, 감독님도 잘 들으세요! 전세대출 받겠다고 은행 가면 큰돈 아니라고 면박 주는 직원들이 있어요, 재수 없게! 근데 공인중개사한테 소개받은 데서 대출 받잖아요? 그럼 직원이 나를 찾아와, 나를 모셔! 그리고 VIP실로 안내해서 묻지도 따지지도 않고, 내 조건에 맞춰서 다 대출을 해줘요. 이거는 몰랐죠?

봉준우 예! 몰랐습니다!

고란희 오빠, 그만 마셔야 할 것 같은데.

슈퍼맨 싫은데.

영상이 꺼지고 무대에 조명이 켜진다.

한전문가 전쟁 때문에 나라에 돈이 없었잖아요?

봉준우 (Na) 전세 제도가 본격적으로 자리 잡기 시작한 건 한국전쟁 이후 박정희 정권 때라고 합니다.

한전문가 그래서 대출 이자를 확 올려서 개인이 대출하기 어렵게 만들고, 저축을 장려했어요. 당시에 대출 금리 연 20퍼센트, 예금금리 연 20퍼센트!

봉준우 그럼 사람들이 대출은 못 하고 저축을 진짜 많이 했겠네요.

한전문가	그렇죠. 그렇게 은행에 돈이 모이잖아요. 나라는 그 돈을 산업화에 쏟아부은 거죠.
봉준우	(Na) 강남이 개발되기 시작한 건 이때부터라는데요.
한전문가	한남대교 아시죠? 이게 생기기 전에 강남 땅값은 평당 200원에서 400원이었거든요. 근데 한남대교가 지어지기 시작하면서 1년 만에 평당 3천 원을 넘었어요.
봉준우	이야, 열 배가량 오른 거네요.
한전문가	자, 같이 생각해볼게요. 당시에 대출 이자는 너무 비싸. 근데 강남 땅값이 오르는 건 눈에 보여. 그럼 사람들은 어떻게 하고 싶을까요?
봉준우	강남에 집을 사고 싶을 것 같은데요? 우선 내가 살고 있는 집을 팔고…….
한전문가	아니죠. 집이 있는 사람들은 내가 사는 집은 그대로 두고, 전세 세입자한테 대출을 받으면 되는 거죠.
봉준우	(Na) 즉, 내가 가지고 있는 돈에 전세 세입자의 보증금을 합해서 강남에 집을 산다. 그럼 나한텐 강남 집의 가격에서 보증금을 뺀 돈만 있으면 집을 살 수 있게 되는 원리네요.
한전문가	이게 바로 갭투자의 시초라는 거죠! 집주인은 세입자가 집 뺄 때 원금만 돌려주면 되고.
봉준우	세입자는 집 살 돈이 없어도 보증금만 있으면 좋은 집에 살 수 있고.
한전문가	집주인과 세입자 모두한테 좋은 제도니까, 앞으

로도 전세는 없어지기 힘들지 않을까.

봉준우   아…….

영상) 다시 고깃집의 모습. 슈퍼맨이 아까보다 더욱더 취해 있다.

슈퍼맨   (주정을 부리며) 야, 인마. 너 근데 자꾸 오빠 말 무
                시할 거야?

고란희   오빠, 취했다. 그만해요.

그때 가게 안으로 들어오는 배트맨.

배트맨   뭐야, 바쁜데 왜 오라 가라야?

슈퍼맨   (자리에서 일어나며) 이야, 배트맨!

배트맨   넌 나이가 몇인데 아직도 생일을 챙기냐?

슈퍼맨   자, 우리 배트맨, 제 절친, 베스트프렌드! 오늘 이
                자리는 우리 갑부 배트맨이 쏠 겁니다. 박수!

배트맨   (박수를 받고) 아휴, 빈대 새끼. 내가 너 이럴 줄 알
                았다.

고란희   한두 번이에요?

슈퍼맨   우리 감독님도 말이에요. 언제까지 부모님한테
                빌붙어 살 거예요? 거머리야? 모기야? 우리들의
                부모님이 안 불쌍해?

고란희   오빠, 그만해라.

슈퍼맨   야, 감독! 형이 나이가 더 많으니까 말 깔게. 아무
                리 세상이 우릴 속일지라도! 이 세상의 사회적 정
                의란 건 말이야…….

배트맨	(소리를 높이며) 야! 이러려고 불렀냐?
슈퍼맨	(배트맨의 멱살을 잡으며) 야, 이 재수 없는 새끼야.
	네가 그렇게 잘났어?
고란희	오빠, 그만하자.

배트맨의 멱살을 잡으려다 배트맨에 의해 바닥에 내동댕이쳐진 슈퍼맨.
갑자기 아이처럼 통곡한다.

슈퍼맨	왜 날 떨어뜨리냐고. 아, 쪽팔려! 나 슈퍼맨이잖
	아. 나 언제까지 공연만 해야 되는데? 나도 유명
	해지고 싶다고! 나도 드라마 하고 영화 하고 싶
	다고. 왜 날 떨어뜨리냐고!
고란희	(사방에 머리를 조아리며) 죄송합니다. 오빠가 중요
	한 오디션에 떨어졌거든요.

커지는 슈퍼맨의 울음소리. 영상이 꺼지고, 무대에 조명이 켜진다. 슈퍼맨
이 만취 상태로 집에 들어온다. 그 모습을 바라보며 인터뷰를 하는 김명희,
이종수, 배트맨.

슈퍼맨	내가 연기를 얼마나 잘하는데!
김명희	(이종수, 배트맨과 함께 무대로 나오며) 아휴, 진상, 진
	상. 술버릇이 지랄 맞더라고요.
이종수	아, 왜! 술 먹으면 그럴 수 있지.
김명희	내가 진짜, 우리 옆집에 슈퍼맨 산다는 거 알고
	기겁을 했다니까요. 맨날 뭐 때려 부수고 죽이고
	하던 사람이 우리 옆집에 살아. (이종수에게) 가만

있어! 그럼 우리 애들 걱정 안 되겠어요?

이종수　　슈퍼맨이 뭐 일부러 그랬나.

김명희　　거기다 툭하면 빨간 빤스 입고 다니니까. 바지를
사 입히든지 해야지.

이종수　　전 슈퍼맨 팬입니다!

김명희　　(이종수를 나무라듯) 아이, 좀!

배트맨　　아니, 요즘 같은 시대에 돈도 못 벌면서, 맨날 예
술 한답시고 사회적 정의니, 소수자니, 약자니!
근데 지 앞가림도 똑바로 못 하잖아요. 그러다
돈 없으면 또 난리, 난리! 아마 이거 찍는 것도 지
가 잘 안 되니까, 어떻게든 떠보려고 찍는 걸걸
요?

슈퍼맨은 바닥에 누워 잠들어 있다.

영상) 술에 취해 잠든 슈퍼맨의 얼굴이 실시간으로 클로즈업된다.

김명희　　(영상을 보고) 어휴, 진상, 진상, 개진상!

배트맨, 김명희, 이종수가 퇴장한다.

봉준우　　(Na, 슈퍼맨을 카메라로 계속 찍으며) 슈퍼맨이 일반
사람과 크게 다르지 않다는 사실은 정말 별로였
습니다. 전 슈퍼맨이라는 영웅한테 기대하는 게
없다고 생각했는데, 저도 모르게 뭔가 스펙터클
한 면모를 기대하고 있었나 봅니다. (객석을 보며)

걱정이 됐습니다. 이 작품이 성공하기 위해선 뭔가 스펙터클한 사건이 필요한데……. (슈퍼맨을 바라보며) 근데 슈퍼맨이 그렇게 외치는 사회적 정의는 대체, 무엇일까요?

부동산 오브 슈퍼맨

전환.

전환.

2부
슈퍼맨의 위기1

4장
슈퍼맨은 전세사기를 당한 것인가?

———

1

집주인이 바뀜, 근저당 5천, 구속 (무대+영상) : 슈퍼맨의 집 안+극장 / 오전+오

후+밤+오전

슈퍼맨　　　　　　(새소리를 듣고 눈을 뜨며 일어나서) 아, 맞다.

봉준우　　　　　　(Na) 햇살이 강하게 내리쬐는 어느 날!

슈퍼맨, 소파에 앉아 어딘가로 전화를 건다. 통화 연결음이 들린다. 갑자기 천장에서 슈퍼맨의 이마로 물방울이 떨어지고, 그걸 닦으며 천장을 올려다보는 슈퍼맨.

슈퍼맨　　　　　　어, 뭐지?

전 집주인(목)　　　(통화 연결음이 끝나면) 여보세요?

슈퍼맨	안녕하세요, 슈퍼맨입니다.
전 집주인(목)	네?
슈퍼맨	슈퍼맨입니다. 에코드림 302호요.
전 집주인(목)	에코드림이요?
슈퍼맨	여기 성북구에 에코드림빌라요.

영상, 음악) 행복하게 들리는 음악과 함께 나오는 하트 영상.

전 집주인(목)	(과장되게) 아, 네. 슈퍼맨! 제가 슈퍼맨을 어떻게 잊겠습니까! 슈퍼맨이 옛날에 목동 철거민들 죄다 치워준 덕분에 제가 목동에 아파트 사서 이렇게 잘 먹고 잘살게 됐잖아요. (음악과 영상이 꺼지면 다시 평소처럼) 무슨 일이시죠?
슈퍼맨	아, 그게, 제가 이제 곧 전세 2년 만기잖아요. 계약 갱신 때문에 상의 좀 드리려고요.
봉준우	(Na) 슈퍼맨은 크게 문제가 없다면 이 빌라에 2년 더 살고 싶다고 했습니다. 그런데!
전 집주인(목)	왜 저한테 전화하셨죠?
슈퍼맨	네?
전 집주인(목)	전화 잘못하셨어요.
슈퍼맨	여기 에코드림 302호 집주인 아니세요?
전 집주인(목)	집주인이었죠. 근데 그 집 팔았어요. 연락 못 받았나?

음향) 천둥 번개 소리.

슈퍼맨	그게 무슨 말씀이세요. 저한테 말도 없이 집을 파셨다고요?
전 집주인(목)	(어이없어하며) 아니, 파는 거야 내 마음이지, 내 집인데.
슈퍼맨	집 팔 때는 당연히 세입자한테 알려주셨어야죠.
전 집주인(목)	집주인이 집 팔 때 세입자한테 알려야 된다는 법이 있어요?
슈퍼맨	당연한 거 아니에요? 지금 제 보증금이 사장님한테 있잖아요.
전 집주인(목)	웃기는 사람이네, 이 양반. (사이) 난 모르겠고, 새 집주인한테 연락하세요.
슈퍼맨	새 집주인이요?
전 집주인(목)	그래요, 새 집주인. 301호랑 302호 둘 다 그 사람한테 팔았어.
슈퍼맨	옆집은 집 팔린 거 알고 있어요?
전 집주인(목)	그걸 내가 어떻게 알아, 이 양반아.
봉준우	(Na) 대박! 드디어 사건이 시작됐습니다. 사실 슈퍼맨은 집주인의 얼굴을 한 번도 본 적이 없다고 했습니다. 계약은 집주인의 위임장을 갖고 온 분양사무실 실장과 했고, 신축 빌라는 원래 다 그렇게 계약하는 거라고, 걱정하지 말라는 공인중개사무소 직원의 말을 믿었다고 했습니다.
슈퍼맨	혹시 내가 지금 사기를 당한 건가, 그리고 옆집은…….

음향) 다시 울리는 천둥 번개 소리.

슈퍼맨	그럼 우선 새 집주인 번호라도 알려주세요.
전 집주인(목)	그걸 내가 왜 알려줘요, 개인정보인데!
슈퍼맨	아니, 적어도 그 정도는 알려주셔야 되는 거 아닙니까!
전 집주인(목)	왜 나한테 화를 내고 그래, 이 양반이!
슈퍼맨	저는 지금 새 집주인이 누군지도 모른다고요!
전 집주인(목)	저기요, 그건 그쪽 사정이고…….
슈퍼맨	저 슈퍼맨입니다, 저한테 이러시면 안 되는 거잖아요. 부탁 좀 드리겠습니다.
전 집주인(목)	(사이) 우선 내가 번호 찾아보고 있으면 보내줄게요.
슈퍼맨	저기, 꼭 좀…….
전 집주인(목)	그리고 혹시라도 앞으로 나한테 다시는 연락하지 마세요. 저 바쁜 사람입니다.
봉준우	(통화가 종료되는 소리를 듣고 카메라를 들이대며) 슈퍼맨, 지금 심정이 어떤가요?
슈퍼맨	(고통스럽게) 내 3억 5천!

음향) '쿠쿵' 하는 소리와 함께 "3억 5천"이라는 목소리.

슈퍼맨	어떻게 하지? 어떻게 할까?
봉준우	그때!
슈퍼맨	(문자를 확인하고 좋아하며) 새 집주인 번호요!
봉준우	(같이 좋아하며) 얼른 전화해보세요.
슈퍼맨	(전화를 걸려고 하다 포기하며) 못 하겠어요.
봉준우	아니, 왜요?

슈퍼맨   전 아는 게 아무것도 없잖아요.

봉준우   (Na) 생각보다 슈퍼맨은 신중해 보였는데요.

슈퍼맨   (갑자기 뭔가 생각난 듯) 아!

봉준우   왜요?

긴장감을 조성하는 템포 빠른 음악. 슈퍼맨은 책상에서 노트북으로 미친 듯이 검색을 시작한다. 봉준우는 그 모습을 카메라로 계속 찍고 있다.

슈퍼맨   어디서 들었는데, 이럴 때는 등기부등본을 확인 해봐야 한대요.

봉준우   등기부등본이요?

영상, 음향) 등기부등본 다운, 긴장한 슈퍼맨 얼굴, 등기부등본 클릭, 스크롤, 갑구에 표기된 새 집주인 이름이 차례차례 영상에 보이고 '쿠쿵' 소리가 들린다.

슈퍼맨   미치겠네, 진짜!

봉준우   왜요?

슈퍼맨   집주인이 진짜 바뀐 것 같아요.

영상, 음향) 등기부등본 스크롤, 근저당 5천이라고 적혀 있다. 다시 '쿠쿵' 소리.

슈퍼맨   이거 뭐야, 근저당 5천만 원? 감독님, 근저당이 뭔지 아세요?

봉준우   아뇨.

슈퍼맨   아이 씨!

슈퍼맨, 다시 자리에 앉아 검색을 시작한다.

영상) 근저당의 정의 검색, 긴장한 슈퍼맨 얼굴, 근저당의 사전적 의미가 화면에 뜬다.

슈퍼맨   (겁을 먹고) 장래에 생길 채권의 담보로서 저당권
               을 미리 설정함. 또는 그 저당권.

음향) '쿠쿵' 소리.

슈퍼맨   (갑자기 화를 내며) 이게 무슨 말이야, 진짜!
봉준우   (사이) 슈퍼맨, 지금 심정이 어떤가요?
슈퍼맨   정보가 많아서 뭐가 맞고 아닌지 모르겠어요. 주
               변 사람들한테 물어보고 싶은데, 누가 제대로 아
               는지 모르고 괜히 안 좋게 소문날까 봐.
봉준우   매니저님은요?
슈퍼맨   걔가 뭘 알아요! 조용히 좀 해주세요! (사이) 감독
               님, 근데 이런 것도 찍어야 돼요?
봉준우   그럼요!

슈퍼맨, 다시 노트북 화면을 들여다본다. 서서히 조명이 바뀌며 귀뚜라미
소리가 들린다. 책상 앞에 퀭한 얼굴로 앉아 있는 슈퍼맨.

봉준우   (Na) 어느덧 창밖은 어두워졌습니다. 인터넷 정보
               의 홍수 속에 빠져 있던 슈퍼맨은 결국 어떤 영상
               을 하나 찾아냈습니다.

장전문가, 스크린 앞으로 나온다.

장전문가　(영상이 나오면) 등기부등본! 누구나 한 번쯤은 들어봤거나 떼보셨을 겁니다. 근데 제대로 아는 사람은 많지 않죠. 등기부등본은 무엇이냐! 부동산이 태어났을 때부터 지금까지의 모든 상태를 보여주는 겁니다. 부동산의 신분증! 인터넷 등기소 사이트에서 한 건당 700원에 뽑아볼 수 있습니다. 여하튼 이 등기부등본은 표제부, 갑구, 을구, 이렇게 세 부분으로 나누어져 있습니다. 이게 뭔 말이냐! 먼저 표제부에서는 '건물아, 너는 누구냐', 즉 건물의 주소, 크기, 구조, 층수, 용도를 확인해야 합니다. 갑구에서는 '누가 주인이냐', 여기서는 소유자, 압류, 가압류, 가등기, 가처분 등을 볼 수 있는데요. 중요한 것은 등기부등본에 이런 것들이 있는 물건은 절대 거래하지 말라는 것! 이거 정상적인 물건이 아니에요! 마지막으로 을구에서는 '빚이 있냐', 쉽게 말해 이 건물을 담보로 빚이 있는지 표기된 거라 생각해주시면 됩니다. 여기서는 근저당권, 저당권, 전세권 등을 확인할 수 있는데요, 보통 집주인이 은행이나 다른 사람에게 건물을 담보로 대출을 받으면 근저당권이 생깁니다. 여기서 팁은 '주인이 돈을 갚지 못하면 건물이 넘어갈 수 있다, 주인들이 부동산을 담보로 근저당을 잡는 일은 아주 흔하고 정상적이다'라는 것이죠.

영상이 꺼지고 슈퍼맨이 일어난다.

봉준우   (Na) 슈퍼맨에게는 이 말이 잊히지 않는 것 같았습니다.

음향) "주인들이 부동산을 담보로 근저당을 잡는 일은 아주 흔하고 정상적이다" 합창단 소리가 반복된다.

슈퍼맨   분명히 계약할 땐 등기부등본이 깨끗했거든요. 확정일자 받았고, 전입신고도 바로 했고! 근데 집주인들이 부동산을 담보로 근저당을 잡는 일이 정상적인 일이라고요?

봉준우   (Na) 슈퍼맨은 이번이 세 번째 전셋집이라고 했습니다. 인터넷에서 계약서에 '권리제한 사항이 발생하지 않게 한다'라는 특약 문구를 넣으라는 걸 발견하고, 특약을 넣기도 했다고 합니다.

슈퍼맨   내가 뭘 잘못한 거지?

영상, 음향) "3억 5천! 3억 5천! 3억 5천!"이라는 문구가 합창단의 목소리와 함께 영상 속에서 점점 확대된다.

슈퍼맨   (절규하며) 내가 뭘 잘못한 거야!

음향) 아름다운 새소리.

따사로운 햇살 같은 조명이 비친다.

| 봉준우 | (Na) 다시 햇살이 따가운 아침. 뜬눈으로 밤을 지새운 슈퍼맨은 단단히 마음을 먹은 것 같았습니다. 전 집주인이 전해준 번호로 새 집주인에게 전화를 거는 슈퍼맨. |

음향) 통화 연결음. 상대는 전화를 받지 않고, 통신사 음성메시지가 흘러나온 뒤 삐 소리.

| 봉준우 | (Na) 어떤 기분이었을까요? |

음향, 영상) 통화 연결음. 슈퍼맨의 움직임에 맞춰 화면 안에서 카톡 메시지가 쌓이다 가득 찬다.

| 봉준우 | (Na, 통화 연결음이 울리는 동안) 그렇게 하루, 이틀…… 사흘! |

음향) 전화를 받지 않는다는 안내 음성과 삐 소리.

슈퍼맨	(절규하며) 대체 왜 전화를 안 받는 거야!
봉준우	(카메라를 들이대며) 슈퍼맨, 지금 심정이 어떤가요?
슈퍼맨	(기분 나빠하며) 아주 좋습니다. 제가 직접 새 집주인 주소로 찾아가봐야겠어요.

음향) 전화벨 소리.

| 봉준우 | (Na) 그때! 예기치 못한 전화가 한 통 걸려왔습니다. |

| 부인(목) | (슈퍼맨이 전화를 받으면) 여보세요. |

부인(목)　(슈퍼맨이 전화를 받으면) 여보세요.

슈퍼맨　(조심스럽게) 여보세요?

부인(목)　전화 많이 하셨더라고요. (웃으며) 저 이번에 바뀐 새 집주인 아내 되는 사람이에요.

슈퍼맨　새 집주인이 아니고 새 집주인 아내 되는 사람이라고요?

부인(목)　네, 네. 에코드림 302호 세입자 슈퍼맨 맞으시죠?

슈퍼맨　(마음을 진정시키며) 아, 네.

부인(목)　제가 연락을 어떻게 드릴지 고민을 좀 하긴 했는데, 지금 애들 아빠가 구속이 됐어요.

슈퍼맨　네?

부인(목)　구속이 돼가지고요. 저도 구체적인 상황은 잘 몰라요. 어쨌든 구치소에 들어가 있어서……. 휴대폰이 저한테 있어서…….

슈퍼맨　네, 근데 저는 곧 전세 2년 만기라 재계약을 할지 말지를……. 등기부등본을 봤는데 근저당 5천이 들어와 있던데요?

부인(목)　아, 그러세요? 어쨌든 이제 계약을 안 하신다고 해도 지금 저희가 보증금을 내드릴 수는 없는 상황이에요.

슈퍼맨　네?

부인(목)　말씀드렸다시피 지금 저희 애들 아빠 상황도 있고, 저희가 집이 한 채만 있는 것도 아니라서요. 이 부분 이해해주실 수 있는 거죠?

슈퍼맨　그게 무슨 말씀이세요?

부인(목)　아니면 제가 세입자님 입장에서도 생각을 해봤어

	요. 급하시면 혹시 그 집을 사실래요?
슈퍼맨	네?
부인(목)	아니, 그럴 수도 있다고요. (웃으며) 어쨌든 저도 지금 애들 아빠 일 때문에 정신이 없네요. 이것저것 알아보고 다시 연락드릴게요. 크게 걱정할 일 아니니까, 괜찮으시죠?
슈퍼맨	저도 더 알아보고…….

영상, 음악) 행복하게 들리는 음악과 함께 나오는 하트 영상.

| **부인(목)** | (과장되게) 그리고 슈퍼맨! 옛날에 천안에서 새마을호 탈선됐을 때 저 구해주셨잖아요. 기억나시죠? 덕분에 저 잘 먹고 잘살고 있어요. 감사해요. |
| **슈퍼맨** | (음악과 영상이 꺼지면 다시 평소처럼) 저기요! |

음향) 통화 종료음.

슈퍼맨, 고개를 숙인다.

봉준우	(카메라를 들이대며) 슈퍼맨, 지금 심정은 어떤가요?
슈퍼맨	(갑자기 연극적으로) 아아, 이제부터는 잠을 이루지 못한다! 슈퍼맨은 잠을 죽여버렸다! 지금 이 세상에 이렇게 정의롭지 않은 일이 가능하다는 말인가?
봉준우	(Na) 아무래도 큰 충격을 받은 것 같았는데요.

| 슈퍼맨 | (뒤를 돌아 그림자를 보며) 누구냐? (피하며) 오지 마! 오지 마! 다가오지 마! |

갑자기 그림자가 고란희로 바뀐다.

고란희	오빠! 또 왜 그러는데. (슈퍼맨의 등짝을 한 대 때리며) 정신 좀 차려요. 나 없으면 오빠 진짜 어쩌려고 그래요. 그리고 카톡은 왜 이렇게 씹어, 걱정했잖아. (봉준우에게) 안녕하세요, 감독님.
봉준우	안녕하세요.
고란희	무슨 일인데? (사이) 말해봐요. 말 안 하면 간다.
슈퍼맨	나 사기당한 거 같아.
고란희	당근 했어요? (슈퍼맨이 고개를 젓자) 왜, 무슨 일인데?
슈퍼맨	전세사기 당한 거 같아.
고란희	(사이) 에이, 난 또 누가 죽은 줄.
슈퍼맨	넌 누가 죽어야지 큰일이야?
고란희	사기는 어떻게 해볼 수 있겠지만 누가 죽으면 어떻게 해볼 수 없잖아.
슈퍼맨	넌 지금 이 상황이 웃겨? 옆집도 같이 당한 거 같아.
고란희	에이, 오빠. 쪽팔려서 그러죠? 그렇게 잘난 척했는데 자기가 사기당한 것 같으니까 쪽팔려서 그러죠?
슈퍼맨	(연극적으로) 불어라, 바람아! 내 뺨을 때려다오! 아무리 이 세상이 나에게 고난을 선사하여도, 나

는 쉽게 쓰러지지 않을 것이다. 싸워 이겨낼 것이
다!

고란희　　(사이, 봉준우에게) 많이 아픈 거 같은데요.

사이

봉준우　　(Na, 흥미로워하며) 슈퍼맨은 과연 이 난관과 위기
를 극복할 수 있을까요?

슈퍼맨　　안 되겠어! 우선 알려야겠어!

고란희　　(달려가는 슈퍼맨을 보고 따라 나가며) 오빠! 어디 가
는데!

2
—
김명희, 이종수, 장대리, 상담 문의 (무대) : 옆집 현관+슈퍼맨의 집 안 / 밤+오후

슈퍼맨과 고란희, 옆집 부부 집 앞으로 달려간다.

음향) 초인종 소리.

김명희　　(나오며) 누구세요?

슈퍼맨　　슈퍼맨입니다.

이종수　　아이고, 우리 슈퍼맨.

봉준우　　(Na) 상황을 전해 듣고 얼굴이 창백해진 옆집 부
부!

조명의 변화.

봉준우   (카메라를 들이대며) 지금 심정이 어떠신가요?

김명희   (당황하며) 여보, 이게 무슨 일이야?

이종수   괜찮아?

김명희   어떻게 하죠? 어떻게 하실 거예요?

슈퍼맨   그게…….

이종수   그럼 일단 우리가 계약했던 중개사들한테 연락해
             보는 건 어때요?

슈퍼맨   좋습니다.

김명희   그래도 안 되면 우리 여기저기 상담을 받아보면
             어떨까요?

슈퍼맨   좋습니다.

고란희   저도 도울게요!

봉준우   (Na) 역시 하나보다는 여럿이 낫습니다.

이종수   근데 저희가 당장은 가게 문을 닫을 수가 없어
             서…….

김명희   그러게……. (갑자기) 도와줘요, 슈퍼맨.

슈퍼맨   네?

김명희   저희도 최대한 알아볼게요.

이종수   그래도 우리는 슈퍼맨 옆집이니까 큰 문제는 없
             지 않을까요?

김명희   어, 그러니까…….

김/이   도와줘요, 슈퍼맨! 도와줘요, 슈퍼맨!

봉준우   (Na) 오랜만에 진짜로 들어보는 '도와줘요, 슈퍼
             맨'!

음악) 슈퍼맨의 출동 준비 음악.

슈퍼맨   (강렬한 기운을 뿜으며) 으아아아아아! (출동 준비 자세
            를 하며) 그럼 우선 저만 믿으세요. 제가 잘 알아
            볼게요.

김/이   (허리를 숙이며) 고맙습니다. 고맙습니다, 슈퍼맨!

슈퍼맨   (고란희에게) 오랜만에 나랑 정의의 이름으로 함께
            하지 않을래?

고란희   드디어 때가 온 거예요? 좋습니다. (슈퍼맨에게 망
            토를 씌워주며) 오빠, 망토!

슈퍼맨   응, 빨리빨리.

슈/고   출동 준비 완료. 정의의 이름으로, 출동!

무대를 가로지르는 슈퍼맨과 고란희를 황홀하게 바라보는 김명희와 이종
수. 그리고 그 모습을 카메라로 찍고 있는 봉준우.

봉준우   (Na) 우리의 슈퍼맨, 드디어 초능력을 쓰는 걸까
            요?

고란희   (큰 소리로) 잠깐! (음악이 꺼지면) 오빠 지금 능력
            쓰면 안 되잖아요.

슈퍼맨   아, 맞네.

고란희   (망토를 빼앗으며) 망토 내놔요.

슈퍼맨   (망토를 벗어주며) 아이 씨, 지구에서 추방당할 뻔
            했네.

김/이   (실망하며) 슈퍼맨!

슈퍼맨   걱정 마세요! 이래 봬도 저 슈퍼맨입니다! 저만

믿으세요!
김/이   (허리를 숙이며) 고맙습니다. 고맙습니다, 슈퍼맨!

김명희와 이종수, 집으로 들어간다. 어디론가 멋있게 전화를 거는 슈퍼맨
과 그 모습을 지켜보는 고란희. 통화 연결음이 이어지다가 멈추면

장대리(목)   여보세요.
슈퍼맨   (힘차게) 안녕하세요, 슈퍼맨입니다. 장대리님 되
             시죠?
장대리(목)   슈, 누구요?
슈퍼맨   2년 전쯤에 성북구 에코드림 302호 중개받았던
             슈퍼맨입니다. 그 언덕 위에 있는 집.
고란희   그때 여기저기 친절하게 집 보여주셨잖아요.

영상, 음악) 행복하게 들리는 음악과 함께 나오는 하트 영상.

장대리(목)   (과장되게) 아, 그 슈퍼맨. 기억납니다. 슈퍼맨 덕분
             에 저희 아버지가 베트남전쟁에서 살아 돌아오셔
             서 제가 이렇게 잘 먹고…….
슈퍼맨   (음악과 영상이 꺼지면 다급하게) 다름이 아니라 이
             집에 대해 여쭤볼 게 있어서요.
장대리(목)   저, 근데 죄송하지만 이제 제가 집 상담은 안 될
             것 같은데요.
슈퍼맨   네?
장대리(목)   제가 지금은 부동산 쪽 일을 그만뒀어요.
슈퍼맨   그럼 혹시 계약할 때 계셨던 중개소 대표님은 상

담이 가능할까요?

장대리(목)　아, 죄송한데 그 부동산도 폐업했어요. 지나가다 못 보셨나?

슈퍼맨　폐업이요?

장대리(목)　네, 폐업이요.

슈퍼맨　그때 계약했던 집에 문제가 생겼는데, 그럼 이건 어디서 상담을…….

장대리(목)　아, 사장님. 중개소라는 건 계약할 때까지만 도와드리는 거고요, 그 뒤의 일들은 저희가 도와드릴 수가 없어요.

슈퍼맨　아, 그래요?

장대리(목)　당황하지 마시고요, 요즘은 인터넷 찾아보면 여기저기서 싸게 상담받아보실 수 있을 거예요. 법무사나 변호사 같은…….

슈퍼맨　(놀라며) 법무사나 변호사요?

장대리(목)　근데 사장님, 제가 지금 운전 중이라 끊어야 될 것 같아요. 일 잘 해결되시길 바랄게요.

슈퍼맨　아, 네…….

고란희　(통화 종료음이 들리면) 왜, 뭐래?

봉준우　(흥미롭게) 슈퍼맨, 또 무슨 일인가요?

슈퍼맨　내 사전에 좌절이란 없다. (고란희를 보며) 정의의 이름으로.

슈/고　출동!

음악) 슈퍼맨의 출동 준비 음악.

봉준우	(Na) 슈퍼맨과 매니저는 법무사, 변호사 사무실에 전화를 걸어봤습니다.
슈퍼맨	전세사기 때문에 상담받으려면 어떻게 해야 하죠?
고란희	(놀라며) 상담 예약을 하고 방문해야 한다고요?
슈퍼맨	상담비가 얼만데요?
고란희	(놀라며) 네? 시간당 20만 원이요?
슈퍼맨	시간당 12만 원요?
고란희	15만 원이요?
슈퍼맨	7만 원요?
고란희	25만 원이요?
슈퍼맨	18만 원요?

슈퍼맨과 고란희, 주저앉는다.

고란희	다 돈이더라고요. 사무실마다 가격도 다 다르고, 뭘 어디서 어떻게 선택해야 할지 모르겠더라고요.
슈퍼맨	제가 잘못한 게 아닌데, 왜 내가 내 돈 들여서 상담을 받아야 하나……. (고란희에게) 뭐 다른 거 없을까?
고란희	어! 찾았다.
슈퍼맨	무료 법률 상담을 받을 수 있다고?
고란희	대한법률구조공단!
슈퍼맨	전세피해지원센터!

영상, 음악) 대한법률구조공단과 전세피해지원센터의 로고가 영상에 뜨고, 캠페인송 같

은 음악이 깔린다.

고란희	둘 다 나라에서 하는 공공기관인데 믿을 만하지 않을까요?
슈퍼맨	괜찮겠지?
고란희	그럼요! 출동!
봉준우	(Na) 저는, 급한 마음에 우선 예약을 하고 법률 상담을 받으러 간 두 사람이 꽤 흥미로웠습니다.

3
—
무료 법률 상담 (무대+영상) : 대한법률구조공단, 전세피해지원센터 상담실 /

오후

장공익법무관과 한법무사가 스크린 앞으로 나와 선다. 그들에게 다급히 다가가는 슈퍼맨과 고란희.

장/한	상담, 시작하겠습니다.
봉준우	(Na, 타이머 소리 들리면) 두 기관 모두 한 타임에 상담이 가능한 시간은 단, 20분!
고란희	20분이요?
장공익법무관	오늘 상담, 혹시라도 나중에 문제가 생겼을 때 제가 법적 책임을 지진 않는다는 거, 말씀드리겠습니다.
슈퍼맨	나라에서 운영하는 법률센터인데 법적으로 책임 지지 않는다고요?

| 고란희 | 일단은 알겠습니다. |

기 본 상 황 정 리

한법무사	그러니까 새 집주인 부인의…… .
슈퍼맨	남편이, 새 집주인이 구속됐다고, 당장은 보증금을 줄 수 없다, 집을 사겠냐…… .
고란희	어떻게 해야 되죠?
한법무사	그럼 방법은 하나!
슈퍼맨	뭐죠?
한법무사	지금 계약 만료인 10월 말까진 얼마 안 남았는데, 그동안 새로운 전세 세입자가 구해져서 보증금을 돌려받는 거죠. 근데 이거는 상당히 촉박하죠.
슈퍼맨	그럼 그냥 더 사는 게 낫다는 건가요?
한법무사	그렇다고 볼 수 있죠.
고란희	아, 그렇구나…… .
슈퍼맨	근데 집주인이 보증금을 내줄 수 없다는 건 법적으로 문제가 있는 거 아니에요?
한법무사	문제가 있죠.
슈퍼맨	그죠? 문제 있죠?
한법무사	근데, 소송하고 그러실 건가요? 비용도 천만 원 가까이 들고, 시간도 1, 2년 걸릴 텐데?
슈/고	안 되겠네. 그래서요?
한법무사	계약 갱신이 보증금에도, 받으신 전세대출 갚는 데에도 안전하지 않을까 하는 생각이고요.

| 봉준우 | (Na) 법대로 하려면 돈도 시간도 들기 때문에 그냥 넘어가라는 말이 이해가 되지 않았다는 슈퍼맨. |

집주인의 권리

| 슈퍼맨 | 그럼 집주인이 바뀔 땐, 전 집주인이 저한테 알려 줘야 하는 게 법적으로 맞는 거 아닌가요? 왜 그걸…….
| 장공익법무관 | 집주인은요, 세입자에게 집주인이 바뀌는 걸 고지할 의무가 법적으로 없습니다.
| 슈/고 | 에? 법적으로 의무가 없어요?
| 슈퍼맨 | 그럼 제가 전화 안 걸었으면 평생 몰랐을 수도 있다는 거잖아요.
| 장공익법무관 | 네, 맞습니다.
| 슈퍼맨 | 아니, 무슨 법이 그래요?
| 고란희 | 그럼 감옥 간 건요?
| 슈퍼맨 | 새로 바뀐 집주인, 지금 구치소에 있다고 하는데 이것도 문제가 없나요?
| 장공익법무관 | 구치소든 교도소든 법적으로 세입자와는 아무 문제가, 없습니다. 그리고 지금 사건 보니까 사기죄고, 1심이고, 재판이 진행 중이라서 100퍼센트 죄인이라고 볼 수가 없어요.
| 슈/고 | 네?
| 슈퍼맨 | 구치소에, 사기죄에, 재판을 진행 중인데 정말 괜찮다고요?
| 장공익법무관 | 네.

| 고란희 | 헐, 대박! |
| 봉준우 | (Na) 슈퍼맨은 지구인들의 법이라는 것을 굉장히 신기해하는 것 같았는데요. |

등기부등본 체크, 근저당, 경매, 확정일자, 전입신고, 대항력, 우선변제권, 선순위, 후순위

슈퍼맨	그럼 5천만 원 근저당, 이것도 괜찮은 거 맞아요? 이게 없다가 생긴 거라…….
한법무사	걱정하실 필요가 없어요. 선생님이 선순위고, 근저당이 후순위인데요, 경매나 압류가 들어와도…….
고란희	좀 쉽게 설명해주시면 안 돼요?
한법무사	자, 보세요. 경매라는 게 집주인한테 받을 돈이 있는 사람이 법원에 경매 신청을 하면, 법원에서 집을 팔아 돈을 주는 건데요. 그럼 그 집으로 돈 받을 사람이 많을 때! 경매로 집 판 돈을 누가 1등으로 가져가냐, 싸워요. 그래서 전입신고, 확정일자를 빨리 받아야 되는 거예요.
고란희	아, 이해, 이해!
한법무사	지금 선생님은 전세 들어올 때 주민센터 가서 전입신고, 확정일자 다 받으셨잖아요? 그래서 대항력, 우선변제권이 생겼죠. 근데 근저당 5천은 그 날짜보다 뒤에 들어와서, 선생님이 돈을 1등으로 가져간다. 그래서 선순위! 근저당이 돈을 2등으로 가져가서 후순위! 집주인이 앞으로 어떤 사고를 쳐서 빚이 생겨도 무조건 선생님이 1등으로

	돈을 가져간다.
슈/고	와, 감사합니다.
한법무사	국세랑 지방세 빼고요. 그래서 등기부등본을 잘 보셔야 되는 거예요.
슈/고	아, 그렇구나. 국세랑 지방세라면…….
한법무사	세금이요, 그건 늘 1등. 지금 그건 없으니까 신경 쓰지 않으셔도 되고요.
슈퍼맨	근데 전 이 5천도 너무 큰돈이라……. 집주인이 앞으로 돈을 더 빌릴까 봐…….
한법무사	선생님 집이 매매가 4억 7천, 전세가 3억 5천이라고 하셨는데, 근저당 5천이면…… 집값 대비 그렇게 많은 액수는 아니죠. 그 뒤에 근저당 몇 개가 더 생겨도 상관없습니다.
슈퍼맨	근데 세입자 몰래 집주인이 근저당 같은 거 잡는 거, 이거 불법 아니에요?
한법무사	불법, 아닙니다.
슈/고	네? 아, 정말 명쾌하네요.
봉준우	(Na) 슈퍼맨의 우주는 심하게 요동치고 있는 것 같았습니다.

전세보증보험

| 장공익법무관 | 근데 전세보증보험, 왜 안 드셨어요? |
| 슈퍼맨 | 아, 그게 제가 지금까지 전세를 몇 번 살아봤는데, 확정일자랑 전입신고만 해도 큰 문제가 없대서……. |

장공익법무관	아니죠. 전세보증보험은요, 경매로 법원 갈 필요도 없고 싸울 일도 없어요. 무조건 보험사에서 돈을 받을 수 있다는 거예요.
고란희	그거 괜찮네.
슈퍼맨	그래도 그거 돈 몇십만 원씩 내야 하는 거잖아요.
장공익법무관	내 돈 몇억이 중요합니까, 몇십만 원이 중요합니까! 사람들 진짜 이상해요. 몇천만 원짜리 차를 탈 땐 운전자보험은 꼭 들고, 몇억짜리 전세금을 지켜야 할 땐 왜 전세보증보험은 안 들죠?
슈/고	아, 네. 알겠습니다.
봉준우	(Na) 법이 있는데도 보증보험을 들어야만 한다는 게 혼란스러워 보였던 슈퍼맨.
장공익법무관	전세대출은 연장 잘 하셔서 연체만 안 하시면 될 것 같고요.
한법무사	이쯤 할까요?
슈/고	아, 네. 감사합니다.
한법무사	오늘 상담 내용에 대해선 저희가 법적인 책임을 지지는 않습니다. 같은 사건이라도 전문가에 따라 해석이 다를 수 있습니다.
장공익법무관	더 많은 의견이 필요하시다면 꼭 추가적인 상담 받아보십시오.
고란희	잠깐만요! 그러니까 쉽게 말해서, 우리 슈퍼맨이 지금은 계속 이 집에 살아도 된다는 거죠?
장/한	네, 그렇습니다.
고란희	다행이다.
슈퍼맨	저, 상담 내용은 비밀 유지가 되는 거죠?

장/한   (귀찮아하며) 네, 그렇습니다.

영상, 음악) 행복하게 들리는 음악과 함께 나오는 하트 영상.

장/한   (과장되게) 슈퍼맨! 어릴 때 팬이었습니다. 보증금
               잘 받으시면 좋겠네요. 수고하세요.

장공익법무관과 한법무사, 퇴장한다.

슈/고   (음악과 영상이 꺼지면) 감사합니다. 감사합니다.
봉준우   (카메라를 들이대며) 슈퍼맨! 그럼 갱신계약을 해서
               전세 2년을 연장하실 건가요?

음향) 긴장을 유도하는 북소리.

슈퍼맨   그래야겠죠?

음향) 팡파르 소리.

고란희, 환호한다.

슈퍼맨   땡큐, 땡큐! 근저당도 그대로고, 보증금도 당장은
               돌려받지 못해서 찜찜하긴 한데, 뭐 어쩌겠어요?

음향) 아름다운 음악.

슈퍼맨	평소엔 관심도 없었는데 내 일이 된다고 생각하니까 진짜 무서웠어요. 평생 모은 머니! 전부 다 날릴 뻔했잖아요.
봉준우	돈은 별로 중요하지 않다면서요?
고란희	에이, 감독님. 말이 그렇다는 거죠.
슈퍼맨	(갑자기) 감독님! (음악이 멈추면) 근데 이번 일은 편집해주시면 안 될까요?
봉준우	왜요? 우리 팬들은 슈퍼맨이 위기를 극복한 모습에 미친 듯이 열광할 것 같은데요?
슈퍼맨	아, 그런가요?

음향) 다시 아름다운 음악.

슈퍼맨	(행진하며) 전 제가 스마트하게 살았다고 생각해왔는데, 이번 일을 겪으면서 완전 자만했구나, 그동안 그 큰돈을 남한테 맡기면서 사기를 안 당한 게 암 쏘 럭키! 아무래도 이 세상에 저스티스를 구현하며 살기 위해선 돈이라는 걸 제대로 알아야 하지 않을까……. 아이 돈 노 머니! 그래서 저, 공부 좀 해보려고요.
봉준우	(당황하며) 공부요?
슈퍼맨	이참에 감독님도 같이 공부하면 어때요? 고란희 너도!
고란희	에이, 전 됐어요. 오빠 때문에 계속 알바 못 갔거든요? 저 가요. 감독님, 저 가볼게요.
슈퍼맨	감독님, 우선 저도 공연하러 가볼게요. 가서 봬

요. 요요요! 암 쏘 지니어스!

슈퍼맨과 고란희, 나간다.

봉준우 (Na, 카메라를 내리며) 그렇게 전세를 좋아하던 슈
퍼맨이 전세사기를 당할 뻔했다는 사실은, 꽤나
흥미로웠습니다. 부모님 집에 얹혀 사는 제가 다
행이라는 생각이 들었던 건 왜였을까요? 전 아무
래도 이 작품의 방향성을 바꿔야 할 것 같았고,
고민을 시작했습니다.

전환.

5장
슈퍼맨은 제대로 공부할 수 있을 것인가?

1

부동산 사관학교의 원더우먼 (무대+영상) : 학원 강의실+복도 / 오후+저녁
___

멋진 음악과 함께 원더우먼이 등장한다. 슈퍼맨과 봉준우, 급하게 객석에 들어가 앉는다.

원더우먼　　안녕하세요, 원더우먼입니다. 여러분, 반갑습니다! (박수를 받고) 여러분! 돈 밝히지 마라, 돈은 중요하지 않아, 들어본 적 있으시죠? 지금은 돈이 없으면 살아갈 수 없고 생존이 위태로워지는 금융자본주의 시대입니다. 우리의 지갑 속 돈, 통장, 집, 대출, 이자, 보험 등등 모든 건 금융자본주의와 연결되어 있습니다.

영상) '부자'라는 자막이 뜬다.

할리퀸　　(등장하며) 부자! 이 말에 거부감이 드시나요? 부자라는 말이 잘못된 말인가요? 카드값 걱정 없이 살고 싶지 않으세요? 좋은 집, 좋은 차 갖고 싶지 않으세요? 해외여행 다니고 싶지 않으세요? 솔직

해집시다. 여러분은 부자가 되고 싶은 겁니다. 근데 여러분이 부자가 되지 못하는 진짜 이유는 뭘까요?

캣우먼　(등장하며) 여러분! 지금은 부자만 돈 벌 수 있는 시대가 아닙니다. 나도 벌고 너도 벌 수 있습니다. 우리 모두 벌 수 있습니다.

스파이더맨　(등장하며) 여러분! (손목에서 거미줄 쏘는 시늉을 하며) 푸슉! 빈익빈 부익부는 부자들의 착취 때문이 아니라 자본주의의 특징입니다. 부동산이 오르는 건 투기꾼 때문이 아니라 금리가 싸서 너도 나도 대출 받아 집을 사기 때문입니다.

캣우먼　혹시 아직도 내가 부자가 아닌 이유가 남 때문이라고 생각하시나요?

스파이더맨　가난한 마음으로는 가난을 벗어날 수 없습니다.

원더우먼　그럼 어떻게 해야 하나!

홍길동　(등장하며) 호이짜! 금융자본주의 사회에서 노동으로 버는 돈은 물가상승률을 절대 따라잡지 못합니다. 전략적으로 날 알고, 나한테 유리한 곳에 투자해야 합니다. 그래서 전 수많은 투자 중에, 부동산 투자, 그중에서도 아파트 투자를 추천합니다.

원더우먼　지금까지 아파트 가격과 전세 가격이 하락한 적은 1988년, 1997년, 2007년, 단 세 번밖에 없습니다. 다소 하락해도 반드시 다시 상승하기 때문에 한국에선 아파트에 투자해야 합니다.

캣/스/홍/할　그럼 어떤 방법으로 투자해야 하나!

원더우먼 레버리지! 즉 지렛대를 사용한 투자 방법을 이용해야 합니다. 집값은 내가 돈을 모을 때까지 기다려줄까요? 물가가 오르면 집값도 오르기 때문에, 사실 모은 돈으로만 집을 사는 건 불가능합니다. 그래서 수익을 위해 돈을 빌려 투자하는 레버리지가 필요합니다. 크게 대출과 전세금을 이용하는 두 가지 방법이 있는데요, 대표적으로 전세금 레버리지! 흔히들 갭투자라고 알고 계시죠? 매매가 7억이고, 전세가 5억인 집이 있습니다. 5억의 전세 세입자를 이 집에 데려오면 나는 투자금 2억만 있으면 이 집을 살 수 있게 됩니다. 2억으로 7억의 집이 내 것이 되는 것입니다! 물론 당연히 보증금 반환 시점 계획도 구체적으로 필요하겠죠? 이 대출과 갭투자가 무조건 나쁘다는 편견을 버리십시오.

캣/스/홍/할 당신의 24시간, 어떻게 투자할 것인가!

영상) '당신의 24시간, 어떻게 투자할 것인가?'라는 자막이 뜬다.

원더우먼 금융자본주의 시대에 계급 기준은 단 한 가지! 부모도, 출신도, 학벌도 아닙니다. 오로지 돈! 돈이 신분을 만들어줍니다. 사람은 사람을 차별해도 돈은 사람을 차별하지 않습니다. 그래서 저흰 여러분께 추천합니다.

음향) 웅장한 음악.

원더우먼   오늘 저희의 맛보기 강의가 마음에 드셨다면, 부
동산 사관학교를 찾아주십시오. 초급반 한 달 수
강료 70만 원! 70만 원입니다. 당장은 비싸다고
생각할 수 있지만 한 달, 두 달, 석 달이 1억, 2억,
3억이 되는 날을 맞이하게 될 겁니다. 배가 항구
에만 있다면 어떻게 보물섬을 찾을 수 있겠습니
까? 투자는 언제나 위험한 게 사실입니다. 하지
만 가장 큰 위험은 아무 투자도 하지 않는 것입
니다. 부동산 사관학교에서 우리 영웅들이 여러
분을 기다리겠습니다.

영웅들, 인사를 하고 퇴장하려고 한다.

원더우먼   (퇴장하며) 가자.

슈퍼맨   (객석에서 뛰어나오며) 얘들아! 반가워!

영웅들   (원더우먼을 따라가다 놀라서 멈추며) 아니, 너는! 슈
퍼맨?

할리퀸   야, 너 요즘 연극 한다며?

슈퍼맨   응.

홍길동   하고 싶은 거 하니까 좋겠다?

슈퍼맨   좋지.

스파이더맨   나중에 초대권 하나 줘라.

슈퍼맨   그래.

캣우먼   밥은 먹고 다니냐옹?

슈퍼맨   먹고 다니지, 당연히.

할리퀸   다행이다. 또 보자!

| 캣/스/홍/할 | 슈퍼맨, 안녕! |

영웅들, 퇴장한다.

슈퍼맨	(멋쩍어하며) 제 현역 때 친구들이에요.
봉준우	아, 예.
슈퍼맨	(갑자기) 부동산 투자해보셨어요?
봉준우	아뇨.
슈퍼맨	지구인들은 이런 거 해서 돈 많이 벌어요?
봉준우	글쎄요.
슈퍼맨	감독님은 대체 아는 게 뭐예요? (무언가를 깨달은 듯) 혹시 지금 이 시대의 정의는 돈이 아닐까……. 근데 너무 비싼데, 70만 원…….
봉준우	(Na) 어쩌면 지금 이 시대에 필요한 건 예전처럼 힘과 능력으로 도와주는 영웅이 아니라, 금융 지식이 없는 사람들을 도와주는 영웅일지도 모른다고 생각했다는 슈퍼맨.

그때 슈퍼맨, 학원 복도를 지나가는 원더우먼을 발견한다.

슈퍼맨	(갑자기 멋있는 척하며) 어, 누나!
원더우먼	어, 슈퍼맨! 반가워. (굉장히 반갑게 안고 돌며) 웬일이야, 이게……. (슈퍼맨의 머리를 쓰다듬으며) 야, 이제 아주 그냥 어른이 다 됐네.
슈퍼맨	(밀어내며) 아, 뭐야. (멋있는 척하며) 인사해. 나 요즘 촬영하고 있는 다큐 감독님.

| 원더우먼 | 안녕하세요. |

원더우먼 | 안녕하세요.

봉준우 | 안녕하세요.

슈퍼맨 | 저 어릴 때 살던 동네, 누나예요. 저 잠깐, 얘기 좀……. 프라이버시!

봉준우 | (카메라를 내리고 자리를 비켜주며) 아, 네. 하세요.

원더우먼 | 이야, 너 잘나가나 보다. 은퇴하고 어떻게 지내나 궁금했는데, 여기서 이렇게 보네.

슈퍼맨 | 그러니까, 사람 인연이라는 게 참…….

봉준우 | (Na) 사실 어릴 적 슈퍼맨은 원더우먼을 짝사랑했다고 합니다. 하지만 원더우먼은 늘 슈퍼맨을 동생 취급했다고 하는데요.

원더우먼 | 어떻게, 요즘 너 만나는 사람은 있냐?

슈퍼맨 | (놀라며) 어? 아, 그게…….

원더우먼 | 누나는 이제 애가 둘이다.

슈퍼맨 | (당황하며) 뭐?

원더우먼 | 은퇴하고 얼마 안 돼서 결혼했어. 너한테 연락할까 하다가……. 여하튼 그리고 바로 애가 나와서. 연년생이야. 아들 하나, 딸 하나.

슈퍼맨 | 아, 그래? 축하해. 남편은?

원더우먼 | 그냥 뭐, 평범한 사람. 나중에 애들 아빠하고 밥 한번 먹자. (사이) 근데 어떻게, 네가 여기는 웬일이야?

슈퍼맨 | 나도 투자나 좀 제대로 해볼까 해서.

원더우먼 | 이야, 우리 슈퍼맨 많이 변했네. 돈 좀 벌었나 봐.

슈퍼맨 | 그래, 돈 좀 벌었다!

원더우먼 | (슈퍼맨의 머리를 쓰다듬으며) 으이구! 또 센 척

은…….

슈퍼맨　　(밀쳐내며) 아, 하지 마.

봉준우　　(Na) 누나는 아직도 애 취급하는 것 같은데요.

슈퍼맨　　근데 누나가 강사인지 몰랐어.

원더우먼　　우리가 요즘 이렇게라도 먹고살아야지, 뭘 하겠냐?

슈퍼맨　　그러니까…….

원더우먼　　요즘은 어디 살아?

슈퍼맨　　성북구.

원더우먼　　아, 누나는 옥수동! 가깝네. 언제 한번 초대해줄래, 놀러 갈게.

슈퍼맨　　좋지. 우리 집 꽤 좋아. (사이) 근데 오늘 수업, 진짜 좋았어.

원더우먼　　다행이다. 뭐 궁금한 건 없었고?

슈퍼맨　　근데 이런 거 물어봐도 되나?

원더우먼　　뭔데?

슈퍼맨　　갭투자 그거, 사기 아니야?

봉준우　　(Na) 슈퍼맨이 실수를 한 것 같은데요?

원더우먼　　너 진짜 하나도 안 변했다. 또 뭐, 옛날처럼 정의니 뭐니, 그런 말 하려고 하는 거지?

슈퍼맨　　아니, 나는 그냥……. (버럭 하며) 누나가 물어보라고 했잖아.

원더우먼　　봐봐, 갭투자는 사기가 아니야. 요즘 뉴스에 가끔씩 나오는 그 전세사기랑, 내가 수업 때 말했던 거랑은 좀 다른 거야.

슈퍼맨　　뭐가 다른데?

원더우먼　누나가 아까 수업 때, 보증금 반환 시점도 계획해야 된다고 했잖아. 사기를 칠 사람들은 그런 계획 자체가 없어! 내가 말했던 갭투자는 그런 계획을 다 세워놓고 하는 거야.

슈퍼맨　내가 볼 땐 전세 사는 사람들이 이용당하는 것 같은데?

원더우먼　전세 살고 싶은 사람들은 공부 안 하고 그렇게 살고 싶은 거고, 집주인들은 공부해서 매매로 돈을 벌고 싶은 거고. (갑자기) 너 혹시 전세 사니?

슈퍼맨　(버럭 하며) 그래, 나 전세 산다. 전세 사는데 그게 뭐? 이거 뭐 내가 하면 투자고, 남이 하면 투기라는 말이잖아. 이러니까 맨날 다주택자들 때문에 집값이 오르고…….

원더우먼　야! 어디서 주워들은 건 있어가지고. 원래 지구인들은 사촌이 땅 사면 배 아프다고 해. 투기라고 하는 사람들 다 질투해서 그러는 거야. 지들은 그렇게 못 버니까!

슈퍼맨　아니, 나는…….

원더우먼　그리고 다주택자들이 뭐? 다 사기꾼이야? 우리도 죽어라 공부하고 노력해. 그냥 날로 먹은 게 아니라고. 다주택자들이 없어지면 누가 집 없는 사람들한테 전세랑 월세 내줄 건데?

슈퍼맨　아니, 나는…….

원더우먼　벌써 굉장히 많은 사람들이 이 갭투자로 집을 샀고, 그렇게 살고 있어. 나도 이걸로 집이라는 걸 처음 가져봤고, 이런 방법이 아니면 보통 사람들

은 아예 집을 가질 수가 없어. 정부도 법으로 괜

찮다고 하는데, 넌 대체 뭐가 문제라는 건데?

슈퍼맨　　　그게 이상하다는 거야. 왜 지구인들의 법은 자꾸

돈 앞에서 이 시대의 정의를 가지고…….

원더우먼　　네가 말하는 정의가 뭔데? 지금 이 시대에 돈 없

으면 정의 같은 거 실현할 수 있을 것 같아? 돈

많이 벌어서 좋은 일 많이 하면 되는 거잖아. (사

이) 미안하다, 오랜만에 만났는데……. 나도 요

즘 일하면서, 애들까지 봐야 하니까 스트레스

가…….

슈퍼맨　　　미안해. 화나게 하려고 한 건 아니…….

원더우먼　　나도 예전엔 이 세상을 지키고 싶었어. 근데 그땐

내가 너무 순진했더라. 어떻게, 너 계속 공부할 거

야? 그럼 다음 달부턴 나한테 말해, 강사 할인 해

줄게. 여기 학원비 비싸. 나 간다.

고란희　　　(커피를 들고 들어오다) 오빠, 여기 커피……. (원더우

먼을 보고 놀라며) 어마!

원더우먼　　(나가려다 멈추고는) 어! 너는…….

고란희　　　안녕하세요? (슈퍼맨 옆으로 가며) 와, 대박. 원더우

먼, 대박. 오빠, 커피 드세요.

원더우먼　　뭐, 너 아직도 슈퍼맨 일 봐주니?

고란희　　　그럼요! (슈퍼맨의 머리를 만져주며) 우리 오빠, 일이

너무 많아서 제가 없으면 안 되더라고요. 그지,

오빠?

슈퍼맨　　　(원더우먼에게 다가가며) 누나, 미안해. 아까는 내가

생각이 짧았던 것 같아. 나는…….

고란희	(슈퍼맨의 팔짱을 끼며 큰 소리로) 오빠, 오빠! 우리 다음 스케줄은…….
슈퍼맨	야! 나 네 옆에 있어. 그렇게 소리 안 질러도 돼!
고란희	왜 나한테 뭐라 그래요?
원더우먼	(사이) 너넨 여전하구나. 나중에 보자. 갈게.

원더우먼, 나간다.

슈퍼맨	(원더우먼의 뒤에 대고) 누나, 누나!
고란희	(사이) 또 옛날처럼 바보 취급받고 싶어?
슈퍼맨	(화를 내며) 네가 뭘 안다고 그래!
봉준우	(슈퍼맨이 나가자) 매니저님, 괜찮으세요?
고란희	(애써 웃으며) 네, 괜찮아요.

고란희, 나간다.

| 봉준우 | (Na) 슈퍼맨은 과연 부동산 공부를 제대로 할 수 있을까요? |

2

전세사기 밈 영상, 영웅의 이미지 관리 (무대) : 엘리베이터+슈퍼맨의 집 안 / 밤

슈퍼맨, 배트맨, 원더우먼, 고란희, 김명희와 이종수가 엘리베이터를 타고 있다.

이종수	(카메라로 녹화된 영상을 보고 있는 감독을 부르며) 감독님! 뭐 하세요?
고란희	탈 수 있어요, 얼른 오세요.
봉준우	(달려가며) 아, 네네. 갑니다. 잠시만요!
원더우먼	(봉준우가 타고, 엘리베이터가 올라가면) 삼겹살 좋던데요? 찬도 담백하고.
고란희	(차갑게) 원래 이 집이 맛있거든요!
김명희	그죠? 원래 저희 집 고기가 맛있어요
이종수	이야, 우리 슈퍼맨 덕분에 매상도 오르고, 배트맨이랑 원더우먼까지……. 아이, 나 집에 가기 싫은데, 우리 딱 한잔만 더 하고 가면 안 되나?
김명희	됐다, 주책맞게! 그만해라.
슈퍼맨	왜요, 커피 한잔하고 가세요.
고란희	그래요.
이종수	그럼, 그럴까?
김명희	내리자, 내리자!

모두 엘리베이터에 내려서 슈퍼맨 집으로 들어간다.

고란희	들어오세요.
슈퍼맨	웰컴 투 마이 홈! 앉으세요.
원더우먼	삼겹살도 사주고, 초대도 해주셔서 고맙습니다.
슈퍼맨	아니야. 요즘 내가 학원에서 누나한테 배우는 거에 비하면…….
원더우먼	집 좋다. 잘 해놓고 사네.
배트맨	요즘 신축 빌라, 다 이 정도는 되지 않나?

원더우먼	너도 처음 와봤어? 뭐 좀 사 왔어야 했는데.
배트맨	저 새끼가 불러야 오지. 너 오늘 뭔 날이냐, 왜 위 아래로 다 입었어?
슈퍼맨	기분 좀 내보겠다는데 왜? 이렇게 다 모이니까 옛날 생각도 나고…….
고란희	커피 드실 분! (이종수만 손을 들자) 금방 가져다드릴게요!
이종수	번거롭게 해서 미안해요. 근데 아가씨 집이야? 어떻게 그렇게 잘 알아?
김명희	진짜 둘이 사귀는 거 아니야?
슈퍼맨	(발끈하며) 아니라니까요!
고란희	(커피를 가져다주며) 저도 싫거든요? 근데 두 분은 어떻게 만나셨어요?
이종수	내가 또 허벌나게 쫓아다녔죠. 대학 다닐 때부터 밥 먹자, 영화 보자, 꽃구경 가자…….
김명희	어휴, 지겨워, 지겨워.
배트맨	(휴대폰을 보다가 놀라며) 야, 이게 뭐야! 슈퍼맨, 이거 너 아니야?
원더우먼	왜, 뭔데?

다들 모여서 배트맨의 휴대폰에 나오는 SNS 영상을 본다.

영상) 슈퍼맨이 전세피해지원센터에 들어가고 있다.

원더우먼	(놀라며) 전세피해지원상담?
이종수	맞네. 이거 슈퍼맨 맞네.

원더우먼   뭐야? 너 여긴 왜 간 거야?

고란희   누가 또 몰래 찍어서 올렸나 본데요.

이종수   아, 그게 우리 전세사기 당할…….

슈퍼맨   (이종수의 말을 급하게 자르며) 잠깐만요!

이종수   아, 왜.

김명희   우리 집이랑 슈퍼맨 집이랑 전세사기 당할 뻔한 거.

이종수   슈퍼맨이 구해줬어요. 슈퍼맨이 짱이죠.

원더우먼   (속상해하는 슈퍼맨에게 계속 카메라를 들이미는 봉준우
             에게) 감독님, 카메라 좀! (봉준우가 카메라를 내리면)
             너 괜찮은 거야?

배트맨   잘 하는 짓이다.

슈퍼맨   아, 이제 괜찮아. 해결됐어. 알아보니까 우린 전세
             사기 아니래. 아니, 왜 남의 영상을 허락도 안 받
             고 찍어서 올리는 거야. 사람들 진짜 너무하네.

배트맨   너도 참 너다.

슈퍼맨   뭐?

배트맨   너 저번에도 인터넷에 이상한 거 올라왔잖아. 그
             땐 참고 넘어갔는데, 자꾸 우리 영웅들 이미지 이
             렇게 만들 거야?

원더우먼   넌 지금 이미지가 중요하니?

배트맨   그럼 중요하지, 안 중요해? 나도 내 이름 걸고 사
             업하고, 누나도 누나 이름 걸고 강의하잖아. 너
             때문에 사람들이…….

슈퍼맨   난 다른 사람들이 어떻게 보든 신경 안 써!

배트맨   야! 너 지금 배우 짓하고 이렇게 다큐 찍는 거, 솔
             직히 정의니 뭐니 다 구라고, 그냥 다시 관심받고

싶은 거잖아.

슈퍼맨 (소리를 높이며) 야!

원더우먼 배트맨, 그만해!

배트맨 누나는 얘한테 안 미안해요?

원더우먼 뭐?

배트맨 이런 애 꼬셔서 학원 다니게 하고 허황된 꿈 키워 주는 거 안 미안하냐고요?

원더우먼 뚫린 입이라고 함부로 내뱉지 마라.

고란희 그놈의 학원 다닌다고, 요즘 그냥 제정신이 아니에요!

슈퍼맨 야! 학원은 내가 찾아간 거야. 난 네 말대로 돈 벌어보겠다고 하는 건데, 왜 그러는 건데.

배트맨 너 아파트 살 돈 있어?

슈퍼맨 대출 있잖아, 레버리지!

배트맨 넌 정의니 뭐니 외치고 다니던 놈이 그런 짓 하고 싶니? 학원에서 그렇게 가르쳐?

슈퍼맨 어, 그렇게 가르쳐! 다들 성공하신 투자자분들이라 돈 버는 방법을 우리한테 알려줘!

배트맨 야! 돈 버는 방법을 아는 사람이 왜 그걸 다른 사람한테 알려줘. 자기가 부자인데 왜 학원까지 나와서 애들 가르치면서 그 고생을 해, 놀고먹지. 다 자기들이 얻는 게 있으니까, 사기 치는 거잖아, 멍청아!

원더우먼 뭔 말을 하고 싶은 건데.

봉준우 저기, 우리 이제 다른 이야기 할까요?

배트맨 누나가 학원에서 누구한테 뭘 가르치면서 먹고

살든 상관없는데, 얘는 아니잖아요.

원더우먼　얘가 뭔데. 나한텐 다 똑같이 잘해줘야 되는 학생이야! 넌 부모 잘 만나서 그러고 살 수 있는 거지, 모든 사람이 다 너 같지는 않아. 잘난 척 좀 그만해!

슈퍼맨　그래, 인마. 그만해.

배트맨　너나 그만해, 이 새끼야. 너 이 집에 내 돈 1억도 걸려 있는 거 몰라?

1억이라는 말에 놀라는 사람들과 원더우먼.

원더우먼　(사이) 그게 무슨 말이야?

배트맨　이 새끼가 이 집 들어오고 싶다고, 나한테 1억 빌려서 여기 들어온 거야. 근데 그런 일이 생겼는데 말을 안 해? 차라리 문제 있으면 나한테 말을 해, 돈이나 더 빌려달라고.

슈퍼맨　(소리를 높이며) 그래, 너 잘났다. 돈 많아서 좋겠다. 너 진짜 존나게 재수 없어.

배트맨　너 진짜 그러다 길바닥에 나앉는다.

슈퍼맨　네가 정의가 뭔지나 알기나 해? 이 돈만 밝히는 새끼야.

배트맨　그렇게 잘난 척하면서 이 집 들어오더니, 잘 알아보긴 한 거냐? 이 꼴통 새끼야!

슈퍼맨　야, 들어와, 들어와. 맞다이로 들어와, 이 새끼야!

배트맨　그래, 이 새끼야!

슈퍼맨과 배트맨, 바닥을 뒹굴며 싸운다. 사람들, 싸움을 말리려고 하지만 실패한다.

원더우먼   (강력한 에너지를 내뿜으며) 그만! 제발 그만 좀 해!

사람들과 영웅들, 쓰러진다.

배트맨   (힘겹게 일어나 나가면서) 영웅이었으면 영웅답게 행
               동해. 계속 이러고 살 거면 앞으로 연락하지 마
               라.

배트맨, 퇴장한다.

원더우먼   (배트맨의 뒤에 대고) 누나가 따로 연락할게.
고란희   저기요, 자꾸 꼬리 좀 치지 말래요. 애도 있으면
               서!
원더우먼   감독님, 방금 제가 능력 쓴 건 못 본 걸로 해주십
               시오.
봉준우   네, 알겠습니다.
원더우먼   갈게.

원더우먼, 퇴장한다.

고란희   아우, 저 싸가지. 또 무시한다, 무시해!
슈퍼맨   (소리를 높이며) 야, 고란희!
고란희   (소리를 높이며) 아, 왜!

슈퍼맨, 고란희, 김명희, 이종수, 봉준우만 남아 있다.

봉준우	(Na) 영웅들을 가까이서 지켜보며, 이들도 돈 앞에선 어쩔 수 없다는 걸 알게 됐습니다. 그들은 우리와 너무나도 닮아 있었습니다.
김명희	좀 괜찮아요?
이종수	우리는 신경 쓰지 말고…….
슈퍼맨	아니에요, 제가 죄송하죠.
김명희	(눈치를 보며) 슈퍼맨, 실은 우리가 할 얘기가 있는데, 상황이 이래서 미안하네.
슈퍼맨	뭔데요?
김명희	별 얘기는 아닌데 우린 요번에, 이사 나가려고요.
고란희	이사요?
슈퍼맨	(서운해하며) 저는 갱신계약 했는데…….
김명희	우리도 갱신할까 했는데, 저번에 그 일도 있고 찜찜해서…….
이종수	애들이 이제 다 커서 한 방 못 쓰겠더라고요. 맨날 싸워가지고.
김명희	새 집주인 부인한테 연락해서 우리 이번에 나가고 싶다, 보증금 돌려줄 수 있냐, 물어봤거든요.
슈퍼맨	그랬더니요?
김명희	알았다고, 남편 일 해결할 수 있을 거 같다고, 꼭 맞춰준다고 해서.
이종수	그래서 이사 갈 집 알아보고, 계약금까지 걸어놨어요.
슈퍼맨	아, 네.

고란희	그럼 가게는요?
김명희	가게까지 옮기기는 당장 그렇고, 우선은 집만.
슈퍼맨	아, 네.
고란희	잘됐네요.
김명희	오늘은 일단 푹 쉬고! 또 얘기해요. 친구들이랑 싸우지 말고.
슈퍼맨	네, 주무세요.
고란희	주무세요.
김명희	감독님도 주무세요.
이종수	주무세요.
김명희	(나가며) 빨리빨리 와. 그걸 왜 오늘…….

슈퍼맨, 고란희, 봉준우만 남아 있다. 그때 천장에서 물방울이 떨어진다.

슈퍼맨	어? 이거 뭐야, 물이야?
고란희	물인 거 같은데…….
슈퍼맨	여긴가?
고란희	여기도…….

3

누수 점검 (무대) : 슈퍼맨의 집 안 / 저녁

조명의 변화.

고란희, 봉준우, 장누수가 함께 천장을 보고 있다. 슈퍼맨, 세숫대야를 가지고 들어와 천장을 확인하고 바닥에 놓는다.

다시 조명의 변화.

장누수　　(위층에서) 아이고, 천장에 구멍이 뚫렸나. 물이 흥건해. 얼마나 됐어요?

슈퍼맨　　(위층 쪽으로 소리를 높여서) 원래 괜찮았는데 갑자기 이러네요.

장누수　　이 누수라는 게 있잖아요. 눈까리로 봐서는 잘 몰라요. 아이고, 이거 다 뜯어야겠다야. 배관 자체를 잘못 설치해놨는데?

고란희　　(소리를 높여) 다 뜯어야 한다고요?

장누수　　이거는 집을 지을 적부터 잘못된 거래요. 이 정도면 거의 700, 800 나올 텐데. 뭐, 집주인한테 청구하면 되니까니.

슈퍼맨　　그게, 지금 집주인이 연락이 안 돼서요.

고란희　　잘 좀 부탁드립니다.

장누수　　감독님, 뭐 나 어떻게 잘 나와요? 나 초상권 비싼데.

봉준우　　(소리를 높여) 아, 네. 잘 나옵니다. 공사하면 해결이 될까요?

장누수　　이 누수라는 거 이거 처음 지을 때 똑바로 지어야지, 한번 시작되면 끝인 거야. 여기서 터지면 저기서 터지고 저기 터지면 계속 번져! 속도를 늦출 수는 있어도 완벽하게 해결은 안 돼요. 어떻게, 공사할 끼나, 말 끼나?

슈퍼맨　　조금 더 고민해보고 연락드릴게요.

장누수　　그럼 이렇게 살 끼나? 세숫대야 놓고?

슈퍼맨　　오늘은 얼마죠?

장누수   장비 이것저것 썼으니까 25만 원만 줘요.

고란희   25만 원이요?

장누수   그래도 출장비는 깎았어, 슈퍼맨 때문에. 그래도
            입금해줘요. 갈게. 감독님, 갈게요.

장누수, 퇴장한다.

슈퍼맨   (고란희를 탓하며) 야! 너는 어디서 저런 아저씨를
            불러가지고…….

고란희   (당황하며) 그럼 오빠가 직접 찾아서 부르든가!

슈퍼맨   똑바로 알아보고 하라니까.

고란희   집이나 똑바로 알아보고 구했어야지.

슈퍼맨   뭐?

고란희   그리고 내가 무슨 오빠 하인이야? 왜 툭하면 이
            거 해라, 저거 해라야. 나 오빠 매니저야, 알겠어?

슈퍼맨   너 요즘 왜 이렇게 예민한데. 혹시 또 편의점 사
            장한테 혼났냐?

고란희   (소리 지르며) 야! (사이) 됐다, 됐어. 내가 진짜 성격
            이 좋아서 오빠 옆에 있는 거지, 다른 사람 같았
            으면……. 내가 왜 오빠 옆에 계속 있었는지 알
            아? 근데 뭐, 이제는 돈? 투자? 나 당분간 좀 바
            쁠 것 같아. 오빠 일은 오빠가 좀 알아서 해.

슈퍼맨   란희야, 고란희!

고란희, 나간다. 봉준우는 카메라로 슈퍼맨을 찍고 있다.

봉준우　　　(Na) 이날따라 슈퍼맨의 뒷모습은 유난히 초라하게 느껴졌습니다. 영웅은 결국 태어나는 것이 아니라 만들어지는 것 아닐까…….

슈퍼맨　　　(카메라를 직접 보며) 감독님, 저 마음에 안 들죠?

영상) 미국의 금리 상승에 한국 금리도 상승, 경기 침체가 본격적으로 시작된다는 소식이 컷 편집된 영상 뉴스

미국연방준비제도가 기준금리를 또 0.75% 포인트 올렸습니다. / 전세대출 금리도 최고 7%대까지 오르면서 서민들의 이자 부담이 커지고 있는데요. / 쓸 수 있는 돈이 대부분 다 대출 갚는 데 들어가는 거예요. / 가파른 금리 인상을 마주한 미국의 주택 경기도 위축될 조짐을 보이고 있습니다.

뉴스가 나오는 동안, 슈퍼맨은 집 안의 더 많은 곳에 세숫대야, 바가지, 냄비를 가져다 놓는다.

전환.

3부
슈퍼맨의 위기2

6장
슈퍼맨은 진짜 전세사기를 당한 것인가?

1

압류, 가압류, 당해세 (무대+영상) : 슈퍼맨의 집 안+극장+새 집주인 집+세무서

/ 오전+오후

슈퍼맨의 집으로 다급하게 뛰어가는 김명희와 이종수.

김명희　　　(이종수와 함께 슈퍼맨에게 달려가며) 빨리, 빨리 와.

　　　　　　　빨리!

음향) 다급한 초인종 소리.

슈퍼맨　　　누구세요?

봉준우	(Na, 김명희와 이종수의 심각한 얼굴을 확인하고) 그런데 그날, 또 다른 사건이 시작됐습니다.
김명희	혹시 최근에 집주인 부인이랑 통화한 적 있어요?
슈퍼맨	아니요.
김명희	그럼 혹시 최근에 등기부등본은 본 적 있어요?
슈퍼맨	아니요.
이종수	(김명희가 바닥에 주저앉자) 여보……. (슈퍼맨에게) 우리도 당한 것 같아요.
슈퍼맨	뭘요.
이종수	(답답해하며) 전세사기.

음향) 천둥 번개 소리.

봉준우	(Na) 과연 슈퍼맨은 이번엔 진짜 전세사기를 당한 걸까요?
슈퍼맨	일단 들어오세요.
김명희	(놓여 있는 세숫대야를 보고) 이게 뭐야.
이종수	슈퍼맨 집도…….
김명희	아휴, 집은 또 왜 이따위로 지었어. 집 빼려고 집주인 부인한테 연락을 했는데 며칠째 받지를 않는 거예요.
이종수	혹시 몰라 등기부등본을 떼어봤는데, 압류랑 가압류 들이 들어와 있었어요.
봉준우	(Na) 자기들이 잘못 본 줄 알고 등기부등본을 두 세 번 더 떼어봤다는 옆집 부부.
김명희	주변 사람들한테 얘기했는데, 진짜 한 사람도 이

| 이종수 | 장모님도 제대로 알아보고, 꼼꼼히 확인하지 그
랬냐. |
| 김명희 | 아니, 우리가 그걸 몰라서 이렇게 됐겠냐고요! |

봉준우	(Na) 슈퍼맨이 살고 있는 302호의 등기부등본입 니다. 처음엔 근저당 하나만 들어와 있던 등기부 등본에는 이제 이렇게 여러 개의 압류와 가압류 가 들어와 있었습니다.
슈퍼맨	압류, 가압류, 이건 또 뭐지…….
한전문가	(등장해서 영상을 보며) 압류와 가압류. 쉽게 말해 압류란 집주인이 빚을 못 갚아 집값에서 그 돈을 갚아라, 법원에서 판결문이 나와 강제경매를 진 행해도 된다는 겁니다. 빨간 딱지 아시죠? 가압 류는 말 그대로 가짜 압류. 아직 소송 전으로 법 원에서 판결문은 안 나왔지만 집주인이 빚이 있 으니 집을 건드리지 마라, 표시를 해놓은 거라고 생각하시면 됩니다.
봉준우	(Na) 이 중 세무서나 구청에서 들어온 압류는 집 주인이 국가에 세금을 내지 않은 경우로, 이때는 소송 없이 바로 등기부등본에 표기된다고 합니다.
슈퍼맨	예전에 법률 상담 받을 때, 집주인이 앞으로 어떤 사고를 쳐서 빚이 생겨도, 무조건 제가 1등, 선순 위로 돈을 가져가게 된다고 했어요.

김/이	진짜요?
슈퍼맨	네!
봉준우	(Na) 결국 상담을 받았던 곳에 연락을 취해봤는데, 쉽게 연락이 닿지 않았습니다.
김명희	그럼 우리 뭐 변호사나 그런 사람들 만나봐야 하는 거 아니에요?
이종수	그런가?
슈퍼맨	근데 너무 비싸더라고요.
김명희	그래요?
슈퍼맨	우선 새 집주인 집에도 가보고, 세무서나 구청도 가보면 어때요?
김명희	나는 이 나이 먹도록 아는 변호사 하나 없고, 뭐 하고 살았나 몰라, 정말.
봉준우	(Na) 결국 이들은 함께 움직여보기로 했습니다.
슈퍼맨	근데 가게는 괜찮으세요?
김명희	아니, 지금 가게가 문제예요?
이종수	얼른 가서 끝장을 봅시다.

슈퍼맨, 김명희, 이종수가 달려 나간다.

슈퍼맨	(갑자기 멈추며) 감독님!
김명희	아니, 또 왜!
슈퍼맨	근데 이거, 잠깐 그만 찍으면 안 될까요?
김명희	(봉준우가 카메라를 내리자) 그래요, 지금 뭐 이게 찍고 할 문제는 아니잖아.
봉준우	그래도 상황이 어떻게 될지 모르니까…….

| 이종수 | 그래, 혹시 모르잖아. 나중에 이게 증거 영상이 될 수도 있는 거고……. |
| 김명희 | 아휴, 몰라! 아무튼 우선 갑시다. 한시가 급해. |

슈퍼맨, 김명희, 이종수가 나간다.

| 봉준우 | (Na) 저도 고민이 끊이질 않았습니다. 지금 이 상황에 카메라를 계속 들고 있어야 하는지, 아닌지. 처음엔 단순히 호기심에서 시작한 다큐였지만, 지금은 전세 제도와 관련된 사회적 고발도 할 수 있을 것 같았습니다. 동시에 내 주변에 전세를 살고 있는 사람들은 괜찮은지 걱정이 됐습니다. 고민이 될수록 제가 할 수 있는 일은 카메라를 드는 일밖에 없었습니다. |

영상) 슈퍼맨, 김명희, 이종수가 새 집주인의 집을 찾아가고, 세무서를 방문한다.

봉준우	(Na) 우리는 먼저 등기부에 있는 새 집주인 주소지를 찾아가봤습니다.
슈퍼맨	(문을 두드리며) 계세요? 계세요?
이종수	이제 전화도 꺼져 있어.
봉준우	집을 오래 비운 것 같은데요?
김명희	(이웃 주민에게) 혹시 여기 사셨던 분 아세요?
이웃 주민(목)	가족이 살았던 걸로 아는데 언제부턴가 아저씨는 안 보이고, 아줌마랑 애들만 보였어요.
김명희	애들이라면…….

이웃 주민(목)	저도 잘 몰라요. 그리고 이 집 원래 좀 시끄러웠어요.

이웃 주민(목) 저도 잘 몰라요. 그리고 이 집 원래 좀 시끄러웠어요.

이종수 왜요?

이웃 주민(목) 맨날 사람들이 찾아와서 문 두드리고, 욕하고. 한동안 괜찮았는데 또 시작이에요?

봉준우 (Na) 다음 날, 우리는 세무서를 찾아갔습니다.

김명희 인터넷에서 보니까 집주인 세금이 우리 보증금보다 선순위라고 하더라고요.

이종수 근데 구청이랑 세무서에 전화하니까 그게 얼마인지 안 알려주는 거예요.

슈퍼맨 아니, 세금이 얼마나 밀렸는지 알아야 마음의 준비라도 하지…….

영상) 세무서 외관 인서트. 사람들의 얼굴은 보이지 않고, 카메라는 책상 쪽 바닥을 향해 있다.

김명희 그냥 좀 알려주세요.

세무서 직원(목) 계속 말씀드렸잖아요. 정확한 금액은 알려드릴 수가 없다!

이종수 뭐 큰 거 바라는 거 아니잖아요. 내 집주인이 밀린 세금이 얼마냐…….

세무서 직원(목) 죄송하지만 법적으로 집주인 동의가 없으면 열람하실 수가 없어요. 위임장도 없으시고…….

슈퍼맨 집주인이 지금 감옥에 있고요, 가족들은 연락이 안 되고요! 대체 법이란 게 뭐 이딴 식입니까!

봉준우 (Na) 세무서에서의 긴 실랑이 끝에도 우리는 정확한 금액을 알 수 없었습니다.

슈퍼맨, 봉준우, 김명희, 이종수가 무대로 들어온다.

슈퍼맨	뭘 어떻게 하라는 거야!
김명희	슈퍼맨, 혹시 초능력으로 집주인이 밀린 세금이 얼마인지 알 수 없어요?
슈퍼맨	(곤란해하며) 그러려면 불법으로 세무서를 들어가거나 부숴서 찾아봐야 되는데…….
이종수	그럼 그냥 감옥으로 날아가서 집주인을 만나보면 안 돼요?
슈퍼맨	(곤란해하며) 그건 불법 침입인데, 법에 어긋나는 거라서…….
김명희	아휴, 대체 슈퍼맨이 할 수 있는 게 뭐가 있어요!
슈퍼맨	죄송합니다.

2

변호사 상담, 폭발 (무대+영상) : 변호사 상담실들+슈퍼맨의 집 앞 / 오후

봉준우	(Na) 결국 답을 찾을 수 없던 우리는 (변호사들이 나오면) 큰맘을 먹고 변호사들을 찾아갔습니다.
변호사들	(슈퍼맨, 봉준우, 김명희, 이종수가 다가오자) 상담 시작하겠습니다.

음향) 타이머 작동하는 소리.

슈퍼맨, 김명희, 이종수는 사방에 서 있는 변호사들에게 정신없이 뛰어 다
닌다.

장변호사　　그러니까 이 집에 전세 3억 5천에 들어왔고, 당시
중개사가 이 집을 매매가 4억 7천이라고 했다. 근
데 현재는 매매가 3억! 이거 깡통전세인데요?

깜짝 놀라는 세 사람.

장변호사　　매매가 3억보다 5천 더 내고 전세 들어오셨네. 원
래 전세가는 매매가 대비 60퍼센트가 안정선인데,
3억짜리 집이면 1억 8천 정도에 들어오셨어야죠.

좌절하는 세 사람.

봉준우　　(Na) 변호사는 이 사건이 전형적인 기획부동산
전세사기라고 했습니다. 특히 신축 빌라는 거래
된 적이 없어 세입자들이 실제 가격을 몰라 쉽게
당할 수 있다고 했습니다.

장변호사　　건축주는 집이 안 팔리니까 분양대행사, 중개사
무소랑 손잡고 매매가 3억짜리 집을 속여서 3억
5천에 전세 주는 거죠. 얼마 안 되는 이사비 준다,
세탁기 놔준다 꼬시면서. 그럼 3억 5천에서 3억

빼면 5천 남잖아요. 그럼 분양대행사가 3천 먹고 부동산 중개사가 천 먹고, 건축주가 500, 새 집주인한테 500. 이런 식으로 나눠 먹는 거죠.

한변호사   새 집주인은 바지사장 같은데요?

슈/김/이   바지사장이요?

한변호사   세입자 몰래, 돈이 급하거나 신용불량이 돼도 상관없는 사람을 새 집주인으로 앉혀 집을 넘기는 거죠. 집주인 될 때마다 집 한 채에 500씩 주겠다, 그럼 열 채만 가져도 5천이니까, 바지사장은 좋죠, 무자본 갭투자니까. 나중에 집값 오르면 시세차익 얻고 집값 떨어지면 뭐 알아서 책임져라.

김명희   새 집주인 구속되고 전 집주인, 중개사무소, 전부 다 연락이 안 되더라고요.

이종수   아니, 어떻게 이렇게 썩을 놈들이 있을 수 있죠?

슈퍼맨   새 집주인이 갖고 있는 집이 여기 301호랑 302호밖에 없었을까요?

한변호사   대부분 몇십, 몇백 채의 집을 갖고 있다고 해요. 그래서 이런 새 집주인들을 요즘은 빌라의 신, 빌라의 왕으로 부르는데…….

슈퍼맨   빌라의 신이요?

김명희   지랄하고들 자빠졌네. 신은 무슨 신이야, 사기꾼 새끼들이지.

봉준우   (Na) 하지만 진짜 문제는 이 빌라의 신이 아니라 법의 빈틈을 이용해 이런 기획부동산 전세사기를 주도한 자들이라는 게 전문가들의 의견이었습니다.

이종수   슈퍼맨! 그럼 이 빌라의 신들이랑, 그 패거리들

	좀 잡아서 감옥에서 평생 썩게 해주면 안 돼요?
고변호사	안타깝지만 전세사기범들을 평생 감옥에서 살게 하는 건 불가능합니다.
슈/김/이	예?
고변호사	전세사기는 형법상 사기죄로만 적용돼 10년 이하의 징역 또는 2천만 원 이하의 벌금이 최대고요, 피해자가 여럿인 경우도 50퍼센트까지만 가중처벌이 됩니다. 즉 아무리 피해 규모가 크고 죄질이 나빠도 징역 15년이 넘는 것은 불가능한 구조입니다.
이종수	고작 15년이요?
슈퍼맨	15년 감방 살고 몇백억 가질 수 있다면 누가 이런 짓을 안 하겠어요?
봉준우	(Na) 대한민국은 범죄자들이 살기에 너무나도 좋은 나라 같았습니다.

당해세, 배당 순위

슈퍼맨	그럼 세금은요? 등기부등본에 들어와 있는 세금 압류는 어떻게 되는 거죠?
김명희	우리는 지금 그게 얼마인지 알 수가 없어서 미치겠어요.
한변호사	아, 그 세금은요, 당해세라고 하는데요. 당해, 그러니까 그 해 집주인이 내야 했던 부동산 세금인데 안 낸 거죠. 문제는 이게 세입자님들보다 선순위라는 건데……

슈퍼맨　전에 상담받았을 때는 제가 무조건 1등이라고 했었는데요?

한변호사　그땐 당해세 압류가 안 들어왔으니까 그렇게 설명했을 수 있죠.

봉준우　(Na) 집이 경매로 넘어가 팔리면 그 돈을 어떤 순서로 나눠주냐가 배당 순위라고 합니다.

김명희　그러니까 제일 먼저 경매할 때 들어간 돈, 그다음 2등이 집주인이 안 낸 그동안의 집 수리비.

이종수　3등이 보증금 적은 세입자한테 먼저 주는 돈. 4등이 당해세.

슈퍼맨　그다음 5등이 우리 전세보증금! 아니, 우리보고 확정일자, 전입신고 다 받아서 선순위 세입자라면서 이게 무슨 선순위 세입자예요?

장변호사　답답하신 것 압니다. 근데 워낙 전세사기 피해자들이 많이 나오니까 올해 4월에 법이 개정된다는 소식이 있어요. 당해세가 전세 세입자들보다 후순위가 되게 하고, 세입자가 집주인이 밀린 세금이 얼마인지 직접 열어볼 수 있게 한다고…….

김명희　제대로 아는 게 하나도 없더라고요.

이종수　솔직히 모르겠는데 알겠다고 한 것도 많아요.

공인중개사, 중개보조원

슈퍼맨　저한테 집 보여줬던 장 대리님은 진짜 친절했는데, 대체 왜…….

고변호사　혹시 그 중개사분 명함에 직함이 대리였나요?

슈퍼맨   네, 제 기억으론 대리, 장 대리님이라고 불렀어요.

고변호사   아, 중개보조원이었네요.

슈/김/이   네?

고변호사   중개보조원은 자격증이 없어 현장 안내와 보조만 할 수 있고, 직접 계약서를 작성하거나 계약 내용을 설명할 수 없는 사람입니다. 보통 대리나 팀장, 이사 같은 걸로 불리죠. 공인중개사라고 하면 불법이니까……

슈퍼맨   계약하러 갔을 때 사무실이 크더라고요. 직원도 엄청 많고.

김명희   저희도요.

슈퍼맨   근데 계약서 설명은 그 대리분이 다 해주고, 마지막에 대표가 와서 도장만 찍었는데요?

고변호사   그게 바로 불법 공동중개입니다. 중개보조원을 여러 명 고용해서 더 많은 계약을 따내려고요. 공인중개사는 명의만 빌려주고 계약이 성사되면 중개사랑 보조원이 수익을 서로 나눠 먹는 거죠.

김명희   이게 뭐야!

이종수   저희가 계약했던 중개사무소도 폐업했더라고요.

김명희   이제 누굴 믿고 어떻게 계약을 해야 하는 거죠?

슈퍼맨   제 말이요.

장변호사   그러니까 그냥 버티면 어떠세요, 대항력은 있으

니까 당장은 안 나가셔도 되잖아요. 소송하면 돈
도 많이 드는데 돈 없으시잖아요.

한변호사 　전 이거 빨리 전세금반환소송 해서 세입자분들이
좀 손해 보더라도 경매로 그 집을 떠안아야 한다
고 봐요.

슈/김/이 　경매요?

한변호사 　계속 압류, 가압류 들어올 거 같은데, 집주인이
파산 신청하면 또 많이 피곤해져요.

김명희 　경매하려면 저희가 또 돈이 들잖아요.

슈퍼맨 　아니, 돈을 받지 못한 건 우린데, 왜 또 우리가 돈
을 들여서 이런 걸 해야 되는 거죠?

김명희 　저희 같은 경우는 지금 다른 집에 계약금을 걸어
놓고 이사를 가야 하는 상황이라서…….

이종수 　그러니까…….

슈퍼맨 　그럼 특약은…….

고변호사 　솔직히 특약 같은 거 소용없어요. 실제로 법적 강
제력은 없고 소송할 때 참고차 도움이 되는 거죠.

장변호사 　특약에 있는 권리제한 사항 이거, 싸워볼 수 있을
거 같고요. 민사만 경매까지 1,300. 형사가 330.
총 1,630 정도?

한변호사 　아, 민사는 절반 정도 집주인에게 소송비용 청구
할 건데요, 형사는 다 세입자가 내요, 승소하든
패소하든. 우선 전체 넉넉히 1,800? 더 들면 할인
해드릴 수도 있습니다.

김명희 　할인이요? 여기가 무슨 마트예요?

고변호사 　저희 사무실은 형사가 550이라서, 비싸죠?

| 한변호사 | 그럼 우선 전세 피해자 증명 받아서 정부한테 지원받는 것도 노력해보면 좋겠고요. 4월에 법 개정된다고 하잖아요. 좀 기다려보면 어떨지…….
| 봉준우 | 저기, 더 여쭤보고 싶은 게 있습니다.
| 장변호사 | 상담 시간 종료되었습니다.
| 고변호사 | 상담 시간 더 필요하시면 30분당 10만 원 추가 있으시고요.
| 슈퍼맨 | 어쩔까요?
| 김명희 | 또 돈 내라는 거잖아.
| 한변호사 | 없으시면 여기까지 하겠습니다.
| 슈퍼맨 | (나가려는 변호사들을 다급하게 잡으며) 저! 상담 내용은 비밀 유지가 되는 거죠?
| 변호사들 | 네, 그렇습니다.

영상, 음악) 행복하게 들리는 음악과 함께 나오는 하트 영상.

| 장변호사 | (과장되게) 슈퍼맨, 어릴 때 팬이었습니다.
| 한변호사 | 사건, 잘 해결되시면 좋겠네요.
| 고변호사 | 힘내세요, 파이팅!

변호사들, 나간다. 음악과 영상이 꺼진다.

| 슈퍼맨 | 그래서 나보고 어떻게 하라고!

슈퍼맨이 분노해서 약간의 능력을 쓰자 스크린에 균열이 간다. 넘어지는 김명희와 이종수.

김명희   (놀라고 화가 나서 나가며) 슈퍼맨!

슈퍼맨   (놀라서 따라 나가며) 죄송합니다, 정말 죄송합니다.

이종수   (김명희를 따라 나가며) 여보, 괜찮아?

봉준우   (Na) 우리가 찾아간 변호사 사무실은 총 여섯 곳,
          전화 상담까지 하면 열 곳이 넘습니다. 과연 벼랑
          끝에 선 우리 전세사기 피해자들은, 어떤 선택을
          해야 했을까요?

긴 사이, 조명의 변화.

다시 들어오는 슈퍼맨, 김명희, 이종수.

봉준우   (Na) 우리는 지친 몸을 이끌고 집 앞으로 돌아왔
          습니다.

김명희   (집 앞에 정리가 안 된 쓰레기통을 보고 버럭 하며) 아니,
          대체. 누가 이렇게 분리수거를 안 하는 거야! 사
          람들이 진짜 양심이 없어, 양심이!

이종수   (다가가서) 왜 그래, 여보.

김명희   (계속 카메라를 들이미는 봉준우에게 화를 내며) 찍지
          마세요! (봉준우가 카메라를 내리자) 이 집에 사는 게
          지옥이야, 지옥!

이종수   (말리며) 들어가서 얘기하자고…….

김명희   (밀치며) 저쪽 계약금 그냥 다 날리자고? 8천이야,
          8천. 전세대출 받은 건 어떻게 할 건데, 가게 때문
          에 대출 받은 건? 그냥 우리 애들 십몇 년 청약 넣
          은 거 다 깰까? 적금도 다 깨?

이종수   집에 가서 얘기하자.

| 김명희 | (갑자기) 슈퍼맨이 그런 것도 못 해요? 왜 나쁜 놈들 잡아다 혼내고 때리고, 나쁜 짓 못 하게 안 하는 건데요, 왜! 슈퍼맨이랑 살아도 소용이 없어, 소용이. |

김명희, 들어간다.

| 이종수 | (슈퍼맨과 봉준우에게) 죄송합니다, 너무 죄송합니다. |

이종수, 들어간다.

| 슈퍼맨 | (어디론가 전화를 걸어) 연출님, 저 슈퍼맨입니다. 죄송한데, 당분간 공연 못 할 것 같습니다. (소리를 높이며) 슈퍼맨, 슈퍼맨, 슈퍼맨! 대체 그놈의 슈퍼맨이 뭔데요? (사이) 죄송해요, 시간을 좀 주세요. (전화를 끊고 봉준우에게) 감독님, 우리 이제 그만 찍죠. 내일부터 오지 마세요. 저 출연료 안 받을 테니까, 부탁 좀 드리겠습니다. |
| 봉준우 | (Na) 저는 잠시 카메라를 내려놓을 수밖에 없었습니다. |

슈퍼맨, 집 앞 쓰레기통을 정리한다.

| 봉준우 | (그런 슈퍼맨을 보면서) 슈퍼맨은 투자고, 소송이고, 일단 다 멈추고! 당해세 관련 조항이 바뀌기를 기 |

다렸다고 합니다. 그러나 모아둔 돈은 점점 바닥을 보였고, 일도 손에 잡히지 않았답니다. 지구인으로 산다는 건 참 만만치 않은 것 같습니다.

긴 사이, 조명의 변화.

봉준우   (Na) 드디어 기다리던 4월!

3

소장, 선순위 근저당, 등기부등본 허점 (무대+영상) : 슈퍼맨의 집 현관+사무실 / 밤+오후

영상) 당해세 관련 조항이 바뀌었다는 소식이 컷 편집된 뉴스 영상.

세입자가 거주하는 집이 경매로 넘어가도 해당 주택에 부과된 지방세보다…… / 임차보증금을 먼저 돌려받을 수 있을 전망입니다. / 이번 개정안이 통과되면서 우선변제 범위가 국세뿐 아니라 지방세까지 확대된 겁니다.

슈퍼맨, 홀로 자신의 집 소파에 앉아 있다.

봉준우   (Na) 슈퍼맨을 통해 다행히 당해세는 세입자의 보증금보다 후순위가 됐고, 이제 세입자들이 집주인의 채무 내역도 확인할 수 있도록 법이 바뀌었다는 걸 전해 들었습니다.

봉준우, 슈퍼맨에게 조심스럽게 다가간다.

봉준우　　　　혹시 죄송하지만, 저 이 다큐 끝까지 찍어보면 안
　　　　　　될까요? 무엇보다 이 작품을 제대로 마무리하고
　　　　　　싶어서요.

슈퍼맨　　　　(사이) 네, 알겠습니다.

봉준우　　　　감사합니다. 감사합니다, 슈퍼맨! (Na) 저는 다시
　　　　　　카메라를 들었습니다. 그런데!

김명희와 이종수, 다급한 초인종 소리와 함께 뛰어 들어온다.

김/이　　　　　슈퍼맨, 슈퍼맨, 슈퍼맨!

봉준우, 전보다 훨씬 더 진지한 태도로 카메라를 들고 세 사람을 찍는다.

슈퍼맨　　　　왜요? 또 무슨 일인데요.

이종수　　　　법원에서 소장이 날아왔어요. 우리 집도, 슈퍼맨
　　　　　　집도.

슈퍼맨　　　　(놀라며) 소장이라뇨?

김명희　　　　은행에서 전 집주인한테 소송을 걸겠다고…….

슈퍼맨　　　　(놀라며) 왜요?

봉준우　　　　(Na) 옆집 부부의 말은 사실이었습니다. 은행은
　　　　　　전 집주인이, 301호와 302호에 전세 세입자가 들
　　　　　　어오기 전에, 두 집을 담보로 대출을 받아 대출금
　　　　　　을 가로챘고, 등기부등본상 근저당을 없앤 것도
　　　　　　허위라며 등본 원상복구 요구 소송을 낸 것이었
　　　　　　습니다.

슈퍼맨　　　　아니, 그게 어떻게 가능해요?

이종수	전 집주인이 은행에 돈 안 갚고 튄 거죠.
김명희	그 새끼가 은행 인감을 위조해서, 돈 갚은 것처럼 문서를 위조하고, 등기소에 근저당 말소 신청을 했대요.
슈퍼맨	그게 말이 돼요?
봉준우	(Na) 결국 법원은 은행 측의 손을 들어주었고, 근저당을 복원시켰습니다.
이종수	미치겠네, 진짜.
김명희	아휴.
슈퍼맨	이게 뭐야!
봉준우	(Na) 이제 후순위 세입자가 되어 3억 5천만 원을 모조리 잃을 위기에 처한 슈퍼맨과 옆집 부부!

봉준우, 앞으로 나선다.

| 봉준우 | 아! 제가 아는 사람이 있어요. (Na, 열정적으로) 우리는 등기부등본 전문가를 찾아갔습니다. (슈퍼맨, 김명희, 이종수에게) 가시죠! |

슈퍼맨, 김명희, 이종수, 봉준우는 등기부등본 전문가를 찾아간다. 장전문가, 무대로 들어온다.

장전문가	이런 경우를 등기부등본 사기라고 하는데요.
봉준우	등기부등본 사기요?
장전문가	이건 등기부등본이 공신력, 즉 법적 효력이 없기 때문입니다.

슈퍼맨	네?
김/이	뭐라고요?
봉준우	법적 효력이 없다니요? 아니, 등기부등본은 우리나라에서 유일하게 부동산 권리를 확인할 수 있는 문서 아닌가요?
장전문가	맞는데요, 이 등기부등본을 처리하는 등기소는 서류를 확인해서 등기부에 등록을 하는 곳이지, 사실관계를 일일이 찾아내는 곳은 아닙니다. 많은 분들이 모르시는데 등기부등본 마지막 페이지 하단을 보면 등기사항증명서는 법적인 효력이 없다고도 나와 있습니다.
봉준우	아니, 어떻게 이런 일이 있을 수 있죠?
슈퍼맨	잠깐만요. 근저당에 빨간 줄 그어진 걸 제가 분명히 봤는데…….
장전문가	그걸 전문용어로 삭선이라고 하는데요. 삭선은 삭선일 뿐, 화이트가 아닙니다. 또 근저당을 다 갚았다는 집주인의 거짓말에 피해를 입은 건 슈퍼맨뿐만 아니라 은행도 있죠. 은행도 집주인이 문서를 위조해서 돈을 돌려받지 못했습니다. 충분히 권리를 주장할 수 있죠.
김명희	그럼 세입자들은 어떻게 하라는 거예요?
장전문가	현재 판례 기준으로 세입자가 직접 전 집주인한테 소송을 걸고 피해배상을 청구할 수 있습니다만, 민법상 집주인이 돈을 줄 능력이 안 되면 세입자는 받을 수 있는 방법이 없습니다.
슈퍼맨	아니, 무슨 법이 이래요.

이종수　　　저희가 대처할 수 있는 방법은 없을까요?

장전문가　　없습니다.

김명희, 바닥에 무너지듯 주저앉는다.

이종수　　　(김명희에게 다가서며) 여보!

봉준우　　　(답답해하며) 근본적으로 개선할 수 있는 방법은 요? 다른 나라들은 등기가 공신력이 있다던데요.

장전문가　　그건 다른 나라죠. 우리나라가 그러려면 나라 전 체의 부동산 소유주를 직접 다 확인해야 하고요, 등기 절차 자체도 더 제대로 된 법이 생겨야죠. 근데 몇십 년째 계속 제자리잖아요.

봉준우　　　대체 누가 책임을 져야 하는 거죠?

슈퍼맨　　　아니, 대체 법이 왜 이래요? 이게 무슨 법입니까!

장전문가, 나간다.

슈퍼맨　　　(나가는 장전문가의 등 뒤에 대고) 저기요!

김명희　　　(넋을 놓고) 누구 하나 죽어야 정신들을 차릴까…….

이종수　　　(갑자기 화를 내며) 그게 무슨 말이야! 죽기는 누가 죽어!

김명희　　　(울먹이며) 그럼 나보고 어떻게 하라고! 나 지금 진 짜 미칠 거 같아.

이종수　　　너 내가 정신 줄 똑바로 잡으라고 했지!

김명희　　　아니, 내가 정신 줄 똑바로 잡으면 뭐 하냐고! 사 방에서 때리고 넘어뜨리는데!

김명희, 울면서 나간다.

이종수　　　(김명희를 따라가며) 여보!

봉준우　　　(Na) 삭선은 삭선일 뿐, 화이트가 아니었습니다.
　　　　　　　슈퍼맨과 옆집 부부는 집이 경매에 넘어간다면
　　　　　　　당장 길바닥에 나앉게 되는 상황이 됩니다.

봉준우, 슈퍼맨에게 집요하게 카메라를 들이댄다.

봉준우　　　슈퍼맨, 괜찮아요?

슈퍼맨　　　(봉준우를 바라보고) 감독님, 재밌죠?

봉준우　　　(사이, 카메라를 내리고 갑자기 화를 내며) 그게 무슨
　　　　　　　말이에요? 그게 무슨 말이냐고요!

슈퍼맨, 봉준우를 싸늘하게 바라보고 김명희와 이종수를 따라 나간다.

봉준우　　　(Na, 나가는 슈퍼맨의 뒷모습을 바라보며) 어떤 의미였
　　　　　　　을까요? (사이) 전 이걸 왜 찍으려고 했을까요? 처
　　　　　　　음엔 단순한 호기심이었습니다. 우습게도 슈퍼맨
　　　　　　　의 일상은 생각보다 평범했고, 어쩌면 전 슈퍼맨
　　　　　　　이 잘 살고 있지 않길 바랐을지도 모르겠습니다.
　　　　　　　저는 제가 잘 살고 싶어 이렇게 다큐를 찍고 있었
　　　　　　　는데 말이죠. (사이) 슈퍼맨이 고통스러워 촬영을
　　　　　　　멈추길 부탁했을 때도 저는 계속해서 촬영했습
　　　　　　　니다. 철 지난 영웅 슈퍼맨의 고통을 통해서 사회
　　　　　　　적 정의에 대해 질문을 던지고 싶었습니다. (사이)

솔직히 저는 불행해지는 슈퍼맨을 구경하며 제가 전세사기를 당하지 않아 다행이라고 생각했습니다. 슈퍼맨을 보면서 난 잘 살고 있다고, 위안을 받고 있었습니다. 고통스러워하는 그들이 너무 불쌍해서 정의감에 불타 그들을 도와줬습니다. 재밌냐는 질문에 이 모든 걸 들킨 것 같아 불같이 화를 냈습니다. 전 카메라를 통해 이들의 고통을 구경하면서 대체 뭘 욕망했던 걸까요? (사이) 전 더 이상 촬영을 진행할 수 없었습니다. 제가 찍었던 슈퍼맨과 다큐는 여기까지입니다.

봉준우, 카메라를 내려놓는다.

봉준우　　　(Na) 전 지금부턴 이 이야기 안으로 들어가야겠습니다. 이후에는 감히 제가 언급할 수도 없는 일들이 벌어졌으니까요.

봉준우, 무대에서 퇴장해 객석에 앉는다. 무대감독이 나온다.

무대감독　　　네, 지금부터 10분간 휴식이 있겠습니다. 감사합니다.

전환 및 인터미션.

4부
슈퍼맨의 위기3

7장
슈퍼맨은 전세사기를 극복할 수 있을 것인가?

1

전세사기 피해자 모임 (무대+영상) : 세미나룸 / 저녁

인터미션이 끝나기 전부터 김명희와 이종수는 무대 위에 모임 자리를 세팅하고, 로비로 나가 극장 안으로 들어오는 관객들을 맞이한다. 이후 장임차, 한임차, 고임차, 봉임차가 객석에 들어와 앉는다.

이종수	자, 이제 2부 시작합니다. 얼른 들어오세요.
김명희	쉬는 시간 끝났어요. 빨리빨리 들어와 앉으세요.
이종수	(마이크를 잡고) 아, 아. 마이크 테스트. (김명희에게 건네주며) 이상하다. 슈퍼맨 봤어?
김명희	(마이크를 잡고) 슈퍼맨 씨, 슈퍼맨 씨! 혹시 주변에서 슈퍼맨 씨 보신 분? (사이) 오늘 우리한테 힘을

실어주려고 특별 손님으로다 우리의 영웅 슈퍼맨
씨가 오기로 했습니다. 근데 아무래도 차가 밀려
서 좀 늦는 것 같네요. 일단 시작할게요. 음악 좀
꺼주세요.

이종수, 객석 안으로 들어간다.

김명희   (이종수가 객석에 앉으면) 자, 그럼 지금부터 전세사
기 피해자 모임 2부를 시작하겠습니다. 저는 성
북구 전세사기 피해자이자 이번에 전세사기 피해
자 모임 공동위원장이 된 김명희라고 합니다. 반
갑습니다. (박수 받고) 제가 국민학교 땐 늘 반장
이었는데, 사회생활하면서부터는 남 앞에 설 일
이 거의 없었어요. 근데 전세사기 덕분에 이렇게
위원장도 되어보고, 참 고마운 일이네요.

이종수   아, 왜? 우리 빌라 총무도 하잖아.

김명희   아, 그렇네! 저희 남편입니다.

이종수   (일어나서 인사하고) 전 전세사기 터지고 나서는 내
살길 찾느라 나 같은 사람들이 또 있는지, 몰랐어
요. 이런 말이 적절할진 모르겠지만, 반갑습니다.

김명희   (이종수가 앉으면) 저도 처음엔 숨도 안 쉬어지고,
벌벌 떨리고, 분통도 터졌습니다. 근데 남편이 그
러더라고요. 애들 봐서라도 끝까지 포기하지 말
고, 떳떳한 엄마 아빠가 되자! 얼마 전엔 정부에
서 경매를 6개월 정도 미뤄준다고도 했잖아요.
아예 희망이 없는 건 아니니까, 우리 서로를 위

해서 박수 한 번만 더 쳐줍시다! (박수를 주고받고) 감사합니다. 우선 1부에서 지난 4월 27일 국회에서 발의된 특별법에 대해 설명해주신 우리 전 변호사님께 감사드립니다. 이번 달 5월에 국회에서 본회의를 거쳐 이 법안이 시행되기까지 한 달도 안 되는 시간이 남았습니다. 우리 피해자들의 의견이 잘 반영된 특별법이 만들어질 수 있도록 오늘 잘 이야기해서, 우리 의견을 국회에 잘 전달하겠습니다.

이종수 좋습니다. 파이팅!

김명희 파이팅! 그럼 본격적으로 시작하기 전에, 며칠 전에 네 번째 희생자분까지, 전세사기로 유명을 달리한 우리 희생자분들을 위해 잠시 묵념하겠습니다. 전체, 묵념. (묵념이 끝나면) 바로. 뒤늦게라도 법안이 나온 게 다행이라는 생각이 들면서도 '누구 하나 더 떠나기 전에 빨리 해주지' 하는 생각이 들기도 합니다. 자, 그럼 여러분의 적극적인 참여를 부탁드려도 될까요? (대답을 듣고) 감사합니다. 누가 먼저 말씀하시겠습니까? 어, 그럼 이쪽부터.

장임차 (마이크를 잡고) 안녕하세요. 인천 빌라왕 김대성 피해자입니다. 전 올해로 서른다섯 살인데요, 열여덟 살부터 일을 했습니다. 어릴 때부터 우리 집이 없어 내 집 갖는 게 꿈이어서, 십몇 년을 창문 없는 고시원에 살면서 안 쓰고 아끼며 죽기 살기로 일해서 2억 3천을 모았습니다. 창문 있는 방은 5만 원이 더 비쌌거든요. 거기에 대출 껴서 전셋집에 들어왔습니다. 계약할 땐 서류도 깨끗해서 '이제 드디어 나도 사람답게 살아보는구나' 했는데……. 갑자기 집주인이 바뀌고, 집에 63억의 체납이 들어왔습니다. 뭐 이런 개떡 같은 일이 다 있습니까?

봉임차 개떡이네.

김명희 아, 네. 근데요, 언어는 좀 순화해서 써주세요.

장임차 죄송합니다.

김명희 법대로 정상적인 계약을 했는데, 문제가 생겼으면 누가 책임져야 합니까?

고임차 정부요!

김명희 정부는 철저한 피해자 실태조사와 함께 적극적인 피해자 의견을 반영한 제도 개선을 해야 합니다.

장임차 지금 특별법에선 보증금 3억 이하만 피해자로 인정해준다고 합니다. 전 대출 포함해서 3억 2천입니다. 제가 전세사기 피해자가 아닙니까? 정부는 이 3억이라는 돈을 갖고 피해자들 안에서 갈라치기를 하고 있어요. 7천, 8천을 사기당해도 3억을 사기당해도 다 똑같은 피해자입니다. 3억이 내 돈입니까? 다 대출이고 은행 돈입니다.

한임차 맞습니다.

장임차 전 15년을 꼬박꼬박 세금을 내면서 살아왔는데 나라에서 해주는 게 대체 뭐가 있습니까? 배신감에 치가 떨립니다.

김명희　　네, 감사합니다.

봉임차　　내가 한마디 하겠습니다. (마이크 잡고) 우선 내가, 젊은이들한테 사과하고 싶어요. 이런 나라를 만들어서 미안하다고…….

한/고　　아니에요.

봉임차　　듣기론 내가 후순위라는데, 내 평생 모은 돈 다 뺏긴다고 합니다. 집사람은 칠순 넘어서 남 간병하고 있고 난 몸이 아파 벌이도 못 해요. 자식새끼들도 먹고살기 힘들다니까……. 근데 뉴스 보면 전세사기 피해자가 다 20-30대라고 하네요. 우리 같은 사람들은요? 또 우리는 앞에 젊은이처럼 비싼 집은 아니고 보증금이 9천이라 가난한 사람들이 받을 수 있는 그 최우선…….

김명희　　최우선변제금! 네, 최우선변제금이라도 받으려면 보증금이 8,500만 원보다 적어야 하는데 나라랑 은행에서는 청년대출이다, 신혼대출이다 하면서 1억 이상씩 돈을 빌려줬대요. 어르신도 그렇고, 대체 이 사람들은 어떻게 합니까?

봉임차　　근데 슈퍼맨은 언제 와?

김명희　　아, 네. 곧 올 겁니다. 저도 집주인이 등기부등본을 조작해서 후순위가 됐는데요…….

한임차　　(마이크 없이) 지금 얘기가 자꾸 후순위 분들에게만 쏠리는데요…….

김명희　　아, 네. 저기 마이크 좀 주세요.

봉임차　　나 말 안 끝났는데.

김명희　　아이고, 어르신. 조금 이따 또 하시면 되지요.

한임차 (마이크를 잡고) 지금 선순위, 후순위, 다세대보다 중요한 게 우리 다가구 피해자들입니다. 전 대전에서 왔고요, 일곱 살 딸아이 엄마입니다.

김명희 아이고, 대전에서. 박수 한번 주세요.

한임차 (박수를 받고) 대전은 지금 다가구 전세사기로 난리입니다. 이게 다세대 빌라는 한 건물에 집주인이 여러 명이지만, 다가구 빌라는 한 건물에 집주인이 한 명이잖아요. 근데 한 건물에 열 가구 넘게 물려 있으니까, 경매로 나가더라도 집값이 10억, 20억이 넘으면 우린 이걸 낙찰받을 방법도 없습니다. 세입자들 중에서 돈 있는 선순위 세입자가 경매 신청하면 우린 정말 끝입니다. 지금 특별법에는 우리 다가구 얘기가 없어요. 오늘 우리 얘기가 국회에 전달되는 거면, 다가구 피해자들 얘기도 꼭 좀 전해주세요.

고임차 저기요, 앞에서 방금 뭐, 다가구가 선순위, 후순위보다 중요하다는 표현을 하셨는데요. 아니, 지금 저희 안에서 '누가 중요하네. 덜 중요하네'를 따질 때는 아니잖아요. 그러니까…….

한임차 (마이크 없이) 지금 선생님께선 후순위셔서 그렇게 말씀하시는 것 같은데요, 선생님은 확정일자 안 받으셔서 후순위 되신 거잖아요. 저희는 확정일자 받고 보증보험 다 들어서 선순위인데 다가구라서…….

고임차 지금 제가 확정일자 안 받아서 사기당할 만했다, 뭐 이 얘기 하시는 거예요?

한임차　　　그런 얘기가 아니라…….

이종수　　　자, 싸우지들 마시고요.

김명희　　　싸우지 마세요.

한임차　　　안 싸웠어요!

고임차　　　안 싸워요.

이종수　　　네, 알겠습니다.

한임차　　　저 부모님 사망보험금으로 전세 들어갔고요, 날린
　　　　　　　돈이 우리 부모님 목숨값이라고요, 목숨값. 제가
　　　　　　　요, 지금 죽어도 부모님 볼 낯이 없어요. 됐어요?

한임차, 나가버린다.

고임차　　　저는요.

김명희　　　네, 여기 마이크 좀 주세요.

고임차　　　(마이크를 잡고) 전 이 집 빼고 신혼집 계약하려고
　　　　　　　했었는데요, 결혼은 무기한 연기됐습니다. 돈이
　　　　　　　없는데 어떻게 결혼을 합니까? 전 나라에서 제대
　　　　　　　로 해주는 게 없어서 너무 분통이 터져요. 우리
　　　　　　　집주인 새끼들 신상 다 털어서 아주 그냥 사회적
　　　　　　　으로 매장을 시켜버리자고요!

김명희　　　잠깐만요, 아가씨. 그건 아닌 것 같아요. 그러다
　　　　　　　명예훼손 같은 거라도 당하면 어쩌려고요?

고임차　　　지금 그게 문제입니까! 이렇게라도 안 하면 누가
　　　　　　　우릴 지켜줍니까?

봉임차　　　아이고, 무섭다. 무서워.

고임차　　　진짜 엎어버리려면 피해자 수만 명 정도는 모여

야 하지 않겠습니까! 근데 꼴랑 몇십 명만 난리

쳐봐야…….

장임차　　저기요! 다들 당장 돈 벌어야 하니까, 일 나가서

못 오시는 거예요! 저도 이거 끝나면 또 일하러

가야 돼요. 시위도 운동도, 내일 걱정 없는 사람

들이나 하는 거죠.

고임차　　그럼 뭐, 저는 내일 걱정 없는 사람이에요?

김/이　　자, 우리끼리 이러면 안 되고요!

봉임차　　(갑자기) 이러니까 나라가 망해가는 거야. 젊은 사

람들이 돈만 밝히고 애는 안 낳으니까…….

장임차　　저기요, 선생님, 나라 망하기 전에 제 인생이 먼저

망하게 생겼는데 무슨 나라 걱정을 하겠습니까!

봉임차　　젊은 놈이 싸가지 없이…….

장임차　　전 일하러 가보겠습니다. 제 주제보다 넓고 비싼

집 살아서 오래오래 돈 갚아야 되거든요.

고임차　　네, 돈 많이 버세요!

장임차, 나가버린다.

봉임차　　(장임차가 나가자 일어서서 소리를 높이며) 슈퍼맨은!

대체 언제 오는 겨? 오긴 와?

김명희　　네, 곧 올 겁니다. (봉임차에게) 앉으세요, 어르신.

자, 여러분, 우리끼리 이러면 안 됩니다.

이종수　　네, 맞습니다.

김명희　　지금 우리 피해자들이 가장 원하는 건 선구제 후

구상이잖아요? 우선 피해자들한테 피해 보증금

을 지원해주고, 집주인의 집을 국가가 사서 공공 주택으로 다시 팔아라. 그럼 세금 낭비 안 될 거다. 당장 길바닥에 나앉게 된 사람들이 너무 많으니까요.

이종수 다들 힘들지만 이럴수록 우리끼리 뭉쳐야 합니다. 정부가 원하는 건 절차를 복잡하고 힘들게 해서 우릴 지치게 하는 겁니다. '지금'도 늦었지만 '지금'이라도 고쳐야 합니다.

김명희 맞습니다. 여러분, 우리 죽지 맙시다. 저도 옥상 난간에 올라가봤거든요? 근데 내가 잘못한 게 뭐가 있나……. 우리 잘못이 아닙니다. 희망을 놓지 맙시다! 이렇게 목소리라도 안 내면 아무도 모릅니다.

이종수 자, 여러분, 그럼 우리 함께 외쳐볼까요? 전세사기 만든 정부는 피해자들에게 사과하라!

김/이 사과하라! 사과하라!

이종수 선구제 후구상 포함된 특별법을 제정하라!

김/이 제정하라! 제정하라!

이종수 조직적인 전세사기 일당 엄중하게 처벌하라!

김/이 처벌하라! 처벌하라!

봉임차 시끄러! (나가며) 뭐 우리가 여기 시위하러 왔어? 슈퍼맨은 오지도 않으면서 거짓말은…….

김명희 어르신, 어르신!

봉임차 (소리를 지르며) 쓰잘머리 없는 짓들을 하고 있어!

김명희 (관객들을 향해) 죄송합니다.

김명희와 이종수, 모임을 정리한다.

<u>2</u>
엘리베이터 회동 (무대+영상) : 엘리베이터+슈퍼맨의 집 안 / 저녁

에코드림빌라 공동현관 앞. 함께 웃으며 엘리베이터 쪽으로 걸어가는 슈퍼맨, 배트맨, 원더우먼.

슈퍼맨	근데 1, 2편보다는 별로 아니었어?
배트맨	아니, 난 괜찮던데. 요즘 영웅의 트렌드는 마동석 아닌가 싶다.
원더우먼	맞아, 마동석이 악당들 때려눕힐 때마다 사람들이 좋아하잖아. 일종의 대리만족? 〈범죄도시〉 이거, 4편까지는 나올 것 같은데…….
슈퍼맨	사는 게 퍽퍽해서 그렇지. 난 진짜 별로던데, (액션을 흉내 내며) 추추추추 뱀뱀! 내가 더 낫지 않아?
원더우먼	어, 그래.

그때 김명희와 이종수가 들어온다. 곤란해하는 슈퍼맨.

이종수	(영웅들에게) 안녕하세요, 안녕하세요. (슈퍼맨에게) 오늘 많이 바쁘셨나 봐요?
슈퍼맨	아, 네. 죄송합니다. 제가 미리 약속된 모임이 있었는데…….
원더우먼	오늘 저희 영웅들 친목회 있었거든요.

이종수	(책자를 건네며) 오늘 현장 배포 자료예요.
슈퍼맨	아, 네.
김명희	(신경질을 내며) 아, 왜! 현장 오신 분들만 드려야지.
이종수	에이, 왜 그래.
슈퍼맨	(책자를 받으며) 감사합니다.
배트맨	뭐냐?
슈퍼맨	몰라도 돼. (엘리베이터가 열리자) 타시죠.
김명희	(계단으로 걸어가려고 하며) 걸어갈게요.
이종수	에이, 타고 가자.

엘리베이터에 비좁게 타는 슈퍼맨, 원더우먼, 배트맨, 김명희, 이종수. 엘리베이터 안의 공기가 무겁다.

배트맨	요즘 빌라는 날림 공사가 많은데 다시 보니까 그래도 괜찮네.
원더우먼	근데 요즘 빌라는 매입하긴 좀 그래. 그치?
배트맨	돈도 안 되고. 사기 치는 인간들도 많아서.
원더우먼	신축은 시세 파악이 안 되니까. 여기 전세 얼마랬지?
슈퍼맨	(곤란해하며) 나중에 말해줄게.
원더우먼	(김명희와 이종수에게) 아, 죄송해요. 저희가 말이 많죠.
김명희	3층 좀 눌러주세요.
원더우먼	(누르며) 어, 안 눌렀네. (웃으며) 옆집 분들도 전세이신 거죠?

이종수   아, 네.

원더우먼   너랑 집주인이 같은 사람인가…….

슈퍼맨   (곤란해하며) 누나, 이따가……. (이종수에게) 식사하
          셨어요?

배트맨   건축주인가?

원더우먼   그렇겠네. 계약할 때 봤을 거 아냐. 어때?

슈퍼맨   (엘리베이터가 도착하자) 자, 내립시다. (다들 부대끼며
          내리자 김명희와 이종수에게) 식사 맛있게 하세요. (영
          웅들을 집 쪽으로 밀며) 우리도 얼른 들어가자.

김명희   (버럭 하며) 지금 밥맛이 있나. 오늘 피해자 모임은
          왜 안 나온 거예요?

배트맨   (사이, 돌아보며) 무슨 모임?

슈퍼맨   (곤란해하며) 아, 그게, 제가 아까 말씀드렸다시
          피…….

김명희   전 재산 다 잃게 생겼는데 그것보다 급한 일이 있
          어요?

원더우먼   전 재산이요?

슈퍼맨   아, 그게. 내가 이분들이랑 하는 게 좀 있어가지고.

김명희   아, 친구분들이 아직 모르시나 봐요. 우리 진짜
          전세사기 당한 거.

이종수   (소리를 높이며) 여보!

슈퍼맨   (사이) 먼저 들어가 있어. 나중에 다시 얘기하면
          안 될까요?

김명희   뭘 믿고요? 오늘 피해자 모임도 슈퍼맨이 오겠다
          고 해서 사람들이 얼마나 기다렸는지 알아요? 우
          리가 우스워요?

슈퍼맨	죄송합니다. 제가 이따 친구들 보내고 연락드릴게요.
김명희	지금 친구가 문제예요? 오늘도 셋이서 처노느라 안 온 거잖아요.
원더우먼	선생님, 말씀이 좀 심하시네요. 처논다니…….
이종수	죄송합니다. 이 사람이 예민해서…….
배트맨	왜 애한테 화풀이를 하십니까?
김명희	화풀이?
이종수	그게 아니라, 이 사람이 오늘 모임에 슈퍼맨이 못 온 게 많이 속상했나 봐요.
김명희	그게 어떻게 만든 자리인데, 이런 식으로 펑크를 내요? 영웅은 우리 같은 사람들이랑 같이 못 다니겠다는 거예요?
배트맨	(참으며) 그만 들어가시죠.
김명희	막말로 당신들이 무슨 영웅이야! 세상을 지켜야 영웅이지. 영웅은 개뿔, 아주 그냥 지랄들을 하고 자빠졌네. 돈 때문에 사람들이 죽어나가는 마당에 지들끼리 앉아서 사람들 등쳐먹을 궁리만 하고 있는 거 내가 모를 줄 알아?
원더우먼	저희는 누구 속이거나 피해 준 적이 없어요.
이종수	여보, 그만해.
김명희	(화를 내며) 당신들이 진짜 영웅이면 우리 피해자들 좀 구해주세요. 구해달라니까! (사이) 왜요, 못 하죠? 거봐, 당신들이 영웅이면 지나가던 개가 웃겠다.
배트맨	저기요! 진짜 듣자 듣자 하니까 이 아줌마가 못

하는 말이…….

이종수   죄송합니다, 너무 죄송합니다.

김명희   죄송하긴 뭐가 죄송해!

이종수   왜 그래, 여보. 우리 들어가자.

슈퍼맨   (소리를 지르며) 쪽팔려서요!

김명희   (사이) 뭐라고요?

슈퍼맨   (사이) 사람들 앞에서 전세사기 당했다고 말하는
           게 쪽팔린다고요. 슈퍼맨이 씨발, 사람들 앞에서
           전세사기 당했다고 말하는 게 안 쪽팔리겠어요?

이종수   (사이) 우리가 전세사기 당한 게 쪽팔릴 일이에
           요?

슈퍼맨   저도 힘들다고요. 그냥 알아서들 하시면 안 돼
           요?

슈퍼맨, 집으로 달려들어가고 원더우먼과 배트맨이 따라간다.

원더우먼   야, 슈퍼맨!

배트맨   야, 인마!

원더우먼   (집 안에 들어와 바닥에 놓여 있는 양동이들을 보고) 이
           게 뭐야?

배트맨   뭐야?

자리에 서 있던 김명희와 이종수도 천천히 집으로 들어간다. 슈퍼맨의 집
안에 서 있는 세 영웅.

배트맨   왜 숨겼냐? (답답해하며) 넌 아직도 정신을 못 차

리고…….

원더우먼   (소리를 높이며) 아, 제발 좀! (슈퍼맨에게) 어떻게 된
거야?

슈퍼맨   (사이, 두 사람에게 무릎을 꿇으며) 미안, 나 좀 도와
주라.

배/원   (사이) 야, 일어나! 일어나!

배트맨   영웅은 함부로 무릎 꿇는 거 아니야!

원더우먼   누나가 영웅은 무릎 꿇는 거 아니랬지!

슈퍼맨   (엎드려 울며) 나 지금 진짜 어떻게 해야 할지 모르
겠어.

배트맨   (사이) 돈 다 날렸냐? 이 집에서 나가야 돼?

슈퍼맨   (울먹이며) 미안해. 내가 니 돈은 꼭 다시 갚을게.
진짜 미안해.

배트맨   (소리를 높이며 멋있게) 지금 그게 중요해? 그만하고
앉아, 이 새끼야. 우리가 너 길바닥에 나앉게 그
냥 두겠냐!

슈퍼맨   (배트맨의 손을 잡으며) 고마워, 배트맨. 진짜, 고맙
다. (원더우먼의 손을 잡으며) 누나, 고마워. 내가 진
짜 고마워.

원더우먼   (손을 빼며) 글쎄, 나는 잘 모르겠다. 다른 것도 아
니고, 돈 문제인데…….

슈퍼맨   (사이) 아, 그래. 괜찮아, 누나가 불편하면…….

원더우먼   불편하기보다 이러는 게 맞나 싶은 거지.

배트맨   빠지겠다는 거지?

원더우먼   남들 다 아는 거 지가 몰라서 사기당한 걸 왜 우
리가…….

배트맨   그렇게 나서서 애 이용해먹을 때는 언제고…….

원더우먼   야, 뭔 소리냐?

배트맨   선생 짓 하면서 투자하라고 애 꼬셔서 돈 뜯어낼
          때는 언제고, 막상 도와달라니까 내 돈은 아까워?

원더우먼   난 남들한테 구걸 안 하고 살려고 죽어라 공부해
          서 돈 벌었어. 근데 뭐? 무릎 꿇고 울면서 징징대
          면 돈이 나올 것 같아? 돈 그렇게 쉽게 벌 수 있
          는 거 아니야.

배트맨   됐어, 몇 푼 보탠다고 달라지나. 내가 줄게, 누나
          는 힘들게 번 돈 아껴가면서 잘 살아.

원더우먼   (배트맨을 때리려 하며) 넌 뭔데 맨날!

배트맨   (무서워하며) 으악! (사이) 뭐, 문제 있나?

원더우먼   에라이, 이 피해의식에 열등감 떡 진 새끼야.

배트맨   (발끈하며) 뭐?

원더우먼   넌 그놈의 비싼 옷, 비싼 차, 비싼 집 없으면 뭐가
          있는데? 옛날부터 지 혼자 초능력 없어서 빌빌대
          던 거 불쌍해서 영웅으로 데리고 다녀줬더니, 이
          제 눈에 뵈는 것도 없나?

배트맨   그래, 나 능력 없다, 초능력 없다. 그게 뭐 어때서?
          어차피 지금 이 시대에 써먹지도 못하는 능력이
          대체 뭔 상관인데!

원더우먼   상관없는데 넌 왜 발끈하는데? 이 능력도 없는
          새끼야.

배트맨   어차피 지금은 돈이 능력이거든? 내가 능력 좀
          있어서 도와주겠다는데 왜 자존심을 세우는 건
          데? 누나가 그렇게 잘났어?

원더우먼   이 새끼야!

슈퍼맨   (화내며) 그놈의 돈! 진짜 지겹다, 돈. 내가 괜한 얘
          기를 했네. 돈 필요 없으니까 둘 다 그냥 가.

배트맨   말이 되는 소리를 해라. 돈이 왜 필요가 없어!

슈퍼맨   돈이 그렇게 중요해?

원더우먼   그럼 돈이 안 중요해?

슈퍼맨   (사이) 됐다고. 가라고, 좀! 둘 다 가!

원더우먼   (나가며) 야, 너만 힘든 거 아니야.

배트맨   (나가며) 후회하지 말고 연락해, 인마.

원더우먼과 배트맨이 나가고 슈퍼맨 혼자 방 안에 남는다. 소파에 누워 휴
대폰을 꺼내 유튜브로 예능 프로그램을 보는 슈퍼맨.

슈퍼맨   (갑자기 소리를 지르며) 나는 슈퍼맨이야!

영상) 전세사기 피해자가 속출, 죽음을 선택한 피해자가 있다는 소식이 컷 편집된 뉴스
영상.

전세사기로 인한 비극이 끊이지 않고 있습니다. / "전세사기를 당했다. 그리고 나는 의지
할 부모님도 없다." / 전세사기 피해자 지원 특별법이 오늘부터…… / 올해 안에 법 개정
을 서둘러달라며 연일 단체 행동에…… / 그사이 5명이 목숨을 끊었고…… / 전세보증금
125억 원을 가로챈 혐의로 재판을 받고 있습니다.

전환.

8장
슈퍼맨은 전세사기를 어떻게 마주할 것인가?

———

<u>1</u>

<u>국회 전체회의 (무대) : 국회 안+국회 밖 / 오전</u>

국회 밖. 김명희와 이종수는 분노에 가득 찬 구호를 외치면서 나와 선다.
장임대도 나와 선다.
국회 안. 잠시 후 한장관, 봉의원, 고의원이 나와 선다. 국회 안에선 국회
밖 소리가 들리지 않는다.

김/이　　　(반복해서) 특별법을 제정하라! 제정하라! 제정하
　　　　　　라!

한장관　　　(국회 안에서) 네, 정부는 전세사기가 민생 근간을
　　　　　　뒤흔드는 상황에서 피해자들의 고통과 시름을
　　　　　　듣고 예방책을 마련하기에도 시간이 부족합니다.
　　　　　　열린 자세로 논의에 임하겠습니다.

김명희　　　(국회 밖에서) 저기요! 저희 목소리가 들리긴 하나
　　　　　　요?

이/장　　　저기요! 저기요!

김명희　　　지난 5월, 뭐라 그랬어요? 일단 이 특별법은 피해
　　　　　　자들의 의견이 충분히 들어가지 않았기 때문에,
　　　　　　필요하다면 6개월마다 개정하겠다는 대국민 약

속을 했죠? 그 뒤로 우리가 계속 피해자들과 소통해달라고 외쳤지만 어떻게 단 한 번을 만나주지를 않아요, 우리가 우스워요? 정부가 하도 우리한테 뭐 해주는 것처럼 홍보를 해대니까 이제 사람들은 전세사기가 다 해결됐다고 생각합니다. 정작 우린 아무것도 해결된 게 없는데!

이종수   저기요!

김명희   혹시 거기 계신 국회의원분들 중에 전세 살아본 분 계세요? 문제는 이 법안을 만드신 분들이 전세를 잘 모른다는 거예요. 이거는 직접 당해본 우리 피해자들만 잘 알아요. 그런 의미에서 저희가 지금 가장 바라는 건 진짜 소통입니다.

이종수   맞습니다.

봉의원   (국회 안에서) 지금은 전세사기 예방대책도 중요하지만, 피해자 구제책이 먼저 아닐까요? 문제는 예산인데, 정책상 문제가 없다고 할 수 없는 현 정부는 왜 책임을 지지 않고, 이런 피해보상 예산에는 늘 인색한가.

한장관   이런 부분은 사회적인 합의라든가 입법적인 뒷받침 없이는 불가능한 부분이어서…….

고의원   전세사기는 정부의 부동산 정책 실패로 일어난 사회적 재난입니다. 이 문제가 터진 게 언제인데 정부는 왜 아직도 정확한 피해자 집계조차 안 하고 있습니까? 저흰 양당의 협곡을 버텨온 유일한 정당입니다. 저희가 피해자분들의 목소리를 듣겠습니다.

이종수　(국회 밖에서) 저기요, 피해자들이 신청도 못 하는 특별법은 누구를 위한 특별법입니까?

김명희　특별법 피해자로 인정을 받는 게 너무나도 어렵습니다.

이종수　자, 피해자로 인정받으려면 하나, 전입신고, 확정일자 대항력을 확보했어야 한다. 둘, 보증금이 3억 원 전후여야 한다.

김명희　셋, 집주인이 많은 사람한테 보증금을 주지 못한 것을 피해자가 직접 증명해야 한다. 넷, 집주인이 보증금을 돌려주지 않으려는 고의를 피해자가 직접 증명해야 한다.

이종수　한두 개도 아니고 이 네 가지를 반드시 만족해야만 전세사기 피해자로 인정해주겠다는 게 말이 됩니까?

김명희　저기요, 듣고 계십니까?

이종수　저기요!

김명희　지원받으려고 찾아가면 은행은 보증기관에 물어봐라, 보증기관은 법원에 물어봐라. 아니, 기관들도 특별법을 모르는데 이게 무슨 특별법입니까?

장임대　우리 임대인들도 전세사기 2차 피해자입니다.

김명희　뭐라고요?

장임대　우리가 임대사업자 될 때는요, 정부가 세금도 줄여주고 대출도 많이 해주겠다고, 우리한테 집 사서 임대사업 하라고 부추겼거든요. 근데 갑자기 집값도 전셋값도 낮추더니, 우리보고 세입자들한테 오히려 전세금을 돌려주라고 역전세를 만들었어요! 우리도 돌려주고 싶은데 돈이 있어야죠!

이종수　저기요!

장임대　세금은 또 왜 그렇게 걷어 갑니까! 전 지금 빚쟁이가 돼서 반지하에 살고 있고, 역전세 때문에 빌라 열 채를 갖고 있는데도 파산 위기입니다. 악덕 임대인들을 잡아야지 선량한 임대인들을 자꾸 사기꾼 취급하면서 마녀사냥 하지 마십시오!

한장관　(국회 안에서) 안타깝게도 지난 정권에서 부동산 정책을 피해자들을 위해주는 것처럼 그때그때 남발을 하다 보니 지금 이 사태가 만들어진 것 아닌가…….

봉의원　지금 새 정부가 출범한 지 벌써 1년이 넘었는데, 아직도 전 정부 탓을 하는 건 너무 무책임하고요. 그렇게 자신 없으시면 다시 야당에 정권 돌려주시죠. 저희가 해결하겠습니다.

한장관　그것은…….

고의원　우리 전세사기 피해자분들은 지금 이 국회 앞에서 하루하루 피 말리는 밤을 지새우고 있습니다. 우리 의원들도 밤새워서 대책을 세우면…….

한장관　정부는 피해자들이 쫓겨나는 걸 막기 위해 경·공매까지 1년 정도 미뤄드렸어요. 경매로 집이 낙찰돼도 쫓겨나지 않게 직접 집을 사시라고 우선매수권도 드렸습니다.

이종수　(국회 밖에서) 아니, 피해자가 돈이 어딨다고 경매를 합니까!

김명희　기존 전세대출에 또 금리 싼 대출을 해줄 테니까 사기꾼이 떼먹은 돈을 피해자가 평생 갚으라고요? 저기요, 듣고 계십니까?

장임대 우리나라도 외국처럼 악질 임차인들을 다 등록해서 누구나 보게 하는 사이트가 필요합니다.

한장관 (국회 안에서) 정부는 LH를 통해 전세사기 피해 주택을 사들여서 공공임대주택으로 제공한다는 대책도 마련했습니다.

이종수 (국회 밖에서) LH는 공공주택이라 불법건축물이 많은 다가구와 오피스텔은 매입할 수 없습니다.

한장관 (국회 안에서) 정부는 변호사 연결 및 수임료 지원, 심리 상담 및 치료비 지원까지 추가 발표했습니다.

김명희 (국회 밖에서) 무료 법률 상담은 신청하고 3주 후에나 가능하다고 하던데요? 그리고 지금 이 상황에 우리한테 심리 상담이나 받고 앉아 있으라는 겁니까? 우리 보증금을 돌려받게 해달라고요.

장임대 (국회 밖에서) 악덕 세입자를 대체 법이 왜 보호해줍니까!

봉의원 (국회 안에서) 정부는 지금 실질적인 대책이 아니라 형식적인 대책만 내놓고 있습니다.

고의원 지금 전세사기 피해자들을 두 번 죽일 작정입니까?

한장관 (웃으며) 나 이거 참…….

장임대 (국회 밖에서) 우리도 악덕 세입자들한테 엄청 당합니다. 집수리해달라는 거 다 해주면, 집값도 안 내고 도망가질 않나, 집을 엉망으로 해놓고 나가서 청소랑 뒤처리는 우리가 다 하지 않나! 심지어 집 빼달라고 하면 협박까지 당합니다. 자, 우리 임대인분들, 정신 똑바로 차려야 합니다.

김명희 저도 제가 전세사기 피해자가 될지 몰랐어요. 어떤 기분인지 아세요? 사람들은 왜 그랬냐, 똑바로 하지 그랬냐, 다 내가 처신을 잘못해서 당했다 하고! 그럼 수치스러워서 지인이나 가족 들한테 어떻게 말해요? 죄인이 되는 겁니다. 우리가 잘못한 게 없는데 왜 우리가 죄인이 되어야 하는 겁니까!

이종수 저기요, 듣고 계십니까!

장임대 저기요!

김명희 저기요!

한장관 (국회 안에서) 정부는…….

그때, 슈퍼맨의 출동 음악. 슈퍼맨이 오토바이를 타고 들어온다. 이때부터 두 공간은 서로의 말을 들을 수 있게 된다.

김/이 (놀라며) 아니, 슈퍼맨!

한/봉/고/장 (놀라며) 아니, 슈퍼맨?

슈퍼맨 (김명희와 이종수에게) 죄송해요. 제가 너무 늦었죠?

김/이 아니요.

한장관 아니, 슈퍼맨이 여긴 어쩐 일로?

슈퍼맨 이 자리에 서기까지 많은 고민이 있었습니다. (결심하고) 저는 전세사기 피해자입니다!

한/봉/고/장 (놀라며) 네?

슈퍼맨　　(소란스러워지면) 저도 전세사기 피해자입니다! 처음엔 영웅인 제가 전세사기를 당한 걸 인정할 수 없습니다. 쪽팔렸습니다. 근데 그 돈은! 지금 제 인생의 전부였고, 많은 피해자분들한테도 전부였습니다. 우린 잘못한 것이 없습니다. 대체 왜! 이 세상이 집으로 사기 칠 수밖에 없는 세상이 된 걸까요? 전 아직 이 세상에 정의가 있다고 믿습니다. 전세사기는 사회적 재난입니다. 정부는 당장 피해자들한테 가장 필요한 선구제 후구상을 시행해주십시오!

김/이　　맞습니다!

장임대　　슈퍼맨, 저희도 도와주십시오!

한장관　　전세사기는 사회적 재난이 아니라 개인 간 거래에서 생긴 사기 범죄입니다. 거기에 국가가 피해 금액을 대신 내주는 건 수조 원의 혈세 낭비고, 그런 선례를 남기면 안 됩니다.

슈퍼맨　　(당황하며) 저기, 저 슈퍼맨입니다!

봉의원　　지금 이 전세사기 사태의 컨트롤타워가 어딥니까?

고의원　　정부는 이 사태를 똑바로 책임져야⋯⋯.

슈퍼맨　　(당황하며) 저기, 저 슈퍼맨이라고요!

장임대　　아니, 솔직히 이런 전세대란을 만든 건 전 정권 아니었습니까? 똥을 싸질러놨으면 자기들이 치워야지, 왜 그걸 국민 세금으로 치우라고 합니까?

한장관　　네, 정부는 전세사기 피해자들뿐만 아니라 그 외

다수의 국민들도 고려해야······.

장임대 전세사기 피해자만 피해자입니까? 그럼 보이스 피싱, 코인 사기도 다 보상해줘야죠. 사기당한 돈은 사기꾼들한테 받으세요. 나는 그러라고 세금을 그렇게 꼬박꼬박 내는 것이 아닙니다.

김/이 저기요!

장임대 누가 똑바로 확인도 안 하고 계약하래요? 그럼 우리 죄 없는 임대인들은 뭡니까!

이종수 뭐라고요?

김명희 그렇게 말하는 거 아니에요!

슈퍼맨 저기요, 저 슈퍼맨입니다!

한장관 그래서요?

사이, 조명의 변화.

갑자기 모든 사람이 정면을 보고 선다. 시공간의 개념이 합해지며, 모든 사람이 움직일 수 없는 듯 보인다. 슈퍼맨만이 저항하며 움직이려고 노력한다.

슈퍼맨 저는 하도 지구인분들이 세금, 세금 하셔서 대체 국민이 세금을 얼마나 내는지, 그 세금이 어디에 쓰이는지, 좀 알아봤는데요. 세금은 국가나 지방 자치단체가 필요한 돈을 국민들이 나눠 내는 일종의 회비잖아요. 그래서 올해 2023년 들어올 세금 예산을 찾아봤습니다. 중앙정부에서 쓸 돈이 자그마치 625조더라고요. 이 625조 중 국민이 내야 되는 세금은 400조고요. 0만 무려 열네 개를 써야 되는 숫자가 감이 안 잡혀서요. 400조는 전 국민 5,155만 명에게 766만 원씩 모아야 되는 돈이고, 서울 도심에 있는 10억짜리 아파트를 무려 40만 채를 살 수 있는 돈이었습니다. 평생 살면서 통장에 1억 모으려고 아등바등 사는데, 그 1억을 1만 번 반복해야 겨우 1조입니다. 이렇게 많은 돈을 국가는 어디에 쓰고 있을까…….

이종수   전국에서 피해자들이 눈덩이처럼 늘어나고 있습니다.

김명희   이제 전세사기로 죽게 된 희생자만 일곱입니다. 근데도 이게 사회적 재난이 아니라고요?

슈퍼맨   이번 정권에서 용산으로 대통령실 이전하면서 세금 496억이면 된다고 했죠? 근데 실제로 496억은 이사비에 불과했고, 이후 국군 최고사령부가 이전하는 데 2,980억, 미군 잔류기지 부지 활용 비용 3천 억, 대통령실 경호 강화 2천 억 등 총 7,980억을 예상한다는 발표가 나왔습니다. 즉, 대통령실 이전하는 데 직접 비용과 연쇄 비용까지 하면 총 1조 806억에 달하는 금액이 세금으로 쓰이는 거죠. 1조면 얼마일까요? 서울시 초중고 무상급식 예산으로 한 해 8천 억이 배정된다고 합니다. 1조면 현재까지 전세사기 피해자로 인정된 1만 명이라도 구제할 수 있는 돈이라고 합니다. 전세사기는 그동안의 정부 정책들이 만든 예정된 '사회적 재난'이고, 비참하게 실현된 '사회적 참사'입니다.

한장관   슈퍼맨이 그렇게 말할 입장은 아닌 것 같은데요?

슈퍼맨   네?

한장관   (사람들이 모두 슈퍼맨을 보자) 10여 년 전 청문회 기억하시죠? 그때는 참사가 아니라고 바락바락 우기더니, 이제는 자기가 피해자가 되니까 참사라고 우기는 겁니까!

슈퍼맨   아니, 지금 그 얘기를 왜?

한장관   이거 뭐 내가 당하면 참사, 남이 당하면 사고란 거잖아요. 인명 피해로 치자면 이번 전세사기 사태가 슈퍼맨이 저질렀던 참사보다 훨씬 덜한 것 같은데요?

김명희   지금 뭐, 저희가 다 죽으면 사회적 참사로 인정해주겠다는 겁니까?

이종수   제발! 다른 거 못 해주시겠으면 이 전세사기 범죄자들이라도 잡아주십시오. 저희 능력으론 얼굴도 볼 수 없고, 찾을 수도 없습니다. 그 사람들이 빼돌린 재산만 찾아내도 국세 낭비, 안 해도 되지 않습니까? 이제 곧 보세요, 아비규환일 겁니다. 보증금 6천, 7천인데도 사람이 죽었습니다. 전 어떡하죠? 몇 배예요. 3억 5천입니다. 견뎌낼 수 있을까요? 제 아내하고 애들하고, 우리 식구는 어디로 가야 하죠? 저 정말 열심히 살았는데, 왜 저한테 이런 일이 생기는 거죠? 잘못한 사람들은 어디서 잘 먹고 잘살고 있는데, 왜 열심히 살았던 사람들은 죽어가고……. 이게, 이게 맞는 세상입니까? 제발, 정치적으로 싸우지만 마시고 이 범인들이라도 좀 잡아주십쇼.

봉의원 이 정치라는 게 주먹싸움질은 안 하는 게 좋겠지만 정책안을 가지고는 치열하게 싸워야 되거든요, 이해 좀 해주시고요.

한장관 원인 제공자가 갑자기 해결사를 자처하는 건 좀 곤란하지 않을까요?

고의원 지금 이 자리에서 그렇게 말씀하시면 안 되는 거고요…….

한장관 (단호하게) 아뇨, 잠시만요! 제가 발언할게요. 피해자분들에게 심심한 위로를 보냅니다. 우선 지난 정부의 악순환을 단절하고, 사기꾼들에 대한 철저한 단속과 수사를 통해, 국가는 엄한 호랑이로서 엄벌에 처할 것입니다. 그래서 이 땅에 정의를 바로 세우겠습니다. 그러나 손해 본 보증금을 국가가 일단 돌려주고 이후에 회수하라는 등의 선례는 대한민국에 남길 수 없고요, 국가가 떠안는 건 다른 국민들이 떠안으라는 얘기입니다. 저는 장관으로서 안 되는 건 안 되는 거다, 분명히 선을 그을 필요가 있습니다. 모든 사기 범죄는 평등합니다. 마지막으로 사회적 재난이라는 것에도 동의할 수 없습니다. 전세사기는 사기 범죄지, 사회적 재난이 아닙니다. 이게 세월호입니까? 이태원이에요? 엄연히 다른 문제입니다. 어쨌든 조속히 대책을 마련하여 신속히 지원하도록 하겠습니다. 고맙습니다.

한장관, 나가려고 한다.

이종수　　(나가려는 장관의 뒤로) 무슨 말씀이세요!

봉의원　　이렇게 끝내실 겁니까?

고의원　　저기요!

장임대　　저희 얘기도 좀 들어주십시오.

김명희　　(화를 내며) 거기 있으세요. 거기 있으라고! 무시하
　　　　　　지 말고, 얘기 좀 듣고 가!

슈퍼맨　　(장관이 멈추지 않자 절규를 하며) 장관님!

한장관　　(멈춰 서서) 말씀하세요.

김명희　　솔직히 전세 없었으면 우리가 서울에 집 구할 수
　　　　　　있었겠어요? 근데요, 가만히 보니까 이 전세라는
　　　　　　게 참 미개한 제도던데요? 집 없는 사람들이 집
　　　　　　있는 사람한테 돈 빌려주는 거잖아요, 개인끼리.
　　　　　　근데 이 개인 거래에 정부가 왜 끼어들어 와요?
　　　　　　정부는 대놓고 집값 올리고, 국민들한텐 뭐 해주
　　　　　　는 것처럼 전세대출 늘려주고, 보증보험 만들어
　　　　　　서 안심시키고. 우리 같이 돈 없는 사람들은 정
　　　　　　부만 믿고 빚내서 비싼 전세 들어가니까, 이거 이
　　　　　　용하는 투기꾼들이 판을 치는 거잖아요. 저 같은
　　　　　　사람은 모를 줄 알았어요? 옛날은 말도 안 할게
　　　　　　요. 이명박 때 금리 낮추면서 전세대출 여덟 번이
　　　　　　나 늘렸죠. 박근혜 때 빚내서 집 사라, 또 대출 엄
　　　　　　청 늘려줬죠. 문재인 땐 세입자 갱신계약 거절 못
　　　　　　하게 하면서 집주인들이 4년 치 집값 한 번에 올
　　　　　　렸죠, 그래 놓고 그거 달래느라 또 전세대출 엄청

늘렸잖아요. 내가 알아보니까 전세대출이 이명박 때 22조에서 지금은 200조가 훨씬 넘었다고 하던데요. 아니, 제정신입니까! 무슨 정부들이 다 같이 국민들을 빚쟁이로 만들고 있어! 이게 다 부동산값 떨어지면 정치적으로 독박 쓰니까, 욕 안 먹고 지지율 지키려고, 서로 폭탄 돌리기 하면서 눈치 보는 거잖아요. 장관은 2년, 3년 처먹으면 되고, 대통령은 5년 해 처먹고 마니까 다음 정권에서 해결해라! 그래 놓고, 이제 와서 뭐? 문제 터지니까 이건 사회적 재난이 아니라 사기 범죄다, 너네끼리 해결해라? 지금 정부가 피해자들한테 보상을 해줄 게 아니라 처벌을 받아야죠. 이런 대국민 사기극을 치고 있는데! 국토부 장관이라는 사람이 말이야, 문제가 있으면 책임을 져야 하는 자리에 올라가선, 반성은 못 하고 전 정부 탓이나 하고 있고, 피해자들한테는 같잖은 보상해주겠다고 거들먹거리고! 뭐 하는 짓입니까, 대체! 두고 보십시오. 우리 모두 두고두고 고생할 겁니다. 지금 이 대출들, 언제 한번 제대로 다 터져서, 이 나라! 어떻게 되나 보라고요!

한장관 (사이) 네, 국민 여러분, 사랑이 필요한 시기입니다. (노래 '우리의 사랑이 필요한 거죠' 전주가 나오면) 저희는 국민을 사랑하는 마음으로 한 분 한 분의 삶을 따뜻하게 살피겠습니다.

사람들이 함께 '우리의 사랑이 필요한 거죠'를 부르며 춤을 춘다. 누구는 자의로 행복해 보이고, 누구는 타의로 힘들어 보인다.

2
—
혼자가 된 슈퍼맨 (무대) : 슈퍼맨의 집 안+극장 / 밤+저녁

혼자가 된 슈퍼맨. 어디선가 물방울 떨어지는 소리가 들린다.

슈퍼맨   (소파에 누워서) 천국 같던 집이 감옥으로 변했다. 언제쯤 이 감옥에서 탈출할 수 있을까? (바가지를 가져와 내려놓으며) 집주인들은 어떻게 생겼을까, 밥은 먹고 있을까? 샤워는 할까, 잠은 잘 잘까?

슈퍼맨, 주저앉는다. 그때 고란희가 들어온다.

고란희   오빠. (사이) 오빠. (등짝을 한 대 때리며) 정신 좀 차려요!

슈퍼맨   (화를 내며) 내가 다 죽여버릴 거야!

고란희   웃기고 있네. 요즘 세상에 힘으로 해결할라 그러면 큰일 난다니까요.

슈퍼맨   (소리를 지르며) 난 슈퍼맨이야.

고란희   뭐라는 거야. 오빠, 그러지 말고 이거 좀 봐봐요.

고란희, 국회 앞에서 찍혀 SNS에 돌아다니고 있는 '저도 전세사기 피해자입니다' 슈퍼맨 밈 영상을 휴대폰으로 보여준다.

고란희   대박이죠. 벌써 좋아요 10만! (읽어주며) "팬입니다, 힘내세요!" "대박, 슈퍼맨이 전세사기를 당하다니. 응원합니다!"

슈퍼맨   시끄러워. 너 지금 이 사람들이 날 어떻게 보는지 모르겠어?

고란희   아, 왜요. 완전 인플루언서 됐구먼. 이야, 우리 오빠 드디어 소원을 이룬 건가요! (슈퍼맨의 눈치를 보다가, 사이) 아, 언제까지 이럴 건데. 돈 그까짓 것 또 벌면 되잖아. 우리가 뭐, 언제부터 돈이 있었다고…….

슈퍼맨   네 일 아니라고 함부로 말하지 마. 너 내가 그 돈을 어떻게 벌었는지 알잖아. 아는 사람이 그렇게 얘기해? (울먹이며) 내가 뭘 그렇게 잘못했는데? 그냥 남들처럼 잘살아보겠다는 게 그렇게 큰 잘못이야? 내가 뭘 더 어떻게 해야 된다는 건데…….

고란희   (슈퍼맨이 소리 내어 울자) 법이 또 어떻게 달라질지 모르니까 좀 기다려봐요. (사이) 그래도 오빠는 죽지 않았잖아, 살아 있다는 게 중요한 거지. 요즘 전세사기 때문에 사람들이 자꾸……. (사이) 근데 옆집은? 옆집은 괜찮아요? 한동안 감감무소식이잖아.

슈퍼맨   (잠시 생각하다) 애들은 친정 보냈다고, 두 분은 가게 때문에 집에…….

잠시 생각하던 슈퍼맨, 갑자기 일어나 옆집으로 달려가서 초인종을 누른다. 인기척이 없자 문을 두드린다.

슈퍼맨	(계속 문을 두드리며) 저기요, 슈퍼맨인데요. 안에 계세요? (문을 세게 두드리며) 저기요.
고란희	(달려오며) 왜?
슈퍼맨	(문을 두드리며) 저기요! (두드리며) 저기요! (사이) 야, 신고해.
고란희	(황급히 나가며) 응.
슈퍼맨	(문을 두드리며) 저기요, 안에 안 계세요? (두드리며) 저기요. (두드리며) 저기요!

사이, 조명의 변화.

음악) 신비로운 음악이 나온다. 악마의 웃음소리. "도와줘요, 슈퍼맨. 도와줘요, 슈퍼맨" 목소리.

슈퍼맨	(울먹이며 연극적으로) 사느냐 죽느냐, 이것이 문제로다. 어느 쪽이 더 슈퍼맨다울까. 가혹한 운명의 화살을 받아도 참고 있어야만 하는가, 밀려드는 재앙을 막아 싸워 물리칠 것인가?

음향) 악마의 웃음소리. "도와줘요, 슈퍼맨! 도와줘요, 슈퍼맨!" 목소리.

슈퍼맨	(울먹이며 연극적으로) 그래, 이런 내 모습. 게을러 보이고 우습게도 보일 거야. 하지만 나에게 주어진 무거운 운명에 나는 다시 태어나 싸울 거야! 나는 슈퍼맨이다. 정의의 이름으로, 출동! 이야! (천둥 번개를 모아 쏘고는) 더 이상 사람들을 괴롭히

지 말고 지구에서 썩 꺼져! 이야! (천둥 번개를 모아 쏘고 악마가 죽는 소리가 나면) 좋아, 해냈어!

오프닝 음악 '질풍가도'가 나온다. 슈퍼맨과 오프닝 배우들이 나와 노래를 부르며 군무를 춘다. 슈퍼맨은 눈물 때문에 노래를 부르는 게 쉽지 않다. 간주에 커튼콜을 한다. 관객에게 박수를 받다가 고개를 숙이고 힘들어하는 슈퍼맨. 그때 배우 중 한 명이 "힘내세요, 슈퍼맨!"이란 말을 한다. 배우들은 객석에 "힘내세요, 슈퍼맨!"을 유도한다. 점점 더 커지는 응원의 목소리. 극장 전체에 "힘내세요, 슈퍼맨!"이란 말이 가득하다.

슈퍼맨   (갑자기 절규하며) 그만, 제발 그만! (음악이 꺼지고) 힘을 내요? 힘을 내긴 뭘 힘을 내요, 씨발! (관객에게) 재밌죠? (갑자기 객석을 향해 무릎 꿇고 빌며) 죄송합니다. 기분 나쁘게 해드려 정말 죄송합니다. (울먹이며) 제가 앞으로 더 의미 있는 공연도 많이 하고, 더 좋은 일도 많이 할 테니까, 저 좀 도와주세요. 저희 좀 도와주세요, 제발! 부탁 좀 드리겠습니다.

음향) 빗소리가 점점 커진다. 계속 비가 내린다. 엄청난 빗소리.

암전.

5부
슈퍼맨의 미래

9장
슈퍼맨은 어떻게 살아갈 것인가?

1

구멍 뚫린 세상 (무대+영상) : 슈퍼맨의 집 안+곳곳 / 밤

조명이 켜지면 무대 위에는 아주 많은 세숫대야, 바가지, 냄비, 그릇 들이 놓여 있다. 슈퍼맨을 비롯한 모든 인물들이 걸레를 들고 나와 방 안의 물을 닦고 있다.

영상) 전세사기 건물 침수피해부터 시작해서, 전세사기 관련 많은 일이 일어난다는 2024년 소식이 컷 편집된 뉴스 영상.

전세사기를 당한 오피스텔 입주자들이 최근 건물이 침수되는 피해까지…… / 전기, 소방 시설이 있는 지하는 이미 침수된 상황…… / 엘리베이터까지 고장 났습니다. 집주인이 잠적하면서 수리에 들어가는 모든 비용은 입주자들의 몫이 됐습니다.

세입자가 제때 돌려받지 못한 전세보증금 액수가 1조 원을 넘어선 것으로…… / 작년

같은 기간과 비교해도 80%나 증가한 수치여서 역대 최고치를 갱신할 수 있다는 예상

이……

주택보증도시공사의 임대인보증보험에 가입을 했는데도…… / HUG는 임대인이 허위

서류를 제출했다는 것이 확인돼 보증을 해지했다 밝혔습니다. / 취소될 거라고는 생각도

못 했고…… / 문제는 HUG가 보험 가입 당시 계약서를 제대로 확인조차 하지 않았다는

점……

"건설사들 그렇게 부실한데 28조 지원할 정부라면은 왜 피해자들한테 지원을 못 합니

까? 정부 때문에 피해를 당했는데."

요즘 전세사기 범죄가 끊이지 않자 월세를 찾는 사람들이 계속 늘고…… / 지난해 거래된

서울 아파트 월세 셋 중 하나가 100만 원을 넘겼습니다. / 서울 대학가 월세 50만 원 아

래 선택지는 반지하, 고시원뿐입니다.

최근 검찰은 남씨에게 세입자 191명을 속여 전세보증금 148억 원을 가로챈 혐의로 징

역 15년을…… / 남씨는 임차인 여러분도 희망을 잃지 마시고 피해자 복구되길 간절히

희망한다며……

인천 대규모 전세사기로 극단적 선택을 한 피해자의 1주기를 앞두고 오늘 추모제가 열렸

습니다. / 피해자들은 여전히 바뀐 게 없다며 거리로 나섰습니다. / 피해자들은 총선 국면

에서 힘을 받을 수 있을지……

전세사기로 세상을 등진 8번째 희생자입니다. / 지금까지 집계된 전세사기 피해자는 약

15,000명. 내년까지 30,000명을 넘어설 것으로 예상됩니다.

박 장관은 대답하는 과정에서 예전에는 전세를 얻는 젊은 분들이 경험이 없다 보니 덜렁

덜렁 계약을 했던 부분이 있지 않을까…… / 국토부 장관이라는 사람의 무책임한 발언

이……

오는 28일 국회 본회의가 전세사기 특별법 표 대결을 앞두고 있습니다. 야당이 법안을

통과시킨다 해도 정부 여당의 반대로 또 한 번 대통령 거부권이 행사될 가능성이…… /

대통령이 21대 국회 마지막 날 거부권을 행사했습니다.

2024년 전세사기 관련 뉴스가 하나씩 나올 때마다 세숫대야, 바가지, 냄비, 그릇 들에 조명이 비친다. 대통령이 전세사기 특별법 개정에 거부권을 행사했다는 뉴스를 듣고 걸레를 집어 던지는 슈퍼맨.

슈퍼맨　　　　(자리에서 일어나 정면을 바라보고 들리지 않는 목소리로) 나는 슈퍼맨이다.

봉준우　　　　(Na, 객석에서) 저는 다시 카메라를 들었습니다. 정확한 이유는 잘 모르겠지만, 그래야 할 것 같았습니다. (슈퍼맨을 향해) 슈퍼맨!

슈퍼맨을 비롯한 모든 인물들이 객석에 앉아 있는 봉준우를 본다.

음악) 슈퍼맨의 메인 테마 음악.

슈퍼맨이 일어나 한쪽 팔을 하늘로 뻗으며 하늘로 날아오르려고 하지만 쉽지 않아 보인다. 다른 인물들도 한 명씩 걸레를 내려놓고 날아오르려고 한다. 쉽지 않아 보인다. 그러나 계속 날아오르겠다는 의지로 온몸을 부들부들 떨며 계속 하늘로 날아오르고 싶어 하는 사람들. 음악과 조명이 천천히 꺼진다. 암전 속에서 커지는 슈퍼맨의 메인 테마 음악. 갑자기 음악이 끊긴다. 갑자기 극장의 객석 등이 켜진다. 관객은 무대 위에 있는 아주 많은 수의 세숫대야, 바가지, 냄비, 그릇만을 마주한다.

막

공주
(孔主)
들

시간	1940년부터 2020년까지
공간	대한민국의 여러 곳 그리고 버마
등장인물	사회자
	김공주
	방공주
	구공주
	나공주
	변공주
	소공주
	왕공주
	고공주
	추공주
	차공주
	조공주
	심공주
	그 외 많은 공주들

* 이 희곡은 역사적 사실에 기반을 두고 창작한 이야기임을 밝힌다.

* 이 희곡에서는 '위안부'라는 단어를 사용하는데, '위안'은 위로와 안식을 준다는 의미로 '성적 위안'을 받은 가해 당사자 일본군 입장에서 피해 당사자들이 자발적으로 참여했다는 의미를 가진다. 정신대의 '정신'도 '솔선하여 앞장선다'는 의미로, 마찬가지다. 피해 당사자 입장에서 본다면 이를 '성노예' 혹은 '성폭력 피해자' 등으로 써야 이 문제

의 본질에 더 가까워질 수 있지만, 강한 어감 때문에 대부분의 피해 당사자는 해당 명칭에 부정적인 입장을 갖는다. 따라서 '위안부'는 전쟁 당시 일본 측에서 실제로 사용하던 역사적 용어로써 그대로 사용하되 작은따옴표를 붙여 본래의 의미를 인정하지 않으며, 강제성과 부정적 의미를 환기한다는 논쟁적인 의미를 담고 있다. '위안부'에 작은따옴표를 붙여 사용하기 시작한 것은 1995년 일본군 '위안부' 문제 아시아 연대 회의부터였으며, 역사적 범죄성을 드러내기 위해 이 용어를 쓴다면 '일본군 위안부 피해자'로 표기하는 것이 맞다. 희곡 「공주(孔主)들」에서는 작품의 흐름상 '위안부'라는 표기를 사용한다.

* 김공주와 사회자를 제외한 모든 공주는 1인 다역을 연기한다.

1부

1. 구멍왕관

2020년, 서울, 극장.

사회자, 김방구나변소, 왕고추차조심.

극장 안에는 음악 '아리랑'이 흘러나오고 있다. 이 극장으로 들어오는 구멍은 세 개이며 윗구멍, 아랫구멍, 뒷구멍이 있다. 극장 밖에서는 남성 공주들이 티켓을 끊고 들어온 관객들을 극장 안으로 안내한다. 여성 공주들은 극장 구멍으로 들어온 관객들을 객석으로 안내한다. 관객 입장이 끝나면 공주들이 하우스 안내 멘트에 따라 친절하게 인사한다. 공주들이 의자를 놓고 자리에 앉으면 사회자가 진행을 시작한다.

사회자   (마이크를 들고) 안녕하세요, 반갑습니다. 이 자리에 함께해주셔서 감사합니다. (관객에게) 어떤 구멍으로 들어오셨어요? (다른 관객에게) 어떤 구멍으로 들어오셨나요? 오늘은 윗구멍 ○○분, 아랫구멍 ○○분, 뒷구멍 ○○분이 입장하셨습니다. 모두 선택하신 구멍이 만족스러우셨길 바라면서, 오늘 이 자리에 구멍에 대한 이야기를 들려주실

구멍의 주인, 열두 공주님을 모셨습니다. 환영의 박수 부탁드립니다! 네, 그럼 간단하게 자기소개 부탁드립니다.

차공주 Hello, This is 차.

추공주 아따, 추공주입니다.

고공주 충성! 고공주입니다.

심공주 안녕하세요, 심공주입니다.

조공주 저는 조공주입니다.

왕공주 왕공주여유.

구공주 구공주입니다.

변공주 반갑습니다. 변공주입니다.

방공주 방공주야.

김공주 나는 김공주!

소공주 쪽! 소공주입니다.

나공주 나공주입니다.

사회자 네, 정말 대단하신 공주님들이 모이신 것 같은데요; 그럼 김방구나변소, 왕고추차조심 공주님 중 어떤 공주님의 이야기를 먼저 들어볼까요?

김공주 (다른 공주들이 서로 눈치만 보자 손을 들며) 나, 내가 먼저 할게요.

사회자 네, 아무래도 가장 연장자이신 김공주 할머님의 이야기를 먼저 들어봐야 할 것 같은데요. (마이크를 김공주에게 대주며) 할머님, 괜찮으세요?

김공주 (끄덕이며) 예.

사회자 그럼 부탁드리겠습니다. (조금 작은 목소리로) 할머님, 편안하게 말씀해주세요.

김공주를 제외한 나머지 공주들과 사회자, 퇴장한다.

김공주   예. 아이고, 어디서부터 말을 해야 하나. 나는 신
         미년생 양띠야. 1931년생, 올해로 아흔 살! 자꾸
         기억이 깜빡깜빡하는데……. 윗구멍에 풀칠하려
         고 아랫구멍 내어주니까 밥이 들어왔어. 근데 뒷
         구멍에 뭐가 꽉 차가지고…….

팡파르 소리와 함께 공주 몇 명이 들어와 경직된 상태로 선다. 놀란 김공
주는 황급히 그 옆으로 가서 선다.

심공주   덴노헤이카!(천황폐하!)
공주들   반자이! 반자이!(만세! 만세!)

전환.

2. 일제 가족

1940년, 경북 칠곡, 집.
김방구나변소, 왕추차심. 김공주 10세.

차아버지는 깨끗한 한복을 입고 양반다리로 신문을 보고 있다. 낡은 한복
을 입은 방엄마는 무릎을 꿇고, 깨끗한 한복을 입은 나첩은 편하게 앉아
있다. 맞은편에는 낡은 한복을 입은 딸들이 무릎을 꿇고 있고, 깨끗한 한
복을 입은 심아들은 양반다리로 앉아 있다.

차아버지	(신문을 접고) 나라의 운명이 어찌 될꼬, 천하디천한 것들이 나라를 엉망으로 만들고 있어.
나첩	그러니까요.
차아버지	아들아, 자고로 사내는 큰 그릇이 되어야 한다. 대의가 중요한 것이야, 알겠느냐?
심아들	예, 아버지!
방엄마	우리 아들내미, 배 안 고프나?
차아버지	(불편한 기색으로) 에헴! (구딸을 바라보며) 첫째야, 시집을 가거라. 자고로 딸은 살림 밑천이라 하거늘…….
구딸	예, 아버지! 시부모 지아비 잘 섬기고, 자식도 많이 낳고, 불의를 보아도 못 본 척 그 집 귀신이 돼서 죽겠습니다.
차아버지	그렇지!
방엄마	(구딸의 손을 잡아끌며) 야야, 빨리 온나.
구딸	예, 어머니!

방엄마, 구딸을 문밖으로 끌고 나간다. 잠시 후 먹을 것을 가지고 혼자 들어오는 방엄마.

| 방엄마 | (심아들에게 먹을 것을 주며) 아들! |

심아들, 먹을 것을 먹으며 좋아하다 갑자기 추워한다.

| 방엄마 | 아이고, 우리 아들내미. 춥나? |
| 차아버지 | (불편한 기색으로) 에헴! (변딸을 바라보며) 둘째야, 식 |

모로 가거라. 자고로 딸은 살림 밑천이라 하거
늘…….

변딸 예, 아버지! 주인의 말을 잘 듣고 섬기며, 말대꾸
하지 않고, 시키는 것 잘하면서 꼬박꼬박 집에 돈
을 보내드리겠습니다.

차아버지 그렇지!

방엄마 (변딸의 손을 잡아끌며) 야야, 빨리 온나.

변딸 예, 어머니!

방엄마, 변딸을 문밖으로 끌고 나간다. 잠시 후 입을 것을 가지고 혼자 들
어오는 방엄마.

방엄마 (심아들에게 입을 것을 주며) 아들!

심아들, 옷을 입으며 좋아하다 갑자기 심심해한다.

방엄마 아이고, 우리 아들내미. 책 읽고 싶다고?

차아버지 (불편한 기색으로) 에헴! (소딸을 바라보며) 셋째야, 기
생으로 가거라. 자고로 딸은 살림 밑천이라 하거
늘…….

소딸 예, 아버지! 계집년은 자고로 고분고분하고, 스스
로를 꾸밀 줄 알아야 하며, 아무 데서나 다리를
벌려 구멍을 놀리지 않겠습니다.

차아버지 그렇지!

나첩, 손뼉을 치며 응원한다. 방엄마, 소딸을 문밖으로 끌고 나갔다가 책

을 가지고 혼자 들어온다.

방엄마	(심아들에게 책을 주며) 아들! (심아들이 좋아하자) 아이고, 우리 아들내미는…….
김공주	(갑자기 간절하게) 아버지! 저는 계속 학교에 가고 싶어요. 근데 일본 이름으로 바꾸지 않으면 학교에 오지 말라고 합니다.
차아버지	어허! 어디 감히 계집년이 큰소리를! 그러니까 계집년은 학교에 가면 안 된다는 거야, 쓸데없이 머리에 똥만 차서!
나첩	그러니까요.
차아버지	당신은 대체 집구석에서 가정교육을 어떻게 시키는 거야?
방엄마	죄송해요, 여보.
차아버지	계집년은 어차피 남 줄 거 빨리빨리 줘버리자니까 말을 안 들어 처먹어가지고! (아들이 옆에서 겁을 먹고 훌쩍거리자 화를 내며) 뭐 하는 짓이냐! 예로부터 사내대장부는 절대 눈물을 보여서는 안 되는 법! 대체 이놈의 집구석은 뭐 하나 제대로 되는 게 없냐! (일어나서 나가며) 에잇!
나첩	형님, 똑바로 좀 하세요! (차아버지를 따라 나가며) 여보!

심아들, 눈물을 거두고 김공주를 바라본다.

심아들	(아버지를 흉내 내며) 뭐 하는 것이냐! 어디 감히 계

집년들이 큰소리를! (일어나서 나가며) 에잇!

방엄마   야, 이년아! 넌 어디서 가스나가 나설 때 안 나설

　　　　　　때를 구분을 못 하노! 니는 그 입이 방정이다.

김공주   어머니…….

그때 들어오는 추구장.

추구장   거, 있나?

방엄마   (반가워하며) 아이고, 구장님. 웬일이십니까?

추구장   아이고, 제수씨. 마실 나왔다 잠깐 들렀다.

방엄마   애들 아부지 좀 불러드릴까요?

추구장   됐다 마, 또 금방 가봐야 된다.

방엄마   예, 그럼 조심히 살펴 가이소. 저는 볼일이 좀 있

　　　　　　어가…….

김공주   (나가는 방엄마를 보며) 어머니…….

혼자 남아 훌쩍거리는 김공주.

추구장   공주야, 니 와 우노? 또 혼났나? (사이) 배고프나?

김공주   예.

추구장   삼촌이 어디 보내줄까?

김공주   예?

추구장   거기 가면 맛있는 거도 먹고, 예쁜 옷도 입고, 돈

　　　　　　도 벌 수 있을 낀데.

김공주   학교도 갈 수 있어요?

추구장   그라모, 거기 가면 공주 하고 싶은 거 다 할 수 있다.

| 김공주 | 진짜요? |
| 추구장 | 하모! 거, 들어온나. |

왕포주, 들어온다.

왕포주	아따, 형님. 왐마, 허벌나게 이쁘네요. (추구장에게 돈봉투를 건넨 다음 김공주에게) 가자.
김공주	지금요? 어머니 아버지한테 허락 맡고 가야 되는데…….
추구장	삼촌이 느그 엄니 아부지한테 다 말해놓을라니까 이 아재 따라가면 된다.
김공주	(뒷걸음치며) 나 안 갈래요.
왕포주	(김공주를 끌고 가며) 쥐어 터지기 싫으면 따라와라.
김공주	나 안 갈래요! 나 안 갈래요!
추구장	(반항하는 김공주를 들쳐 업고 나가며) 아따, 가시나 드럽게 시끄랍네.
김공주	나 안 갈래요!

전환.

3. 일본군 '위안부'

1944년, 버마 만달레이, 마다야 위안소.

김방구나변소, 왕고추차조심. 김공주 14세.

왕포주 손에 이끌려 위안소 마당으로 쏟아져 들어오는 일본군 '위안부'들.
'위안부'들은 더러워진 낡은 한복을 입고 있다. 김공주도 같이 들어온다.

왕포주   오늘 미친개 오니까 빨리빨리 준비해라. 오늘 중
            요한 날이다! (김공주와 소위안부를 가리키며) 얘네들
            교육 단단히 시키고!

위안부들   (나가는 왕포주를 보며) 예, 오토상!

방위안부   (아는 척하며) 야야, 여 모디봐라. 저 조선 놈이 여
            기 주인인데 오토상이라고 불러야 된다.

김공주   오토상이면…… 아버지요?

방위안부   (왕포주가 나간 곳을 보며) 내가 진짜 생각 같아서는
            쫙쫙 찢어 쥑이고 싶은데…….

변위안부   언니야, 목소리 쫌!

구위안부   오토상은 때리기 전문가야.

방위안부   (변위안부 머리카락 속을 보여주며) 봐라. 야 처음에
            와가지고 말대꾸하다가 곤봉으로 얻어터져가지
            고, 내가 된장 발라 낫게 해줬다 아이가.

변위안부   그만 좀 해라, 그게 자랑이가! (소위안부가 울자) 애
            울잖아. 야, 너네 달거리는 하나?

김/소   아니요.

구위안부   애기네. 하게 되면 솜 줄 테니까 구멍에 넣고 군인
            받으면 돼.

방위안부   달거리할 때 소금 많이 묵어라. 그럼 아가 좀 덜
            들어선데이.

구위안부   끼어들지 말래?

방위안부   천지삐까리 못돼빠져가지고!

변위안부	(갑자기) 아! 너네 삿쿠 꼭 해야 된다.
김공주	그게 뭐예요?
방위안부	그게 남자 거기 딱 씌우는 건데 이놈들이 이거 하는 것을 억수로 싫어한다. 그래도 꼭 해레이. 아니면 아가 들어선다.
구위안부	삿쿠는 세 번 정도 쓰면 새것을 줘.
김공주	그거 누구한테 받아요?
방위안부	이거 일 제대로 안 하네, 이거. (아는 척하며) 일본에서부터 몸 팔던 드러븐 일본 년이 하나 있어.
구위안부	장교만 받아 대니까 지가 무슨 장교 마누란 줄 아는 년이 있어.
방위안부	(구위안부를 흘겨보며) 지도 집에 돈 부치려고 몸 파는 년 주제에.
구위안부	야!
변위안부	진짜 싸가지 없데이. 눈 밖에 나면 밥도 안 주니까 잘 보여야 된다.
방/구	(서로 흘겨보며) 그러니까!
변위안부	(갑자기) 아! 오늘 우리 변소 푸는 날이다.
방위안부	에이, 씨팔. 내가 언제까지 쪽바리 새끼들 똥까지 퍼야 하노.
변위안부	야, 진짜 별놈 다 있다. 밖에서 기다리다 싸는 놈…….
구위안부	먼저 들어오려고 가위바위보 하는 놈…….
방위안부	칼 들고 막 때리면서 하는 놈…….
변위안부	나는 군인 새끼들이 내 위에 올라탈 때마다, 미친 황소만 한 개구락지 떼들이 폴짝폴짝 뛰어 들어

오는 것 같다.

김공주   엄마야, 개구락지요? 나 개구락지 진짜 싫어하는데…….

방위안부   그래도 간혹 가다가 좋은 놈들도 있다. 갸들도 끌려와서 언제 죽을지 모르니까 무서워 그카는 거지…….

소위안부   (갑자기) 어! 이거 생선 굽는 냄새 아닙니까? 배고파 디질 것 같습니다.

구위안부   사람 태우는 냄새야. 어제 전투에서 많이 뒈졌다는데 배고프면 그거라도 먹을래?

변위안부   (소위안부가 놀라서 어쩔 줄 몰라 하자) 언니!

방위안부   아이고, 독한 년.

구위안부   남편한테 팔려 온 주제에.

방위안부   야!

변위안부   (기모노를 입고 들어오는 나위안부를 발견하며) 언니들! 떴다, 떴다. 일본 년 떴다!

나위안부   어이, 와타시가 잇타코토오 챤토 오시에딴다로 오네?(야, 내가 말한 거 잘 전달했겠지?)

위안부들   하잇!

소위안부   뭐라는 겁니까?

방위안부   (놀라며) 빙신, 니 일본말 못하나?

변위안부   군인 받으면 군표라는 걸 받을 텐데 그게 여기선 돈이야. 모아놨다가 지한테 가져와서 장부에 찍으래.

방위안부   오토상이 일본이 전쟁에서 이기면 진짜 돈으로 바꿔준다니까 우리는 일본이 전쟁에서 이기길 기도해야 돼.

나위안부   도우세 스테타 가라다다요. 잇센데모 오오쿠 카세이데 우치니 못테카에리나!(어차피 버린 몸이다. 한 푼이라도 더 벌어서 집에 가지고 돌아가!)

위안부들   하잇!

김공주   (울먹거리며) 이미 버린 몸 한 푼이라도 더 벌어서 집에 가져다주래.

그때 왕포주와 심따까리가 들어온다. 긴장하는 '위안부'들.

왕포주   야, 야. 미친개 왔어. 빨리빨리 준비혀. (나위안부에게) 챤토 오시에타노카?(잘 가르친 겨?)

나위안부   (애교를 부리며) 하이! 오토상!

왕포주   아이고, 나 참말로 죽겄슈. (옷매무새를 서로 만져주는 위안부들을 보며) 그라고 느그들 말이여, 오늘 대충 하는 년들은 밑구녕이 다 헐 때까지 일본 쪼무래기 새끼들 하루에 40, 50명씩 상대할 줄 알어. 고것이 싫으면 마음 단단히 먹으라고. 그라고 이것만 기억해. 덴노헤이카!(천황폐하!)

위안부들   반자이! 반자이!(만세! 만세!)

조사회자가 들어온다.

조사회자   왕씨! 나 왔다!

왕포주   아이고, 오셨어요!

조사회자   새것들 들어왔다며. 이번에도 별로면 나 왕씨 못 써.

왕포주	(돈봉투를 넘기며) 에이, 뭔 말씀을 그렇게 섭하게 한대요. 덩기덕 쿵 더더더더덩!
조사회자	이 능구렁이 같으니라고! 오늘의 수빠[super] 미인은 바로 부대장님 방으로 이동한다. 괜히 트집 잡혀서 나까지 곤란하게 만들지 말고, 조센삐면 조센삐답게, 고분고분! 알겠어?
위안부들	예, 명심하겠습니다!
조사회자	자, 요이!(준비!)
위안부들	일본군은 우리의 왕! 제대로 위안하자! 조센삐, 조센삐, 화이또!
조사회자	요시!(좋아!)

그때 추군의관과 고부대장, 차사진사가 들어온다. 조선인들은 모두 긴장을 한다.

추군의관	고쿠로우, 쇼쿤!(다들 수고가 많다!)
조사회자	덴노헤이카!(천황폐하!)
조선인들	반자이! 반자이!(만세! 만세!)
추군의관	사, 아시오 히로케!(자, 다리 벌려!)
조사회자	다리 벌려!
추군의관	하야쿠!(어서!)
조사회자	빨리빨리!

'위안부'들, 누워서 다리를 벌린다. 추군의관이 빠르게 검사를 한다.

추군의관	요시!(좋아!) 요시, 요시, 요시, 요시, 요시. 민나 고

우카쿠!(모두 합격!)

조사회자	모두 합격! 일어서!
추군의관	(부대장에게) 나카나카 이이 타마데스!(제법 좋은 것들입니다.)

추군의관 (부대장에게) 나카나카 이이 타마데스!(제법 좋은 것
들입니다.)

조사회자 고레카라 쿄우노 수파비진콘테스토오 하지메타
이토 오모이마스. 교우와 토쿠베츠니 키노우 아
타라시쿠 하잇테키타 아나가 이마스. 돈나 아지
카 미테미마쇼카?(지금부터 오늘의 슈퍼미인대회를
시작하겠습니다. 오늘은 특별히 어제 새로 들어온 구멍이
있습니다. 어떤 맛인지 좀 볼까요?) 모두 인사!

위안부들 하지메마시테!(처음 뵙겠습니다!)

나위안부 와타시와 아나타노 모노데스!(저는 당신 거예요!)

방위안부 오시리가 스키데스카?(엉덩이를 좋아하나요?)

구위안부 야메테, 기모치 이이!(싫어, 기분 좋아!)

변위안부 와타시노 찌찌, 오이시소오데쇼카?(내 가슴, 맛있어
보이나요?)

김공주 (소위안부가 울며 아무것도 못 하자) 덴노헤이카!(천황
폐하!)

모두 반자이! 반자이!(만세! 만세!)

추군의관 어이! 오도레!(야, 춤춰!)

조사회자 뮤지크[music], 스타토[start]!

음악이 나오고, 노래와 춤을 보여주는 '위안부'들. 일본 군인들은 논의한
뒤 조사회자에게 의견을 전달한다.

조사회자 시마이!(그만!) (김공주와 소위안부에게) 야, 야, 새것

들! 너네 몇 살이니?

김공주　저는 열네 살이고요, (소공주를 가리키며) 애는 저보다 한 살 어려요.

조사회자　지금부터 결과를 발표하겠습니다. 오늘의 우승자, 미스슈퍼미인은!

왕/심　(손뼉 치며) 수파! 수파! 수파!

조사회자　소공주!

고부대장은 갑자기 장검을 소'위안부'의 목에 들이대며 겁을 준다. 놀라는 조선인들.

고부대장　오메데토.(축하한다.)

박수를 치며 과하게 축하를 하는 공주들. 차사진사는 고부대장과 소'위안부'에게 사진기를 들이댄다.

차사진사　이치, 니, 산.(하나, 둘, 셋.)

조사회자　부타이쵸다케노 모노데스.(부대장님만의 것입니다.)

왕포주　(고부대장이 나가자) 아이고, 안녕히 가세요.

군인들과 조사회자는 나간다.

소위안부　(넋이 나가서) 씨팔. 개좆같은 자식들. 니폰노 꼬붕인지 호로새끼들…….

왕포주　(소위안부에게) 이런 씨팔년이, 지금 뭐라고 씨부리는 겨?

김공주	(소'위안부'를 막아서며) 아니, 얘는 무서우면 욕을 하더라고요!
왕포주	(김공주에게) 이런 조센삐가! 어디 감히 계집년이 큰소리를 내고 지랄이야, 지랄이!
김공주	(김, 소, 나 위안부를 빼고 다들 도망가자 무릎을 꿇으며) 오토상! 나도 황국신민이에요. 천황폐하를 위해서 열심히 일할 수 있다고 생각하는데, 왜 자꾸 나를…….
왕포주	(폭력을 쓰며) 이런 씨팔, 내가 너 이러라고 돈 주고 사 온 줄 아냐! (폭력을 마친 후 심따까리에게) 야, 이거 어따 갖다버리고, (소'위안부'를 가리키며) 얘는 씻겨서 부대장 방으로 처넣어버려라. (나가며) 아후, 씨팔. 돈 아까워.

서럽게 우는 김공주.

| 심따까리 | 미안해요. (주먹밥을 건네주며) 이거라도 먹어요. |

김공주, 울음을 멈추고 허겁지겁 주먹밥을 먹는다. 심따까리, 소'위안부'를 데리고 나간다. 그때 전쟁의 포탄 소리가 들린다. 옆에 서 있던 나'위안부'가 김공주를 일으켜 세운다.

나위안부	하야쿠 니게로! 센토우가 하지맛타!(빨리 도망쳐! 전투가 시작됐어!)
김공주	같이 가요.
나위안부	와타시와 니혼진다까라 다이니혼테이코쿠니 미

오 사사게루노!(난 일본인이니까 대일본제국에 몸 바

칠 거야!)

김공주　　　왜 당신을 지켜주지도 않는 나라를 위해 몸을 바

쳐요. 같이 가요!

나위안부　　다메!(안 돼!)

김공주　　　같이 가요!

나위안부　　다메!(안 돼!)

전쟁의 포탄 소리가 커지고, 나‘위안부’와 김공주는 도망을 가다 헤어진다.

전환.

4. 해방

1948년, 부산항.

김방. 김공주 18세.

김공주가 배에서 내린다. 그때 어디선가 들려오는 ‘대한독립 만세’ 소리.

김공주, 그 소리를 가만히 듣는다.

김공주　　　(처음에는 작게, 점점 크게 일본 만세 방식으로) 대한독

립 만세, 대한독립 만세. 대한독립 만세! 만세! 어

머니 아버지……. (걱정스럽게) 더럽혀진 몸뚱이로

어떻게 고향에 가.

울고 있는 김공주 뒤로 화려한 한복을 입은 방마담이 나타난다.

방마담	어마? 색시, 여기서 뭐 하고 있어요?
김공주	배가 고파요. 갈 곳이 없어요.
방마담	에구머니나, 딱하기도 해라. 어라, 얼굴도 반반하니 우리 집에서 일해볼래요? 내 집이라 생각하고 편안하게 지내요.
김공주	고맙습니다. 정말 고맙습니다.

그때 들려오는 전쟁의 포탄 소리.

전환.

5. 한국전쟁

1950년, 부산 앞바다, 어느 배 안.

김방구나변소, 왕고추차조심. 김공주 20세.

흥겨운 파티 음악 소리에 맞추어 춤을 추는 사람들. 남성들은 양복을 입고, 색시들은 알록달록한 한복을 입고 있다. 가만히 서 있던 김공주는 색시들을 따라 춤을 추기 시작한다. 그때 배가 풍랑에 크게 흔들리고, 사람들이 놀란다. 음악, 꺼진다.

| 왕회장 | (돈이 한가득 담긴 큰 트렁크를 황급히 끌어안으며) 차선장, 이게 대체 무슨 일인가? |
| 차선장 | 잠시 큰 파도가……. 이 배는 조선에서 가장 안전한 배입니다. 만일 무슨 일이 생긴다면 당장 출항시키겠습니다. 저를 믿어주십시오. 저, 차선장 |

입니다.

추의원   스고이!(대단해!) 역시 우리 차선장! (환호하는 색시들) 자자자자! 밖에는 말이여, 빨갱이 새끼들이 부산까지 몰려와 전쟁이 한창인데, 우리는 왕회장님 덕분에 이렇게 부산항에, 이 배에 살아 있습니다. 그러니께 위험하다 싶으면 그냥 배를 몰고 일본으로!

색시들   일본으로!

왕회장이 흡족한 표정으로 추의원에게 돈을 건넨다.

추의원   (돈을 받고서) 기념으로다가 우리 도련님의 시 낭송!

색시들, 환호한다.

조도련   나는 가장 무력한 사내가 되기 위해 세상에 대한 사표를 썼다. 죽지 않는 정열의 풍차가 빙빙 돌 때 바다의 사내는 마음을 식힌다. 나의 죄는 연애 기법에 서먹해진 지성의 극치! 필기체로 당신을 펼치면 눈물에 취한 물고기는 어미 잃은 슬픈 송아지 울음소리를 낸다. 철썩, 철썩, 철썩!

왕회장   (환호하는 색시들을 보며) 내가 아들 하나는 기똥차게 키운 것 같지?

추의원   저라면 이런 아들 100명은 낳고 싶습니다. (돈을 자랑하며) 자, 누가 나랑 아들 만들래?

열렬히 환호하는 색시들. 방마담은 김공주를 왕회장 무릎 위에 앉힌다.

왕회장　　아주 좋아. (김공주에게 돈을 건네며) 자, 우리 김공
　　　　　주는 어디 간호 병사로 있었다고 했지?

김공주　　(당황하며) 저는 버마입니다.

왕회장　　버마? 나도 버마에서 장교 생활을 했는데 거기에
　　　　　간호 병사가 있었나? (당황하는 김공주에게 추파를
　　　　　보내며) 반가워, 동지.

추의원　　(갑자기 김공주가 구역질을 하자) 아니, 방마담. 저년
　　　　　저거 뭣이여? 배에서 내리고 싶어?

방마담　　에구머니나, 얘가 뱃멀미를 하나? (조용히) 너 진
　　　　　짜 밖에 나가서 죽고 싶어? 정신 줄을 똑똑히 붙
　　　　　잡으란 말이야!

김공주　　네, 언니. (갑자기) 저는 전쟁 선수입니다. 폭격이
　　　　　오면 보지 말고 들어야 돼요. 방향을 가려보고
　　　　　그 반대 방향으로 뛰면 살 수 있어요. 가까이서
　　　　　폭탄이 펑 하고 터지면 손으로 눈과 귀를 가려야
　　　　　되죠. 아니면 압력 때문에 눈이 튀어나오고 귀가
　　　　　먹어요. 하지만 우린 왕회장님 덕분에 배 안에 있
　　　　　잖아요. 안전해요!

왕회장의 눈치를 보며 환호하는 사람들.

왕회장　　(갑자기 김공주를 끌어안고) 우리 김공주가 아주 멋
　　　　　진 간호 병사였구먼!

구색시　　저도 간호 병사였습니다!

나색시	저도 간호 병사였어요!
색시들	저도요! 저도요!
차선장	그래, 너네 다 간호 병사 해라!
왕회장	우리 공주님들은 뭐 갖고 싶은 거 없나?
변색시	저는 시집가서 좋은 지아비 만나 아이 낳고 소소하게 살면 그뿐이지요.
추의원	아따, 신사임당이구먼.
소색시	저는 효도 한번 못 했는데, 돌아가신 부모님이 너무나도 그립습니다.
차선장	이야, 효녀 심청이구먼.
왕회장	방마담, 부산에 물이 아주 좋아. 자주 와야겠어. (돈을 뿌리며) 우리 이쪽에서 방마담 댄스타임 한번 볼까?
모두	(환호하며) 방마담! 방마담! 방마담!

방마담이 일어나서 춤을 추려는 순간, 총소리가 들린다. 남성들이 색시들을 방패 삼아 숨는다.

왕회장	차선장! 빨리 출항시켜!
차선장	(제일 먼저 선실 문을 열고 뛰어나가며) 피해! 얼른 피해!
조/추	선장이 어딜 가! 구명보트!
고순경	(선실로 들어와 총을 겨누며) 손 들어! 움직이면 쏜다!
심요원	(총을 겨누며) 가만히 있어요. 가만히 안 있으면 가만 안 둘 거예요.

고순경	대체 이게 무슨 해괴망측한 엔조이들인가? 지금 육지에선 아무런 훈련도 받지 못한 청년들이 애국심 하나로 총을 들고 나가 빨갱이들과 치열한 전투를 벌이고 있는데, 너희들은 부두에 숨어 금은보화를 실은 배를 타고 때가 되면 일본으로 피난 가려 하다니! 이 가증스러운 반민족 모리배! 너희들이야말로 빨갱이다!
모두	(놀라며) 아니에요!
고순경	그대들 귀에는 이 3천만 민족의 아우성이 들리지 않는가?
심요원	안 들려요?
모두	(겁에 질려) 들려요!
김공주	고순경님?
고순경	(놀라며) 아니, 공주야. 너가 왜 여기에?
추의원	순경? (갑자기 태도가 바뀌며) 나는 추의원일세. 여기 계신 왕회장님이 누구신지 알고…….
고순경	(총을 겨누며) 입 닥쳐! (추의원이 다시 숨자) 심요원, 미안한데 잠시 자리 좀 비켜주겠나?

심요원, 모두를 데리고 나간다. 고순경과 김공주, 격하게 끌어안는다. 잠시 후 서로를 마주 보고, 과거의 그 어느 때처럼 함께 춤을 추는 두 사람.

고순경	나의 종달새가 대체 왜 여기에 있단 말인가?
김공주	전쟁 통에 먹고살고 이 안에 있으면 목숨은 부지할 수 있잖아요.
고순경	긴 얘기는 나중에 하고 먼저 이 자리를 피하자.

김공주	싫어요. 이렇게 헤어지면 또 오래도록 기별을 주지 않으실 거잖아요.
고순경	지금 나는 나라를 위해 일하고 있는 것이야. 한낱 연애질 따위에 신경 쓸 여유가 없단 말이다.
김공주	저 아이를 가졌어요.
고순경	(사이) 내 아이 맞니?
김공주	예?
고순경	말하지 않아도 된다. 너는 나를 비추는 거울이다. 나를 투명하게 비춰주거라.
김공주	고순경님.
고순경	고향에 내려가라. 고향 가서 애도 낳고 몸도 풀고, 너도 알다시피 내가 처자식이 있는 몸이라…….
김공주	저 고향에 발 디딘 지 오래돼서 부모님한테 맞아 죽을지도 몰라요. 그리고 여기 가게에 빚이 얼만큼인데요.
고순경	(돈을 건네며) 얼마 되진 않지만, 이 돈으로 빚 갚고 남은 돈으로 고향 가서 효도하고 살아라.
김공주	제가 지아비 없이 어떻게 혼자 고향에 가요. 저 둘째 마누라라도 시켜주세요.
고순경	(갑자기 소리를 지르며) 내려가라면 내려가! 돈 주잖아! 고향 가서 몸도 풀고 새출발해야지! (돈을 김공주 손에 쥐여주고 나가려다가 멈추어) 공주야, 너를 가져서 미안하다. 건강하게 순산해라.

고순경, 나간다.

| 김공주 | 저게 말이야, 방구야. 애 이름이라도 지어주고 가지. |

전환.

6. 개구리와 엄마

1951년, 경북 칠곡, 집.

김방나, 차조심. 김공주 21세, 김공주 아들 고(이하 '고아들') 1세.

무대 위에는 자욱한 안개가 차 있다. 차아버지가 개구리처럼 뛰어서 등장한다.

| 차아버지 | 에헴! |
| 김공주 | (놀라며) 아부지? |

차아버지 개구리, 김공주에게 다가간다. 공포심에 점점 뒤로 물러나는 김공주.

| 김공주 | 아부지? 아부지, 잘못했어요. 잘못했어요, 아부지! (김공주의 가랑이 사이로 개구리가 다가오자) 다시는 몸뚱이 함부로 굴리지 않을게요! |
| 차아버지 | (김공주 가랑이에 침을 뱉고) 계집년은 아무 데서나 다리 벌려 구멍을 놀리면 아니 된다. |

구역질하며 나가는 차아버지 개구리.

김공주   아버지, 아버지! (꿈에서 깨며) 아버지!

낡은 한복을 입고 뛰어 들어오는 나첩. 아기를 안고 들어오는 방엄마.

나첩   공주야, 괜찮니? 또 꿈자리가 사나웠어?
김공주   자꾸 이따만한 개구락지가 막 나한테 달려들어
          요.
방엄마   문디야, 허구한 날 디비 자니까 그렇지. 해가 중
          천이다. 일어나 밥값 좀 해라.
나첩   형님, 이제 막 온 애한테 그러지 좀 마세요. 애 몸
          이 허해서 그렇잖아요.
방엄마   시끄럽다 마. 주둥이를 콱 마. 아도 못 낳는 년이.
김공주   (아기를 받아 안으며) 아이고, 누가 보면 둘째 엄마
          가 친엄만 줄 알겠어!
방엄마   시끄럽다. (아기를 보며) 문디야, 일주일만 더 일찍
          오지. 그카면 느그 아부지도 손자 얼굴 보고 갔
          을 거 아니가. 올라 카면 몸 성히 올 것이지, 와 애
          비 없는 자식을 배불러 와서는 여서 애를 낳고.
          내가 진짜 남사스러워서 밖에를 못 댕기겠다.
김공주   엄마, 그래도 그 사람이 여기 오라고 돈도 줬잖
          아…….
방엄마   자랑이다. 네 아부지가 어떤 분이셨노. 우리가 먹
          을 거 없어 구걸을 해 와도 절대 입 구멍에 안 처
          넣던 양반이야. 그 돈 받고 좋아했겠나?

나첩　　　형님, 경성에서 여기로 내쳐지고도 충직하게 나
　　　　　라만 걱정하다 가신 양반이에요.

방엄마　주둥이를 확 마! 나라가 밥 먹여주나? (나첩이 손
　　　　　자를 만지려 하자 손을 때리며) 어디 더러운 손을 갔
　　　　　다 대노? 뒤질라면 저 드러운 첩년도 데리고 가
　　　　　지 왜 내한테 버리고 가서는…….

김공주　엄마! 무슨 말을 그렇게 해요.

방엄마　시끄럽다! 어디 쓸모도 없는 더러운 년을 갖다가.
　　　　　그리고 너도 나 무식하다고 무시할 거면 나한테
　　　　　말을 걸지 마라. 시집도 못 간 년이.

김공주　시집 얘기가 여기서 왜 나와요.

방엄마　니는 애비 잡아먹은 년이야! 느그 아부지가 네 걱
　　　　　정을 하고 또 하시다가…….

김공주　아부지가 뭔 걱정을 해요. 딸년들 다 팔아먹고.

방엄마　니는 아들내미 낳은 거를 천만다행으로 생각해
　　　　　라. 딸내미 낳았어봐. 네 팔자밖에 더 닮겠나. 꼴
　　　　　랑 그 몇 푼 보태준 것 가지고 억수로 생색낸데
　　　　　이…….

김공주　엄마! 엄마는 내가 그 돈을 어떻게 벌었는지 알기
　　　　　나 해요?

방엄마　(사이, 갑자기 버럭 하며) 그걸 내가 우찌 아노!

나첩　　　형님!

사이

그때 동네 청년들이 문을 두드린다.

방엄마   아이, 깜짝아. 누고?

조청년   진데예.

방엄마   어, 들어온나!

나첩   웬일이에요?

김공주   (반갑게 인사하며) 오랜만이에요, 오라버니들.

심청년   아지매, 실례 좀 하겠습니다. 공주 좀 데려가도
            되겠십니꺼?

방엄마   공주? 우리 공주를 와?

조청년   공주, 저거 빨갱이랍니더!

방엄마   (웃으며) 느그 지금 뭔 소리 하노?

김공주   (웃으며) 그게 무슨 방구 같은 소리예요!

조청년   동네 사람들이 그카던데예.

심청년   공주 애아빠가 빨갱이라서 여기 못 온다고 카던
            데예.

나첩   아니, 우리 공주가 무슨 빨갱이예요?

김공주   나 빨갱이 아니에요! 애아빠도 빨갱이 아니에요!

심청년   (화를 내며) 거, 아 얼굴 빨간 거 보니까 빨갱이 맞
            네요, 뭐!

조청년   (화를 내며) 맞네요, 뭐!

방엄마   (놀라며) 느그 지금 무슨 소리 하노!

김공주   나 빨갱이 아니야! 애아빠도 순경이야, 순경!

조청년   자꾸 이러시면 아도 데려갈 거예요.

심청년   싹 다 빨갱이 되고 싶어요?

방엄마   안 된다, 내 손자! 안 된다, 내 딸! 차라리 내를 데
            리고 가라. (나첩을 밀며) 아니다. 차라리 얘를 데리
            고 가라. 얘 이거 빨갱이다.

김공주	엄마!
나첩	(동시에) 형님!
조청년	아지매도 빨갱이 되기 싫으면 빨리 비키소.
심청년	(방엄마를 밀치며) 비키소!
김공주	알았어요. 내가 갈게요. 나만 가면 되는 거잖아요. (아기를 넘기며) 엄마, 애 좀 잘 봐주고…….
조/심	가자!
김공주	나 애 젖 한 번만 물리고 가게 해주세요.
조/심	(끌고 나가며) 데리가자!
김공주	왜 자꾸 날 끌고 가냐.
방/나	(끌려 나간 김공주를 따라가며) 공주야!

전환.

7. 한국군 '위안부'

1951년, 경북 대구, 한국군 초소.
김구변소, 왕고추차. 김공주 21세, 고아들 1세.

급하게 들어오는 한국군 '위안부'들. 고군인과 차군인이 따라 들어와 '위안부'들을 얼차려 시킨다. 그중에 김공주만 능숙하다.

차군인	바로!
고군인	왜 또 싸움박질이야?
변위안부	아니, 히년이요. 나를 몸 팔던 년이라고 무시하잖

아요.

구위안부	내가 언제 그랬어요?
변위안부	사람이 물건도 아닌데 우리를 5종, 그 뭐지?
구위안부	5종 보급품.
변위안부	그래, 5종 보급품으로 부를 수 있냐고. 그래서 내가 대한민국 군인들이 그렇다면 그게 맞는 거다. 그러니까 나를 가르치려고 하면서…….
구위안부	가르치려고 한 게 아니라…….
변위안부	이래서 대학 나온 년들하고는 상종을 안 하는 거다. 지가 잘난 줄 알고…….
구위안부	여보세요!
추군의관	(들어오며) 뭐가 이렇게 시끄럽나!
고군인	부대 차렷! 충성!
추군의관	충성. (김공주에게) 너 앞으로. (다른 위안부들에게) 구보 준비!
고군인	우향우. 뛰어가!

'위안부'들은 열 맞춰 뛰기 시작한다. 추군의관은 김공주에게 몰래 주먹밥을 건네주고 거리를 둔다.

추군의관	몰래 드십쇼.
김공주	고맙습니다.
추군의관	나가 당신을 여기서 빼내주겠습니다.
김공주	왜 자꾸 저한테 잘해주시는 거예요?
추군의관	당신을 처음 봤을 때 내 운명이라고 생각했습니다. 긍께 내일 12시. 저 뒷간 앞에서 만나요잉. 자

세한 건 시간 없응게 내일 만나서 이야그하고.

김공주   (울먹거리며) 고맙습니다, 고맙습니다. 절 좀 꼭 빼

          내주세요. 선상님은 제 은인이에요.

추군의관   조건이 있당께요, 대신.

김공주   조건이요?

추군의관   나랑 한 번 해주시겠습니까?

김공주   네?

'위안부'들이 열 맞춰 뛰며 지나간다.

추군의관   이따 진료실로 몰래 부르겠습니다.

김공주   뭐라고요?

추군의관   그 뭐시냐, 사랑의 증표로다가! 나가 그냥 위험

          을 무릅쓸 수는 없잖아요. 그러니까 당신은 딱

          내 거, 거시기해버려야지. 아따, 은인이라면서요.

          나랑 한 번 해주면 내가 책임질랑께…….

김공주   싫어요.

추군의관   어허! 이러면 진짜 큰일 난당께요. 이제 여기서 넘

          어가면 이 새끼, 저 새끼가 다 건들 것인데…….

그때 왕군인이 들어온다.

왕군인   다들 위치로!

추군의관   그 뭐시냐, 나만 믿어봐요.

군인들과 '위안부'들, 황급히 자리에 선다.

왕군인	(고군인을 혼내며) 뭣들 하고 있는 거야! 빨리빨리 안 해?
고군인	죄송합니다.
왕군인	계획이 변동됐다. 지금 당장 이동한다.
추군위관	(놀라며) 지금 말씀이십니까?
왕군인	문제 있나?
추군위관	아닙니다!
왕군인	지금부터 아래 검사를 실시한다. 실시.
고군인	실시! 바지 벗어!
소위안부	바지를 왜 벗어요?
차군인	(소리를 높이며) 벗으라면 벗어!

김공주는 얼른 치마를 올리고 속옷을 내린다. 다른 '위안부'들도 따라 한다.

추군의관	뒤로 돌아. 뒤로 취침. 다리 벌려. 1급! 3급! (구위안부 다리를 강제로 벌리며) 다리 벌려! 1급! 2급! 이상 없습니다. 충성!
왕군인	충성. 기상!
고군인	야, 일어나!
왕군인	앞으로 이동.
고군인	빨리빨리 와!

왕군인이 서류와 '위안부'들을 번갈아 보며 말하면, 고군인이 '위안부'들의 이마에 매직으로 글자를 적는다.

왕군인	서울, 1소대 충무로!
고군인	충무로!
왕군인	3소대 신당동!
고군인	신당동!
왕군인	강원, 1소대 춘천!
고군인	춘천!
왕군인	2소대 속초!
고군인	속초!
소위안부	(이마를 가리키며) 군인 아저씨, 이게 뭐예요?
왕군인	이게 뭐냐고? (더 크게) 이게 뭐냐고? 고상병 위치로.
고군인	위치로!
왕군인	지금 빨갱이 년이 나한테 말을 걸고 있다.
고군인	시정하겠습니다.
왕군인	우리의 주적은 누구인가?
고군인	빨갱이입니다!
왕군인	죽어가는 전우들의 목소리가 들리는가.
고군인	들립니다!
왕군인	교육시켜.
고군인	네, 알겠습니다! (소위안부에게 폭력을 쓰며) 씨팔, 빨갱이 년아. 어디서 말을 하고 지랄이야!
왕군인	그만! 하여간 빨갱이들은 처맞아야 정신을 차린다.
변위안부	(앞으로 나오며) 아저씨! 저는 빨갱이 아닌데요?
왕군인	(폭력을 쓰며) 아니라고? 아니라고? (쓰러지는 변위안부) 지금 남자들은 전쟁터에 나가 조국을 지키

고 있다. 그런데 네 년들은 뭘 하고 있나? 너네 빨갱이 년들을 지금 당장 총살시킬 수 있다. 하지만 우리는 너희들을 위해 선처를 베풀고자 한다. 감사한 마음으로 나라를 위해 애국한다는 마음으로 몸 바쳐 일하도록! 그대들은 금일부터 국군에게 위안을 주는 제 5종 보급품이 될 것이다. 알겠나?

차군인   대답 안 해?

위안부들   (겁에 질려) 네.

왕군인   (변위안부를 보면서) 저거 드럼통에 처넣어서 최전방에 보내버려.

고군인   알겠습니다.

김공주   (놀라며) 또 군인을 받으란 말이에요?

왕군인   또? 지금 또라고 했나?

차군인   (총으로 김공주를 위협하며) 이런 씨팔!

김공주   당신들 조선 사람이잖아요. 왜 쪽바리 새끼들처럼 우리한테 이러는 거예요. 왜 자꾸 우리 구멍을 가지고 당신들 마음대로…….

왕군인   (김공주의 목을 조르며) 뚫린 입 구멍이라고 함부로 지껄이지 않는다! 우리는 너희들을 지금 당장 총살시킬 수 있다. (김공주를 밀어내며) 지금 당장 이동한다. 이동!

고/차   이동!

김공주   나는 빨갱이 아니야! 빨갱이 아니라고! 이 씨팔놈의 새끼들아!

김공주가 끌려 나가고, 추군의관은 머뭇거리다 따라간다.

전환.

8. 미군 '위안부'

1961년, 파주, 기지촌의 어느 가게.

김방구나변소, 고차조심. 김공주 31세, 고아들 11세.

조, 심 삼촌이 김, 나 미군 '위안부'를 끌고 들어온다. 뒤따라 방포주와 변이모, 구, 소 '위안부'가 들어온다. 삼촌들이 나'위안부'를 제압하고 손톱에 바늘을 찔러 넣고 있다. 비명을 지르는 나'위안부'. 이제 김공주는 한복 차림이 아니다.

조삼촌	손 대! 지금부터 질문한다. 이 양갈보 씨팔 년들아! 어디로 나갔냐?
심삼촌	어디로 나갔냐고, 문도 없는데?
조삼촌	(대답이 없자 다시 바늘로 찌를 준비를 하며) 자, 갑니다.
김공주	(급하게) 찬장! 부엌 찬장 구멍!
조삼촌	어떻게 알았냐? (사이) 찬장 속에 구멍 있는 거 어떻게 알았냐고! 이 씨팔 년아!
김공주	(나위안부가 다시 바늘에 찔리고 고통스러워하자) 부추전! 이모! 이모!
방포주	(변이모를 흘겨보며) 이모! 이게 무슨 말이야?
변이모	(당황하며) 내가 어떻게 아노?

| 방포주 | 정말 몰라? |

방포주　　정말 몰라?

변이모　　아니, 김공주 이년이 갑자기 비 온다고 부추전을
　　　　　먹고 싶다고 하는 거야. 오늘은 부추 없다, 그랬
　　　　　더니 나를 딱 꼬나보는 거야. 그래서 내가 안 되
　　　　　겠다 싶어서 부추를 사러 잠깐 갔다 왔지. 근데
　　　　　그사이에 도망을 가버렸네.

방포주　　아, 그럼 이모도 같이 도운 거네?

변이모　　그게 무슨 말이고! (김공주 머리채를 잡으며) 야, 이
　　　　　쌍년아. 말해봐라. 내가 너 도와주드나? 내가 너
　　　　　도망가는 거 도와주드나!

김공주　　아니요!

변이모　　봐봐라. 언니도 알다시피 김공주 이년이 손님도
　　　　　잘 받고, 도망가려고 하는 년들 꼰지르고 그랬잖
　　　　　아. 근데 이년이 내 뒤통수 칠지 내가 알았겠나.
　　　　　이게 다 치밀한 계획하에…….

방포주　　알았어. 나 이모 믿으니까 그만 좀 해.

변이모　　아, 씨팔. 나 살다 살다 저런 개쌍년을 봤나. 기가
　　　　　막혀서.

방포주　　(장부를 보며) 가만 보자, 지금 나공주가 선불로 땡
　　　　　겨 쓴 게 30만 원. 방값, 밥값 해서 100. 머리값,
　　　　　화장값, 드레스값 해서 50. 저번에 도망갔을 때
　　　　　잡아 온 비용 10. 그럼 총 190? 아, 이번에 도망
　　　　　갔을 때 삼촌들 짜장면 두 그릇 해서 30원. 그럼
　　　　　총 190만 30원. 설마 이 돈도 안 갚고 또 도둑년
　　　　　처럼 도망가려고 그랬겠어? 김공주야, 이거 좋은
　　　　　집 두 채 사고도 남을 돈이야. 네가 도망가자고

그랬어? (사이) 네가 도망가자 그랬냐고!

대답이 없자 나'위안부'의 손톱에 바늘을 찌르는 조, 심 삼촌. 나'위안부'
가 고통스러워한다.

김공주   (무릎을 꿇고 빌면서) 언니, 나 한번만 봐주세요.

방포주   빨리 말 안 하면 네 친구 죽어.

조삼촌   다시 갈게요!

김공주   (소리를 높이며) 내가 가자고 그랬어요! 돈 벌려고
　　　　　왔는데 빚만 느니까…….

변이모   미친년!

조삼촌   (일어나서 김공주를 때리려고 하며) 이런 쌍년이!

방포주   삼촌! 때려도 상판은 때리지 마. 얘 손님 받아야
　　　　　돼.

조삼촌   (김공주를 밀치며) 개쌍년.

심삼촌   너 신고했지?

조삼촌   경찰이 우리 뒤봐주고 있는 거 모르냐?

방포주   (돈을 주며) 삼촌들, 수고했어.

심삼촌   (돈을 받고 나가며) 밥 먹고 와서 더 조져놓을게. 개
　　　　　쌍년들.

조삼촌   (나가며) 좆나 귀찮게 하네.

나위안부   (멍한 상태에서) 병신. 지랄하고 자빠졌네. 니기미
　　　　　씹창…….

방포주   (소위안부에게 약을 건네며) 쩔순아! 쟤 고장 났다.
　　　　　가서 약 먹여.

소위안부   (약을 받아 자기가 먼저 먹고, 나위안부에게 먹이며) 네,

언니.

<table>
<tr><td>조삼촌</td><td>(밖에서 목소리) 누나, 손님 왔다.</td></tr>
</table>

조삼촌 (밖에서 목소리) 누나, 손님 왔다.

방포주 야! 너 나가서 손님 받아.

구위안부 네, 언니.

소위안부 (나가는 구위안부를 따라가며) 거기 안 서! 내가 받을
거야. 내 거라고, 이년아.

방포주 김공주, 지금 애네가 먹은 세코날, 다 네 장부에
올려.

김공주 (당황하며) 언니!

방포주 너네 도망갔을 때 쓴 비용도 다 네 장부에 올려.

김공주 언니, 아니지! 그걸 왜 내 장부에 올려요!

방포주 (머리채를 잡으며) 야, 이 쌍년아. 하나밖에 없는 아
들 키우는 데 돈 필요하다, 네 발로 기어들어왔잖
아. 근데 이제 와서 도망을 가? 배은망덕하게.

변이모 야! 네 아들, 삼촌들이 터미널에서 데리고 왔어.

김공주 (고통에 몸부림치며) 으아악!

방포주 개새끼도 집 나가면 집 찾아와. 너네 빚 다 갚을
때까지 여기가 너네 집이야. 알겠어? (나위안부에
게) 내가 너 얼마에 사 왔는지 알지? 안 되겠다.
아무래도 너네 집에 전화해서 엄마한테…….

나위안부 (무릎을 꿇고 빌면서) 언니, 안 돼요. 진짜 안 돼요.
우리 엄마 알면 쓰러져요!

방포주 (나위안부를 위협하며) 그러니까 왜 돈도 안 갚고 도
망을 가. 이 도둑년아!

변이모 야, 여자가 할 수 있는 일은 다 똑같아.

방포주 이모는 애들 감시나 똑바로 해.

변이모   예.

방포주   너네들 한 번만 더 도망가려고 해봐, 섬에 확 팔

             아버릴 테니까!

변이모   느그 이제 죽었어.

방포주와 변이모, 나간다.

김공주   (울먹거리며 나위안부를 달래면서) 공주야, 미안해. 미

             안해.

나'위안부'가 통곡을 한다. 잠시 뒤 방포주가 들어온다.

방포주   야, 손님부터 받자. 너는 다른 방 가고, 너는 여기

             있어. 네 서방 왔어.

김공주   (화를 내며) 언니, 얘가 지금 손님을 어떻게 받아

             요!

나위안부   (갑자기 김공주를 밀치고 화를 내며) 너 때문이잖아,

             너 때문에 이렇게 된 거잖아, 이 나쁜 년아! 너가

             나 꼬셨잖아. (방포주에게 안기며) 언니, 저 손님 받

             을게요. 엄마한테만 얘기하지 말아주세요, 네? 나

             진짜 잘할 수 있어요. 나 지금 어때요? 예뻐요?

방포주   지랄 염병 떨고 있다. 손님들 쏟아져. 얼른 나와.

나위안부   네, 언니!

방포주와 나'위안부' 나간다. 김공주는 소리를 내지 않고 서럽게 운다. 그
때 토머스차가 방으로 들어온다.

토머스차	Hello! My darling, Gong-ju! This is your Thomas!
김공주	(황급히 눈물을 닦으며) 하이, 토마스.
토머스차	(공주의 두 빰을 감싸며) Hey! What's wrong? What happened? Are you O.K.?
김공주	응, 오케이.
토머스차	Look at me! Come on. Come on, my darling. I don't want you to be sad. Be happy! I am here for you. O.K.?
김공주	오케이.
토머스차	You know? When you smile, You are the most beautiful woman in the world!
김공주	(힘겹게 웃으며) 예뻐?
토머스차	Yeah! That's it! That's the smile. Come on! Come on, my darling!

토머스차, 김공주를 일으켜 기분을 풀어주기 위해 춤을 추자고 한다. 처음에는 힘들어하지만, 토머스차에게 기대어 춤을 추는 김공주. 그때 변이모가 우는 고아들을 데리고 들어온다.

변이모	쏘리. 아이 엠 쏘리. 야, 네 아들 왜 이렇게 우노? 어떻게 좀 해봐라.
김공주	(다급하게) 아들, 왜? 다쳤어? 뚝! 울지 말고 똑바로 말 못 해?
고아들	삼촌들이 때렸는데…….
김공주	(고아들의 등짝을 때리며) 왜 맞고 다녀! 왜 맞고 다

| | 녀! (속상해서 울먹거리며) 사내새끼가 지 몸 하나 못 지켜서 어떻게 살려고! 왜 따라와, 왜? |
| 토머스차 | (고아들을 달래며) Hey, Gong-ju! Hey, son, what's wrong? What happened? Are you O.K.? |

토머스차, 달러를 꺼내어 고아들에게 건넨다.

고아들	(울음을 멈추며) 원 달러? (토머스차가 원 달러를 더 꺼내주자) 어! 투 달러. (굉장히 좋아하며) 우리 아빠 해라, 토마스.
김공주	이모!
변이모	야, 느그 엄마 일해야 돼. 일어나.
고아들	(변이모를 흘겨보며) 이씨.
변이모	(나가며) 애비 없는 티가 난다, 티가 나.
고아들	(나가며) 빠이.
토머스차	Bye!
김공주	토마스. 싯 다운. 이렇게 하면 안 돼. 아들 버릇 나빠져. 배드 썬. 배드 썬.
토머스차	No, no. He's a good son! He needs money and we all need money.
김공주	뭐가 이렇게 따듯해? 유 하트 이즈 따끈따끈!
토머스차	What? 따?
김공주	나 어떻게 이렇게 좋은 사람을 만났을까. 나 진짜 복 받았다. 아임 해피.
토머스차	No. I am happy, because of you! My darling.

My Gong-ju. (입을 맞추려 하며) Um…….

김공주 　　(토머스차를 막으며) 스톱, 토마스! 토킹 어바웃! 리슨, 플리즈!

토머스차 　　O.K. I'm listening.

김공주 　　오케이! (신중하게) 토마스, 러브 미?

토머스차 　　Sure!

김공주 　　(울먹거리며) 아이 원 투 고우 투 아메리카. 유, 미, 마이 썬, 고우 투 아메리카. (돈봉투를 꺼내며) 이거 내 전 재산이야. 이거 가지고 가서 뱃값, 비행깃값 해! 거기서 딴딴따단, 딴딴따단. 아임 해피, 아임 해피!

토머스차 　　O.K.! Let's go to America!

김공주 　　리얼리?

토머스차 　　Yeah, Really.

김공주 　　(토머스차를 끌어안으며) 고마워, 토마스. 고마워…….

토머스차 　　(시계를 보고 김공주를 눕히며) Let's go to America Gong-ju…….

김공주 　　토마스, 잠깐만. 나 아파서 하기 싫어, 오늘. 나 얘기하고 싶어, 토마스. 얘 왜 이러니. 토마스!

김공주, 의도치 않게 토머스차의 뺨을 때린다.

김공주 　　(놀라서) 쏘리.

토머스차 　　(사이) Hey. What is this? Fuck!

김공주 　　내가 지금 일부러 그런 게 아니라, 나 한국이 너

무 지긋지긋해서……. 나 미국 가고 싶어. 당신
나 데리고 가줄 수 있잖아. 우리 미국 가서 살자.
거기서 행복하게…….

토머스차 What is your fucking problem? You fucking
whore.

김공주 너 지금 나한테 욕했냐?

토머스차 Go! Fuck yourself!

김공주 나 한국이 지긋지긋하다고. 너 내 구멍에 1년 박
았잖아. 나 데리고 미국 가라고!

토머스차 Fuck you. I'm done with you. Bitch!

김공주 아냐, 아냐, 토마스. 미안해, 미안해. 이렇게 가면
안 되지. 아이 원 투 고우 투 아메리카. 아메리카
플리즈!

토머스차 (김공주를 제압하며) Oh, You want to go to
America? You want to go to America? This is
your America! This is your fucking America!
(나가며) Fucking whore!

토머스차, 나간다. 혼자 남겨진 김공주가 갑자기 돈봉투를 찾는다.

김공주 내 돈, 내 돈! (돈봉투를 황급히 품에 넣고) 씨팔, 양키
새끼. 뻑큐!

전환.

2부

9. 양공주 교육

1969년, 동두천, 크라운클럽.

김방구변소, 왕추차조심. 김공주 39세, 고아들 19세.

한국특수관광협회 조회장, 파출소장 심경위가 서 있고, 왕군수는 악수를 나누며 들어온다. 양공주들은 모두 바닥에 앉아 있다. 남성들은 발언할 때마다 마이크를 사용한다. 차사진사, 나와서 사진을 찍는다. (9장부터는 김공주 외에도 인물명을 '(성)공주'로 표기하며 미군 '위안부'는 양공주로 표기한다.)

조회장   컷또, 컷또. 아, 아! 자, 그러면 오늘 행사를 시작하도록 하겠습니다. 먼저 클럽 라스베가스에서 이번 달 솔선수범해서 아주 좋은 본보기를 보여 줬어요. 맥주 양주를 합산해서 150박스를 팔았습니다. 박수! (박수가 끝나면) 저는 한국특수관광협회 회장으로서 우리 여러분들도 분발을 해주셔야 한다고 말씀드리고 싶고요. 미군이 들어오면 바이 미 드링크! (위안부들이 따라 하고) 맥주든 양주든 많이 팔아서 우리 부모, 우리 형제, 더 나

아가 우리나라까지 부자로 한번 살아봅시다. 여러분! (박수가 끝나면) 제 얘기는 여기서 마무리하고요. 다음은 우리 왕군수님께서 한말씀 해주시겠습니다.

왕군수 아, 아! 왕군수여유. 시방 우리 양갈보…… 양색시? 양공주. (웃으며) 이게 왜 이렇게 헷갈리는지 참말로 모르겠슈. 소문으로 들으셔서 아시겠지만 시방 저희가 땅을 사서 저쪽 사거리에 공장을 짓고 있는디. 아래층에는 가발공장, 위층은 기숙사. 여러분들 그렇게 바라던 방 한 칸이 생기는 거예요! 저희가, 이 나라가 여러분을 꼭 좀 책임지도록 하겠습니다. 모쪼록 영어 단어 하나라도 더 외우셔서 미군들과 원활한 카뮤니케이션을 통해 최상의 싸비스와 위안을 주시면 감사하겠습니다. 우리 양갈보 애국자 여러분들을 진심으로 응원합니다. 파이팅!

모두 파이팅!

조회장 네, 감사합니다. 다음은 우리 심경위님께서 한말씀 해주시겠습니다.

심경위 네, 짧게 한마디만 하겠습니다. 어제 홍콩클럽에서 흑인 군인하고 백인 군인하고 또 싸움을 일으켰고, 그 싸움의 원인 제공을 우리 양공주 중 한 명이 했고, 결국 홍콩클럽 영업정지당했습니다. (화내며) 이게 뭡니까, 이게? 그럼 애국은 누가 하고, 달러는 누가 법니까. 이게 다 우리 손해란 말입니다. 좌우지간 미군한테 욕하지 마시고, 싸우지 마시고. 싸움 날 것 같으면 차라리 도망을 가. 저는 여기까지만 하겠습니다.

조회장　네, 감사합니다. 심경위님.

추보건소장　(들어오며) 아이고! 왕군수님!

조회장　아이고! 우리 끝내려고 했는데, 추보건소장님께서 오셨습니다. 박수 한번 쳐주세요.

추보건소장　아, 아, 쎄, 쎄. 요즘 들어서 검진 패스를 갱신하지 않는 분들이 뭐가 그렇게 많습니까. 토벌 때 걸려서 몽키하우스, 아니 성병관리소 가고 싶어요? 여러분들의 구멍은 나라의 미래입니다. 그리고 나라에서도 일부러 국비 들여다가 무료로 검진 패스를 갱신해주고 있는데…….

방공주　(손을 들며) 저기요, 말씀 중에 죄송한데요. 제가 한말씀만 좀 드리겠습니다. 검진 패스 갱신, 이거 뭐 우리도 하고 싶죠. 맞죠?

추보건소장　하면 되지!

방공주　아니, 그런데 보건소에서 회비를 내야지 검진 패스 갱신해주고 또 만들어준다 안 캅니까. 그럼 이거 뭐예요, 돈이 따따블로 드는 거 아니겠어요?

추보건소장　내면 되지!

변공주　언니, 하지 마라.

구공주　솔직히 우리한테 돈이 어디 있어요. 가게에다 얘기하면 이거 다 우리 빚 되는 거잖아요.

변공주　언니, 그만해라.

구공주　왜! 나도 할 말은 해야겠어! 흰둥이랑 검둥이랑 싸우는데 그건 왜 또 우리 탓이라는 거야, 대체!

우리가 무슨 물렁뼈야? 내 돈으로 니들 똥구멍
닦는 거 누가 모르는 줄 알아? 내 서방 미군이야.
뇌!

심경위, 구공주를 끌고 나간다.

조회장	아니, 지금 뭣들 하는 거야! 나도 참는 데 한계가 있어!
소공주	병신. 지랄하고 자빠졌네. 니기미 씹창…….
김공주	(소공주를 막으며) 얘가 약을 많이 처먹어서 그래요. 죄송합니다.
공주들	죄송합니다.
조회장	자, 오늘 행사는 여기서 마무리하도록 하고, 기념사진 촬영하고 마무리하도록 하겠습니다. 이쪽으로 모여주세요. 자, 구호 시작!
공주들	기억하자! 우리의 마음씨, 우리의 몸차림, 우리의 행동이 3천만 민족의 흥망이다! 바미 드링크!

차사진사가 사진을 찍는다. 해산하면서 조회장, 추보건소장은 왕군수에게
봉투를 건넨다. 그때 왕군수에게 다가가는 김공주.

김공주	저기, 왕군수님. 안녕하세요. 저는 김공주입니다. 잠깐 시간 되실까요?
왕군수	뭔데요?
김공주	예, 다른 게 아니라 아까 끌려 나간 그 구공주가 그렇게 나쁜 년이 아닌데 어떻게 딱 한 번만 봐주

시면 안 될까 해가지고…….

왕군수　가게가 어디라고 했죠. 선녀님?

김공주　(긴장하며) 랑데부요.

왕군수　(사이) 랑데부? (김공주를 훑어보며) 이야, 거기에 이
런 무르익은 이쁜 처자가 있었는지 나는 몰랐네
요? (돈을 김공주 옷에 꽂아주며) 우리 복잡한 얘기
는 이따 밤에 좀 합시다. 내가 지금은 좀 바빠서!
선녀는 밤에 내려오는 거, 알쥬?

김공주, 어색하게 웃는다. 눈이 마주치자 함께 춤을 추기 시작하는 두 사
람. 공주들이 나와 왕군수를 황홀하게 바라보며 같이 춤을 춘다. 왕군수가
나가자 아쉬워하는 공주들.
전환.

10. 포주 김공주

1970년, 동두천, 기지촌의 어느 가게.
김방구나변소, 고차조심. 김공주 40세, 고아들 20세.

김, 방, 구, 나, 변, 소 양공주가 둘러 앉아 간식을 먹고 있다. 고아들은 옆에
서 책을 읽고 있고, 김공주는 활기찬 분위기로 말을 시작한다.

김공주　방구나변소, 조회하자. 자, 고객에 대한 우리들의
다짐! 하나!

공주들　고객은 각각 특별한 서비스를 원하므로 우리

는…….

김공주 (갑자기) 야, 이년들아! 너네 자꾸 이렇게 처먹으면 뚱뚱해져. 손님이 안 찾아! 평생 몸 팔면서 살래? 아니면 나처럼 색시 장사를 해서라도…….

방공주 아이고, 언니야. 니는 왕군수가 뒤봐주니까 이래 된 거 아이가?

김공주 넌 술 좀 작작 처먹어, 이년아.

방공주 어렸을 때 못 먹고 자라서 그런다. 먹을 땐 개도 안 건드린다 카더라.

김공주 내가 말했지. 옛날에 내가 미인대회에서 1등 할 때부터…….

방공주 그거 확인도 안 되는 거 백날천날 자랑질이데이.

김공주 야! 아, 씨팔. 나는 정말로 너네가 잘됐으면 좋겠어. 그래서 돈도 딱! 반 갈이 하잖아. 제발 돈 좀 모아서 빚들 좀 갚자고. 변공주 봐라, 얼마나 악착같이 모아.

변공주 나 우리 아들내미 키워야지. 미군한테 딱 말해! 난 돈 안 써, 니 페이!

김공주 미국 갔다 오신 우리 구공주 년은 내가 화투 치라고 방구석에 불을 때주는 것 같냐?

나공주 그런데 왜 그 조지인지 자지인지랑 이혼하고 한국 온 거야?

구공주 김치 먹고 싶어서. 아, 물론 간다니까 가지 말라고, 가지 말라고. 나 서류상 아직 버지니아 사람이야. 이혼 안 했어.

방공주 알겠다, 미친년아.

김공주   어쨌든 토요일, 일요일에 미군들 많이 나온다. 콘
        돔들 꼭 하고.

방공주   우리가 안 하나, 갸들이 안 하지.

김공주   그러다 또 애 서서 애 떼지 말고! 생리한다고 농
        땡이 까지 말고.

방공주   솜 끼우고 하고.

공주들   네.

김공주   어차피 썩어 문드러질 몸, 돈 벌 때 제대로 벌어
        야지! 씨팔, 너네 한 번만 더 사고 쳐봐. 그때는 내
        가 삼촌들한테 말해서 쥐패라고 할 거야. (방공주
        자리를 가리키며) 애 어디 갔냐?

방공주   (책 읽던 고아들 옆에 가서) 누나도 공부를 잘했어.
        (사이) 뭐고, 시네, 시. 나도 시 진짜 좋아하는데.
        (소리 내어 읽으려고 하는데 고아들이 피하자) 아이고,
        사춘기가?

변공주   무슨, 군대 갈 나이가 다 됐는데.

구공주   총각 딱지 뗐나, 안 뗐나.

방공주   우리 아다, 누나가 한번 떼줄까? 빠굴빠굴.

공주들   빠굴빠굴!

고아들   (울먹거리며) 그만 좀 해요! 쪽팔리게.

나공주   (갑자기) 나 결심했다. 시집갈래.

소공주   또? 이번엔 누구야?

나공주   요 앞에 새로 생긴 슈퍼 주인!

방공주   야, 씨팔. 그 할배 새끼?

구공주   또 너한테 예쁘다고 그러디?

나공주   내밖에 없대. 아들 낳아달래.

김공주	야, 이년아. 남자 새끼가 하는 말 중에 믿지 말아야 하는 게 너밖에 없다는 거야.
나공주	언니야, 난 그래도 여자는 결혼을 해야 한다고 생각해. 더 늦기 전에 얼른 또 가야지.
변공주	그런데 언니는 너무 자주 가잖아.
소공주	아, 나도 시집가고 싶다.
고아들	(갑자기) 누나는 시집가지 마요. 나 군대 갔다 올 때까지 기다려줘요.
김공주	(사이) 그게 무슨 방귀 뀌는 소리냐?
고아들	누나한테는 아픔이 있어. 무슨 아픔인지 모르겠지만 아련한 아픔이 느껴져.
김공주	(고아들의 등을 때리며) 너 어디 계집이 없어서 이런 년한테! 너 싸고 싶다고 아무 구멍에다가 쑤셔 넣을 거야?
방공주	언니야! 말이 좀 심하다.
김공주	뭐! 너 같으면 네 아들이 우리 같은 구멍에다 넣게 하고 싶어?
방공주	나는 아를 가져나봤으면 좋겠다. (울먹거리며) 내 아 못 낳는 거 알면서 저칸다.
김공주	(당황하며) 야, 나는 그런 말이 아니라……. 아니, 우리는 하루라도 조용히 넘어가는 날이 없냐!

그때, 중학생 조아들이 들어온다. 얼어붙는 변공주.

조아들	엄마.
김공주	(짜증을 내며) 넌 또 뭐야?

변공주	야!
구공주	(변공주의 눈치를 보며) 야, 애가 모른다며?
방공주	(당황하며) 엄마, 우짜노. 야야, 들어올래?
조아들	식당에서 밥해주고 있다며.
김공주	(눈치 보며) 맞아. 너네 엄마가 여기서 밥해주는 사람 맞지?
나공주	너네 엄마 밥 잘해.
조아들	어제 엄마가 받은 손님, 내 친구 아빠래.

조아들은 울며 나가고 밖에서 "토벌이다" 소리가 들린다. 놀라는 공주들. 급히 검진 패스를 준비한다. 변공주는 아들을 쫓아가려다 가게 안으로 들어온 심경위에게 막혀 나가지 못한다. 변공주는 심경위와 몸싸움을 하며 길을 뚫고 나가려다 그 자리에 쓰러진다. 변공주를 챙기는 공주들.

심경위	왜 소리를 지르고 지랄. 빨리 치워요, 이거!
김공주	아이고, 심경위님. (방, 구 공주에게 신호를 주며) 연락 주신다면서…….
방공주	(과한 애교와 함께) 오빠!
소공주	(과한 애교와 함께) 나 만나러 온 거야?
구공주	(과한 애교와 함께) 헬로우.
김공주	오늘은 셋 다 넣어드릴게.
심경위	됐습니다. 오늘은 토벌이 아니라 컨택하러 왔습니다.
김공주	컨택?
심경위	제가 미리 말씀을 드렸어야 했는데 사정이 있어서. 자, 똑바로 서시고. 커몬, 썰!

공주들, 일자로 선다. 고아들은 구석에서 바라보고, 미군 조녀선차가 들어
온다.

심경위   여기 계신 우리 조나단차 병장님께서, 지난주에
여기서 매독에 걸렸다고 합니다.

공주들   (놀라며) 네?

심경위   사진 명부에서 확인하고 여기가 틀림없다고 하
니까, 지금부터 색출 작업 진행하도록 하겠습니
다. (공주들을 가리키며 조녀선차에게) 조나단차? 완,
투, 쓰리, 포, 파이브?

김공주   잠깐만! 야, 너네 이번 주에 재 받은 적 있어?

공주들   없어요.

김공주   아이고! 우리 애들은 저 병장님 본 적도 없대.

조녀선차   (김공주를 가리키며) It's her!

공주들, 놀란다.

조녀선차   It's her!

김공주   (굉장히 놀라며) 무슨 쌍방귀 뀌는 소리냐. 야! 나는
손님 안 받아. 여기 주인이에요, 오너!

공주들   오너!

심경위   저, 일단 그냥 가셔야 되겠는데요?

김공주   나 왕군수 여자야. 몸 안 판 지 꽤 됐다니까! (조녀
선차에게 화를 내며) 야, 이 새끼야. 내가 너랑 언제
떡을 쳤다는 건데?

심경위   알아요, 아는데 저도 입장이라는 게 있으니까.

김공주	나 아니라니까! (화를 내며) 저 양키 새끼가 어디서 거짓부렁을 해, 거짓부렁을!
심경위	(화를 내며) 미군이 찍었는데 나보고 어쩌라는 거야, 씨팔!
고아들	(나서며) 아저씨! 우리 엄마한테 왜 이래요!
심경위	(고아들에게 폭력을 쓰려고 하며) 넌 뭐야!
김공주	(황급히) 아들아, 왕군수 불러와라. 언능!
심경위	(김공주의 머리채를 잡으며) 이젠 갈보 년이 경찰을 개무시하네!

고아들은 도망가고, 공주들은 심경위와 조너선차에게 공격한다.

| 심경위 | (호루라기를 불고 총을 꺼내며) 무릎 꿇어! (무릎을 꿇자) 이런 씨팔 년들, 가만히 있어! 가만 안 있으면 가만 안 둘 거예요! |

심경위, 나간다.

전환.

11. 한국 경찰

1970년, 동두천, 경찰서 유치장.

김방구나변소, 왕고추차조심. 김공주 40세, 고아들 20세.

유치장 안에 무릎을 꿇고 앉아 있는 공주들.

방공주	(코에 침을 묻히며) 다리 저려, 씨팔.
구공주	우리가 뭘 잘못했는데!
방공주	야, 미군이 그랬다 하면 그냥 그런 거다. 이거 빼도 박도 못한다고.
김공주	괜히 양키 새끼 건드려서. 미안해.
방공주	야, 변공주. 니 괜안나?
김공주	(사이) 야, 아들내미도 알 건 알아야지. 일단은 여기서 살아 나가는 게 먼저야.
나공주	몽키하우스, 거기가 그렇게 무서운 데예요?
방공주	말도 마라. 가둬놓고 여럿 죽어 나간다.
김공주	거기 가면 치료한다고 주사를 놔줘, 페니실린이라고.
방공주	진짜 아프다.
구공주	달거리보다 더 아파?
방공주	아 낳는 것보다 아니, 아 몇 번 떼는 것보다 더 아프다. 밑이 무너지는 것 같다꼬.
구/나	(울먹거리며) 어떡해.
방공주	그 맞고 쇼크 오잖아? 그럼 바로 뒤진다. 내 봤다, 직접.
구/나	(울며) 어떡해.
김공주	딱 3일! 딱 3일만 참으면 돼. 우리는 깨끗하잖아. 주사 한 번 딱 맞고…….
방공주	야, 쉿!

문 쪽을 쳐다보는 방공주. 덩달아 긴장하는 공주들. 하지만 아무도 오지 않는다.

방공주	아닌갑다.
김공주	씨팔. 마음 단단히들 먹어.
나공주	왕군수 이 새끼는 뭐 하고 있는 거야.
구공주	우리 언니 여기 끌려와 있는데.
소공주	씨팔, 개좆같은 새끼, 좆물에 튀겨버…….
김공주	아가리 닥쳐라, 이년아.

변공주, 갑자기 일어나 울면서 자리를 박차고 나가려 한다. 놀라는 공주들.

| 변공주 | 나 아들 보러 갈래, 아들 보러 갈래! |
| 김공주 | (변공주를 제압하며) 야! 너 아들내미 얼굴 다시는 안 보고 싶어? 아들내미 때문에 구멍 팔아 번 돈 안 아깝냐고. |

그때 왕형사가 들어온다.

| 왕형사 | 아휴, 보지 썩은 내. 너네만 오면 오물 냄새가 진동을 한다. 일어나. (버럭 하며) 빨리 일어나. 어쭈. 차렷, 열중쉬엇, 차렷, 열차, 열차, 열차, 열차가 지나간다. 취취, 뿌뿌, 취취, 취취……. 열차가 지나갔다. 미군이랑 하니까 좋냐? 꽉 차? 흰둥이가 좋냐? 검둥이가 좋냐? (갑자기 소리를 지르며) 대답 안 해! |

놀라서 대답하는 공주들. 그때 김공주가 손을 들고 말한다.

김공주	형사님, 그런데 저희가 다 검진 패스가 있거든요? 미군이 오해를 해가지고…….
왕형사	미군이 그렇다면 그런 거야, 이 씨팔 년들아! 미군한테 다리 벌려서 돈 버니까 눈에 뵈는 게 없냐? (사이) 지금 한국 남자라고 무시하는 거야?
공주들	아닙니다.

조형사, 군인이 된 고아들, 추, 차, 심 군인이 나와서 선다. 한국과 베트남의 시공간이 동시에 진행된다. 지금부터 왕형사가 명령하면 모두 따른다. 군인들의 눈에는 살기가 가득하고, 공주들의 눈에는 두려움이 가득하다.

왕형사	열중쉬엇, 차렷, 열중쉬엇, 차렷! 여기 놀러 왔나?
공주들	아닙니다.
왕형사	지금 우리 남자들은 대한민국의 재건을 위해, 베트남에서 미군에게 몸 대주며 목숨을 바치고 있는데, 너네 개갈보 같은 년들은 더러운 구멍 하나 간수 못 해서 미군들을 화나게 하나?
공주들	죄송합니다.
왕형사	명심해라. 좋은 옷 입고 좋은 거 처먹으면 다 베트콩, 빨갱이다!
공주들	빨갱이다.
왕형사	어른, 아이 상관없이 빨갱이들은 다 찢어발겨 몰살한다!
공주들	몰살한다.
왕형사	안 그러면 우리가, 우리 가족이 죽는다! 알겠는가?

| 공주들 | 명심하겠습니다. |
| 왕형사 | 엎드려! (사람들이 엎드리면 발로 밀면서) 준비! (쓰러졌던 사람들이 일어나 다시 대형을 맞추면) 하나에 빨갱이! 둘에 찢어 죽이자! 하나! ("빨갱이") 둘! ("찢어 죽이자") 하나! ("빨갱이") 둘! ("찢어 죽이자") 일동 기립! (상처를 보여주며) 보이냐? 이거 6·25 참전 때 생긴 상처다, 이 씨팔 년들아. 애국가 장전! 발사! |

군인들이 '애국가'를 부르기 시작한다. 공주들도 어설프게 따라 부른다.

| 왕형사 | 젖탱이 흔들어! 구멍들 벌렁벌렁! 그만. 재미없다. 조형사, 교대! |
| 조형사 | (나가는 왕형사를 보며) 충성! 선배님, 들어가십시오. (허리를 찌르며) 하나, 둘, 셋, 넷, 다섯, 여섯, 일곱, 일곱 없다. 야, 재미없냐? (억지로 웃는 공주들) 야, 너네 진짜 내 여동생 같아서 하는 얘기인데 너네 애미들은 아냐, 너네들 이렇게 더러운 갈보 짓 하고 다니는 거? 아, 맞네. 너네 애미들 보지도 더럽겠다. 너네 같은 더러운 갈보 년들을 낳았으니까. 안 그래? 야, 대답을! 너네 몽키하우스에 가기 전에 내가 너네들의 애미 애비도 시켜주지 못한 참된 교육을 해줄게. 고마워해. 우선 전방에 5초간 함성 발사! 다음으로 너네들의 그 더러운 보지에 들어 있는 병균들을 해방시켜주기 위해서 팔 벌려 뛰기를 실시한다. 실시! |

공주들, 다 같이 구령을 하며 팔 벌려 뛰기를 한다. 군인들은 퇴장한다. 그때 사이렌 소리와 함께 음악이 나온다. 공주들은 공포에 떨다 한국에 돌아온 고아들을 발견한다. 고아들을 격하게 환영하는 공주들.

전환.

12. 베트남 용사 아들

1971년, 동두천, 기지촌의 어느 가게.

김방구나변소, 고. 김공주 41세, 고아들 21세, 김공주 손녀 소(이하 '소손녀') 1세.

김, 방, 구, 나, 변, 소 양공주가 둘러앉아 고아들의 영웅담을 듣고 있다. 박수와 환호를 해주는 공주들. 고아들의 이야기가 진행되면서 공주들이 한 명씩 나갈 때마다 조명의 단차가 달라진다. 이를 통해 시간이 지남에 따라 반복되는 고아들의 이야기에 공주들이 잃어간다는 것을 보여준다.

고아들	(자랑스럽게) 충! 성!
방공주	(굉장히 궁금해하며) 야, 야. 월남 어땠노?
고아들	월남이 아니라. 비엣넴. 다들 먹고 살기 힘드니까, 우리 엄마 색시 장사 좀 그만했으면 좋겠다, 그렇다면 나라도 희생을 하자!
구공주	역시 남자는 군대를 갔다 와야 돼.
변공주	야, 느그 엄마가 니 걱정 얼마나 했는지 아나?
나공주	맨날 잠도 못 자고 기도하고, 맨날…….
고아들	(김공주 앞에 다가가 무릎을 꿇으며) 불효자를 용서해

주십시오, 어머니!

방공주   사람 됐다, 사람 됐어. 거기서 얼마나 받았노?

고아들   27달라. 한 달에 27달라 받았습니다. 1년 있었습니다.

소공주   왜 돌아왔어. 나 같으면 10년도 있었겠다.

고아들   (소공주를 보며) 참을 수 없는 그리움이 밀려들어와 나를 숨 쉴 수 없게 만들었습니다.

변공주   (갑자기 일어나 나가며) 잠깐만. 나 화장실 좀!

방공주   또 가나, 저년은!

고아들   (변공주가 나가고) 이제 시작인데. 아직도 그날이 기억나곤 합니다. 바다 본 적 있어요?

공주들   (대답을 해주는 듯이) 아니.

고아들   (사진을 꺼내며) 이게 그때 찍은 사진인데! (공주들이 환호하자) 제가 비치에서 전투 수영을 하는데! 음파! 음파! 음파! 음? 상어? 상어가 있네! 내가 깜짝 놀라가지고 주먹으로 상어 눈깔을 팍 치니까 상어가. 잠깐만요, 잠깐만요. 이래서 다들 외국을 나가는구나 싶었죠. 아직도 그 첫 풍경을 잊지를 못해요. 선샤인, 소프트 샌드, 야자수, 수평선! 풍, 경! 그런데 이런 땅에서 전쟁을 한다고? 이런 풍경에서? 베트콩, 따당! 따당! 따당! 저는 전쟁 끝나면 비엣넴에서 살려고 했어요.

나공주   그런데 왜 왔어?

고아들   더워서. 육지 내리니까 너무 더워가지고 숨을 못 쉬겠는 거예요.

나공주   (갑자기 일어나 나가며) 나도 숨이 안 쉬어지네. 바람 좀 쐬고 올게.

<table>
<tr><td>방공주</td><td>닌 또 어디 가노?</td></tr>
<tr><td>고아들</td><td>(나공주가 나가고) 내가 얘기했나? 선인장! 선인장 열매 먹어봤어요?</td></tr>
<tr><td>구공주</td><td>(관심 없다는 듯이) 아니, 선인장이 뭐랬지?</td></tr>
<tr><td>고아들</td><td>그게 VIP한테만 주는 건데. Very Important Person, 매우 중요한 사람. 우린 자주 선물받았어요. 내가 싫다고, 싫다고 하는데도 준다고, 준다고. 진짜 맛있어. 안 먹어봤으면 말을 말아.</td></tr>
<tr><td>구공주</td><td>(갑자기 일어나 나가며) 나도 배고프다. 나 뭐 좀 먹고 올게.</td></tr>
<tr><td>방공주</td><td>저년, 저거 또 처먹나.</td></tr>
<tr><td>고아들</td><td>(구공주가 나가고) 내가 얘기했지? 그게 비엣넴에선 정력제래. 선인장 열매? 빠굴빠굴, 빠굴빠굴!</td></tr>
<tr><td>소공주</td><td>하지 마. 비엣넴 년들이 너 진짜 많이 좋아했겠다?</td></tr>
<tr><td>고아들</td><td>장난 아니지. 따이한 오빠, 따이한 오빠. 그때 내가 빠굴빠굴, 빠굴빠굴!</td></tr>
<tr><td>방공주</td><td>(갑자기 일어나 나가며) 진짜 작작 좀 해라. 벌써 몇 년째 이 소리고?</td></tr>
<tr><td>고아들</td><td>(방공주가 나가고) 내가 말했나? 내가 비엣넴 년을 구해줬는데 그년이 사랑해요! 따이한 오빠, 이러는 거야. 순간 내 입에서 (노래하며) "저 푸른 초원 위에 그림 같은 집을 짓고!" 노래를 불러줬더니. 사랑해요, 따이한 오빠, 여기 선인장 열매 드세요. 그때 내가 빠굴빠굴, 빠굴빠굴!</td></tr>
</table>

소공주	(김공주가 한숨을 쉬며 눕자) 야! 비엣넴 넌들이 그랬겠다. 베트남 참전용사!
고아들	다시.
소공주	베트남 참전용사?
고아들	다시 한 번!
소공주	베트남 참전용사!
고아들	난 그런 게 있어! 내가 비엣넴 가서 우리나라 경제 살리고, 세계평화에 이바지하고, 빨갱이 새끼들 잡아 죽인, 그런 자부심 같은 게 있어! 누나, 나랑 연애할래?
소공주	뭐?
고아들	연애.
소공주	(손으로 성행위를 묘사하며) 이거?
고아들	(입술을 가리키며) 입술 박치기! 우!
김공주	(벌떡 일어나며) 야, 이 새끼야. 내가 너 이러라고 키운 줄 알아? 저년은 지 밑구녕 팔아 먹고사는 년이라고!
고아들	엄마, 누나한테 그러지 마!
김공주	뭐?
고아들	엄마 구멍이나 누나 구멍이나 똑같아. 그러니까 누나한테 더 이상 함부로 말하지 마.
김공주	너 엄마한테 말 그따위로 할 거야?
고아들	엄마야말로 말을 그따위로 하면 안 되지!
김공주	(등짝을 때리며) 쌍놈의 새끼들, 너네 오늘 내가 가만 안 놔둬. (도망가는 고아들과 소공주를 향해) 일로 와! 일로 안 와!

두 사람이 나가면 혼자 남는 김공주.

김공주　　　　내 팔자가 쌍년 팔자다.

전환.

13. 양공주와 왜공주

1978년, 동두천, 기지촌의 어느 가게.

김방구나변소, 고. 김공주 나이 48세, 고아들 28세, 소손녀 8세.

김공주, 방 안에 앉아 있다. 방공주와 구공주가 들어온다.

구공주　　　　(화를 내며) 에이, 씨팔! 씨팔! 씨팔!

김공주　　　　(놀라서) 왜, 또!

구공주　　　　아니, 내가 언니 꼬셔서 교회 좀 가보자고 했어.
　　　　　　　　그런데 권산지 집산지가 우릴 불러. 미안한데 우
　　　　　　　　리 교회는 나오지 마라, 여기는 가족도 오고 애들
　　　　　　　　도 온다…….

방공주　　　　그랬더니 이년이 거기서 우리가 무슨 세균이냐
　　　　　　　　하면서 옷 벗고 브라자 벗고 지랄발광을……. 브
　　　　　　　　라자나 입어라, 이년아!

구공주　　　　(울면서) 왜 우리는 교회 가면 안 되는데, 죄인을
　　　　　　　　구제해주는 게 교회라며, 왜 나는 죄인도 마음대
　　　　　　　　로 못 되는 건데.

김공주	아이, 씨팔. 야, 교회 가지 마. 여기서 기도해! 뭐가 어려워. (방공주를 향해) 내가 예수님, 너는 무당. 간다, 시작. 할렐루야, 관세음보살…….
구공주	(갑자기 웃으며) 뭐야, 언니들 실성했어?
김공주	(웃으며) 이년아, 요즘 경기도 안 좋아져서 이제 미군 장사 말고 동네 장사 해야 되잖아, 성깔 조금만 줄이면 어떨까…….

그때 문을 열고 들어오는 변공주와 나공주. 둘 다 고운 한복을 입고 있다.

변공주	아이고, 여기 그대로네. 스미마셴.
나공주	시츠레이시마스.(실례하겠습니다.)
김공주	(화를 내며) 이 쌍놈의 계집애들이 여기가 어디라고 기어들어와? 야, 너 소금 가져와.
방공주	(중간에서 말리며) 아이고, 내가 오라고 했어. 야들이 무슨 할 말도 있다 캐가. 들어온나. 앉아라, 앉아라.
변공주	언니들, 미안해요. 그때는 내가 우리 아들내미 때문에 눈이 돌아가서.
나공주	내가 또 어떻게 얘를 혼자 보내, 그래서 따라갔지.
구공주	미친년, 넌 빌붙으러 간 거잖아!
김공주	왜 왔어?
방공주	(분위기를 띄워보려고) 야, 너그들 그 애기 들어봤나? 우리나라에 오입질하러 들어오는 일본 놈들은 엘리베이터도 못 타본 촌놈들이고, 미국 놈들

은 지 이름도 못 쓰는 등신 같은 놈들이고, 조선
　　　　놈들은 공짜로 한 번 우찌해볼라 하는 날강도 같
　　　　은 놈들이라 하드만?

나공주　　아침에 뉴스 봤어요? 우리 기생들이 이빠이 노력
　　　　해서 한국 관광객이 100만 명이 넘었어요.

변공주　　우린 진주 남강 논개의 얼을 이어받은 나라에 등
　　　　록된 전속 기생이잖아. 그런데 관광객이 많아지
　　　　니까 나라에 등록도 안 된 삼류 기생들이 판을
　　　　치는 거야.

구공주　　너 지금 우리보고 삼류 기생이라는 거야?

방공주　　야, 우리가 무슨 기생인데. 우린 그냥 양갈보지.

김공주　　시끄러, 이년들아. 너네 왜 왔냐고!

나공주　　각하도 요정을 억수로 좋아하는 건 알고 있어요?

김공주　　(버럭 하며) 야, 됐다. 더 이상 못 들어주겠다. 가!

변공주　　(버럭 하며) 나 언니들 구해줄라고 왔어!

김공주　　(사이) 말이여, 방구여?

구공주　　그러니까 본론이 뭐냐고!

방공주　　그래, 본론 얘기해라, 본론 얘기해. 앉아봐.

변공주　　자, 지금부터 나는 새로운 사업 제안을 할 거야.
　　　　맞아. 언니들은 양공주, 우린 왜공주야. 그런데
　　　　솔직히 우리 둘 다 남자들한테 구멍 팔아서 돈
　　　　벌잖아?

구공주　　그래서 우리들 보고 쪽바리 놈들한테 다리 벌려
　　　　라?

나공주　　아니야. 우리도 3·1절에는 쉬어.

방공주　　대한민국 만세!

변공주   우리도 주체적으로 뭔가를 해보자는 거야.

김공주   답답해. 그냥 말해!

변공주   실은 지금 내 서방이 서울국제관광요정 분과위
           원회 회장님이셔.

나공주   내도 곧 결혼할 거고.

변공주   언니야, 내 말하고 있잖아!

나공주   미안해.

변공주   그래서 일반 기생들이 모르는 거를 내가 좀 알아.
           이게 돈이 좀 되는 사업인데, 언니들의 노하우를
           바탕으로 몸 팔지 말고! 제대로 된 요정을 운영
           해보자는 거지.

나공주   그렇지!

김공주   얘가 지금 뭐라는 거냐.

방공주   아휴, 그냥 좀 들어봐.

변공주   지금 우리 가게에 아가씨만 300명이야. 삼청각,
           대원각 이런 데는 800명이 넘는대. 서울에만 해
           도 요정이 거의 30개, 전국적으로 다 하면 지금
           기생이 얼마나 되겠노?

방/구/나   어마어마하지.

변공주   이게 여행사랑 요정이랑 호텔이랑 셋이서 같이
           짜고 치는 고스톱인데 나라에서 뒤를 다 봐주니
           까…….

김공주   씨팔 놈들.

구공주   그래서?

나공주   요정 사업에서는 돈 벌 수 있는 구멍이 너무 많
           아. 예를 들면 여행사가 관광객을 요정에 배달해

쥐. 그럼 짝짓기하고 파트너 기생이 서비스를 해주기 시작해. 그때 상이 차려지는데…….

방공주 이때 나오는 요리가 거의 서른 가지란다. 생선찜, 불고기, 게, 회, 전복……. 아이고, 배고프다.

변공주 그런데 이게 다 남아서 다시 돌려써. 여기서 돈구멍! 거기에 술은? 병당 계산이 아니라 인당 계산인데,

나공주 맥주가 1인당 2만 천 원 정도?

변공주 이것도 돈구멍!

구공주 슈퍼에서 300원 하는데?

나공주 돈 쓰려고 온 놈들인데 뭐.

구공주 그래서 뭘 어떻게 해보자고.

변공주 우리 서방이 여행사들하고 호텔하고 벌써 쇼부쳐서 계약을 시마이해놨어. 나라에서 제주도를 국제기생관광지로 만들려고 한대요. 우리는 몸만 딱 가서 새 요정을 운영만 해주면 되는 거야. 그래서, 이건 내가 못 외워서 써 왔어. 잠깐만! (종이를 꺼내주며) 언니야, 그 종이 읽어봐라.

나공주 (메모를 읽으며) 자, 관광객이 팀으로 와. 그래서 300을 받아. 여행사 50 주고, 기생들 100, 그럼 150 남지? 호텔이든 빈대든 차 떼고 포 떼고 아무리 못해도 우리한테 80이 남아. 하루에 한 팀만 오나?

변공주 열 팀도 넘게 온다. (환희에 차서) 우리도 돈방석 한번 앉아보자!

방/구/나/변 (박수 치며) 너무 좋다.

김공주   그럼 기생들은 두당 얼마 받냐?

변공주   건당 2만 5천 원? 어차피 누군가는 가져갈 돈인
           데 우리가 그 돈을 가져보자는 거지.

방공주   그래서! 우리가 한번 해보자는 거 아이가.

김공주   (사이) 됐어. 가.

공주들   언니!

김공주   난 쪽바리 장사 안 해! 남들이 다 해도 나는 싫어.

변공주   나라에서 우리보고 애국자라잖아. 우리도 애국해
           서 돈 좀 벌어보자는데 왜 그라노?

김공주   애국? 지랄하고 자빠졌다. 애국이 어딨냐, 넌 그냥
           지금 네 친구들 구멍 팔아서 돈 벌겠다는 거야.

변공주   언니도 우리 구멍 팔아서 돈 벌었잖아!

김공주   (사이) 이게 어디서 못 하는 소리가 없어!

변공주   나라고 이러고 싶어서 이러는 줄 아나? 아들내미
           키우고 먹고살려면 돈 필요하다!

나공주   이 독한 년이요, 돈 벌어서 이번에 아들내미 유학
           도 보냈어요. 그 어디라 했지?

변공주   미국! 엘레이!

나공주   그래, 거기!

소공주   (방에서 나오며) 어머니! 언니, 살려줘요!

고아들   (소리를 지르면서 따라 나오며) 야, 너 미군 새끼랑 뭐
           했어, 어?

소공주   내가 뭘 했다고 그래, 이 미친놈아!

고아들   내가 봤어! 어디 남편이 말하는데 토를 달고 지랄
           이야, 이 빨갱이 같은 걸레 년아!

소공주   (울먹이며) 어머니, 저 진짜 못 살 것 같아요.

| 방공주 | 야, 애를 봐서라도 살아야지. (고아들에 쫓겨 소공주가 도망가자) 잡아라! 저거 잡아! |

뒤쫓아 가는 김, 방, 구 공주. 변, 나 공주는 걱정하며 서 있다. 안에서 들려오는 고아들의 구역질 소리. 잠시 후, 조용해진다. 김공주, 거실로 나와 빈 주사기를 바닥에 던진다. 따라 나오는 방공주.

김공주	가.
변공주	언니야…….
방공주	언니야. 쟤 미군하고 같이 살면 계속 저칼 것 같다. 언니야, 며느리랑 손녀 생각해서라도 잘 한번 생각해봐라. 여 뜨는 거.

전환.

14. 기생관광철폐운동

1983년, 서울, YMCA 회관.
김방구나변, 왕추차조심. 김공주 나이 53세, 고아들 33세, 소손녀 13세.

여성단체 구대표, 정부 비대위 조대표, 왕구청장이 의자에 앉아 있다. 심경감, 추보건소장은 서 있다. 양공주들은 모두 바닥에 앉아 있다. 차사진사는 계속 사진을 찍는다.

| 구대표 | 우리 선조는 빈곤을 이겨내는 슬기와 여성의 절 |

개를 물려주었습니다. 그러나 경제개발정책은 우리나라를 일본의 경제적 속국으로 만들고 있을 뿐만 아니라 관광 진흥이라는 명목하에 우리나라의 여성들을 상품화하고 있습니다. 대체 이게 누구를 위한 경제성장입니까? (사이) 여성의 인권을 유린하고 한국을 일본 남성의 유곽 지대화하는 매춘 관광기생사업을 즉각 중단할 것을 요청합니다! 감사합니다.

조대표 (김공주가 손을 들지만 무시하고) 다음으로 우리 왕구청장님께서 한말씀 해주시겠습니다.

왕구청장 일본이 원자폭탄을 맞고 나라가 망해가고 있을 때 일본인 여성분들도 일본의 재건을 위해 몸을 바쳤다고 합니다. 과거는 과거고, 배울 것은 배워야죠! 그렇기 때문에 우리 왜갈보…… 왜공주? (웃으며) 아, 이게 왜 이렇게 헷갈리는지 모르겠네. 아무쪼록 앞으로도 우리 한국의 순종적인 여성의 미를 가진 관광기생 여러분들이 일본인 관광객분들에게 최상의 서비스와 위안을 주시면 감사하겠습니다. 왜갈보 여러분, 화이또!

조대표 네, 감사합니다. (김공주가 손을 들지만 무시하고) 다음으로……. 네, 구대표님.

구대표 (손을 들고 발언하며) 매춘 행위로 단속됐을 경우 남성은 대개 훈방, 벌금 조치가 취해지고 여성분들은 수용소에 보내져 처벌을 받는다고 합니다. 또한 업주들은 경찰들에게 상납을 지속적으로 반복하고 있으며……

심경감   자자자, 짧게 한마디만 하겠습니다. 지금 이 자리에서 명확한 증거 및 증인을 내세울 수 있으신가요? (사이) 유언비어는 삼가주시면 감사드리겠습니다. 전 여기까지만 하겠습니다.

조대표   네, 감사합니다. (김공주가 손을 들지만 무시하고) 네, 구대표님.

구대표   (손을 들고 발언하며) 1973년 서울시청 통계에 의하면 전국적으로 포주, 사창까지 합해서 20만 명이 넘는 분들이 매춘 사업에 종사하고 있습니다. 이 여성분들 중에 일부만 접객원 증명서를 발급받았고 발급받지 못한 분들은 성병과 무수한 폭력에…….

추보건소장   아, 아. 쎄, 쎄. 마이크 잡으니까 노래 한 곡 해야겠습니다. 나라에서 국비를 지원해 무료로 접객원 증명서 다 발급받습니다.

조대표   네, 감사합니다. (김공주가 손을 들지만 무시하고) 네, 구대표님.

구대표   (손을 들고 발언하며) 최근 들어 일본인이 한국의 현지처 기생을 살해하는 사건이 발생했고, 심지어 일본인 관광객에게 온몸이 담뱃불로 지져져 자살을 한 기생 사건이 있었습니다. 어떻게 생각하시는지요? (사이) 이제는 하다 하다 기생을 헐값에 수출하고 있다는데 어떻게 생각하시는지요? (사이) 남성보다 약한 여성을 지켜줘야 하는 나라가 대체 왜 여성을 함부로 취급하는 것일까요? 그렇기 때문에 저는 이 땅에 모든 매춘 사업이 뿌리째 없어져야 한다고…….

변공주　(김공주 대신 손을 들며) 저기요, 죄송한데요, 저도 한말씀만 드릴게요.

조대표　예, 곤란합니다. 저희 다음 순서는…….

변공주　아니, 우리 얘기를 한다는데 우리를 안 불러주셔서 어떤 말씀들을 하시는지 우리 언니들이랑 같이 들으러 왔습니다. 저는 양공주 출신이고 현장에서 관광기생으로 뛰고 있는 변공주라고 합니다. 반갑습니다. 여기 계신 여러 훌륭한 선생님들처럼 공부를 많이 한 것도 아니고 뭐 잘하는 것은 욕하고 싸움하고 아주 이런 악한 것만 전문입니다.

구대표　(변공주에게 마이크를 건네주며) 이거 대고 말씀하세요.

변공주　네, 아아. 감사합니다. 그래서 저희도 기생권익운동 이런 거를 했어요. 일본인 관광객 중에 변태가 얼마나 많은 줄 아세요? 원자폭탄 후유증 때문이라고들 하는데, 한국 남자들 다 똑같아서 모르겠고요. 그래도 우리는 당황하지 않고, 맞아도 참고, 비위 맞춰주고 그래요. 이게 나라 살리는 거라고 하니까. 그러니까 우리 좀 지켜주세요.

왕구청장　(손잡고 사진을 찍으며) 네, 네. 저희가 꼭 지켜드리겠습니다.

변공주　우리도 이 일을 하고 싶어서 하는 거 아닙니다. 우리가 공장에 나가면 죽어라 일해도 한 달에 꼴랑 10만 원, 이걸로 가족들 생계 어떻게 책임집니까. 우리보고 씀씀이가 헤프다고요? 비싸고 좋은 옷 안 입으면 마담이 영업을 안 시켜줘요. 손님들도 싫어해요. 그리고 내 부모한테 사랑을 많이 못 받고 자라서 내 자식한테만큼은 다 해주고 싶어요. 그렇게 돈을 써요, 우리는. 여러분은 안 그러세요? 예, 물론 돈만 보면 환장하는 년들 있습니다. 여러분 한 분, 한 분이 다 다르듯이 우리도 다 달라요. 그러니까 우리를 퉁쳐서 이상하게 쳐다보지 않았으면 좋겠습니다. 우리랑 일본 때문에 다 먹고살고 있잖아요!

구대표   네, 같은 여성으로서 그 마음 충분히 이해합니다. 그래서 길게 보았을 때, 우리가 다음 세대를 위해서 달라져야 하지 않겠습니까?

변공주   네, 저도 선생님 말씀에 거의 다 동의하는데요, 이 일을 없애자는 것만큼은 의견이 다릅니다.

구대표   여성의 정조를 함부로 팔고 계시는데 그걸 어떻게 지켜만 봅니까!

변공주   여성의 정조가 그렇게 중요해요? (놀라는 구대표를 보며) 우리가 여러 사람한테 돈 받고 몸을 팔았으면 가정에 있는 아내, 어머니 들은 한 사람한테 돈 한 푼 못 받고 인생을 판 건 아닌지 내가 물어보고 싶네요.

구대표   무슨 말씀이세요! 인생을 판다니요!

변공주   난 못 배워서 잘 모르겠지만 내가 볼 때 우리보다 가정에서 무료 봉사하고 있는 분들이 더 불쌍해요. 정조, 순결 이런 거 때문에 우리를 더럽게만 보고. 당신들 문제는 당신들 남편들을 다 안다고 생각하는 거야. 사실 당신들 남편이 다 우리 손님이에요. 당신들 남편은 우리한테 와서 당신들 욕하고, 당신들이 안 해주는 거 해달라고 앵겨 붙고. 나 아주 지겨워요.

구대표　　뭐, 이런 걸레 같은 년이 다 있어!

김공주　　말이 좀 심하네요.

구대표　　당신은 또 뭐야?

김공주　　예, 저 이 왜공주 선배, 양공주예요.

변공주　　당신이 뭘 알아? (옷을 벗으려고 하며) 당신이 우리처럼 몸 팔아서 돈 벌어봤어?

김, 방, 나 공주가 일어나서 변공주를 말린다.

구대표　　아주 끼리끼리 어울리시네요.

변공주　　왜 우리 얘기 하는데 우리는 안 부르는데! 왜 지네끼리 우리 얘기 하는데!

공주들　　(변공주를 말리며) 알았어, 알았다고.

왕구청장, 추소장, 심경감이 나간다.

변공주　　어딜 가, 어딜 가냐고!

김공주　　알았다고, 이년아!

조대표　　아니! 여러분들은 수치심도 없어요? 옷 벗고 시위하면, 외국 기자들이 알아가지고. 생각들 좀 하세요! (태도가 바뀌며) 그리고 여성단체도 입장의

차이라는 것을 생각하세요. 저도 남자로서 여성
의 인권을 위해 일하는 거, 그거 쉬운 일 아니에
요! 지금 우리 사회는 경제성장을 위해 다 같이
나아가고 있는데 여성의 인권이라는 사안이 그렇
게 중요한 때입니까? 제발들 감정적으로 행동하
지들 마시고, 이성적으로! 으휴, 개판이네.

방공주　　(나가는 조대표를 보며) 살펴 가시소.

조대표　　어디 주점으로 간 거야?

김공주　　아니, 여길 왜 오라고 해가지고…….

변공주가 구대표의 뺨을 때린다. 구대표는 변공주에게 인사하고 나간다.

김공주　　변공주, 너 기생질 계속 할 거야?

소리 지르는 변공주.

나공주　　(놀라서) 엄마야.

전환.

15. 용산 집결지

1989년, 용산, 집결지의 한 업소.

사회자, 김방소, 왕고추심. 김공주 59세, 고아들 39세, 소손녀 19세.

김공주와 심아들이 업소 로비 의자에 앉아 있다. 심아들은 요구르트를 먹으며 아버지를 기다린다.

추손님   (방 안에서) 나가 못 싸기는 뭘 못 싸냐! 니가 좆도 못 빠니까 그라제!

방공주   야, 이 씨팔 새끼야. 이마이 빨았으면 백 살 노인도 한 번쯤은 쌌겠다. 홍어 좆만 한 새끼야.

추손님   홍어? 이런 경상도 쌍년을 확 죽여불라니까. 야, 왜 돈을 쉽게 벌려고 하냐? 어?

방공주   (나오며) 언니야, 내가 지금 한 시간째 물고 빨고 별 지랄을 다 했는데. 야, 가서 니 마누라한테 가서 빨아달라 캐라.

추손님   (나오며) 마누라가 빨아줬으면 여기 왔겠냐, 씨팔 년아! (김공주에게) 이거 왜 이러는 거냐?

김공주   죄송해요, 사장님. 내가 다음에는 더 괜찮은 애로 넣어드릴게.

추손님   여기 서비스가 엉망이여. 그러니까 유리방한테 밀리지.

김공주   아휴, 근데 사장님 아드님이 사장님 닮아서 그런가, 엄청나게 의젓하네.

추손님   그려? 옴마, 이 새끼 얼굴 벌게진 거 봐라. 아들, 아부지가 말했지? 남자는 말이야, 자고로 여자를 잘 다뤄야 진정한 남자가 되는 것이여. (돈을 건네며) 긍께 가가지고 이거 드리고 가슴 한 번 만지고 와. (사이) 언능!

김공주   아이고, 이건 아니지. 애한테. (심아들이 김공주의 가슴을 만지고 돈을 주자) 됐어. 이거 너 용돈 해.

| 추손님 | 시방 지금 뭐 하는 것이여, 애 버릇 나빠지게. 가르칠 때 지대로 가르쳐야지. |

추손님　시방 지금 뭐 하는 것이여, 애 버릇 나빠지게. 가르칠 때 지대로 가르쳐야지.

방공주　받아라, 받아라. 만졌으면 돈 내야지.

추손님　(방공주가 돈을 받자) 하여간에 경상도 쌍년들은 처맞아야지…….

김공주　(추손님과 심아들이 나가는 것을 보면서) 조심히 가세요!

심아들　안녕히 계세요!

방공주　암튼 전라도 놈들이랑 상종을 하지 말라 캤다. 에이, 씨팔. 내 오늘 생리해서 솜까지 꼈단 말이야.

김공주　(읍타리돈을 먹는 방공주를 보며) 너 콩알 그만 처먹어! 진짜 큰일 나.

소손녀, 등장한다.

소손녀　할머니, 괜찮아? 이모는?

방공주　뭐 하루이틀이가.

소손녀　(눈치 보며) 할머니, 아빠 화 안 났어? (방공주에게) 저 내년에 해외 봉사 가는 거 허락받아달라고 그랬거든요.

방공주　이야, 니는 비행기 타고 봉사활동 하러 가나? 나도 좀 전에 여기서 봉사활동 다 했다.

김공주　아이고, 못 하는 소리가 없어, 이년이.

소손녀　작년에 올림픽 끝나고 자원봉사? 뭐 이런 기회가 많아졌더라고요.

방공주　　우리 소공주 니가 캡이다. 니는 얼굴도 예쁘지, 공부도 잘하지! 니는 시집도 잘 갈 거다.

김공주　　아빠가 생각은 해보겠다고 했어.

소손녀　　빨리 허락받아달라니까! 할머니는 해외여행 가본 적 없지?

김공주　　(사이) 있다, 이년아.

소손녀　　어디?

김공주　　일본도 가봤고, 만주, 버마, 싱가포르도 가봤지.

소손녀　　비행기 타고?

방공주　　그때는 뱅기가 어딨노? 다 배 타고 갔지.

김공주　　할미가 돈을 억수로 벌었어. 근데 그 우라질 전쟁 통에 돈이 다 없어졌네. 그래서 열이 받아서 그다음부터는 외국을 안 나가는 거야.

소손녀　　잘났어, 정말.

김공주　　갖고 놀아라, 이년아.

고아들　　(방에서 나오며) 야, 지금 몇 시야? 빨리빨리 안 기어들어와? 너 이 편지 누가 준 거야? 전에 데려다줬던 그 새끼냐? 어디 계집애가 벌써부터 발랑 까져가지고 남자 새끼랑 붙어먹고 지랄이야, 지랄이! 이러니까 가정교육, 가정교육 하는 거야! 너도 네 애미 닮았냐? 응? 네 할미 닮았어? 차렷! 열중쉬엇! 차렷! 무릎 꿇어! (소손녀가 무릎 꿇자) 엄마, 지금 이년이 남자 새끼랑 붙어먹는 거 같아. 지금 이년이 지 애미랑 똑같이 다른 놈이랑 붙어먹는다니까!

김공주   네 마누라는 네가 무서워서 나간 거야!

고아들   애가 왜 이렇게 됐어. 애가 보고 배운 게 다 걸레
            질이고 구멍 파는 것밖에 없으니까 하는 짓이 이
            렇지. 계집애가 책 나부랭이나 읽어제끼니까 머
            리통에 똥만 차가지고! 어디 기집애가 대학을 가
            겠다는 거야. 빨리빨리 시집이나 가야지. 뭐? 해
            외로 봉사를 가? 여기서 나한테 봉사를 해! (소손
            녀가 쳐다보자) 너 나 무시하냐? 아빠는 베트남 참
            전용사야! 어디서 지금 나를 무시하는 거야. 제발
            애미 없는 티 좀 그만 내!

그때 왕군인이 등장한다. 왕군인의 모습은 고아들의 눈에만 보인다.

왕군인   애비 없는 티가 난다. 이 병신 같은 고 일병 새끼
            야.

고아들   죄송합니다.

왕군인   남자 새끼가 어디서 질질 짜나! 네가 안 쏘면 우
            리가 죽는다. 우리를 죽일 셈인가!

고아들   죄송합니다.

왕군인   남편이 베트콩이면 아내도 베트콩이다.

고아들   남편이 베트콩이면 아내도 베트콩이다.

왕군인   벨트 풀고, 바지 내려.

고아들   (바지를 내리며) 벨트 풀고, 바지 내려!

왕군인   아랫구멍, 장전!

고아들   아랫구멍, 장전!

왕군인   발사!

고아들　　　발사!

고아들은 소손녀의 머리채를 잡는다. 소손녀는 비명을 지르며 고아들을
밀쳐낸다. 넘어져 움직이지 못하는 고아들.

소손녀　　　(고아들을 보며) 처음에 한국군이 왔을 때 우리를
　　　　　　　도와주러 온 줄 알았어.

고아들　　　모든 것은 명령이고 나라를 위한 행동이었습니
　　　　　　　다.

소손녀　　　그런데 미군한테 돈 받고 온 거라는 거야.

고아들　　　베트콩. (소손녀를 보며) 베트콩!

소손녀　　　(고아들 옆에 서서 같은 곳을 바라보며) 한국 군인들
　　　　　　　이 돌아가면서 응옥을 강간했어. 갑자기 응옥이
　　　　　　　미친 듯이 고함을 지르며 우리 쪽으로 도망 오는
　　　　　　　거야, 살려달라고. 한국군이 총으로 머리를 내리
　　　　　　　쳐. 피가 막 쏟아져.

고아들　　　국가의 무궁한 발전과 세계평화를 위하여!

소손녀　　　다시 강간을 시작했어. 응옥의 비명 소리가 동네
　　　　　　　를 가득 채웠는데 어느 순간 소리가 안 나. 가보
　　　　　　　니까 응옥의 옷은 다 찢겨 있고, 얼마나 저항을
　　　　　　　했는지 땅을 긁고 또 긁어서 손톱은 피투성이에
　　　　　　　다……. 그래도 다행히 죽지는 않았어. 응옥은 화
　　　　　　　가 나서, 너무 화가 나서 유격대에 자원했어. 그
　　　　　　　렇게 용감한 전사가 됐어. 응옥은.

김공주　　　공주야, 공주야…….

왕군인, 나간다. 고아들은 김공주에게 안겨 운다.

소손녀   그러고도 네가 아빠야?

고아들   (소손녀의 멱살을 잡고 크게 소리 지르며) 나보고 어떻
             게 하라고. 나도 쪽팔려. 사람들 다 보는데 바지
             내리고. 너 그게 어떤 기분인 줄 아냐? 상상이나
             해봤어? 상상이나 해봤냐고. 나보고 어떻게 하라
             고, 시키는데. 안 하면 처맞는데……

고아들이 구역질을 시작하자 방공주가 주사를 놓아준다. 고아들, 힘이 풀
린다.

김공주   (소손녀에게) 괜찮아, 괜찮아. 공주야, 쟤는 지한테
             너무 화가 나서 그러는 거야. 지가 별 볼 일 없는
             게 힘드니까, 그래서 그러는 거야. 그러니까 우리
             가 아픈 아빠 조금만 이해해주자. 참자. 우리 공
             주, 착하다. 착하다.

소손녀   (차갑게) 할머니, 나는 할머니 같은 사람이 제일
             싫어.

방공주   소공주야!

소손녀가 나가자 방공주는 따라 나간다. 한동안 움직이지 않는 김공주.
긴 사이
사회자가 나온다.

사회자   할머니, 할머니!

김공주   예?

사회자   할머니, 괜찮으세요? 물 좀 드세요.

김공주, 사회자가 건넨 물을 마신다.

사회자　　　　괜찮으세요?

김공주　　　　예.

긴 사이

전환.

3부

16. 기둥서방들

1997년, 용산, 집결지의 한 업소.

김방구나변, 고조. 김공주 67세, 고아들 47세, 소손녀 27세.

힘없이 방에 누워 있는 김공주. 그때 휴대폰으로 전화를 받으며 들어오는 조서방.

조서방 어, 알았어. 금방 갈게. (방을 확인하며) 누님, 안녕하세요. (김공주의 반응이 없자) 용산 기계 년들이 잘 안 돌아가네. 기름칠 좀 하려고. 어, 이따가 영등포 년들도 손볼 거야. 야, 이 씨발아. 너도 고장 났으면 그냥 팔아. 왜 그걸…….

방공주 (들어오며) 자기야!

조서방 나중에 다시 통화합시다. (전화를 끊으며) 누나.

방공주 자기야, 전화도 안 받고. 걱정했잖아.

조서방 아니, 나 요즘 강남 쪽에서 사업을 하나 하고 있는데 바쁘다.

방공주 (노래 부르며) "나 이제 알아, 혼자 된 기분을. 그건 착각이었어."

조/방   (같이 노래하며) "느낄 수 있니, 사랑의 시작은 외로움의 끝인걸. 언제라도 넌 내가 원한 것을……."

조서방   (방공주를 끌어당기며) 누나, 오늘 예쁘다.

방공주   (밀어내며) 어머, 얘 뭐래니! 너 강남에서 논다 카드만 진짜 오렌지족 같다.

조서방   (방공주를 안으며) 누나, 오늘 우리?

방공주   (밀어내며) 아이, 싫어. 피곤해.

조서방   대체 언제까지 이럴 거야. 난 누나를 너무 사랑하니까 같이 있고 싶고 만지고 싶어서 그런 거잖아.

방공주   우리가 이거 안 한다고 안 사랑하는 게 아니야. 나는 너 진짜로 사랑해. 우리가 이거 하려고 만나는 게 아니잖아.

조서방   (지갑에서 돈을 꺼내 던지며) 이거면 돼?

방공주   야!

조서방   다른 사람한테는 주면서 왜 나한테만 안 줘? (갑자기 울먹거리며) 누나, 미안. 누나 마음 아는데 내가 왜 그랬지? 이 나쁜 새끼, 이 쓰레기 새끼.

방공주   야! 나는 너랑 더 오래 만나고 싶어서 그래서 그러는 거야. (용돈을 꺼내주며) 가, 가서 네 친구랑 놀아. 그리고 진짜 하고 싶으면 딴 년이랑 해. 그리고 다시 나한테 와.

조서방   (돈을 던지며) 누나! 날 뭐로 보는 거야. 내가 이깟 푼돈 넙죽넙죽 받을 거 같아?

방공주   에고, 그래그래 미안타. (돈을 더 꺼내 손에 쥐여주며) 자, 자! 여기 더 있다.

조서방　　　나 원 참, 내가 이번에 사업하면서 누나 생각을 얼마나 하는지 알아? 우리 누나도 힘든데 이런 데 와서 스트레스 좀 풀고 가면 얼마나 좋을까. 호빠라고 알지.

방공주　　　호빵?

조서방　　　호스트바. 압구정, 서초동, 테헤란로 이런 데서 요즘 엄청 뜨고 있다.

방공주　　　그거, 여자가 아니라 남자가 몸 파는 거? (정색하며) 너 요즘 거기서 몸 파나?

조서방　　　나 누나 서방이야! 나는 그냥 집 나온 남자애들 거기다 연결만 해주는 거야. 아, 됐고! 누나는 언제까지 몸 팔면서 살 거야? 이참에 남자들 몸 팔아서 돈 좀 오지게 벌어볼 생각은 없는 거야? 호빠라는 게 단속에 걸려도 지금 법으로 처벌할 방법이 없어.

방공주　　　에이, 그런 게 어딨나?

조서방　　　에헤이, 진짜라니까.

방공주　　　내가 뭘 안다꼬. 그리고 가도 우리 언니야가 가야지 내가 간다.

조서방　　　기본 자금만 있으면 바로 시작할 수 있어. 내가 알아서 판 쫙 깔아놓을 테니까 너무 걱정하지 말고. 안 그래도 요즘 IMF 때문에 경기 안 좋아서 누나도 힘들잖아.

방공주　　　역시 내 생각하는 건 니빠이 없다.

조서방　　　그렇지? 일로 와봐.

김공주　　　(일어나며) 이제 기계에 기름칠 잘 한 겨? 어디 보

자. 용산 기계에서 돈이 나왔어? (조서방에게서 돈을 빼앗으며) 이 씨팔 놈아, 불쌍한 애 그만 가지고 놀고 그냥 가.

조서방　　누나, 왜 이러세요.

김공주　　내가 왜 네 누나야? 내가 네 나이 때 너는 정자였어.

조서방　　뭐라는 거야, 진짜. (나가며) 누나, 어쨌든 잘 생각해봐. 내가 전화할게.

김공주　　내가 네 속을 모를 것 같냐? 우리가 이 바닥에서 몇십 년이야.

방공주　　잘 가, 자기야. 언니야, 내 괘안타. 그만 좀 해라.

김공주　　빙신. 알면서도 맨날 뜯겨주는 빙신.

방공주　　내가 외로워서, 의지하고 싶어서 안 카나. 쟈는 가짜라도 내 사랑한다 카잖아.

김공주　　야, 근데 너는 왜 마음은 주면서 몸은 안 주냐?

방공주　　그게 별기가, 그냥 함 대주면 되지. 근데 쟈랑 내랑 처음 같이 잤을 때가 둘 다 술이 떡이 돼서야. 그런데 쟈가 이제 맨정신에 내 몸 보면 싫어할까봐 무섭다. 그냥 아나 확 가졌으면 좋겠다. 그래서 아 때문에 쟤가 내 안 떠났으면 좋겠다.

김공주　　애도 못 낳는 년이 꿈은 오지게 크다. 그리고 애 낳아도 사내새끼들은 다 떠나.

방공주　　몰라, 됐어. (사이) 언니야, 우리 강남 가가 사업 한 번 안 해볼래?

김공주　　강남? 꿈 깨라, 이년아.

방공주　　우리 어차피 여기 있어도 죽을 맛인데.

| 김공주 | 돈이 어딨어? |

구용산아가씨, 나동생을 데리고 들어온다.

구용산아가씨	(흥분해서) 언니들, 내가 전에 얘기했지, 내 동생 이번에 시집간다고. 이게 기특하게 언니들한테 인사하러 왔어. 예쁘지, 내 동생?
방공주	반가워요.
나동생	(음료수를 건네주며) 처음 뵙겠습니다. 바쁘신데 찾아와서 죄송해요.
방공주	우리 한 개도 안 바빠요.
김공주	아이고, 뭘 또 이런 걸 다. 이리 와서 앉아요.
방공주	아이고, 곱다. 커피믹스?
나동생	아뇨, 괜찮습니다.
방공주	그래, 얘기 나눠요. 우리는 나라 경제 얘기…….
김공주	IMF!
나동생	(주위를 둘러보며) 여기서 먹고 자고 하는 거야? 뭐, 나쁘지는…….
방공주	(지나가던 벌레를 보고 황급히 잡고는) 건물이 좀 오래돼서 그렇지 괜찮아.
구용산아가씨	(과장되게) 괜찮아, 괜찮아. 우와. 이렇게 입으니까 옘병, 더럽게 예쁘다. 진짜 이제 다 컸다, 다 컸어. 아가씨야. 신랑 될 사람은 잘해주냐?
나동생	어, 잘해줘.
구용산아가씨	내가 그 새끼 얼굴이라도 한번 보고 술 코 삐뚤어질 때까지 처먹여봐야 되는데. 원래 사내새끼들

은 술을 처먹여봐야 본색이 딱 하고 드러나거든.

나동생　　　　언니, 나 할 말 있어서 왔어. 그동안 나 먹이고 입히고 학교도 보내주고, 진짜 너무너무 고맙다고. 이번에 결혼할 때도 언니가 돈 대준 거 덕분에 시댁 식구들한테 기도 안 죽고…….

구용산아가씨　당연한 걸 뭣 하러 얘기해. 언니가 돼서 그 정도도 못 해줄까 봐? 야, 내가 널 모르냐? 너 어디 가서 기죽는 거 죽어도 싫어하는 년이잖아.

나동생　　　　언니만큼 나 이해해주는 사람 세상에 없지, 그치? 그런데 언니, 내 결혼식 날 올 거야?

구용산아가씨　(사이) 어?

나동생　　　　아니, 그날 주말이잖아. 주말에 언니가 바쁘다고 한 거 생각나서 괜히 나 때문에 일도 못 하고 그럴까 봐 신경 쓰이더라고.

구용산아가씨　(사이) 어, 그렇지.

나동생　　　　그래서 괜히 무리해서는 안 와도 된다고 얘기하려고 왔어. (사이) 뭐야, 지금 내 말 오해한 거야? 언니 괜찮으면 와. 와서 나 축하해주고 설렁탕도 먹고. 나는 곤란할까 봐 얘기한 건데…….

구용산아가씨　(과장되게) 아니야, 역시 내 생각해주는 건 내 동생밖에 없다. 나 안 그래도 그날 가기 힘들 것 같았어. 고맙다, 이년아!

나동생　　　　진짜? 괜히 고민했네. 난 혹시나 언니가 오해할까 봐 걱정했어.

구용산아가씨　오해? 난 그런 거 안 하는 사람이야.

나동생　　　　우리 언니 성격 시원시원한 건 알아줘야 돼. 어머,

시간이 벌써 이렇게 됐네. 나 먼저 가봐야겠다. 드
레스 고르러 가야 돼서.

구용산아가씨　그래, 신랑 기다리게 하지 마. 잠깐만! (돈을 쥐여주
며) 예쁜 걸로 골라.

나동생　괜찮아. 고마워. 우리 언니 잘 부탁드립니다. 안녕
히 계세요.

김/방　(나가는 나동생을 보며) 조심히 가세요.

긴 사이

그때 변용산아가씨가 소리를 지르며 들어온다.

변용산아가씨　언니야! 언니야, 지금 큰일 났다. 언니 아들내미
또 술 먹고…….

고아들　(술에 취해 들어오며) 엄마! 엄마, 그거 그 서류 어디
갔어? 그 서류, 일본 기금!

방공주　야! 니가 진짜 미쳤구나. 니 지금 그게 무슨 돈인
지 알고 그 얘기 꺼내나?

고아들　돈 준다잖아. 그게 뭐라고 안 받고 지랄이야.

방공주　니는 느그 엄마가 어떻게 살았는지 알면서 그카
나? 제발 철 좀 들어라.

고아들　(방공주에게) 야, 이 씨팔 년아. 네가 뭔데 남의 집
안일에 참견이야?

방공주　야, 이놈아. 그게 일본 정부가 잘못했다고 주는
돈이 아니고 일본 국민들이 그냥 모아서 주는 돈
이라 안 카나. 쪽바리 새끼들이 대충 사과하고 먹
고 떨어지라고 주는 돈이라고.

고아들	씨팔, 창녀한테 돈까지 주면서 새 삶 살라고 하는데 왜 안 받고 지랄이야?

고아들 씨팔, 창녀한테 돈까지 주면서 새 삶 살라고 하는데 왜 안 받고 지랄이야?

김공주 야, 이 쌍놈의 새끼야. 들어가서 자빠져 자! 자빠져 자라고!

고아들 엄마가 나한테 해준 게 뭐가 있어? 나 낳아놓고 해준 게 뭐가 있냐고!

방공주 왜 해준 게 없노, 이 새끼야!

고아들 (무릎을 꿇고) 사람답게 살아보겠다는데 왜 안 도와줘. 이럴 거면 왜 나를 낳았어, 왜 나를 낳았냐고! 엄마, 그러지 말고 우리 그냥 그 돈 받자, 응? 나한테 다 계획이 있어. 이번 사업 성공하면 기본 자금 몇 배는 불릴 수 있어. 내가 돈 많이 벌어서 우리 엄마 호강시켜줄게. 그거 받는다고 큰일 안 나. 세상이 얼마나 바뀌었는데…….

김공주 세상이 바뀌긴 뭐가 바뀌었냐, 이놈아. 하나도 안 바뀌었어. 난 안 받아. 그 씨팔 놈의 쪽바리 새끼들이 주는 돈, 죽었다 깨나도 안 받어, 안 받을 거야!

고아들 씨팔, 노망이 났나. 대체 왜 안 받겠다는 거야. 나한테 다 계획이 있다니까. (김공주의 주머니를 뒤지며) 돈이나 내놔, 술 먹게.

고아들, 돈을 빼앗아 나간다.

사이

놀라서 울고 있는 김, 방 공주와 변용산아가씨.

.

| 김공주 | (눈물을 닦고 밝은 척하며) 아이고, 씨팔. 돈이나 오지게 벌었으면 좋겠다! |

전환.

17. 신세대

1998년, 서울, 경찰서.

김방구나변소, 왕고추차조심. 김공주 68세, 고아들 48세, 소손녀 28세.

한쪽 책상에는 왕형사, 추사장, 나, 변 마사지걸이 앉아 있다. 또 다른 책상에는 차형사, 김공주, 조, 심 서방이 앉아 있다. 한쪽에는 구형사가 뒷짐을 지고 서 있다.

왕형사	요즘은 얼마 받냐?
변마사지걸	때에 따라 달라요.
왕형사	아니, 그러니까 좀 비싼 데를 가시지. 얘네 마사지 잘합니까?
나마사지걸	우리는 돈 받고 몸 줄망정 공짜는 절대로 안 하거든요?
왕형사	거봐, 이 씨발 년아. 너네 마사지만 한 거 아니잖아.
변마사지걸	(억울해하며) 마사지만 했어요.
왕형사	(일어나며) 야! 그러니까 이 사장님이 (변마사지걸을 보며) 네 목을 조르니까 (나마사지걸을 가리키며) 네

가 막아서 도와줬다는 거잖아.

나마사지걸　네, 이 변태 새끼가 애 목을 졸랐어요.

왕형사　네 년들이 하는 말을 어떻게 믿어. 사기를 치는지 아닌지…….

나마사지걸　(변마사지걸의 목의 상처를 보여주며) 여기 보세요! 멍 든 거 있잖아요. 이 새끼가 애 목을 졸라서 죽이 려고…….

왕형사　그게 이 사장님이 한 건지 다른 사장님이 한 건지 어떻게 아냐고! (친절하게) 사장님, 피곤하시죠?

추사장　(명함을 건네주며) 네, 그러네요.

왕형사　그러게 왜 그러셨어요?

추사장　제가 일부러 그런 게 아니라요, 목을 좀 누르면 흥분이 돼서.

왕형사　거봐, 이 씨발 년아, 죽이려고 한 거 아니잖아. 어 디서 구라를 쳐. 어쨌든 사장님, 포르노 좀 작작 보세요. 차라리 국산으로 보세요. 요즘 김양 비디 오 나온 거 있잖아요. 어쨌든 애네들이 진단서 끊 어 올 거예요. 그럼 적당히 합의를 좀…….

나마사지걸　합의는 쌍방이 하는 거 아니에요?

왕형사　너네 딱 걸렸어. 윤락 이거 걸린 거야.

변마사지걸　우리는 그거 신고한 거 아니거든요.

왕형사　어쨌든 너네 발로 찾아와서 걸렸다고, 지금! 너네 초짜냐? 너네 담배도 피우지? 아, 피곤하다. 야, 사장 올 때까지 딱 기다려! (구형사에게) 커피 가지 고 와.

구형사　(커피를 가지러 가며) 네, 선배님.

왕형사　　(차형사에게) 야, 거기는 뭐냐.

차형사　　아, 네. 호빠요.

왕형사　　와, 씨발. 또 남자 가오 떨어지게 하네. 뭐? 호롤롤로호스트바?

차형사　　아줌마. 아니지, 사장님.

김공주　　마담입니다.

차형사　　말씀해주신 것은 잘 알겠고요. 서류 보니까 동두천에 계셨네요, 용산에도 계셨고.

왕형사　　와, 살아 있는 역사네, 역사야.

김공주　　그게 지금 이 일하고 무슨 상관이에요?

차형사　　립스틱살롱. 그러니까 얘네들이 진술한 거에 보면 디스코텍에서 실장을 만났는데 월 100 이상 준다고 해서 시작했고, 여자 손님에게 술 시중을 들게 했다. 15만 원 받고 외박을 줬는데, 남자 직원은 열두 명, 그중에 네 명은 미성년자. 성병 진료는 받은 적이 없다. 사장님, 요즘 에이즈가 얼마나 유행인지 모르세요?

김공주　　저는 사장 아니고 마담입니다.

왕형사　　씨발, 사장이나 마담이나 죄질이 극악해. 어디 감히 남자를 데려다 접대를 시켜, 접대를! (조, 심 서방의 머리를 때리며) 야, 야, 이 새끼들아. 너네는 씨발, 남자 새끼가 할 짓이 없어서 계집애들 술 따라주고 몸 팔고 그러냐? 고추 떼! 이 수치심도 없는 새끼들아.

조서방　　아, 하지 마세요.

심서방　　수치심을 알면 대한민국에서 성공 못 합니다.

왕형사, 심서방의 머리를 때린다.

조서방   (심서방이 맞는 걸 보며) 얘도 누군가의 소중한 아들
             입니다.
왕형사   (또 때리며) 그렇게 여자 꼬셨냐, 이 기생오라비 같
             은 새끼들아? (나, 변 마사지걸에게) 야, 너네들 집으
             로 등기 갈 거야, 걸렸다고.
나마사지걸   안 돼요, 형사님.
변마사지걸   집에서 알면 난리 나요.
왕형사   (추사장에게) 저, 사장님 집으로도 등기 하나 갈 거
             예요.
추사장   저, 형사님, 죄송하지만 주소를 좀…….
왕형사   아, 나 이거 곤란한데……. 바꿔줄게요, 뭐.
나/변   저희도요.
왕형사   조용히 해, 씨발 년들아.

구형사, 커피를 가지고 나와 왕형사에게 건네준다.

왕형사   아리가또, 미스 구.
구형사   네, 선배님.
고아들   엄마!
소손녀   할머니!

방공주와 고아들, 소손녀가 들어온다. 고아들은 주위를 살피다 구형사에
게 가서 밀크 커피를 얻어먹는다.

방공주   형사님! 아이고, 형사님, 지금 저희 사장님도 오
        고 계시는 중인데 조금 늦으신다고 하네요. 반갑
        습니다. 방공주입니다.

차형사   그런데요?

방공주   네! (종이쪽지를 꺼내 읽으며) 형사님도 잘 알고 계시
        겠지만 우리 사장님이 요거를 좀 전해달라고 하
        시네예. 우리 업소는 유흥음식점인데 법규상 접
        객부를 들일 수 있기 때문에 불법이 아니다, 식품
        위생법 시행령 8조에 보면 유흥종사자를 손님과
        함께 술을 마시는 '부녀자'로 규정하고 있어서
        우리가 남성 접대부를 이용해서 영업하는 것은
        불법이 아니다, 라고 전해달라고 하시네요.

차형사   전해달라고 하신다. (갑자기 화를 내며) 당장 사장
        기어 오라고 해! 미성년자 고용했잖아! 2차도 뛰
        었잖아! 경찰이 우스워? IMF 때문에 나라가 망해
        가고 있는데 기생충 같은 연놈들이 뒤에서 개수
        작을 부리고 있어.

왕형사   쟤가 원래 한번 야마 돌면 무서워요.

소손녀   말이 너무 심하시네요. 기생충이라뇨?

차형사   뭐?

소손녀   아무리 형사라도 해도 그렇게 입을 함부로 놀리
        시면 안 되죠.

차형사   너는 또 뭐야!

방공주   야, 소공주야.

소손녀   저는 이 여자분의 손녀입니다.

차형사   끼리끼리 놀고 있다. 이러니까 사람은 배워야 된

다는 거야.

소손녀　아저씨, 저도 대학 나왔어요. 저 지금 대학원 다니고 있어요. 말 그런 식으로 하지 말라고요.

왕형사　와, 씨발. 마담 아줌마가 씹 팔아서 애를 이렇게까지 키운 거야? 구멍이 아주 훌륭해.

고아들　죄송합니다. 제가 자식 교육을 잘못 시켰습니다. 정말 죄송합니다.

소손녀　무슨 자식 교육을 잘못 시켜. 교육이 뭔지나 알아?

고아들　(소손녀에게 가르치듯) 선생님한테 잘못했다고 하세요. 애미 없는 티 내지 마시고요.

소손녀　아빠는 엄마 있는 티 잘도 난다. 할머니가 이런 꼴 당하는 거 화 안 나?

고아들　(당황해서 형사들을 보며) 요즘 애들이 버릇이 없죠. 신세대, 신세대 하는데…….

소손녀　아빠, 제발 정신 좀 차려.

고아들　(화를 내며) 이러니까 가정교육이 중요하다는 거야, 이 쌍년아. 아무튼 군대 안 갔다 온 애들은 싹 다 뒤져버려야 합니다.

소손녀　여기서 군대 얘기가 왜 나오는데.

고아들　그냥 따박따박…….

소손녀　말이나 똑바로 해! 아빠도 군대 갔다 온 거 싫어하잖아. 맨날 군대 얘기 하면서 화내잖아. 그런데 왜 그 화를 우리한테 내냐고. 아빠를 거기 보낸 사람들한테 화를 내라고!

구형사　(소손녀에게 달려드는 고아들을 제압하며) 그만하십시오.

| 왕형사 | 어이, 구형사! |

| 구형사 | (물러서며) 네, 선배님. |

| 고아들 | 내가 너 때문에 쪽팔려서 못 살겠어. 같이 죽자, 죽어. |

| 소손녀 | 미쳤어? 죽으려면 그냥 아빠 혼자 죽어. 왜 우리랑 같이 죽자고 지랄이야, 지랄이. |

| 고아들 | 내가 돈 못 번다고 무시합니다. 지금 회사 잘렸다고 무시하는 겁니다. |

| 방공주 | 그래, 니 아빠한테 이카는 거 아니야. |

| 소손녀 | 무슨 회사를 아빠만 잘렸어? 불쌍한 척 좀 그만해. 나도 잘렸어. 구조조정 하면 남자가 더 많이 잘릴 것 같지? 여자가 훨씬 더 많이 잘려! 제발 좀 모르면 가만히 있어. |

| 고아들 | 그래, 너 잘났다. 네가 씨팔, 나보다 훨씬 더 똑똑하다, 이 빨갱이 년아! |

| 소손녀 | 무슨 또 빨갱이 년이야. 진짜 불쌍한 척 좀 그만해. 지긋지긋하니까! |

| 김공주 | (단호하게 화를 내며) 소공주! 너 그만하지 못해? |

| 소손녀 | (사이) 뭘 그만해! 맨날 그만하고, 그만하고, 그만하니까 할머니가 그따위로 사는 거야! 할머니나 평생 그렇게 살다 죽어. 나는 절대 할머니처럼 안 살 거니까! |

소손녀, 나간다. 구경하던 사람들, 다음을 궁금해한다.

고아들	(자기 분에 못 이겨) 내가 저 빨갱이 년을…….
왕형사	아고, 말세다.
차형사	요즘 계집년들.
심서방	무섭네요.
조서방	그러게요.
추사장	짜치네요.

고아들의 울음소리.

전환.

18. 미아리 번성기 & 불

1999년, 미아리, 집창촌의 어느 업소.

김방구나변소, 왕고추차조심. 김공주 69세, 고아들 49세, 소손녀 29세.

미아리아가씨들이 웨딩드레스를 입고 춤을 추며 왁자지껄하게 영업 준비를 하고 있다. 주변에 서서 그 모습을 지켜보는 조폭 삼촌들. 김공주는 의자에 앉아 있다.

왕업주	야야야!
아가씨들	네, 사장님!
왕업주	우리 김공주, 방공주 누님들로 말할 것 같으면 나 동두천에 있을 때 살아 있는 전설이셨어. 용산에서도 계셨고 최근에는 강남까지 진출하셨던 분이야. 내가 정말 어렵게 스카우트했다. 너네한

테 까마득한 선배님들이니까 잘 모시고.

모두 환영합니다.

조삼촌 누님들, 여기는 한 타임에 20분인데 2만 원, 한 시간에 6만 원 부르시면 되고요.

차삼촌 긴밤은 밖에서 힛빠리 방공주 누님이 손님 들여보내면 우리 마담 김공주 누님이 알아서 쇼부 쳐주시면 됩니다.

심삼촌 여기가 손님들이 애들 고르는 미스방이고요, 저 안쪽으로 가면 술방이 있어요. 거기서 애들이 술 마시고 쇼하고 손님 모시고 2층에 있는 연애방으로 가는 거고요.

추삼촌 지하 1층은 애네들 자는 방이고요. 문은 안에서 안 열리고 밖에서만 열립니다.

김공주 아직도 잠그냐?

추삼촌 네, 누님.

왕업주 누님들, 미아리는 다른 데랑 달라요. 술이 곧 매상이니까…….

방공주 아이고, 아가들아. 누가 누구를 가르치노.

김공주 다 알어, 이 씨팔 놈아.

모두 (환호하며) 김공주! 김공주!

왕업주 누님들, 청량리, 용산 이런 데는 아가씨가 100명이나 200명밖에 안 되는데 미아리는 가게가 거의 400개야. 아가씨가 한 가게당 다섯 개씩만이라고 해도, 그냥 씨발, 경쟁이 막 졸라 치열한 거야. 잘 좀 부탁드릴게요.

삼촌들 잘 부탁드리겠습니다!

김공주　　　내가 마담으로 일하는 동안에는 나만의 노하우
　　　　　를 전수해줄 거야. 첫 번째! 손님 장부 정리!

방공주　　　생일, 주종, 체위 이런 거를 싹 다 기록해. 단골 만
　　　　　들어서 새끼를 쳐야지.

김공주　　　둘!

방공주　　　어제 본 손님도 처음 뵙겠습니다.

모두　　　　처음 뵙겠습니다.

김공주　　　마지막으로 셋! 단체가 오면 누가 접대를 하고,
　　　　　누가 접대를 받는지 파악해야 돼. 여기서!

방공주　　　포인트는 돈 나오는 구멍이 누구냐, 그 사람을
　　　　　만족시켜주는 거지.

왕업주　　　누님들! 변공주 이년이 자꾸 손님들이랑 싸우는
　　　　　다.

방공주　　　에이그, 이년아, 너는 와 이리 프로 의식이 없노.
　　　　　넌 그냥 돈 넣으면 대주는 자판기야.

변미아리아가씨　자판기요?

김공주　　　손님 앞에서는 너를 버려! 못되게 하는 놈들은 지
　　　　　가 밖에서 당한 거 풀고 싶어 하는 거니까 불쌍
　　　　　하다 생각하고 받아주고.

방공주　　　그리고 삼촌! 우리 개진상은 안 받는다.

김공주　　　진짜 진짜 개진상은 북창동으로 꺼지라 그럴 거
　　　　　야.

왕업주　　　(갑자기) 야! 나공주, 너. 쇼 똑바로 안 할 거?

구미아리아가씨　언니, 애가 아랫구멍으로 계란도 낳고, 요구르트
　　　　　도 빨고……

변미아리아가씨　담배도 피우고, 사과도 잘라요.

나미아리아가씨　아니, 자꾸 새로운 쇼 보여달라고 하니까. 우리
그냥 벌떼나 물레방아만 하면 안 돼요?

왕업주　뭐래냐. 그건 다른 가게도 다 하잖아.

나미아리아가씨　여기 왔다 간 놈들이 다 가지고 나가잖아요. (김
공주에게) 언니들, 원래 흑기사, 진실게임 이런 것
도 다 미아리에서 나온 거예요. 그런데 이제 개나
소나 다 해.

왕업주　안 그래도 자꾸 다른 가게에 손님 뺏기는데 이년
이…….

방공주　걱정을 하지 마라. 또 손님들 끌어오는 거 내가
전문가 아이가. 삼촌, 여 와서 하고 가, 하면 방금
했는데요, 이 지랄 하면 내가 귀를 딱 잡아. 귀가
뜨끈한 놈은 좀 전에 싼 놈, 귀가 차가운 놈은 이
제 곧 쌀 놈. 그럼 내가 확 낚아채서 빠구리 판을
깔아주는 거지.

모두　(환호하며) 방공주! 방공주!

조삼촌　누님들, 오늘 크리스마스라서 경찰들이 용돈 받
으러 올 거예요.

차삼촌　요즘 미성년자 단속한다고, 경찰들 왔다 갔다 하
니까 너무 당황하지 마시고요.

김공주　요즘에는 미성년자 못 쓰냐?

추삼촌　당분간은 사려야죠.

심삼촌　청소년보호법이 생겨가지고 옆집에서 감시하고
신고하고 그래요.

왕업주　(심삼촌에게) 야, 가서 데리고 와라. 아이고, 내 정
신 좀 봐라. 누님들, 내일 신참 하나 더 오니까 잘

좀 부탁드릴게요. (조삼촌에게) 걔 파출소 데리고 가서 신원조회 좀 해. 내가 추형사한테 연락해놓을게. (아가씨들에게) 그리고 말이야. 요즘 한국 남자들이 한국 여자들 재미없다고 자꾸 필리핀이나 태국으로 간대. 나는 그게 왜 그렇게 자존심이 막 상하는지 모르겠네. 그러니까 농땡이 까지 말고! 나는 너네들 신음소리만 들어도 어떻게 하는지 다 알아, 이년들아. 알았어?

아가씨들　네, 사장님!

심삼촌　(의식을 잃은 소미아리아가씨를 들쳐 업고 나와서) 사장님.

왕업주　차에 실어라. (나가는 것을 보며) 누님들, 저년이 씨발, 어제 빚도 안 갚고 도망을 가려고 하는 거야. 내가 코도 세워주고 쌍꺼풀도 해줬는데. 선불 얹어서 전라도 섬에 그냥 팔아버릴라고. 잘 들어, 씨발 년들아. 서로서로 감시 잘 해. 너네들 탕치기 쳐서 나 망하잖아? 내가 지구 끝까지 쫓아가서 너네 오장육부를 다 도려내 팔아버릴 거야. 알았냐? (아가씨들의 대답을 듣고는) 나 나갔다 올게요. 오픈 좀 해주세요. 메리 크리스마스. (삼촌들에게) 가자.

삼촌들　네, 사장님!

김공주　(나가는 왕업주와 삼촌들을 보며) 갔다 와. (변미아리아가씨에게) 쟤 빚이 얼마냐?

변미아리아가씨　7천이요.

김공주　아이고……. (사이) 개시하자. 방공주, 밖에 추워.

옷 단단히 입어.

나미아리아가씨 (준비하며) 나는 이 시간만 되면 심장이 콩닥콩닥
한다.

구미아리아가씨 오늘은 또 어떤 새끼가 우릴 괴롭힐까.

변미아리아가씨 아, 씨발. 나 엄마가 또 돈 부쳐달래.

김공주 이 새끼는 언제 쌀까 하다가도, 눈 깜빡하면 다
끝내고 담배 피우고 수다 떨고 그러지?

아가씨들 (격하게 동감하며) 네.

김공주 힘들 내고! 어차피 썩어 문드러질 몸 돈 벌 때 제
대로 벌어야지. 자, 커튼 열자.

방공주 (커튼을 열고 밖을 내다보며) 이야, 벌써부터 대가리
가 바글바글하다.

변미아리아가씨 오늘은 한 30-40명 받으면 되려나?

나미아리아가씨 생리해서 솜까지 끼웠는데.

구미아리아가씨 쟤 20만 원?

변미아리아가씨 아니야. 쟤는 30만 원이야.

방공주 야, 그냥 한 천만 원 달라 캐라!

그때 어디선가 들리는 "불이야!" 소리. 연기가 나기 시작한다. 놀라서 기침
을 하기 시작하는 아가씨들. 아가씨들은 도망가려 하지만 문이 열리지 않
는다.

아가씨들 살려주세요! 불이야! 살려주세요……

멀리서 지켜보던 김공주는 다가가려 하지만 쉽지가 않다. 방공주는 김공
주를 말린다. 연기에 질식해서 한 명씩 쓰러지는 아가씨들. 결국 모두 쓰러

진다.

김공주   (울먹이며) 미안하다, 미안해.
방공주   공주야, 니 진짜 와 이카노.

그때 쓰러진 아가씨들이 한 명씩 개구리로 변한다. 그리고 김공주 주변을
뛰어다닌다. 고아들이 북을 들고 나와 개구리들을 바라본다.

고아들   거기도 비만 오면 개구락지들이 그냥 지랄들을
                  하고 뛰어당겼는데. (북을 치며) 따당! 따당! 따당!
                  (개구리들이 도망가자 북을 계속 치며) 개구리 잡아라.
                  개구리 잡아라. 개구리 잡아라.

전환.

19. 성매매특별법

2002년에서 2004년, 서울, 광장.
김방구나변, 왕고추차조심. 김공주 72-74세, 고아들 52-54세, 소손녀
32-34세.

고아들이 태극기를 꺼내 들고 월드컵 응원을 한다. 그때 성매매특별법 찬
반 시위가 시작된다. 당황하는 김, 방 공주와 고아들. 찬성팀은 구, 나, 추,
차 시민이고 반대팀은 김, 방 공주와 변미아리아가씨, 왕업주, 조, 심 삼촌
이다.

찬성팀	성매매를 근절하라! 성매매는 사회의 악! 여성인권 보장하라!
반대팀	매매춘을 보장하라! 매매춘도 직업이다! 생존권을 보장하라!
찬성팀	성매매는 범죄 행위! 범죄 행위, 범죄 행위!
반대팀	성매매는 우리 생계! 우리 생계, 우리 생계!
찬성팀	성매매방지법을 제정하라! 제정하라, 제정하라!
반대팀	성매매특별법이 웬 말이냐! 웬 말이냐, 웬 말이냐!
차시민	군산에 감금돼 있던 성매매 여성 열네 명이 화재로 인해 떼죽음을 당했습니다.
구시민	포주에게 이용당하던 피해자 성매매 여성들을 위해 철저한 진상규명을 해야 합니다.
김공주	성매매한다고 다 피해자 아니에요. 단속 똑바로 해서 진짜 당하는 애들이나 구해줘요.
추시민	돈을 많이 버는 것보다 중요한 것이 있습니다, 사람답게 사는 것입니다.
방공주	당신들은 명품백 안 삽니까? 우리가 번 돈 우리가 쓴다 카는데 왜 자꾸 뭐라 합니까?
나시민	용기를 갖고 나오십시오. 늦었다고 생각할 때가 가장 빠른 때입니다.
변미아리아가씨	우리도 돈 쉽게 벌지 않아요. 당신들처럼 먹고살 만하면 여기 안 왔어요!
차시민	세상에는 여러분을 응원하고 지지하는 사람들이 많습니다.
심삼촌	왜 자꾸 집창촌만 단속을 합니까? 룸살롱, 노래방, 안마 이런 데도 단속을 하라고요!

김공주 여기는 진짜 우리가 마지막으로 오는 데예요. 여기를 없애면 누구한테 좋은 겁니까!

조삼촌 그냥 공창제나 합법화를 시키자고!

나시민 그럼 공무원들이 성매매업소 관리 부서를 만들라는 겁니까?

왕업주 법 때문에 아가씨들 없어져서 연쇄 강간 사건이라도 터져봐야 정신 차릴 거야?

구시민 법이 있든 없든 예나 지금이나 강간 사건은 늘 있었습니다!

조삼촌 장애인이나 홀아비 같은 불쌍한 놈들이 많이 오는데 그 사람들은 어떻게 살라는 거야?

나시민 그렇게 불쌍하면 여자들 몸 대주지 말고 당신들 몸 대주면 되겠네요!

김공주 우리도 대한민국 국민이야. 우리를 돕지는 못할망정 왜 자꾸 죄인이나 피해자를 만들어요.

방공주 사람을 위해서 법이 있어야지 우리 얘기를 들어보지도 않고 현실에도 안 맞는 법을…….

찬성팀 성매매업소 단속 강화! 단속 강화! 단속 강화!

반대팀 막장 단속 중단하라! 중단하라! 중단하라!

찬성팀 성매매 여성 보호하자!

반대팀 우리도 노동자다!

찬성팀 성매매를 처벌하라!

반대팀 성판매를 보장하라!

찬성팀 성매매 여성 비범죄화! 비범죄화, 비범죄화!

반대팀 성노동자 비범죄화! 비범죄화, 비범죄화!

모두 비범죄화! 비범죄화! 비범죄화! 비범죄화! (나가며)

비범죄화, 비범죄화, 비범죄화, 비범죄화…….

김공주　(속상해하며) 왜 우리를 못 잡아먹어서 안달들이
　　　　야. 먹고살기도 바빠 죽겠는데.

고아들　엄마, 배고파.

김공주　(등짝을 때리며) 네가 차려 먹어!

방공주　느그 엄마 괴롭히지 말고, 이 화상아!

전환.

20. 미아리 쇠퇴기

2005년, 미아리, 집창촌의 한 업소.

김방구나변소. 김공주 75세, 고아들 55세, 소손녀 35세.

방공주, 변미아리아가씨가 드레스를 입고 벗을 준비를 하고 있다. 그 모습
을 지켜보는 김공주.

변미아리아가씨　이거 언제까지 해야 돼.

김공주　마지막, 마지막으로 딱 한 번만 더 하자. 간다. 하
　　　　나, 둘, 셋, 짭새 떴다! (보다가 느리게 움직이는 방공
　　　　주를 보고) 때려쳐, 이 미련 곰탱아!

방공주　늙은 게 죄가.

김공주　오늘 설날이니까 잡혀가서 짭새들이랑 떡국 먹
　　　　고 오든가.

변미아리아가씨　(자리에 앉으며) 에이, 씨발. 나 안 해. 이게 대체 뭐

하는 짓이야.

방공주　　내가 나이 처먹고 이게 뭐 하는 짓이고.

변미아리아가씨　　언제까지 불 끄고 영업해, 이게 대체 몇 달째야.

김공주　　쇼야, 쇼! 경찰이 허구한 날 우리만 감시하겠냐. 단속 뜨기 전에 사장이 기별 준다고 했으니까 단속 딱 뜨면 이 드레스를 숨기거나 자다 깬 척!

방공주　　손님 받고 있으면 콘돔 삼켜.

김공주　　증거 인멸!

변미아리아가씨　　(구역질하며) 콘돔을 어떻게 삼켜!

방공주　　지금 밖에 경찰이랑 기자들이랑 난리 났더라. 아니 와 자꾸 불이 나노, 죽은 년들만 불쌍하게.

변미아리아가씨　　걔네 불나기 전에 세 번이나 경찰에 신고했대. 갇혀 있는데 구해달라고. 그런데 경찰들이 왔다가 업주랑 쇼부 치고 계속 그냥 갔다는데? 뭐 이상하지 않아?

김공주　　씨팔 놈들. 그 포주 새끼들이 문제야. 잡혀가면 뭐 해? 돈 내고 또 기어 나올 텐데.

변미아리아가씨　　미아리 이제 다 죽었다. 나도 확 때려치우고 회사나 갈까?

방공주　　야, 회사 가면 뭐 다른 줄 아나? 툭하면 회식해서 술 따라라, 춤추자, 좆나 주물럭거리면서. 씨팔 만질 거면 돈 주고 만지든가. 차라리 돈 주는 여기가 낫데이.

변미아리아가씨　　그럼 나 확 그냥 결혼이나 할까?

방공주　　내가 돌싱이다! 아니 근데 내가 무슨 공짜 기계도 아니고. 살림해야 돼, 시댁 식구 챙겨야 돼, 남편

오면 또 다리도 벌려줘야 돼. 내가 돈 한 푼도 못 받고 이게 뭐 하는 짓인가 싶어가 담배 딱 피우다 남편한테 걸려 뒤지게 처맞고 그때부터 귀가 안 들린다.

김공주 지랄을 해라.

방공주 그래서 내 목소리가 큰 거야.

김공주 옛날에는 못 배운 년이 돈 벌어 먹고살 수 있는 건 이 짓거리밖에 없었어. 내가 이걸로 우리 가족 다 먹여 살렸잖아. 난 후회 안 해. 세상에 지 일 좋아하는 사람 얼마나 있다고. 그러니까 설 끝나면 너는 가족도 보고, 너는 친구들 보고…….

변미아리아가씨 가족도 돈이 있어야 보지. 나 엄마가 또 돈 부쳐 달래.

김공주 또?

방공주 옛날에 명절에는 집 없는 사람들 외로운 사람들 싹 다 여 와가 우리 돈 오지게 벌었다. 그 사람들 지금 어디 가서 뭐 하고 있겠노.

김공주 가긴 어디 갔겠냐, 단속 없는 데로 갔겠지.

변미아리아가씨 진짜 때려치워야겠다.

방공주 야, 니가 가면 우린 어떻게 하라고. 아가씨라곤 꼴랑 니 하나빠이 없는데.

변미아리아가씨 아, 씨발. 기분도 엿같은데 소주나 한잔할까?

김공주 술 좀 작작 처먹으라고, 이년아! 손님 오면 카드 말고 현금으로 돌려. 다음 주에 파주에서 애 하나 온다. 필리핀에서 온 젊은 애라고 하니까 이번 주 만 버티면…….

변미아리아가씨   뭐야, 우리가 이제 동남아랑 같은 급이야?

김공주   걔도 우리처럼 가족한테 돈 보내주려고 오는 거야.

방공주   야, 우리 그냥 부적이나 쓸까?

김공주   부적? 그럴 시간에 보건소 가서 밑에 검사나 해
라, 이년들아.

밖에서 인기척이 들리자 김, 방 공주는 급하게 변미아리아가씨의 드레스
를 벗기려 한다.

나대표   언니들, 죄송한데요, 잠시 얘기 좀 나눌 수 있을
까요?

방공주   (일어나며) 아이, 쌍년들 또 왔네.

김공주   (문을 열어주며) 단속 때문에 힘들어 죽겠는데 왜
자꾸 옵니까…….

나대표   (들어오며) 안녕하세요.

구직원   잘 지내셨어요?

김공주   못 지냈어. 어딜 들어가요. (소손녀를 발견하고) 공
주야.

방공주   네가 왜?

소손녀   이제 여기까지 왔어?

나대표   오늘 설이라서 선물 드리려고 왔어요. 커피랑 사
탕, 머리끈…….

변미아리아가씨   아니, 우리가 무슨 거지냐고. 이런 거 우리도 많
아요.

구직원   화만 내지 마시고, 우리는 언니들 힘내시라고, 용
기를 내시라고 왔어요.

변미아리아가씨   내가 지금 당신들 딸이나 동생이라도 힘내라, 용기 내라 말할 수 있어요?

소손녀   저희 좀 믿어주세요. 저희가 도와드릴 수 있습니다.

변미아리아가씨   아니요. 나 우리 도와준다는 사람치고 제대로 도와주는 사람 못 봤어. 내 빚 갚아줄 거야?

나대표   정부에서 선불금 관련해서 무료 법률안을…….

변미아리아가씨   우리 여기서 나가게 하려면 경찰 단속을 똑바로 하든가, 이번에 불나서 죽은 애들도 몇 번이나 신고했는데 누가 구해줬어요?

나대표   그래서 저희가 왔습니다. 저희 쉼터에서…….

방공주   쉼터요, 쉼터? 거기는 감옥이라니까. 가둬놓고 통금 있고, 미용해라, 재봉해라, 빵 만들어라! 당신들도 회사 강제로 그만두게 하고 그딴 거 시키면 좋겠어요?

구직원   언니들, 나도 나왔잖아. 나와서 다르게 살아보자. 할 수 있어, 우리. 보상금이…….

변미아리아가씨   그 꼴랑 50만 원으로 언니 가족들은 먹고살 수 있나 봐. 우리 가족은 안 돼!

소손녀   (화를 내며) 당신들 가족들을 생각해보세요. 그런 돈 벌어주면 좋아할 것 같아요?

김공주   (사이) 얘네 가족들 얘네한테 붙어먹고 살아요. 그러니까 그런 말 하지 말고 가요!

소손녀   그러니까 그 가족들이, 그런 돈으로 먹고살면 좋아할 것 같냐고요.

김공주   좋든 안 좋든. 그 돈이 없으면 먹고살지를 못하는데, 그걸 왜 우리한테 뭐라 그러냐고요.

소손녀	선택할 수 있었다면, 그런 돈으로 먹고살지 않았을 겁니다.
김공주	예나 지금이나 바르게 살려고 하는 사람은 제대로 살지를 못해. 내가 그거를 알아.
나대표	소팀장님, 왜 그래. 여러분은 업주들에게 속아서 피해 사실을 모르시는 겁니다. 경찰이 오면 감금과 착취 사실에 대해서 정확하게 말씀을…….
김공주	(화를 내며) 여기 우리 집이야! 우리 집에 와서 우리한테 감금됐느니 착취됐느니를 물어볼 게 아니라, 어떻게 살고 싶고 뭘 원하는지를 물어봐달라고! 알겠어?
소손녀	누가 집에서 좆 빨아서 돈 받고 몇천만 원씩 사채를 떠안아요? 이제 여기 다 떠나셔야 돼요. 나라에서 다 밀어버린다고! 이러고 사는 거 지겹지도 않으세요?
김공주	(화를 내며) 이러고 살아서 죽지 않고 살고 있다, 이년아.
소손녀	(사이) 더 하고 싶은 말 있으세요?
김공주	어, 할 말 많아. 그런데 너는 어차피 네가 듣고 싶은 것만 들을 거잖아.
소손녀	우리 좀 평범하게 살자, 할머니.
김공주	평범이 뭐냐, 그건 테레비에 나오는 거냐?
소손녀	제발, 창녀 짓 좀 그만하라고! (사이) 나 이혼해. 애는 내가 데리고 살 거야.
방공주	소공주야.

소손녀, 나간다. 나대표와 구직원은 따라 나간다.

나대표   오늘 소팀장이 왜 이럴까…….
구직원   언니들, 미안해요. 다음에 다시 올게요. 잘 생각해
                봐요.
변미아리아가씨   뭐야, 언니 손녀야?
방공주   성격은 지 할미 쏙 빼닮아가지고. 잘 컸다, 야무
                지게.

어디선가 들려오는 중장비 소리. 놀라는 김, 방 공주와 변미아리아가씨.

방공주   이게 뭔 소리고?
변미아리아가씨   포클레인 소리 아니야?
김공주   엄마야, 진짜 밀어버리는 거 아니야?
방공주   니 나가봐라.
변미아리아가씨   (나가며) 어떡해, 어떡해!

극장의 세 구멍 바깥에서 여러 사람의 시끄러운 소리가 들려온다.

사람들   끌어내! 비켜! 밉니다!

전환.

21. 재개발

2006년, 미아리, 공원.

김방소, 왕고추차조심. 김공주 76세, 고아들 56세, 소손녀 36세.

음악이 나오고, 의원 무리가 '왕의원'을 외치며 흥겹게 등장한다. 무리 사이엔 소손녀도 있다. 주민들은 왕의원을 보며 환호한다.

조사장　　여러분! 드디어 이 텍사스촌 일대가 뉴타운 지역으로 지정이 됐습니다. 뉴타운 사업을 통해 집값이 오르고 강북과 강남이 균형적인 발전을 할 수 있게 됐습니다.

김공주　　(소리를 높이며) 여기는 우리 집이다, 이놈들아!

조사장　　네, 의원님.

왕의원　　여러분, 왕의원입니다. 우리 뉴타운 지역에는 뉴시티라는 36층, 네 개 동의 주상복합단지가 들어설 것입니다. 일본계 건축 디자이너 브라이언 혼다차와 손을 잡고 서울의 대표적인 불량 노후 성매매 집결지 텍사스촌을 재생시키겠습니다, 여러분!

방공주　　(소리를 높이며) 여기는 우리가 일하는 데라고!

혼다차　　아아, 오아이데키테 우레시이데스. 소오루와 이이도코로데스. 간바리마스. 도오우조 요로시쿠 오네가이시마스.(만나서 반갑습니다. 서울은 좋은 곳입니다. 열심히 하겠습니다. 잘 부탁드립니다.)

김공주　　(소리를 높이며) 여기가 어디라고 와, 이 쪽바리 놈아!

혼다차	난다토?(뭐라고?)
조사장	아리가또!
심서장	저희도 최선을 다해 단속을 해왔지만 사실상 성매매 현장을 잡는다는 것이 쉽지는 않았습니다. 아마도 재개발이 되면 알아서 소멸하지 않을까 추측하고 있습니다. 저는 여기까지 하겠습니다.
소손녀	이 재개발 사업은 도시환경 정비와 함께 성매매 근절에 기여한다는 부가 효과까지 기대할 수 있습니다. 우리 구의 새로운 문화예술교육지역을 약속드리겠습니다.
추주민	아주 그냥 집창촌 때문에 집값이 오르지 않아 너무 답답했습니다. 이 김에 더럽고 위험한 텍사스촌이 확 없어져서 우리 지역도 깨끗하게 정화될 수 있으면 좋겠습니다.
김공주	업주랑 건물주만 보상해주면 어떻게 합니까! 우리도 있습니다, 예?
방공주	아무런 대책도 없이 나가라 그러면 우리는 어디로 갑니까!
추주민	그건 네가 알아서 해야지!
소손녀	네, 그래서 저희는 성매매 여성들을 위해서 국가에서 지원금이 지급되도록…….
추주민	아니, 왜 창녀한테 우리 세금을 줍니까!
김공주	야, 이 씨팔 놈아. 우리도 엄연히 세금을 내고 있는 대한민국 국민이야!
추주민	어디 더러운 년이 뚫린 구멍이라고 함부로 지껄이고 지랄이야, 지랄이.

왕의원	저는 오늘 여러분을 보면서 하나의 희망을 봤습니다. 텍사스촌 퇴출, 저 혼자만의 힘으로는 되지 않습니다. 구민 여러분들을 믿습니다! 서민 경제, 저희가 책임지겠습니다!
주민들	(환호하며) 왕의원! 왕의원! 왕의원!
고아들	(나가는 사람들 무리를 보고 좋아하며) 역시 저런 분이 대통령이 돼야 돼!
방공주	언니야, 우리 이제 어떻게 하노.
김공주	(소손녀를 붙잡고) 야 이년아, 이러면 우리는 대체 어디로 가라고? 뭐 먹고 살라고?
소손녀	(붙잡힌 손을 빼며) 전화 좀 그만해! 아니면 전화번호 바꿔버릴 거니까.
고아들	이 빨갱이 년이!
왕의원	소팀장님, 무슨 일 있습니까?
소손녀	(웃으며) 아닙니다, 왕의원님. 가시죠.
고아들	애가 어렸을 때부터 똑똑했습니다!
왕의원	그렇습니까? 아버님, 잘 좀 부탁드리겠습니다.
소손녀	(웃으며) 가시죠.

왕의원, 나가면서 소손녀의 허리를 감는다.

김공주	우리 이제 뭐 먹고 사냐.
방공주	야, 이 씨팔 놈의 새끼들아! (갑자기 주저앉으며) 아이고, 머리야. 언니야, 미안하다. 내 몸이 좀 안 좋다.
김공주	(고아들에게) 야! 너 업어!
고아들	(짜증을 내며) 아이, 뭐 하는 거야. 왜 아프고 그래.

| 김공주 | 방공주야, 너까지 그러면 어떡하냐. |

김공주, 고아들에게 방공주를 업게 하고 뛰어가는 것을 급하게 따라가기만 극장을 나가지 못한다. 움직이지 못하는 김공주.
전환.

22. 방 안에서

2009년에서 2019년, 미아리, 집.
김소, 고. 김공주 79-89세, 고아들 57-67세, 소손녀 37-47세.

멍하니 TV를 보는 김공주. 화면에는 드라마가 나오고 있다. 고아들, 방 안으로 들어온다.

| 고아들 | 왜 이러고 있어? (시계를 보며) 벌써 9시네? 뉴스 볼 시간이 다 됐어. 뉴스는 MBC지. |

고아들과 김공주는 소리가 나오는 뉴스를 본다. 성매매 관련 뉴스가 화면을 가득 채운다. 뉴스가 끝날 즈음 김공주가 힘없이 등을 돌려 눕는다.

| 고아들 | (갑자기) 비상이야, 전 세계가! 나는 한 번도 안 빠지고 투표했어. 2번이 돼야 북한에 안 퍼줘. 그분 가난해서 물 먹으며 공부했대. 그런 분은 절대 북한에 안 퍼주지. 핵무기 만들지, 미사일 날린다고 염병을 하지. 베트남처럼 공산국가가 되는 거야! |

사람이야, 그분이?

소손녀가 들어오자 고아들이 나간다.

소손녀

소손녀 아부지! 아부지! 으휴, 노친네. 귀가 먹었나. 또 어딜 가는 거야. 할머니, 나 왔어. 할머니, 뭐야. 반찬 갖다 달라더니. (반찬 통을 내려놓으며) 늙은이, 피곤한가 보네. (뒤척거리는 김공주를 가지런히 눕혀주며) 여자가 이렇게 자면 어떻게 해. 다리를 이렇게 좀 모으고. (사이) 할머니가 나 어릴 때 그랬잖아. 계집애는 아래를 조심해야 한다, 야한 옷 입지 말아라, 생리대는 몰래 숨겨서 다니라고. 내 몸은 내가 지켜야 된다, 계집애 같아야 남자한테 보호받을 수 있다. 그럼 내가 계집애 안 같은가? (사이) 나 일곱 살 때 슈퍼집 아들이 뽀뽀하자더니 혀를 넣더라. 그다음엔 가슴 만지고. 아무한테도 말 못 했어. 내 몸은 내가 지켜야 했으니까. 여덟 살 땐 6학년 언니가 의사 놀이 한다고 내 거기 만지작댔고, 4학년 때는 옆집 오빠가 엄마아빠 놀이 하자고 내 거기 만지작댔어. 아빠 친구 대머리 기사 아저씨 알지? 나 되게 귀여워했었잖아. 그 아저씨 맨날 내 귀에다가 사랑한다고, 사랑한다고. 그때 할머니한테 얘기했더니 어른이 애 귀여워할 수 있는 거라며. (사이) 나 스무 살 때 선배한테 성폭행당했어. 친한 사람이라 거절하는 방법을 모르겠더라. 계속 이런 일이 일어나니까 내가 할머니 손녀여서 그런가, 엄마 딸이라 그런가, 더러운 년인가……. 왜 나는 그때 아무한테도 도와달라고 하지 못했지? 나 애아빠랑 헤어지고 진짜 잘 살아보려고 그랬는데. 내가 모시던 분 기억나? 그때 봤잖아. 그 새끼가 맨날 지 사진 찍어 보내면서…… 넌 세 보여, 색기가 있어, 한번 자보고 싶은 여자야. 칭찬인 줄 알았어. 그런데 그 새끼가……. 말해 뭐 해. 그냥 죽여버리고 싶었어. 그래서 물어보고 싶었어. 내 엄마한테, 엄마의 엄마한테, 엄마의 엄마의 엄마의 엄마한테. 그리고 아빠한테 물어보고 싶었어. 아빠의 아빠한테, 아빠의 아빠의 아빠의 아빠한테. 우리 언제부터 이랬는지. (전화를 받으며) 예, 선생님, 안녕하세요. 예, 예. 또 안 갔어요? 예, 죄송합니다. 제가 잘 타이르겠습니다. 예, 감사합니다. 들어가세요.

김공주   (일어나며) 왜, 또.

소손녀   (사이) 쌍놈의 새끼 때문에 진짜! 내가 뼈 빠지게 일해서 학원 보내줬더니 툭하면 이 지랄이야. 할머니, 나 가. 반찬 잘 챙겨 먹고.

김공주   알았어, 이년아.

소손녀   (나가며) 쌍놈의 새끼 때문에 제명에 살 수가 없어, 살 수가!

김공주   (손녀가 나간 쪽을 바라보며) 공주야, 우리 다시 태어나면 사람으로는 태어나지 말자.

전환.

4부

23. 전업 시도

2019년, 수유리, 포장마차.

김나, 왕고추차조. 김공주 89세, 고아들 69세, 소손녀 49세.

포장마차 테이블을 세팅하는 김공주와 고아들. 왕, 추, 차, 조 학생들이 시끄럽게 떠들며 가게 안으로 들어온다.

왕학생   씨발 년들아, 진짜라니까. 한 명당 2만 원씩 줬어.

추학생   와, 괜히 동남아, 동남아 거리는 게 아니네.

김공주   어서 오세요.

학생들   안녕하세요.

조학생   (김공주에게) 이모, 여기 소주 하나랑 먹태요.

김공주   예. (고아들에게) 먹태 하나!

추학생   이 새끼는 맨날 지가 처먹고 싶은 것만 시킨다니까. 존나 이기적인 새끼.

조학생   그럼 네가 내든가, 빈대 새끼야.

추학생   돈 없어, 병신아.

조학생   아휴, 거지새끼. (왕학생에게) 야, 그래서 진짜 쓰리

섬 했다고?

왕학생 솔직히 와꾸랑 몸매는 별론데 언제 두 명이랑 해
보겠냐. 아침에 쌀국수 한 사바리 딱 때리고 투어
돌려고 했는데 존나 피곤해서 그냥 잠. 한 열 번
쌌다.

조학생 지랄.

차학생 (휴대폰을 만지며) 존나 더러운 새끼, 진짜.

조학생 난 그냥 오피스텔이나 갈래. 한국 년들이 좋아.

추학생 요즘은 얼마냐?

조학생 급마다 달라. 와꾸랑 후기 좋은 애들은 15만 원?

추학생 시간당?

조학생 한 번 싸면 끝이지.

추학생 씨발, 존나 비싸. 야, 그냥 키스방 가서 2만 원 주
고 꼬시는 게 낫겠다.

조학생 아휴, 드러운 새끼.

왕학생 병신아, 오피는 싼 거야. 요새 BJ 애들 밖에서 만
나려면 100만 원 이상 부른대.

추학생 개오바야, 병신아. 개네 실제로 보지? 존나 별거
없어, 화장발.

조학생 만나본 것처럼 얘기한다?

추학생 별풍선 좀 쐈봤지.

조학생 돈 없다며, 거지새끼야!

차학생 미친 호구새끼 여기 있네. 왜 그러고 사냐? 그럴
돈 있으면 그냥 나 줘라.

추학생 내가 카톡 아이디 알아내서 카톡 존나 보냈거든?
답장이 없다, 씨발 년.

왕학생　　그래도 이런 호구새끼 때문에 걔네들이 먹고사는
　　　　　거 아니겠냐!

조학생　　진짜 여자들은 돈 벌기 존나 쉽네!

왕/추　　존나 쉽네!

추학생　　누가 내 고추 좀 사갔으면 좋겠다!

차학생　　네 건 냄새나서 안 사가, 븅신아!

김공주　　(주문한 것을 가져다주며) 맛있게 드세요.

학생들　　감사합니다, 이모님!

왕학생　　(차학생에게) 그래서 너 여자친구랑 떡 쳤냐?

차학생　　아직. 이번엔 진짜 제대로야. 공들이는 중.

왕학생　　사진 있어?

차학생　　조금 있다가 여기로 올 거야.

추학생　　넌 옛날부터 너 혼자만 존나게 먹더라. 나도 배고
　　　　　파, 씨발 놈아.

조학생　　먹긴 뭘 먹어. 아직 못 먹었다잖아. 오늘 먹게?

차학생　　네 거냐? 내 거야. 신경 꺼.

왕학생　　이 새끼 제대로 꽂혔나 보네.

차학생　　(전화 받고) 여보세요? 어, 자기야, 어디야? 포차
　　　　　보여? 알았어. 나갈게.

추학생　　(나가는 차학생을 보며) 저 새끼, 저거 꼭 지만 깨끗
　　　　　한 척해.

조학생　　너네 쟤 여친 아직 못 봤지? 얼굴은 존나 귀여운
　　　　　데 몸매가 씨발, 질질 싸.

추학생　　진짜?

왕학생　　오케이, 헤어지면 내가 먹어야겠다.

추학생　　넌 얼굴 보잖아.

왕학생	나이 먹으니까 바뀌어.
조학생	지랄.
왕학생	아, 뒤질래. 진짜거든.
추학생	아, 나도 돈 안 들이고 공짜로 하고 싶다!
조학생	오빠가 소개시켜줘?
추학생	어, 예쁜 애로.

그때 차학생이 나여친과 함께 들어온다.

차학생	야야야.
나여친	안녕하세요.
학생들	(굉장히 반갑게) 안녕하세요.
추학생	얘기 많이 들었어요.
왕학생	제수씨, 안녕하세요.
차학생	뒤질래? 제수씨는 무슨, 형수님이라고 불러라.
조학생	형수님, 애 왜 만나요?
차학생	적당히 좀 해라, 진짜.
나여친	오빠, 저 잠깐 손 좀 씻고. (고아들에게) 여기 화장실이 어디예요? (고아들이 손으로 가리키자) 감사합니다.

나여친, 나간다.

차학생	(학생들에게) 야야야, 어딜 봐, 어딜 보냐고. 내 거다, 내 거라고 얘기했다!
왕학생	이야, 좆된다. 네가 공들이는 이유를 알겠다.

추학생   부럽다. 나도 돈 안 들이고 공짜로 섹스하고 싶다.

차학생   미친년들아, 그런 거 아니라고. 나 존나 진지하단
            말이야.

조학생   이 새끼 언제부터 개썹 노잼 됐는지 아시는 분.
            (휴대폰이 울리자) 우와, 씨발, 떴다! 니들이 유작 돌
            려보고 있을 때 오빠는 라이브로 받아, 이 새끼들
            아. 신상 떴는데 하나 보내줘?

추학생   그 노예방?

왕학생   야, 너 이거 잡혀가.

조학생   잡히면 뒤지면 되지. 이 새끼는 오프라인만 존나
            뛰느라 온라인의 세계를 모른다니까. 여기 있는
            노예들 진짜 시키는 것 다 해.

추학생   몰카도 있어?

조학생   몰카랑 일반인도 존나 많이 올라와. 이거 만든 새
            끼 진짜 개똑똑! 하나 보내줘?

왕/추   보내줘.

조학생   보내줘?

왕/추   보내주십시오, 형님!

조학생   오케이, 전송!

추학생   (휴대폰을 보며) 대박이다, 진짜.

왕학생   (차학생에게) 야, 단톡 확인해봐.

차학생   됐어. 나 그런 거 안 봐.

조학생   (화를 내며) 미친 새끼야, 빨리 보라고!

추학생   봐.

차학생   뭔데!

학생들, 휴대폰으로 동영상을 보는 차학생의 눈치를 살핀다. 그때 나여친
이 들어온다.

나여친　　죄송해요, 저 왔어요.

조학생　　형수님, 죄송해요. 저희 일이 생겨서 먼저 일어나
봐야 할 것 같아요.

왕학생　　(갑자기 일어나며) 네, 갑자기 급한 일이 생겨가지
고…….

왕학생, 황급히 나간다.

조학생　　(일어서며) 가봐야겠다.

추학생　　(따라 일어서며) 다음에 봬요.

조, 추 학생이 나간다.

나여친　　(인사하며) 안녕히 가세요. (나가는 추학생을 보며) 뭐
야, 오빠 친구들 왜 저래? 싸웠어? (애교 부리며)
왜? 뭔데 뭔데 뭔데, 왜?

차학생　　(영상을 보여주며) 너랑 닮았지? (사이) 나 이거 어떻
게 받아들여야 돼? 나 봐. 내 눈 보라고.

나여친　　이거 어디서 났어?

차학생　　너 맞아? (사이) 말 못 하는 거 보니까 맞나 보네.
무슨 말이라도 좀 해봐! 너 맞냐고!

나여친　　전 남친이야. 미안해.

차학생　　네가 어떻게 나한테 이럴 수 있어? 내가 너한테

얼마나 잘해줬는지 몰라? 과거에 어떻게 하고 다
녔길래 이런 영상이 있는 거야, 씨발. 좋았냐?

나여친 나도 찍힌지 몰랐어. 나도 지금 당황스럽고 수치
스러워.

차학생 모르긴 뭘 몰라. 좋아 죽더만. 너 걸레였어? 그러
면서 그렇게 도도한 척한 거야?

나여친 걸레라니, 너 지금 말이 너무 심한 거 아니야?

차학생 무릎 꿇고 싹싹 빌어도 모자랄 판에 어디서 소리
를 질러?

나여친 나도 몰랐다고 했잖아. 나도 지금 어떻게 해야 할
지 모르겠다고…….

차학생 너 지금 피해자 코스프레 하냐? 몰랐다고 하면
이게 없어져?

나여친 네가 화나는 거 이해 못 하는 거 아닌데 너도 과
거 있잖아. 이런 영상만 없는 거잖아. 왜 내가 싹
싹 빌어야 되는 건데? 이런 영상 찍고 퍼뜨린 새
끼들이 더 나쁜 거 아니야?

차학생 씨발, 말이면 단 줄 아나. 야, 네가 얼마나 쉽게 보
였으면 그 새끼가 이런 영상을 찍었겠냐고!

나여친 너 나 사랑하긴 했니? (차학생을 붙잡으며) 네가 나
진짜 사랑했으면 네 친구들한테 이 영상 퍼뜨리
지 말라고 전해줘.

차학생 지금 그게 중요해? 내 친구들이 안 해도 이거 이
미 다 퍼졌어. 남자 새끼들이 이거 보면서 뭐 할
거 같아? 내 여친이 섹스하면서 어떤지 내 친구
들이 다 알게 됐다고, 씨발. 나만 병신 된 거 아냐,

나만! 행실을 어떻게 하고 다닌 거야, 대체!

나여친   (울면서) 영상 본 새끼들 내가 다 신고할 거야.

차학생   (화를 내며) 신고한다고 뭐가 달라져? 너 진짜 바보야? 그러면 이 영상 없어질 것 같아?

고아들   (일어나며) 듣자 듣자 하니까 여친한테 그러는 거 아니에요.

김공주   (말리며) 공주야!

차학생   뭐라고요?

고아들   여자가 우는데 남자 새끼가 뭐 하는 거예요?

차학생   아저씨가 뭔데 남의 일에 상관하고 그래요?

나여친   (말리며) 하지 마.

차학생   (나여친의 손을 떨쳐내며) 놔. 안 놔?

고아들   (나여친의 어깨에 손을 대며) 아가씨, 괜찮아요?

나여친   (놀라서) 왜 이러세요?

고아들   (나여친에게 다가가며) 내 딸 같아서 그래.

나여친   (피하며) 왜 이러세요!

고아들   왜 이러긴 뭘 왜 이래. 도와주려고 이러는 거 아니야!

차학생   (고아들을 밀치며) 뭐 하는 거야, 노친네가!

고아들   (차학생을 머리로 밀며) 머리에 피도 안 마른 새끼가. 너는 애미 애비도 없냐?

차학생   (고아들을 바닥에 밀치고 나가며) 늙으려면 곱게 늙어. 별게 다 지랄이야, 씨발!

김공주   (나여친에게) 아가씨, 괜찮아. 아가씨 잘못 아니야.

사이

나여친   (김공주에게) 왜 남의 일에 끼어들고 그러세요.

나여친, 나가버린다.

김공주   (나가는 나여친 뒤에 대고) 저기, 계산…….

고아들, 바닥에 엎드려 흐느낀다.

김공주   (고아들의 등짝을 때리며) 왜 남의 일에 끼어들고 지
                 랄이야, 지랄이. 가뜩이나 장사도 안 돼 죽겠는
                 데! 아, 씨팔! 때려치워! 치워!

고아들과 김공주, 테이블을 치운다.
전환.

24. 대학생 손님

2019년, 종로, 여관.
김, 조심. 김공주 89세, 고아들 69세, 소손녀 49세.

김공주가 방에 앉아 있다. 조아들이 대학생 손님을 들여보낸다.

조아들   엄마, 손님.
김공주   들여.

책가방을 메고 검은색 비닐봉지를 든 심학생이 조심스럽게 김공주의 방에
들어온다.

심학생   안녕하세요.

김공주   어머, 완전 애기가 왔네.

심학생   애기 아닌데요.

김공주   아, 그래요. 여기 앉아.

심학생   (가방을 내려놓고 앉으며 조심스럽게) 친아들이에요?

김공주   뒤봐주는 애야. 여기선 다 그렇게 불러, 아들. 처
           음 와봤어?

심학생   아닌데요. 한 다섯 번은 와봤는데요?

김공주   오.

심학생   저 잘해요.

김공주   오.

심학생   근데 오늘 컨디션이 조금. 이거 빵이랑 우유인데
           좀 드실래요?

김공주   아휴, 우유 싫어. 이거 좆물 같아. 옷은 여기에다
           벗어둬.

심학생   안 피곤하세요?

김공주   피곤하지. 아메리카노 땡긴다.

심학생   커피로 사 올걸. 잠깐 누워서 쉬세요. 쉬었다가
           해요.

김공주   아이고, 애가 뭐라나.

심학생   진짜로요. (김공주를 눕히고 주무르며) 시원해요?

김공주   응, 시원하다.

심학생   저 같은 애는 처음이죠?

김공주	응. 잘해줘야겠네. (일어나 앉으며) 됐어, 됐어.
심학생	갑자기 할머니 보니 마음이 아파요. 얼마나 힘들까. 불쌍해. 맨날. 근데 할머니는 기분 나쁠 수도 있겠다. 누나, 괜찮아요?
김공주	응.
심학생	누나 젊었을 때 엄청 예뻤을 것 같아요.
김공주	당연하지. 내가 미인대회에서 1등 하고 그랬는데.
심학생	누나는 어떤 손님이 제일 싫어요?
김공주	너 같은 놈. 구라야. 나는 어린애 찾는 노인네가 제일 싫어. 한번은 내가 그 노인네한테 "아저씨, 아저씨 애나 빨리 만들어서 뻥튀기해서 잡아먹어" 했더니 지랄, 지랄을 하면서…….
심학생	누나는 꿈이 뭐였어요?
김공주	어머, 나 진짜 별소리를 다 듣겠다. 뭐 있냐, 좋은 지아비 만나서 자식들 낳고 가정 꾸리면서 사는 거지.
심학생	여기서 일 왜 해요? (사이) 죄송해요. 기분 나쁘셨죠?
김공주	살다 보니까.
심학생	돈은 많이 벌어요?
김공주	그냥 그래.
심학생	얼마나 됐어요?
김공주	야.
심학생	하루에 손님들 얼마나 와요?
김공주	그런 거 그만 물어봐.
심학생	왜요? 기분 나쁘세요?

김공주	응. 여기 있는 사람들 그런 질문 별로 안 좋아해.
심학생	나도 기분 별론데. (사이) 근데 왜 이렇게 사는 거예요? 힘든 일 하기 싫어서 그런 거예요? 아, 박스 줍고 나물 파는 게 싫구나.
김공주	빨리 하자.
심학생	내 맘인데요. 아줌마, 아니 할머니 몇 살이에요?
김공주	뭐?
심학생	여기서는 육십대가 영계라면서요. 그런데 할머니 진짜 늙었다. 아니, 무슨 우리 엄마보다 할마시가 여기 왜 있어. 나 상상도 못 했네. 내 돈 내고 이게 무슨 개짓거리야.
김공주	내 친구가 전두환이야. 제임스 딘이 나랑 동갑이라고. 송해가 나보다 오빠다, 이놈아. 너 그냥 갈래?
심학생	뭘 그냥 가요. 밖에 존나 무서운 아저씨 있는데.
김공주	그럼 그냥 빨리 싸고 끝내.
심학생	알겠습니다. (비닐봉지를 주며) 얼굴 좀 가려주실래요?

심학생, 바지 벨트를 푼다. 음악이 나오고 비닐봉지를 머리에 쓴 김공주와 춤을 춘다. 춤을 마친 심학생은 휴대폰을 들어 카메라를 끈다.

| 심학생 | (만 원을 꺼내 바닥에 놓으며) 진짜 최악이다. |

심학생, 책가방을 들고 나간다. 혼자 남은 김공주가 비닐봉지를 벗고 돈을 줍는다. 갑자기 복통을 느끼는 김공주.

김공주   아이고, 배야. 아휴, 왜 이러냐…….

전환.

25. 암

2020년, 서울, 병원.

김, 구. 김공주 90세, 고아들 70세, 소손녀 50세.

병원을 찾아온 김공주. 잠시 뒤 구의사가 나온다.

구의사   안녕하세요.

김공주   안녕하세요, 선생님.

구의사   왜 이렇게 오랜만에 오셨어요.

김공주   나이 들면 병원 왔다 갔다 하는 것도 일이에요.

구의사   아드님은요?

김공주   걔도 여전하지. 칠순인데.

구의사   할머니랑 늘 같이 다니시는 짝꿍분은?

김공주   빌빌대다 죽었어, 술 때문에. 방공주 그년이 가족
               이 하나도 없어가지고 내가 그…….

구의사   아이고, 허리는 좀 괜찮으세요?

김공주   네, 직업병인데요, 뭐. 파스 없으면 못 살아요.

구의사   오늘은 어디가 불편하세요?

김공주   나 배 아파.

구의사   검사 한번 해볼까요?

| 김공주 | 응. |
| 구의사 | 아, 한번 해보실게요. 뒤도서서요. 할머니, 카메라가 들어갈 때 조금 불편하실 수도 있어요. 조금만 참을게요. 아, 꿀꺽. |

구의사, 김공주의 입에 카메라를 집어넣는다. 카메라의 영상이 보인다. 극장 안이다.

| 구의사 | 아이고. 할머니, 조금만 더 들어가볼게요. |

카메라가 극장의 구멍을 지나 극장의 통로를 따라가며 통로에 있는 공주들을 보여준다.

| 구의사 | 아이고. 할머니, 여기가 할머니 식도예요. 조금만 더 내려가볼게요. |

티켓박스, 그리고 극장 밖의 세상이 보인다. 카메라를 빼는 의사.

| 구의사 | 암입니다. |
| 김공주 | 암이네요. |

의사, 나간다.

조명의 변화.

공주들이 모두 개구리로 변해 구멍으로 들어온다. 놀라는 김공주.

| 김공주 | 징글징글하다. 또 지랄들이야. 왜 자꾸 내 구멍에 |

기어들어오냐, 이놈들아. (개구리들이 달려들자) 아
휴, 싫어. 싫어. 징그러워. 나가, 나가라고! 나가,
나가란 말이야!

전환.

26. 구멍왕관

2020년, 서울, 극장.
사회자, 김방구나변소, 왕고추차조심.

남성 공주들이 긴 의자를 가져다 놓는다. 김공주를 챙겨주고 자리에 앉는
여성 공주들.

사회자　　(마이크를 들고) 네, 그럼 여기까지 진행하도록 하
　　　　　　겠습니다. 긴 시간 동안 김공주 할머님의 이야기
　　　　　　를 들어주셔서 감사합니다. 우리 할머님 감정이
　　　　　　누그러질 때까지 잠시만 시간을 갖도록 하겠습
　　　　　　니다. (사이, 김공주에게) 할머니, 괜찮으세요? 물 좀
　　　　　　드세요. 괜찮으세요?

김공주　　예.

사회자　　그럼 진행하도록 하겠습니다. 역시 누군가가 침
　　　　　　묵했던 과거는 중요한 역사의 한 부분이라는 생
　　　　　　각이 듭니다. 꼭 역사의 진실이 밝혀져서 일본이
　　　　　　진심 어린 사과를 할 수 있게 되길 바랍니다. 다

른 공주님들의 이야기도 듣고 싶지만 (공주들이 손을 들자) 오늘은 이 공간을 대관한 시간이 다 돼서 아쉽게도 여기서 끝내야 할 것 같습니다.

김공주   (손을 들며) 잠깐만, 안 끝났어. 나 한마디만 더 할 거야.

사회자   그럼 김공주 할머님의 마지막 말씀을 듣고 이 자리를 마무리하도록 하겠습니다.

사회자, 김공주에게 마이크를 전해준다.

김공주   (마이크를 들고) 맨날 했던 말 하고 또 하고. 테레비고 신문이고 입이 아프도록 죽도록 말해놓으면 그 말은 다 어디 가고 그저 김공주 위안부, 위안부 김공주 할매, 피해자 김공주. 내 말을 듣고는 있는 거야? (감정적으로) 나는 위안부도 아니고, 할머니도 아니고, 소녀도 아니야. 그냥 김공주야, 김공주. 윗구멍에 풀칠하려고 아랫구멍 내어주니까 밥이 들어왔고, 뒷구멍에 뭐가 꽉 차서 아파서 열어보니까 악취가, 악취가. 왜 자꾸 내 구멍을 가지고 니들이…….

사회자   (마이크를 빼앗으며) 죄송합니다. 시간이 다 돼서요. 좋은 말씀 감사드립니다.

음악 '아리랑'이 나온다.

사회자   모쪼록 우리는 잘못된 역사가 반복되지 않기를 진심으로 바랍니다. 힘든 이야기 어렵게 들려주신 김공주 할머님께 박수 부탁드립니다. (뒷구멍을 가리키며) 나가시는 문은 뒷구멍입니다.

왕, 차 공주는 김공주를 들어 의자 가운데로 옮긴다. 심공주는 꽃다발을 들고 들어와 김공주의 발치에 놓는다. 모두 나가고, 혼자 의자에 앉아 있는 김공주. 마치 굳어 있는 평화의 소녀상 같다. 관객들은 김공주를 지나 퇴장한다.

막

파
란나
라

* 이 희곡에는 2018년 전후 한국 사회의 실제 교육 현장을 구체적으로 묘사하는 장면들이 있으며, 이는 작품 의도상 중요한 역할을 한다. 따라서 2016년부터 2018년까지의 실제 인터뷰와 취재 결과를 기반으로 한 욕설, 비속어, 혐오 표현이 포함되어 있으며, 폭력적인 장면들이 다수 등장함을 밝힌다.

| **시간** | 2018년, 가을 |

공간　　한국, 경기도의 남녀공학 고등학교 1학년 영화반 CA 교실의
안과 밖

등장인물　이 선생　남, 35세. 담당 과목 세계사, 기간제 교사, 영화반
CA 담당, 경상도 사투리 사용, 찐따 선생님.
박 선생　남, 43세. 담당 과목 영어, 창의적체험활동 지도부
장 교사, 이 선생의 대학 선배, 무서운 선생님.

1학년 1반
박세인　여, 17세. 공부도 잘하고 예쁘기도 한 학생, 전라도
사투리 사용, 완벽을 추구하는 성격.
권미나　여, 17세. 박세인과 같이 다니지만, 공부도 놀기도
못하는 학생, 필기구에 집착한다.

1학년 2반
이은정　여, 17세. 공부만 하는 기계 같은 학생, 선생들도 함
부로 건들지 못함, 전교 1등.
하재성　남, 17세. 싸움도 잘하고 놀기도 잘 노는 학생, 박학
다식함, 짱.
김두진　남, 17세. 놀기도 잘하고 말도 많은 학생, 돈에 대한
피해의식이 있음, 날라리.
이강호　남, 17세. 집이 잘살아 학생들에게 늘 먹을 것을 사
주는 학생, 호구.
이창현　남, 18세. 늘 껌을 가지고 다니며 학생들에게 나누
어주는 복학생, 일명 껌돌이.

1학년 5반
김정화　남, 17세. 공부도 잘하고 놀기도 잘하는 학생, 인기
많음, 킹카.

박승현   남, 17세. 전라도에서 전학 온 학생.

1학년 7반
권주영   남, 17세. 공부 잘하는 학생, 신방과가 목표, 왕재수.
김형준   남, 17세. 놀기도 잘 놀고 싸움도 운동도 잘하는 학
          생, 또 다른 짱.
문지홍   남, 17세. 놀기도 잘 놀고 싸움도 욕도 잘하는 학생,
          말이 많음, 날라리.
김선기   여, 17세. 가장 평범한 학생, 큰 웃음소리를 가지고
          있음, 투명인간.

1학년 8반
양정윤   여, 17세. 자신을 꾸미는 것을 좋아하고 잘 노는 학
          생, 기획사 연습생, 관종.
박미르   여, 17세. 정윤과 함께 다니며 잘 노는 학생, 정윤에
          대한 피해의식이 있음, 박쥐.
김보경   여, 17세. 정윤, 미르와 함께 다니며 남자를 좋아하
          는 학생, 무뇌.
강지연   여, 17세. 남자 아이돌을 좋아하는 학생, 오징어라
          는 별명이 있음, BTS 덕후.

그 외 다른 학생들

1장

낮. 학교 옥상.

피곤해 보이는 이 선생이 걸어 나와 벤치에 앉아 담배를 피운다. 가방을
멘 승현이 걸어 나오다가 이 선생을 발견하고는 선다. 이 선생의 뒷모습을
바라보는 승현.

음향) 박승현의 목소리

"세상에 인정받고 싶지 않은 사람이 있을까? (사이) 모든 것이 끝나고, 우리는 모두 침묵
했다. 그것은 평생 가지고 가야 할 비밀이었다."

멀리서 학생들의 웃음소리가 들리자 놀라서 오던 길로 돌아 나가는 승현.

김두진	(들어오며) 야, 문지홍! 합창반 들어오라니까, 병신아!
문지홍	야, 합창반 좆나 재밌어. (노래로) 넬라판타지아~.
이강호	영화반, 개널널해.
김형준	선생, 좆나 호구라며?
하재성	병신이야. 개좆밥 같은 새끼.
김정화	야, 하재성. 내가 그렇게 말하지 말랬지.
김두진	이강호, 담배 하나 줘봐. (들어와서 이 선생을 발견하

고 멈칫하며) 선생님, 안녕하세요.

학생들　　(눈치 보며) 안녕하세요.

이 선생　　(사이, 웃으며) 내가 여기서 담배 피우지 말라고 했지?

학생들　　(웃으며) 죄송합니다.

김두진　　근데 선생님! 여기 아니면 피울 데가 없습니다.

문지홍　　교실에서 피울까요?

이 선생　　됐다, 이 새끼들아. 빨리 피우고 내려오기나 해. 다른 선생님들 오시기 전에. 폐 썩는다. (나가다 말고) 하재성! 오늘 CA 끝나고 면담하는 거 잊지 말고.

하재성　　(사이) 선생님, 죄송한데요. 오늘 제가 몸이 좀 안 좋아서요…….

학생들　　저는 발가락이. 두통! 치통! 생리통! 게보린 좀…….

이 선생　　야! 너네 다 면담! (다 같이 웃고) 너네는 왜 면담할 때마다 몸이 안 좋냐? (사이) 아무튼 재성이 면담 필수야. 학교 잘리기 싫으면 꼭 나와. 선생님도 더 이상 커버 못 친다.

하재성　　노력하겠습니다. (이 선생이 나간 쪽을 바라보며) 좆밥 같은 새끼.

김형준　　(담배를 피우며) 저 새끼 좆나 병신 같지 않냐?

문지홍　　(담배를 피우며) 교장한테 까이고, 선생들한테 따 당하고.

김두진　　(담배를 피우며) 우리 담임이 저 새끼 좆나 호구래.

이강호　　우리 엄마가 그러는데 학교 병신 같은 데 나와서 따 당하는 거라던데?

김정화　　그게 아니라, 교장이랑 다른 학교 출신이라서 그런 거야. 우리 학교에 저만한 선생님이…….

하재성   어쨌든 씨발, 학교가 썩었어. 학교가 좆같으니까,
선생도 좆같은 거고, 학생도 좆같은 거야.

김두진   이런 씨발! 좆같은 거. 야! 내가 그냥 교장 할게!

학생들   (비웃으며) 오, 너가? (삐쳐서 걸어 나가는 두진을 보며)
또 삐쳤냐, 김두진?

학생들, 두진을 놀리며 따라 나간다.

전환.

2장

낮. 교실, 복도. 게임 1주 차.

둥글게 배열되어 있는 책상. 은정과 세인, 주영은 책상에 앉아 공부를 하고 있다. 미나는 세인의 옆에 앉아서 세인을 바라본다. 창현은 책상에 앉아 멍하니 있고, 지연은 병적으로 휴대폰을 보고 있다. 전학생 승현은 한쪽에 앉아서 눈치를 보고 있다. 보경이 휴대폰으로 음악을 틀고, 미르는 춤을 춘다. 정윤은 화장을 하고 있다. 보경이 흥분해서 춤추는 미르를 방해한다.

박미르   (춤을 멈추고 화를 내며) 미친 개병신 같은 년아, 방해하지 말랬지?

김보경   미안, 미안.

박미르   (친절하게) 정윤아, 어땠어?

양정윤   제 점수는요! (미르를 밀어내며) 뻑큐! 그게 춤이냐, 병신아!

정윤, 나와서 춤을 춘다. 대단히 잘 춘다. 놀라는 학생들.

미르/보경   양정윤! 양정윤! 우유빛깔 양정윤! 절대지존 양정윤! 양정윤 짱!

김보경   (환호하며) 정윤아, 네가 미르보다 훨씬 더 잘한다.

양정윤	당연하지. 박미르! 내가 그 정도 가지고 어떻게 널 우리 회사에 소개시켜주냐? 쪽팔리게.
박미르	어, 알았어. 내가 더 잘할게.
김보경	나도, 나도!
김선기	(지나가면서 혼잣말로) 나도 양현석 오빠 잘 아는데.
박미르	아, 맞다. 정윤아! 우리 언제 너네 회사 구경 가?
김보경	맞아, 맞아. 완전 가고 싶어.
박미르	너 어제 GD랑 촬영했다며.
김보경	완전 대박. 사진 찍은 거 없어?
양정윤	(휴대폰을 꺼내 보여주며) 여기.
박미르	(보경에게) 비켜, 병신아. (정윤의 휴대폰을 보며) 완전 대박. 개잘생겼다.
김보경	맞아, 맞아. 완전 오진다!
양정윤	(틴트를 꺼내 들고) 아, 맞다. 나 이거 버릴 건데, 가질래?

정윤, 틴트를 던진다. 선기와 보경이 달려가서 줍고, 미르는 달려가다 중간에 멈춘다.

김보경	(선기에게서 틴트를 뺏으며) 내놔, 씨발 년아. (정윤에게) 완전 대박. 나 갖고 싶었던 건데.
박미르	(보경에게서 틴트를 뺏으며) 내놔, 씨발 년아. (정윤에게) 고마워, 정윤아. 역시 네가 최고야.
김보경	정윤이 최고!
박미르	(보경에게) 따라 하지 말라고! 씨발 년아.
박세인	(책상에 앉아 공부를 하다 말고) 은정아, 혹시 모의고

사 답안지 좀 빌려줄 수 있어?

이은정   응, 여기.

박세인   땡큐. 갚을게.

권주영   나도 있는데.

박세인   괜찮아. 고마워.

미나가 은정에게 가서 답안지를 받아 세인에게 전해주고, 세인은 답안지를 확인한다.

김선기   (승현에게) 안녕? 너 전학생이지? 이따 나랑 매점 갈래?

박승현   아니야, 괜찮아.

박세인   (미나에게 답안지를 주면서) 미나야.

권미나   어, 세인아!

박세인   (미나가 답안지를 은정에게 건네주자) 고마워, 은정아.

하재성   (교실로 들어오며 큰 소리로) 야, 양정윤! 뭐 하냐?

양정윤   (좋아하며) 심쿵심쿵, 재성이 생각!

하재성   (기분 좋은 표정을 숨기려 애쓰며) 지랄.

정윤을 부러워하는 미르와 보경. 그때 두진과 강호가 시끄럽게 들어와 지연을 괴롭힌다. 재밌어하는 학생들.

김정화   (교실로 들어오며) 얘들아, 안녕! (학생들의 인사를 받고) 야! 얘야, 박승현. 우리 반에 전학 온 애.

김두진   (승현에게 다가가며) 오, 너 당구 좆나 잘 친다며?

이강호   (승현에게 다가가며) 몇 치는데?

김정화	250!
김두진	와, 좆나 쩌는데? 고딩이 250? 실화냐? 너 담배 피우냐?
박승현	(고민하다) 어, 피워!
하재성	이따 수업 끝나고 같이 가자.
김두진	(창현의 머리를 툭툭 치며) 창현이 형! 껌.
강호/두진	(창현의 머리를 툭툭 치며) 껌, 껌, 껌, 껌!

창현은 가방 안의 껌들을 책상 위로 꺼내놓고, 보경은 창현에게 가서 껌을 가져와 미르와 정윤에게 준다.

김정화	야, 김두진. 작작 좀 해라. 창현이 형이 껌 공장 주인이냐?
김두진	왜, 얘가 자기네 집이 껌 공장이라고 했어. 맞지?
김보경	(창현이 고개를 끄덕이자) 오빠, 저도 껌 주세요. (껌을 챙겨서) 감사합니다!

창현, 가방에서 페브리즈를 꺼내어 담배를 피우고 온 학생들의 몸에 뿌려 준다.

김두진	(승현에게 껌을 건네주며) 야, 전학생. 껌 먹어라.
박승현	고마워.
이강호	(승현을 밀어내며) 깝치지 마, 씨발 놈아. 내 자리야.
박승현	(사이, 발끈하며) 나 씨발 놈 아닌데!
김두진	(사이, 승현에게) 오, 이 새끼. 좀 센데. 야, 이따 매점 갈래? 피자빵 사줄게.

박승현   어, 좋아.

박세인   (소리를 높이며) 애들아, 조용히 좀 해줄래?

권주영   (소리를 높이며) 조용히 좀 하자, 애들아.

학생들   깝치지 마라. 닥쳐라. 닥쳐, 개새끼야.

김정화   재미없다. 그만하자. (세인에게 다가가며) 세인아, 뭐
              해?

박세인   아이씨, 김정화. 담배 냄새!

김정화   어, 미안.

박세인   너 수학 과외 누구야?

김정화   난 안 해도 잘하는데?

박세인   (웃으며) 뭐야! 나 아무래도 수학 과외 바꿔야 할
              것 같아. 나랑 좀 안 맞는 것 같아.

권주영   내 수학도 꽤 괜찮은데.

박세인   진짜? 어디 출신인데?

권주영   서울대.

박세인   정말? 그럼 소개시켜줄래?

세인이 휴대폰을 주영에게 넘기려고 하자, 정화가 세인의 휴대폰을 빼앗
는다. 휴대폰을 가지고 장난치는 두 사람. 소외되는 주영과 미나.

권미나   세인아, 물 떠다 줄까?

박세인   (방긋 웃으며) 고마워, 미나야.

미나, 텀블러를 들고 달려 나가다 책상을 넘어뜨린다. 야유를 보내는 학생
들. 정화는 책상을 바로 세우고 주영은 다시 공부를 시작한다.

| 김두진 | 이강호, 나 배고파. |

김두진　　이강호, 나 배고파.

이강호　　매점 갔다 올까?

김두진　　빨리 가, 씹새야. (강호를 막으며) 잠깐! (발을 가리키며) 들어봐. 발 대, 발 대! (강호가 발을 들자) 너 신발 바꿨다?

이강호　　어, 이거 엄마가 새로 사준 거.

김두진　　야! 씨발 이거 좆되는데? 한번 신어봐도 돼?

이강호　　(신발을 벗어주며) 어, 여기.

김두진　　와, 씨발, 어때?

이강호　　좆나 잘 어울려.

김두진　　너보다 나랑 더 잘 어울리는데? 빌려줄래?

하재성　　(사이) 미친 새끼야, 작작 해.

김두진　　(재성에게) 아, 왜. (강호에게) 싫어? 표정, 씨발 년이!

이강호　　(잠시 고민하다) 아니, 괜찮아. 나 또 엄마한테 사달라고 하면 돼.

김두진　　역시 이강호! 고맙다. 잠깐 신고 돌려줄게. (신발을 자랑하며) 전학생! 이거 어때?

박승현　　어, 완전 괜찮은데?

김정화　　김두진, 씹쓰레기냐?

김두진　　이게 바로 사업이라는 거야, 비즈니스. 이 형아가 또 동대문계의 떠오르는 비즈니스맨 아니냐.

김정화　　자랑이다, 병신아.

김두진　　자랑이지, 씨발 놈아. 우리 보경이, 일로 오세요.

김보경　　(두진에게 달려가 안기며) 응, 응, 보경이 달려가요.

박미르　　김두진, 그만해라.

김두진　　좆까, 병신아. 보경이, 오빠 신발 어때요?

김보경	완전 멋져, 완전 멋져.
박미르	(보경에게) 걸레 같은 년아. 함부로 대주고 다니지 말랬지?
하재성	야, 야. 입이 너무 걸다.
양정윤	김두진, 멍청한 애 좀 작작 갖고 놀아라.
김두진	노는 거 아닙니다. 진심입니다.
박미르	지랄을 한다. 김보경! 일로 안 와?
김보경	응, 응. 알았어, 알았어.
하재성	전학생, 너 게임은 뭐 하냐?
박승현	어, 나 배그.
김두진	야, 전학생 이리 와봐. 소개시켜줄게. 이쪽은 일베 창현이 형이야. 1년 꿇었어. 칼 갖고 다니니까 조심해야 돼. 그리고 이쪽은 우리 학교 수산물 시장을 담당하고 있는 (지연의 BTS 티셔츠를 빼앗으며) 방탄 오징어!

두진과 학생들, 지연의 티셔츠를 던지며 논다. 지연, 되찾으려고 하다가 넘어진다. 서럽게 우는 지연.

학생들	울지 마! 울지 마!
김두진	(창현을 지연에게 세게 밀며) 안아줘. 위로해줘, 형!
학생들	안아줘! 안아줘!
김두진	(소리를 높이며) 씨발, 위로해주라고!

창현, 조심스럽게 지연의 어깨를 감싼다. 학생들, 휴대폰을 꺼내 동영상을 찍거나 사진을 찍는다.

| 김두진 | 오! 씨발, 짝짓기! |
| 학생들 | 짝짓기! 짝짓기! |

수업 종이 울리고 미나가 황급히 뛰어들어온다. 이 선생이 교실로 들어오지만, 학생들은 계속 떠든다.

| 이 선생 | 애들아, 수업 시작하자. (사이, 소리를 높이며) 애들아! |
| 김정화 | (큰 소리로) 애들아, 선생님 오셨어. 앉자. |

정화의 말을 듣고 천천히 각자의 자리로 돌아가 앉는 학생들. 재성, 책상에 엎드린다.

이 선생	재성아, 눕지 말고 일어나.
김두진	(책상에 엎드리며) 잘 자.
이 선생	수업할 때는 일어나, 인마.
김두진	(이 선생을 비웃으며) 야, 일어나라신다.

재성, 다시 상체를 세운다. 두진과 강호, 일어나서 돌아다닌다.

이 선생	(무시하며) 반갑다. 이제 우리 영화반 두 번째 수업 시간이네. 본격적으로 수업을 시작하기 전에 너희한테 의견을 물어볼 게 있는데…….
김정화	뭔데요?
학생들	뭔데요?
이 선생	(확신 없이) 너희, 학교 홍보영상 한번 찍어볼래?

사이

학생들, 심한 야유를 보낸다.

하재성   (짜증 내며) 그딴 걸 왜 찍어요? 피곤하게.

김두진   좆나 씨발, 우리가 좆밥도 아닌데.

이 선생   내가 찍자고 하는 게 아니라…….

김정화   선생님, 또 교장이 푸시했죠?

하재성   교장 대머리 새끼.

김두진   돈 안 쓰려고 또 대가리 좆나 굴리네.

이강호   내가 돈 좀 줄까? 교장한테?

김두진   돈 자랑 하지 마라, 병신아.

이강호   어, 미안해.

양정윤   선생님, 전 찍어도 되는데 아마 회사에서 허락 안 해줄걸요? 제 묵비권 때문에.

박미르   정윤아, 초상권.

양정윤   (미르의 머리를 때리며) 나도 알아, 씨발 년아.

김선기   (크게 웃으며) 그러니까 선생님! 힘을 좀 기르세요.

양정윤   선생님, 좆나 불쌍해요. 맨날 교장한테 혼나고, 까이고.

권주영   (손을 들며) 선생님, 저는 찍으면 좋겠는데요?

박세인   (손을 들며) 동의합니다. 그거 생기부에 들어가죠?

권미나   저도요.

김두진   미친! 찍으려면 너네끼리 찍어, 이 생기부 기생충들아.

이강호   너네 또 상점 받고 싶어서 그러냐?

김정화   왜, 찍어도 재밌을 것 같은데. 지연아, 네가 촬영

할래?

강지연   (다시 책상에 엎드리며) 나는 우리 방탄 오빠들만 촬
영할 거야!

이 선생   그래. 됐다, 됐어. 이건 조금 더 생각해보자.

학생들, 다시 떠든다. 그런 학생들을 바라보는 이 선생.

이 선생   (마음을 다잡고) 얘들아, 숙제했어? 너네 보기는 본
거야, 〈인생은 아름다워〉? 얘들아!

박미르   선생님, 저 그거 중학교 때 봤어요.

김보경   나도, 나도.

박미르   조용히 해, 미친년아.

김보경   미안, 미안.

김두진   선생님, 오늘 좀 일찍 끝내주시면 안 돼요?

이 선생   왜?

김두진   저희가 오늘 중요한 약속이 있어서요.

이강호   (소리를 높이며) 맞아요. 당구장 가요.

학생들, 웃는다.

김정화   아, 맞다. 선생님, 승현이 당구 좆나 잘 친대요.

이 선생   (승현에게 다가가며) 그래, 승현이. 승현이는 전학
온 친구다. 정화랑 같은 반이지? 멋지게 자기소개
한번 해봐.

박승현   (앞에 나와 서며) 안녕하세요, 전라도 광주에서 올
라온 1학년 5반 박승현이라고 합니다. 잘 부탁드

럽니다.

김두진	야! 광주에도 맥도날드 있냐?
박승현	당연하지.
이 선생	박수! (학생들이 성의 없이 박수를 치고, 승현이 자리로 돌아가면) 그래, 승현이, 잘 따라오고! 집중! 다시! 일단 숙제 검사부터 하겠다. 〈인생은 아름다워〉 본 사람, 손!

은정, 주영, 정화, 세인, 미나, 지연, 창현이 손을 든다.

이 선생	그럼 나머지는 안 본 건가?
김보경	(손을 들었다 내렸다 하며) 봤게, 안 봤게? 봤게, 안 봤게?
하재성	(짜증 내며) 그거 안 본 사람이 어디 있어요.
이강호	나 안 봤는데.
김두진	닥쳐, 병신아.
이 선생	좋다. 그럼, 우선 봐 온 사람들 어땠는지 자유롭게 토론해볼까?

은정과 주영이 손을 들고, 미나는 긴장해서 공책을 보며 발을 구른다.

| 이 선생 | 그래, 은정이. |
| 이은정 | 독일의 바이마르공화국부터 시작하여 당시 독일의 정치적 반동 상황까지. 지금의 한국과 결부시켜 생각해볼 수 있는……. (미나에게) 미나야, 나 얘기하고 있잖아. (미나가 발 구르기를 멈추자) 독일 |

나치당의 독재, 전체주의와 관련된 민중의 혁명을 통해 대중의 우둔함과 광기 속, 한국의 촛불집회까지 상기시킬 수 있는 기회였습니다.

이 선생 그래, 은정이에게 박수. (학생들이 성의 없이 박수를 치면) 다음은 주영이.

권주영 이 작품은 독일인의 유대인 학살을 다룬 영화 중에 단연 최고가 아니었나 싶습니다. 벌써 20년이 지난 영화지만 그 안을 자세히 들여다보면 캐릭터, 연출 그리고 배우와 감독이 하나가 되어 흥미를 유발해내는 센시티브한 면까지 뭐 하나 흠잡을 수 없는 훌륭한 영화라고 생각됩니다. 이 영화가 나에게 전하는 메시지가 과연 무엇일까? 인생은 B와 D 사이의 C다. (학생들이 '알파벳송'을 부르지만 아랑곳하지 않고) 다시 말해 Birth와 Death 사이의 Choice라는 것이죠. 결국 제 인생의 출발점이자 선택이 되는 그곳, 바로 그곳은 신방과라는 것을 다시 한번 상기시킬 수 있었습니다. 이상입니다.

이 선생 그래, 주영에게 박수. (학생들이 야유를 보내자) 자, 다음.

세인, 손을 든다.

김정화 (학생들을 조용히 시키며) 야! 세인이 발표한다.

이 선생 그래, 세인이.

박세인 〈인생은 아름다워〉에서 인생은 아름답지 않게 그려졌다고 생각합니다. 오히려 현실을 부정하는 듯한 아버지의 행동들은 희망 고문같이 느껴졌습니다. 물론 상황이 이해는 됐지만, 현실을 직시하게 만드는 교육이 지금 이 시대에는 절실한 게 아닐까 생각했습니다.

양정윤 셧업! 전라도 촌년아.

미르/보경 홍어 냄새 난다. 냄시, 냄시!

김정화 내가 하지 말라고 했지?

권미나 하지 마!

이 선생 그러고 보니까 세인이랑 승현이가 같은 전라도 출신이네. 서로 알았니?

학생들 사귀어라, 사귀어라!

박세인 선생님은 부산 사람 다 아세요?

김두진 선생님, 저는 서울 사람 다 알아요.

학생들, 웃는다.

이 선생 그래, 그래. (창현이 손을 들자) 오, 창현이! 창현이는 어떻게 봤니?

김두진 선생님, 저 새끼 일베 해요.

김보경 선생님, 질문 있어요! 근데 독일인들이 유대인을 왜 죽였어요?

박미르 병신아, 싫으니까 죽였겠지.

김보경 왜 싫어했는데?

김정화 유대인들이 자기 땅도 아닌 데서 졸부가 돼서 빡친 거.

김보경   헐, 그럼 유대인이 잘못했네.

김두진   그러니까 돈 자랑 하면 뒤지는 거야. 이강호, 알
              겠냐?

박미르   어, 잠깐. 그러면 히틀러가 왜 나쁜 건데?

권주영   선생님, 근데 히틀러 얘기는 토론하기에 너무 진
              부한 주제 아닌가요?

이 선생   과연 그럴까? 히틀러는 유대인이 열등한 인종이
              라며 사람들을 선동하고 굉장히 많은 유대인들
              을 죽였어. 한 인종을 말살하려고 한 거지. 근데
              지금도 히틀러는 살아 있다.

양정윤   헐, 대박. 미쳤나 봐, 선생님.

하재성   선생님, 너무 가신 것 같습니다.

이 선생   과연 그럴까?

김정화   저는 지금도 히틀러가 살아 있다는 의견에 동의
              합니다. 홀로코스트는……

이강호   홀로코스트가 뭐야?

김선기   (웃으며) 롤러코스트!

강지연   멍청아, 대학살. 네이버 찾아봐.

김두진   선생님, 저 홀로코스트 뭔지 알아요. 지난주에
              OCN에서 봤던 영화인데 좆나 대박 쩜. 막 다 뒈
              져. 툭툭. 〈부산행〉 같음.

이강호   헐, 대박. 나도 볼래.

이 선생   두진이는 그게 재밌었니? 두진이도 그중 한 사람
              이 될 수 있을 거란 생각은 못 해봤어?

김두진   (사이) 그런 일 일어나면 완전 좋죠. 학교 안 가도
              되고, 공부 안 해도 되고, 대학 안 가도 되고. 계속

완전 스릴 넘치게 도망 다니면 되잖아요. 유대인
도 학교 안 갔을걸요?

학생들   (환호하며) 홀로코스트! 홀로코스트! 홀로코스트!

김정화   (소리를 높여) 조용히 해, 이 멍청한 새끼들아!

박세인   영화가 감동적이기는 했지만, 저도 주영이 생각
과 마찬가지로 이 토론은 진부한 것 같습니다.
세계사 시간에 지겹게 들었어요.

양정윤   선생님! 우리 옛날 영화 말고 요즘 영화 보면 안
돼요? 트렌드에 너무 안 맞는 거 같은데…….

하재성   너 트렌드 스펠링은 아냐?

양정윤   (자리에서 일어나며) 선생님! 저 히틀러랑 사귀고 싶
어요. 좆나 섹시 가이.

김보경   (자리에서 일어나며) 진짜? 나도, 나도!

박미르   (자리에서 일어나며) 걸레 같은 년아, 너는 그냥 김
두진 같은 새끼한테나 안겨라.

김두진   (자리에서 일어나며) 왜 또 날 걸고넘어지는데?

권주영   나치즘, 파시즘, 제국주의와 관련된 전체주의는
저번 기말고사 서술형 문제였습니다.

이 선생   (학생들이 다시 자리에 앉자) 과연 교과서에서만 나
오는 이야기일까? 지금은 불가능할까?

강지연   사람 태우고 죽이고 그러는 거요?

하재성   고등학생들 물에 수장시키기도 하는데 못 할 건
없을 것 같은데요?

사이

이 선생   그 이야기는 너무 간 것 같다.

하재성   뭘 너무 가요. 저희도 알 건 다 압니다.

이은정   얼마 전까지만 해도 일어나지 않았나요, 박씨 가문?

하재성   완전 피곤하다. 또 그런 얘기로 넘어가자는 거야?

김두진   (소리를 높이며) 제발 다시 박정희 시대가 왔으면 좋겠습니다. 다시 경제가 살아야 하지 않겠습니까, 여러분!

학생들   경제! 경제! 경제!

양정윤   (갑자기 손을 들고 일어나며) 김정은! 김정은하고 히틀러하고 좆나 친할 거 같지 않아?

하재성   입 좀 다물어라, 깡통 같은 년아.

김두진   선생님! 저는 트럼프처럼 살고 싶어요. 여자들 좆나 꼬시고 다닐 거예요.

박세인   민주주의사회에선 독재자가 나오기 힘들지 않을까요? 우리는 삼권분립에 기초하여 권력이 한 사람에게 집중되는 것을 방지하고 있잖아요.

권주영   현대 자본주의사회에서는 집단의 문제보다 개인이 어떻게 생존하느냐가 더 주된 화두라고 생각합니다. 그러므로 독재자도 등장할 수 없고 홀로코스트도 불가능하다고 생각합니다.

김두진   너네 엄마 최순실이지?

김정화   저는 집단이 존재하는 곳에서 독재와 홀로코스트는 늘 가능한 일들이라고 생각합니다. 얼마 전에 일어났던 최순실 국정농단 사태에서도…….

권주영	또 그 얘기야? 우리는 과거의 잘못을 반복하지 않기 위해 역사를 배웁니다. 그래서…….
김정화	그럼 일베는? 태극기 집회는? 워마드에 대한 너의 견해는 뭐냐?
하재성	야! 권주영, 너는 정말 그런 일이 반복되지 않을 거라고 확신해?
김두진	(사이) 쌤, 좆나 재미없어요.
이강호	선생님, 대가리 터질 것 같아요. 다른 얘기 하면 안 돼요?

학생들, 흥미를 잃고 떠들기 시작한다. 그런 학생들을 지켜보는 이 선생. 그때 갑자기 지연이 손을 든다.

이 선생	쉿, 지연이가 발표를…….
강지연	선생님, 잠깐 화장실 좀…….

그때, 박 선생이 교실 문을 두드린다.

박 선생	(문을 조금 열고) 이 선생, 잠깐만.
이 선생	잠깐 쉬자.

좋아하며 교실을 나가거나 쉬는 학생들. 박 선생을 따라 복도로 나가는 이 선생.

박 선생	이 선생, 수업 중에 불러내서 미안한데 방금 부장 회의에서……. (지연이 지나가자 말을 멈췄다가) 야,

이 새끼야. 내가 너 때문에 또 깨져야겠냐? 도대
체 몇 번째냐, 몇 번째?

이 선생 내가 뭘 어떻게 했는데요?

박 선생 야, 누군 뭐 몰라서 위대한 교육자 안 되는 줄 알
아? 수업 시간에 정치 얘기 씨불이지 말고 시키는
거나 하라고, 시키는 거! 오갈 데 없는 놈 데려다
가 꽂아줬더니…….

이 선생 내가 형한테 피해준 건 미안한데, 학교에서 시키
는 대로만 하는 거 그게 선생입니까?

박 선생 야, 교육청에서 교육제도 왜 만들어? 학교에서 연
간 교육 왜 만들어? 교장이 학교 홍보영상 만들
라는 데엔 다 이유가 있는 거 아냐. 그리고 선생
이 선생님이냐? 직장인이야, 직장인.

이 선생 저는 그렇게 생각 안 합니다. 그리고 영화반에서
대체 왜 학교 홍보영상을…….

박 선생 이 선생님, 돈 받으면 돈 받는 만큼 시키는 일 똑
바로 하세요. 돈 적게 받는다고 시위하냐?

이 선생 애들이 원해야 하죠.

박 선생 그럼 원하게 만들어! 그게 네 역할이야. 성적 올려
주는 거, 대학 붙여주는 거. 그게 애들이 원하는
거야!

이 선생 저는요, 애들이 주체적으로 생각하고 결정하고
행동하게 만들어주고…….

박 선생 이 선생님! 애들 생각한다는 그딴 개소리 지껄이
지 마시고 당신 생각 먼저 하세요. 역사는 변화하
고 발전한다. 네가 신입생 역사연구회 첫 세미나

에서 했던 말이야. 나는 변화하고 발전해서 이렇게 부장교사 됐는데, 당신은 변화하지 못하고 발전하지 못해서 아직도 기간제 비정규직 교사 하고 있어요. 너 언제까지 이렇게 살래?

이 선생   형, 진짜 많이 변했다.

박 선생   학교 홍보영상 만들어라, 재계약하려면 제발 성과 좀 내라고, 새끼야! 나 경고했다. 정신 좀 차려!

나가는 박 선생, 혼자 남은 이 선생. 그 주변에서 시끄럽게 떠들며 뛰어다니는 학생들.

전환.

3장

낮. 교실. 게임 1주 차.

앞 장과 이어진다. 남자 학생들, 모여서 휴대폰으로 영상을 보고 있다.

김두진   와, 씨발. 다시 봐도 오진다. 개오지네.

김정화   좆나 팬다, 진짜. 이게 어디라고?

김두진   부산. 강릉이랑 인천이랑 줄줄이 난리였잖아.

하재성   와, 요즘 여중생들 살벌하다, 씨발.

김두진   머리에 피도 안 마른 것들이. 난 처음에 이 피, 케
           첩인 줄 알았음.

이강호   (갑자기) 두진아, 근데 그 신발, 내가 다른 신발로
           바꿔주면 안 될까?

김두진   (사이) 전학생, 어떻게 생각해?

박승현   (당황하며) 나는 뭐 그냥.

이강호   그거, 엄마가 사준 건데 아무래도 혼날 것 같아
           서…….

김두진   (강호에게 화를 내며) 미친 새끼. 장난하냐, 장난해?
           너도 케첩 바르고 싶냐?

이강호   아니, 그런 게 아니라…….

김정화   그냥 줘, 병신아.

하재성	김두진, 너 그러다 학폭으로 소년원 간다.
김두진	아니, 이 새끼가 빌려준다고 했는데 말 바꾼 거잖아. (신발을 벗어 던지며) 가져라, 씨발.
이강호	두진아, 화났어? 미안해. 내가 돈으로 줄게.
김두진	말 걸면 진짜 죽여버린다.
하재성	아이고, 우리 두진이 또 삐치셨어요?
권미나	(세인에게) 세인아, 물 떠다 줄까?
박세인	아니야. 괜찮아.
이강호	(신발을 가져오다 창현과 눈이 마주치자 창현의 머리를 때리며) 뭘 봐, 이 새끼야.
김정화	야, 왜 또 창현이 형한테 화풀이하고 지랄이냐.

밖에서 교실로 들어오는 정윤, 미르, 보경. 자리에서 일어나 반갑게 학생들을 맞이하는 선기. 이후 지연도 들어오다 넘어진다. 웃는 학생들. 이 선생도 다시 교실로 들어와 떠드는 학생들을 바라본다.

김정화	야, 들어가 앉자.
이 선생	(무언가를 결심한 듯) 자, 자! 집중, 집중! 애들아! 우리 수업 대신 뭐 재미난 것 좀 해볼까?
김정화	뭔데요?
이 선생	우리, 게임을 한번 해보는 건 어떨까?
김정화	무슨 게임인데요?
이 선생	체험을 통한 역사 학습!
학생들	(야유를 보내며) 그게 뭐예요. 짜증 나네. 싫어요.
이 선생	수업이 아니라 게임을 해보자는 거야. 너네 노는 거 좋아하잖아.

이은정	선생님, 저 이은정입니다. 제가 여기 왜 들어왔는지, 교장 선생님께 못 들으셨나요?
권주영	선생님, 홍보영상 안 찍으실 거면 그냥 자습 시간이나 주시죠.
박세인	동의합니다.
이 선생	너네 숙제도 제대로 안 해 오고, 토론해도 재미없어하고, 영상도 찍기 싫어하잖아. 그래서 방향을 바꿔 게임을 해보자는 거야.
이은정	저는 그냥 조용히 공부하고 싶은데요?
김정화	선생님! 자세히 설명해주세요.
이 선생	아까 주영이가 과거의 잘못을 반복하지 않기 위해 역사를 배운다고 했지? 그렇다면 역사에 공백은 없을까? 역사를 안다고 해서 다 아는 걸까? 우리는 과거의 잘못을 반복하지 않을까? 독재와 전체주의를 주제로 체험을 통한 역사 학습을 해보자는 거야. 일종의 실험이지. (사이) 앞으로 약 네 번에서 다섯 번 정도의 수업 대신 진행할 예정이고, 만약 너네가 이 게임에 참여할 경우 게임이 진행되는 동안, 이 CA 시간을 한 시간씩 일찍 끝내주겠다.

격하게 환호하는 학생들.

| 김두진 | 선생님, 안 잘려요? |
| 권주영 | (소리를 높이며) 하아, 선생님, 저는 게임하기 싫습니다. |

양정윤   셧업! 나는 하고 싶은데?

미르/보경 나도, 나도!

이은정   (소리를 높이며) 여기는 영화반입니다. 영화반에서
         대체 왜 게임을 하시겠다는 거죠?

권주영   그냥 자습 시간이나 주시죠.

박세인   동의합니다. 게임하면 시끄러워질 것 같은데요?

양정윤   네가 더 시끄러워, 씨발 넌아!

이 선생   자, 그럼 공평하게 다수결, 다수결! 이 게임에 참
         여하기 싫은 사람 손 들어볼래? (사이) 게임에 참
         여하고 싶은 사람? (사이) 좋다. 그럼 절반 이상이
         게임을 하고 싶다는 의사를 보였으니 우리 영화
         반 CA에서는 당분간 게임을 진행하도록 한다.

권주영   (소리를 높이며) 선생님!

이 선생   좋다. 주영이가 만약 게임에 참여하고 싶지 않으
         면 뒤에 나가 서 있는 것은 어때?

김두진   (사이) 선생님! 주영이 엄마한테 혼나요.

이 선생   우리가 다수결의 원칙에 따라 게임을 하기로 합
         의를 했는데 동의하지 않는다면 뒤로 나가야지.

권주영   (자리에서 일어나며) 지금 저한테 나가 서 있으라고
         하신 거예요?

이 선생   너라는 개인이 계속 거기 앉아 있으면 우리들에
         게 방해가 되니까. 벌점 받고 싶나?

박세인   주영아, 일단 해보자.

권주영   (자리에 앉으며) 일단은 참여해보겠습니다.

이 선생   어쨌든 다수가 동의했으니 게임을 시작한다. 본
         격적으로 게임 스타트! 우선 독재에 대해 자세히

이야기해보자. 독재에는 어떤 요소가 가장 중요
하지?

양정윤   (장난으로) 히틀러!

이 선생   그렇지! 상징성을 가진 리더가 필요하다. 정윤에
게 박수!

자신이 박수를 받는 것에 놀라며 좋아하는 정윤.

이 선생   우리 중에 누가 그런 리더가 될 수 있을까?

김두진   하재성이요.

박미르   양정윤이요!

권미나   박세인이요!

박세인   김정화를 추천합니다.

김정화   (학생들을 집중시키며) 얘들아, 내 생각에는 선생님
이 하시는 게 어떨까 싶은데?

이 선생   (당황하며) 내가?

김정화   게임을 제안하신 분이 선생님이니 규칙을 제일
제대로 아실 것이고, 무엇보다 저희는 학생이잖
아요. 선생님이 가장 적합하지 않을까요? 그렇지
않아, 얘들아?

정화의 말에 동의하는 학생들.

이 선생   좋다. 그러면 내가 너희의 리더가 되는 것에 반대
하는 사람 있으면 손 들어볼래? (사이) 좋아. 그럼
이제부터 내가 너희의 리더가 된다.

| 김두진 | 그럼 선생님이 우리 짱 되는 거예요? |
| 이 선생 | 그런 거 말고 좀 다른 말 없을까? 뭔가 좀 존경심을 표할 만한 단어로! |

학생들, 장난스럽고 다양한 단어들을 제시하며 웃는다. 강호, 창현의 옆구리를 찔러 손을 들게 한다.

이 선생	그래, 창현이. 말해봐.
이창현	(당황하며 작게) 대장님.
김두진	뭐?
이창현	대장님.
이강호	(창현을 때리면서) 크게 말해, 병신아.
이창현	(크게) 대장님.
학생들	(비웃으며) 신부님, 수녀님, 예수님!
이 선생	왜? 어때서? 좋지 않아? 대장님? 다 같이 창현에게 박수!

학생들, 어이가 없어 박수를 친다.

하재성	(비아냥거리며) 선생님하고 아주 잘 어울립니다.
양정윤	잘 어울리긴 뭐가 잘 어울려? 완전 병신 같은데.
박세인	지금까지 나온 것 중에서는 제일 나은 것 같네요.
양정윤	미친 씨발 년이!
이 선생	좋다. 그럼 창현이의 의견을 수용하겠다. 그럼 지금부터 나를 대장님이라고 부른다.
김두진	대장 하고 싶어서 발정 났나 봐. 어디서 밤꽃 냄

새 안 나냐? (사이) 스미마센.

이 선생 (소리를 높이며) 장난치자는 것 아니다. 수업의 일
환이야. 진지하게 게임에 참여하자. (사이) 다 같이
나를 대장님이라고 부른다. 준비, 시작!

학생들 (성의 없게) 대장님!

김두진 (장난하듯) 좆나 병신 같아요. 뭔가 라임이 심심한
데. 이 대장님! 어때요?

이강호 (장난하듯) 이 대장님! 괜찮은데?

이 선생 좋다. 그럼 다 같이 외쳐보자. 준비, 시작!

학생들 (재미있어하며) 이 대장님! 이 대장님!

이 선생 좋다. 그럼 독재에 또 필요한 요소는 무엇이 있을
까?

강지연 공개 처형이요.

박승현 폭력과 감시!

김선기 (크게 웃으며) 스파이!

권미나 (작게) 규율!

이 선생 미나, 더 크게 말해볼래?

권미나 규율이요!

김두진 (놀리며) 귤?

권미나 (크게) 규율!

이 선생 그렇지. 잘했다, 미나. 박수!

학생들, 박수를 친다. 미나, 박수를 받는 것이 신기하고 기분 좋다.

이 선생 독재에는 규율이 필요하다. 규율은 곧 권력을 동
반한다.

권주영　　　법과 질서가 중요하다. 그것은…….

김정화　　　(주영의 말을 가로채며) 그것이 없다면 나라는 존재
　　　　　　할 수 없다! 히틀러!

이 선생　　　그렇다. 그것이 히틀러가 한 말이고 곧 이명박근
　　　　　　혜 전 대통령들이 주장하던 바였지.

하재성　　　뭐예요, 지금. 지난 정권 까고 놀자는 거예요?

이 선생　　　아니, 나는 한국의 정치 상황을 끌어들일 생각이
　　　　　　전혀 없다.

김두진　　　(장난하듯) 핵전쟁이 일어날 수도 있는 이 시점에,
　　　　　　우리 지금 계속 게임해도 되는 건가요?

이 선생　　　우선은 철저히 독재라는 개념만을 생각해보자.
　　　　　　독재가 등장하기 위해서는 어떤 사회적 구조가
　　　　　　필요한가?

권주영　　　높은 실업률과 인플레이션이요.

박세인　　　사회적 불평등 구조요!

하재성　　　결국 지금 한국하고 다를 것이 없는 것 같은데요?

이 선생　　　재성이는 지금 한국을 어떻게 생각하는데?

하재성　　　뭘 어떻게 생각해요? 세상이 바뀌었다 그러는데
　　　　　　솔직히 씨발, 똑같잖아요.

이 선생　　　좋아. 그럼 다른 친구들은 지금의 한국을 어떻게
　　　　　　생각하는데?

이강호　　　상식이 통하는 세상!

박미르　　　대통령이 잘생긴 나라!

김두진　　　일단은 히딩크가 와야 합니다.

권주영　　　저는 한국에서 다시 태어나고 싶지 않습니다.

김두진　　　뒤지면 되겠네, 병신아.

하재성   어쨌든 선생님! 좆같습니다.

김두진   좆나 좆같죠. 씨발, 헬조선.

이 선생   좋아. 그렇다면 왜 좆같을까?

김두진   좆같으니까…….

이 선생   (화를 내며) 너네는 매일! 뭐든! 좆같다고만 하지.
          근데 왜 좆같은 걸 알면서도 가만히 있기만 하지?

사이

김두진   (기분 나빠하며) 그럼 뭘 어떻게 해요?

이강호   좆같으면 그냥 좆같은 거죠.

이 선생   (소리를 높이며) 제발 생각을 하고 말을 해, 애들아!
          어디서 주워들은 말들, 너네의 말이 아니야! 대체
          뭐가 좆같아? 뭐가 불만이냐고! (사이) 좋아. 한
          사람씩 돌아가면서 이야기한다. 이건 명령이다,
          대장으로서의 명령! 우선 박미르부터!

박미르   (눈치를 보다) 1등만 눈에 보이잖아요.

양정윤   저는 제가 섹시한 게 불만이에요.

김보경   이런 거 왜 해요?

김두진   화장실 갔다 와도 돼요?

하재성   관심 없습니다.

이강호   산다는 게 불만입니다. 너무 피곤해요.

김두진   (창현의 차례가 되자) 일베, 패스! 선생님, 화장실 갔
          다 와도 돼요?

박승현   좋은 대학 나와도 취업하기 힘든 나라인 게 불만
          입니다.

김선기   (크게 웃으며) 그…….

강지연   (화를 내며) 우리 방탄 오빠들 욕하는 새끼들 다
           죽여버리고 싶습니다.

이은정   불만 없습니다.

김정화   솔직히 진짜 돈 많은 애들 여기 없잖아요. 다들
           외국에 가 있지. 어차피 우리 인생은 다 정해진 거
           아닌가? 우린 어차피 안 될 거 같은데. 꿈이 없는
           데 꿈을 찾으라고 강요하는 게 불만입니다.

박세인   어차피 다들 공무원 되라고 하면서 학교 정규과
           목에 공무원시험이 없는 게 불만입니다.

권미나   불평등이요.

권주영   (소리를 높이며) 저는 지금이 불만입니다. 바로, 지금!

김두진   사퇴하세요!

이 선생   좋다. 그럼, 질문을 바꿔본다. 너네는 어떤 세상,
           어떤 나라에 살고 싶니?

김두진   이 대장님이 없는 나라요!

이강호   열심히 하면 성공할 수 있는 나라!

김보경   휴대폰 데이터 무제한인 나라요.

박미르   모두가 똑같이 생긴 나라요.

김두진   선생님, 전 나중에 돈 좆나 많이 벌어서 피자빵
           좆나 사 먹을 거예요.

박승현   학원 안 가도 되는 나라요.

박세인   생기부가 없고 경쟁 안 해도 되는 나라요!

권주영   언론을 믿을 수 있는 나라에…….

김정화   (주영의 말을 가로채며) 군대 안 가도 되는 나라!

이강호   여자도 군대 가는 나라!

460

박미르	남자도 생리하는 나라!
이 선생	좋다. 그럼, 어떻게 하면 바뀔 수 있지?
김두진	트럼프랑 PC방 가요!
이강호	여러분, 광화문 가면 됩니다!
박미르	정신을 바짝 차려야 합니다.
양정윤	핵전쟁! 뿜뿜!
미르/보경	뿜뿜!
권주영	근데 이거 계속 하실 건가요?
김두진	너 같은 새끼들 때문에 총기가 합법화돼야 돼.
학생들	피용피용! 계엄이다. (주영에게 총질하는 장난을 하며) 두두두두두두!
이은정	(책을 내리치며) 선생님! 언제쯤 조용히 해주실 거죠? 너무 시끄러운데요?
이 선생	(사이) 너네가 한 말들을 생각해보자. 너네들은 분명히 문제를 인식하고 있다. 근데 왜 바꾸려 하지 않지?
양정윤	어차피 안 바뀌니까요.
김두진	다시 태어나면 됩니다!
박세인	바꿀 수 있다면 어른들이 먼저 하지 않았을까요?
이 선생	왜지, 왜 그렇게 생각하지? 작년 촛불집회만 보더라도…….
하재성	그럼 뭐 해요. 돈 많으면 감옥 가도 다 풀어주는데.
박세인	저희는 솔직히 세상을 바꾸자는 어른들이 아니라 세상에 맞춰 살자는 부모들 밑에서 자랐어요. 그렇게 배운 우리가 어른들과 다를 수 있을까요?
이강호	저희한테는 힘이 없잖아요. 맨날 나대지 말고 공

부만 하라고 하고.

이 선생　　(단호하게) 너희들도 할 수 있다! 너희들은 절대 혼자가 아니다, 함께 있다. 다만 하나가 되지 못했을 뿐이다. (사이) 만약 우리들이 하나가 된다면? 우리가 한 팀을 이뤄서 무언가를 함께 원한다면 아닌 것을 바꿀 수 있는 힘이 생기지 않을까?

김두진　　뭐예요? 선생님이 좆밥이라서 우리보고 한 팀 하자는 거예요?

이 선생　　그래, 뭐 그럴 수도 있겠지? 내가 좆밥이고 별로이기 때문에 너희에게 함께하자고 하는 것일 수도 있다. 솔직히 여기 인정받고 싶지 않은 사람 있나?

하재성　　선생님, 좆나 성공하고 싶으시죠?

이 선생　　(강하게) 그렇다. 성공하고 싶다. 인정받고 싶다. 근데 나는 약하고 좆밥이야. 그래서 너희들과 함께 훈련을 통해 힘을 모아 성공하고 싶다. 아닌 걸 아니라고 맞는 걸 맞다고 말하고 싶다.

김정화　　(사이) 좋습니다.

이 선생　　어떤가?

학생들　　(건성으로) 좋아요.

이 선생　　좋다. 그럼 이제부터 본격적으로 우리가 하나가 되기 위한 게임을 시작해보자. 다 같이 나를 따라 한다. 훈련을 통한 힘의 집결!

학생들　　훈련을 통한 힘의 집결!

이 선생　　목소리가 작다. 조금 더 크게!

학생들　　(더 크게) 훈련을 통한 힘의 집결!

이 선생   자, 그럼 이제부터 훈련을 통한 힘의 집결을 위해
            서 바른 자세로 앉기를 훈련해보자.

김두진   선생님, 완전 짱 나요. 이게 게임이랑 무슨 상관이
            있어요?

이 선생   게임 계속 할래, 수업할래? (사이) 지금부터 내 명
            령을 따르지 않는 학생들은 모두 교실 뒤에 나가
            서 있는 처벌을 받도록 한다. 불만 있나? (사이)
            없으면, 지금부터는 조금 더 진지하게 게임에 참
            여해주면 좋겠다. 알겠지? (사이) 질문의 대답은
            '네, 이 대장님!'.

학생들   네, 이 대장님.

이 선생   다 같이 척추 기립!

양정윤   기립이 뭐예요?

박미르   허리 세우라고! 정윤아.

양정윤   (미르의 머리를 때리며) 알아, 병신아.

이 선생   따라 한다. 척추 기립!

학생들   (각자가 생각하는 바른 자세로 앉으며) 척추 기립!

이 선생   등을 곧게 편다.

학생들   (등을 곧게 펴며) 등을 곧게 편다!

이 선생   시선은 전방 주시!

학생들   시선은 전방 주시!

이 선생   창현이 고개 들고! (사이) 턱은 당기고!

학생들   턱은 당기고!

김두진   (비아냥거리며) 대장님! 이걸 얼마나 해야 돼요?

이 선생   수업 시간 내내.

학생들, 싫어한다.

김두진	이걸 어떻게 계속하고 있어요?
이 선생	수업할래? 게임할래? (사이) 다시 한 번 척추 기립!
학생들	척추 기립!
이 선생	이렇게 바르게 정렬 자세를 취하니 기분이 어떠한가?
박세인	완전…….
이 선생	잠깐만! 이제부터 모든 이야기는 손을 들고 내가 발언권을 줄 때만 일어서서 발언을 하도록 한다. 알겠나?
김두진	좆나 병신 같아요.
이 선생	김두진! 손 들고, 일어서서!
김두진	(손을 들고 일어서서) 네, 이 대장님. 좆나 병신 같습니다.
이 선생	그렇지!

학생들, 웃는다.

이 선생	(화를 내며) 조용! 아직도 이게 장난으로 보이나?
하재성	(사이) 지렸다.
이 선생	지금 이 바른 정렬 자세가 여러분에게 어떠한 상태를 제공하는가?
박세인	(손을 들고 일어서서) 네, 무척이나 폭력적입니다.
이 선생	그렇지. 하지만 이것이 이 게임의 규칙이다. 또한 앞으로 모든 대답에는 '네, 이 대장님!'을 붙이도록.

박세인	왜죠?
이 선생	너네들이 나를 리더로 뽑았고, 그렇다면 나에 대한 존경심을 표하도록!
박세인	'네, 이 대장님! 폭력적입니다' 이렇게요?
이 선생	손 들고 일어서서!
박세인	(손을 들고 일어서서) 네, 이 대장님! 폭력적입니다.
이 선생	다른 학생들은?
박미르	(손을 들고 일어서서) 네, 이 대장님! 참으로 흥미롭습니다.
양정윤	(손을 들고 일어서서) 네, 이 대장님. 다음은 뭔가요?
김보경	(손을 들고 일어서서) 네, 이 대장님. 화내지 마세요.
이 선생	독재를 기반으로 한 집단의 특성은 공동체이다. 공동체는 공통의 가치와 유사한 정체성을 가진 사람들의 집단을 말한다. 우리는 공통의 가치와 유사한 정체성을 가지고 있는가?
강지연	아니요.
이 선생	그럼 우리가 공통의 가치를 갖기 위해선 어떻게 해야 하지?
김두진	(손을 들고 일어서서) 정신을 차려야 합니다.

학생들, 웃는다.

이 선생　　(과하게 소리를 지르며) 장난치지 말고!

놀라서 눈치 보는 학생들.

김두진 생리하나 봐.

이강호 (장난스럽게) 평등해져야 합니다.

이 선생 (과하게 칭찬하며) 그렇지. 이강호! 박수! 우리는 평등해져야 한다. 이강호, 나와!

김두진 나가지 마, 씹새야.

이 선생 나와, 얼른!

김두진 나가지 마!

이 선생 (강호의 손을 이끌고 나와 가운데 세우며) 여기 앞에 서서 애들 눈 똑바로 보고 '우리는 평등하다!' 세 번 복창! 얼른!

이강호 (난감해하다가 학생들을 향해) 우리는 평등하다. 우리는 평등하다. 우리는 평등하다.

이 선생 우리 중에 누구는 싸움을 잘하고 누구는 싸움을 못한다. 누구는 부자고 누구는 가난하다. 누구는 공부를 잘하고, 누구는 공부를 못한다. 이 모든 조건은 한 집단 안에서 하나의 공동체를 형성하는 데 걸림돌로 작용을 한다. 무언가를 더 가진 자들은 평등을 원하지 않기 때문이다. 차별과 불평등을 야기하지. 그러므로 우리는 우리의 공통의 가치를 위해 평등이라는 개념을 실현해야 한다. 우리는 모두 똑같은 존재들이다. 누가 더 잘났고, 누가 더 못났고 이런 것 없다. 제발 저 불합리한 세상의 원리에 맞서라! 더 이상 비교당하지 말고, 더 이상 경쟁하면서 살아남으려고 노력하지 말자! 우리는 함께한다. 우리는 평등하다. 알겠나?

학생들	네, 이 대장님.
이 선생	나를 따라 한다. '우리는 평등하다' 세 번 복창!
학생들	우리는 평등하다. 우리는 평등하다. 우리는 평등하다.
이 선생	잘했다. 강호, 들어가. 박수. (사이) 그렇다면 유사한 정체성을 가졌다는 것은 어떻게 드러낼 수 있을까? 우리의 공동체가 다른 집단과는 다른 정체성을 가졌다는 것?
권미나	(손을 들고 일어서서) 네, 이 대장님. 다른 집단과 다르게 보이면 될 것 같습니다.
이 선생	그렇지, 권미나! 잘했다. 박수! 조금 더 구체적으로 얘기해볼래?
권미나	만약 우리 공동체만의 팀복이 있다면요?
박세인	지금 우리는 다 같이 교복을 입고 있는데?
권미나	아니야.
이 선생	나는 지금 너희와 같은 옷을 입고 있지 않다.
이강호	선생님이 리더시니까?
이 선생	아니야, 그건 평등하지 않다.
이강호	그럼 선생님이 교복을 입으시는 건가요?
박미르	완전 대박. 재밌겠다.
이 선생	아니, 그 반대지. 여러분이 나를 따라 입는 것이다.
강지연	그 흰 티를요?
이 선생	그렇다. 여러분이 지금 입고 있는 교복은 다른 반 친구들과 여러분을 같은 색깔로 만든다. 우리는 우리 공동체만의 유니폼을 입는다. 다음 수업부터는 모두 흰색 상의를 입고 오도록!

학생들, 짜증을 낸다.

이 선생	게임 그만하고 수업할래?
권주영	저는 늘 교복 안에 흰 티를 입습니다.
김두진	어쩌라고? 벗어, 그럼.
김보경	글씨 같은 거 있으면 안 되겠죠?
박미르	그걸 말이라고 하니? 디자인은요?
이 선생	어떤 디자인이든 상관없다. 자신이 가지고 있는 옷 중에 흰색이면 된다.
양정윤	저는 흰 티가 좆나 싫은데요?
이강호	네가 싫은 걸 우리보고 어쩌라고?
하재성	야, 이강호! 찌그러져 있어라. 선생님, 저도 왜 흰 티를 입어야 하는지 모르겠는데요.
이 선생	재성이는 왜 흰 티가 입기 싫은 거지?
하재성	(학생들의 동의를 구하며) 구리잖아요.
이 선생	우리가 흰색 티로 유니폼을 정하는 것은 비싸거나 구하기 어려운 옷이 아니기 때문이다. 공동체 내에서 개인의 개성은 중요하지 않다. 가장 평범하고 가장 많은 사람이 함께할 수 있는 것이 기준이 되어야 한다. 어쨌든 여기까지. 그러므로 다음 주 CA 시간에는 전원 흰 티를 입고 오도록. 알겠나?
권미나	네! 이 대장님!
이 선생	다른 학생들은?
하재성	이제 작작 좀 하시죠. 왜 자꾸 강요를 하십니까. 우린 교복 입잖아요.
이 선생	여기 있는 대다수의 학생들이 함께 게임에 참여

하기로 합의를 했으면 너도 참여를 해야지. 공동
체를 만들기 위해서는 개인의 노력과 희생이 필
요한 거다. 알겠나, 하재성?

하재성　　하, 진짜 개소리를 정성스럽게 하시네.

이 선생　　(소리를 높이며) 하재성!

하재성　　(비아냥거리며) 아! 죄송합니다. 제가 싸가지가 없
었습니다, 이 대장님.

이 선생　　재성아, 굳이 그렇게 행동하지 않아도 된다. 그것
만이 답이 아니라고 늘 말했지? 네가 왜 그렇게
행동하는지, 왜 그렇게 매사에 불만이 많은지 선
생님은 다 알고 있다.

하재성　　(비아냥거리며) 선생님이 저 아세요? 왜 절 다 안다
고 이야기하세요?

이 선생　　아직 잠이 안 깼니? 계속 그렇게 개인을 중시하
고 공동체에 비협조적일 거면 뒤로 나가!

하재성　　(일어나며) 학교의 주인이 선생이야 학생이야, 씨
발! 대장님이 여기 들어와서 앉아만 있어도 된다
고 하셨잖아요. 근데 자꾸 좆나 짜증 나는 거를
계속 시키시니까…….

양정윤　　재성아, 그만해.

이 선생　　(화를 내며) 참여하지 않으려면 아예 나가! 우리 모
두에게 방해가 된다.

하재성　　(책상을 엎으며) 언제부터 우리가 우리인데? (이 선
생이 가깝게 다가가자) 이 새끼 봐라. 이러다 한 대
치겠다. 왜, 치려고? 쳐봐, 씨발.

김정화　　재성아!

이 선생　　　(소리를 높이며) 하재성!

하재성　　　(학생들에게 소리를 지르며) 야! 휴대폰 꺼내! 찍어! (사이) 쫄았냐, 병신아? (나가며) 때리지도 못하면서. 미친 개좆밥 새끼가.

이 선생　　　(소리를 높이며) 하재성! 잘 생각해라. 너 진짜 학교 잘리고 싶냐?

하재성　　　(책상을 밀치며 돌아와서) 뭘 더 생각하라는 건데, 씨발! (두진과 강호를 보며 큰 소리로) 잡아. (더 큰 소리로) 잡으라고!

두진과 강호, 당황하며 이 선생의 두 팔을 잡는다.

하재성　　　(때릴 듯 협박하며) 아, 씨발. 너나 생각 좀 해라, 병신아.

김정화　　　(재성을 말리며) 하재성!

재성, 이 선생의 바지를 벗긴다. 이 선생의 팬티가 노출된다. 놀라는 학생들. 재성, 이 선생을 보고 웃는다.

하재성　　　깝치지 말고 조용히 좀 있어, 이 기간제 비정규직 새끼야. 내년이면 잘릴 새끼가, 네 걱정이나 먼저 하라고, 병신아. 내가 너보다 학교 오래 다녀, 알겠냐?

이 선생　　　(나가는 재성을 끌고 들어오며) 하재성! 올려! (웃으며 나가는 재성을 다시 끌고 들어와) 이거 올리라고. (나가는 재성을 다시 끌고 들어와) 이거 올려, 인마!

재성, 이 선생을 밀쳐 넘어뜨린다.

이 선생　　　(주저앉아 재성을 보고 소리를 지르며) 이거 올리라고,
　　　　　　　새끼야!

하재성　　　(때리려고 달려들면서) 이런, 씨발 새끼가…….

그때 정화가 재성을 막고, 미나가 달려 나와 이 선생을 몸으로 막는다. 두
진과 강호, 어쩔 줄 몰라 한다.

하재성　　　지랄 염병을 하고 있네. 미친 것들.

재성, 나간다. 학생들, 천천히 돌아온다. 이 선생, 천천히 일어나 스스로 바
지를 올린다.

이 선생　　　고맙다. (사이) 우리는 게임 계속 진행하자. 자, 앉
　　　　　　　아. 괜찮아.

천천히 자리로 돌아가는 학생들의 뒷모습을 바라보는 이 선생.

이 선생　　　잠깐! 아니다. 오늘은 게임 첫날이다. 너희와의
　　　　　　　약속을 지키면서, 동시에 게임 첫날을 기념하기
　　　　　　　위해 오늘 수업은 여기까지!

몇몇 학생은 아무 말 없이 나가고, 몇몇 학생은 어떻게 해야 할지 몰라 가
만히 서 있다. 이 선생은 억지로 미소를 지으며 학생들을 바라본다.

전환.

4장

낮. 학교 옥상.

재성, 벤치에 누워 있다. 정화, 들어온다. 옆에 있던 형준과 지홍은 나간다.

두진, 강호, 승현, 정윤, 미르, 보경이 눈치를 보며 따라 들어온다.

김두진	어이, 전학생. 여기가 담배 피우는 데야.
박승현	(눈치를 보며) 어, 고마워.
김정화	야, 하재성. 너 좀 심했다.
하재성	꺼져, 병신아.
김정화	적당히 해라. 그래도 선생이다.
하재성	그 정도 협조하면 됐지, 나보고 뭘 더 어쩌라고.
김두진	에이, 좆나 쫄았잖아. 왜 그러냐, 친구끼리. 그만 하자. (분위기를 바꾸려고) 일로 오세요, 우리 보경이. (보경의 치마를 들추며) 오늘은 빤쮸 뭐 입었어?
김보경	아, 오늘은…….
박미르	미친 개걸레 같은 년아. 너는 그렇게 당하면서 또 그 지랄이냐?
양정윤	짜증 난다, 짜증 나. 작작 좀 해라. 개또라이야.
김두진	왜 이래, 우리 보경이한테. (보경을 안으며) 보경이,

우리 전학생 오빠도 궁금하지 않아요?

김보경   아니요.

박미르   미친 새끼.

이강호   두진아.

김두진   말 걸지 마라, 씨발 년아.

양정윤   완전 개소심. 너 아직도 신발 때문에 삐쳤어?

이강호   (소리를 높이며) 두진아, 그만해. 너 보경이한테 너
          무 심한 것 같아.

정윤/미르   헐, 대박.

김두진   미친년아, 넌 또 왜 지랄인데? 돌았냐?

이강호   네가 자꾸 보경이한테 그러는 거 정말 나쁜 거야.

박미르   야, 너 왜 그래?

김두진   (강호를 툭툭 치며) 이야, 이 미친 새끼 봐라. 오늘
          왜 이렇게 버르장머리가 없지?

이강호   (소리를 높이며) 아닌 걸 아니라고 말하는 중이야.
          우리는 평등하니까.

놀라는 학생들.

하재성   미친 새끼야, 너 벌써 이 선생한테 세뇌당했냐?

이강호   맞잖아. 아니야? 김보경, 너는 그렇게 맨날 이용
          만 당하는 게 좋냐? 안 억울해?

양정윤   이강호, 너 오늘 왜 그래?

박미르   너 김걸레 좋아하냐?

이강호   (소리를 높이며) 그래, 좋아한다, 씨발. 그러니까 김
          두진, 너 보경이 좀 그만 괴롭혀. 나도 참는 데 한

계가 있어!

김두진 이런 미친년아, 니가 뭔데 내가 놀던 년을 넘봐.

김보경 (강호에게 다가가며) 강호야.

이강호 (보경을 밀쳐내며) 꺼져! 병신아! 맨날 그렇게 하면 저런 병신 같은 것들이 좋아해줄 것 같아?

양정윤 또라이 새끼.

박미르 김걸레가 좋다잖아.

이강호 (정윤과 미르에게 다가가며) 야! 좋아서 좋다고 하겠냐? 너네 같으면 좋아서 좋다고 하겠어?

정윤과 미르가 강호를 때려서 밀쳐낸다. 바닥에 넘어지는 강호.

이강호 (갑자기 소리를 지르고 화를 내며) 사람이 사람한테 그러지 말자. 너네가 우리면, 너네는 괜찮을 것 같냐? 너네면 괜찮을 것 같냐고!

사이

김두진 별것도 아닌 새끼, 돈 때문에 데리고 다녀줬더니 이제 지 주제도 모르고 기어올라?

이강호 너네가 나 이용하는 거 모를 줄 알아? 씨발!

김두진 (강호를 때리며) 이용은 씨발, 이용할 만한 가치가 있을 때 이용하는 거야. 너는 우리랑 친해지고 싶어서 이용해달라고 들이대니까 어쩔 수 없이 불쌍해서 이용해준 거고. 알아, 이 씨발 년아?

이강호 친해지려고 한 게 잘못이야? 너네랑 있으면 다른

애들이 안 건드니까 그랬다, 씨발. 그리고 내가
왜 불쌍해? 돈 없는 너네가 더 불쌍하지.

하재성   (사이) 너 뭐라고 했냐?

이강호   내가 틀린 말 했어? 너네가 좆나 불쌍해서 도와
준 거야. 우리 엄마 아빠 뼈 빠지게 번 돈으로 불
쌍한 거지새끼들 도와준 거라고! 씨발.

김두진   (강호를 넘어뜨리고 제압하며) 이런 개 같은 년아. 야,
말해봐, 말해봐. 내가 거지면 우리 엄마도 거지
냐? 말해봐, 우리 엄마도 거지냐고! 너 내가 세상
에서 제일 싫어하는 게 뭔지 알아? 무시당하는
거야, 개새끼야. 내가, 우리 엄마랑 무시 안 당하
려고 얼마나 지랄 발광하면서 사는지 알아?

이강호   (두진을 밀쳐내며) 동대문에서 여자들한테 껄떡대
며 다니는 것도 지랄 발광하면서 사는 거냐?

김두진   (정색하며) 죽고 싶냐?

두진, 강호에게 달려들어 때린다.

김정화   (말리면서) 그만해, 김두진.

하재성   (말리면서) 그만하라고! 안 들려?

김두진   (강호를 마구 때리면서) 그만하긴 뭘 그만해. 놔, 이
거 놓으라고!

하재성   정신 차려. 너 눈 돌아갔어. 그만해, 이 새끼야.

김두진   놔! 씨발. 내가 오늘 저 새끼 조져놓는다. 놓으라
고! 놔!

하재성   (두진의 뺨을 때리며) 그만해.

사이

이강호	영화 찍냐?

이강호   영화 찍냐?

김정화   (강호에게) 뒈지기 싫으면 그만해라.

이강호   뭘 더 그만하라는 거야! 너도 착한 척 좀 그만해,
         김정화!

하재성   그만하라고 했다.

이강호   (울먹이며) 왜? 또 때리게? 때려봐, 씨발. 오늘 거지
         새끼들한테 깽값이나 한번 제대로 뜯어보자. 아,
         맞다. 너네 깽값은 있어? 내가 돈 좀 빌려줄까?

재성이 강호를 때리려고 하자 정화와 승현이 말린다.

양정윤   야! 누구라도 불러와! 빨리!

미르와 보경, 뛰어나간다.

김정화   하재성, 그만해. 너 또 사고 치면 진짜 잘려.

하재성   놔! 저 새끼 오늘 내가 죽여버린다.

김정화   그만하라고! 하재성!

재성, 뒤에 있는 대걸레를 들고 강호를 때리려 한다. 그때, 이 선생이 학생
들과 같이 달려 들어와 강호를 보호하려다 재성이 내려치는 대걸레에 머
리를 맞는다. 놀라는 학생들. 이 선생, 맞은 자리를 감쌌던 손바닥을 펼치
는데 피가 묻어 있다. 더욱 놀라는 학생들.

김정화	(조심스럽게) 선생님, 괜찮으세요?
김두진	좆 됐다.
양정윤	(걱정하며) 잘못했다고 그래. 빨리!
하재성	(고민하다) 몰라, 씨발.

겁먹은 아이처럼 도망가는 재성.

| 이 선생 | (속상해서 화를 내며) 너희 대체 왜 이렇게 사니? 이렇게 살면 행복하니? 이렇게 살면 좋아? (사이, 진정하며) 아니다, 이 모든 게 내 잘못이다. 나 같은 어른들이 너희를 이렇게 만든 거지, 너희가 무슨 잘못이 있겠냐. 미안하다. 진심으로 미안해. 두진아, 재성이한테 꼭 전해라. 괜찮다고, 다 괜찮다고, 그럴 수도 있으니까, 내가 조용히 할 테니까, 제발 또 도망가지나 말라고! (나가며) 나는 다른 사람들처럼 그놈을 쉽게 포기하지 않는다고 전해, 알겠지? (멈춰 서서 두진을 보며) 너만 믿는다. |

이 선생, 다시 걸어 나간다. 정화, 따라 나간다.

| 김두진 | (침을 뱉으며) 오진다, 씨발. |

전환.

5장

낮. 교실. 게임 2주 차.

학생들은 모두 흰 티를 입고 있다. 은정, 주영, 세인은 공부를 하고 있고 그 옆에서 미나는 세인을 바라보고 있다. 지연은 휴대폰을 보고, 창현은 멍하니 앉아 있다. 승현과 정화는 이야기를 나누고 있다. 선기는 학생들을 바라보고 있다.

박세인	(답안지를 보며) 우와. 주영아, 너 진짜 잘 푼다.
권주영	(일어나 세인 옆으로 서면서) 뭘, 이런 걸 가지고.
박세인	고마워, 주영아.
김정화	(세인에게 다가가며) 세인아, 뭐 해?
권주영	정화야, 미안한데 우리 공부하고 있거든? 방해하지 말아줄래?
김정화	(답안지를 보며) 정답은 1번인데?
박세인	(주영을 보며) 아, 그래? 틀린 거야?
권미나	세인아, 물 떠다 줄까?
박세인	(밝게 웃으며) 고마워, 미나야.

주영, 자리로 돌아간다. 미나, 물을 뜨러 달려 나간다. 동시에 흰 티를 입고 교실로 들어오는 두진.

김정화	야, 김두진! 네가 웬일이냐? 진짜 입고 왔네?
김두진	니가 입고 오라며! (창현에게) 창현이 형, 껌 하나 만 주십시오. (껌을 받고) 제가 그동안 예의가 없었 다면 사과드립니다. 용서해주십시오.
김정화	너 뭐 잘못 먹었냐? 재성이는?
김두진	몰라. 오늘 학교 안 왔어.
김정화	강호는?
김두진	(소리를 높이며) 몰라! 그 새끼를 왜 나한테 물어 봐?
김정화	야! 오늘 너 왜 그래? 이상해.

교실 문 앞에서 들어오지 않고 이야기를 나누는 정윤, 미르, 보경. 흰 티를 입고 있지 않다.

박미르	대박. 다 입고 왔어. 우리도 입어야 하는 거 아니 야?
김보경	맞아, 맞아.
양정윤	장난하냐? 안 쪽팔려? 병신 같잖아.
박미르	그래도 우리만 안 입으면 이상하잖아. 선생님도 입고 오라고 하셨고.
김보경	정화가 단톡방에 공지도 날렸는데.
양정윤	어쩌라고. 그래서 내가 입어야 된다고?
박미르	알았어, 나도 안 입을게.
김보경	나도, 나도!
박미르	닥쳐, 씨발 년아.
김보경	미안, 미안.

수업 종이 울린다. 정윤, 미르, 보경이 들어가자 쳐다보는 학생들.

양정윤   하이, 에브리바디!

미르/보경   하이, 에브리바디!

사이

김정화   너네 왜 안 입고 왔냐?

양정윤   병신이냐? 입으라고 입고 오게.

김두진   그럼 우리가 병신인 거임?

양정윤   재성이 아직도 연락 없어?

김두진   몰라, 씨발! 왜 나한테 물어봐.

양정윤   왜 짜증을 내고 지랄이야.

권미나   (뛰어들어오며) 선생님 오신다!

박세인   미나야, 살살.

김정화   얘들아, 우리 선생님 들어오시면 알지?

양정윤   지랄들을 해요.

이 선생, 터벅터벅 교실로 들어온다. 정화, 학생들에게 신호를 준다.

이 선생   (고개를 숙이고 힘없이) 안녕, 애들아.

학생들   (큰 소리로) 안녕하십니까, 이 대장님!

이 선생   (무척 놀라 멈춰 서서) 너네 왜 그래? 어디 아파?

김정화   (사이) 대장님이 흡족해하셔서서 다행입니다.

박승현   저희들은 무척이나 기쁩니다.

이 선생   (고개를 갸우뚱하며) 너네 좀 이상한데? 장난하는

거 아니지? (사이) 뭐야, 강호는 아파서 조퇴한다
고 했고, 재성이도 안 왔어?

김정화　　오늘 학교 안 왔습니다, 대장님.

박미르　　정윤아, 걱정하지 마.

김보경　　맞아, 맞아.

양정윤　　시끄러, 쌍년들아. 내가 뭘 걱정한다고 그래?

이 선생　　근데 너네들, 왜 너네 셋은 안 입고 왔지?

양정윤　　굳이 안 입어도…….

이 선생　　(태도를 바꾸어 소리를 높이며) 손 들고 일어서서!

양정윤　　(손 들고 일어서서) 네, 이 대장님. 굳이 안 입어도 문
제가 될 것 같지는 않아서요.

이 선생　　정말 문제가 없다고 생각해?

양정윤　　네, 이 대장님.

이 선생　　우리 모두 시간과 노력을 들여 흰 티를 입고 왔
다. 규칙을 지킨 거다. 하지만 너네 셋은 흰 티를
입고 오지 않았다. 규칙을 어긴 거지?

양정윤　　에이, 선생님. 장난하세요? 굳이 안 입어도…….

이 선생　　(소리를 높이며) 양정윤!

김보경　　(사이, 가방에서 급히 티를 꺼내 나가며) 대장님, 저는
급히 입고 오도록 하겠습니다.

박미르　　(가방에서 급히 티를 꺼내 나가며) 저도요.

양정윤　　(소리를 지르며) 야! 박미르, 지금 뭐 하는 짓이야?
배신 까냐?

박미르　　아니, 그런 게 아니라…….

이 선생　　(소리를 높이며) 너야말로 지금 뭐 하는 짓인가? 우
리를 배신하는 건가?

미르, 달려 나간다.

이 선생	아예 들고 오지도 않았나?
양정윤	네, 저는 흰 티가 없는데요.
김두진	지랄, 옷 좆나 많으면서.
양정윤	씨발, 있어도 입고 싶지 않아요. 왜 입어야 하는지 모르겠어요.
김정화	생각 좀 하고 말하지.
박세인	적당히 하자.
양정윤	아가리 닥쳐라, 씨발 년아!

그때 보경과 미르, 흰 티로 바꾸어 입고 들어온다.

양정윤	너네 지금 뭐 하는 짓이야?
이 선생	(단호하게) 너야말로 지금 뭐 하는 짓인가!
양정윤	저희는 학교에서 늘 교복을 입잖아요. 근데 교복이 아닌 흰 티를 입어야 하는 이유에 대해 전혀 납득이 가지 않아서요.
이 선생	저번 시간에 내가 충분히 설명했지? 공동체…….
양정윤	설마 다들 병신처럼 입고 올지 몰랐거든요.

사이

| 이 선생 | 지금 너의 발언은 여기 있는 우리 모두를 병신으로 만들었다. 현재 이 교실 안에서 너만 흰 티를 입고 있지 않은데, 내 생각에는 네가 병신인 것 |

같다. 여러분 생각은 어떤가?

학생들 (놀라며) 맞습니다.

이 선생 우리 공동체 전체가 합의한 규칙을 지키지 못한 것에 대해 사과하기는커녕 오히려 우리 공동체 전체를 비하하고 있는 너의 행동이 용서가 되지 않는다. 뒤로 나가!

양정윤 네?

이 선생 뒤로 나가!

양정윤 선생님! 저는 제가 왜 이런 취급을 받아야 하는지 이해가 되지 않습니다.

이 선생 네 주위를 둘러봐! (사이) 너 하나로 인해 우리 공동체 모두가 피해를 보고 있다.

양정윤 내가 흰 티 하나 안 입었다고?

이 선생 네가 고집을 부리고 있는 이 1분이 우리 모두의 1분과 합쳐지면 13분이다. 너는 지금 너 하나의 이기적인 고집 때문에 우리 모두의 시간을 빼앗고 있어!

강지연 나가, 양정윤.

김선기 나가라고!

학생들 (산발적으로) 나가! 나가라고!

양정윤 미친, 씨발! 아가리 닥쳐. 다 뒤지고 싶어서 환장했냐?

정윤, 교실 뒤로 나가 선다. 그때 교실 안으로 후드티를 입은 재성이 들어온다.

양정윤	하재성.
김두진	재성아.
하재성	선생님!

심각한 얼굴로 이 선생에게 다가가는 재성. 경계하는 이 선생과 학생들.

하재성	(조심스럽게 작은 목소리로) 잘못했습니다.
이 선생	뭐?
하재성	잘못했습니다. 정말 죄송합니다! 제가 어떻게 사과의 말씀을 드려야 할지 고민하고 또 고민했는데요. 진심을 전하는 것이 최선이라 생각했습니다. (갑자기 무릎을 꿇으며) 저 같은 쓰레기를 끝까지 포기하지 않아주셔서 감사합니다.
이 선생	재성아…….
하재성	(울먹거리며) 두진이한테 다 들었습니다. 제가 그렇게까지 잘못을 했는데, 끝까지 저를 믿어주시고, 용서해주시고……. 감사합니다. (후드티를 벗고 안에 입은 흰색 티를 보여주며) 평생 은인으로 모시겠습니다, 이 대장님.

학생들, 환호하며 박수를 친다. 당황스럽지만 좋아하는 이 선생.

| 이 선생 | 그래, 그래, 고맙다. 재성아, 울지 마. 사내새끼가 뭐 하는 거야, 인마. (재성을 안아주며) 말 같지도 않은 말, 들어줘서 정말 고맙다. 진심으로 고마워. |
| 하재성 | 저야말로 감사드립니다, 이 대장님. |

학생들, 환호하며 박수를 친다.

김정화   이 대장님, 분위기도 바꿔볼 겸 우리 공동체의 이
             름을 정해보는 것은 어떨까요?
김두진   동의합니다. 아니, 다른 CA들은 다 이름이 있는
             데 우린 그냥 영화반? 이건 간지가 안 나는 거 같
             은데요? 이름이 있으면 좋겠습니다.
학생들   (산발적으로) 동의합니다.
이 선생   아주 좋은 생각이야. 하재성, 들어가 앉아!
하재성   네, 이 대장님!

재성, 자리에 들어가 앉는다. 재성을 환영하는 학생들.

이 선생   (학생들에게 힘차게) 그럼 다음 단계다. 공동체를 통
             한 힘의 집결!
학생들   공동체를 통한 힘의 집결!
이 선생   그럼 우리 공동체에 어울릴 만한 이름에는 어떤
             것들이 있을까?

학생들, 다양한 의견들을 내고 이 선생은 칠판에 받아 적는다. 미나, 무언
가를 공책에 적고 있다.

이 선생   이게 다인가? 미나, 뭐 하고 있지?
권미나   (노트를 숨기며) 아무것도 아닙니다.
이 선생   (미나에게 다가가며) 뭘 그렇게 쓰고 있어. 줘봐.
권미나   아무것도 아닌데…….

이 선생   (미나의 노트를 빼앗아 보며) 파란나라? 미나 의견은
            파란나라인가?

학생들, 비웃는다.

이 선생   왜지?
권미나   (소심하게) 네, 이 대장님. 전 어릴 적부터 파란나라
            가 있을 거라고 꿈꿔왔습니다.
박세인   (비아냥거리며) 동요?
권미나   (태도를 바꾸어 용기를 내며) 네, 근데 점점 커가면서
            그것은 불가능한 일이라고 생각해왔습니다. 하
            지만 우리 공동체를 만나고 나서부터 혹시나 우
            리가 그런 파란나라를 만드는 데 앞장설 수 있지
            않을까 생각하게 됐습니다.

사이
학생들, 환호한다.

이 선생   좋다. 굉장히 흥미로운 의미가 담겨 있는 것 같은
            데, 내가 그 노래 가사가 기억이 잘 안 나네. 한번
            불러줄 수 있겠니?
권미나   (당황하며) 여기서요?
이 선생   응, 여기서.

학생들, 미나의 노래를 유도하고 미나는 무척 떨리는 목소리로 '파란나라'
를 부른다. 처음에 비웃던 학생들도 진지하게 노래를 부르는 미나의 모습

에 경청하기 시작한다. 미나의 노래가 끝나자, 감동한 이 선생과 학생들이
격렬하게 박수를 친다.

이 선생 여러분! 어떤가, 파란나라?

학생들 좋습니다, 이 대장님.

이 선생 미나에게 박수! (다 함께 박수를 치고는) 잘했다. 아
주 훌륭했다, 권미나. 이 노래 가사가 이런 내용
인 줄 몰랐는데?

권미나 (감격해서) 감사합니다. 감사합니다, 이 대장님.

이 선생 좋다. 그렇다면 우리 공동체의 이름은 파란나라
이다. 그리고 우리 공동체의 목표도 이런 파란나
라를 만드는 것이라고 생각해볼까?

하재성 생각 말고, 정말 그랬으면 좋겠습니다!

김정화 새로운 나라, 파란나라를 만들면 좋겠습니다!

학생들, 환호한다.

김두진 이 대장님, 그럼 내친김에 구호까지 만드는 것은
어떨까요?

이 선생 구호?

김두진 하이, 히틀러! 이런 것 있잖아요. 솔직히 간지가
날 것 같습니다.

이 선생 좋은 생각이다. 그럼 다 같이 구호를 정해볼까?
얘기해봐.

학생들이 저마다 의견을 낸다. 잠시 뒤 창현이 소심하게 손을 든다.

이 선생	잠시만, 잠시만! 창현이 발표해봐!
이창현	(일어서서 구호 동작을 보여주며) 파란!
김두진	오, 형님. 완전 카리스마 대박!
박미르	대박.
김보경	완전 좋다.
이 선생	나는 창현이의 구호가 괜찮은 것 같은데, 여러분의 의견은 어떠한가?

학생들, 모두 동의한다.

이 선생	창현, 다시 한 번 보여주겠나?
이창현	(구호 동작을 하며) 파란!
이 선생	우리 이거 다 같이 해볼까?
학생들	(구호 동작을 하며) 파란!
김두진	완전 군인 같은데요?
이 선생	좋다. 그럼 다 같이 일어서서 반복해볼까? 준비, 시작!
학생들	(구호 동작을 하며) 파란! 파란! 파란! 파란!
이 선생	창현이에게 박수! (다 함께 박수를 치고는) 그럼 앞으로 게임이 진행되는 동안 교실 밖에서도 서로를 만나면 구호를 외치고 다니도록! (구호 동작을 하며) 파란! 파란!
김두진	대박! 완전 웃길 것 같아요.
박미르	맞아요.
박승현	파란나라를 만들기 위해 파란군단이…….
하재성	파란혁명을 일으킨다!

학생들, 환호한다.

이 선생	좋다. 오늘은 굉장히 성과가 좋다. 그래서 너희에게 선물을 주겠다. 오늘 수업은 여기까지. 집에 가자!
학생들	(사이) 싫어요! 좀 더 하면 안 돼요?
이 선생	(당황하며) 뭐야, 너희 진짜 이상해.
학생들	더 해요, 선생님! 더 해요. 선생님!
김두진	이 대장님, 인정! 그럼 우리 이름도 정하고 구호도 정한 기념으로 사진이나 한 방 박으면 어떨까요?
학생들	(산발적으로) 좋아요! 좋습니다. 촌스러워요.
이 선생	좋다. 그럼 다 같이 기념 촬영을 해볼까? 모두 앞으로 나오도록. 사진 찍자!

학생들, 앞으로 나와 대형을 잡는다.

김보경	어, 근데 사진은 누가 찍어?
강지연	(휴대폰을 들고 나가며) 내가 할게.
김두진	아니야. 오징……. 강지연, 왜 네가 해? 같이 찍자. (지연의 휴대폰을 받아 뒤에 혼자 서 있는 정윤에게 내밀며) 정윤아, 미안한데 사진 좀 찍어줄래?
양정윤	(기분 나빠하며) 뭐?
김두진	지금 사진 찍어줄 사람 너밖에 없어.
양정윤	나보고 사진을 찍어달라고?
박미르	정윤아, 한 번만 찍어주면 안 돼?

양정윤　　아가리 닥쳐, 씨발 년아.

강지연　　(휴대폰을 다시 빼앗으며) 됐어. 내가 찍을게. 병신
　　　　　　같은 년이 사진 찍으면 사진도 병신같이 나와.
　　　　　　(학생들이 환호하자) 하나, 둘, 셋!

모두　　　(구호 동작을 하며) 파란!

다 같이 사진 찍는 포즈로 멈춘다. 정윤, 화가 나서 씩씩대며 학생들과 이
선생을 바라본다.

전환.

6장

낮. 학교 옥상.

흰 티를 입고 벤치에 혼자 앉아 있는 강호. 역시 흰 티를 입은 창현이 걸어
와 그 옆에 앉는다.

이창현   (강호에게) 껌 먹을래? (사이) 몸은 좀 괜찮아?

그때 형준과 지홍, 떠들면서 들어온다. 지홍, 휴대폰으로 인터넷 개인 방송
중이다.

문지홍   여러분, 오늘 방송에선 호구를 합법적으로 삥 뜯
          는 방법에 대해 건전하게 알려드리도록 하겠습니
          다. 오늘의 시범 조교 김형준!

김형준   (휴대폰을 보며 귀엽게) 앙! 기모띠! 이꾸이꾸요.

문지홍   (좋아하며) 아, 그렇죠. 별풍선 150개!

김형준   (좋아하며) 별풍선 150개!

문지홍   미션! 레츠, 고!

김형준   레츠, 고!

형준과 지홍, 달려간다. 형준이 창현을 발로 차고 창현은 바닥에 넘어진다.

지홍은 그 모습을 찍으며 좋아한다.

김형준	(강호의 뒤통수를 때리며) 야! 어제 너 개털렸다면서?
문지홍	(창현을 일으키며) 이것은 모두 연출된 상황입니다. 창현이 형, 왜 여기 누워 있어요?
김형준	창현이 형! (창현에게 자신의 휴대폰을 쥐여주며) 이거 들고 있어봐. (창현의 손을 쳐서 휴대폰을 떨어뜨리게 한 뒤) 와우, 와우, 와우! (협박하듯) 주워, 이 개새끼야. (휴대폰을 보며) 액정이 다 깨진 거 같은데요.
문지홍	(휴대폰을 보며) 어머, 이거 아이폰 아니니?
김형준	(휴대폰을 보며) 수리하는 데 100만 원 나오겠어요.
이창현	(놀라서) 미안!
김형준	미안하면 100만 원 줘.
문지홍	(휴대폰을 보며) 아, 맞다! 형, 돈 없지? 내가 100원 빌려줄 테니까 200만 원 나한테 갚으면 돼.
김형준	(휴대폰을 보며) 지홍이 굉장히 친절하구나.
문지홍	(휴대폰을 보며) 아무것도 묻지도 말고 따지지도 말고. 자! 이 형은 껌 셔틀. 한 대씩 때릴 때마다 껌이 나옵니다.
형준/지홍	(창현의 머리를 때리며) 빠세!
이창현	(껌을 주며) 여기!
형준/지홍	(창현의 머리를 때리며) 빠세!
이창현	(껌을 주며) 여기!
형준/지홍	(창현의 머리를 때리며) 빠세!
이창현	오늘 가지고 온 거 다 떨어졌어, 미안!

김형준	엥? 방송 망했다.
문지홍	(휴대폰을 보며) 윽, 2부에서 뵙도록 하겠습니다!
	BJ 문지똥! 별풍 질러, 유후.

지홍, 휴대폰을 끄면서 방송을 끝낸다.

문지홍	(창현에게) 야, 이 씨발 놈아. 너 때문에 방송 망했
	잖아!
김형준	창현이 형, 우리가 껌 갖고 다니라고 했잖아, 이
	개새끼야!
이창현	(두려워하며) 미안!
김형준	오늘 좀 맞자.
문지홍	오케, 렛츠 샌드백 타임!

형준과 지홍이 창현을 때리기 시작한다.

이강호	(소리를 지르며) 야, 그만해! 우리보다 형이다!
문지홍	(사이, 강호를 따라 하며) 야, 그만해! 너 그러다 진짜
	처맞는다.
김형준	지홍아, 우리 한 번 더 하자.
문지홍	오케이.
김형준	레디, 액션!

형준과 지홍이 강호를 창현 쪽으로 몰아놓고 때리려고 하는데, 흰 티를 입은 재성과 두진이 들어온다.

하재성   (소리를 높여) 뭐 하냐?

김형준   아, 씨발. 이 새끼가 내 휴대폰 떨어뜨려서 액정
               병신됐어.

하재성   레알?

문지홍   현재 고수익 노가다 알바로 액정값 변상 중임.

김두진   창현이 형 이리로 와봐.

하재성   오라고!

창현, 놀라서 재성과 두진에게 달려간다. 강호, 한쪽에 서 있다.

김두진   (창현에게) 진짜야?

이창현   어.

하재성   (창현에게) 내 눈 똑바로 보고 말해. 진짜 니가 떨
               어뜨렸어?

이창현   어, 내가 떨어뜨렸어. 미안해.

김두진   형준아, 그거 니가 지난주에 술 처먹고 취해서 떨
               어뜨린 거잖아.

하재성   맞네.

김형준   뭐라고 씨불여대냐, 두진아. 내가 떨어뜨렸다면
               떨어뜨린 거지.

하재성   그만해라, 형준아.

김형준   너, 베프 말 안 믿냐? 나 김형준이야.

문지홍   야, 너네 갑자기 왜 그러냐. 방금 전엔 이강호가
               우리한테 말까지 걸었어.

김두진   (지홍에게 다가가며) 왜 그러면 안 되는데?

문지홍   (두진에게 다가가며) 너네한테 좆나 밟힌 새끼가 우

494

리한테 말까지 걸었다고.

하재성　　(두진 대신 앞으로 나서며) 그러니까 왜 그러면 안 되 냐고.

김형준　　(지홍 대신 앞으로 나서며) 왜 그러냐, 너?

김두진　　그리고 앞으로 창현이 형한테 껌 달라고 하지 마 라. 먹고 싶으면 너네가 사 먹어.

김형준　　(소리를 높이며) 김두진!

하재성　　면상으로 껌이랑 부비부비하고 싶지 않으면 그 냥 꺼져. 피곤하다.

문지홍　　껌이랑 부비긴 뭘 부벼? 그리고 너네 갑자기 왜 그러는데?

김형준　　너네 흰 티 입고 무슨 정신병원 놀이 하냐?

하재성　　(소리 지르며) 김형준!

김형준　　(소리 지르며) 하재성!

하재성　　(가까이 다가가며) 그냥 가라면 가. 쓸데없이 약한 애들 괴롭히지나 말고.

김형준　　(가까이 다가가며) 너 대가리에 총 맞았나?

하재성　　무슨 상관인데?

김형준　　우와, 하재성 너 진짜 많이 컸다.

하재성　　컸지. 니 덕분에 많이 컸지.

형준과 재성은 싸우고 지홍과 두진이 말린다. 그때 갑자기 1층에서,

박 선생　　(큰 소리로) 야! 거기, 옥상! 너네 지금 뭐 하는 거 야?

두진/지홍　　아, 광합성이요.

박 선생	빨리 안 들어가?
두진/지홍	네, 영어쌤!
김형준	(싸움을 멈추며) 너, 한 번 더 이러면 가만 안 둔다.
하재성	(싸움을 멈추며) 마찬가지다. 그리고 하나 더! 앞으로 흰 티 입은 애들 건들지 마라.
김형준	미친 또라이 새끼들. 다음에 만나면 죽여버린다.
문지홍	가자, 형준아.

형준과 지홍, 툴툴거리며 나간다.

이창현	고마워, 애들아.
김두진	아우, 대체 껌을 왜 들고 다니는 거예요?
이창현	왜, 너 껌 좋아하잖아.
김두진	병신아, 니가 맨날 갖고 오니까 먹는 거지.
하재성	내가 이런 말까지 하는 거 좆나 청춘 드라마 같아서 쑥스러운데, 게임하는 동안은 우리랑 노는 거니까 앞으로 이렇게 병신같이 당하지 마. 쪽팔리니까.
김두진	알겠어?
이창현	(놀라서) 어.
김두진	그리고 저런 병신 같은 새끼들이 괴롭히면 말해요. 알았죠?
이창현	어.
하재성	비듬 좀 털고.
이창현	어.

사이

두진, 힐끗 강호를 본다.

김두진	야, 이강호. 배 안 고프냐? (사이) 씹는구나. (사이) 내가 쏠게. 매점 가자.
이강호	니가 웬일이냐?
김두진	이 씹새야, 나도 돈 있어. 나도 살 줄 알아.
이강호	지랄을 한다.
김두진	어쭈, 이제 욕도 한다? 너 많이 컸다.
하재성	지랄들을 한다. 빨리 가자.
김두진	(강호에게) 피자빵 먹을래?

재성, 두진, 강호가 나가려는데 창현이 뒤에 대고,

이창현	(구호 동작을 하며) 파란!
재성/두진	……파란!
이창현	(더 크게) 파! 란!
재성/두진	(구호 동작을 하며 크게) 파! 란! 됐냐?
이강호	그게 뭐야?
김두진	(강호를 밀며) 아, 몰라. 그냥 가.

학생들, 나간다. 혼자 남아 구호를 반복하는 창현. 그때 흰 티를 입은 주영이 지나간다.

이창현	주영아. (사이) 주영아!
권주영	(놀라서 뒤를 돌아보며) 지금 나 부른 거야?

이창현	어.
권주영	네가 지금 뭔가 크게 착각하고 있나 본데, 그깟 게임 하고 있다고 내가 네 친구라도 된 줄 착각하지 마.
이창현	어?
권주영	나는 네 친구가 아니야, 병신아. 난 친구 같은 거 안 키워. 알겠어?
이창현	어.
권주영	다시는 알은척하지 마, 병신 새끼야. 쪽팔리니까. 대답 안 해?
이창현	어, 미안해.

주영, 나간다. 창현, 의자에 앉아 고개를 숙인다.

이창현 (갑자기 고개를 들고 주영이 나간 쪽을 바라보며) 병신.

암전.

7장

낮. 교실. 게임 3주 차.

학생들의 책상 배열이 달라졌다. 정윤은 여전히 흰 티를 입지 않고 교실 뒤에 나가 서 있다.

이 선생   오늘! 교장 선생님께서, 우리가 진행하고 있는 '파란나라'를 적극 지지해주셨다.

학생들, 박수를 치며 환호한다.

이 선생   게임을 시작한 뒤 달라지고 있는 너희의 행동을 보고 지대한 관심을 보이셨고, 나 역시 기대 이상의 성과에 놀라고 있다. 여러분이 자랑스럽다!

학생들   (환호하면서 구호 동작을 하며) 파란! 파란! 파란! 파란!

하재성   이 대장님! 감축드립니다.

김두진   이제 교장이 좀 덜 갈구겠네요?

김정화   (일어서서) 이 대장님, 이게 모두 이 대장님께서 우리를 이끌어주셨기 때문입니다.

학생들   이 대장님! 이 대장님! 이 대장님!

이 선생	바로!
김두진	이 대장님, 자꾸 다른 애들이 CA 우리 반으로 바꾸면 안 되냐고 물어봐요.
박미르	어! 내 친구들도.
이강호	파란나라 완전 들어오고 싶어 합니다!
김정화	애들이 자꾸 물어보는데 학기 중에 CA 바꿔도 돼요?
이 선생	원래는 안 되는 건데, 교장 선생님께 예외가 가능할지 여쭈어볼까?

학생들, 박수를 치며 환호한다.

하재성	이 대장님! 다음 단계는 뭔가요?
이 선생	실행을 통한 힘의 집결!
학생들	실행을 통한 힘의 집결!
이 선생	오늘은 우리 파란나라에 속해 있는 너희들을 위해 일종의 회원증을 만들어 왔다. (파란카드를 꺼내며) 이름하여 파란카드!

환호하는 학생들.

| 이 선생 | 이 파란카드는 너희가 파란나라에 속해 있는 특별한 존재라는 것을 증명한다. 뒤로 전달! |

학생들, 파란카드를 나누어 갖는다.

이 선생   더불어 이 파란카드 없이는 우리 파란나라에 속
            할 수 없음을 잊지 말도록!

학생들   네, 이 대장님.

권주영   이 대장님! 정말 죄송한데요, 그만 좀 하시면 안
            될까요? 유치합니다.

이 선생   권주영! 내가 발언권을 줬나?

권주영   (손을 들고 일어서서) 우리 지금 뭐 하고 있는 거죠?
            애들 장난하는 것도 아니고 흰 티 맞춰 입는 거
            부터 시작해서 굳이 이런 카드까지. 대체 뭘 하고
            있는지 모르겠습니다.

김정화   우리는 네가 뭘 하고 있는지 모르겠다, 씹새야.

권주영   제가 영화반에 들어온 이유는 신방과 가는 데 도
            움이 될 만한 생기부 기록을 만들기 위해서입니
            다. 영화 토론을 통한 동아리 경연대회나 영화 제
            작을 통한 영화제 수상 경력을 쌓아야만 생기부
            에 도움이 됩니다. 근데 대체 지금 이 행위들은 무
            엇을 위한 것이죠?

이 선생   주영이는 왜 신방과를 가려고 하지?

권주영   저는 공정한 정보를 제공하는 바람직한 언론인
            이 되고 싶습니다.

이 선생   왜 바람직한 언론인이 되고 싶은가?

권주영   아닌 걸 아니라고, 맞는 걸 맞다고 제대로 말하
            고 싶습니다.

이 선생   근데 주영이는 왜 맞는 걸 아니라고, 아닌 걸 맞
            다고 우기고 있는 거지?

권주영   무슨 말씀이신지⋯⋯.

이 선생	다수가 게임을 하기로 합의했는데 혼자만 다른 입장을 가졌다고 해서 왜 다수가 틀렸다고 비난을 하는 것인가? 그게 주영이가 말하는, 아닌 걸 아니라고 맞는 걸 맞다고 말하는 바람직한 언론인의 행위인가?
권주영	선생님은 지금 계속해서 다수를 이용해 소수에게 폭력을 행사하고 계십니다. 누구에게나 자유롭게 의견을 제시할…….
이 선생	자유? 주영이는 지금 자유라고 이야기했나?
권주영	네, 그렇습니다. 저는 자유라는 것은 정말 중요한…….
이 선생	주영이는 진짜 자유가 뭔지 아나? 네가 알고 있는 자유가 진짜 자유인가? 지금 이 대한민국에서, 우리들이 배워온 자유가 진짜 자유라고 생각하는가? 생기부에 목숨을 걸고 있는 애처로운 너의 모습이 진정 자유롭다고 생각하는 건가? (사이) 나는 늘 너희들에게 자유를 선택할 기회를 줬다. 하지만 너희는 그 자유가 뭔지도 몰랐고, 어떻게 해야 할지도 몰랐다. 인정하는가? (사이) 어쩌면 우리는 자유를 잘못 배웠을지도 모른다. 우리는 진짜 자유가 뭔지 모르고 있을 수도 있다.

학생들, 박수를 친다.

이 선생	권주영, 네가 똑똑하고 현명한 놈이라는 것을 안다. 너에게 진짜 자유를 선택할 기회를 주겠다.

너는 지금 여기 남아 있어도 되고, 나가도 된다.
선택은 너의 자유다. 어떻게 하겠는가?

주영, 자리에 앉는다. 학생들, 박수를 치며 환호한다.

이 선생 우리는 비록 단순히 독재를 경험해보기 위한 가벼운 마음으로 이 게임을 시작했지만 이제 이 게임은 그 목표를 넘어서 공동체의 진정한 역할을 수행하고 있는 하나의 운동으로 발전하고 있다. 일종의 혁명이지.

하재성 파란혁명!

이 선생 긍지를 느끼고 책임을 져야 할 필요성을 느끼지 않는가?

학생들 맞습니다! 파란! 파란! 파란! 파란!

이창현 (자리에서 일어서며) 이 대장님! 저는 제가 파란나라에 속해 있다는 것이 정말 자랑스럽습니다.

학생들 (산발적으로) 저도요. 저도요!

이 선생 좋다. 그럼 이제 각자 나눠 받은 파란카드의 뒷면을 조심스럽게 관찰하도록! 뒷면에 'X' 표시가 되어 있는 두 사람이 있을 것이다. 그들은 우리 파란혁명이 진행되는 동안 규칙을 준수하지 않거나 문제가 생길 것 같은 학생들을 나에게 보고하는 역할을 맡는다.

김두진 완전 비밀경찰이네요?

박미르 이 대장님! 마치 마피아 게임을 하는 것 같습니다.

김보경 맞아요, 맞아요.

이 선생　　게임이 아니다. 혁명이다! 자긍심을 갖고 우리 공동의 가치를 실현하도록 하자! 알겠나?

학생들　　네, 이 대장님!

박세인　　(손을 들고 일어서서) 이 대장님! 근데 실례가 안 된다면 질문 하나 드려도 될까요?

이 선생　　얼마든지!

박세인　　책상 배치는 왜 갑자기 바꾸게 된 거죠?

이 선생　　아주 좋은 질문이다. 서로가 서로에게 도움이 될 수 있는 자리를 배정한 것이다.

박세인　　어떤 도움이 되죠?

이 선생　　너희의 가장 큰 불만 중 하나는 불평등이었다. 우리 파란나라 안에서 중요한 가치 중 하나가 바로 평등함이다!

박세인　　죄송하지만, 이해가 안 됩니다. 저는 이 자리 배치가 조금 불편합니다.

이 선생　　(사이, 세인 옆에 앉아 있는 창현에게) 창현인 어떤가?

이창현　　저는 괜찮습니다.

이 선생　　물론 누구에겐 다소 불편한 배치가 될 수도 있다. 하지만 잘 생각해보도록! 너네는 지금까지 서로를 판단하며 필요한 친구, 도움이 되는 친구들을 선택해서 어울려 다녔다. 그래서 빚어진 너희들의 관계가 과연 친구라는 명목하에 평등한 관계였을까? 옆에 있는 사람들을 보도록. 나에겐 없는 것을 그 사람이 갖고 있을 것이고 그 사람이 갖지 못한 것을 나는 갖고 있을 것이다. 서로가 서로에게 도움을 받아 공동의 가치를 실현하

자. 알겠나?

학생들 네, 이 대장님!

박세인 죄송하지만 그래도 아까 이 대장님이 말씀하신 선택의 자유는 존재해야 하지 않을까요? 선택의 자유가 없다면 그것은 다소 비효율적인 결과를 가져올 것 같은데요?

이 선생 효율성이라는 개념은 배제시키도록. 그것은 불평등을 야기하는 가장 큰 요소이자 개인의 이기심을 극대화시키는 요인이다.

박세인 그래도 죄송하지만 한 번 더 생각해주셨으면 좋겠습니다.

이 선생 왜지? 끝까지 그 자리 배치를 거부하는 이유가 단지 효율성 때문인가?

박세인 (사이) 부탁드립니다. 다른 자리 배치를 요청합니다.

이 선생 (소리를 높이며) 이창현! 일어서! 너는 대체 어떤 놈이길래 박세인이 너를 기피하는 것인가? 너는 누군가?

이창현 (소리를 높이며) 이창현입니다.

이 선생 (소리를 높이며) 이창현이 괴물인가?

학생들 (소리를 높이며) 아닙니다.

이 선생 (소리를 높이며) 이창현이 더러워?

학생들 (소리를 높이며) 아닙니다.

이 선생 (소리를 높이며) 이창현이 미친놈이야?

학생들 (소리를 높이며) 아닙니다.

권주영 (손을 들고 일어서서) 이창현도 우리와 똑같은 친구입니다.

박세인	(놀라며) 야! 권주영!
권주영	저는 이 자리 배치에 찬성하는 바입니다.
박세인	(소리를 지르며) 저는 이 자리 배치가 싫습니다.

사이

이 선생	세인이가 이 규칙에 따를 수 없다면 나가라.
박세인	네?
이 선생	파란나라의 규칙이다. 동참하지 않으려면 나가라.
박세인	그래도 이건 아닌 것 같습니다.
이 선생	왜지? 지금 네 행동은 창현이를 몹시 비하하는 태도로밖에 보이지 않는다. 사람은 누구나 동등하고 평등한 기회를 제공받을 권리가 있다. 네가 뭔데 다른 사람이 가진 그 기회를 박탈하려고 하는 것인가? 박세인이 그렇게 특별한 존재인가?
학생들	아닙니다!
박세인	저는 지금까지 학교를 다니면서 선생님들 말씀에 안 따른 적 없고 규칙을 어긴 적도 없습니다. 이런 취급을 받을 이유가 없는 것 같은데요?
이 선생	취급? 근데 너는 왜 이창현을 그렇게 취급했지?
권미나	(손을 들고 일어서서) 저는 박세인이 나가줬으면 좋겠습니다.
박세인	(당황하며) 야! 권미나!
권미나	지금 세인이의 행동은 옳지 않습니다.

박세인	(화를 내며) 네가 감히 어떻게 나한테 그딴 식으로 말해? 감히 네가?
김정화	(자리에서 일어서서) 세인아, 그만하고 나가.
박세인	(소리를 지르며) 김정화!
학생들	나가, 박세인. 그래, 나가. 박세인!

세인, 울먹이며 교실 문 쪽으로 달려간다.

| 이 선생 | 수업 시간에 이 교실을 나가면 결석 처리가 된다. 벌점 20점! 선택은 네가 하도록! |

세인, 천천히 교실 뒤로 걸어가 정윤 옆에 선다.

양정윤	병신.
박세인	닥쳐라, 씨발 년아.
이은정	(갑자기 일어나서 나가며) 선생님, 저는 CA를 다른 반으로 옮기겠습니다.

은정, 나간다.

미르/보경	헐, 대박.
김두진	역시 전교 1등.
이 선생	이것이 개인의 선택이다. 은정이의 선택을 존중한다. 그렇다면 양정윤에게 묻겠다. 계속 그렇게 서 있고 싶은가? (사이) 다시 한 번 묻겠다. 정윤이는 계속 그렇게 서 있고 싶은가?

박미르	얼른 대답해, 양정윤.
양정윤	아가리 닥쳐! 박미르!
박미르	너나 아가리 닥쳐, 양정윤!
양정윤	저년이 돌았나?
박미르	(자리에서 일어나 정윤에게 다가가며) 너나 나나 똑같아. 네가 나보다 잘난 것 없어.
양정윤	뭐?
박미르	내가 언제까지나 네 꼬붕일 줄 알았냐? 내가 그렇게 병신인 줄 알아?
양정윤	꼴값 떨고 자빠졌네, 미친년. 좆밥 같은 년이 어디서 나대고 지랄이야.
박미르	(소리를 지르며) 아니야! 아니라고! 난 좆밥 아니라고!

정윤과 미르가 머리채를 잡고 싸우고 학생들은 말린다. 이 선생, 두 사람을 떨어뜨리고 미르에게 다가가 뺨을 가볍게 두세 대 때린다.

이 선생	박미르, 정신 차려. 정신 안 차려? 이렇게 감정적으로 대응할 필요 없다.
박미르	(숨을 고르며) 죄송합니다. 죄송합니다, 이 대장님.
이 선생	양정윤, 너 왜 상황을 이렇게 만드나?
양정윤	제가 이런 상황 만든 적 없는데요?
김두진	네가 흰 티 안 입었잖아, 병신아.
양정윤	(소리를 지르며) 어디다 대고 병신이야! 병신이!
하재성	야, 양정윤. 너도 그냥 나가.
양정윤	하재성! 네가 나한테 어떻게 이럴 수 있어?

하재성   (소리를 지르며) 나가!

학생들   (산발적으로) 나가! 나가라고!

양정윤   (화를 내며) 닥쳐, 닥치라고! 내가 왜 나가야 하는
               데? 그깟 병신 같은 흰 티 안 입었다고 내가 왜
               나가야 하는데! 흰 티 싫어! 흰 티 싫어! 흰 티 싫
               다고! 너희가 뭘 알아? (주저앉아 울면서) 흰 티만
               입으면 가슴 크다고 놀린단 말이야. 너희가 뭘 아
               냐고. 흰 티 입고 있었을 때 오빠들이 나 골목으
               로 데려가서 가슴 만지고 막 껴안고 그랬는데. 내
               가 얼마나 무서웠는데……. (일어나서) 선생님이
               뭘 아냐고요! 그래, 내가 병신 같아서 이 흰 티만
               입으면 그날 생각나서 나 절대 흰 티 안 입는다
               고, 그게 내 잘못이냐고. 제발 나 좀 내버려두란
               말이야. (더 크게 울면서) 엄마……, 엄마…….

정윤, 계속 운다. 미르, 정윤에게 다가간다.

박미르   정윤아, 넌 뭘 입어도 예뻐. 울지 마.

정윤과 미르, 서로 끌어안고 운다. 보경도 달려 나와 같이 껴안고 운다. 여
학생들, 모두 같이 껴안고 운다. 어쩔 줄 모르는 남학생들과 이 선생.

이 선생   자, 자, 그만 울고. 그만 울자, 애들아.

이 선생, 정윤에게 다가가 정신을 차릴 수 있게 뺨을 가볍게 두 대 때린다.

이 선생   미안하다. 정윤아. 힘든 이야기 해줘서 너무너무
            고마워. 자, 다 같이 정윤에게 박수!

학생들, 정윤에게 박수를 쳐준다.

양정윤   대장님, 땡큐! 땡큐 베리 머치!
이 선생   웰컴!

모두 함께 웃는다. 그때 창현이 갑자기 이 선생에게 다가간다.

이창현   (소리를 높이며) 대장님, 저도 그 싸대기 때려주십
            시오.
이 선생   뭐?
이창현   저도 용기를 얻고 싶습니다. 새로 태어나고 싶습
            니다. (눈을 질끈 감고) 부탁드립니다.

사이

이 선생   (뺨을 가볍게 두 대 때리며) 이거?
이창현   (허리를 굽혀 인사하면서) 감사합니다. 정말 감사합
            니다, 이 대장님.

학생들, 박수를 치며 환호한다.

김두진   (울먹거리며) 저는 우리의 파란나라를 더 많은 사
            람과 공유하고 싶습니다. 저는 이렇게, 이렇게 좋

은데 이런 느낌은 태어나서 처음입니다. 사실 토요일마다 난지도에서 경기도 연합모임을 하는데, 그 새끼들하고 맨날 술 마시고 담배 피우고 여자도 막 이렇게, 이렇게……. 그 새끼들도 저희랑 같이하면 좋겠습니다. 그 새끼들 제 불알들이거든요. 꼭 우리의 파란나라, 파란혁명에 함께하면 좋겠습니다! (울면서) 언젠가 꼭 한번 엄마한테 자랑스러운 아들이 되고 싶었습니다. 우리 엄마 동대문 장사 하면서 개고생하는데, 아들 새끼 하나 있는 게…….

이 선생, 울고 있는 두진에게 다가가 머리에 손을 올려 쓰다듬는다.

김두진   (갑자기 힘을 얻고 울먹이며) 파란나라 만세!

학생들, 격하게 환호한다.

강지연   (그림이 그려진 종이를 들면서) 이거 봐! 이거 내가 그려본 파란나라 로고인데 어때?
학생들   좋아. 완전 좋아.
권미나   (흥분하며) 그럼 우리 페북에 페이지도 만들까?
양정윤   (자리에서 일어나 춤을 추며) 얘들아, 우리 파란댄스! 댄스!

학생들, 함께 춤을 춘다.

| 하재성 | (선언하듯) 나는 우리 파란나라를 지킬 거야. 어떤 |

하재성   (선언하듯) 나는 우리 파란나라를 지킬 거야. 어떤
           새끼도 건들지 못하도록!

이창현   (소리를 높이며) 이 대장님, 감사합니다!

학생들   감사합니다.

하재성   다 같이!

학생들   (환호하며) 파란! 파란! 파란! 파란!

학생들이 멈춘다. 멈춰 있는 모두를 바라보는 주영.

전환.

하재성   (선언하듯) 나는 우리 파란나라를 지킬 거야. 어떤
           새끼도 건들지 못하도록!

이창현   (소리를 높이며) 이 대장님, 감사합니다!

학생들   감사합니다.

8장

낮. 학교 옥상.

창현, 벤치에 앉아 있다. 잠시 뒤 이선생이 들어온다.

이창현	(군기가 바짝 들어) 파란!
이 선생	(놀라며) 아이, 깜짝이야. 파란!
이창현	이 대장님! 기다렸습니다. 불쑥 나타나서 죄송합니다.
이 선생	아니다.
이창현	저에게 이런 영광을 주셔서 진심으로 감사드립니다. 저는 어디에 소속된 이 느낌이 너무나도 좋습니다. 마치 새로 태어난 것 같습니다. 우리의 파란나라가 정말 자랑스럽습니다. (주변을 살피면서 파란카드의 'X' 표시를 보여준 뒤) 임무를 수행해도 될까요?
이 선생	(잠시 당황하다) 좋다. 수행하도록!
이창현	아무래도 미나가 많이 의심스럽습니다.
이 선생	왜지?
이창현	아무래도 미나가 세인이와 가장 친한 사이고 수업 중에 늘 세인이를 쳐다보며 의식합니다. 세인

이가 교실 뒤에 나가 서 있고 난 다음부터는 둘 사이에 직접적인 대화는 없어진 것 같으나 그래도 여전히 미나가 세인이를 많이 의식하고 있는 것은 사실입니다.

이 선생 그래서?

이창현 아무래도 저는 미나에게 곧 문제가 생기지 않을까 사료됩니다.

이 선생 그럼 어떻게 하는 것이 좋겠나?

이창현 제가 설득을 해보고 그래도 안 되면 대장님께서 나서시는 게 어떨까요?

이 선생 네가 설득을 해보겠다고?

이창현 대장님께서 직접 나서시는 것보다 제가 먼저 알 아듣게 설명을 하는 게 나을 것 같습니다.

이 선생 (어깨에 손을 올리며) 좋은 생각이다. 나는 이창현, 널 믿는다.

이창현 (감격하며) 믿어주셔서 감사합니다, 이 대장님.

이 선생 너에게 맡겨진 임무는 막중한 것이다. 절대 잊지 말도록.

이창현 (감격하며) 명심하겠습니다, 이 대장님. 파란!

이 선생 파란!

창현, 나가려다 다시 돌아온다.

이창현 대장님, 내친김에 제가 세인이까지 설득해보도록 하겠습니다. 괜찮으십니까?

이 선생 (당황하며) 그럼, 괜찮지. 나는 너를 믿는다.

이창현	(더 감격하며) 감사합니다, 이 대장님. 대장님은 제가 지켜드리겠습니다.
이 선생	(당황하며) 그래, 고맙다.
이창현	(굉장히 큰 소리로) 파란!
이 선생	파란!

창현, 나간다.

| 이 선생 | (담배를 피우려다가 나지막이) "파란나라를 보았니. 꿈과 사랑이 가득한 파란나라를……." |

그때 주영이 달려 들어온다.

| 권주영 | 이 대장님! 파란! |
| 이 선생 | (놀라며) 그래, 파란! 주영아. 너는 여기서 처음 보는데? |

주변을 살핀 다음 파란카드를 돌려서 황급히 'X' 표시를 보여주고 숨기는 주영.

이 선생	앉아.
권주영	제가 파란나라 임원을 해도 되겠습니까, 이 대장님?
이 선생	그래, 주영이 임원 해.
권주영	제가 파란선언문을 써봐도 될까요, 이 대장님?
이 선생	네가? 그래, 주영이가 다 써! 좋지, 좋지.

권주영   감사합니다, 이 대장님.

이 선생   (주영이 담배를 빤히 쳐다보는 것을 보고) 담배 피워보

            고 싶나?

권주영   (감격하며) 감사합니다, 이 대장님.

이 선생, 주영에게 담배를 건네준다. 주영, 담배를 한 모금 빨더니 기침을
한다.

이 선생   (담배를 빼앗으며) 사내새끼가……. 이리 내놔, 인

            마! 담배는 피우지 마. 몸에 해로워.

권주영   (기침을 하며) 근데 대장님은 왜…….

이 선생   몰라, 인마.

주영과 이 선생, 함께 웃는다.

전환.

9장

낮. 교실 안. 게임 4주 차.

학생들의 수가 늘어나 있다. 학생들은 모두 척추를 세우고 바른 자세로 앉아 있다. 창현과 두진이 앞쪽에 서 있다. 지연은 촬영을, 주영은 기록을 하고 있다. 세인은 뒤쪽에 혼자 서 있다. 교실에는 파란나라 로고가 들어간 현수막이 걸려 있다. 미나는 앞쪽에 나와 서서 말하고, 이 선생은 주변에서 흐뭇하게 바라본다.

권미나 (울먹거리며) 정말 공주님 같았습니다. 세인이는 얼굴도 예쁘고 공부도 잘하고 집도 잘살고 뭐든지 다 잘하는 그런 아이였습니다. 그래서 세인이를 따라 하기 시작했습니다. 똑같이 따라 하면 저도 똑같이 될 거라고 생각했습니다. 아니, 그렇게 믿었습니다. 하지만 파란나라에 들어온 후 그게 모두 잘못된 생각이라는 걸 깨달았습니다. 특별하지 않아도 나로서 특별할 수 있는, 비교당하지 않고 있는 그대로의 나를 바라봐주는, 모두가 평등하고 모두를 사랑하는 파란나라! 이제 저는! 파란나라 친구들과 함께 미래를 향해 걸어갈 것입니다. 파란!

학생들	(환호하고) 파란! 파란! 파란! 파란!
이 선생	다음!
하재성	(미나가 들어가자 앞으로 나와 서며) 참, 쑥스럽네요. (사이) 아버지는 어렸을 때 돌아가셨고 엄마는 아팠습니다. 그때부터 울고 싶어도 울 수 없었고 죽고 싶어도 죽을 수 없는 가장이어야 했습니다. 나는 왜 있는 집 새끼들처럼 돈 많은 부모 밑에서 하고 싶은 거 하고 갖고 싶은 거 갖지 못할까 원망하고 또 원망했습니다. 가진 것이 없었기에 더 강해지고 싶었습니다. 그래서 힘으로, 주먹으로 모든 것을 갖고 싶었습니다. 솔직히 그 방법밖에 몰랐습니다! 근데 이제 그렇게 좆같이 살던 제가 달라졌습니다. 이전까지 검은 나라였다면 이제는 파란나라입니다. 제가 가진 힘으로 이 세상을 아름답게 만들 것입니다. 이 대장님, 사랑합니다.
학생들	(환호하고) 파란! 파란! 파란! 파란!
이 선생	다음!
김보경	(재성이 들어가자 앞으로 나와 서며) 저는 예전에 먹을 것 없이는 못 사는 똥돼지였습니다. 늘 놀림을 받았고, 정윤이랑 미르처럼 예쁘고 인기 많은 애들이 너무 부러웠습니다.
양정윤	미안하다.
박미르	나도.
김보경	그래서 저는 살을 빼기로 결심을 했고 제가 좋아하는 피자, 치킨, 족발 모두 끊었습니다. 그랬더니 남자애들이 저에게 하나둘씩 관심을 보였고

그래서 남자애들이 하자는 건 뭐든 다 했습니다.
걸레라고 불려도 괜찮았습니다. 다시 혼자가 되
는 게 더 싫었습니다. 아프고 고통스러웠지만 참
았습니다. 근데 그때 파란나라가 저를 지옥에서
구해줬습니다. 이제 저는 더 이상 혼자가 아닙니
다. 그리고 이제 저는 피자, 치킨, 족발 마음대로
먹습니다. 감사합니다, 이 대장님!

학생들   (환호하고) 파란! 파란! 파란! 파란!

이 선생   다음!

김선기   (보경이 들어가자 앞으로 나와 서며) 저는 늘 좋은 사
람이고 싶었습니다. 늘 밝게 웃었습니다. 화가 나
고 슬퍼도 크게 웃었습니다. 그러면 친구들이 절
좋아해줄 거라고 생각했습니다. 하지만 착각이었
습니다. 아무도 제가 누군지 궁금해하지 않았고
저의 이름을 기억하지 못했습니다. 저는 투명 인
간이었습니다. 근데 미나가 바보같이 노래를 불
러주던 그 순간!

선기, 울먹인다. 학생들, 선기의 이름을 외친다.

김선기   맞습니다. 저 여기 있습니다. 저의 이름은 김선기
입니다. 기억해주십시오! 아무리 봐도 없고 아는
사람도 없지만 누구나 한번 가보고 싶어서 생각
만 하는 나라! 여러분! 우리 모두 함께 그런 파란
나라를 만들면 좋겠습니다!

학생들   (환호하고) 파란! 파란! 파란! 파란!

이 선생　　(선거가 들어가면) 사람은 누구나 아프고 누구나 힘들다. 물론 각자에겐 자신의 고통이 가장 크게 느껴질 것이다. 하지만 이 '공유의 시간'을 통해 여러분은 깨달았을 것이다. 누구도 고통의 크기를 비교할 수 없다는 것을! 고통을 피하지 말자. 고통을 마주하자. 우리는 혼자가 아니라 함께이다. 그래서 그것이 가능하다. 나는 우리의 파란나라가 진심으로 자랑스럽다.

학생들　　(환호하고) 파란! 파란! 파란! 파란!

이 선생　　다음, 박세인. 세인이는 이 '공유의 시간'에 참여하지는 않았지만 우리들의 얘기를 모두 들었다. 그래도 함께할 의사가 없는 건가?

박세인　　미친 새끼.

이강호　　(화를 내며) 저런 미친년이.

김보경　　너 미쳤냐? 쌍년아!

권주영　　세인이의 태도에 불만을 제기합니다.

강지연　　박세인! 좀 심하다고 생각하지 않니?

박미르　　저는 이제 박세인이 이 수업에 들어오지 않았으면 좋겠습니다.

권미나　　세인아, 정신 좀 차렸으면 좋겠어!

박세인　　(화를 내며) 권미나! 네가 어떻게 나한테 그렇게 말해? 너 따위가 뭔데 그딴 식으로 말하냐고.

권미나　　나는 권미나야. 너 따위가 아니라.

박세인　　다들 정말 미쳤다, 미쳤어.

하재성　　이런 미친년이. 너 진짜 맞고 싶냐?

김두진　　뒤지고 싶냐?

박세인	때려봐, 이 미친 양아치 새끼들아.
양정윤	저런 미친 씨발 년이 진짜 뒤질려고.
김정화	(학생들을 막으며) 얘들아, 참아. 참아.
김선기	노파!
박승현	노답이다.
학생들	(따라 하며) 노파노답! 노파노답! 노파노답!
이 선생	(소리를 지르며) 그만!
박세인	(비난하며) 정말 다들 제대로 미치셨네요. 선생부터 시작해서 싸그리 다들 미쳐서, 무슨 광신도들도 아니고.
김정화	박세인, 그게 무슨 말버릇이야?
박세인	이제 내가 쪽팔리냐? 사람들이 다 나한테 뭐라고 하니까 이제 내가 쪽팔려서 내 편 들기도 싫어?
김정화	지금 네 편 내 편이 어디 있어, 박세인!
박세인	네가 나를 제일 병신으로 만들고 있잖아, 김정화!
김정화	세인아, 정신 좀 차려. 다들 너 걱정해서 이러는 거야. 네가 지금 이상한 생각을 버리지 못하고 있으니까 모두가 널 기다려주고 있잖아.
박세인	기다리긴 뭘 기다려? 내가 여기 왜 서 있었는지 알아? 다들 얼마나 미쳐가나 구경하고 있었어. 너무 어이가 없어서 어디까지 가나 보려고 그런 거라고.
김정화	박세인! 너 혼자야. 모두가 너와 다른 생각을 가지고 있는데 왜 자꾸 혼자서 고집을 피워!
박세인	(소리를 지르며) 나 혼자 똑바로 보고 있잖아. 나 혼자 똑바로 보고 있는 거잖아, 지금!

김정화　　　(세인을 어깨를 잡고 흔들며) 세인아, 정신 좀 차려.
　　　　　　너 정말 정신 차려야 돼.

박세인　　　(정화를 밀치고 발악하며) 정말 다들 미쳤어. 정신병
　　　　　　자들이야. 사람 하나 병신 만드는 거 쉽지? 사람
　　　　　　하나 매장시키는 거 재밌지, 너네들?

창현, 다가와 세인의 뺨을 때린다. 놀라는 학생들과 이 선생.

이창현　　　세인아, 너 미쳤어. 정신 좀 차려.

세인, 교실 밖으로 뛰어나간다.

김정화　　　이 대장님, 따라가봐도 될까요?
이 선생　　　좋다.

정화, 세인을 따라 황급히 나간다.

이 선생　　　모두 제자리!
학생들　　　네, 이 대장님!
이 선생　　　(학생들이 다시 제자리에 앉으면) 시간이 걸린다고 해
　　　　　　서, 우리와 다르다고 해서 배척하지는 말자. 세인
　　　　　　이도 변화의 과정을 겪고 있는 것 같다. 기다려주
　　　　　　자. 알겠나?
학생들　　　네, 이 대장님.
이 선생　　　너희 덕분에 이제 우리 학교 대부분의 학생이 파
　　　　　　란혁명에 동참하고 싶어 한다는 의사를 밝혀왔

다. (학생들이 환호하면) 우리 학교를 넘어 다른 학
교에서도 동참하고 싶다는 뜻을 공식적으로 밝혀
오고 있고 심지어 교육청 쪽에서도 연락이 왔다.

학생들　　　(환호하고) 파란! 파란! 파란! 파란!

이 선생　　　(연설하듯) 새로운 세상을 원하는! 아닌 것을 아니
라고, 맞는 것을 맞다고 외칠 수 있는 우리는 누
구인가?

학생들　　　(소리 지르며) 파란나라!

이 선생　　　(연설을 하듯) 파란나라는!

학생들　　　(큰 소리로) 계속된다! (환호하고) 파란! 파란! 파란!
파란!

모두 멈춘다. 학생들은 책상과 의자를 사방으로 내던지기 시작하고 이 선
생은 그 자세로 멈춰 있다.

전환.

10장

밤. 골목. / 낮. 학교.

이 선생, 누군가를 기다리다 갑자기 학생들 앞에서 연설할 내용을 연습한다. 그때 갑자기 미르가 나타난다.

박미르	(크게 외치며) 이 대장님! 파란!
이 선생	(놀라며) 파란! 어! 미르야. 급한 일이라고? 무슨 일인데 이렇게 밤늦게 전화한 거야?
박미르	(고민하다) 용기를 내지 않으면 평생 말씀드리지 못할 것 같아서 연락드렸습니다.
이 선생	뭐?
박미르	대장님, 저를 구해주셔서 감사합니다. 저는 제가 누군지 몰랐습니다. 제가 어떤 이유로 살아가고 있는지 몰랐습니다. 하지만 파란나라는 저에게 새로운 세상을 보여주었고 저라는 사람의 가치를 일깨워줬습니다. 이제 저는 살아가야 하는 이유가 생겼습니다. 필요한 사람이 되었습니다. 하루하루가 너무나도 행복합니다. 진심으로 감사드립니다, 이 대장님.
이 선생	뭘……. 그 말 하려고 보자고 한 거야?

박미르	(격하게 구호를 외치며) 파란!
이 선생	그래, 그래.
박미르	사실 저는 학교에 처음 들어왔을 때부터 이 대장님을 너무나 존경해왔습니다. 하지만 저라는 학생은 대장님께 절대로 인정받을 수 없는 학생이라고만 생각했습니다.
이 선생	아니야, 아니야.
박미르	이제 더 이상 인정받으려고 노력하지 않을 겁니다. 있는 그대로의 저를 받아들여주신 이 대장님께 그냥 너무나 존경하고, 그냥 너무나 감사드린다는 말씀을 전하고 싶었습니다.
이 선생	그래, 그래. 알았다. 고맙다. 늦었으니까 얼른 집에 들어가. 부모님 걱정하시잖아.
박미르	네, 이 대장님.
이 선생	학교에서 보자.
박미르	네, 이 대장님. 파란!
이 선생	파란!

미르, 나가다 말고 다시 뛰어들어와서 이 선생의 품에 안긴다. 놀라는 이 선생.

박미르	대장님, 무례하게 행동해서 죄송합니다. 존경합니다. 너무나도 존경합니다. (이 선생에게 입을 맞추며) 사랑합니다. 저는, 그리고 저희는 대장님의 것입니다. 파란!

놀란 이 선생. 뛰어나가는 미르. 이 선생, 황급히 담배를 꺼내 피우려고 하는데 라이터가 없다. 학교의 다른 공간에서 세인은 박 선생을 따라가고 박 선생은 세인을 피해 걸어간다.

박세인	(절실하게) 선생님! 잠시만요! 선생님, 선생님!
박 선생	그래, 그래. 네 말이 무슨 말인지 알겠는데 네가 수업에 제대로 참여하지 않았다며?
박세인	아니에요, 선생님! 그게 아니라…….
박 선생	선생님이 다 알아봤다고, 응? 그랬더니 다들 네가 잘못했다고 하던데?
박세인	아니에요, 선생님. 사람들이 다 같이 짜고 저를 몰아가고 있는 거라고요.
박 선생	박세인! 다른 학생들은 다들 파란나라가 좋아서 난리인데 왜 너만 그러니, 너만!
박세인	그러니까 이상하잖아요. 학교 전체가 다 같이 이 선생님한테 속고 있는 거예요!
박 선생	야, 그럼 나도 속고 있고 교장, 교감 선생님 다 속고 있는 거야? 은정이는 공부에 방해된다고 CA 옮겨달라고 했어. 근데 너는 대체 뭐가 문제야? 그럼 너도 CA 옮겨!
박세인	선생님! 이건 그럴 문제가 아니에요. 그만두게 해야 돼요! 학생들이 다 같이 미쳐가고 있다고요!
박 선생	(소리를 높이며) 야, 인마! 막말로 지금 전국에 있는 고등학생들이 전부 다 파란나라 들어오고 싶어서 난리야. 다른 학교도, 교육청에서도, 학부모들도 난리인데 왜 너만 그러냐고, 너만! 안 그러던

애가 왜 이래? 어휴, 나 이해를 할 수가 없네, 이해
를. 사춘기야, 뭐야?

박세인   선생님! 왜 제 말을 안 들어주시는 건데요?

박 선생   너만 이상하니까, 너만 다르니까! 이 자식아! 자
꾸 그러면 너 생기부에 문제 생겨! 알겠어? 가봐,
인마!

세인, 왔던 길을 다시 돌아가다 멈추어 선다.

박세인   선생님, 왜 제 말을 안 믿어주세요?

박 선생   안 되겠다. 너 부모님 모시고 와.

세인은 나가고, 박 선생은 혼자 남는다. 이 선생과 박 선생, 서로 다른 공간
에서 서로를 바라본다.

전환.

11장

밤. 파란군단 학생들만의 아지트 밖.

가운데에는 주영이, 양옆에는 두진과 창현이 서 있다. 그들 앞에 미르가 무릎을 꿇고 앉아 있고 주변에 학생들이 앉아 있다.

김선기 (일어나 울먹거리며) 저는 그날 봤습니다. 제 두 눈으로 똑똑히 봤습니다. 이 대장님이 지금 얼마나 괴로워하고 계실지 상상도 하기 싫습니다. 박미르는 잘못했습니다.

학생들 파란! 파란! 파란! 파란!

선기가 앉고, 지연이 손을 들고 일어난다.

강지연 (울먹거리며) 저는 박미르를 이해합니다. 저 역시 방탄 오빠들의 덕후 시절, 감정이 주체가 안 되어 미르와 유사한 행동을 했습니다. 하지만 후회합니다. 그 행동이 상대에게 얼마나 불쾌한 감정을 주었을지 이제는 이해가 되기 때문입니다. 나의 선망의 대상을 통해 인정하고 싶지 않은 제 자신을 감추려 했던 철없던 저의 행동을 반성합니다.

하지만 박미르의 잘못은 명백합니다. 분명 큰 잘
못을 했습니다. 이 대장님은 박미르 개인의 것이
아니라 우리 모두의 것이기 때문입니다.

학생들   파란! 파란! 파란! 파란!

권주영   박미르! 자신의 잘못을 인정합니까?

박미르   (울먹거리며) 인정합니다. 저 때문에 여러분 모두에
게 상처를 드리게 된 점 진심으로 사과드리고 싶
습니다. 파란나라에 누를 끼치게 된 점, 죄송합니
다. 진심으로 죄송합니다. 파란!

권주영   그럼 지금부터 박미르의 정화의 시간을 갖도록
하겠습니다.

미르, 울면서 자신을 계속 때린다.

권주영   그만! 그럼 지금부터 박미르가 정화가 됐다고 생
각하시는 분들은 의식을 진행해주십시오.

사이

선기와 지연, 다가가 미르의 머리에 손을 올린다.

선기/지연   널 용서할게.

학생들   (한 명씩 다가가 미르의 머리에 손을 올리며) 널 용서할
게.

모든 의식이 끝난다.

| 박미르 | (감격해서 울먹이며) 파란! 감사합니다. 진심으로 감사드립니다. 여러분 덕분에 저는 정화되었습니다. 파란! |
| 학생들 | 파란! |

학생들, 박수를 친다. 미르, 자리로 돌아간다.

| 권주영 | 자, 그럼 이제부터 본격적인 파란나라 전체 집회를 시작하도록 하겠습니다. |

학생들, 환호하며 아지트의 문을 열고 들어간다. 두진과 창현이 학생들의 파란카드를 확인한 후 아지트 안으로 입장시킨다. 아지트 안에서 다양한 종류의 클럽 음악이 들린다. 학생들이 거의 다 들어가면,

김두진	형님! 오늘은 제가 마무리할게요. 먼저 들어가세요.
이창현	아니야.
김두진	저번에는 형님이 마무리하셨잖아요. 이번에는 제가 할게요.
이창현	알았어. 고마워. 먼저 내려갈게.
김두진	네, 형님. 파란!
이창현	파란!

창현, 들어간다. 형준과 셀카봉을 든 지홍이 인터넷 개인 방송을 하며 뛰어온다.

문지홍	(휴대폰을 들고 뛰며) 여러분, BJ 문지똥, 오늘 드디어 도전합니다.
김형준	뛰지 마. 쪽팔리니까.
문지홍	늦었어. 빨리 와!
김두진	(형준과 지홍을 반기며) 왜 이제 왔어! 빨리 와!

반갑게 인사하는 두진, 형준, 지홍. 그때 밖으로 나오는 재성과 강호.

| 이강호 | 두진아! |
| 하재성 | 왜 안 들어와! |

재성을 보고 놀라는 두진, 형준, 지홍.

하재성	뭐냐!
문지홍	(휴대폰을 보며 친절하게) 재성아, 안녕? 오늘 파란나라 전체 집회 있다고 해서 왔어.
하재성	어떻게 알았어?
문지홍	페북에 완전 도배돼 있던데. 두진이랑 강호한테 허락받고 온 거야!
김두진	어, 맞아. 내가 연락했어.
이강호	나도.
문지홍	아! 그리고, 재성아! 형준이가 너한테 할 말 있대!

형준을 재성 쪽으로 끌고 가는 지홍.

| 김형준 | 미안했다. (사이) 미안했다고, 인마. |

하재성   나도 미안했다.

문지홍   뭐 하는 거야, 덩치는 산만 한 것들이! 아, 빨리 친

            구끼리 악수하고 화해해!

재성과 형준, 서로 악수하고 화해한다.

문지홍   (휴대폰을 보며) 네, 여러분. 눈물겨운 화해의 현장

            입니다.

하재성   흰 티는?

형준/지홍   (안에 입은 흰 티를 보여주며) 입고 왔지!

김형준   애들아!

문지홍   (흰 티를 입은 학생들이 더 달려오자) 우리 합창반 애

            들이야. 같이 들어가도 돼?

하재성   들어가자.

함께 아지트로 들어가던 학생들이 갑자기 모두 비명을 지르며 달려 나온다.

이창현   (학생들에게 칼을 겨누면서) 다 죽여버릴 거야! (사이)

            놀랐냐? 장난이야!

문지홍   놀랐잖아, 씹새끼야! 나 방송 중이란 말이야.

이강호   형, 형, 그거 나한테 줘. (칼을 받으며) 아, 뭐 이런

            걸 가지고 다니고 그래!

이창현   (수줍게 웃으며) 멋있잖아! 이 대장님 지켜드리고

            싶어서.

김형준   아, 이 새끼 이거 완전 또라이네.

이강호   야, 형님한테 반말하지 말라니까!

김형준	어, 미안!
김두진	야야, 예전에 너네가 알던 그 껌돌이 형이 아니라고!
문지홍	야야, 다 모여봐!

학생들, 모두 지홍의 휴대폰 앞으로 모인다.

| 문지홍 | 네, 지금부터 우리는 파란나라 집회 현장으로 들어갑니다. (놀라며) 오! 별풍선 6천 개! |
| 학생들 | (흥분하며) 파란, 파란, 파란, 파란! |

다시 아지트 안으로 들어가는 학생들. 정윤이 재성만 끌고 나온다.

양정윤	하재성! 잠깐만, 얘기 좀 해. (사이) 페북 봤냐?
하재성	아니.
양정윤	장난 아니야. 완전 우리 파란나라로 도배됐다. 인스타도 장난 아님! 우리 대박 스타 된 것 같아. 나도 유명해지고 파란나라도 유명해지고 일석이조! 일거양득! 꿩 먹고 알 먹고!
하재성	(놀라며) 이야, 니가 그런 말을 아냐?
양정윤	왜, 나도 알 건 다 알거든?
하재성	할 얘기가 뭔데?
양정윤	솔직히 답답해서 이제 못 참겠어. 너 나 좋아하지? (사이) 나는 너 좋아하는데? (사이) 나 지금 좆나 자존심 깔고 용기 내서 말하는 거거든?
하재성	알아.

양정윤	너 내가 너 좋아하는 거 좆나 영광인 줄 알아야
	돼. 나 좆나 잘나가는 기획사 연습생이고, 집도
	좀 살고, 쫓아다니는 남자들도 많고, 그리고…….
하재성	알아, 너 예쁜 거.
양정윤	(굉장히 좋아하며) 알아? 나 예쁜 거 알아?
하재성	대가리가 꼴통이라서 문제지만.
양정윤	(진지하게) 나 이제 안 참을래. 너 내 거 할래?
하재성	아니, 니가 내 거 해라.

정윤에게 다가가려던 재성이 갑자기 세인을 발견하고 놀라서 정윤이를 밀친다.

양정윤	왜? (세인을 보고) 이런 씨발 년이!
하재성	나 먼저 들어갈게.
양정윤	(황급히 들어가는 재성을 보고) 재성아, 재성아! (세인에게) 왜 왔냐?

사이

박세인	생각 많이 했어. 내가 잘못했어. 애들한테, 그리고 이 대장님한테.
양정윤	대장님 여기 안 계시거든?
박세인	어, 알아! 그래서 너네한테 먼저 사과하려고 온 거야!
양정윤	이제 와서 그러면 뭐 해. 진작 잘했어야지.
박세인	나도 같이하고 싶어, 파란나라.

사이

그때 여학생들이 몰려나온다.

학생들　　대박, 박세인 왔다면서. 웬일이야. 또 뭔 일이래? 뭔 깽판을 치려고!

양정윤　　얘들아, 박세인이 사과하러 왔대! 우리랑 같이하고 싶대, 파란나라!

학생들　　헐, 대박, 또라이! 실화냐?

학생들은 뭉쳐 서 있고, 세인은 혼자 서 있다.

박미르　　세인아, 이제 와서 그러면 뭐 해. 늦었어.

박세인　　내가 생각이 짧았어. 그때는…….

김보경　　사람은 때라는 게 있는 거야, 세인아.

박세인　　나한테도 기회는 줘야 하는 거 아니야? 파란나라는 모두를 사랑하는 곳이잖아.

김선기　　그래서 우리가 널 사랑했었잖아.

권미나　　박세인, 너는 늘 니 마음대로 뭐든 할 수 있을 것 같아?

박세인　　아니야, 미나야. 내가 어떻게 하면 돼? 응? 내가 어떻게 하면 되는 거야?

권미나　　박세인! 정화가 너 때문에 얼마나 상처받았는지 알아? 어떻게 정화한테 그런 말을 할 수가 있니? 정화가 널 얼마나 챙겨줬는지 알면서…….

박세인　　아, 그때는 나도 제정신이…….

권미나　　됐어. 가자, 애들아.

미나와 학생들, 모두 다시 안으로 들어가려고 한다.

박세인   (소리를 높이며) 야, 권미나!

권미나   (뒤를 돌며) 왜, 박세인아. 내가 물이라도 떠다 줄
          까?

박세인   (무릎을 꿇으며) 애들아, 미안해. 내가 진심으로 사
          과할게.

사이

김선기   노파노답이다.

김보경   니가 맞다며, 우리가 틀렸다며?

박미르   말조심해. 또 우리보고 미쳤다고 하겠다.

강지연   뻔뻔하다, 뻔뻔해.

박세인   (빌고 울면서) 애들아, 미안해. 내가 진짜 잘못했어.
          나 한 번만 용서해줘. 내가 진짜 잘못한 거 아는
          데, 나 진짜 혼자되는 거 너무 싫어. 무서워. 다시
          는 안 그럴게. 한 번만 용서해주라! 미안해.

그때 아지트에서 걸어 나오는 정화.

김정화   애들아, 빨리 좀 들어와. 다들 너네 기다리고…….

박세인   (황급히) 정화야! 김정화!

사이

정화, 세인과 눈이 마주치지만 못 본 척한다.

536

김정화	다음 행사 시작한대. 너네 빨리 들어오라고 하는데?
권미나	어, 알았어. 들어가자, 애들아.

정화와 미나가 먼저 앞서서 들어가고, 다른 학생들도 뒤따라 들어간다. 혼자 남은 세인은 서럽게 울기 시작한다. 아지트 안의 음악 소리는 점점 더 커진다.

암전.

12장

낮. 학교 강당 밖과 안. 게임 5주 차.

훨씬 더 많아진 학생들이 흰 티를 입고 서 있다. 구호를 외치며 이 선생에게 환호하는 학생들.

권주영　　파란선언!

학생들　　파란선언!

하나, 우리 파란군단은 공동체 속에서 조화를 이루며 평등을 구현한다.

하나, 우리 파란군단은 책임감을 가지고 자주적으로 문제를 해결한다.

하나, 우리 파란군단은 자유에 따르는 책임과 의무를 다하고 사랑과 정의를 위해 봉사한다.

하나, 우리 파란군단은 파란나라를 만들기 위해 언제나 파란혁명을 지지한다. 파란!

강당 밖에서 이야기를 나누는 이 선생과 정화.

김정화　　파란! 대장님, 지금 모두들 완전 흥분해 있어요! 지금 장난 아닙니다.

이 선생	그래. (사이) 김정화, 너는 요즘 어떠니?
김정화	행복합니다. 다시 태어난 기분입니다.
이 선생	특별한 문제는 없고?
김정화	문제가 없는 게 문제죠, 늘.
이 선생	정화야, 네 덕분에 여기까지 올 수 있었다. 고맙다. 난 어렸을 때 너 같은 학생이 되고 싶었다. 하지만 그러지 못했던 것이 늘 문제였지. 그래서 늘 너 같은 학생이 부러웠다. 네가 아니었다면 여기까지 올 수 없었다. 고맙다, 김정화.
김정화	에이, 그게 무슨 말씀이세요. 제가, 그리고 우리가 대장님께 더 감사드립니다.
이 선생	우리 처음, 게임 시작할 때 기억나니?
김정화	그럼요! 기억합니다.
이 선생	너는 독재와 전체주의가 한국에서도 충분히 일어날 수 있다고 주장했지. 맞나?
김정화	네, 맞습니다.
이 선생	그럼 이제, 지금 우리에게 일어난 현상을 멈춰야 한다는 사실에 동의하니?

긴 사이

김정화	무슨 말씀이신지…….
이 선생	이게 바로 우리가 우려했던 상황이잖아. 우리들의 과한 긍지와 자부심으로 이제는 넘어서는 안 되는 선까지 넘어버렸고.
김정화	(사이) 왜 그렇게 생각하시죠?

이 선생   이제 이 혁명을, 아니 이 게임을 멈춰야 할 것 같다.

김정화   말도 안 돼요, 이 대장님. 왜 멈춰야 하죠? 어떻게 멈춰요? 이게 게임이라고요?

이 선생   내 손을 벗어났다. 이제 더 이상 통제할 수가 없어. 게임이 진행될수록 나도 모르게 게임의 일부가 되어가고 있었어. 너네가 충성하는 모습을 보면서 즐기고 또 즐기면서 나도 모르게 독재자의 역할에 빠져든 거야.

김정화   아닙니다, 이 대장님. 저희는 그렇게 생각하지 않습니다.

이 선생   (단호하게) 정신 차려, 김정화. 지금 크게 착각을 하고 있어. 알잖아. 우리가 말하는 파란나라? 그런 건 없어. 우리가 꿈꾸는 세상? 존재 안 해, 인마!

김정화   (갑자기 이 선생의 멱살을 잡으며) 어떻게, 대장님이 저희에게 그렇게 말씀하실 수 있죠? 어떻게…….

이 선생, 정화의 뺨을 때린다.

이 선생   이 새끼가 돌았나, 어딜 감히! (사이, 정신을 차리며) 정화야, 어쩌다 여기까지 왔는지 모르겠지만, 나도 무섭다. (울먹이며) 박세인이 죽었다. 자살을 했어.

놀라서 주저앉는 정화. 점점 커지는 학생들의 함성. 이 선생, 강당 안으로 들어가 학생들 앞에 선다. 정화는 움직이지 않는다.

이 선생	(연설을 하듯) 우리는 무에서 유를 창조했다. 이제는 그 누구도 우리를 막을 수 없다. 오늘 드디어, 전국 파란나라 혁명단이 결성됐다.
학생들	(격하게 환호하고) 파란! 파란! 파란! 파란!
이 선생	이게 모두 너희들 덕분이다. 너네도 알다시피 지금 우리나라는 부정과 부패, 차별과 불평등, 자본과 권력의 탐욕 속에 사람이 사람답게 살 길을 잃어가고 있다. 그래서 우리 전국 파란나라 혁명단은 우리의 파란혁명을 전국의 학교, 병원, 회사, 각종 정부기관 등 모든 곳으로 확대하여 위기에 빠진 이 나라를 구하기로 했다.
학생들	(격하게 환호하고) 파란! 파란! 파란! 파란!
이 선생	자, 지금부터 썩어빠진 이 세상을 새로운 세상으로 바꿀 우리의 전국 파란나라 혁명단을 공개한다!
학생들	(격하게 환호하고) 파란! 파란! 파란! 파란!

영상이 나온다. 전국 파란나라 혁명단을 소개하는 영상이 나오다 열광하는 독일 국민들과 히틀러의 영상으로 바뀐다. 처음에는 좋아했지만, 점차 달라지는 학생들. 영상이 끝나자 학생들은 웅성거린다.

이 선생	어떤가? 뭘 느꼈는가? 저 성난 군중들과 여러분의 차이를 느꼈는가?
학생들	무슨 말씀이십니까?

이 선생   여러분은 혹시 우리의 첫 시작을 기억하는가?
              2018년 우리도 결국 파시즘 실험에 동참을 했고,
              나치 시대에 독일인들이 그러했던 것과 같이 우
              월관을 자발적으로 형성시켜 독재와 전체주의를
              재현했다. 그리고 그 독에 빠졌다.

학생들   그게 무슨 말씀이십니까?

이 선생   이로써 우리는, 우리의 파란나라 게임을, 종료한
              다.

당황하는 학생들.

이 선생   파란나라는 끝났다!

이강호   그럼 우리는 뭐 해요?

박승현   뭘 어떻게 해야 하죠?

학생들   대장님! 말씀해주십시오. 대장님!

이 선생   박세인을 기억하는가? 박세인! (사이) 세인이가
              죽었다. 세인이가 자살을 했다.

놀라는 학생들.

이 선생   우리에게 일어났던 일들을 곱씹어보고 철저히 반
              성하여 다시는 이런 일이 발생하지 않도록 노력
              해야 할 것이다. 다들 고생했다. 파란나라는 끝났
              다.

정화, 걸어 들어와 선다.

김정화	(큰 소리로) 대장님은 배신자입니다.
이 선생	정화야.
박승현	(큰 소리로) 배신자입니다!
이 선생	승현아.

사이

이창현	(큰 소리로) 파란나라를 아직도 게임으로 생각하고 계셨습니까?
이 선생	이창현!
권미나	우리는 이제 파란나라 없이 살 수 없습니다.
김두진	맞습니다! 파란나라는 우리가 살아가는 이유입니다.
이창현	이유입니다!
학생들	(공격적으로) 맞습니다! 맞습니다! 맞습니다!
이 선생	자자자, 얘들아. 진정하고, 천천히 다시 생각해보자.
하재성	(울먹이며) 뭘 더 어떻게 생각을 하라는 건가요?
김형준	(울먹이며) 우리는 더 이상 흔들리지 않습니다.
이강호	(울먹이며) 우리는 파란나라를 만들 것입니다.
학생들	(공격적으로) 맞습니다. 맞습니다.
이 선생	우리가 생각했던 파란나라는 실제로는 그 어디에도 존재하지 않는다.
김보경	(울먹이며) 우리라고 말씀하지 마세요.
강지연	(울먹이며) 그건 철저히 대장님 생각이십니다.
김선기	(울먹이며) 우리와 대장님은 전혀 다른 존재들입니

다.

이 선생 (소리를 지르며) 정신 차려, 애들아! 우리가 세인이
를 죽였어. 우리가 박세인을 죽였다고!

사이

김정화 저희는 세인이를 죽인 적 없습니다.

권미나 세인이는 스스로 죽음을 선택한 것입니다.

학생들 맞습니다!

권주영 대장님은 우리와 다른 생각을 가지고 있는 것 같
습니다.

김두진 더 이상 대장님은 우리의 대장이 되실 자격이 없
는 것 같습니다.

학생들 맞습니다! 맞습니다! 맞습니다!

미르, 이 선생에게 다가가 이 선생을 안아준다. 미르에게 욕을 하는 학생
들.

이 선생 (부탁하며) 그래, 미르야. 네가 나를 도와줘야겠다.
대장님을 도와 친구들에게 이제 우리의 파란나라
를 끝내도록 설득하자.

박미르 (이 선생을 맹렬하게 비난하며) 대장님은, 파렴치한
배신자예요!

이 선생 미르야.

김정화 (이 선생의 뺨을 때리며) 더 이상 한 마디도 내뱉지
마십시오.

| 이 선생 | (놀라며) 정화야. |

이 선생   (놀라며) 정화야.

양정윤   (이 선생의 뺨을 때리며) 왜 책임지지도 못할 일을 벌이셨어요?

문지홍   (이 선생의 뺨을 때리며) 대장님도 다른 어른들과 다를 바 없는 거짓말쟁이입니다.

학생들   맞습니다! 맞습니다!

하재성   (소리를 지르며) 여러분! 우리의 대장님은 안타깝게도 미쳐버리셨습니다.

김형준   (소리를 지르며) 더 이상 우리를 이끌어주실 수 없을 것 같습니다.

학생들   파란! 파란! 파란! 파란!

재성과 두진, 이 선생을 두들겨 팬다. 다른 학생들도 동참한다.

권주영   (이 선생을 일으켜 멱살을 잡으며) 대장님, 눈을 떠서 우리를 보십시오.

학생들   보십시오!

김보경   우리는 더 이상 바보가 아닙니다.

강지연   대장님이 우리의 눈을 뜨게 해주셨어요.

학생들   맞습니다!

이 선생   이 어린 놈의 새끼들이……. (뒤에 있던 창현에게 기대며) 야야, 창현아. 창현이가 선생님 지켜준다면서, 너 뭐 하니? 나 좀 도와주라.

이창현   (이 선생의 뺨을 토닥이며) 이 대장님! 고생하셨습니다.

창현, 칼을 꺼내어 이 선생을 찌른다. 놀라는 학생들.

이창현　　　　(분노해서 소리를 지르며) 배신자를 처단하라!

권미나　　　　(사이) 처단하라!

강지연　　　　(분노해서 소리를 지르며) 처단하라!

학생들　　　　(공격적으로) 처단하라! 처단하라! 처단하라!

이 선생, 쓰러진다. 학생들의 날카롭고 우레와 같은 함성. 마치 적군을 쓰러뜨린 듯하다.

권미나　　　　(분노하며) 배신자는 처벌을 받았습니다!

이창현　　　　(분노하며) 리더가 바뀔 때마다 달라지는 세상에 억지로 맞춰가며 살지 맙시다.

김두진　　　　(분노하며) 우리는 우리가 원하는 세상을 살기 위해 그에 걸맞은 리더와 함께할 권리가 있습니다.

하재성　　　　(분노하며) 아니면 바꿉시다! 힘은 행동하는 자들의 것입니다.

김정화　　　　(분노하며) 파란나라는!

학생들　　　　(분노하며) 계속된다! 파란! 파란! 파란! 파란!

학생들은 미친 듯이 울면서 구호를 외친다. 한 명이 〈파란나라〉를 울부짖으면서 부르기 시작하자 다 같이 따라 부른다. 학생들의 모습은 마치 군가를 부르는 군인들처럼 보이기도 한다. 노래하는 학생들의 얼굴에는 무너질 것 같은 파란나라를 꾸역꾸역 지켜내고 싶은 의지가 보인다. 발을 구르며 공격적으로 울부짖는 학생들의 모습이 위험하고 위태롭다.

암전.

13장

몇 주 후, 낮. 학교, 상담실.

박 선생은 서류를 살펴보고 있고, 승현은 박 선생을 바라보고 있다.

음향) 박승현의 목소리

"세상에 인정받고 싶지 않은 사람이 있을까? (사이) 모든 것이 끝나고, 우리는 모두 침묵했다. 그것은 평생 가지고 가야 할 비밀이었다. 근데 나는 그 비밀을 영원히 지킬 수 없었다."

박승현	솔직히, 잘 모르겠어요. 저는 전학생이었잖아요. 철저히 외부인의 입장이었고 따라갈 수밖에 없었어요. 제가 거기서 뭘 더 어떻게 할 수 있었을까요? 철저히 외부인이었는데, 그냥 하라는 대로만 했는데……. 저도 잘못한 걸까요?
박 선생	(서류를 보며) 아니야, 승현아. 너는 충분히 해야만 하는 일을 했어. (사이) 가봐.

승현, 박 선생에게 인사를 하고 나간다.

막

김수정입니다

시간	2021년 12월	
공간	두산아트센터 Space111	
등장인물	김수정	김수정 39년 차
	박미르	김수정 9년 차 (2013. 3. - 2021. 12.)
	김보경	김수정 7년 차 (2015. 12. - 2021. 12.)
	이강호	김수정 6년 차 (2016. 6. - 2021. 12.) / 첫 만남 2013년 12월, 9년 차
	민현기	김수정 5년 차 (2017. 6. - 2021. 12.) / 첫 만남 2016년 11월, 6년 차
	강주희	김수정 4년 차 (2018. 2. - 2021. 12.)
	남호성	김수정 2년 차 (2020. 1. - 2021. 12.) / 첫 만남 2015년 4월, 7년 차
	고용선	김수정 2년 차 (2020. 1. - 2021. 12.)

* 연극 <김수정입니다>는 극단 신세계 대표 김수정이 DAC Artist로 선정되어 2021년 12월 7일부터 12월 25일까지 두산아트센터 Space111에서 DAC Artist 프로그램으로 초연되었다.

* 이 희곡을 공연화하려면 저자와 (재)두산연강재단 두산아트센터의 동의를 반드시 받아야 한다.

1부
척의 역사

1
오프닝

두산아트센터 Space111 안. 극장 양쪽에는 스크린이 서로 마주 보고 있고, 그 사이에 놓인 세로로 긴 무대에는 레드카펫이 깔려 있다. 관객들과 배우들은 그 주변에 놓인 여러 개의 둥근 테이블에 앉아 있다. 마치 화려한 연회장처럼 보인다. 웅장한 음악이 나온다.

성우 목소리　　지금부터 DAC Artist 김수정의 공연, 〈김수정입니다〉를 시작합니다.

음악과 함께 화려한 드레스와 턱시도를 입은 사회자 김보경과 이강호가 레드카펫을 걸어 나와 진행석에 선다.

김보경	안녕하세요, 여러분. 김보경입니다.
이강호	안녕하세요, 여러분. 이강호입니다.
김보경	아름다운 밤이네요.
이강호	아름다운 밤입니다.
김보경	오늘 함께해주신 분 중에는 서로 낯설어 데면데면하신 분들도 많을 텐데요.
이강호	편안한 분위기를 위해 같은 테이블에 있는 분들끼리 인사를 한번 나눠볼까요?

극장 공간에 있는 모든 사람이 서로 인사를 나눈다.

김보경	이번 공연은 김수정의 DAC Artist로서의 마지막 공연이자, 김수정이 처음으로 자신의 이야기로 공연을 시작하는 영광스러운 자리인데요.
이강호	이런 자리에 김수정과 함께 작업하는 동료로서 초청을 받게 되어 가슴이 너무 벅차네요.
김보경	네, 저도 너무 벅차네요. 그런데 강호 님! DAC Artist! 많은 분이 들어는 보셨겠지만, 그게 정확히 뭔지는 모르는 분들이 많을 것 같은데요.
이강호	그래서 준비했습니다. DAC Artist! (사진이 나오면) DAC Artist는 두산아트센터의 아티스트입니다. 두산이라는 그룹에서 만 40세 이하 젊은 예술가들의 창작 활동을 지원합니다. 공연 분야에서 활동하는 창작자에게는 여기, Space111이라는 공연장, 연습실, 최대 1억 원의 공연 제작비를 지원해줍니다. 김수정은 연극 분야에서 연출로 활동

하는 아티스트로서 총 두 번의 공연 기회를 제공
받았는데요. 첫 번째 기회로는 2019년 〈이갈리아
의 딸들〉을, 두 번째 기회로는 지금 이 공연, 〈김
수정입니다〉를 지원받았습니다.

김보경 자, 그럼 본격적으로 공연을 시작하기 전에 DAC
Artist 김수정은 누구인지 알아볼까요?

이강호 DAC Artist 김수정!

영상) 웅장한 음악과 함께 나오는 김수정의 공연 경력

2005. 7. 연극 〈당신의 의미〉 / 밀양연극촌 / 배우 - 미아 역

2005. 8. 연극 〈고요〉 / 프린지페스티벌 / 배우 - 현주 역

2006. 6. 연극 〈해빙〉 / 알과핵 소극장 / 안무

2006. 7. 연극 〈고요〉 / 밀양연극촌 / 배우 - 현주 역

2006. 12. 연극 〈고요〉 / 씨어터디아더 / 배우 - 현주 역

2007. 7. 연극 〈갈비, 집〉 / 밀양연극촌 / 배우 - 여러 역

2007. 8. 연극 〈변〉 / 아르코예술극장 소극장 / 배우 - 취련 역

2007. 12. 연극 〈고요〉 / 상명아트홀 2관 / 배우 - 현주 역

2008. 6-8. 가족극 〈프록스〉 / 세종문화회관 M씨어터 / 안무

2008. 7. 연극 〈실연〉 / 상명아트홀 2관 / 안무

2008. 8. 연극 〈충분히 애도되지 못한 슬픔〉 / 아르코예술극장 소극장 / 배우 - 경리2 역

2008. 12. 연극 〈엄마열전〉 / 예술의전당 자유소극장 / 배우 - 막내 며느리 역

2008. 영화 〈고고70〉 / ㈜보경사 / 배우 - 영자 역

2009. 1. 연극 〈맥베스, 악으로 놀다〉 / 나온씨어터 / 배우 - 레이디맥베스 역

2009. 4. 뮤지컬 〈행복동 고물상〉 / 한국문화의집 코우스 / 안무

2009. 9. 연극 〈피난민들〉 / 아르코예술극장 소극장 / 배우 - 여자 역

2009. 영화 〈작은 연못〉 / MK노근리프로덕션 / 배우 - 숙모 역

2010. 4. 연극 〈핼리혜성〉 / 아르코예술극장 소극장 / 안무, 움직임

2010. 5. 연극 〈리회장 시해사건〉 / 아르코예술극장 소극장, 미마지아트센터 눈꽃극장 /
배우 - 첫째 며느리 역

2010. 7. 연극 〈의붓기억〉 / 토탈미술관 / 안무, 움직임

2010. 8. 납량무용극 〈귀신의집1〉 / 홍대 CY씨어터 / 안무, 연출

2010. 10. 가족극 〈꿈꾸는 거북이〉 / 원더스페이스 / 움직임

2010. 11. 연극 〈누가 무하마드 알리의 관자놀이에 미사일 펀치를 꽂았는가?〉 / 남산예
술센터 / 안무, 움직임

2011. 1. 연극 〈페리클레스〉 / 대학로예술극장 대극장 / 안무

2011. 5. 연극 〈연변엄마〉 / 대학로예술극장 대극장 / 안무, 움직임

2011. 9. 납량무용극 〈귀신의집2〉 / 홍대 CY씨어터, 춘천축제극장 몸짓 / 안무, 연출

2011. 10. 시극 〈시에 빠진 날 〉 / 호텔지지향 / 안무

2011. 10. 총체시극 〈사랑이여 다시 한번〉 / 요나루키 / 움직임

2011. 11. 연극 〈아무튼백석〉 / 연극실험실 혜화동1번지 / 안무, 움직임

2011. 12. 연극 〈빨간시〉 / 연극실험실 혜화동1번지 / 안무, 움직임

2012. 3. 협동조합극 〈우리동네, 미쓰리〉 / 홍대 CY씨어터 / 연출

2012. 4. 연극 〈로미오&줄리엣〉 / 알과핵 소극장, 국립극장 달오름극장 / 윤색, 연출

2012. 4-8. 여수엑스포해상쇼 〈꽃피는 바다〉 / 여수엑스포해상무대 / 연출부

2012. 7. 연극 〈셰익스피어 IN 광주〉 / 광주문예회관대극장 / 안무, 움직임

2012. 10. 연극 〈사이코패스〉 / 남산예술극장 / 안무, 움직임

2012. 11. 연극 〈멸〉 / 백성희장민호극장 / 안무, 움직임

2012. 11. 연극 〈의붓기억〉 / 도쿄니시스가모체육관 / 안무, 움직임

2013. 3. 연극 〈빨간시〉 / 대학로예술극장 대극장 / 안무, 움직임

2013. 8. 간이연극 〈그레고르잠자〉 / 연극실험실 혜화동1번지 / 움직임

2013. 9. 연극 〈하녀들〉 / 성미산마을극장 / 움직임

2013. 9. 연극 〈데스데모나〉 / 연극실험실 혜화동1번지 / 움직임

2013. 9. 연극 〈나무빼밀리로망스〉 / 연우소극장 / 연출

2014. 2. 연극 〈왕의 의자〉 / 두산아트센터 Space111 / 움직임, 안무

2014. 12. 기획콘서트 전통ing 〈어린왕자의 지구보고서〉 / 정동극장 / 동화 작, 연출

2015. 1. 연극 〈안전가족〉 / 대학로예술극장 소극장 / 각색, 연출

2015. 4. 연극 〈인간동물원초〉 / 예술공간 서울 / 각색, 연출

2015. 5. 총체극 〈그러므로 포르노〉 / 연극실험실 혜화동1번지 / 구성, 연출

2015. 7. 연극 〈인간동물원초〉 / 연극실험실 혜화동1번지 / 각색, 연출

2015. 8. 연극 〈조치원 해문이〉 / 국립극단 백성희장민호극장 / 움직임, 안무

2015. 11. 상업무지(無知)컬 〈두근두근 내사랑〉 / 연극실험실 혜화동1번지 / 작, 연출

2016. 5. 연극 〈멋진 신세계〉 / 연극실험실 혜화동1번지 / 각색, 연출

2016. 6. 연극 〈2016 그러므로 포르노〉 / 연우소극장 / 구성, 연출

2016. 8. 연극 〈사랑하는 대한민국〉 / 연극실험실 혜화동1번지 / 구성, 연출

2016. 9. 연극 〈보지체크〉 / 연극실험실 혜화동1번지 / 윤색, 연출

2016. 11. 연극 〈파란나라〉 / 남산예술센터 / 작, 연출

2017. 4-12. 거리극 〈망각댄스_세월호편〉 1-9탄 / 한국참사지역순회 / 구성, 연출

2017. 5. 연극 〈말 잘 듣는 사람들〉 / 알과핵 소극장 / 작, 연출

2017. 8. 연극 〈1111〉 / 연극실험실 혜화동1번지 / 윤색, 연출

2017. 11. 연극 〈파란나라〉 / 남산예술센터 / 작, 연출

2018. 5. 연극 〈광인일기〉 / 연극실험실 혜화동1번지 / 각색, 연출

2018. 8. 연극 〈파란나라〉 / 대전예술의전당 앙상블홀 / 작, 연출

2018. 10. 연극 〈공주(孔主)들〉 / 연극실험실 혜화동1번지 / 작, 연출

2018. 11. 경희극 〈산울림〉 / SH 아트홀 / 윤색, 연출

2018. 11. 연극 〈광인일기〉 / 아르코예술극장 소극장 / 각색, 연출

2018. 12. 거리극 2018 〈망각댄스_세월호편〉 / 마로니에공원 야외공연장 / 구성, 연출

2019. 5. 연극 〈공주(孔主)들〉 / 아르코예술극장 소극장 / 작, 연출

2019. 6. 북한 만담 〈단호한 결심〉 / 예술청(구 동숭아트센터) 2층 대회의실 / 윤색, 연출

김수정입니다

2019. 7. 연극 〈광인일기〉 / 도쿄우에노스토어하우스 / 각색, 글, 연출

2019. 10. 연극 〈이갈리아의 딸들〉 / 대전예술의전당 앙상블홀 / 각색, 연출

2019. 10. 연극 〈이갈리아의 딸들〉 / 두산아트센터 Space111 / 각색, 연출

2019. 11. 거리극 〈망각댄스_4.16편〉 서울망각투어버스 / 서울 시내 곳곳 / 구성, 연출

2020. 6. 연극 〈공주(孔主)들 2020〉 / 아르코예술극장 소극장 / 구성, 연출

2020. 7. 전시극 〈망각댄스_4.16편〉 박제 / 복합문화예술공간 행화탕 / 구성, 총연출

2020. 8. 연극 〈공주(孔主)들 2020〉 앙코르 / 아르코예술극장 소극장 / 구성, 연출

2020. 9. 연극 〈생활풍경〉 / 동양예술극장3관 / 구성, 연출

2020. 11. 씨어터필름 〈나는 광인입니다〉 / 구성, 연출

2020. 12. 상업무지(無知)컬 〈사랑의 오로라〉 / 여행자극장 / 구성, 연출

2021. 5. 연극 〈생활풍경〉 / 아르코예술극장 소극장 / 극작, 연출

2021. 8. 재판극 〈별들의 전쟁〉 / 아르코예술극장 소극장 / 극작, 연출

2021. 10. 필름 〈망각댄스_4.16편〉 기억 / 극단 신세계 유튜브 채널 / 총연출

2021. 12. 연극 〈김수정입니다〉 / 두산아트센터 Space111 / 극작, 연출, 출연

김보경　　네, 정말 대단한 경력을 가진 Artist입니다. 배우에서 안무가로, 안무가에서 연출가로, 화려한 공연 경력을 이어오고 있는데요.

이강호　　열여덟 살 때부터 공연을 시작해서 지금은 서른아홉 살! 20년째 공연을 해오고 있는 김수정! 인생의 절반을 공연을 해왔다고 해도 과언이 아니네요.

김보경　　김수정은 자신이 20년이나 공연을 하게 될 줄은 정말 상상도 못 했다고 합니다.

이강호　　20년이나 해온 김수정이 혼자 공연을 하지는 않았겠죠? 그리하여 김수정이 이 자리에 초청한 김

수정의 특별한 동료들! 그들을 소개합니다.

웅장한 음악과 함께 화려한 드레스와 턱시도를 입은 배우 고용선, 박미르, 남호성, 강주희, 민현기가 레드카펫을 걸어 나와 선다.

김보경   네, 배우님들 자기소개 먼저 부탁드리겠습니다.

민현기   안녕하세요, 김수정 5년 차, 배우 민현기입니다.

강주희   안녕하세요, 배우 강주희입니다. 김수정 4년 차입니다.

남호성   안녕하세요, 김수정 2년 차, 배우 남호성입니다.

박미르   김수정 9년 차, 배우 박미르입니다.

고용선   안녕하십니까, 배우 고용선입니다. 김수정 2년 차입니다.

이강호   안녕하십니까, 김수정 6년 차, 배우 이강호입니다.

김보경   안녕하세요, 김수정 7년 차, 배우 김보경입니다.

이강호   반갑습니다.

김보경   (관객들이 박수를 치면) 네, 감사합니다. 이렇게 김수정의 특별한 동료들이 한자리에 모이니 감회가 새로운데요, 혹시 배우님들은 김수정에 대해서 어떻게 생각하시나요?

고용선   지나치게 최선을 다하는 사람.

박미르   볼수록 귀여워요.

김보경   알면 알수록 이상합니다.

남호성   세심하다.

강주희   은근히 허당이다.

민현기	잘 삐집니다.
이강호	진짜 극단적입니다.
김보경	네, 감사합니다. 김수정은 도대체 어떤 사람일까요?
이강호	김수정이 어떤 사람인지 점점 더 궁금해지시죠? 자, 오래 기다리셨습니다. 그럼 이쯤에서 이 공연의 주인공, DAC Artist 김수정을 모셔볼까 하는데요.
김보경	뜨거운 박수 부탁드립니다.

김수정이 웅장한 음악과 함께 화려한 드레스를 입고 레드카펫을 걸어 나와 서서 꽃다발을 받는다.

김보경	네, 수정 님! 관객분들께 인사 부탁드립니다.
김수정	안녕하세요, 저는 DAC Artist 김수정입니다. 반갑습니다.
김보경	네, 수정 님. DAC Artist로서의 마지막 공연을 진심으로 축하드립니다.
이강호	네, 축하드립니다. 혹시 이 공연을 올리게 된 소감을 말씀해주실 수 있을까요?
김수정	아, 네. 떨리네요. 우선 저라는 창작자한테 아낌없는 지원을 해준 두산아트센터분들에게 진심으로 감사드립니다. 오늘 이 자리에 함께해주신 저의 동료분들과 관객분들께도 진심으로 감사드립니다. DAC Artist로서 마지막 공연이 아쉽지 않다면 거짓말입니다. 또 누가 나 같은 사람한테 이렇

게 투자를 해줄까. 그래서 저는 DAC Artist로서 두산 주식을 사기도 했는데요, 요즘 좋습니다. 어 쨌든, 두산아트센터에 대한 저의 마음은 변하지 않을 겁니다. 진심으로 감사드립니다.

김보경　네, 감사합니다.

이강호　그런데 보경 님! 두산아트센터에서 수정 님을 위해 준비한 특별한 선물이 있다고 하죠?

김보경　그럼요! 수정 님은 작업이 없을 때면 늘 따뜻한 바다를 찾아가서 쉰다고 하는데요.

이강호　자, 그럼 공개합니다. 두산아트센터에서 오직 김수정만을 위해 준비한, 특별 좌석!

이강호가 덮여 있던 천을 걷어내자 그 안에 야자수와 선베드가 놓여 있다. 1인용 해변이다. 김수정은 선베드로 걸어가 앉는다. 김보경과 이강호가 함께 따라간다.

김보경　네, 정말 대단합니다. 수정 님은 오늘 공연을 이 특별 좌석에서 관람하게 될 겁니다. 그동안 수정 님은 연출이기 때문에 늘 객석 구석에 숨어서, 긴장하며 자신의 공연을 관람해왔다고 하는데요. 두산아트센터에서는 이번 공연에 특별히, 수정 님께서 편안하게 공연을 관람하십사 이런 좌석을 준비해주셨습니다.

이강호　이번 공연은 부디 편안히 관람하시길 바라며, 오늘만큼은 연출 메모! 마음껏 하시길 바랍니다.

김보경　축하드립니다.

배우들, 박수를 친다.

이강호   그런데 수정 님! 이번 공연은 김수정이 공연을 통
          해 처음으로, 자신의 이야기를 시작하는 공연이
          라고 알고 있는데요, 왜 이런 선택을 하게 되셨
          죠?

김수정   (사이) 재미가 없어졌습니다.

이강호   네?

김수정   이런 식으로 계속 연극을 하는 게 재미가 없어졌
          습니다.

김보경   그 이유는 뭔가요?

김수정   저라는 사람이 연극을요, 이 사회에서 실격당하
          고 싶지 않아서 해온 것 같습니다.

이강호   실격이요?

김수정   이 사회에서 인정받고 싶어서 연극을 해온 것 같
          다고요. 토할 것 같습니다.

이강호   (당황하며) 아, 네. 그럼 혹시 언제부터 그런 식으
          로 연극을 해왔는지 기억나십니까?

김수정   알면 제가 여기 있지는 않았겠죠?

이강호   (사이) 그렇습니다.

김보경   김수정을 통해 김수정에 대해 이야기하는 이 공
          연에 초청받은 저희는, 김수정의 특별한 동료로
          서, 김수정을 더 자세히 들여다보기로 했습니다.

이강호   그렇다면 김수정은, 이 사회에서 실격당하지 않
          기 위해 언제부터, 어떤 연극을 해왔을까요? 자,
          그럼 축하공연 보고 가시겠습니다. Make Some

Noise!

김보경   소리 질러!

배우들은 축하공연으로 당시 크게 유행한 노래 'Hey, Mama'에 맞추어 춤을 춘다.

전환.

2

어린 시절 수정

민현기   자, 그렇다면 어린 시절 김수정은, 이 사회에서 실격당하지 않기 위해 어떤 연극을 해왔을까요? (영상에서 사진이 나오면) 김수정입니다. (사진이 나오면) 이것도 김수정입니다. (사진이 나오면) 이 아이는 커서 자기가 연극을 연출하게 될지 알고 있었을까요? 1983년 6월 28일, 김수정은 서울시 노원구 상계동, 수락산의 어느 기슭에서 태어났습니다. 1남 2녀 중 장녀로, 두 살 터울의 여동생과 아홉 살 터울의 남동생이 있습니다. (사진이 나오면) 광산 김씨 양간공파 38대손, 빼어날 수에 곧을 정! 빼어나고 곧게 하나만 하라는 이름이라서 아직도 연극을 하고 있나 봅니다. 사실 수정이라는 이름은 아버지의 이름을 거꾸로 해서 지어졌는데요, 그만큼 수정이는 부모님의 기대와 사랑을 한 몸에 받고 태어난 장녀였습니다.

남호성   (아빠를 연기하며) "우리 딸, 너는 우리 집안의 미래다, 장녀로서 매사에 모범이 돼야지."

강주희　(엄마를 연기하며) "훌륭한 사람이 돼야 무시당하지 않는다고 엄마가 말했지? 그러니까 공부를 열심히 해야 돼."

영상) 컷 편집이 된 김수정의 어머니 인터뷰

수정이 엄마 이유정입니다. / 아, 수정이 가졌을 때 반지하에 부처님이 세 분 계셨어요. 수정이가 한 9개월 돼서 동자가 주문을 외웠는데 아빠가 노란 티를 갖고 주문을 외우니까 그게 뱀으로 변했고 하늘로 날아가다가 갑자기 용으로 변해서 쭉쭉 뻗어서 세 갈래로 나갔어요. / 어, 때로는 밖에 나가면 아이들한테 맞고 다니고 그냥 나가면 그렇게 애들이 때려. 그, 맨날 울고 들어왔어요. / 그래서 법대를 가려고 공부를 했는데, 공부 잘했는데. 욕심이 많았어요, 욕심이 많고 지가 하고 싶은 건 다 해야 됐으니까. 지금하고 똑같아요. 지금도 아마 그럴 거예요. 지가 하고 싶은 건 다 할 거예요. 하는 거 하니까는 좋은데, 부모로서는 별로. / 시집갔으면 좋겠어요. / 김수정 40년 차 이유정입니다.

민현기　수정이의 어머니였습니다. (사진이 나오면) 수정이가 안경을 쓰고 있네요. 책을 많이 읽고, 공부를 열심히 해서? 사실 수정이는 시력이 나쁘지 않았습니다. 그런데 안경을 쓰면 공부를 잘해 보여서, 시력검사에서 거짓말을 하고 일부러 안경을 썼습니다. 부모님께 칭찬받고 싶어서 읽지도 않는 책을 들고만 있던 적도 많았습니다. (사진이 나오면) 김수정은 국민학교 마지막 세대였습니다. 서울노원국민학교 2학년 8반 한영수 선생님은 (화면에 생활통지표가 나오면) "이해력과 사고력이 뛰어나 발표가 논리정연하고, 사회적 변화에도 민감하며 예체능에도 창의력이 있습니다"라고 써주셨어요.

국민학교 2학년 아이가 벌써부터 사회적 변화에 민감했네요. 이때부터 연출의 싹을 보인 것 같습니다. (사진이 나오면) 수정이는 선생님들의 예쁨을 받아 반장을 맡았습니다. 2학년까지는 선생님들이 반장을 정해주셨거든요. 그래서 수정이는 선생님들의 은혜에 보답하기 위해 쉬는 시간에 조금이라도 떠드는 친구가 있으면 칠판에 이름을 모조리 적어버렸습니다. 그래서 친구들은 수정이가 재수 없다고 미워했습니다. 그래도 수정이는 괜찮았습니다. 선생님들한테 인정받는 반장, 모범생이었으니까요. 그런데 3학년부터는 친구들이 반장을 뽑았습니다. 수정이는 당연히 반장 선거에 나갔죠. 결과는? 김수정 한 표. 그리고 이 한 표는 수정이가 수정이를 뽑은 한 표였습니다. 엄청난 충격을 받은 수정이! 그리고 떠오른 부모님의 실망한 얼굴! 수정이는 자랑스러운 장녀로서 실격당하고 싶지 않았습니다. 그래서 친구들한테 인기 있는 친구가 돼서 반드시 다시 반장이 되겠다고 결심합니다.

고용선 자, 그렇다면 수정이는 인기 있는 친구가 되고자 어떤 노력을 했을까요? 우선 쉬는 시간에 친구들에게 다가가 먼저 말을 겁니다.

박미르 (관객 중 한 명에게 다가가 수정을 연기하며) "뭐 해, 뭐 하냐고?"

고용선	그러나 재수 없는 수정이를 친구들이 쉽게 받아 주진 않았겠죠?
박미르	(수정을 연기하며) "미안."
고용선	그래서 수정이는 인기 있는 친구들을 관찰하기 시작합니다. 나이키 가방과 신발을 신고, 롯데리아에서 생일 파티를 하고, 아파트에 사는 애들이 인기가 많구나! 그때는 아파트에 사는 애들이 많이 없었거든요. 수정이는 고민합니다. 수정이의 어머니는 늘 이런 말씀을 하셨거든요.
강주희	(엄마를 연기하며) "땅을 파봐라. 10원이 나오나!"
고용선	넉넉하지 않았던 수정이의 집은 근검절약이 가훈이었습니다. 그래도 인기 있는 아이가 되기 위해 작전에 돌입하는 수정이! 어머니한테 용기를 내서 나이키 가방과 신발을 사달라고 조르는데.
박미르	(수정을 연기하며) "엄마."
고용선	실패!
박미르	(수정을 연기하며) "이씨!"
고용선	짝퉁 나이키를 사주셨습니다. 어머니에게 롯데리아에서 생일 파티를 해달라고 조르는데.
박미르	(수정을 연기하며) "엄마."
고용선	실패!
박미르	(수정을 연기하며) "이씨!"
고용선	집에서 떡볶이를 만들어 생일 파티를 해주시겠다고 하셨답니다. 좌절하는 수정이. 어머니는 수정이와 여동생 생일이 비슷해서 합동 생일 파티를

열어주셨는데요, 여동생의 친구들은 많이 왔지만 수정이의 친구들은 많이 안 왔습니다. 어머니가 왜 친구들이 많이 안 왔냐고 묻자 수정이는!

박미르　(수정을 연기하며) "애들이 다 오고 싶다고 했는데, 귀찮아서 내가 오지 말라 그랬거든?"

노래 '마법의 성'이 흘러나온다.

고용선　국민학교 5학년 수련회 가는 버스 안에서, 수정이 옆에는 아무도 앉지 않았습니다. 짝꿍 없이 혼자 버스를 타고 가던 수정이의 귀에는 버스 아저씨가 틀어준 '마법의 성'이라는 노래가 들렸는데, 아직도 이 노래만 들으면 눈물이 난다고 합니다. (사이) 다시는 친구 따위에 집착하지 않고 공부만 열심히 하겠다고 다짐하는 수정이! 아자!

박미르　(수정을 연기하며) "아자!"

잘 나 가 는　척

민현기　수정이는 비록 다시 반장이 되진 못했지만, 열심히 공부해서 어머니한테 집의 한 벽면을 가득 채울 만큼의 상장들을 선물로 드립니다. 수정이의 어머니는 자식의 공부를 위해서라면 뭐든지 해주시겠다며 학원을 6~7개씩 보내주셨습니다. 컴퓨터, 피아노, 첼로, 태권도, 미술, 속셈, 웅변, 재능 수학, 눈높이 영어, 정말 살인적인 스케줄이었

	는데요, 수정이는 자부심을 갖고 열심히 성실하게 이 스케줄을 소화했습니다.
고용선	그런데 수정이네 집은 갑작스러운 수해와 화재로 큰 빚더미에 앉게 됩니다. 근검절약하던 수정이의 부모님은 크게 좌절하셨고, 대부분의 학원에 다닐 수 없게 된 수정이도 크게 좌절했습니다. 그때, 중학교 합주부에서 첼로를 연주하던 수정이 앞에 학교에서 잘나가는 노는 아이 반종연이 나타나 고백을 합니다.
이강호	(종연을 연기하며) "나랑 사귈래?"
고용선	이 사건을 계기로 수정이는 종연이와 사귀게 되고, 학교에서 잘나가던 친구들과 친해지게 됩니다.
김보경	(잘나가던 친구를 연기하며) "김수정, 안녕? 우리랑 놀래?"
박미르	(수정을 연기하며) "정말?"
김보경	(잘나가던 친구를 연기하며) "응응!"
고용선	모든 친구가 우러러보는 듯한 느낌이 좋아, 비행의 길로 빠져들게 된 수정이! 중학교 1학년 때 이랬던 수정이는 (사진이 나오면) 1년도 안 되어 이렇게 변합니다. 그사이 수정이한테는 무슨 일이 있었던 걸까요?
배우들	(잘나가던 친구들을 연기하며) "노래방 갈 사람? 술 마시러 갈 사람? 담배 피우러 갈 사람? 나이트 갈 사람?"

테크노 음악이 나오고 배우들 전체가 춤을 춘다.

고용선   수정이는 진짜 열심히 성실하게 최선을 다해 놀았습니다.

민현기   수정이는 옆에 친구들이 있어서 너무 좋았습니다!

강주희   (엄마를 연기하며) "수정아, 제발 좀! 너 왜 이러니! 내가 널 이러려고 키운 줄 알아?"

박미르   (수정을 연기하며) "아, 짜증 나!"

영상) 컷 편집이 된 김수정의 23년 지기 한신영의 인터뷰

안녕하세요, 저는 한신영이라고 하고요 / 수정이 처음 만났을 때, 같이 보습학원 다니고 있었는데, 당시 그 동네에선 가장 큰 학원이었고, 거기에서 둘 다 같이 꼴찌 반에 있었어요. / 아마도 제 생각에는 둘 다 별로 그렇게 공부에 대한 목적성을 미처 깨닫지 못했던 시기여서. / 계속 친구였죠. 중학교 3학년 때 만나가지고 예, 현재까지 계속 친구로 잘 지내고 있죠. / 그거는 제가 누누이 말씀을 드렸지만, 저는 수정이를 단 한 번도 여자로 생각을 해본 적이 없습니다. 저는 예쁜 사람을 좋아합니다. / 수정이가 고등학교 1학년 때, 아마 연극반에 들어간다고 했었던 것 같아요 저는 처음 봤어요 수정이의 눈빛이 초롱초롱하게 빛나는 걸 그 당시에 처음 봤는데, 그 직전으로 돌아가서 연극반에 들어가지 말라고 말하고 싶어요 한 20년 동안 같은 얘기를 해주고 있어요 제발 돈 되는 것 좀 하라고 / 학창 시절 수정이를 표현할 수 있는 단어로는 양아치, 그리고 쌍년 기질을 가지고 있는 미친년이었다. / 김수정 23년 차, 한신영입니다.

정 신 차 린 척

민현기   네, 이렇게 고등학생이 된 수정이는 친구를 따라 뮤지컬 서클 오디션을 보러 갔다가 친구 대신 합격을 합니다. 우연히 무대에 오른 수정이는 많은 사람한테 박수를 받고 칭찬을 받으면서 가슴이 뛰기 시작했습니다.

박미르 (수정을 연기하며) "나는 뮤지컬 배우가 될 거야!"

민현기 부모님한테 폭탄 선언을 하는 수정이!

강주희 (엄마를 연기하며) "수정아!"

고용선 인터넷에서 연극영화과를 검색하던 수정이는 한국예술종합학교라는 곳이 예술계의 서울대라는 것을 알게 됩니다.

박미르 (수정을 연기하며) "어쩌면 실망한 부모님께 다시 인정받을 기회가 아닐까?"

강주희 (수정을 연기하며) "한예종에 들어가서 자랑스러운 장녀가 되자!"

김보경 (수정을 연기하며) "세계 최고의……"

여성 배우들 (수정을 연기하며) "배우가 될 거야!"

민현기 수정이는 다시 공부를 시작해야 했습니다. 친구들과 멀어지기로 결심했습니다. 지금까지 제대로 놀기 위해 최선을 다해 노력했던 결과, 수정이는 학교 수업 내용을 하나도 못 알아먹었습니다.

영상) 컷 편집이 된 김수정의 고등학교 선생님들의 인터뷰

• 강용학 선생님(김수정의 고3 담임)

김수정 연출가의 고3 담임을 맡았던 용화여고 윤리 교사 강용학이라고 합니다. / 항상 얼굴이 책상에 붙어 있어 때로는 입에서 침이 조금 나올 때도 있었고 / 김수정의 21년 차 인생 선배 강용학입니다.

• 이순임 선생님(김수정의 뮤지컬 동아리 '소래어리' 담당)

민현기　　학교에서 잠만 자던 수정이는, 밤엔 독서실에서 중학교 1학년 과정부터 독학을 시작했습니다. 학교, 연기학원, 독서실, 학교, 연기학원, 독서실! 수정이는 열심히 성실하게 연기 입시를 준비했습니다.

고용선　　드디어 한예종 입시! 잔뜩 긴장한 수정이는 시험 시간에 움직임 특기를 하는데 교수님이 이렇게 말씀하셨습니다.

김보경　　(교수님을 연기하며) "얘, 너 허리가 왜 그렇게 뻣뻣하니? 허리 구부려서 오면 붙여줄게."

고용선　　한예종 낙방! 당시에 수정이는 몰랐습니다. 본인이 강직성 척추염이라는 병을 갖고 있고, 점점 척추가 굳어가고 있다는 것을. 그리고 그 뒤로 입시를 본 모든 학교에서도 낙방!

민현기　　수정이는 쪽팔렸습니다. 그래도 괜찮은 척, 쿨한 척했습니다.

박미르　　(수정을 연기하며) "괜찮아. 나 연극, 그딴 거 안 해도 되거든."

고용선　　부모님의 눈을 쳐다볼 수 없었습니다.

김보경, 이강호가 나온다.

김보경   네, 어린 시절 김수정은 자랑스러운 장녀로 인정
받기 위해 모범생인 척, 친구 많은 척, 잘나가는
척 연극을 했습니다.

이강호   이 사회에서 실격당하지 않기 위해 안간힘 쓰면
서 뭐든지 열심히 성실하게 했던 수정이의 어린
시절은, 이렇게 모든 걸 실격당하면서 끝이 났습
니다.

김보경   그래도 김수정은 괜찮은 척 연극을 했는데요.

이강호   와우, 김수정은 정말 떡잎부터 다른 연극 신동이
아니었나 생각합니다. 다음입니다.

전환.

3
이십대 수정

박미르   네, 떡잎부터 다른 연극 신동 김수정! 김수정은 이십대 시절, 실격당하지 않기 위해 어떤 연극을 해왔을까요?

이강호   (2002년 당시의 사람을 연기하며) "대한민국!"

배우들   (2002년 당시의 사람을 연기하며) "대한민국!"

박미르   2002년! 대한민국 전체가 월드컵으로 미쳐 있었고, 수정이도 재수 없는 스무 살을 맞아 미쳐 있었습니다. 사람들의 응원 소리는 수정이를 비웃는 듯했습니다.

민현기   (2002년 당시의 사람을 연기하며) "골입니다!"

배우들   (2002년 당시의 사람을 연기하며) "골!"

박미르   이런 상황이 싫어 다시 비행이라는 비행은 모조리 시도한 수정이! (사진이 나오면) 그러던 어느 날, 여동생으로부터 이런 말을 듣게 됩니다.

강주희   (동생을 연기하며) "언니, 쪽팔려. 내가 언니처럼 됐으면 좋겠어? 언니면 언니답게 행동해."

박미르   수정이는 언니로서의 자격마저 실격당하는 느낌이었습니다. 그래서 다시 입시를 시작합니다. 재수생 수정이의 목표는 허리 구부리기. 3개월간 하루 열두 시간씩 무용학원에서 입시를 준비했습니다. 드디어 두 번째 한예종 입시! 교수님은,

김보경　(교수님을 연기하며) "어머, 얘 허리 굽혀 왔네."

박미르　드디어 한예종 합격! 하지만 동시에 수정이는 디스크로 인한 하반신 마비 가능성 판정을 받게 됩니다. 고개를 움직일 수도 없던 수정이는 악착같이 재활치료에 들어갑니다. 그 결과 수정이는 기적처럼 디스크를 회복하게 되지만 그제야 본인이 강직성 척추염을 갖고 있다는 것을 확인합니다. 어쨌든 꿈에 그리던 한국예술종합학교 연극원 연기과에 입학하게 된 김수정. 수정이는 이제부터는 능력 있는 사회인으로 성공해서 다시는 이 사회에서 실격당하지 않겠다고 결심합니다.

예술가인 척, 사랑하지 않는 척

강주희　대학에 갓 입학한 새내기들은 술집과 나이트를 다니며 음주가무를 시작하죠?

배우들　(새내기를 연기하며) "술이 들어간다, 쭉쭉쭉쭉쭉, 쭉쭉쭉쭉쭉."

강주희　하지만 놀 만큼 놀고 세상의 고난을 겪은 뒤 대학생이 된 수정이는 오직 연기 공부에만 집중합니다.

박미르　(수정을 연기하며) "로미오, 왜 당신의 이름은 로미

오인가요."

고용선 (박수를 치며) 브라보!

김수정 잠깐만 끊겠습니다. 죄송합니다. 지금 우리끼리만 가고 있어요. 관객분들이 같이 호흡할 수가 없거든요? 주고받기를 하고 듣고 반응하기를 하셔야 되잖아요. 관객분들을 함께 모시고 가야지 리액션도 같이 나오지 않을까요?

배우들 네, 알겠습니다.

박미르 듣고 반응하기 하겠습니다.

김수정 감사합니다, 여러분. 그, 연기하는 부분부터 다시 가볼 건데요. 저는 줄리엣을 그렇게 연기하지 않았어요.

박미르 어떻게 해볼까요?

김수정 로미오가 절 지켜보고 있잖아요? 그러면 '내가 너를 너무 좋아하고 있다, 빨리 나에게 고백해라'라는 초목적을 가지고.

박미르 초목적? 오케이.

김수정 그럼 다시 시작하겠습니다. 연기부터.

배우들, 상태를 점검하고 다시 시작한다.

박미르 (수정을 연기하며) "로미오, 왜 당신의 이름은 로미오인가요."

고용선 (박수를 치며) 브라보! 그리고 이때 학교에서, 김수정 연극 인생에 큰 영향을 준 첫 번째 스승님들! 극작가 윤영선, 연출가 이상우 선생님을 만나게

됩니다. 선생님들은,

배우들　(선생님들을 연기하며) "수정아. 너 연기 잘해." (메아리처럼) "잘해."

강주희　어릴 때부터 선생님들의 칭찬이라면 사족을 못 쓰던 수정이는 다시금 하늘을 날기 시작했습니다. 연기를 위해 친구와 가족을 만나는 시간도 없앴습니다. 심지어 모두가 선망하는 젊은연극제의 주인공을 맡았을 때는 이런 일도 있었습니다. 공연이 끝나고 한 달 후, 갑자기 하혈을 시작한 수정이. 이상한 냄새? 그래서 찾아간 병원! 알고 보니까 첫 공연 날 사용한 삽입형 생리대 템포가 한 달 내내 수정이의 질 안에 있었던 것입니다. 몸속에서 생리대가 썩어가고 있는 동안에도 오직 연기만을 생각한 김수정! 수정이는 혼자 술을 먹으며 하늘과 잔디, 나무와 예술에 대해 이야기를 나누는 것을 좋아했습니다.

김보경　(수정을 연기하며) "예술이 뭐라고 생각해? 야, 너 나 무시하냐?"

강주희　이렇게 예술가다운 면모를 뽐낸 덕분인지 수정이는 다른 학생들보다 빨리 기회를 얻어 학교에 다니면서 현장 활동을 시작했습니다. 기회만 주어지면 최선을 다했습니다. (사진이 나오면) 교통사고도 막을 수 없는 수정이의 연기 열정! 그런데 학교에는 이런 소문이 돌았습니다.

박미르　(주변 사람을 연기하며) "김수정, 교수랑 잤대."

김보경　(주변 사람을 연기하며) "연출이랑 잤대."

민현기   (주변 사람을 연기하며) "걸레래."

이강호   (주변 사람을 연기하며) "그래서 공연 많이 한대."

강주희   수정이는 억울하고 화가 났지만 참았습니다. 유
           명하고 능력 있는 배우로 성공해서 다시는 이 사
           회에서 실격당하고 싶지 않았습니다.

김보경   여배우 수정이는 스트레스를 받으면 폭식하고
           토하기를 반복하며 체중을 관리했습니다.

강주희   여배우 수정이는 식욕을 없애기 위해 식욕억제제
           를 복용했습니다.

박미르   여배우 수정이는 피부 관리를 위해 10년간 스테
           로이드제를 복용했습니다.

강주희   그러나 연기란 녀석은 호락호락하지 않았습니다.
           수정이는 고난의 이십대를 일기를 쓰며 버텨냈는
           데요.

김보경   (영상에서 일기장이 나오면 읽으며) '전 정말 재능이
           없어요.'

강주희   (읽으며) '죄송해요.'

박미르   (읽으며) '나는 쓰레기다!'

강주희   공부와 달리 연기는 시간을 들이는 것만큼 나아
           지지 않았습니다. 수정이는 더 잘하고 싶은데 방
           법을 몰랐습니다. 결국 예술과 본인의 재능에 대
           해 자책하던 수정이는 이십대에 총 다섯 번의 자
           살을 시도합니다.

배우들   물에 뛰어들고! 차에 뛰어들고! 건물에서 뛰어내
           리고! 칼로 손목을 긋고! 수면제를 먹고!

강주희   그러나 비련의 여배우로 길이길이 기억되고 싶던

수정이의 자살 시도는 모두 실패했습니다.

박미르　(일기장이 나오면 읽으며) '돈 벌어 먹고살기 정말 힘
　　　　들다. 우리 부모님도 이렇게 돈 벌었나? 치욕이
　　　　다.' 학교에 다니며 학비를 벌어야 했던 수정이는
　　　　학교와 공연을 병행하느라 시간을 맞출 수 있는
　　　　알바가 거의 없었습니다. 결국 주말에만 일을 해
　　　　서 고소득을 올릴 수 있는 알바를 선택했는데요,
　　　　뭐였을까요? 바로 댄스팀 소속의 오픈 행사 전문
　　　　내레이터 모델!

행사 음악이 나온다.

박미르　(내레이터 모델을 연기하며) "안녕하십니까, 관객 여
　　　　러분!"

강주희　(내레이터 모델을 연기하며) "여러분의 소중한 시간
　　　　을 책임지겠습니다!"

박미르　"이 알바의 장점은 일정 조율이 가능하다는 점"

강주희　"하루 종일 춤을 춰서 건강해진다는 점"

박미르　"일당이 높다는 점이었습니다. 이 알바의 단점은
　　　　비가 오나 눈이 오나 노출이 심한 옷을 입고 길
　　　　에서 춤을 춰야 한다는 점"

강주희　"취객들이 건들 수 있다는 점"

박미르　"행사를 하다 아는 사람을 만나면 민망할 수 있
　　　　다는 점이었습니다."

박/강　"감사합니다."

박미르　여러분, 대학로의 첫 번째 쌀국숫집은 수정이가

오픈해줬다고 합니다. 이렇게 번 돈 덕분에 수정이는 한국예술종합학교를 다닐 수 있었습니다. 당시에 이 사회에서 실격당하지 않고 예술을 하기 위해 수정이에게 필요했던 건 돈이었습니다.

김보경   (엄마를 연기하며) "수정아, 엄마가 몇 번을 말하니. 네가 하고 싶은 거 하는 건 좋은데, 그래도 좋은 남자 만나서 시집가야지."

강주희   좋은 남자, 좋은 남자는 누구일까요? 수정이는 어떤 남자가 좋은 남자인지 찾기 위해 수많은 연애를 했습니다. 연애할 시간이 있었냐고요? 잠을 줄였습니다. 시간적, 경제적 여유가 없던 수정이는 자신보다 나이 많고, 돈 많고, 직업도 좋은 사람들을 선호했습니다. 수정이에게 연애는 사랑이 아니라 팍팍한 현실로부터의 도피처이자 현모양처로서 안정적인 삶을 꿈꿀 수 있는 신분 상승의 기회였습니다. 그러나 남자친구들과 늘 부딪혔던 문제는!

남성 배우들   (남자친구들을 연기하며) "연극이야, 나야?" (사이) "연극이야, 나야?"

강주희   (수정을 연기하며) "연극!"

남성 배우들   (남자친구들을 연기하며) "이런, 젠장!"

박미르   물론 수정이는 사랑을 한 적도 있습니다. 그러나 능력 있는 사회인이 되어 실격당하지 않기 위해서는 예술가인 척, 사랑하지 않는 척해야 했습니다.

김보경   (수정을 연기하며) "세계 최고의……"

여성 배우들   (수정을 연기하며) "배우가 될 거야!"

김보경	(자리에서 일어나며) 김수정은 여성이며, 연극을 사랑하는 배우였습니다.
이강호	김수정은 현장에서 함께 작업을 할 수 있는 새로운 울타리, 좋은 팀에 들어가고 싶었습니다.
고용선	김수정은 배우로 성공하기 위해선 인맥이 중요하다고 배웠습니다.
민현기	김수정은 인맥을 쌓기 위해선 술자리에 나가야 한다고 배웠습니다.
강주희	김수정은 대학로의 몇몇 술집들, 특히 그곳들의 화장실을 매우 싫어합니다.
박미르	김수정은 거절하기 무서웠고 (사이) 연극계 선배들에 의해 성폭력 피해당사자가 됐습니다.
강주희	김수정은 누구한테 어떻게 말해야 될지 몰랐습니다. 한두 명이 아니었고 너무 빈번하게 일상처럼 일어나는 일이었기 때문입니다.
김보경	김수정은 회식 자리마다 일부러 벗기기 힘든 꽉 끼는 청바지를 입고 나갔습니다.
남호성	김수정은 회식이 끝날 때까지 남아서 선배들의 택시를 잡아드려야 했습니다.
고용선	김수정은 남자 선배들이 같이 타고 가자며 손목을 끌어당기는 것을 수차례 거절했습니다.
강주희	김수정은 여자 선배들에게 "너 몸 팔아서 캐스팅된 거 아니야?"라는 말을 들었습니다.
김보경	김수정은 여자 선배들에게 도움을 요청했습니다.

박미르   김수정은 "걔 너한테도 그랬니? 원래 그래. 네가
          참아"라는 말을 들었습니다.

남호성   김수정은 영화로 넘어가 영화배우로 살아남고
          싶었습니다.

김보경   김수정은 성형수술을 요구받았습니다.

강주희   김수정은 성 접대를 요구받았습니다.

고용선   김수정은 네팔, 히말라야산맥으로 도망쳤습니다.
          김수정의 첫 해외여행이었습니다.

이강호   김수정은 귀국길에 경유한 따뜻한 태국 바다에
          반해서, 이후 힘들 때면 늘 태국의 바다를 찾아갑
          니다.

김보경   김수정은 그래도 공연을 계속하고 싶었고, 쉽게
          건드릴 수 없는 사람이 되고 싶었습니다.

민현기   김수정은 그래서 석사과정으로 한국예술종합학
          교 무용원 창작과에 들어갑니다.

박미르   김수정은 무용하는 몸이라고 더 탄력 있을 것 같
          다며 자신의 몸을 만지던 그 수많은 손길을 잊지
          못합니다.

이강호   김수정은 혹시 자신에게 문제가 있는 것이 아닐
          까 자학을 하기도 했습니다.

강주희   김수정은 가족들을 생각하며 참고 버티면서 괜
          찮은 척했습니다.

김보경   김수정은 무대 위에서 연기를 하다 문득 "이 공연
          이 끝나고 저 선배들이 날 또 만지겠지? 토할 것
          같다. 나 지금 뭐 하고 있지? 연기는 안 해?" 생각
          했습니다. 자신이 한심했습니다.

박미르	김수정은 배우를 그만두기로 했습니다. 이런 걸 꿈꾼 게 아니었습니다.
강주희	김수정은 연극을 그만두기로 했습니다.
배우들	이런 걸 꿈꾼 게 정말 아니었습니다.

긴 사이

김수정의 사진과 함께 리듬감 있는 음악이 흘러나온다. 박미르는 김수정에게 다가가 자리에서 일어나게 하고 당황한 김수정은 자리를 내어준다. 박미르는 김수정의 자리에 앉고 김수정은 바닥에 쪼그려 앉는다.

박미르	(무대 한쪽에 누워서) 네, 꿈과 일상은 하나다! 저는 누워 있는 게 일상이고, 누워서 연기하는 게 꿈이었습니다. 여러분은 지금 박미르의 꿈과 일상이 하나가 된 장면을 보고 계십니다. 저의 꿈과 일상이 하나가 된 순간을 축하해주시겠습니까? (관객들이 박수를 치면) 그런데 꿈을 위해서는 하기 싫은 것도 견뎌야만 합니다. 예를 들어 저는 무대에 서는 것은 좋아하지만 대본을 외우는 과정은 싫어합니다. 누군가는 내 집 마련을 위해 거지 같은 회사에 매일 출근합니다. 결국 이런 하루하루가 내 꿈을 이뤄냅니다. 그래서 꿈과 일상은 하나입니다. (사이) 김수정은 실격당하지 않고 배우라는 꿈을 이루기 위해 열심히 성실하게 노력하다 수많은 성폭력을 경험했죠. 성폭력은 성희롱, 성추행, 성폭행을 모두 내포한 의미입니다. 이것은 김수정의 일상이었습니다. 그 모임에 안 가면 되

지 않았냐고요? 제가 아까 말씀드렸잖아요. 꿈과 일상은 하나라고. 일상이 바뀌면, 꿈도 바뀝니다. 이게 김수정이 배우였기 때문에 겪은 일일까요? 아닙니다. (영상에서 자료가 나오면) 의사, 종교인, 교수, 언론인, 변호사, 어딜 가나 그렇습니다. 그러니까 이건 김수정의 특별한 일상이 아니라 보통 사람들의 일상이라는 것이죠. (자료가 나오면) 6만 명! 올림픽주경기장을 가득 채울 인원입니다. (자료가 나오면) 성폭력 범죄 접수 및 처리 현황입니다. 접수 6만 172건! 신고가 되어야만 접수가 되니, 김수정의 경험은 저 집계에 포함되지도 않았습니다. 혹시 여기서 성폭력을 경험하신 분이 계신가요? 있어도 이상하지 않습니다. 저도 아는 선배로부터 성폭력을 경험했습니다. (자료가 나오면) 아직도 전 세계에서 성폭력이 일어나고 있습니다. 지구가 성폭력으로 가득 차 있습니다. 이게 일상이 아니면 뭐가 일상인가요? (영상에서 그림이 나오면) 그리스·로마신화, 제우스는 헤라를 포함해 수많은 여성을 강간했습니다. (그림이 나오면) 1877년에 그려진 '바시바족의 불가리아 여성 집단 강간'이라는 그림입니다. 전쟁 중의 강간을 처벌하기 시작한 것은 백년전쟁 이후부터였습니다. 백년전쟁은 1337년에 시작됐습니다. 그러니까 그 이전부터 엄청나게 강간했다는 거죠. (자료가 나오면) 그냥 인류의 역사는 성폭력의 역사, 강간의 역사입니다. (자료가 나오면) 성폭력은 어쩌면 지구의 메커니즘이라는 생각이 들었습니다. 지구가 태양을 돈다는 사실처럼 당연한 순리 같은 것 아닐까요? 인류의 역사를 받아들이고 인간다운 삶을 살고 있는 건 어쩌면 성폭력을 저지른 사람들일지도 모릅니다. 김수정은 그 일상에서 벗어나기 위해 자신의 꿈을 폭파했습니다. 꿈과 함께 자신이 살던 일상도 폭파됐습니다. 그때 그 선배들은 안타깝게도 아직도 잘 살고 있습니다. 성폭력은 지구의 메커니즘이니까 못 살아야 할 이유는 없는 거겠죠. 그래도 저는 그 사람들이 불행하게 죽어버리면 좋겠습니다. 저와 같은, 김수정과 같은 일상을 경험한 사람들에게, 유감스럽지만 이렇게 말하고 싶습니다. 여러분이 인간다운 삶을 포기하고 꼭 실격당하시길 바랍니다. 그럼 저는 이만 일어나겠습니다.

방황기 2

고용선 (음악이 나오면) 김수정의 '그것이 알고 싶다!'. 우리 제작진은 뜻밖의 제보를 듣게 됩니다. 김수정의 이십대에는 '경제 호황기'가 존재했다? 지난 20년간 연극을 해온 김수정에게 어떻게 '경제 호황기'가 있었을까요? (영상에서 사진이 나오면) 2009년 김수정의 다이어리입니다. 빼곡하게 적혀 있는 그녀의 스케줄러에는 '안무, 촬영, 출근'이 반복해서 적혀 있습니다. '안무, 촬영, 출근?'

제작진은 본격적으로 취재를 시작했고 제보자를 만날 수 있었습니다.

남호성 (기자를 연기하며) "저기, 김수정의 다이어리에 적혀 있는 '촬영'은 뭘까요?"

강주희 (목소리가 변조된 인터뷰 대상자를 연기하며) "수정 언니가 몸이 예뻤잖아요. 피팅 모델을 했었거든요. 언니가 안무가로 일하면서 돈도 되게 많이 벌었는데……."

남호성 (기자를 연기하며) "그럼 '출근'은 뭔가요?"

강주희 (목소리가 변조된 인터뷰 대상자를 연기하며) "아, 그건 제가 말하기는 좀 그렇고……."

고용선 우리는 김수정이 안무가와 피팅 모델을 동시에 하며 돈을 모으고 있었다는 것을 확인할 수 있었습니다. 그렇다면 '출근'은 무엇일까요? 제작진은 어렵게 입수한 2009년 다이어리에서 충격적인 글귀 하나를 발견하게 됩니다. (사진이 나오면) '유흥계의 대부로 거듭나자!' 다이어리에는 매일매일 입은 옷들이 빼곡하게 적혀 있었습니다. 빨간 치마, 검은색 티, 살색 스타킹, 구두. 다음 날은 하이웨이스트 검은 치마, 빨간 티, 검정 스타킹, 부츠! 김수정은 같은 옷을 입고 출근하지 않기 위해 매일 기록한 것으로 보입니다. 저희 제작진은 김수정의 룸메이트의 도움을 받아 그녀의 옷방을 조사할 수 있었는데요. 현재, 매일 추리닝만 입고 다니는 그녀의 옷방엔 놀랍게도 (사진이 나오면) 이런 옷들이 보관되어 있었습니다. 과연 그녀에겐 무슨 일이 있었던 걸까요? 제작진은 김수정의 지인들을 만나보았습니다.

남호성　(기자를 연기하며) "김수정이 과거 유흥계에 종사했다는데 사실인가요?"

김보경　(목소리가 변조된 인터뷰 대상자를 연기하며) "네, 수정이는 학동역 사거리 고급 테이블 바에서 몇 달 일했다고 알고 있어요, 월에 천 이상을 버니까."

남호성　"천 이상이요?"

김보경　"그때 열심히 성실하게 일해서 1년 만에 1억 가까이 모은 걸로 알고 있는데……."

남호성　"1억이요? 김수정이 바에서 일하면서 돈을 번 계기가 있나요?"

박미르　"수정이는 유학 가고 싶어 했어요. 한국이 지긋지긋하다고."

남호성　"그럼 유학을 다녀왔나요?"

박미르　"못 갔어요. 집안 사정이 생겨서."

남호성　"아, 안타깝네요. 유학 가는 게 꿈이었을 텐데."

박미르　"네? 수정이는 현모양처가 꿈이었는데요?"

고용선　우리는 불편한 질문을 하지 않을 수 없었습니다. 강남의 유흥계 대부가 되겠다던 김수정, 현모양처가 되고 싶었다던 김수정. 대체 무엇이 진실일까요? 세계 최고의 배우가 되고 싶었지만 가혹한 현실에 떠밀려 어둠의 세계에 빠졌던 김수정, 누구나 바라는 돈 많은 삶을 살 수 있었던 김수정은 과연, 어떻게 연극계로 돌아올 수 있었을까요?

강주희   김수정은 돈을 벌면 벌수록 오히려 사회에서 실격당하는 느낌이 들었다고 합니다. 비겁하게 연극계에서 도망친 기분이랄까? 강직성 척추염 때문에 무용수는 될 수 없었지만 연기와 무용을 전공한 수정이에게는 연극 안무 제의가 많이 들어왔고, 수정이는 고민합니다. 생각해보니 억울했습니다. (수정을 연기하며) "연극은 내가 제일 좋아하는 건데, 왜 내가 도망을 가지?" 결국 생계를 핑계로 연극계로 다시 돌아갑니다. 그러나 상황은 크게 다르지 않았습니다. 사람들한테 수정이는 여배우 출신의 어린 안무 선생님이었기 때문입니다. 그래서 수정이가 살아남기 위해서 찾아낸 방법은 센 척, 강한 척, 까칠한 척하기였습니다. 물론 가시 같은 수정이가 좋다고 발정 나서 달려드는 미친놈들도 있었지만, 그전보다는 수정이를 함부로 대하는 사람이 많지 않았습니다. 그렇게 수정이는 까칠한 안무가인 척하며 연극계에서 살아남을 수 있었습니다.

김보경과 이강호, 나온다.

김보경   네, 이 사회에서 실격당하고 싶지 않아 뭐든지 열심히 성실하게 했던 이십대의 김수정은 능력 있는 사회인이 되기 위해 예술가인 척, 사랑하지 않

는 척, 성폭력을 당해도 괜찮은 척 연극을 했지
만!

이강호   배우를 그만두며 스스로를 실격시키면서 끝이
나는가 싶더니, 무사히 살아남았습니다.

김보경   센 척하는 안무가로 다시 연극을 하면서요.

이강호   역시 김수정은 대한민국 연극계가 주목할 귀재가
아니었나 싶습니다. 다음입니다.

전환.

4
삼십대 수정

남호성　자, 그렇다면 대한민국 연극계가 주목할 귀재 김수정은 삼십대 시절, 실격당하지 않기 위해 어떤 연극을 해왔을까요? 김수정은 안무가로 활동하며 우연한 기회에 무용극 연출로 데뷔하게 됩니다. 내친김에 연극 연출까지 제대로 배워보고 싶어진 김수정. 세 번째 입시를 시도하는데, 정말 운 좋게도 한예종 연극원 연출과에 합격하게 됩니다. 김수정은 자신이 연출로서 살아남을 수 있을지 확신이 없었습니다. 그래서 실격당하지 않기 위해 살아온 김수정은 이 사회에서 실격당할 작정을 하고 마음대로 공연을 올리기로 합니다. 누구한테 잘 보이지 않아도 되는 작품, 내가 하고 싶은 이야기를 내 방식대로 하는 작품! 그렇게 〈나무빼밀리로망스〉〈안전가족〉〈인간동물원초〉를 무대에 올립니다. 얼마 후 김수정은 연극계의 유서 깊은 연극실험실 혜화동1번지의 6기동인으로 추천받아, 현장에서도 연출가로 활동할 수 있게

되었는데요, 아마도 연출을 제대로 해보라는 신
의 계시가 아니었을까요?

김수정　　잠깐, 죄송합니다. 호성 님께서 너무 급하게 말씀
을 하고 계셔서 정보가 관객분들한테 안 오고 있
거든요?

남호성　　네.

김수정　　한 줄씩 천천히 관객분들에게 정보를 전달해주
시면 어떨까요? 죄송합니다. 다시 한 번 갈게요.
어디서부터 가냐면…… 연출가 동인제?

남호성　　네, 알겠습니다.

남호성, 긴장감을 갖고 다시 시작한다.

남호성　　얼마 후 김수정은 연극계의 유서 깊은 연극실험
실 혜화동1번지의 6기동인으로 추천받아, 현장
에서도 연출가로 활동할 수 있게 되었는데요, 아
마도 연출을 제대로 해보라는 신의 계시가 아니
었을까요? 혜화동1번지 동인제는 추천받은 신
진 연출가들이 모여 연극실험실 혜화동1번지라
는 소극장을 운영하고, 1년에 두세 편의 신작을
제작하는 연출가 집단이었기 때문입니다. 그런데
동인으로 활동하기 위해서는 연출마다 극단이 필
요했고, 김수정은 어떤 극단을 만들지 고민합니
다. 선배들한테 밀려 공연의 기회가 많이 없던 젊
은 창작자들을 주축으로, 눈치 안 보고 원 없이
공연할 수 있는 극단! 이 시대가 불편해서 외면하

는 이야기를 무대 위에 마음껏 올릴 수 있는 극
단! 김수정은 2015년, 극단 신세계를 창단합니다.

극단 신세계의 달리기

김보경　　자, 그럼 지금부터는 극단 신세계의 부대표 김보
경과,

이강호　　극단 신세계의 부대표 이강호가 진행하겠습니다.

김보경　　김수정은 극단을 시작할 때부터 이렇게 말해왔
고, 아직도 이렇게 말합니다.

이강호　　(수정을 연기하며) "지금 우리한테 주어진 기회에
감사하자. 초심 잃지 말고, 변하지 말자."

김보경　　(수정을 연기하며) "제대로, 끝까지, 포기하지 말
고!"

이강호　　한 번의 공연 기회가 너무나 소중했던 그때부터
지금까지, 김수정은 열심히 성실하게.

김보경　　모든 공연이 마지막인 것처럼 최선을 다해 공연
을 해왔습니다. (구령을 외치며) 어이!

배우들　　(구령을 외치며 무대로 나와) 어이!

김보경과 이강호, 줄을 잡고 돌린다. 배우들은 줄을 넘을 준비를 한다.

김/이　　준비, 시작! (음악이 나오면) 2015!

배우들　　(줄을 넘으며) 〈인간동물원초〉 〈그러므로 포르노〉
〈인간동물원초〉 〈두근두근 내 사랑〉!

김/이　　2016!

배우들 (줄을 넘으며) 〈멋진 신세계〉 〈그러므로 포르노〉 〈사
        랑하는 대한민국〉 〈보지체크〉 〈파란나라〉!

김/이 2017!

배우들 (줄을 넘으며) 〈망각댄스 성수대교〉 〈안산순례길〉
        〈말 잘 듣는 사람들〉 〈망각댄스 대구지하철〉 〈망
        각댄스 삼풍백화점〉 〈망각댄스 화성 씨랜드 청소
        년 수련원〉 〈1111〉 〈망각댄스 가습기 살균제〉 〈
        파란나라〉 〈망각댄스 대한민국 참사 투어〉!

줄에 걸려 넘어지는 배우들.

민현기 우리 좀 쉬엄쉬엄하자.

김보경 (수정을 연기하며) "자, 제대로, 끝까지, 포기하지 말
        고!"

배우들, 일어난다.

김/이 준비, 시작! 2018!

배우들 (줄을 넘으며) 〈광인일기〉 〈파란나라〉 〈공주들〉 〈광
        인일기〉 〈산울림〉 〈망각댄스 세월호편〉!

김/이 2019!

배우들 (줄을 넘으며) 〈공주들〉 〈단호한 결심〉 〈광인일기〉
        〈이갈리아의 딸들〉 〈망각댄스 서울망각투어버스〉!

김/이 2020!

배우들 (줄을 넘으며) 〈공주들2020〉 〈망각댄스 4.16편 박
        제〉 〈공주들2020 앙코르〉 〈생활풍경〉 〈나는 광

인입니다〉 〈사랑의 오로라〉!

김/이 2021!

배우들 (줄을 넘으며) 〈생활풍경〉 〈별들의 전쟁〉 〈망각댄
스 4.16편 기억〉!

줄에 걸려 넘어지는 배우들.

김/이 (수정을 연기하며) "자, 여러분! 초심 잃지 맙시다.
마지막으로 하나만 더 뛸게요! 준비, 시작!"

배우들 (일어나 줄을 넘으며) 〈김수정입니다〉!

배우들, 다시 바닥에 쓰러졌다 일어난다.

배우들 제대로, 끝까지, 포기하지 말고!

김보경 김수정과 극단 신세계는 열심히 성실하게 최선을
다해 달려왔습니다.

이강호 2015년부터 2021년까지 약 7년간, 50여 편의 크
고 작은 작품들을 만들어왔습니다.

김보경 김수정은 본인이 겪은 폭력들을 누구도 겪지 않
길 원했습니다.

이강호 그래서 극단 신세계를 건강하고 안전한 울타리
로 만들기 위해 많은 시스템을 구축했습니다.

극단 신세계 운영 시스템

김보경 이렇게 만들어진 극단 신세계!

이강호	극단 신세계의 운영 시스템을 바로 오늘, 여러분에게 공개합니다.

이강호 극단 신세계의 운영 시스템을 바로 오늘, 여러분에게 공개합니다.

김보경 (음악이 나오며 영상에서 PPT 자료가 나오면) 하나, 극단 신세계는 서로의 손을 잡고 일합니다. 극단 신세계의 조직도입니다. 극단 신세계는 '극단은 직장이다'라는 모토로 운영합니다. 단원 간 가족 같은 관계를 강요하지 않고, 창작 과정 중 불편한 상황을 만들지 않기 위한 방편입니다.

이강호 모든 단원은 단원의 역할과 창작자의 역할, 이렇게 두 가지 역할을 하게 되는데요. 단원들의 업무 분담표입니다. 운영사업팀, 시설관리팀, 홍보마케팅팀, 기록관리팀, 복지지원팀으로 이루어져 있습니다. 심지어 생일 파티 담당자까지 있습니다.

김보경 둘, 극단 신세계는 지속 가능한 미래를 만듭니다. 공연만으로는 생계를 유지하기 어려운 단원들을 위해 예술 강사로 활동할 기회를 제공합니다.

이강호 공연하는 사람들은 아침에 못 일어난다? NO! 극단 신세계 단원들은 오전에는 교육 활동을, 오후와 저녁에는 공연 작업을 하며 예술의 가치를 확장시킵니다.

김보경 셋, 극단 신세계는 함께 만들고 함께 나눕니다. 수평적인 창작 환경을 위해 포지션의 경계를 허문 공동창작 방식으로 운영됩니다. 공연에 대한 페이 역시 N분의 1! 함께 나눕니다.

이강호 넷, 극단 신세계는 사람이 먼저입니다. 극단 내부에는 성·위계폭력 지침서와 안전사고 대처 가이

김보경   드가 있는데요, 매 공연 함께 읽고 그 내용을 업데이트합니다.

김보경   또한 작업 과정 중 단원들이 느끼는 불편함과 고충을 해결해주는 고충상담원들이 있습니다.

이강호   극단 신세계는 바로 이렇게 운영됩니다.

김보경   하지만 이것이 다가 아닙니다. 더 중요한 것이 있습니다.

김/이   그건 바로, 여러분! 극단 신세계의 공연은 관객분들과 함께 완성됩니다.

이강호   그리고 그 결과!

영상) 극단 신세계 수상 내역

2015

제36회 서울연극제 미래야 솟아라 '연출상' 수상 〈인간동물원초〉

2017

제38회 서울연극제 관객평가단 '인기상' 수상 〈말 잘 듣는 사람들〉

제38회 서울연극제 '신인연기상' 수상 〈말 잘 듣는 사람들〉

제54회 동아연극상 '새개념연극상' 수상 〈파란나라〉

2017 월간한국연극 '베스트 7' 선정 〈파란나라〉

2019

제40회 서울연극제 '신인연기상' 수상 〈공주(孔主)들〉

제40회 서울연극제 '우수상(종로구청장상)' 수상 〈공주(孔主)들〉

제40회 서울연극제 관객평가단 '인기상' 수상 〈공주(孔主)들〉

2021

제42회 서울연극제 '신인연기상' 수상 〈생활풍경〉

제42회 서울연극제 '연출상' 수상 〈생활풍경〉

제42회 서울연극제 '대상(서울시장상)' 수상 〈생활풍경〉

제8회 이데일리 문화대상 연극 부문 '최우수상' 수상 〈생활풍경〉

2021 월간한국연극 '베스트 7' 선정 〈생활풍경〉

2021 한국연극평론가협회 '올해의 연극 베스트 3' 선정 〈생활풍경〉

이강호　　　시도가 경험이 되고, 경험이 결과를 낳는, 극단 신
　　　　　　　세계.

김보경　　　두산아트센터 아티스트 김수정과 극단 신세계는
김/이　　　신세계그룹의 후원을 기다립니다. 신세계 is
　　　　　　　possible.

이강호　　　그럼 이쯤에서 DAC Artist, 김수정을 모셔볼까
　　　　　　　요?

김보경　　　뜨거운 박수 부탁드립니다!

연극과 김수정

배우들이 모두 일어나서 박수를 친다. 웅장한 음악이 나오면 김수정은 무
대로 올라간다.

김보경　　　이 사회에서 실격당하지 않기 위해 평생 척하는
　　　　　　　연극을 하며 살아온 김수정은, 삽십대가 되어서
　　　　　　　야 드디어! 실격당할 걱정 없는 안전한 극단 신세
　　　　　　　계를 만들어 '진짜 연극'을 할 수 있게 됐습니다.

이강호가 뮤지컬 〈지킬 앤드 하이드〉 넘버 '지금 이 순간'을 부르기 시작한다. 배우들이 김수정에게 면사포를 씌워주고 부케를 건넨다. 노래가 끝나면 '결혼행진곡' 음악이 나온다.

고용선　　이제 김수정과 연극은 어떠한 난관이 와도 평생을 함께할 동반자가 되기 위해 이 자리에 섰습니다. 큰 박수 부탁드립니다. 김수정, 입장!

김수정이 행진을 하자, 배우들은 김수정에게 꽃가루를 뿌리며 환호한다.

고용선　　(행진을 마치면) 김수정! 연극과 함께 실격당하지 않을 수 있는 세상을 맞이하신 것 진심으로 축하드립니다. 그럼 김수정의 혼인서약서 낭독!

김수정, 준비해 온 종이를 펼쳐 읽는다.

김수정　　공연 연출로 연극하며 살고 있는 김수정의 토할 것 같은 자기반성! 여러분 덕분에 저를 마주하고 보니, 저는 어린 시절부터 실격당하지 않기 위해 모범적인 척, 예술가인 척, 괜찮은 척 연극을 하며 살아온 것 같습니다. 평생을 이렇게 살던 제가 삽십대가 됐다고 갑자기 '척'하지 않고 살 수 있었을까요? 이십대까지의 저의 연극에 질려버린 저는, 연극하지 않아도 실격당하지 않는 세상을 만들고 싶었습니다. 그렇게 저는 극단 신세계를 만들었고 성공한 척, 사회 정의를 외치는 척, 능력 있는 대표이자 연출인 척 자만하며 연극을 했습니다. 평생을 이렇게 살다 보니 이번에는 제 스스로도 저의 연극에 속아 넘어간 것 같습니다. (사이) 저는 연출로서 '망각댄스'라는 공연으로 4·16을 잊지 말자고 했으면서 툭하면 잊고, '공주들'이라는 공연으로 대한민국 성 착취 100년사를 비판했지만, 성매매 피해자 여성들을 마주치면 쳐다보지 못하겠습니다. 저는 '생활풍경'이라는 공연으로 장애인을 차별하지 말자고 했지만 중증장애인을 보면 불쌍하다는 생각이 들고, '별들의 전쟁'이라는 공연으로 베트남전쟁 시 한국군의 민간인 학살 사건에 관심을 갖자고 했지만, 공연이 끝나고는 뉴스를 찾아본 적이 없습니다. (사이) 저는 연출로서 제 이야기를 솔직하게 해본 적이 없습니다. 늘 제 작품 속 인물들의 등 뒤에 숨어서, 우리라는 말 속에 숨어서, 제 이야기를 했습니다. 네, 저는 비겁합니다. 솔직히 저는 사회 정의 실현 자체에 관심이 있던 사람이 아닙니다. 그랬다면 정치가나 사회운동가, 혁명가가 됐어야 합니다. 저는 그냥 돈이 많았으면 좋겠습니다. 좋은 집에 살고 싶고, 좋은 차를 타고 싶고, 더 맛있는 음식을 먹고 싶습니다. 그러나 언제나 그렇듯 능력 없는 저는 비정한 현실에 툴툴대면서 다시 연극을 시작합니다. (사이) 사람들은 흔히 어느 정도 유명해지고 상을 받은 예술가들은 능력이 있을 거라고 생각합니다. 죄송하지만 저는 능력이 없는 것을 들키지 않으려고 미친 듯이 노력했습니다. 솔직히 저는 배우로서 인정받고 싶었지만 실패했고, 세상을 원망하고 증오했습니다. 연출을 시작하며 절 화나게 한 세상에 욕을 하기 시작했습니다. 저의 실패를 변명하고 합리화하면서 결국 인정받는 것에 빠져 있었습니다. 어느 날 이런 생각이 들었습니다. 이런 식으로 연극을 하는 것이 무슨 소용이 있지? (사이) 저는 겁쟁입니다. 현실의 세상이 무서워 무대 위의 제가 만든 세상에서 괜찮은 척 살고 있는 겁쟁이입니다. 이제 이렇게 '척'하면서 연극하는 제 자신에 토할 것 같습니다. 잘 살고 싶어서 최선을 다해 살아왔는데, 이렇게 사는 게 잘 사는 건지 모르겠습니다. 저는 어떻게 해야 이 연극을 멈추고 잘 살 수 있을까요?

전환.

2부
척 안 하는 척의 역사

1
고민 해결

김보경과 이강호가 진행석에 서 있다.

김보경   네, 감사합니다. 수정 님께서 저희에게 질문을 던져주셨는데요.

이강호   잘 살고 싶어서 최선을 다해 살아온 김수정!

김보경   하지만 이렇게 '척'하면서 연극하는 게 잘 사는 것인지 모르겠다는 김수정!

이강호   우선 자리로 모시겠습니다. (수정이 원래의 자리로 이동하면) 그럼 우린 수정 님의 공연에 초청받은 특별한 동료로서 그 질문의 답을 함께 찾아보는 건 어떨까요?

김보경 과연 누가 그 질문의 답을 찾을지, 관객분들도 함께 지켜봐주십시오!

이강호 김수정은 어떻게 해야 잘 살 수 있을지, 누가 먼저 시작하시겠습니까? (배우들이 손을 들면) 주희 배우님 먼저 시작하시죠.

이강호와 김보경은 나가고, 강주희가 들어온다.

강주희 네, 수정 언니랑 4년 차, 강주희입니다. 전 수정 언니를 잘 아는 건 아닙니다. 아는 만큼 알고요, 알면 알수록 신기합니다. 저랑 너무 달라서요. 연습 중에 수정 언니는 이런 질문을 했습니다. "여러분이 '강주희입니다'라는 작품을 한다면 그 사람에 대해 뭐가 궁금한가요?" 여러 가지 대답이 나왔습니다. 성격, 고민, 가족, 친구 등등. 그런데 제가 궁금한 건 딱 하나였어요. 대체 다른 사람에 대해 왜 궁금하지? 네, 저는 안 궁금합니다. 모르는 사람은 모르는 사람이라 안 궁금하고, 아는 사람은 아는 사람이라 안 궁금합니다. 그냥 저는 그런 사람이에요. 그런데 갑자기 수정 언니가 예전에 저한테 한 말이 기억났어요. "주희는 기본을 지키며 자기 역할을 해내는 배우, 그런데 이제는 그 선을 넘어가야 하지 않을까?" 그런데 여러분! 선은 넘지 말라고 있는 거잖아요, 다른 사람

600

에 대해서 함부로 궁금해서는 안 되는 거잖아요, 선을 넘는 건 뉴스에 나오는 일이잖아요. "궁금해서 그랬어요, 호기심에." 저는 선을 넘고 싶지 않은 사람입니다. 그래서 지금 잘 살고 있습니다. 수정 언니는 매번 선을 넘으려고 하기 때문에 아픈 겁니다. 보지 않아도 될 것들을 보고, 에너지와 마음을 과하게 쓰고, 그래서 토할 것 같은 겁니다. 그러니까 수정 언니가 잘 살기 위해서는 어떻게 해야 한다? 고통스러운데 괜찮은 척하지 말고 뭐든지 적당히 해야 한다! 수정 언니, 선 좀 지키세요. 이상입니다.

강주희 나가고, 남호성 들어온다.

남호성_피해의식

남호성　저도 해보겠습니다! 네, 저는 김수정 2년 차, 남호성입니다. 저는 심리학을 전공했는데요, 피해의식에 대해 말해보고자 합니다. 피해의식은 누구도 피해를 끼치지 않았는데 스스로 손해를 입었다고 하는 상태인데요, 그 원인으로는 인정받고 싶은 욕망이나 반복된 피해 경험, 뭐 그런 게 있어요. 네이버 치면 다 나와요. 수정 님은 이 작품에서 '실격당하지 않기 위해'라는 말을 자주 사용합니다. 여러분은 혹시 '자격 미달로 실격되셨습니다'라는 말을 들으면 친구한테 '나 실격됐어'

라고 하실 겁니까, '나 실격당했어'라고 하실 겁
니까? 사실 통상적으로는 '실격되다'가 옳은 말
입니다. '실격당하다'라는 말은 피해의식에서 발
현된 말입니다. 그러니까 수정 님이 이 말을 자주
사용하는 건, 피해의식이 크다는 거겠죠. 그런데
여러분, 피해의식이 잘못된 걸까요? 피해를 당했
다고 아파하는 건데, 고쳐야 하는 걸까요? 수정
님은 피해 경험이 많습니다. 탓하려면 피해를 준
사람을 탓해야 합니다. 그런데 아무리 탓해도 수
정 님이 잘 살아지는 건 아니잖아요? 그래서 저
는 실격연습을 제안합니다. 수정 님이 실격에 익
숙해진다면, 가지고 있는 피해의식을 내려놓고
다시 연극을 하는 게 재밌어지지 않을까요? 자,
그럼 실격연습, 시작해보겠습니다. 제가 잠시 서
른아홉 살의 김수정이 되어보겠습니다. 저와 평
생을 함께해온 제 내면의 친구들을 불러보겠습
니다. 애들아!

박/이/김/강　　(무대로 나오며) 수정아! 김수정!

박미르, 이강호, 김보경, 강주희가 남호성을 둘러싸고 선다.

남호성　　네, 실격연습 시작합니다. 저는 지금부터 이 사회
에서 실격된 사람입니다.

박미르　　(호성에게 다가가 속삭이며) 넌 패배자야.

남호성　　괜찮아요, 익숙해져야 합니다.

김보경　　(호성에게 다가가 속삭이며) 넌 쓰레기야.

남호성	좋아요.
이강호	(호성에게 다가가 속삭이며) 네 인생은 실패했어.
남호성	아주 좋습니다.
강주희	(호성에게 다가가 속삭이며) 넌 살 자격도 없어.
남호성	아주 고마운 친구들이죠! (배우들이 반복해서 계속 속삭이자) 여러분, 제 말 잘 들리시나요? 제 목소리가 들리세요? 이 친구들 말에 익숙해지셔야 합니다. 수정 님! 수정 님이 잘 살기 위해서는 실격연습을 해야 합니다. "실격연습!"

배우들, 나간다. 민현기와 고용선이 와인과 와인 잔을 들고 들어온다.

고용선, 민현기_와인과 기억의 총량

민현기	(관객들에게) 여러분을 위하여, 치얼스!

민현기와 고용선은 서로 잔을 부딪치고 와인을 마신다.

고용선	방금 저희는 수정 님의 DAC Artist 마지막 공연을 축하하는 마음에 건배를 하고 와인을 마셨습니다. (빈 잔을 보이며) 잔이 비었네요. 저는 김수정 2년 차 고용선입니다.
민현기	(사진이 나오면) 자, 이곳은 수정 누나의 작업실입니다. 사방이 책으로 둘러싸여 있죠? 지금까지 했던 모든 공연의 자료는 물론이고, 대학 입시 때 쓴 노트부터 배우 노트, 연출 노트, 강의 노트, 논

문들, 수십 권의 일기장, 사소한 편지나 메모 들, 심지어 고등학교 시험지까지 보관되어 있습니다. 왜 이렇게 모아놨을까요? 저는 김수정 5년 차 민현기입니다.

고용선   저는 수정 님께 저를 공연에 초청해주신 것에 대한 감사한 마음을 담아 와인을 따라보겠습니다. (와인 잔에 와인을 따르며) 땡큐, 땡큐, 땡큐!

민현기   (와인 잔에 와인이 넘쳐흐르자) 스톱!

배우들   오, 스톱!

민현기   (용선이 와인 따르는 것을 멈추자) 수정 누나는 한 작품을 할 때 보통 수십 권의 자료를 읽습니다. 이미 너무 많은 게 채워져 있는데 계속해서 채워 담는 수정 누나, 괜찮을까요? 인간의 뇌도 이 와인 잔처럼 총량이 있기 때문입니다. 언젠가 바람이 가득 찬 풍선처럼 터져버릴 것 같습니다.

고용선   (영상에서 자료가 나오면) 이것은 수정 님의 극단 대표로서의 업무입니다. (자료가 나오면) 이것은 수정 님의 연출로서의 업무입니다. (자료가 나오면) 이것은 수정 님의 하루 일과표입니다. 수정 님은 이렇게 7년간 50여 편의 공연을 혼자 연출해왔습니다.

민현기   수정 누나는 2021년 세 편의 작품을 하고 570만 원의 페이를 받았습니다. 수정 누나는 연출과 강사 일을 병행하면서 생계를 유지합니다. 그래서 이 일을 동시에 하다 보니, 잠을 거의 안 잡니다.

고용선   수정 님은 공연을 할 때 늘 샷을 다섯 개나 추가 한 커피와 굉장히 많은 양의 에너지 드링크 몬스터를 마십니다. 카페인 과다 복용!

민현기　가끔은 안면마비까지 옵니다.

고용선　그래서 우리는 수정 님과 함께 병원을 찾아갔습니다.

영상) 컷 편집이 된 의사 선생님들의 인터뷰

• 배창환(명성연세내과의원 원장, 내과 전문의)

이거는 공식적으로 본인이 검사한 공단 검진 결과인데 빈혈, 당뇨, 신장 기능, 간 기능, 지방간 다 괜찮으시고, 갑상선 기능검사, 통풍 검사도 정상이고 / 오늘 검사한 상태로는 큰 문제는 없지마는 사람 일이란 건 알 수가 없으니까 현재 80퍼센트 정도는 건강하다고 볼 수가 있습니다.

• 김흥모(아주다남병원 병원장, 정신건강의학과 전문의)

김수정 연출님의 뇌 CT 촬영인데, 아직까지 건강해요. / 조금 문제가 있는 카트가 하나 있어요. 김수정 연출이 조금 강박적으로 전두엽에 스트레스를 주고 있지 않나. / 자신의 능력, 매력 등을 주목받고 싶은 욕구 같은 게 많고, 상당히 많은 트라우마를 받고 있고, 만성적인 우울감에 빠져 있어요. 우리 김수정 연출이 거의 안 쉬는 걸로 알고 있는데, 일중독 상태라고. / 지금 김수정 연출은 연극이라는 통로를 통해가지고 자기가 못 하는 부분들을 보여줌으로 잘하고 있는데, 안에는 곪아 터져 있다는 거죠. / 놓을 때는 놔야 돼. 쉴 때는 쉬어야 돼. 워커홀릭스가 너무 완벽하려고 그러기 때문에, 연극의 세계를 잘 그려주는 것도 중요하지만, 그걸 잘 그리려면 내 세계, 내 세계도 잘 돌봐줘야 그게 만나는 거거든요.

고용선　수정 님, 걱정됩니다.

민현기　수정 누나! 더 잘 살기 위해서 잠깐 쉬어보는 건 어떨까요? 이상입니다.

김/이 자, 그럼 특별코너! 보고 듣기만 하느라 지루하셨죠? 우리 관객분들을 위해 준비했습니다. 이번에는 관객분들이 직접 참여해주셔야 됩니다, 김수정 공연 최초, 아트 옥션!

흰 장갑을 낀 박미르와 남호성이 예술품 '몬스터'와 함께 들어온다.

박미르 네, 김수정의 예술품을 경매합니다! 오늘 경매에서 낙찰받으신 관객분께서는 공연이 끝난 후 티켓박스에서 작품 확인서와 함께 이 예술품을 수령해 가실 수 있습니다. 결제는 카드, 현금, 계좌이체 모두 가능합니다. (예술품을 보며) 자, 오늘의 예술품은! (예술품을 오픈하며) 네, 이 작품의 이름은 몬스터, '괴물'입니다. 이 괴물은 김수정 연출력의 근원이죠. 아주 포스트모던한 레디메이드 형식을 띤 작품입니다. 혹시나 낯선 분들을 위해 설명을 드리자면 '레디메이드'란 예술가의 선택으로 예술 작품이 된, 기존에 만들어진 상품이랄까요? 쉽게 말해 이 작품은 언뜻 보면 그냥 공연 직전에 두산아트센터 맞은편 CU에서 2,200원 주고 사 온 것처럼 보이지만, 김수정의 선택으로 여러분이 보시는 것보다 훨씬 더 깊고, Artistic한 의미가 담긴 예술품이라는 뜻입니다. 대표적인 레디메이드 작품으로는 마르셀 뒤샹의 '샘'이 있습니다. (사진이 나오면) 작가의 선택으로 세상에서 가장 유명한 변기가 된 이 작품은 100만 달러에 팔린 적도 있습니다. 우리의 '괴물'도 훗날 김수정 연출이 거장이 되면, 그만큼 예술적 가치가 올라 100억 원에 팔리게 될지, 모르는 일 아닐까요? 아무튼 김수정 연출의 선택으로 예술 작품이 된 '괴물'! (캔을 들어 보이며) 이 아래를 보시면, 김수정 연출의 친필 사인도 있습니다. 오늘의 경매는 2,200원부터 만 원 단위로 시작하겠습니다. 수익금은 극단 신세계의 빛나는 미래를 위해 기부됩니다. 작품을 원하시는 분들께서는 바로 지금, 손을 들어주시기 바랍니다. 제가 금액을 세 번 외치면, 그분께 낙찰됩니다. 경매, 시작합니다!

박미르는 관객들과 함께 경매를 진행한다.

박미르 (경매를 마무리하기 직전에) 예술에 투자하십시오, 용기를 내십시오, 마지막 기회입니다. 더 없으십니까? 더 없으십니까? 최고가 n만 2,200원! n만 2,200원에 낙찰됐습니다! 축하드립니다. 공연이 끝나면 전달해드리겠습니다. CU에서 2,200원 썼는데 n만 2,200원이 됐네요. 혹시 승부욕에 헛돈 썼나 자괴감 느끼실까 봐 덧붙이자면 (사진이 나오면) 몇 년 전에 마이애미 아트바젤에서는 벽에 붙여놓은 바나나가 경매로 1억 4천만 원에 팔리기도 했다네요? 예술이 뭘까요? 저희가 예술을 하고 있는 걸까요? 이 '김수정입니다'라는 공연도 예술일까요? (사이) 저는 한때 예술가처럼 보이고 싶어서 망사스타킹을 신고, 립스틱으로 눈 화장을 하고 다녔던 적도 있습니다. 고독을 즐기는 척도 했어요. 예술은 또라이들이 하는 거라고 생각했나 봐요. 아트 옥션? 괴물? 사실 그냥 다 개소리 아닌가요? 정말 죄송합니다. (팔린 몬스터 캔을 따서 마시고) 수정 선배는 이 카페인 덩어리 에너지 드링크를 무슨 생수 마시듯 마십니다. 아니, 사람이 살아야 예술이 있지, 이렇게 본인 건강을 성실히 망쳐가면서 예술 하는 게 무슨 의미가 있을까요? 자기를 학대하는 수준으로 작업하는 게 예술가의 숙명인가? 베토벤과 반 고흐도 고뇌하고 잠 못 들고 고통받았다고 하죠. 어쩌면 김수정도 이렇게 쭉 살아서 그런 레벨의 예술가가 될 수 있지 않을까 꿈꾸어봅니다. 감사합니다.

박미르와 남호성이 나가고, 이강호와 김보경이 들어온다.

이강호　　네, 감사합니다. 수정 님은 '어떻게 해야 잘 살 수 있을지' 질문을 던져주셨는데요.

김보경　　수정 님의 특별한 동료분들은, '선을 지키고, 실격을 연습하고, 쉬어라!'라는 의견을 주셨습니다.

이강호　　수정 님, 수정 님 곁에는 이렇게 진심으로 수정 님을 걱정하는 소중한 동료들이 있습니다.

김보경　　이것만으로도 수정 님은 잘 살고 있는 게 아닐까요?

배우들이 갑자기 뮤지컬 〈Rent〉의 넘버 'Seasons of Love'를 부르기 시작한다. 음악이 고조에 이를 때 갑자기 음악을 끊어내는 김수정.

김수정입니다

김수정 여기까지 할게요.
이강호 〈김수정입니다〉는 이렇게 끝났어야 합니다.
김보경 실격당하지 않기 위해 평생 연극을 하며 살아온
       김수정의 역사를 돌아보고,
이강호 '어떻게 하면 잘 살 수 있을까요?'라는 질문에 대
       한 해답을 제시하고,
김보경 축하공연으로 아름답게 마무리됐어야 합니다.

전환.

2
김수정 답변

김수정　우선 제 고민에 대해 이렇게 다 같이 해결책을 제시해주셔서 감사합니다. 쉬어라! 생각을 해봤습니다. 만약 제가 공연을 쉰다면 어떻게 될까? (사이) 솔직히 저는 공연을 시작한 이후로 쉬어본 적이 없습니다. 쉬고 싶지 않습니다. 다시는 기회가 생기지 않을까 봐 무섭습니다. 그냥 이렇게 최선을 다해 죽도록 연극하는 게 너무 좋습니다. 아까 보셨잖아요. 의사 선생님들도 저 건강하다고. 그럼 뭐가 문제냐고요? (긴 사이) 올해 극단 신세계는 감사하게도 연극 〈생활풍경〉으로 굉장히 많은 상을 받았습니다. 칭찬도 정말 많이 받았습니다. 그런데 마지막 시상식 날, 저는 제가 이런 식으로 계속 연극을 하는 게 더 이상 재미있지 않다는 것을 깨달았습니다. 그만두는 것은 상상도 할 수 없는데 재미가 없다니, 대체 뭐가 문제였을까요?

전환.

3부
척 안 하는 역사

1
진짜 극단 신세계

모든 배우가 초가 꽂힌 생일 케이크를 들고 무대로 올라온다.

배우들   (노래를 부르며) "생일 축하합니다. 생일 축하합니다. 사랑하는 신세계, 생일 축하합니다."

모든 배우가 초를 불어 끈다. 무대는 밝아진다. 배우들은 중간중간 케이크를 퍼 먹는다.

김수정   극단 신세계는 2015년, 여덟 명의 젊은 예술가들이 모여 창단했습니다. 처음에는 문제도 많았지만 저는 제가 어릴 때 경험했던 폭력들이 반복되지 않는 건강한 극단, 누구도 상처받지 않고 작품에만 매진할 수 있는 울타리를 만들려고 노력했습니다. 지금까지 총 40명의 인원이 극단에 몸담았고 그중 14명이 남아 있습니다. 떠나간 사람들한테는 언제나 그렇듯 각자의 이유가 있습니다. (사이) 우리는 1년마다 돌아가면서 대표를 맡기로 했습니다. 저는 계속해서 말해왔습니다. "나 다음으로 대표를 맡아줄 사람 없냐, 나도 연출만 하고 싶다, 사람 때문에 상처받는 것 그만하고 싶다." 하지만 7년째 누구 하나 대표를 하겠다고 나서지 않았습니다. 이유는 다양하죠. 힘들 것 같아서, 시간이 없어서, 연기만 하고 싶어서 등등. 그리고 2021년 6월!

배우들 (노래를 부르며) 생일 축하합니다. 생일 축하합니다. 사랑하는 김수정, 생일 축하합니다.

김수정 극단 신세계는 한 달에 한 번 생일인 단원들을 모아 간단한 생일 파티를 진행하고, 생일자는 단원들에게 원하는 마음의 선물을 받을 수 있습니다. 저는 생일 선물로 '김수정이라는 사람에게 바라는 것'을 메모로 전달해달라고 했습니다. 그런데 그 메모 중에는 생일 선물이 아닌 폭력적인 내용의 메모가 있었습니다. "내가 대표나 연출이 아니라 김수정이라는 사람한테 바라는 걸 물어봤잖아. 내가 사람으로 안 보여? 이게 생일 선물이야?" (사이) 저는 굉장히 불편했고, 극단의 고충상담원들을 통해 그 메모를 전달한 사람에게 사과를 요청했습니다. 극단 신세계의 성·위계폭력 지침서에는 누구든지 불편함을 느꼈을 때 문제를 제기할 수 있고, 그 불편함을 일으킨 사람은 빠른 사과를 하기로 약속되어 있습니다. 다른 단원들은 불편함을 느낀 사람을 위해 그 과정을 적극적으로 도와야 하고요.

배우들 (돌아가며) 그런데 누구예요? 그 사람이 익명을 원해서 생일 담당자가 알려줄 수 없다네요. 생일 선물이 언제부터 익명이었는데? 그러게.

김수정 그리고 4일 후!

배우들 (돌아가며) 어떻게 됐어요? 아직 사과 안 했다는데? 그럼 어떻게 해요?

김수정 그리고 3일 후! 결국 저는 직접 나섰습니다. "대체 언제 이 일을 처리해주실 건가요? 여러분한테 이런 일이 생겼을 때 제가 여러분을 방치한 적 있나요?" 일주일이 지난 시점에서야 단원들 모두가 재빠르게 움직였습니다. 익명의 편지 작성자 이름이 밝혀졌고, 극단 회의가 열렸습니다.

배우들 (돌아가며) 성·위계폭력 지침서를 준수해야 한다는 것은 계약서에도 명시돼 있잖아요. 이거 계약 위반 아니에요? 그러니까. 이건 엄연히 위계폭력입니다. 강경하게 대응하자고요. 우선 수정 님이 원하는 해결 방안을 들어봐야 하지 않을까요?

김수정 결국 메모 작성자는 끝까지 사과하지 않았고, 극단에서는 제명통지서를 보냈으며, 메모 작성자가 이를 받아들이는 것으로 마무리됐습니다.

| 배우들 | (돌아가며) 그 뒤로 어떻게 됐더라? 어떻게 됐지? 어떻게 됐대요? 그냥 나가고 끝났나? 사과했으니까 끝난 거 아닌가? 아니야, 사과 안 했어. |

배우들 (돌아가며) 그 뒤로 어떻게 됐더라? 어떻게 됐지? 어떻게 됐대요? 그냥 나가고 끝났나? 사과했으니까 끝난 거 아닌가? 아니야, 사과 안 했어.

김수정 그 뒤로 극단 내부에 문제들이 연이어 터지기 시작했습니다. 공연이 얼마 남지 않은 시점에서 재계약을 한 지 얼마 안 된 일부 단원들이 갑작스레 계약 중도해지 의사를 밝혔고, 외부 오디션을 볼 때는 반드시 사전에 공유하기로 한 계약 조항이 있는데도 몇몇 단원은 극단에 알리지 않고 단체로 외부 오디션을 봤습니다. 심지어 생계 때문에 공연을 할 수 없다며 갑자기 공연 팀에서 빠진 단원도 함께요! 그렇게 단원들은 서로에 대한 신뢰가 무너졌고, 올해 일곱 명의 단원이 극단을 떠났습니다. 우리 대부분은 극단에 처음 들어올 때는 단 한 번의 공연 기회가 간절했던, 극단 신세계가 소중하고 필요했던 사람이었습니다.

박미르 그 사람들 김수정 몇 년 차인데 그래?

이강호 2년 차요.

박미르 2년 찬데 그런다고?

남호성 2년 차가 무슨 상관이에요?

김보경 중요하죠.

고용선 그럼 미르 님은 9년 차라 극단 나간 거예요?

박미르 아니, 그거랑 극단 나간 거랑 무슨 상관이에요.

고용선 극단 나간 사람들 다 2년 차 아닌데요!

이강호 정관 어기고 나간 건 다 2년 차잖아요.

남호성 그게 아니라, 무슨 오해가 있었겠죠.

강주희	오해는 무슨 오해예요.
민현기	(언성이 높아지면) 아니, 지금 몇 년 차가 뭐가 중요해요!

배우들이 케이크를 거의 다 먹어, 초를 꽂았던 부분의 케이크가 무너져 내려 있다. 꽤 볼품이 없다. 배우들은 흩어져 무대 위에 앉는다.

| 김수정 | (케이크를 가리키며) 네, 이게 바로 지금의 극단 신세계입니다. (사이) 저는 제가 이 사회에서 능력 있는 연출로 인정받으려고, 실격당하지 않으려고 공연을 해왔다고 생각했습니다. 그런데 아니었나 봅니다. 올해 큰 상을 받는 자리에 함께 작업한 동료들이 다 같이 있을 수 없어 굉장히 속상했던 것 같습니다. 그때 저는 제가 사람 때문에 공연을 해왔다는 것을 알게 됐습니다. 그래서 공연이 재미없다고 느껴졌나 봅니다. (사이) 이미 보셨다시피 저는 어릴 때부터 지금까지 사람을 대하는 방식에 굉장히 서툴렀습니다. 늘 다른 사람에게 저를 인정받고, 증명해 보이려는 방법밖에 몰랐습니다. 그래서 그렇게 많은 사람이 저를 떠나간 건 아니었나 싶습니다. 이제는 좀 다르게 사람을 만나보고 싶은데요, 평생 살아남기 위해서 '척하는 연극'을 해온 저는, 그런 저를 마주할 수 있게 해주는 '무대 위의 연극, 극장에서의 연극'이 좋았습니다. 그런데 어느 순간부터 저는 '극장에서의 연극'에서도 '척하는 연극'을 하고 있더라고요. |

극장이라는 공간이 점점 더 불편해졌습니다. 자꾸 관객분들에게, 동료들에게 뭔가를 인정받고, 증명받으려고 하는 저 때문에 토할 것 같았습니다. (사이) 저는 극장이라는 곳이, 모든 사람이 서로가 서로를 솔직하게 마주할 수 있는 공간이 되길 바랐습니다. 그래서 이 공연을 통해 처음으로, 저의 이야기를 시작했습니다.

이강호   우리는 우리를 마주하기로 했습니다.

김보경   나는 나를 마주해보기로 했습니다.

강주희   저는 마주하지 않겠습니다.

민현기   저도 마주하지 않겠습니다.

남호성   저도요.

2
나의 이야기

이 강 호

이강호　제가 먼저 마주해보겠습니다. 수정 누나는 '강직성 척추염'이라는 후천적인 장애를 갖고 있고 점점 더 심해지고 있습니다. 류머티즘 관절염의 일종으로 척추 사이에 염증이 생겨 허리가 굳는 장애인데, 시간이 지날수록 굳어지고 방치하면 허리, 손가락, 가슴이 굳어집니다. 나중에는 척추가 앞으로 굳게 되면서 (허리를 90도로 구부려서) 이런 자세가 된다고 합니다. 연극 〈생활풍경〉에는 이런 대사가 있습니다. (연기하며) "세종대왕님이 왜 한글을 만든지 아십니까? 백성들의 마음을 언어에 담기 위해 만든 거예요. 여러분의 말에는 장애인에 대한 차별의 마음이 담긴 겁니다!" 이 작품은 우리 사회의 장애인에 대한 차별적인 시선을 마주하는 작품인데요, 수정 누나와 저는 세종대왕으로 묶여요. 저는 한쪽 눈이 실명 직전 상태인데요, 녹내장이라고 합니다. 사실 잘 보이는 오른쪽 눈도 녹내장인데, 양쪽 눈의 결말은 실명입니다. 세종대왕도 과중한 업무로 강직성 척추염과 눈병을 갖고 있었고 결국 실명이 됐다고 합니다. 수정 누나와 저는 연극 〈생활풍경〉을 시작할 땐 우리가 장애를 갖고 있다는 것을 인정하지 않았습니다. 장애인이 되는 것은 이 사회에서 실격당하는 것처럼 느껴졌거든요. 하지만 공연을 마친 뒤 우리는 우리가 장애인이라는 진실을 마주했습니다. 사회로부터 실격당하기를 자처했습니다. 우리는 장애인입니다. 장애인이라는 걸 마주한 저희에게 박수 한 번만 쳐주십시오. (박수를 받고) 그래서 극단 신세계는 올해 장애인의 연극 관람을 위한 자막, 음성 해설, 수어 통역을 하는 배리어프리*를 시작했습니다. 그리고 〈김수정입니다〉에서 배리어프리를 할지 말지에 대해서 논의했습니다. 저는 수정 누나를 강하게 설득했습니다. 이번 작품은 신작이니까 배리어프리까지 책임지기는 힘들지 않을까, 재공연할 때 생각해보자, 팀원들도 많이 힘들어한다. 그래서 김수정 연출은 〈김수정입니다〉에서 배리어프리를 선택하지 않게 됐습니다. (사이) 사실 팀원들이 힘들어한 게 아니라 제가 힘들어서 반대했습니다. 왜냐하면 제가 극단의 배리어프리 담당자거든요. 배리어프리는 할 일

---

barrier-free. 사회적 약자들의 사회생활에 지장이 되는 물리적인 장해물이나 심리적인 장벽을 없애기 위해 실시하는 운동 및 시책을 말한다. 일반적으로 장애인의 시설 이용에 장애가 되는 장벽을 없애는 뜻으로 사용되고 있다.

이 너무 많습니다. 제 연기만 하기에도 바쁜데, 수
어 통역사와 소통하고, 자막 위치 체크하고, 챙겨
야 할 게 한두 가지가 아닙니다. 이게 바로 접니다.

고용선

고용선　저는 극단 신세계에 들어오기 전, 성·위계폭력
으로 논란이 되어 대표가 성범죄자로 구속된, 지
금은 해단이 된 그 극단에 훌륭한 배우가 되고자
들어갔습니다. 그러나 그곳에서 저는 피해를 당
하는 동료들을 방관했습니다. 제 기회가 없어질
까 봐 무서웠습니다. 저는 비겁한 가해자입니다.
너무 늦었지만 지금 이 자리를 빌려서라도 당시
피해를 당한 동료들에게 진심으로 사과의 말씀
을 전합니다. 죄송합니다. (사이) 그런데 저는 수
정 님이 생일 때, 메모 사건으로 힘들어한다고 들
었습니다. 전화를 할까 고민하다 '수정 님이 날
싫어하면 어쩌지?' 두려웠습니다. 그래서 아무 행
동도 하지 않았습니다. 수정 님은 대표니까, 연출
이니까 그냥 넘어가길 바랐습니다. 제가 만약 다
시 똑같은 상황을 마주한다면 이제는 방관하지
않을 수 있을까요?

박미르

박미르　전 극단 신세계의 창단 멤버입니다. 그런데 지금은 단원이 아닙니다. 객원 배우입니다. 사실 전 극단 신세계의 동료들을 만나지 않았다면 일찌 감치 연극을 그만뒀을 겁니다. 연극이 재미없었 거든요. 하지만 동료들과 이 집단에서 함께하는 동안, 재밌었습니다. 그런데 극단이 자리를 잡을 수록 내 인생을 내가 선택하지 않아도, 책임지지 않아도 살게 되더라고요. 문득 극단 신세계와 동 료들이 없는 제 삶이 두려워졌습니다. 그래서 전 3년째 되던 해, 극단을 배신했습니다. 이별하기까 지는 힘들었지만, 이별의 순간은 괜찮았습니다. 그런데 저만 괜찮았던 것 같습니다. 어느 늦은 밤 수정 선배한테 장문의 카톡이 왔습니다. 첫 문장, "너한테 나는 무슨 의미였니?" 무슨 의미? 잘 모 르겠는데. 너무 어려운 질문인데? 전 생각하기를 멈추고 그 메시지를 지워버렸습니다. 전문을 읽 지도 않았습니다. 전 제 주변 사람한테 꽤나 자주 이런 식의 상처를 줍니다. 전 뼛속까지 지긋지긋 한 회피형 인간입니다. 그리고 이 사회에서 실격 당하지 않기 위해 회피하지 않는 척 연극을 해왔 습니다. 전 이런 저에게 어느 누구도 기대하지 않 고, 특별한 의미를 두지도 않았으면 좋겠습니다. (사이) 수정 선배는 늘 자신은 사람을 믿고 사람 들이 자신을 배신한다고 생각합니다. 왜 자꾸 사 람들이 변하냐고 말하죠. 그런데 그건 오만한 거 아닌가요? 수정 선배는 자신이 알고 있는 다른 사람의 모습이 그 사람의 전부일 거라고 착각하

는 것 같습니다. 사람은 밥을 먹기 전엔 배가 고
프고, 밥을 먹고 나면 배가 불러요. 변하는 건 당
연한 겁니다.

김보경 전 극단 신세계 7년 차 단원이자 부대표이며, 배
우이자 고충상담원입니다. 그동안 김수정은 저
한테 "널 그 역할에 캐스팅한 게 내 인생 최대의
실수야" "연기 좆같이 하지 마"라는 말을 한 적
이 있습니다. 전 이 말들을 기록해놓고, 이번 연극
에 김수정의 모순을 드러내는 장면으로 만들려
고 했습니다. 왜였을까요? (사이) 저는 '멋진 신세
계'라는 작품에서 여주인공 레니나 역을 맡았습
니다. 당시 전 연기도 못하고 몸도 못 쓰는 완전
초짜여서 같이 연기하던 배우들이 힘들어했습니
다. 김수정은 그 배우들이 저를 욕하지 못하게 커
버 치고 연습이 끝나면 늘 남겨 나머지 연습을 해
줬습니다. 연출이니까 어떻게든 책임을 져야 했
겠죠. (사이) 그리고 1년 뒤, 김수정은 저한테 '말
잘 듣는 사람들'이라는 작품에서 여주인공 차예
슬 역을 제안하며 다른 동료들한테 미안하지 않
게 이번에는 확실히 책임질 수 있겠냐고 물었습
니다. 때마침 전 많은 곳에서 예술 강사로 선정됐
고, 좋은 생계 수단이라 놓치고 싶지 않았습니다.
김수정은 선택적으로 해야 한다고 조언했지만,

전 공연도 수업도 모두 잘할 수 있다며 믿어달라고 했습니다. 하지만 결국 전 일정이 너무 많아져 대사도 못 외워 갔고, 연습도 못 해 갔습니다. 결국 바쁜 일정으로 잠을 자지 못해서 연습 중 무대 위에 멍하니 서 있는 저를 보고, 김수정은 저의 반복된 거짓말과 책임지지도 못할 다짐들에 폭발해서 그 자리를 박차고 나가버렸습니다. 저는 무대 위에서 눈물을 흘렸습니다. 배우들은 저에게 다가와 위로하며 김수정이 폭력적이라고, 김보경이 안쓰럽다고 했습니다. 집으로 돌아가는 길, 김수정은 저한테 "널 그 역할에 캐스팅한 게 내 인생 최대의 실수야"라고 말했습니다. (사이) 김수정은 '이갈리아의 딸들'이라는 공연을 준비하며 팀원들한테, 본인의 성폭력 피해 사실 때문에 작품에 나오는 성폭력 장면의 작업 과정이 힘들 것 같으니 도와달라고 했습니다. 솔직히 그때 저는 그것보다 어떻게 하면 연기를 잘할 수 있을까만 고민했습니다. 김수정은 예상대로 여러 가지 문제로 힘든 시간을 보냈고, 동시에 성폭력 피해와 관련된 장면을 웃으면서 연습하고 연기 잘했냐고 묻는 일부 배우들의 태도에 고통스러워했습니다. 참다못한 김수정은 술을 먹고 해당 배우들한테 "성폭력 피해자 비하하지 마라. 연기 좆같이 하지 마"라고 말했습니다. 그 말을 들은 저는 연출의 폭력적인 행동에 배우들이 피해를 입었다고 생각했고, 저와 해당 팀원들에게 사과하라고 했습니다. 김수정은 사과했습니다. 하지만 저는 그 장면을 웃으면서 연기하는 배우들을 뒷담 까며 가십으로 소비할 뿐, 그들을 말리거나 김수정에게 괜찮냐고 물어보지 않았습니다. (사이) 전 제가 김수정보다 나이가 어리다는 것을 오랜 시간 이용해왔습니다. 어리면 약자로 보이니까, 김수정이 저한테 호소하면 그건 분노로 보이고, 피해자는 제가 되니까. 전 단원 중에 누군가를 비난하고 싶으면 김수정을 이용해 비난하게 했습니다. 김수정을 어려워하는 단원이 많아졌던 건 제가 그렇게 만들었기 때문입니다. 전 이 사회에서 실격당하지 않기 위해 착한 사람인 척 연극을 해왔습니다. (사진이 나오면) 김운하 배우입니다. 2015년 6월 19일에 돌아가셨습니다. 극단에서는 매년 김운하 배우를 보낸 인천 바다에서 추모행사를 합니다. 김운하 배우를 이렇게 알고 계신 분들이 더 많으시죠? (영상이 나오면) 여기 계신 분들께 말씀드리자면 가난해서가 아니라 몸이 안 좋아서 돌아가신 겁니다. 그리고 무명 아닙니다. 이름 있습니다. 김운하 배우는 김수정 연출의 2015년 작품 〈인간동물원초〉에 출연한 배우입니다. 김수정은 그 작품으로 연출상을 받고 난 후에, 밥 한 끼 먹자는 김운하 배우의 제안을 바빠서 거절한 걸 두고두고 후회합니다. 그게 마지막으로 본 순간이었거든요. 복잡한 가족사 때문에 김운하 배우의 장례를 김수정이 어찌어찌 치렀습니다. 어쨌든 김운하 배우가 죽고 난 뒤에, 사람들이 극단 신세계의 작품에 주목하기 시작했습니다. 김수정은 아직도 김운하 배우에게 미안해하고, 모든 공연을 시작하기 전에 김운하 배우에게 함께하자고 기도합니다. 전 김운하 배우를 만난 적이 없습니다. 하지만 극단에 들어온 이후부터 매년 추모행사에 가고 있습니다. 극단에 중요한 분이고, 김수정 연출에게 소중한 사람이라서 그렇습니다. (사이) 사람들은 이런 저를 착하다고 하는데, 사실 거짓말입니다. 전 김운하 배우에게 미안해서 갑니다. 2015년 5월, 저는 공연 〈그러므로 포르노〉를 보고 극단 신세계에 푹 빠졌습니다. 그리고 2015년 6월, 김운하 배우가 죽었습니다. 전 그때 같이 사는 친구한테 "나 그 장례식장 가면 김수정 연출 만날 수 있을까?" 그랬습니다. (사이) 이 공연을 시작하며 김수정이 저를 통해서 자기 자신을 마주하길 바랐습니다. 그러나 오히려 제가 김수정을 통해 저 자신을 마주한 것 같습니다. 경멸스러운 제 자신을 한 번쯤은 마주하고 싶었습니다.

3

결론

이강호   실격당하지 않기 위해 연극을 해온 우리를 마주하자, 실격당하지 않기 위해 연극을 해온 김수정을 조금은 알 것 같습니다.

김보경   척하지 않는 김수정과 척하지 않는 우리는 언제쯤 제대로 만날 수 있을까요?

이강호   김수정은 말했습니다. "이제는 이렇게 연극을 하는 게 재미가 없어졌습니다."

김보경   수정 님은 이 공연의 결론을 어떻게 내리고 싶으신가요?

김수정   우선 이 사회에서 실격당하지 않기 위해 안간힘을 쓰고, 척하는 연극을 하며 살아가고 있는, 저를 포함한 모든 분에게 박수를 보내고 싶습니다. (박수를 치고) 극단 신세계는 저의 직장입니다. 극단 신세계는 완벽하지 않습니다. 이제 겨우 7년 차 된 집단이기 때문입니다. 사람이 모여 있는데 아무 일도 안 일어나는 게 가능한가 싶기도 합니다. (사이) 한때 저를 구원했던 연극이 이제는 저를 억압하는 시기가 온 것 같습니다. 그래서 저는 이런 결론을 내리고 싶습니다. 39년 동안 이 사회에서 실격당하지 않기 위해 척하는 연극을 하며 살아온 저는, 제가 더 잘 살아보기 위해서, 그동안 제가 해온 39년 동안의 연극을, 잠시 그만두겠습니다. (사이) 솔직히 이 말을 내뱉는 것이 너무 무섭습니다. 연극을 하지 않는 김수정을 사람들이 좋아해줄까요? 이 세상에 겨우 만들어놓은 저의 자리가 없어지게 될까 무섭습니다. (사이) 만약 제가 다시 연극을 하게 된다면? 쪽팔리겠죠. 그래도 혹시라도 그렇게 된다면 너그럽게 양해해주시면 감사드리겠습니다. 아마도 이것저것 해보다 도저히 안 되겠어서 다시 연극을 시작한 것일 테니 안쓰럽게 생각해주시고 응원해주시면 감사하겠습니다. 제가 적어 온 글이 하나 있어서 읽어보려고 합니다.

유서

김수정 유서. 실은 저는 오래 살 생각이 없습니다. 이렇게 살다 언제 죽을지도 모릅니다. 죽음은 전혀 무섭지 않습니다. 그렇다고 지금 당장 죽고 싶다는 것은 아닙니다. 다만 오늘 이 극장에서 저와 관계를 맺고, 지금까지 저와 관계를 맺은 분들과 인사 없이 떠날 일이 생기게 될까 두렵습니다. 그래서 기분 좋은 마음으로, 편안하게 유서를 남겨놓고 싶습니다. 우리 가족에게, 내 친구들에게, 그리고 여기 계신 관객분들에게, 두산아트센터에 감사했습니다. 여러분 덕분에 재밌게 살다 갑니다. 여러분도 꼭 남은 인생 재밌게 살다 가시면 좋겠습니다. 저는 화장해서 강원도 고성 바다에 뿌려주시면 감사드리겠습니다. 저희 엄마가 화장은 절대 안 된다고 하셔서요.

구 직

김수정 세상에는 많은 김수정이 있습니다. 2021년 12월 ○○일, 저라는 김수정은 이렇게 살아온 저를 마주하고, 잠시 멈춰보려고 합니다. 궁금합니다. 여러분은 어떻게 살아왔고, 어떻게 살아가실 건가요? (사이) 저는 할 줄 아는 것이 연극밖에 없습니다. 그래서 돈을 벌어야 하는데요. 저는 연기, 무용, 연출과 관련된 수업을 성실하게 잘할 수 있습니다. 학생분들의 강의평가 점수도 굉장히 높거든요? 수업하는 것을 좋아합니다. 혹시라도 저라는 사람에게 수업을 맡겨주실 수 있는 분은 언제든 고민하지 마시고 010-○○○○-○○○○으로 연락해주시면 감사드리겠습니다. (사이) 참고로 극단 신세계는 계속될 겁니다. 여기 저의 동료이자 친구들, 성실하게 잘하는 친구들입니다. 적극 추천합니다. 이분들과 함께 공연해보고 싶으신 분들도 고민하지 마시고 저에게 연락주십시오. 010-○○○○-○○○○입니다. 저는 내년에 마흔 살이 되는, 김수정입니다.

이강호　　　(사이) 네, 감사합니다.

김보경　　　아쉽게도 이렇게 연극이 끝이 났습니다.

이강호　　　DAC Artist로서 김수정의 마지막 공연, 어떠셨나
　　　　　　　요?

김보경　　　이 자리에 함께해주신 관객분들께 감사의 마음
　　　　　　　을 전합니다.

이강호　　　2021년 한 해 기분 좋게 잘 마무리하시면 좋겠고
　　　　　　　요.

김보경　　　다가오는 2022년도 기분 좋게 잘 맞이하시면 좋
　　　　　　　겠습니다.

이강호　　　새해 복 많이 받으시고요.

김보경　　　메리 크리스마스입니다.

배우들　　　감사합니다.

막

악당도 영웅도 없는
가장 보통의 세계
: 진창에 평화가 있다

수정,

저예요. 당신들의 이야기를 읽은 관객, 아니, 독자 중 한 명이요. 헷갈리네요. 저는 관객일까요, 독자일까요? 아니면 또 하나의 당신일까요? 객석이 아닌 여러 자리에서 희곡을 읽는 일은 낯선 감각입니다. 저는 옥탑방 작업실 의자, 집 소파와 침대, 카페 의자에 앉거나 누워 당신의 이야기를 읽었습니다. 지금은 대만에 있는 숙소 테라스의 나무 의자에 기대 답장을 쓰고 있습니다. 앞으로 제가 사흘 머물 이곳은 항상 봄이라는 뜻을 가진 대만의 남쪽 '헝춘'이라는 지역입니다. 봄을 기대했는데, 해가 뜨면 기온이 35도를 넘어 지금처럼 새벽에만 잠시 밖으로 기어 나와 파도와 새 소리를 들으며 글을 쓸 수 있어요. 37년 만에 처음 국경을 넘었습니다. 한국이라는 익숙한 무대를 벗어나면 어떤 기분일까 궁금했어요. 이곳도 인간 동물과 비인간 동물, 각종 생명이 사는 곳이더라고요. 어떤 면에서 비슷하다는 게 조금 싱겁기도, 안심되기도 해요. 어쩌면 제가 대만어를 못하기에 서로의 다름을 낱낱이 알 기회가 없어 이 정도의 감상만 나오는 거겠죠. 만약 거리에서 스치는 이를 붙잡고 이야기를 나누게 된다면 중국이 대만의 주권을 인정하지 않아 어떻게 군사와 외교, 경제적으로 압박을 가해왔는지 들을 수 있을지 모르겠습니다. 국가 간 긴장이라는 큰 단어 안에 복잡하게 얽힌 개개인의 사정을 들을 수도 있겠죠. 그럼 저는 이곳에서 또 하나의 수정을 발견할 수 있을 겁니다. 곧이어 여행객인 제 자리가 불편해지겠죠.

"지구 한쪽에선 계속 전쟁이 벌어지고 있는데 또 다른 쪽에선 이렇게 여행이나 하는 거, 이상하지 않아요?"

_사라로 변신한 수정(「하미」에서)

저는 바닷바람을 느끼며 파도 소리에만 귀를 기울이고 있습니다. 이 글을 쓰는 동안 저는 수정이 저에게 준 과제를 짊어질 예정입니다. 모순을 살아내며 모순 쓰기. 불편한 자리를 벗어나지 않고 쓰기. 제 몸은 낯선 장소에 속해 있고, 몸속 어딘가는 당신의 세계에 닿아 있습니다. 수정에게 답장하는 동안 어딘가 저-억 갈라지고 있습니다. 갈라진 상태로 저는 어떤 이야기를 쓸 수 있을까요?
우선 몇 가지를 고백해야겠어요. 제가 그간 해온 쉬운 말에 관한 이야기입니다. 저는 글쓰기 수업을 엽니다. 글쓰기를 위해 함께 책을 읽습니다. 그때마다 동료들에게 '읽다'와 '경험하다'는 같은 동사라고 전합니다. 읽는 일은 내가 적극적으로 그 이야기로 들어가 경험하겠다는 다짐과 같고, 읽기 전의 나로 돌아갈 수 없는 행위라고요. 글은 딱 자기만큼 읽고 써진다는 사실은 두려운 일이지만, 한계를 인지하는 순간 우리는 그 경계를 부수거나 넓혀갈 기회를 만날 수 있으니까요. 그래서 한계의 다른 말은 기회라고 말하곤 했습니다. 수정의 이야기를 통과하는 동안 제 말의 무게를 실감했습니다. 이야기 속 모든 인물이 생생하게 살아 움직이며 온갖 인간다운 '척하기'를 까발리고 있는데, '이게 기회가 맞나, 왜 지치지, 이 감각을 단지 경험이라고만 표현할 수 있나' 헷갈렸기 때문이에요. 책을 덮어도 경험은 끝날 기미를 보이지 않고 당신은 여러 얼굴로 저에게 질문합니다.

"감독님, 재밌죠?"
_슈퍼맨으로 변신한 수정(「부동산 오브 슈퍼맨」에서)
"당신이 뭘 알아?"
_변공주로 변신한 수정(「공주들」에서)

잘 읽으셨나요? 평화여행은 재밌으셨습니까. 혼란스럽다고요. 혹시 그런 자신을 아파하고 있진 않으십니까. 당신은 누구죠? 그저 독자나 관객으로만 남을 수 있나요? 당신은 이 세계에 속한 인물 28입니다. 물론, 숫자는 당신이 좋아하는 번호로 매겨도 좋습니다. 그렇지 않다고요? 정말? 다시, 다시. 당신의 자리는 어디인가요? 당신은 얼마나 다른 선택을 할 수 있나요? 당신에게는 책임이 없습니까. 당신은 평화를 찾습니까. 자기만의 정의를 찾습니까. 모든 게 명확한가요? 당신은 정의롭나요. 자신을 징그러워한 적 없습니까.

만약 수정의 목표가 독자와 관객을 제자리에 머물게 하지 않겠다는 다짐이었다면 수정은 성공했습니다. 수정은 악착같이 저를 끌어들였으니까요. 제가 그 모든 이야기에 연루되어 있다는 사실을 끈질기게 드러냈으니까요. 경험이 이토록 고된 거라면, 저는 '읽다'와 '경험하다'를 함부로 연결하지 못했을 거예요. 그러니까 헷갈렸던 거예요. 나를 독자나 관객으로 소개하기 충분할까? 다섯 세계를 통과한 뒤. 엉덩이를 어디에 붙일지 모르겠는 나는, 애매한 자리에서 표정과 입장과 언어가 흐릿해진 나는, 문장이 멈추고 무대가 끝난 자리, 암전된 그곳에 남아 긴 침묵 속에 머물다가 겨우 이 말을 꺼낸 거였어요.

수정(들),

이름을 부를 때면 여러 얼굴이 떠오릅니다. 그래서 수정은 저에게 당신'들'이라는 뜻입니다. 기필코 이야기를 쓴 여러 수정과 수정에게서 뻗어 나간 여러 수정이 이름 안에 있으니까요. 주인공들을 저는 수정으로 통일해서 부르고 싶습니다. 한 사람 안에 모든 인물이 녹아 있어도 놀랍지 않다는 사실을 수정이 알려줬으니까요.

고백하자면 저는 어떤 예상을 안고 책을 펼쳤습니다. 아마 나는 등장인물 중 가장 마음이 동하는 인물을 찾아낼 거고, 그에게 이입해 의미를 전달하는 방식으로 글을 쓰게 될 거라고요. 첫 장 「하미」부터 기대는 와장창 깨집니다. 제 예상을 예감한 것처럼, 당신은 '평화관광'을 보여줍니다. 한국군의 베트남전 참전으로 아픈 역사를 간직한 베트남 하미 마을로 한국인들이 평화여행을 떠납니다. 각자의 이유로 여행에 참여한 수정은 피해 현장과 피해자, 후손의 증언을 듣고, 보고, 기부한 뒤 손가락과 입꼬리로 김치~를 만들며 기념사진을 찍습니다. 하루를 마무리할 때마다 외칩니다. "평화, 파이팅!" 그놈의 싸움, 전쟁, 영어 쓰는 양키들. 그 모든 것 때문에 어미와 자식의 살점과 피를 뒤집어써야 했는데, 평화를 위해 다시 FIGHTING(싸우자)을 외칩니다. 군대가 있어야 평화가 유지된다고도 합니다. 이 우렁찬 웃음과 구호 앞에서 저는 어떤 표정을 지어야 할까요? 베트남전쟁 참전 한국군 역시 시대의 피해자이기도 한 복잡한 역사 속에서 누군가는 용서받지 못해 슬프고, 용서할 수 없어 슬프고, 용서할 기회가 없어 슬픕니다. 고통은 생생하게 살아 있는데, 사과와 용서는 어떻게 가능한 거죠? 그것은 무슨 소용이 있나요? 이 질문에 수정은 답하지 않습니다. 그저 위령비를 세웁니다. 하나씩 하나씩 정확하게 세웁니다. 위령비 앞에 수정들을 풀어둡니다. 그들이 어떻게 행동하든지 내버려둡니다. 곧, 억울한 죽음과 폭력의 흔적 앞에서 산 자들의 난장판이 벌어집니다. 적어도 평화는 이렇게 소란해야 한다는 걸 보여주기라도 하듯이요. 평화란 이런 거라고. 연꽃을 보며 마음 정화하는 게 아닌, 이렇게 비겁하고 나약한 면면을 마주하는 진창이어야 한다고요.

「부동산 오브 슈퍼맨」에는 영웅이 등장합니다. 슈퍼맨이 등장할 때, 저는 간절하게 바랐습니다. '이번에는 시원하게 해결해주세요. 모두를 도와주세요.' 진실은 복잡하다는 사실을 알지만, 저는 간편한 걸 좋아합니다. 영웅을 바랍니다. 복잡한 건 힘드니까요. 수정이 영웅을 선사할 리 없습니다. 오히려 영웅은 영웅이 아니게 되죠. 지구에 정착하며 차곡차곡 돈을 모아 집을 마련한 슈퍼맨은 전세사기 피해자가 됩니다. 이때 슈퍼맨이 할 수 있는 일은 딱히 없어 보입니다. 슈퍼맨은 보이는 악당을 추적해 응징할 수 있지, 뒤얽힌 역사에서 뻗어 나오는 부동산 정책, 전세사기 앞에서는 무력합니다. 슈퍼맨의 힘은 권리를 찾는 일에는 무용합니다. 개인의 힘(power)은 그렇게 쓰이기 어렵습니다. 슈퍼맨과 같은 피해자 중 조용히 목숨을 끊는 이가 늡니다. 보이지 않는 살인이 일어나고 있는데, 가해자는 눈에 띄지 않습니다. 피해자들은 같은 피해자면서도 한때 영웅이었던 슈퍼맨에게 기대하고 원망하면서, 또 외칩니다. "도와줘요, 슈퍼맨!" 거대한 콘크리트가 배경인 이 극에서 사람들은 각자의 방식으로 살기 위해 세숫대야, 바가지, 냄비, 그릇을 준비합니다. 그것만으로 감당이 안 되어 자꾸 누군가 죽고, 슈퍼맨도 힘을 내기 위해 걸레로 바닥을 닦다가 "나는 슈퍼맨이다!" 외쳐보지만, 딱 거기까지입니다. 어디선가 응원이 들립니다. 힘내세요, 슈퍼맨! 힘내세요! 끝내 슈퍼맨은 말합니다.

"그만, 제발 그만! 힘을 내요? 힘을 내긴 뭘 힘을 내요, 씨발! 재밌죠? 죄송합니다. 기분 나쁘게 해드려 정말 죄송합니다. 제가 앞으로 더 의미 있는 공연도 많이 하고, 더 좋은 일도 많이 할 테니까, 저 좀 도와주세요. 저희 좀 도와주세요, 제발! 부탁 좀 드리겠습니다."
_슈퍼맨으로 변신한 수정(「부동산 오브 슈퍼맨」에서)

「파란나라」에는 악당이 등장합니다. 그런데 악당의 모습이 모호합니다. 영웅 같기도 악당 같기도 합니다. '우리는 모두 평등하다'는 구호로 각기 다른 역사를 가진 학생들이 하나로 뭉치기 시작합니다. 단체 티를 입고, 단체 노래를 만들고, 집단에 이름을 붙이며 동질성을 만들어갑니다. 개개인이 느낀 불안하고 외로웠던 과거를 울면서 풀어내는 간증 시간이 이어집니다. 너의 고통은 곧 나의 고통이 됩니다. 모든 게 꿈과 희망이 가득한 세계로 보입니다. 학생들은 정의로운 우리를 지키기 위해, 우리를 의심하거나 괴롭히는 이들을 처단합니다. 명분 있는 폭력에는 죄의식이 사라집니다. 우리가 옳다는 의심 없는 에너지로 만들어진 파란나라는 그 자체로 완벽한 존재가 됩니다. 어떤 의문도, 비판도 허용되지 않는 전체가 되는 거죠. 처음에 '홀로코스트는 살아 있다'며 게임을 시작했다가 '바로 이게 전체주의다'며 게임을 종료하려던 이 선생은 배신자로 몰려 칼에 찔려 죽습니다. 어떻습니까. 여기에서 악당은 누구일까요. 선생일까요, 그를 죽인 학생일까요, 파란나라를 지키려던 모두일까요. 만약 이 세계에 슈퍼맨이 왔다면 무언가 달라졌을까요? 다시 질문은 극의 초반으로 돌아갑니다. 수많은 유대인을 학살한 홀로코스트는 정말 히틀러라는 악인 한 명 때문에 벌어진 역사였을까요? 나는 이 극 어디에 있나요. 혹시 내 자리를 차마 마주 보기 힘들어 아름다운 노래만 맴맴 돌고 있진 않나요. 저처럼요. "파란나라를 보았니. 꿈과 사랑이 가득한. 파란나라를보았니."

김공주의 과거를 훑어보던 새파란 차형사와 왕형사는 말합니다. "서류 보니까 동두천에 계셨네요, 용산에도 계셨고." "와, 살아 있는 역사네, 역사야." 그들의 말은 맞습니다. 「공주들」 속 공주는 시대가 한 여자의 몸을 어떻게 통과했는지를 정면으로 다룹니다. 그걸 차형사나 왕형사가 아닌, 김공주로 변신한 수정의 목소리로 들려줍니다. 가족에 의해 팔려 가고, 국가에 의해 쓰이고, 가족의 수치가 되고, 국가로부터 버림받는 구멍 이야기. 공주들은 할 말이 많습니다. 윗구멍 채우려고 아랫구멍을 내어주니까 밥이 들어왔다는 공주는 원래 윗구멍으로 말하고 울고 웃는 존재입니다. 오랫동안 떠들었는데, 누구도 제대로 들어주지 않은 말을 무한 재생하고 있죠. "나는 신미년생 양띠야. 1931년생, 올해로 아흔 살! 자꾸 기억이 깜빡깜빡하는데……." "당신이 뭘 알아? 당신이 우리처럼 몸 팔아서 돈 벌어봤어?" "왜 우리 얘기 하는데 우리는 안 부르는데! 왜 지네끼리 우리 얘기 하는데!" "맨날 했던 말 하고 또 하고. 테레비고 신문이고 입이 아프도록 죽도록 말해놓으면 그 말은 다 어디 가고 그저 김공주 위안부, 위안부 김공주 할매, 피해자 김공주. 내 말을 듣고는 있는 거야? 나는 위안부도 아니고, 할머니도 아니고, 소녀도 아니야. 그냥 김공주야, 김공주. 윗구멍에 풀칠하려고 아랫구멍 내어주니까 밥이 들어왔고, 뒷구멍에 뭐가 꽉 차서 아파서 열어보니까 악취가, 악취가. 왜 자꾸 내 구멍을 가지고 니들이……." 공주의 손녀는 성매매 집결지를 철거해 여성 인권과 지역을 동시에 살리겠다는 국회의원의 보좌관으로 일하고 있습니다. 동시에 그에게 직장 내 위계 성폭력을 당하고 있습니다. 손녀는 공주를 부릅니다. 할머니, 할머니, 이게 다 자기 잘못이냐며, 어릴 때부터 지금까지 경험한 성폭력의 경험을 털어놓습니다. 자신과 다를 거라고 믿었던 할머니의 구멍과 나의 구멍이 수난의 역사로 연결되는 순간, 두 사람은 잠시 '우리'로 묶입니다. 다시 어디선가 전화벨이 울리고, 자녀가 학원에 빠졌다는 소식에 손녀는 급하게 자리를 뜹니다. 손녀의 빈자리를 향해 김공주는 말합니다. "공주야, 우리 다시 태어나면 사람으로는 태어나지 말자." 사람으로는 태어나지 말자. 저는 이 대사에 오래 머물렀습니다.

이렇게 하나, 하나, 하나, 하나의 세계가 흘러 마지막 「김수정입니다」에 도착합니다. 그리고 저는 작정하고 팔을 걷어붙인 수정에게 항복해버립니다. 창작자 자신마저 이렇게 까발리겠다고? 무대 위에서 온갖 인물을 벗기고, 그걸 지켜보는 관객과 독자를 다 해부해놓고는, 이제 그 극을 연기하고 기획하고 함께 만들어가는 당신들까지 다 까발린다고?

이렇게 까발리면 가장 문제가 뭐냐면요, 독자나 관객이 비빌 자리를 찾기 어려워진다는 점입니다. 자리가 없으면 자꾸만 붕 뜨게 되잖아요? 언어가 소용없게 되잖아요? 저는 이 어지러운 감정을 정돈할 언어를 찾을 수 없고, 말끔하게 정리할 수 없어 작품이 끝난 뒤 남겨진 감정과 여운을 그대로 몸에 간직했습니다. 덕분에 오랜만에 앓았습니다. 당신을 기억하겠다며 고개 숙이며 내뱉은 말, 애도는 그의 빈자리 앞에서 머무는 일이라고 정의했던 모든 말의 무게를 감당해야 했습니다. 기껏, 그 정도로 아팠습니다. 모두가 생생하게 치사하고 애틋하고 비겁하고 나약한데, 그런 당신들이 '그래도, 그래도'의 방향으로 가보려 애쓰는 세계에서 나도 아파야죠. 가볍게 지나칠 수 없죠. 무거워야죠. 제가 누구에게 이입하는 식으로 숨을 곳은 없죠. 숨어서는 안 되죠. 저는 저로서 이 글을 쓸 수밖에 없다고 생각했습니다.

또 하나의 수정,

다시 제 자리입니다. 이번 대만 여행에는 생각지 못한 동행인이 있습니다. 제가 오래 미워한, 이제는 서로에게 친절하려 노력하는 타인인 아빠가 함께입니다. 62년생 아빠는 수

다쟁이입니다. 주로 잡다한 주식 정보나 자기 자랑을 늘어놓는 편이라 제대로 대화한 적이 없습니다. 간밤의 몸살을 앓고 일어난 새벽, 갑자기 아빠의 이야기가 시작되었습니다.

아빠의 아빠 이야기였습니다. 22년생이었던 아빠의 아빠(빠빠라고 부르겠습니다)는 술과 여자를 좋아하는 사람이었습니다. 여기까지는 저도 알고 있던 정보. 빠빠는 어린 시절부터 배움에 목마른 사람이었다고 합니다. 마당에 막대기로 한자를 적으며 독학할 정도였대요. 그 시절에는 일찍 결혼하는 게 관례였다죠? 빠빠는 어린 나이에 결혼합니다. 그런데 일제강점기가 시작되면서 곧 강제노역에 징용됩니다. 몇 년 뒤 한국에 돌아오니 가족이 사라졌다 합니다. 새로운 신부를 만나 결혼한 게 지금의 할머니라 해요. 술을 좋아했던 빠빠는 고된 노역의 후유증으로 매일 마루에서 술을 마셨고, 어느 새벽 잔뜩 취한 상태에 뇌졸중으로 돌아가셨습니다. 그 뒤 할머니가 홀몸으로 여섯 남매를 먹여 살렸죠.

빠빠에게는 남동생이 있었습니다. 아빠에게는 작은할아버지였죠. 작은할아버지는 일본군으로 강제징집되어 전쟁터에 나갔습니다. 그곳에서 크게 다쳐 돌아온 뒤에는 빠빠의 집에서 할머니의 돌봄을 받으며 죽을 때까지 두꺼운 이불 속에 누워 있었다고 합니다. 아빠는 어린 시절, 작은할아버지가 손에 쥐여주던 종이배와 종이학을 기억합니다. 그 눅눅하고 보드라운 종이의 질감을요. 여기까지 듣고 저는 빠빠와 작은할아버지를 관통한 시대를 상상합니다. 그리고 빠빠가 강제징용되기 전에 결혼한 첫 할머니의 행방을 상상하게 되죠. 그녀는 어떻게 살아남았을까요? 그 여자에게 시대는 무슨 짓을 저질렀을까요? 빠빠의 아내이자 나의 할머니도 떠올립니다. 술과 여자를 좋아해 속 썩이던 남편

을 대신해 육남매와 그의 형제까지 먹여 살리느라 아팠을 그녀,
등이 많이 굽었던 그녀. 내 할머니는 어떤 이야기를 간직한 채
홀로 요양원에서 마지막 숨을 뱉었을까요.
이야기의 끝에 저는 빠빠의 이름이 홍수정이라는 사실을 알게
됩니다. 수정. 수정? 내가 계속 붙잡고 있던 이름을 아빠의 입을
통해 듣게 될 줄은 몰랐죠. 갑자기 모든 게 뒤엉킵니다.

88년생 퀴어 페미니스트 작가인 딸은 안 친한 62년생 은퇴한
군인 아빠와 우연히 대만으로 여행을 간다. 그리고 그에게서
우연히 빠빠 홍수정의 이야기를 듣는다.

"수정이라는 이름은 어떤 뜻이었어?"
"목숨 수에 바를 정. 옛날엔 기아나 전쟁이나 질병으로 일찍 많
이 죽었잖아. 그러니까 바르고 오래오래 살라고 이름을 수정으
로 지었대."

악착같이 살아남으려 애쓴 수정을 떠올립니다. 시대가 쥐고 흔
들 때마다 비틀대며 온갖 감정을 느꼈을 수정을 상상합니다.
그런 수정 곁에 있던 여러 수정을 그려봅니다. 얼굴 본 적 없는
빠빠 수정과 제가 만난 이야기 속 수정을 연결합니다. 오래 살
길 바라는 마음으로 지어준 이름을 가진 사람과 누군가의 이야
기를 오래 기억하고 싶어 극을 쓰고 만든 사람의 이름을 조심스
럽게 겹쳐봅니다.

제가 만난 수정(들)은 알 수 없는 존재입니다. 다채로워 정의 내
리기 어렵죠. 이야기 속에서 제가 만난 수정은 계속 돌아보는

사람입니다. 명예, 정의, 빛나는 것을 잠시 손에 쥐어도 끝없이 방향을 점검합니다. 앞으로, 옆으로, 대각선으로, 아래로, 위로, 비틀어서 계속 계속 보려 하죠. 그래서 마냥 기뻐하지 못하고 어딘가 슬픈 표정을 간직하고 있죠. 그 표정마저 의심해버려 자꾸 어색해지는 사람입니다. 적극적으로 책임지고 진실하고 싶은 마음 때문이겠죠. 수정은 나약하고 비겁해서 용기 있는 사람입니다. 자기모순을 들여다보지만, 그걸 개개인의 죄책감으로만 연결해서는 무엇도 변할 수 없다는 걸 알기에 자꾸 모순을 꺼냅니다. 함께 꺼내고 싶어 합니다. 한계를 드러내고도 함께할 수 있는 방향을 모색하다가 도망치고 다시 해보다가 도망치고, 틈틈이 다시 돌아올 기회를 엿봅니다. 그리고 제가 만난 수정은요, 수정은…….

이 책을 몇 번 통과하는 동안, 몇 가지 변화가 생겼습니다. 이제 저에게 "히틀러는 살아 있다"라는 문장은 큰 절망을 주지 못합니다. "슈퍼맨이 살아 있다"는 소식도 특별한 희망이 되지 못합니다. 무엇에 기대어 이 불확실한 세계를 살아갈까요. 저는 수정이 남긴 단서를 지푸라기로 씁니다. **수정이 살아 있다.** 나와 다른 사람. 닮은 사람. 제대로 알고 싶어 부지런해지는 사람. 목격자 혹은 기록자인 자기 위치의 한계에 절망하는 사람. '정의'에 취하고 싶다가도 정신이 번쩍 드는 사람. 계속 듣고 싶은 사람. 말하고 싶은 사람. 뒤엉키고 싶은 사람. 어떻게든 흙탕물을 만들고 싶은 사람. 사라지지 않는 생명, 사라지지 않는 빈자리, 위령비 주위를 맴도는 사람. 영웅도 악당도 뚜렷하지 않은 시대에 무엇이 필요하냐고 누군가 묻는다면, 저는 수정을 떠올릴 겁니다. 누구도 아니어서 아무여도 되는 수정. 보통의 수정들. 그런

수정과 진창을 뒹굴며 '그래도, 그래도'의 방향으로 갈 수 있다면, 아무리 고단해도 저는 그것만을 정확한 희망으로 붙잡고 싶습니다.

이제 수정이 쌓은 위령비 앞에서 진창이 시작될 차례입니다.

홍승은 (작가)

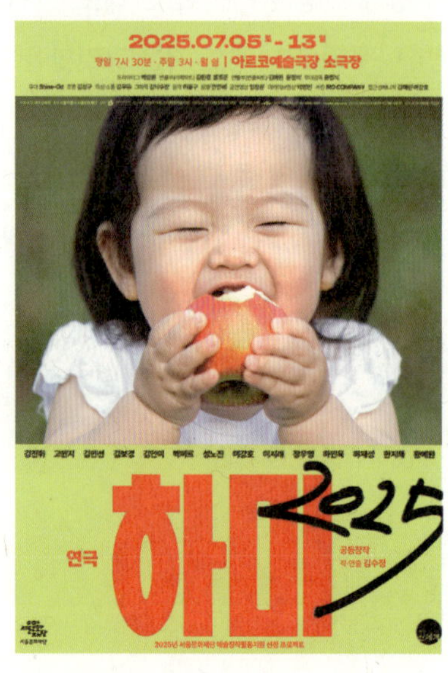

초연

한국문화예술위원회 공연예술창작주체지원사업
[젠더트러블 프로젝트 II]

공연 기간 2024. 11. 23. – 12. 1.
공연 장소 아르코예술극장 소극장

공동창작 | **연출** 김수정 | **극작** 김수정 | **드라마터그** 박성원 | **글쓰기** 권민경 김민경 김현영 김혜린 전웅 | **연출부(연출파트)** 김현영 김혜린 전웅 | **연출부(기획파트)** 권민경 권유빈 김민경 | **무대감독** 전웅 | **무대디자인** Shine-Od | **조명디자인** 김성구 | **조명어시스턴트** 지소연 | **의상·소품디자인** 김우유 | **그래픽디자인** 김낙수장 | **음악감독** 이율구 | **음향감독** 전민배 | **영상감독** 박영민 | **사진** IRO COMPANY | **무대제작** 임학균 조환준 이종민 윤진상 | **조명크루** 김형진 김소진 김민규 이지은 허우영 | **조명오퍼레이터** 이정균 | **영상·음향오퍼레이터** 홍조은 | **자막오퍼레이터** 권민경 | **접근성매니저** 김혜린 이강호 | **자문** 고경태 구수정 권현우 김남주 김민조 Ngô Thu Hông | **영상기술자문** 강경호 | **협력** 한베평화재단 | **출연** 고민지 고용선 김보경 김언이 박미르 이강호 이명열 이시래 장우영 하민욱 하재성 한지혜 황예원

재연

공연 기간 2025. 7. 5. – 7. 13.
공연 장소 아르코예술극장 소극장

공연 기록

공동창작 | **연출** 김수정 | **극작** 김수정 | **드라마터그** 박성원 | **연출부(연출파트)** 김혜린 윤정식 | **연출부(기획파트)** 김민경 홍조은 | **무대감독** 윤정식 | **무대디자인** Shine-Od | **조명디자인** 김성구 | **조명어시스턴트** 지소연 | **의상·소품디자인** 김우유 | **그래픽디자인** 김낙수장 | **음악감독** 이율구 | **음향감독** 전민배 | **공연영상** 임정은 | **아카이브영상** 박영민 | **사진** IRO COMPANY | **조명오퍼레이터** 이정균 | **접근성매니저** 김혜린 이강호 | **자문** 고경태 구수정 권현우 김남주 김민조 김태형 Ngô Thu Hông | **협력** 한베평화재단 | **접근성운영협력** 아르코·대학로예술극장 | **출연** 강진휘 고민지 김민선 김보경 김언이 박미르 성노진 이강호 이시래 장우영 하민욱 하재성 한지혜 황예원

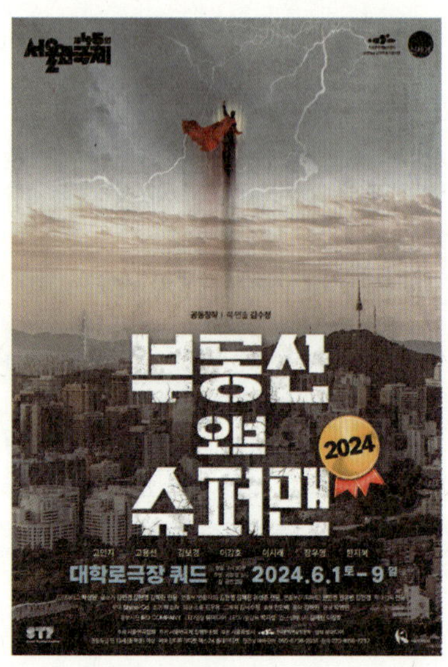

초연

한국문화예술위원회 공연예술창작주체지원사업
[젠더트러블 프로젝트 II]

공연 기간 2023. 10. 14. - 10. 22.
공연 장소 대학로예술극장 소극장

공동창작 | **연출** 김수정 | **극작** 김수정 | **글쓰기** 김민경 김혜린 전웅 최가경 | **연출부(연출파트)** 김혜린 전웅 최가경 | **연출부(기획파트)** 김민경 박태인 | **무대감독** 전웅 | **무대디자인** Shine-Od | **조명디자인** 윤해인 | **의상·소품디자인** 김우유 | **그래픽디자인** 김낙수장 | **음악감독** 김하민 | **음향감독** 전민배 | **영상감독** 박영민 | **사진** IRO COMPANY | **무대제작** 와스테이지 조환준 | **무대어시스턴트** 유승아 이정아 | **LED영상** 뷰미디어 | **LED기술감독** 유태선 | **조명크루** 나홍선 이상혁 이후징 전하경 | **조명오퍼레이터** 송서영 | **영상오퍼레이터** 신지은 | **음향오퍼레이터** 김혜린 | **자막디자인오퍼레이터** 최가경 | **접근성매니저** 강보름 | **음성소개작가** 김혜린 | **수어통역** 고경희 고인경 김수년 신지선 윤영표 장진석 | **자문** 큰집울타리 | **법률자문** 박선영(법무법인 해마루) | **인터뷰 참여자** 권태화 김미은 김민식 박슬기 서희경 유성준 이재룡 이하은 정영애 하재성 | **함께한 분들** 전세사기 깡통전세 피해자 전국대책위원회 | **출연** 고민지 고용선 김보경 이강호 이시래 장우영 한지혜

재연

제45회 서울연극제 공식선정작

공연 기간 2024. 6. 1. - 6. 9.
공연 장소 대학로극장 쿼드

공동창작 | **연출** 김수정 | **극작** 김수정 | **드라마터그** 박성원 | **글쓰기** 김민경 김현영 김혜린 전웅 | **연출부(연출파트)** 김현영 김혜린 유성준 전웅 | **연출부(기획파트)** 권민경 권유빈 김민경 | **무대감독** 전웅 | **무대디자인** Shine-Od | **조명디자인** 박소라 | **의상·소품디자인** 김우유 | **그래픽디자인** 김낙수장 | **음악감독** 김하민 | **음향감독** 전민배 | **영상감독** 박영민 | **사진** IRO COMPANY | **무대제작** 와스테이지 조환준 | **LED영상** 뷰미디어 | **LED기술감독** 박지성 | **조명프로그래머** 전규상 | **조명팀장** 고은비 | **조명크루** 공영배 조문경 배준서 황윤하 | **조명오퍼레이터** 이명열 | **영상오퍼레이터** 유성준 | **음향오퍼레이터** 김언이 | **자막오퍼레이터** 하민욱 | **접근성매니저** 김혜린 이강호 | **자문** 양희 오세혁 이철빈(전세사기전국대책위원회 공동위원장) | **법률자문** 박선영(법무법인 해마루) | **함께한 분들** 전세사기 깡통전세 피해자 전국대책위원회 | **출연** 고민지 고용선 김보경 이강호 이시래 장우영 한지혜

삼연

제28회 베세토페스티벌

공연 기간 2024. 10. 12. - 10. 13.
공연 장소 국립아시아문화전당 예술극장 극장1

공동창작 | **연출** 김수정 | **극작** 김수정 | **드라마터그** 박성원 | **글쓰기** 김민경 김현영 김혜린 전웅 | **연출부(연출파트)** 김현영 김혜린 유성준 전웅 | **연출부(기획파트)** 권민경 권유빈 김민경 | **무대감독** 전웅 | **무대디자인** Shine-Od | **조명디자인** 박소라 | **의상·소품디자인** 김우유 | **그래픽디자인** 김낙수장 | **음악감독** 김하민 | **음향감독** 한창운 | **영상감독** 박영민 | **사진** IRO COMPANY | **무대제작** 와스테이지 조환준 | **LED영상** 뷰미디어 | **LED기술감독** 유태선 | **LED영상팀** 김민기 박지성 원태웅 | **조명프로그래머** 전규상 | **조명팀장** 고은비 | **조명크루** 김경은 김민석 신혁수 양승주 유정훈 이동수 임백호 전준우 홍나영 홍성호 | **음향크루** 하재성 | **조명오퍼레이터** 이명열 | **영상오퍼레이터** 유성준 | **음향오퍼레이터** 김언이 | **자막오퍼레이터** 하민욱 | **접근성매니저** 김혜린 이강호 | **자문** 양희 오세혁 이철빈(전세사기전국대책위원회 공동위원장) | **법률자문** 박선영(법무법인 해마루) | **함께한 분들** 전세사기 깡통전세 피해자 전국대책위원회 | **출연** 고민지 고용선 김보경 이강호 이시래 장우영 한지혜

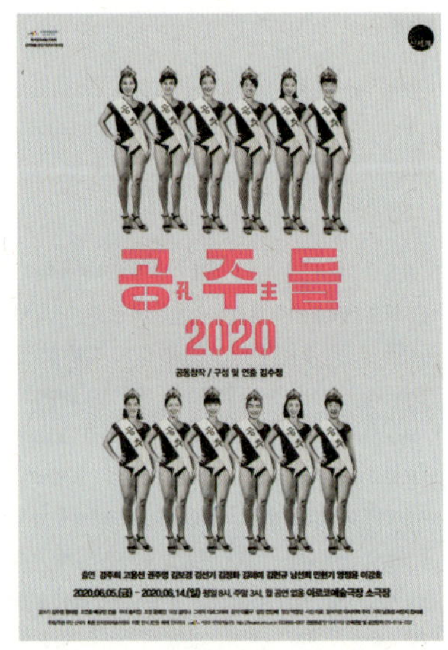

초연

혜화동1번지 6기동인 가을페스티벌 [막판 스퍼트]

공연 기간 2018. 9. 13. - 9. 23.
공연 장소 연극실험실 혜화동1번지

공동창작 | **프로듀서** 이도원 | **구성·연출·글쓰기** 김수정 | **드라마터그** 박미르 | **조연출** 강지연 고주영 | **극단기획** 구선정 이은정 | **무대디자인** 이상호 | **조명디자인** 윤해인 | **의상디자인** 김미나 | **그래픽디자인** 구선정 미르그라피 | **음악감독** 이율구 | **음향감독** 전민배 | **영상감독** 박영민 | **사진** IRO COMPANY | **조명오퍼레이터** 김성현 | **음향오퍼레이터** 강지연 | **자문** 구수정 김현아 박정미 윤명숙 | **진행** 권주영 김두진 이창현 하재성 | **출연** 강주희 권미나 김보경 김선기 김정화 김형준 민현기 박형범 양정윤 이강호

재연

제40회 서울연극제 공식선정작

공연 기간 2019. 5. 4. - 5. 12.
공연 장소 아르코예술극장 소극장

공동창작 | **구성·연출·글쓰기** 김수정 | **드라마터그** 김지혜 | **조연출** 고주영 박미르 | **극단기획** 강지연 김성현 | **무대디자인** 송지인 | **조명디자인** 윤해인 | **의상디자인** 김미나 | **그래픽디자인** 미르그라피 | **음악감독** 이율구 | **음향감독** 전민배 | **영상감독** 박영민 | **사진** IRO COMPANY | **조명오퍼레이터** 김미경 | **영상오퍼레이터** 장수호 | **음향오퍼레이터** 김하민 | **일어자문** 이사카와 주리 | **법률자문** 박선영 | **자문** 구수정 김귀옥 박정미 사미숙 윤명숙 이하영 | **진행** 김두진 이창현 하재성 | **출연** 강주희 권미나 김보경 김선기 김정화 김형준 민현기 박미르 박형범 양정윤 이강호

삼연

한국문화예술위원회 중장기 창작지원사업 [여성사 프로젝트]

공연 기간 2020. 6. 5. - 6. 14.
공연 장소 아르코예술극장 소극장

공동창작 | **구성·연출·글쓰기** 김수정 | **글쓰기** 원아영 | **연출부** 배규진 전웅 | **기획부** 남호성 서민지 | **무대디자인** 송지인 | **조명디자인** 윤해인 | **의상디자인** 김미나 | **의상어시스턴트** 김우유 | **그래픽디자인** 미르그라피 | **음악감독** 이율구 | **음향감독** 전민배 | **영상감독** 박영민 | **사진** IRO COMPANY | **조명오퍼레이터** 이재웅 | **영상오퍼레이터** 정우진 | **음향오퍼레이터** 남호성 | **일어자문** 이사카와 주리 | **법률자문** 박선영 | **자문** 구수정 김귀옥 박정미 사미숙 윤명숙 이하영 허윤 | **진행** 고주영 권미나 김두진 이창현 하재성 | **출연** 강주희 고용선 권주영 김보경 김선기 김정화 김해미 김현규 남선희 민현기 박미르 양정윤 이강호

사연

한국문화예술위원회 중장기 창작지원사업 [여성사 프로젝트]

공연 기간 2020. 8. 4. - 8. 9.
공연 장소 아르코예술극장 소극장

공동창작 | **구성·연출·글쓰기** 김수정 | **글쓰기** 원아영 | **연출부** 배규진 전웅 | **기획부** 남호성 서민지 | **무대디자인** 송지인 | **조명디자인** 윤해인 | **의상디자인** 김미나 | **의상어시스턴트** 김우유 | **그래픽디자인** 미르그라피 | **음악감독** 이율구 | **음향감독** 전민배 | **영상감독** 박영민 | **사진** IRO COMPANY | **조명오퍼레이터** 이재웅 | **영상오퍼레이터** 정우진 | **음향오퍼레이터** 남호성 | **일어자문** 이사카와 주리 | **법률자문** 박선영 | **자문** 구수정 김귀옥 박정미 사미숙 윤명숙 이하영 허윤 | **진행** 고주영 권미나 김두진 이창현 하재성 | **출연** 강주희 고용선 권주영 김보경 김선기 김정화 김해미 김현규 남선희 민현기 박미르 양정윤 이강호

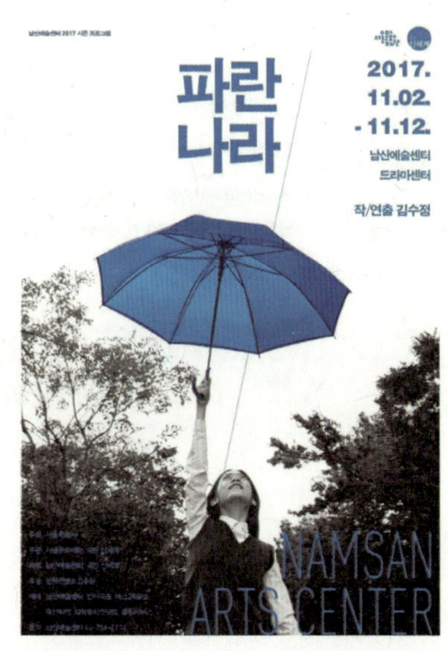

초연

남산예술센터 2016 시즌 프로그램

공연 기간 2016. 11. 16. – 11. 27.
공연 장소 남산예술센터

연출 김수정 | **극작** 김수정 | **드라마터그** 김연재 | **조연출** 김연주 이강호 | **극단기획** 최세미 | **무대감독** 최민경 | **무대디자인** 이상호 | **조명디자인** 윤해인 | **의상디자인** 한규리 | **음악감독** 이율구 | **음향감독** 전민배 | **음향조감독** 이문규 | **영상감독** 박영민 | **사진** 신재환 | **디자인** 투바이투 | **출연** (1반) 강지연 권주영 김두진 김보경 김선기 김정화 김진태 김형준 박경찬 박미르 박세인 양정윤 이은정 이창현 이태영 전수빈 하재성 홍승안 (2반) 김나영 김소이 김양호 김예찬 김유인 나미소 박병주 박승현 백지연 옥경민 이경재 이보미 이용석 이우람 이찬비 이채현 임준혁 정진화 최무근 (3반) 강수현 강재준 김성진 김소현 송지수 유혁준 윤원식 장미예 정수영 정해욱 조창연 최선호 최예은 하유원 홍다빈 홍수지

재연

남산예술센터 2017 시즌 프로그램

공연 기간 2017. 11. 2. - 11. 12.
공연 장소 남산예술센터

연출 김수정 | **극작** 김수정 | **드라마터그** 김연재 | **조연출** 강형준 최민경 민현기 | **기획** 이찬비 | **무대감독** 최민경 | **무대디자인** 이상호 | **조명디자인** 윤해인 | **의상디자인** 김미나 | **음악감독** 이율구 | **음향감독** 전민배 | **음향조감독** 이문규 | **영상감독** 박영민 | **사진** 박일호 | **무대제작** 풀긋 | **조명크루** 김진우 김태진 손태규 오예슬 이미연 정태진 조예지 최재길 | **무대기기전환수** 조철휘 | **인쇄물디자인** ㈜디자인컴퍼니 | **조명오퍼레이터** 김상훈 | **음향오퍼레이터** 김덕주 | **자문** 김명화 이경미 | **도움주신 분들** 이순임 이주은 | **출연** (1반) 강지연 권미나 권주영 김두진 김보경 김선기 김정화 김형준 문지홍 박미르 박세인 박형범 양정윤 이강호 이은정 이창현 하재성 홍승안 (2반) 고주영 김건민 김성곤 김소현 김지선 김하민 김효영 김효준 류현석 문수현 박진영 백지연 송지수 양안수 여준환 우성식 유태종 이경재 이성범 이우람 이유리 이은빈 이현아 임수연 임준혁 조안나 천유진 채원석 최미진 홍수지 (3반) 가라현 강민 강인정 강지윤 공성빈 김다연 김미경 김미선 김미정 김민경 김봄이 김봉준 김설영 김성진 김은경 김은빈 김인주 김진은 김태훈 김혜령 김현식 김희주 나예진 문선기 박서경 박수민 박스테파니 박재희 박지혜 박철 박혜진 방윤선 백요선 변예원 서성애 서종윤 서진 성보현 신승철 심서영 심혜린 안수정 여성환 오수연 오재성 우상이 유동균 이경민 이소라 이예진 이혜진 전세환 정민후 정성 정소영 정수윤 정수지 정유빈 정조준 조현지 최무근 최선아 최예린 최지은 홍기태 황의정

삼연

대전예술의전당 2018 그랜드시즌 드라마컬렉션

공연 기간 2018. 8. 10. - 8. 11.
공연 장소 대전예술의전당 앙상블홀

프로듀서 이도원 | **연출** 김수정 | **극작** 김수정 | **드라마터그** 김연재 | **조연출** 고주영 구선정 민현기 | **무대디자인** 이상호 | **조명디자인** 윤해인 | **의상디자인** 김미나 | **음악감독** 이율구 | **음향감독** 전민배 | **영상감독** 박영민 | **음향오퍼레이터** 강주희 | **주최** 대전예술의전당 | **제작** 남산예술센터 극단 신세계 | **후원** 한국콘텐츠진흥원 | **출연** (1반) 강지연 권미나 권주영 김두진 김보경 김선기 김정화 김형준 문지홍 박미르 박세인 박형범 양정윤 이강호 이은정 이창현 하재성 (2반) 김세영 김세은 김소정 김재후 김주영 김주희 서희원 손민경 송규아 신다영 오진경 윤석진 임종민 전화윤 정해림 (3반) 김동비 김보미 김선웅 김요한 김태찬 남윤아 남효인 박서연 송가은 신희리 엄태훈 이규열 이나영 이재민 이재운 이효정 최병진 홍찬의

김수정입니다 공연 기록

초연

DAC Artist 프로그램

공연 기간 2021. 12. 7. – 12. 25.
공연 장소 두산아트센터 스페이스111

기획제작 두산아트센터 | **공동창작** | **연출** 김수정 | **극작** 김수정 박슬기 전웅 조가희 | **조연출** 박슬기 조가희 | **무대감독** 전웅 | **무대디자인** 송지인 | **조명디자인** 윤해인 | **의상·소품디자인** 김우유 | **소품어시스턴트** 박진경 | **분장디자인** 장경숙 | **그래픽디자인** 박연주 | **음악감독** 이율구 | **음향감독** 전민배 | **영상감독** 박영민 | **사진** 정희승 IRO COMPANY | **무대제작** 온스테이지 | **영상제작** 업플레이스 | **의상제작** 보자르분식 | **조명대여** 다인조명 | **조명팀** 박소라 이후징 강인성 손나래 | **인쇄** 으뜸프로세스 | **분장진행** 장경숙 유혜민 | **조명오퍼레이터** 이재웅 | **영상오퍼레이터** 김연수 | **음향오퍼레이터** 이예지 | **후원** 두산 | **인터뷰이** 강용학 이순임 이유정 한신영 김홍모 배창환 | **출연** 강주희 고용선 김보경 남호성 민현기 박미르 아강호

극단 신세계 희곡집

하 미

초판 1쇄 발행 2025년 6월 30일

지은이　극단 신세계
펴낸이　김태형
펴낸곳　제철소

등　록　제2014-000058호
전　화　070-7717-1924
전　송　0303-3444-3469
전자우편　right_season@naver.com
인스타그램　@from.rightseason

© 극단 신세계, 2025
ISBN 979-11-88343-82-9　03810
